〈復刻版〉

アラス戦線へ

第一次世界大戦の日本人カナダ義勇兵

諸岡幸麿 著／大橋尚泰 解説

えにし書房

加奈陀日本義勇兵
諸岡幸麿著

アラス戰線へ

軍人會館事業部發行

廣田外務大臣閣下題字

仁義

弘毅

CANADIAN LEGATION
TOKYO

14th December, 1934.

Dear Mr. Morooka,

Your uncle Count Soyeshima has asked me to write a short foreword in respect to the book you propose to publish. I have now done so and send it forward to you.

Yours sincerely,

Mr. Sachimaro Morooka,
c/o Count Michimasa Soyeshima,
1321, Uyehara, Yoyogi,
Shibuyaku,
T O K Y O.

在東京　加奈陀公使館
一九三四年十二月十四日

諸岡幸麿殿

貴下の伯父君副島伯爵は貴下が近々御出版の御著述に對し簡單なる序文を記さんことを小生に御依頼相成候　依て早速記述の上御手元まで御送付申上候

敬具

ハーバート、エム、マーラー

In Stanley Park in the City of Vancouver, there is a Japanese garden. In the centre of this garden is a memorial to the Canadian citizens of Japanese ancestry who voluntarily entered the service of the King during the World War Over two hundred (200) names are included in the list of those who gave this final proof of their patriotic attachment to the Dominion of Canada and the British Empire and of their belief in the principles for which that War was fought. Of these, sixty-seven (67) made the supreme sacrifice of their lives. The record of these soldiers during the time of their service in the Canadian Army was unsurpassed and the people of Canada have not forgotten and will not forget their valour, their devotion to duty and their steadfast enthusiasm in the cause which their new homeland and the land of their ancestors united to defend.

Herbert M. Marler

His Majesty's Minister for Canada
in Japan.

バンクーバー市のスタンレー公園には、日本式の庭園があつて、其中心には曾て世界大戰中に義勇兵として英軍に加はつた、日系加奈陀市民の記念碑があります。加奈陀及英帝國に對する彼等の愛國的精神と、大戰の本義に關する彼等の信念につきての、此最終的證據の寄贈者名簿中には、二百有餘の氏名が記されて居り、而かも其中の六十七名は、其生命を尊き犧牲として捧げられた人々でありま す。是等軍人の加奈陀軍隊に服務中の記錄は、頗る優秀なるものであり、彼等の勇氣と忠誠と、そして彼等の新なる鄕土と祖國とが、共に結束して擁護せし、大義に對する確乎たる熱誠とは、加奈陀人民の決して忘却し得ぬものであります。

日本駐劄加奈陀公使

ハーバート、エム、マーラー

（本譯文は靑山學院英文學部學長村上精一氏による）

鈴木陸軍大將閣下題字

日本精神之發露

鈴木孝雄書

頭山滿翁題字

英皇帝ジョージ五世陛下
皇后メーリー陛下(洋傘)に拝閲する著者

ネツトリー病院にて

(タンクの前に半身を現はせる著者)

著者小照

襲　空

加奈陀軍最高の誇り

（英佛兩軍數回の總攻擊も遂に失敗に終りしヴヰミリッヂ
の堅壘は加軍に依て遂に占領せらる。著者此處に傷く）

獨逸中學生の從軍

（發火演習と稱して校庭に引出され大人の軍服を着せられて其儘戰線へ）

武士の情

（戰すんで日は暮れて曠野にたゝずむ獨逸傷兵に英兵情の水を與ふ）

戰陣寸暇

（白耳義婦人と戯むるゝ獨逸兵）

死線に突入する加奈陀軍

（アラスの戰線へ）

戰友の死を弔ふ

曠野に眠る獨逸無名戰士の墓
（英兵之を建つ）

自序

西暦《せいれき》一千九百十四年《ねん》七月《ぐわつ》、疾風迅雷的《しつぷうじんらいてき》に勃發《ぼつぱつ》せる歐洲大戰《おうしうたいせん》は、西暦《せいれき》千九百十八年《ねん》十一月《ぐわつ》急轉直下的《きふてんちよくかてき》に休戰《きうせん》となつた。

全人類《ぜんじんるゐ》の生活《せいくわつ》を震撼《しんかん》し、地球上《ちきうじやう》に於《お》ける一大波瀾《だいはらん》も、五ケ年《ねん》の星霜《せいさう》を經《へ》て、漸《やうや》く其《そ》の局《きよく》を結《むす》んだ。

回顧《くわいこ》すれば、二昔前《ふたむかしまへ》の秋《あき》、私《わたし》は加奈陀《カナダ》ヴァンクーバー市《し》のＣＰＲ停車場《ていしやぢやう》に、加奈陀騎歩兵聯隊《カナダきほへいれんたい》の友人《いうじん》が、出征《しゆつせい》するのを見送《みおく》るべく停車場《ていしやぢやう》に行《い》つた。

聯隊《れんたい》二千人《にん》の勇士《ゆうし》は、意氣揚々《いきやう〳〵》として、數十個《すうこ》の列車《れつしや》に分乘《ぶんじよう》し、驚《おどろ》くばかり澤山《たくさん》な輜重《しちよう》、行李《かうり》、馬匹《はひつ》、糧食《りやうしよく》などが、山《やま》の如《ごと》く貨車《くわしや》に積《つ》み込《こ》まれてゐた。

發車《はつしや》せんとする數分前《すうふんまへ》、集合喇叭《しふがふラツパ》は勇《いさ》ましく吹奏《すゐそう》せられた。其《そ》の瞬間《しゆんかん》、私《わたし》は思《おも》はず悲壯《ひさう》の感《かん》に打《う》たれた。そして一聯隊《れんたい》の健兒《けんじ》が、喜《よろこ》び勇《いさ》んで出征《しゆつせい》の途《と》に上《のぼ》らんとする、その緊張《きんちやう》した光景《くわうけい》に接《せつ》したとき、私《わたし》の血汐《ちしほ》は、思《おも》はず高鳴《たかな》るのを禁《きん》じ得《え》なかつた。

二

其處《そこ》には生《い》きた、高尚《かうしやう》なる悲劇《ひげき》があつた。白髪《はくはつ》の老佐官《らうカーネル》が、一人《ひとり》の愛兒《あいじ》を戰場《せんぢやう》に送《おく》らんとして、其《そ》の武運《ぶうん》を祝福《しゆくふく》し、嚴格莊重《げんかくさうちよう》なる態度《たいど》で、何事《なにごと》か最後《さいご》の遺訓《ゐくん》を囁《さゝや》いてゐるのを見《み》た。

一人《ひとり》の老《お》ひたる母親《はゝおや》が、悲痛《ひつう》にわななく胸《むね》を抑《おさ》へて、わが愛兒《あいじ》に最後《さいご》の接吻《せつぷん》をしながら、永訣《えいけつ》の言葉《ことば》を交《かは》してゐるのを見《み》た。

愛《あい》する弟妹達《ていまいたち》に圍《かこ》まれて、別《わか》れの接吻《せつぷん》を交《かは》しつつ、長兄《ちやうけい》の胸《むね》には、幼《をさな》き弟妹達《ていまいたち》を殘《のこ》して出征《しゆつせい》するといふ、不安《ふあん》と悲哀《ひあい》の涙《なみだ》にむせぶものの如《ごと》く、靜《しづ》に進《すゝ》む列車《れつしや》の窓《まど》から、弟妹達《ていまいたち》の姿《すがた》の見《み》えなくなるまで、ハンケチを打振《うちふ》つてゐた姿《すがた》も見《み》た。

數《かぞ》へ來《きた》れば限《かぎ》りがない。其《そ》の時私《ときわたし》は偉大《ゐだい》なる戰爭《せんさう》の詩《し》を感《かん》じた。そして私《わたし》の心《こゝろ》には羨望《せんばう》の情《じやう》が湧《わ》き起《おこ》つた。私《わたし》は堪《たま》らなく戰爭《せんさう》に出《で》かけたくなつた。わが胸《むね》は高鳴《たかな》る血汐《ちしほ》に湧《わ》き立《た》つて、靜《しづ》めんとしても靜《しづ》まらなかつた。

友《とも》の去《さ》つたあとも、暫《しばら》くプラツトフオームに立《た》ちつくした。そして私《わたし》は衷心《ちうしん》より、アノ靑白《あをじろ》い戰場《せんぢやう》指して、遠《とほ》い遠《とほ》い、地平線《ちへいせん》の彼方《かなた》へ飛《と》び出《だ》し度《た》くなつた。

其處《そこ》では、軈《やが》て想像《さうぞう》も出來《でき》ない、死《し》よりも恐《おそ》ろしい、一大爭鬪《だいさうとう》が始《はじ》まるであらう。

死《し》と、生《せい》との爭鬪《ストラツグル》に於《お》て、人間《にんげん》の努力《どりよく》の最高調《さいかうてう》に達《たつ》するのは、戰爭《せんさう》に於《お》て始《はじ》めて見《み》ることが出來《でき》る。

人生《じんせい》に於《お》ける最高感激《さいかうかんげき》は、戰場《せんぢやう》に於《お》てでなければ、經驗出來《けいけんでき》ないと思《おも》ふ。最高《さいかう》の藝術《げいじゆつ》は悲劇《ひげき》であるとさへ云《い》はれる。而《しか》も自分自身《じぶんじしん》に悲劇《ひげき》を經驗《けいけん》し、生《せい》と死《し》との爭鬪《さうとう》に於《お》ける、慘酷《ざんこく》なる運命《うんめい》の遊戲《いうぎ》を經驗《けいけん》することは、實《じつ》に偉大《ゐだい》なることだ。

戰死《せんし》せんとする恐怖《きようふ》。死《し》より救《すく》はれしときの喜悦《きえつ》。敗北《はいぼく》の無念《むねん》。勝《か》ち軍《いくさ》の歡喜《くわんき》。これらのことが、皆限《みなかぎ》りなき不意《ふい》の冒險《ばうけん》に滿《み》ちた、異常《いじやう》の情態《じやうたい》に於《お》て起《おこ》るのだ。

遠《とほ》く歐洲《おうしう》の天地《てんち》に遠征《ゑんせい》する。遠征《ゑんせい》といふことが、すでに私達《わたしたち》の心《こゝろ》を惹《ひ》きつけるに充分《じゆうぶん》だ。

戰爭《せんさう》の一年《ねん》は、それは之《これ》を經驗《けいけん》したるものには、實人生《じつじんせい》の詩《し》のやうに追憶《ついおく》される。況《いはん》や三年《ねん》といふ永《なが》い日《ひ》の經驗《けいけん》に於《お》てをや。

普通《ふつう》の人間《にんげん》で、偉大《ゐだい》なる目的《もくてき》の爲《た》めに、自分《じぶん》の身《み》を獻《さゝ》げやうとしても、平時《へいじ》の生活《せいくわつ》に於《お》ては、不可能《ふかのう》なることだ。然《しか》るに戰爭《せんさう》は私達《わたしたち》に偉大《ゐだい》なる舞臺《ぶたい》を與《あた》へる。其處《そこ》で我々《われ〳〵》は無意識的《むいしきてき》に偉大《ゐだい》なる役割《やくわり》を演《えん》ずることが出來《でき》る。

私《わたし》は彼等《かれら》二千の勇士達《ゆうしたち》の出征《しゆつせい》する姿《すがた》を、羨《うらや》ましく眺《なが》めてゐた。

今《いま》、試《こゝろ》みに、人類社會《じんるゐしやくわい》の理想《りさう》は、平和《へいわ》に在《あ》るか、戰爭《せんさう》に在《あ》るかと訊《たづ》ねるならば、誰《た》れでも「平《へい》和《わ》に在《あ》り」と答《こた》ふるであらう。

戰爭《せんさう》は人類社會《じんるゐしやくわい》の理想《りさう》ではない。平和《へいわ》が理想《りさう》であつて、戰爭《せんさう》はその爲《た》めの避《さ》くべからざる手段《しゆだん》に過《す》ぎない。

先哲《せんてつ》カントは、

『世界《せかい》に永久的平和《えいきうてきへいわ》を確保《かくほ》するを理想《りさう》とする。』

と言《い》つてゐる。是《こ》れは人類社會《じんるゐしやくわい》の輿望《よばう》を代表《だいへう》したる言葉《ことば》であると思《おも》ふ。

即《すなは》ち現實《げんじつ》を導《みちび》いて行《ゆ》く、アイデアリズムである。故《ゆゑ》にカントは「永久平和《えいきうへいわ》」を言《い》ふ前《まへ》に、「完全《くわんぜん》の社會狀態《しやくわいじやうたい》」を前提《ぜんてい》としてゐる。この前提《ぜんてい》なしに、平和論《へいわろん》は成立《せいりつ》し得《え》ない。

吾々《われ〳〵》は絶對《ぜつたい》の理想《りさう》として、平和《へいわ》を唱《とな》ふると同時《どうじ》に、倫理命令《りんりめいれい》の行《おこな》はれざる社會《しやくわい》に於《お》ては、戰爭《せんさう》は合理的《がふりてき》に存在《そんざい》することを認《みと》める。

要《えう》するに世《よ》の中《なか》に、不正《ふせい》が行《おこな》はれないならば、戰爭《せんさう》は罪惡《ざいあく》であるが、理想《りさう》に適《てき》しない時代《じだい》に於《おい》ては、倫理的《りんりてき》にも、合法的《がふはふてき》にも戰爭《せんさう》は存在《そんざい》すべきだと思《おも》ふ。

其《そ》の當時《たうじ》、獨帝《どくてい》カイゼルが、國民《こくみん》の前《まへ》に釋明《しやくめい》したといふ布告《ふこく》を見《み》よ。

『二十五年後《ねんご》には、獨逸《ドイツ》の住民《ぢうみん》は二億《おく》に達《たつ》し、現在《げんざい》の土地《とち》では足《た》らなくなる。幸《さいは》ひ露西亞《ロシア》は土《と》地《ち》が廣《ひろ》い、彼《か》れが未《ま》だ充分《じうぶん》に軍備《ぐんび》が整《ととの》はないうちに、早《はや》く征服《せいふく》しなければならない……』

と、之《これ》は其《そ》の布告《ふこく》の一節《せつ》だ。

彼《か》れ獨帝《どくてい》が、殺戮《さつりく》と、掠奪《りやくだつ》と、貪欲《どんよく》との淺《あさ》ましい目的《もくてき》から、彼《か》の世界戰爭《せかいせんさう》に臨《のぞ》んでゐたことは明瞭《めいれう》だ。他國《たこく》の領土《りやうど》を横奪《わうだつ》せんとする下劣《げれつ》なる慾望《よくばう》、この民族的掠奪戰《みんぞくてきりやくだつせん》が、果《はた》して偉大《ゐだい》なる民族《みんぞく》の、開戰理由《かいせんりいう》として受取《うけと》ることが出來《でき》やうか。

今《いま》、私《わたし》は當時《たうじ》の心境《しんきやう》を、懐《なつか》しく、想起《さうき》してゐる。

其《そ》の當時《たうじ》獨逸《ドイツ》の人口《じんこう》は七千萬《まん》で、佛國《ふつこく》に優《まさ》り、聊《いさゝ》か英本國《えいほんごく》の上《うへ》にあつた。そして露國《ろこく》の二分《ぶん》の一にも達《たつ》しない。その富《とみ》も遥《はる》かに英國《えいこく》に及《およ》ばない。軍隊《ぐんたい》に至《いた》つては、露國《ろこく》と相若《あひし》くのみであつた。

當時《たうじ》彼《かれ》等《ら》は英《えい》、米《べい》、佛《ふつ》、露《ろ》、伊《い》、白《はく》及《およ》び日本《につぽん》を敵《てき》とし、毫《がう》も屈《くつ》する色《いろ》なく、老朽《らうきう》の墺國《おうこく》を扶《たす》け、衰殘《すゐざん》の土耳古《トルコ》を鞭撻《べんたつ》し、其《そ》の上《うへ》に軍資金《ぐんしきん》と兵器《へいき》とを供給《きようきふ》して敵《てき》に當《あた》らしめ、大兵《たいへい》を發《はつ》して、聯合軍《れんがふぐん》を鏖殺《おほさつ》せんとしてゐた。かゝる剛勁《がうけい》なる軍事的實力《ぐんじてきじつりよく》を發揮《はつき》せる獨逸《ドイツ》は、眞《しん》に驚嘆《きやうたん》に價《あたひ》するものであつた。

當時《たうじ》獨軍《どくぐん》は、白耳義《ベルギー》を席捲《せきけん》し、佛國《ふつこく》の東部《とうぶ》を占領《せんりやう》し、露領波蘭《ろりやうポーランド》を領有《りやういう》し、リボウを奪取《だつしゆ》して、リガ灣《わん》を壓《あつ》し、未《いま》だ敵兵《てきへい》をして、一歩《ぽ》も國内《こくない》に入《い》らしめなかつた。

而《しか》して獨軍《どくぐん》の行《ゆ》く所《ところ》、美《うつく》しき市街《しがい》は、見《み》る影《かげ》もなく破壞《はくわい》せられ、平安《へいあん》なりし村落《そんらく》は、荒廢《くわうはい》し、防禦《ばうぎよ》なき婦人《ふじん》や、小兒達《せうにたち》の害《そこな》はれたる者《もの》數限《かずかぎ》りもない。獨墺土軍《どくおうとぐん》の蠻行《ばんかう》は到《いた》る處《ところ》に行《おこな》はれつゝあつた。

今《いま》や一刻《こく》を爭《あらそ》はなければならない、方《まさ》に危急《ききふ》の秋《とき》であつた。

我日本《わがにつぽん》の武士道《ぶしだう》は、三千年來正義《ねんらいせいぎ》と、人道《じんだう》と、平和《へいわ》の爲《た》めに發揮《はつき》せられ、われ等《ら》の祖先《そせん》は、斯《か》かるときに、日本刀《にほんたう》を秉《と》りて奮鬪《ふんとう》して來《き》たつたのである。其《そ》の尊《たふと》き血汐《ちしほ》は、今《いま》も尚吾人《なほごじん》の胸《むね》に高《たか》鳴《な》りつゝある。

この秋《とき》に當《あた》つて、同志《どうし》二百の健兒《けんじ》は、鐵腕《てつわん》叩《たゝ》いて、猛然《まうぜん》として起《た》つたのであつた。

『記《き》せよ!。全世界《ぜんせかい》の人々《ひと〴〵》よ。わが大和民族《やまとみんぞく》は、自國《じこく》の危急存亡《ききふそんばう》の秋《とき》にのみ奮起《ふんき》して戰《たゝか》ふ、所謂《いはゆる》慓悍《へうかん》なる好戰的國民《かうせんてきこくみん》では斷《だん》じて無《な》い。世界人類《せかいじんるゐ》の平和《へいわ》と、人道《じんだう》と、正義《せいぎ》の爲《た》めに、我等《われら》は起《た》つたのだこの高潔《かうけつ》なる、日本男子《につぽんだんじ》の烈々《れつ〳〵》たる意氣《いき》を見《み》よ。』と。

かくして加奈陀《カナダ》日本人義勇兵團《につぽんじんぎゆうへいだん》は、組織《そしき》せられたのであつた。當時《たうじ》を追憶《つゐおく》すれば、轉《うた》た感慨《かんがい》に堪《た》えない。わが勇敢《ゆうかん》なる戰友諸君《せんいうしよくん》の爲《た》めに、追懷《つゐくわい》一片《ぺん》を記《しる》して記念《きねん》となす。

昭和九年九月十八日

滿洲事變三週年記念日　目黑草居に於て

著者識

目次

戰線に立つまで

戰線に立ちて

塹壕生活

ヴヰミリツヂ堅砦の總攻擊

負傷

病院夜話

戰線に立つまで

義勇兵團の生立

＝加奈陀日本人義勇兵團＝コーフン大尉＝反對黨領袖S氏（代議士）＝オッタワ政府よりの提議＝英本國陸軍省よりの回答＝一時解散＝アルバタ州軍管區司令官よりの募兵依賴＝各自旅費支辨＝漁場行＝先發隊の渡英＝連中氣掛りにて働けず＝

西曆《せいれき》一千九百十五年《ねん》（大正《たいしやう》四年《ねん》）の秋《あき》、英領《えいりやう》加奈陀《カナダ》ブリテイツシユ、コロンビヤ州軍管區司令《しうぐんくわんくしれい》官《くわん》より晩市《ヴアンクーバー》の日本人會《にっぽんじんくわい》にあて、

「世界《せかい》の平和《へいわ》と、正義《せいぎ》と、人道《じんだう》の爲《た》めに、敢然《かんぜん》として劍《けん》を拔《ぬ》いて起《た》つた英本國《えいほんごく》の爲《た》めに、我《わ》が敬愛《けいあい》する、勇敢《ゆうかん》なる日本人諸君《にっぽんにんしよくん》が、劍《けん》を秉《と》つて我等《われら》に應援《おうゑん》せられたし」

といふ依賴狀《いらいじやう》が來《き》た。

當時《たうじ》の日本人會長《にっぽんじんくわいちやう》である山崎寧氏《やまさきねいし》は、能《よ》く〳〵考《かんが》へたあげく、之《これ》はむしろ我《わ》が在留同胞《ざいりうどうはう》の爲《た》めに好結果《かうけつくわ》が來《く》るであらうと豫想《よさう》して、言下《げんか》に之《これ》を快諾《くわいだく》したのであつた。

その當時《たうじ》は、加奈陀《カナダ》、北米《ほくべい》の天地《てんち》到《いた》る所《ところ》に排日《はいにち》の聲《こゑ》が高《たか》かつたので、同地《どうち》在留《ざいりう》の日本人《にっぽんじん》は、非《ひ》常《じやう》に之《これ》を憤慨《ふんがい》して居《を》つた。

斯《か》かる情勢《じやうせい》の中《うち》にあつて、わが山崎日本人會長《やまさきにちぽんじんくわいちやう》は、何《ど》うかして在留同胞《ざいりうどうはう》の市民權《しみんけん》と選擧權《せんきよけん》を獲《くわく》得《とく》しようと、私財《しざい》を投《とう》じて永《なが》い間《あひだ》奮闘《ふんとう》を續《つゞ》けて來《き》たのであつた。

だからこの募兵《ぼへい》の依頼《いらい》を受《う》けたとき、山崎會長《やまさきくわいちやう》は、「是《こ》れ在留同胞《ざいりうどうはう》のチヤンスである。好機《かうき》逸《いつ》すべからず」と、直《たゞ》に其《そ》の依頼《いらい》に應《おう》じたのであつた。

然《しか》るに其《そ》の當時《たうじ》晩市《ヴァンクーバー》には日本人《にっぽんじん》でありながら、あらゆる方面《はうめん》で、爲《ため》にするところあつて、事《こと》毎《ごと》に山崎會長《やまさきくわいちやう》に反對《はんたい》し、募兵《ぼへい》を妨害《ばうがい》するものがあつた。

然《しか》し山崎氏《やまさきし》はこの妨害《ばうがい》の間《あひだ》に立《た》ち、堅忍自重《けんにんじちよう》、毅然《きぜん》として之《これ》に對抗《たいかう》し、孤立奮闘《こりつふんとう》、義勇兵募集《ぎゆうへいぼしふ》に努力《どりよく》したのであつた。

由來《ゆらい》、正義《せいぎ》の士《し》を援《たす》け、孤立無援《こりつむゑん》の者《もの》に同情《どうじやう》するのは、日本人《にっぽんじん》の性情《せいじやう》だ。之《これ》が爲《た》めに反《かへ》つて應《おう》募者《ぼしや》は續々《ぞく〳〵》として集《あつ》まつて來《き》た。山崎會長《やまざきくわいちやう》は之《これ》を見《み》て嬉《うれ》しさに堪《た》えず、思《おも》はず萬歳《ばんさい》を叫《さけ》んだのであつた。

然《しか》しながら山崎氏《やまざきし》の心中《しんちう》には、忍《しの》び難《がた》い憂悶《いうもん》があつた。彼《か》れは血涙《けつるゐ》を振《ふ》るひつつ義勇兵《ぎゆうへい》を募集《ぼしふ》してゐたのである。

なぜなれば、表面《へうめん》の趣意《しゆい》は「我《わ》が同盟國《どうめいこく》なる英國《えいこく》を援《たす》ける爲《た》め」と「世界《せかい》の平和《へいわ》と、正義《せいぎ》人道《じんだう》の爲《た》め」とではあるが、劍《けん》を秉《と》つて起《た》つ以上《いじやう》は、

「壯士《さうし》一去《ひとたびさつて》兮復《また》不レ還《かへらず》」

で。何《いつ》れも生還《せいくわん》を期《き》せざるばかりか、進《すゝ》んで「所謂《いはゆる》消耗品《せうもうひん》」とならねばならぬからであつた。

山崎氏《やまざきし》ならずとも、誰《た》れか胸中《きやうちう》紅涙《こうるゐ》を絞《しぼ》らない者《もの》があらう。

應募《おうぼ》健兒《けんじ》二百名《めい》！著者《ちよしや》も亦其《またその》一人《にん》として、光榮《くわうえい》ある此團體《このだんたい》に加《くは》はつたのである。數《すう》に於《おい》ては少數《せうすう》であらう。されど人類《じんるゐ》の平和《へいわ》と人道《じんだう》の敵《てき》である獨墺軍《どくおうぐん》を擊破《げきは》せんとする、其《そ》の意氣《いき》や眞《しん》に壯《さう》とすべきではない乎《か》。

風蕭々《かぜせう〳〵》として易水《いきすゐ》寒《さむ》く、日本帝國《につぽんていこく》二百の健兒《けんじ》は、敢然《かんぜん》として起《た》つたのである。

四

× × ×

茲《こゝ》に應募《おうぼ》した健兒團《けんじだん》は、其《そ》の名稱《めいしよう》を

「加奈陀《カナダ》日本人義勇兵團《にっぽんじんぎゆうへいだん》」

と稱《しよう》することにした。

コロンビヤ州軍管區《しうぐんくわんく》の將校《しやうかう》にコーフン大尉《たいゐ》と云《い》ふ人《ひと》がゐた。彼《か》れは之《これ》を聞《き》くや、大《おほい》に其《そ》の意氣《いき》に感《かん》じ、彼《か》れ自身《じしん》が我《われ》々の爲《た》めに、その訓練《くんれん》に當《あた》らうといふことを申込《まをしこ》んで來《き》た。このコーフン大尉《たいゐ》はキツチナー元帥《げんすゐ》の親族《レレーシヨン》であつた。

わが義勇兵團《ぎゆうへいだん》は、早速《さつそく》コーフン大尉《たいゐ》を指揮官《しきくわん》に仰《あふ》いだ。そして山崎會長《やまさきくわいちやう》は募兵將校《ぼへいしやうかう》として、中《ちう》尉相當官《ゐさうたうくわん》に任《にん》ぜられ、燦然《さんぜん》たる星章《せいしやう》は、彼《か》れの肩上《けんじやう》に輝《かゞや》いて、一際異彩《ひときはいさい》を放《はな》つた。

そこで義勇兵團《ぎゆうへいだん》は、ホール特務曹長《とくむさうちやう》を教官《けうくわん》として、英式訓練《えいしきくんれん》を受《う》くることとなつた。

彼《か》れは非常《ひじやう》に日本人好《にっぽんじんず》きの准士官《じゆんしくわん》で、我等《われら》に對《たい》して極《きは》めて親切《しんせつ》に、且《か》つ熱心《ねつしん》に指導《しだう》して呉《く》れた。

我等《われら》が戰線《せんせん》に立《た》つたとき、どんな任務《にんむ》でも遂行得《やりとげえ》たのは、實《じつ》にこの老特務曹長《らうとくむさうちやう》ホール氏《し》の賜《たまもの》であつた。

西暦《せいれき》一千九百十六年《ねん》（大正五年《たいしやうねん》）正月《しやうぐわつ》、松飾《まつかざ》りの取《と》れるのを待《ま》つて、コーフン大尉《たいゐ》とホール特《とく》務曹長《むさうちやう》の指導《しだう》の下《もと》に愈々《いよ〳〵》教練《けうれん》が始《はじ》まつた。

其《そ》の時《とき》ある代議士《だいぎし》は、頻《しき》りに暗中飛躍《あんちうひやく》を試《こゝろ》みて、之《こ》の兵團《へいだん》の成立《せいりつ》を防止《ばうし》せんと劃策《くわくさく》してゐた。彼《か》れは大《だい》の日本人嫌《につぽんじんぎら》ひだ。而《しか》して之《これ》に依《よ》つて日本人《につぽんじん》の勢力《せいりよく》の扶植《ふしよく》されることを深《ふか》く恐《おそ》れたのである。

その代議士《だいぎし》は、オツタワ政府《せいふ》に向《むか》つて、斯《こ》ういふて日本人義勇兵募集《につぽんじんぎゆうへいぼしふ》を中止《ちうし》せしめる運動《うんどう》を續《つゞ》けてゐた。

『日本人義勇兵《につぽんじんぎゆうへい》を戰場《せんぢやう》に送《おく》る代償《だいしやう》として、彼等日本人《かれらにつぽんじん》は、加奈陀《カナダ》各地《かくち》の市民權《しみんけん》と、選擧權《せんきよけん》とを獲得《くわくとく》せんとするものである。故《ゆゑ》に政府《せいふ》は日本人《につぽんじん》の募兵《ぼへい》は取消《とりけ》さねばならぬ』

と主張《しゆちやう》したのであつた。我等《われら》は斯《か》かる運動《うんどう》などが續《つゞ》けられてゐるなどといふことは露《つゆ》ほども知《し》らなかつた。そして我等《われら》は熱心《ねつしん》に教練《けうれん》を續《つゞ》けてゐた。

フオール、イン。（集《あつま》れ！）

ション。（氣《き》を付《つ》け！）

ライト、ドレス。（右《みぎ》へ準《なら》へ！）

ナンバー。（番號《ばんがう》！）

ライト、ターン。（右向《みぎむ》け！）

アバウト、ターン。（廻《まは》れ右《みぎ》！）

スタンド、アツト、イズ。（休《やす》め！）

ダブル、マーチ。（駈《か》け足《あし》！）

クウイツク、マーチ。（前《まへ》へ進《すゝ》め）

などといふ各個《かくこ》敎練《けうれん》から始《はじ》めたのである。

私達《わたしたち》は、先《ま》づ第《だい》一に兵語《へいご》を覺《おぼ》えなければならなかつた。言語《げんご》の不便《ふべん》や、兵式《へいしき》の相違《さうゐ》や、人情《にんじやう》、習慣等《しふくわんとう》より來《く》る敎練上《けうれんじやう》の諸動作《しよどうさ》の習得《しふとく》には、苦心慘膽《くしんさんたん》、實《じつ》に異常《いじやう》の努力《どりよく》を拂《はら》はなければならなかつた。

其《そ》の上《うへ》に、英國政府《えいこくせいふ》からは、之等《これら》の經費《けいひ》に對《たい》し、何《なん》の給與《きふよ》も無《な》かつたのだ。それでも我等《われら》は月《つき》

〵々煙草代《たばこだい》として五十仙《せんと》を支給《しきふ》されたのである。但《たゞ》し之《これ》は日本人會《にっぽんじんくわい》の會費《くわいひ》から支出《ししゆつ》せるものであった。

ところが日本人會《にっぽんじんくわい》の財産《さいさん》は甚《はなは》だ貧弱《ひんじやく》で、會《くわい》の經常費《けいじやうひ》さへ不足勝《ふそくがち》であったのだ。そこで山崎會長《やまさきくわいちやう》は私財《しざい》を全部《ぜんぶ》提供《ていきよう》し、尙在留同胞《なほざいりうどうばう》の寄附《きふ》を得《え》て漸《やうや》く支《さゝ》へてゐたのである。こんな有様《ありさま》であるから私達《わたしたち》は自分《じぶん》の所持品《しよちひん》などを賣《う》つて、其《そ》の費用《ひよう》を辨《べん》じてゐたのである。

斯《か》くして悲慘《ひさん》なる三ケ月《げつ》は經過《けいくわ》した。そして三ケ月間《げつかん》に於《お》ける兵團訓練《へいだんくんれん》の進歩《しんぽ》は、實《じつ》に驚《おどろ》く可《べ》き進境《しんきやう》を示《しめ》し、敎官達《けうくわんたち》も舌《した》を捲《ま》いて驚嘆《きやうたん》したほどであつた。

三月《ぐわつ》の末《すゑ》に、時《とき》の加奈陀《カナダ》陸軍太臣《りくぐんたいじん》ヒューズ少將《せうしやう》が團員《だんゐん》を檢閱《けんえつ》して、斯《か》う云《い》はれた。

『本大臣《ほんだいじん》は、外國人《ぐわいこくじん》の義勇兵《ぎゆうへい》にして、斯《か》くの如《ごと》く美事《みこと》なる英式《えいしき》に訓練《くんれん》されたものは、未《いま》だ曾《かつ》て見《み》たことが無《な》い…………』と。

然《しか》しながら此處《ここ》までになるのには、實《じつ》に悲慘《ひさん》なる滑稽《こつけい》と努力《どりよく》とがあつたことを忘《わす》れてはならない。何故《なぜ》なら我等《われら》は日本人《にっぽんじん》であり、敎官《けうくわん》は英國人《えいこくじん》である。英國《えいこく》の武官《ぶくわん》である。兵語《へいご》は凡《すべ》て英語《えいご》だ。其處《そこ》には故國《ここく》に於《お》ける新兵訓練以上《しんぺいくんれんいじやう》の苦心《くしん》があつた。其處《そこ》には滑稽《こつけい》なる動作《どうさ》や、間違《まちが》ひや、慘憺《さんたん》たる努力《どりよく》があつたのであるが、之《これ》も皆我《みなわ》が日本帝國《につぽんていこく》の爲《た》めであり、世界人道《せかいじんだう》の爲《た》めであるといふ覺悟《かくご》の下《もと》に、其等《それら》の苦痛《くつう》は一切堪《さいた》え忍《しの》ぶことが出來《でき》たのであつた。

以上《いじやう》は我等《われら》の新兵時代《しんぺいじだい》であつた。

斯《か》かるうちに、彼等《かれら》代議士《だいぎし》一派《は》の反對運動《はんたいうんどう》が効《かう》を奏《そう》して、彼等《かれら》の提案《ていあん》なる「日本人義勇兵團解《につぽんじんぎゆうへいだんかい》散《さん》」をオタワ政府《せいふ》に迫《せま》りし爲《た》め、殘念《ざんねん》ながら、ブリテツシユ、コロンビヤ州軍管區司令官《しうぐんくわんくしれいくわん》より、採用《さいよう》するといふ許可《きよか》が下《お》りない。

山崎會長《やまざきくわいちやう》は憤然《ふんぜん》として起《た》つた。そして直《たゞ》にオタワ政府《せいふ》に其《そ》の採用方《さいようかた》に就《つ》いて交渉《かうせふ》を開始《かいし》した。

ところがオタワ政府《せいふ》では、

「一應英本國《おうえいほんごく》の陸軍省《りくぐんしやう》に向《むか》つて、其《そ》の採用《さいよう》の可否《かひ》を問合《とひあは》せるから、待《ま》つて呉《く》れ」

といふ回答《くわいたふ》であつた。

二三日《にち》過《す》ぎると英本國《えいほんごく》から回答《くわいたふ》があつた。陸軍省《りくぐんしやう》の回答《くわいたふ》は

『謹《つゝし》んで好意《かうい》を感謝《かんしや》す、喜《よろこ》んでお待《ま》ちする。』

といふのであつた。

ところが斯《か》ういふ返事《へんじ》があつたにも拘《かゝは》らず、オタワ政府《せいふ》は未《いま》た許可《きよか》しない。そしてオタワ政府《せいふ》より最後《さいご》にかういふて來《き》た。

「二百人《にん》の義勇兵《ぎゆうへい》が、戰場《せんぢやう》に於《おい》て缺員《けつゐん》を生《しやう》じたる時《とき》は、常《つね》に其《そ》の補充《ほじう》が出來得《できう》るや否《いな》や、若《も》し其《そ》の補充《ほじう》が不可能《ふかのう》であるならば、殘念《ざんねん》ながらお斷《ことわ》りする。」

といふのであつた。

之《これ》は實《じつ》に難題《なんだい》だ、よくも考《かんが》へたものだ。

何故《なにゆゑ》なれば、我等《われら》は徴兵制度《ちやうへいせいど》に依《よ》つて集《あつ》められた兵員《へいゐん》ではない。志願兵《しぐわんへい》である。其上《そのうへ》此處《ここ》は同《どう》胞居住者《はうきよぢうしや》の少《すくな》い植民地《しよくみんち》である。

斯《か》かる土地《とち》に於《おい》て衷心《ちうしん》より國家《こくか》を憂《うれ》ひ、又世界人道《またせかいじんだう》の爲《な》めに敢然《かんぜん》として劍《つるぎ》を秉《と》つて、祖國《そこく》の爲《た》めに起《た》つ者《もの》は、さう澤山出《たくさんで》る譯《わけ》のものではない。況《いはん》や一度戰場《たびせんぢやう》に立《た》てば、生《いき》て還《かへ》ることは六ケ敷《し》いのだ。誰《たれ》も「消耗品《せうもうひん》」であることは知《し》つてゐる。此處《ここ》に集《あつま》つた二百餘名《よめい》の健兒《けんじ》は、只國家《たゞこくか》を思《おも》ふ志《こゝろざし》厚《あつ》く、世界《せかい》の平和《へいわ》と、意氣《いき》に感《かん》じて蹶起《けつき》し、一死祖國《しそこく》の爲《た》めに盡《つく》さんとする、盡忠報國《じんちうはうこく》の志士《しし》である。

義勇兵募集《ぎゆうへいぼしふ》の最初《さいしよ》の時《とき》でさへ、邦人中《はうじんちう》に反對者《はんたいしや》があつたのだから、今後《こんご》缺員《けつゐん》の場合《ばあひ》、これが補《ほ》充《じう》の見込《みこみ》などは絶對《ぜつたい》に立《た》ちさうにない。で、山崎會長《やまざきくわいちやう》は、

『それは不可能《ふかのう》なることであります。』

と答《こた》ふるよりほかなかつた。

山崎會長《やまざきくわいちやう》が、この報告《はうこく》を私達《わたしたち》に齎《もたら》したとき、我等《われら》二百の健兒《けんじ》は、鬱憤《うつぷん》やるかたなく、腕《うで》を扼《やく》して男泣《をとこな》きに泣《な》いたのである。

如何《いか》に憤慨《ふんがい》して見《み》ても、對手《あひて》は大英國《だいえいこく》である。私達《わたしたち》は東洋《とうやう》の一孤客《こきやく》に過《す》ぎない。何《な》んといふても之《これ》を押《お》し通《とほ》すことは不可能《ふかのう》だ。止《や》むを得《え》ず時機《じき》を待《ま》つことゝして、一時解散《じかいさん》することゝなつた。

すると我等《われら》の教官《けうくわん》コーフン大尉《たいゐ》は、オタワ政府《せいふ》の行《や》り方《かた》に對《たい》して、非常《ひじやう》に憤慨《ふんがい》した。彼《かれ》が悲憤《ひふん》と同情《どうじやう》とは、遂《つひ》に一片《ぺん》の電報《でんぽう》となつて、彼《かれ》の親族《しんぞく》キツチナー元帥《げんすゐ》の手許《てもと》に飛《と》んだ。

そしてコーフン大尉《たいゐ》は、私達《わたしたち》に向《むか》つて、

『諸君《しよくん》の望《のぞ》みは、他日必《たじつかなら》ず貫徹《くわんてつ》するやうに取計《とりはか》らうから、今度《こんど》は殘念《ざんねん》ながら、一時解散《じかいさん》して呉《く》れるやうに……』

と申渡《まをしわた》されたのであつた。

西暦《せいれき》千九百十六年《ねん》五月《ぐわつ》十一日《にち》、加奈陀《カナダ》日本人《につぽんじん》義勇兵團《ぎゆうへいだん》の解散式《かいさんしき》は擧行《きよかう》せられた。コーフン大尉《たいゐ》は、軍管區司令官《ぐんくわんくしれいくわん》ダツフ・スチユーワート大佐《たいさ》代理《だいり》として、一々功勞章《こうらうしやう》を私達《わたしたち》の胸《むね》に揭《かゝ》げて吳《く》れた。その時《とき》のコーフン大尉《たいゐ》の双頰《さうけふ》には、露《つゆ》の玉《たま》が光《ひか》つてゐた。

彼《か》れも亦稀《またまれ》に見《み》る熱血《ねつけつ》の士《し》であつた。

功勞章《こうらうしやう》の授與式《じゆよしき》は濟《す》んだが、私達《わたしたち》はカードヴア・ホールを去《さ》るに忍《しの》びないで、其《そ》の周圍《しうゐ》を低徊《ていくわい》して居《を》つた。其《そ》の時《とき》山崎會長《やまざきくわいちやう》は一同《どう》を集《あつ》め、

『諸君《しよくん》！ まだ一縷《る》の望《のぞ》みはある。それは私《わたし》がオワタ政府《せいふ》よりの歸途《きと》、アルバタ州《しう》軍管區司令《ぐんくわんくしれい》官《くわん》クルツクシヤンク少將《せうしやう》より、私《わたし》に面會《めんくわい》を申込《まをしこ》んで來《き》たので、私《わたし》は同少將《どうせうしやう》に面會《めんくわい》した。其時少《そのときせう》將《しやう》は、

『自分《じぶん》の軍管區《ぐんくわんく》に來《き》ては吳《く》れまいか？ 然《しか》し若《も》し來《き》て吳《く》れるとしても、旅費《りよひ》は自辨《じべん》に願《ねが》ひ度《た》い。』と言《い》はれた。

思《おも》ふに、ブリテイシユ、コロンビヤ州《しう》より行《ゆ》けなくとも、アルバタ州《しう》より出征《しゆつせい》しても、其結《そのけつ》

果《くわ》は同《おな》じことである。然《しか》し日本人會《にっぽんじんくわい》には最早《もはや》一文《もん》の金《かね》も無《な》いから、諸君《しよくん》は各自《かくじ》二十六弗《どる》の旅費《りよひ》を工面《くめん》して行《い》つては呉《く》れまいか？』

と涙《なみだ》と共《とも》に述《の》べられた。

そこで我等《われら》は直《たゞ》にアルバタ州軍管區《しうぐんくわんく》の募兵《ぼへい》に應《おう》ずることに一決《けつ》した。

然《しか》るに我等《われら》二百人《にん》のうち、四十三名《めい》だけは旅費《りよひ》の都合《つがふ》が出來《でき》たが、殘《のこ》り百五十七名《めい》の團員《だんゐん》は各《かく》自勞働《じらうどう》に依《よ》つて二十六弗《どる》の金《かね》を得《え》なければならなかつた。

そこで旅費《りよひ》を持合《もちあは》せてゐる四十三名《めい》は、直《たゞち》に晩市《ヴアンクーバー》を出發《しゆつぱつ》して、アルバタ州《しう》に行《ゆ》くことゝなつた。我々《われ〱》殘留組《ざんりうぐみ》百五十七名《めい》は、彼等《かれら》を同市《どうし》のＣＰＲ停車場《ていしやぢやう》に見送《みおく》ることゝなつた。殘《のこ》されたる我《われ》〱同志《どうし》は、無量《むりやう》の感《かん》に打《う》たれつゝ、之《これ》を見送《みおく》つたのであつた。殘餘《ざんよ》の團員《だんゐん》殆《ほとん》ど全部《ぜんぶ》は、晩市《ヴアンクーバー》を去《さ》る、北方《ほくはう》六百哩《まいる》のスキーナ河《かは》に在《あ》る、鮭《さけ》の漁場《れふぢやう》に行《い》つて働《はたら》くことゝなつた。

ところが運《うん》の惡《わる》いことに其時《そのとき》は空前《くうぜん》の大不漁《おほしけ》で、鮭《さけ》は一尾《ひとつ》も取《と》れない。而《しか》も我々《われ〱》は風雨《ふうう》と鬪《たゝか》ひつゝ努力《どりよく》したが、獲物《えもの》が無《な》ければ致方《いたしかた》ない。其《そ》の上《うへ》一同《どう》は先發隊《せんぱつたい》の事《こと》が氣《き》になつて、一向《かう》に働《はたら》けない。お互《おたがひ》に船《ふね》をもやひつゝ先發隊《せんぱつたい》のことを噂《うはさ》し合《あ》つてゐた。そしてこの結果《けつくわ》はどうなるであらうと心配《しんぱい》してゐたとき、恁《か》ういふニユースが來《き》た。

「先發隊《せんぱつたい》四十三名《めい》は、加奈陀《カナダ》騎《き》歩《ほ》兵《へい》第《だい》十三聯隊《れんたい》に入隊《にふたい》して、二ケ月《げつ》の教練《けうれん》の後《のち》に、渡英《とえい》した。そして加奈陀《カナダ》を去《さ》るに臨《のぞ》み、在留《ざいりう》一萬《まん》の同胞《どうはう》に、悲壯《ひさう》なる訣別《けつべつ》の辭《じ》を寄《よ》せて出發《しゆつぱつ》した。」

といふのであつた。

之《これ》を聞《き》いた我々《われ／＼》は、武運《ぶうん》の拙《つたな》さを嘆《なげ》きつゝ、半泣《はんな》きの態《てい》であつた。何《いづ》れも唯切齒扼腕《たゞせつしやくわん》するのみで、如何《いかん》ともすることが出來《でき》なかつた。

かゝる間《あひだ》にも時《とき》は過《す》ぎて、漁期《れふき》の末期《まつき》となつた。

加奈陀一七五聯隊及一九二聯隊

‖本部より飛電‖ジヨンス中尉‖快速船二十浬もまだ遲い‖出發には軍服が着たい‖死後の仕末は誰れがする‖最年長者鈴木市太郎氏に‖妻子ある者は一九二聯隊に‖

其《そ》の時《とき》、義勇兵團《ぎゆうへいだん》の本部《ほんぶ》から一片《へん》の電報《でんぽう》が屆《とゞ》いた。早速開封《さつそくかいふう》して見《み》ると、

「第《だい》百七十五聯隊《れんたい》のジョンス中尉《ちうゐ》が來《き》て、諸君《しよくん》の旅費《りよひ》は、聯隊《れんたい》で支辨《しべん》するから、早速行李《さつそくかうり》を纏《まと》めて引揚《ひきあ》げよ。」

といふ文面《ぶんめん》であつた。

私《わたし》がこの電報《でんぽう》を讀《よ》み上《あ》げたとき、一同《どう》は思《おも》はず萬歳《ばんさい》を叫《さけ》んで、抃舞雀躍《べんぶじやくやく》、遽《にはか》に元氣《げんき》づき、各自《かくじ》所持品《しよぢひん》の大半《たいはん》は漁場《れふば》の人々《ひと〴〵》に與《あた》へ、汽船《きせん》の出《で》るのを今《いま》か〳〵と待《ま》つてゐた。

電報《でんぽう》のあつた、翌日《よくじつ》、ジョンス中尉《ちうゐ》は欣然《きんぜん》として吾々《われ〳〵》を迎《むか》ひに來《き》て呉《く》れた。其《そ》の次《つぎ》の日《ひ》プリンス・ルパート港《かう》から、汽船《きせん》プリンス・ジョージ號《がう》にて、晩市《ヴァンクーバー》への歸途《きと》についた。そして我々《われ〳〵》は時速《じそく》二十浬《マイル》の快速《くわいそく》も、まだ遲《おそ》いと云《い》つて、甲板《かんぱん》の上《うへ》から野次《やじ》つてゐた。六百哩《マイル》を僅《わづ》かに三十二時《じ》間《かん》で走《はし》るのは、隨分快速力《ずゐぶんくわいそくりよく》と言《い》ふべきだが、此時《このとき》は、まだ之《こ》れでも遲《おそ》いやうな氣持《きもち》がして、もどかしかつた。

私達《わたしたち》は晩市《ヴァンクーバー》に到着《たうちやく》して、直《す》ぐに本部《ほんぶ》に行《い》つて見《み》た。其處《そこ》には第《だい》百七十五聯隊《れんたい》及《およ》び第《だい》百九十二聯隊《れんたい》よりの、各募兵將校《かくぼへいしやうかう》が來《き》てゐた。

我々《われわれ》は其《そ》の二個《こ》聯隊《れんたい》の何《いづ》れかに分屬《ぶんぞく》することとなつた。第《だい》百七十五聯隊《れんたい》は、アト僅《わづ》かの兵數《へいすう》を充《み》たせば、三週間以内《しうかんいない》に出征《しゆつせい》することになつてゐたので、聯隊長以下《れんたいちやういか》非常《ひじやう》に多忙《たばう》を極《きは》めてゐた。だから軍服《ぐんぷく》を當市《たうし》に取寄《とりよ》せ、之《これ》を着《き》せて行《ゆ》く暇《ひま》がない。

私達《わたしたち》は、出來《でき》ることなら晩市《ヴアンクーバー》を出發《しゆつぱつ》するとき、軍服姿《ぐんぷくすがた》で行《ゆ》き度《た》いと思《おも》つてゐた。が百七十五聯隊《れんたい》に所屬《しよぞく》する者《もの》は、軍服《ぐんぷく》を着《き》ずに出發《しゆつぱつ》せねばならなかつた。

第《だい》百九十二聯隊《れんたい》の方《はう》は、まだ兵員《へいゐん》の補充《ほじう》には少《すこ》し間《ま》があつたので、出征期《しゆつせいき》は遲《おく》れるが、其《そ》の代《かは》り軍服《ぐんぷく》を着《き》て出發出來《しゆつぱつでき》るのだ。

茲《こゝ》に百七十五聯隊《れんたい》に入《はい》るものと、百九十二聯隊《れんたい》に入《はい》るものとの募《ぼ》兵《へい》の競爭《きやうさう》が初《はじ》まつた。出發《しゆつぱつ》が遲《おく》れる方《はう》の百九十二聯隊《れんたい》に入《はい》るものは、軍服《ぐんぷく》を着《き》たいといふ見榮《みえい》の爲《た》めかと思《おも》ふ者《もの》もあるかも知《し》らぬが、其《そ》うではないのだ。殊《こと》に妻子《さいし》のある人達《ひとたち》は、死後《しご》の後仕末《あとしまつ》を爲《な》さねばならないのだ。それには、百九十二聯隊《れんたい》に入《はい》る方《はう》が都合《つがふ》がよかつた。

兎《と》に角《かく》我々《われわれ》は百七十五聯隊《れんたい》と、百九十二聯隊《れんたい》と何《ど》れでも好《この》む方《はう》に入《はい》ることとなつた。

私《わたし》は第《だい》百七十五聯隊《れんたい》に入隊《にふたい》した。

一同《どう》思《おも》ひ〳〵の隊《たい》に入《はい》つたが、然《しか》し何《いづ》れも『消耗品《せうもうひん》』である以上《いじやう》、早晩死《さうばんし》すべき運命《うんめい》の線上《せんじやう》を彷徨《さまよ》ふてゐることに相違《さうゐ》はない。故《ゆゑ》に誰《た》れかが、我々《われ〳〵》の死線《しせん》を超《こ》えた者《もの》の後仕末《あとしまつ》を爲《な》さねばならない。例《たと》へば石碑《せきひ》や墓地《ぼち》の買入《かひい》れや、戰死者《せんししや》の遺留品《ゐりうひん》を遺族《ゐぞく》に送《おく》ることや、戰死《せんし》の有様《ありさま》などを詳《くは》しく報知《はうち》するために、之等《これら》の事務《じむ》を取扱《とりあつか》ふ者《もの》が二、三人《にん》は必要《ひつえう》なのだ。

さあ、誰《た》れが其《そ》の職場《しよくば》を擔當《たんたう》するかといふことになつた。團員《だんゐん》一同《どう》は、最年長者《さいねんちやうしや》である鈴木市《すゞきいち》太郎氏《たらうし》が最適任者《さいてきにんしや》であると認《みと》め、之等《これら》の仕事《しごと》の取扱《とりあつか》ひを同氏《どうし》に依頼《よらい》した。然《しか》るに鈴木氏《すゞきし》は之《これ》を承《しよう》諾《だく》しない。制規以上《せいきいじやう》の高齡者《かうれいしや》たる同氏《どうし》は、元氣旺盛壯者《げんきわうせいさうしや》を凌《しの》ぐ勢《いきほ》ひで、どうしても出征《しゆつせい》するといふて諾《き》かない。そこで我々《われ〳〵》は、國家《こくか》に盡《つく》す道《みち》は必《かなら》ずしも第《だい》一線《せん》に立《た》つことのみでないといふことを力説《りきせつ》し、強《し》いて之《こ》の仕事《しごと》を同氏《どうし》に依頼《いらい》し、我々《われ〳〵》は心置《こゝろお》きなく入隊《にふたい》することとなつた。

グッド、バイ、晩市《ヴアンクーバー》!!

＝同志五十七名＝知己への訣別＝日本食の喰ひ納め＝記念撮影＝鹽噴面をお目にかける＝

私達《わたしたち》五十七名《めい》は、第《だい》百七十五聯隊《れんたい》に入隊《にふたい》したのであつた。まだ軍服《ぐんぷく》こそは身《み》に纏《まと》つてゐないが、已《すで》に訓練《くんれん》を經《へ》た堂々《だう〳〵》たる軍人《ぐんじん》である。

軈《やが》て教練《けうれん》も濟《す》み、體格檢查《たいかくけんさ》も終《をは》つて、一日《にち》の休暇《きうか》を得《え》た。

私達《わたしたち》はこの一日《にち》の暇《ひま》を利用《りよう》して、當市《たうし》に在《あ》る友人知己《いうじんちき》への最後《さいご》の訣別《けつべつ》を告《つ》ぐる爲《た》めに出《で》かけた。同胞《どうはう》は知《し》るも知《し》らぬも、皆《みな》歡迎《くわんげい》して吳《く》れた。或者《あるもの》は、

『これが日本食《につぽんしよく》の喰《く》ひ納《をさ》めだから、ヽ、タラ腹《ふく》詰め込《こ》んで吳《く》れ給《たま》へ！』

などといふて、御馳走《ごちそう》して吳《く》れる。または友人達《いうじんたち》が集《あつ》まつて、盛大《せいだい》な送別《そうべつ》の宴《えん》を開《ひら》いて吳《く》れたりした。

それから私達《わたしたち》は故國《ここく》に送《おく》る爲《た》めに、各自《かくじ》記念《きねん》の撮影《さつえい》をした。

私《わたし》は加奈陀《カナダ》軍《ぐん》に參加《さんか》して、出征《しゆつせい》するといふことは、東京《とうきやう》の實家《じつか》や、伯父《をぢ》の副島家《そへじまけ》へはまだ報知《はうち》してゐなかつた。愍《なま》じ出征《しゆつせい》するなどと知《し》らせたなら、親《した》しき人達《ひとたち》は心配《しんぱい》して、種々《いろ〳〵》と心《こゝろ》を痛《いた》むるであらうと思《おも》ふたからだ。

今《いま》は最後《さいご》の報告《はうこく》を爲《な》すべき時《とき》だと思《おも》つて、この紀念《きねん》の寫眞《しやしん》の裏《うら》に、「出征《しゆつせい》に際《さい》して、此《こ》の鹽噴面《ひよつとこづら》をお目《め》に掛《か》ける」と書《か》いて、送《おく》ることとした。そして友人《いうじん》の西《にし》五辻《つじ》君《くん》に託《たく》して、副島家《そへじまけ》に出征《しゆつせい》の顚末《てんまつ》を報導《はうだう》することを依頼《いらい》した。

私《わたし》はもうこれで、思《おも》ひ置《お》くことが無《な》い光風霽月《くわうふうせいげつ》の心境《しんきやう》を得《え》た。

そして時間《じかん》までに聯隊《れんたい》に歸《かへ》つた。

ＣＰＲ鐵道會社の好意

＝特別列車の連絡＝盛んなる見送人＝ロッキー山脈の頂上＝

翌日《よくじつ》私達《わたしたち》五十七名《めい》は、自動車《じどうしや》に分乘《ぶんじよう》して、聯隊本部《れんたいほんぶ》を出發《しゆつぱつ》した。

「第《だい》百七十五聯隊《れんたい》の勇士《ゆうし》」

と記《しる》した旗《はた》を先頭《せんとう》に押立《おした》て、胸間《きやうかん》には例《れい》の功勞章《こうらうしやう》をつけ、ＣＰＲ停車場《ていしやぢやう》に向《むか》つて行進《かうしん》を續《つゞ》けた。

軈《やが》て停車場《ていしやぢやう》に着《つ》くと、ＣＰＲ鐵道會社《てつだうくわいしや》では、非常《ひじやう》に私達《わたしたち》を優遇《いうぐう》して、特別《とくべつ》に二輛《りやう》のボギー車《しや》を連《れん》結《けつ》して呉《く》れた。又《また》いつもなら見送人《みおくりにん》は、プラツトフオームに入《い》れないのであるが、私達《わたしたち》の行《かう》を盛《さか》んにする爲《た》めに、數《すう》百人《にん》の見送人《みおくりにん》を入場《にふぢやう》させて呉《く》れた。ホームは立錐《りつすゐ》の餘地《よち》もない迄《まで》に賑《にぎ》はつてゐた。

そして私達《わたしたち》の二臺《だい》のボギー車《しや》には、私達以外《わたしたちいぐわい》の人《ひと》は乘《の》せなかつた。私達《わたしたち》を乘《の》せた列車《れつしや》が、方《まさ》に發車《はつしや》せんとするとき、見送人《みおくりにん》と共《とも》に、驛長初《えきちやうはじ》め、驛夫《えきふ》に至《いた》るまで、「フレー!! フレー!! フレー!!」を叫《さけ》んで、熱狂的歡送裡《ねつきやうてきくわんそうり》に、我等《われら》の列車《れつしや》は靜《しづ》かに動《うご》き出《だ》した。

私達《わたしたち》は親《した》しき友《とも》への最後《さいご》の訣別《けつべつ》を告《つ》げ、懷《なつか》しき晩市《ヴアンクーバー》を離《はな》れて、英領《えいりやう》アルバタ州《しう》のキヤルガリー市《し》に向《むか》ひ、七百餘哩《よマイル》の旅路《たびぢ》に上《のぼ》つたのである。時《とき》に千九百十六年《ねん》八月《ぐわつ》七日午後《かごと》三時《じ》であつた。名《な》にし負《お》ふロツキー山脈《さんみやく》の頂上《ちやうじやう》を汽車《きしや》が走《はし》つてゐる時《とき》は、翌日《よくじつ》の午後《ごと》二時頃《じごろ》であつた。

ロツキー山《さん》の頂《いただ》きには、夏《なつ》と雖《いへど》も千古《こ》の昔《むかし》より消《き》えざる白雪《はくせつ》が輝《かゞや》いてゐる。列車《れつしや》の窓《まど》より眺《なが》める山容《さんよう》は、實《じつ》に原始的《げんしてき》な彫刻《てうこく》のあとのやうに、生々《なま〳〵》しい姿《すがた》を浮《う》き出《だ》してゐる。銀色《ぎんしよく》に光《ひか》つた、氷《こほり》と、巖《いは》の殿堂《でんだう》! 歩《ある》いて見《み》たいやうな幾線《いくせん》もの氷河《ひやうが》 撫《な》でて見《み》たいやうな太《ふと》

〲した山骨《さんこつ》、靈峰《れいほう》の姿《すがた》が、我等《われら》の網膜《まうまく》に躍込《をどこ》んで來《く》る。

軈《やが》て私達《わたしたち》の頭上《づじやう》に輝《かゞや》く、勝利《しようり》の榮冠《えいくわん》を暗示《あんじ》するかのやうに。

聯隊本部に到着

＝キャルガリー停車場＝サー・シー・キャンプ＝消燈ラッパの後＝紅茶とサンドウッチ＝第一夜＝兵營最初の朝＝無髯のスペンサー中佐＝マクベリー少佐＝デヴキス大尉＝宣誓式＝軍需品の給與＝D中隊の第十五小隊＝

翌日《よくじつ》午後《ごご》七時《じ》頃《ごろ》、列車《れつしや》はキカルガリー停車場《ていしやぢやう》に靜《しづ》かに停車《ていしや》した。私達《わたしたち》の出發《しゆつぱつ》したことをジョンス中尉《ちうゐ》より、聯隊本部《れんたいほんぶ》に通知《つうち》してあつたので、古參兵二人《こさんへいふたり》が停車場《ていしやぢやう》に待《ま》ち受《う》けてゐた。そして私《わたし》達《たち》はこの古參兵《こさんへい》の案内《あんない》で、サー・シー・キャムブ北營門《きたえいもん》に到着《たうちやく》した。其《そ》の時《とき》古參兵《こさんへい》は歩哨《ほせう》に向《むか》つて、「日本人義勇兵《につぽんじんぎゆうへい》」であることを告《つ》げた。

スルト歩哨《ほせう》は莞爾《かんじ》として、深《ふか》き感慨《かんがい》に堪《た》えないやうな面持《おももち》で、私達《わたしたち》の後姿《うしろすがた》を見送《みおく》つてゐた。

聯隊本部《れんたいほんぶ》に到着《たうちやく》したときは、夜《よる》の九時過《じす》ぎであつた。

消燈喇叭《せうとうラッパ》が吹《ふ》かれたあとであるから、普通《ふつう》は酒保《しゆほ》などは起《お》きてゐないのだが、今夜《こんや》は私達《わたしたち》の爲《た》めに、特《とく》に店《みせ》を開《あ》けてゐて呉《く》れた。

週番士官《オーダリー・ヲフイサー》大尉《たいゐ》と、聯隊副官大尉《れんたいふくくわんたいゐ》とが特別《とくべつ》に私達《わたしたち》を待《ま》ち受《う》けてゐた。

週番士官《しうばんしくわん》は其《そ》の時《とき》私達《わたしたち》に向《むか》つて口《くち》を開《ひら》いて、

『諸君《しよくん》！ よく來《き》て呉《く》れた。長《なが》い汽車旅行《きしやりよかう》で、さぞ疲《つか》れたであらう。今《いま》は燈消後《とうせうご》で、コツクも起《お》きてゐないから、紅茶《こうちや》も冷《ひ》えてゐるであらうが、之《これ》で渇《かつ》を醫《いや》して呉《く》れ給《たま》へ』

と言《い》ふて紅茶《こうちや》とサンドウヰツチを御馳走《ごちそう》して呉《く》れた。

斯《こ》んなことは、普通《ふつう》の募集兵《ぼしふへい》には無《な》い事《こと》で、日本人《につぽんじん》なればこそ、かく優遇《いうぐう》されたのださうである。そして更《さら》に我々《われ〳〵》に向《むか》つて、

『今夜《こんや》は聯隊長《れんたいちやう》も幹部《かんぶ》の人達《ひとたち》も皆寢《みなね》てゐるから、明日《あす》の朝紹介《あさせうかい》することとする。君達《きみたち》のテントも用意《ようい》してあるから、其處《そこ》に寢《やす》んで呉《く》れ給《たま》へ！』

と言《い》つた。

それから又前《またまへ》の古參兵二人《こさんへいふたり》に案内《あんない》され、テントのある所《ところ》に連《つ》れて行《ゆ》かれた。

私達《わたしたち》は、疲《つか》れた身體《からだ》を、テントの中《なか》の寢床《ベット》に横《よこた》へた。そして幕營地《キャンプ》に於《お》ける第《だい》一夜《や》を過《す》ごすこととなつた。

私達《わたしたち》の身體《からだ》は綿《わた》のやうに疲《つか》れてゐるが、夢《ゆめ》を結《むす》ぶことが出來《でき》ない。種々《いろ／＼》なことが想《おも》ひ出《だ》される。兵團《へいだん》が組織《そしき》されてから今日迄《こんにちまで》に起《おこ》つた色々《いろ／＼》の困難《こんなん》な事情《じじやう》や、樣々《さま／＼》の出來事《できごと》などが、次《つ》ぎから次《つ》ぎと思《おも》ひ出《だ》されて、なか／＼寢付《ねつ》くことが出來《でき》なかつた。つひウトウトとしたかと思《おも》ふと、もう東《ひがし》の空《そら》が白《しろ》みかけ、暫《しばら》くすると勇《いさ》ましい起床喇叭《きしやうラッパ》の音《おと》がきこえて來《き》た。朝《あさ》の五時頃《じごろ》だ。之《これ》が軍隊生活《ぐんたいせいくわつ》に入《はい》つて、最初《さいしよ》に聞《き》く喇叭《ラッパ》の音《ね》であつた。恰度東京《ちやうどとうきやう》の郊外《かうぐわい》、武藏野《むさしの》の森《もり》の梢《こずゑ》に、秋晴《あきば》れの空高《そらたか》く、鵯《ひよどり》の高調《かうてう》するのを聞《き》くやうに思《おも》はれて、私《わたし》の胸《むね》の血《ち》は湧《わ》き立《た》つのを覺《おぼ》えた。そして私《わたし》は勇躍《ゆうやく》して起床《きしやう》した。

起《お》きては見《み》たが、さて一同《どう》は呆然《ぼうぜん》としてゐた。軈《やが》て曹長《さうちやう》が來《き》て洗面所《せんめんじよ》に連《つ》れて行《い》つて呉《く》れた。

それから直《す》ぐに食堂《しよくだう》に案内《あんない》された。

食堂《しよくだう》は大《おほ》きなテントの中《なか》にあつて、中隊毎《ちうたいごと》に分割《ぶんかつ》されてゐた。食事《しよくじ》は極《きは》めて手輕《てがる》な料理《れうり》であつた。

ポレージ
ベーコン
ポテトウ
紅茶《こうちや》

とである。コーヒーなどといふ贅澤《ぜいたく》なものはなかつた。之《これ》が兵營《へいえい》に於《お》ける最初《さいしよ》の食事《しよくじ》であつた。

午前《ごぜん》八時《じ》半《はん》になると、曹長《さうちやう》が來《き》て、一同《どう》を聯隊本部《れんたいほんぶ》に案內《あんない》した。

本部《ほんぶ》といつても、やはりテントの中《なか》で、荒木作《あらきづく》りの椅子《いす》に机《つくゑ》といふ質素《しつそ》なものであつた。

正面《しやうめん》には無髯《むぜん》のニコ〳〵した中佐《ちうさ》がゐる。其《そ》の左右《さいう》には少佐《せうさ》、大尉《たいゐ》、中尉《ちうゐ》、少尉《せうゐ》といふ順《じゆん》に居《ゐ》流《なが》れてゐる。

老曹長《らうさうちやう》はテントの入口《いりぐち》で不動《ふどう》の姿勢《しせい》をとり、擧手《きよしゆ》の禮《れい》をして、靜《しづ》かに口《くち》を開《ひら》いた。

『昨夜《さくや》到着《たうちやく》しました日本人《につぽんじん》義勇兵《ぎゆうへい》、五十七名《めい》を連《つ》れて參《まゐ》りました。』

と報告《はうこく》した。

中佐《ちうさ》は輕《かる》く點頭《うなづ》き、男《をとこ》らしい顏面《がんめん》に微笑《びせう》を浮《うか》べながら立《た》ち上《あが》り、

「諸君《しよくん》！　此方《こちら》へお這入《はい》り下《くだ》さい。」

と云《い》ふて、それから、

「本官《ほんくわん》はスペンサー中佐《ちうさ》である。」

と自己紹介《じこせうかい》をやつた。

聯隊長《れんたいちやう》スペンサー中佐《ちうさ》は、其《そ》の時傍《ときかたは》らにゐた一人《ひとり》の丈高《たけだか》き、見《み》るからに機敏《きびん》にして剽悍《へうかん》そのものゝやうな、黒《くろ》いチヤプリン髯《ひげ》を生《は》やした少佐《せうさ》を呼《よ》んで耳語《みゝうち》した。すると少佐《せうさ》は立上《たちあが》つて、

「本官《ほんくわん》は當聯隊《たうれんたい》の中隊長《ちうたいちやう》D《デー》、マクーベリー少佐《せうさ》である。諸君《しよくん》は今後《こんご》、我輩《わがはい》の部下《ぶか》である。」

と述《の》べた。そして其《そ》の傍《かたは》らにゐる無髯紅顔《むぜんこうがん》の一大尉《たいゐ》を呼《よ》んで、再《ふたゝ》び口《くち》を開《ひら》き、

「茲《こゝ》に立《た》つて居《を》られるのは、當中隊附《たうちうたいづき》のデヴヰス大尉《たいゐ》である。諸君《しよくん》は今《いま》からデヴヰス大尉《たいゐ》の指揮《しき》を受《う》け、給與係《きふよがかり》から軍需品《ぐんじゆひん》の總《すべ》てを受取《うけと》り、諸君《しよくん》の武装《ぶさう》が終《をは》つたら、宣誓式《せんせいしき》を擧行《きよかう》する。」

と告《つ》げた。

私達《わたしたち》はデヴヰス大尉《たいゐ》に連《つ》れられて、給與室《きふよしつ》に行《ゆ》き、各自軍需品《かくじぐんじゆひん》を受取《うけと》つた。デヴヰス大尉《たいゐ》はすべて親切《しんせつ》に私達《わたしたち》を導《みちび》いて呉《く》れた。私達《わたしたち》は心《こゝろ》から同中尉《どうちうゐ》に感謝《かんしや》した。

私達《わたしたち》は、義勇兵時代《ぎゆうへいじだい》より待望《たいばう》してゐた軍服《ぐんぷく》を身《み》に纏《まと》ひ得《え》たので、雀躍《こおどり》して喜悦《よろこ》んだ。まるで子《こ》供《ども》がするやうな私達《わたしこゞ》の表情《へうじやう》を、デヴヰス大尉《たいゐ》は傍《かたは》らから嬉《うれ》しさうに眺《なが》めてゐた。あたかも花見《はなみ》にでも行《ゆ》くときハ子供達《こどもたち》の晴衣《はれぎ》を、親達《おやたち》が眺《なが》めて喜《よろこ》んでゐるやうな風《ふう》であつた。

私達《わたしたち》が軍服《ぐんぷく》に着更《きが》へて了《しま》ふのを見《み》て、突然《とつぜん》大尉《たいゐ》は姿勢《しせい》を正《たゞ》し、軍隊式《ぐんたいしき》に蠻聲《ばんせい》を張上《はりあ》げ、

『集《フオール・イン》　れ！』

『氣を付《シヨン》け！』

と號令《がうれい》をかけた。私達《わたしたち》は一寸驚《ちよつとおどろ》いたが、瞬間《しゆんかん》ハツト氣《き》が付《つ》くと、直《す》ぐ美事《みこと》に整列《せいれつ》した。大尉《たいゐ》は満《まん》足氣《そくけ》に之《これ》を眺《なが》めて、

『諸君《しよくん》が晩市《ヴアンクーバー》で、軍隊《ぐんたい》の教練《けうれん》を受《う》けたと聞《き》いてゐたから、今之《いまこれ》を試《こゝろ》みて見《み》たのである。聞《き》きしにまさつて諸君《しよくん》はよく訓練《くんれん》せられてゐる。私《わたし》も大《おほい》に満足《まんぞく》に思《おも》ふ。早速《さつそく》聯隊長《れんたいちやう》及《およ》び中隊長《ちうたいちやう》に之《これ》を報告《はうこく》することとしやう。』

といつた。そして大尉《たいゐ》はニコ〳〵して私達《わたしたち》を引率《いんそつ》し、聯隊長《れんたいちやう》の前《まへ》に連《つ》れて行《い》つた。

聯隊長《れんたいちやう》は聖書《バイブル》を取出《とりだ》し、私達《わたしこち》の一人《ひとり》一人《ひとり》を呼《よ》び出《だ》して、

『大英國皇帝陛下《だいえいこくくわうていへいか》及《およ》び陛下《へいか》の國土《こくど》の爲《た》め、絕對《ぜつたい》の忠義《ちうぎ》を盡《つく》すことを誓《ちか》ふ。』

といふて、一人《ひとり》一人《ひとり》聖書《せいしよ》に接吻《せつぷん》させた。

斯《か》くて宣誓式《せんせいしき》は濟《す》んだ。私達《わたしたち》は茲《こゝ》に始《はじ》めて立派《りつぱ》な軍人《ぐんじん》となつた譯《わけ》である。

宣誓式《せんせいしき》が終《をは》ると、マクーベリー少佐《せうさ》は、私達《わたしたち》に向《むか》つて、

『諸君《しよくん》は今後《こんご》、D《ディ》中隊《ちうたい》の第《だい》十五小隊《せうたい》に屬《ぞく》する。小隊長《せうたいちやう》は、諸君《しよくん》をスキーナ河《かは》の漁場《ぎよぢやう》に迎《むか》へに行《い》つた、ジョンス中尉《ちうゐ》である。』

といふた。そして二人《ふたり》の軍曹《ぐんさう》を呼《よ》んで

『此處《こゝ》に居《ゐ》る二人《ふたり》の軍曹《ぐんさう》は、今後《こんご》諸君附《しよくんつき》の軍曹《ぐんさう》である、萬事《ばんじ》この人達《ひとたち》から聞《き》き取《と》られたい。』

と言《い》ひ渡《わた》された。

以上《いじやう》の人達《ひとたち》は、皆私達《みなわたしたち》の幹部《かんぶ》であつた。

軍服

＝キングス・ユニフオーム＝メープル・リーフ＝

私《わたし》は、我々《われ〳〵》の軍服《ぐんぷく》、所謂《いはゆる》キングス・ユニフオームに就《つ》いて述《の》べて見《み》やう。

服《ふく》の色《いろ》は軍帽《ぐんばう》、軍服《ぐんぷく》ともに、靑《あを》みがかつたカーキ色《いろ》である。地質《ちしつ》はスコッチ織《おり》であつて、ダブルカラーの樣《やう》になつてゐる詰襟《つめえり》である。ボタンは五個《こ》で金色《きんいろ》をしてゐて、英國帝室《えいこくていしつ》を表象《へうしやう》してゐる、ローヤル、クラウン（王冠《わうくわん》）を表《あら》はし、上着《コート》には四つのポケットがある。そして各々《おの〳〵》同《おな》じボタンの小《ちひ》さいので留《と》めてある。

肩章《けんしやう》は聯隊番號及《れんたいばんがうおよ》びCANADAと金文字《きんもじ》が入《い》れてある。襟章《えりしやう》には加奈陀《カナダ》を表現《へうげん》した、メープル、リーフ（楓葉《ふうえふ》）に金冠《きんくわん》が燦然《さんぜん》として輝《かゞや》いてゐる。そして之等《これら》の服裝《ふくさう》は、英本國《えいほんごく》の兵《へい》とは變《かは》らないが、只襟章《たゞえりしやう》の楓葉《メープル・リーフ》だけが異《こと》るのみである。

メープル・リーフを見《み》れば、片田舍《かたゐなか》の人《ひと》でも、皆《みな》加奈陀《カナダ》兵《へい》であるといふことを知《し》つてゐる。

楓葉《もみぢ》は加奈陀《カナダ》の表象《シンボル》であるのだ。

軍帽《ぐんばう》は軍服《ぐんぷく》と同色《どうしよく》、同地質《どうちしつ》である。帽子《ばうし》の徽章《きしやう》は各聯隊《かくれんたい》に依《よ》つて異《こと》つてゐる。然《しか》し楓葉《ふうえふ》と王冠《わうくわん》は同《おな》じで、其《そ》の中《なか》に各聯隊《かくれんたい》の數字《すうじ》を現《あら》はしてゐる。參謀將校《さんぼうしやうかう》の軍帽《ぐんばう》は、上半分《うへはんぶん》がカーキ色《いろ》で、下《した》半分《はんぶん》が赤色《せきしよく》の羅紗《らしや》である。參謀將校《さんぼうしやうかう》で少佐《せうさ》以上《いじやう》は、帽子《ばうし》のヒサシに金《きん》モールの唐草模樣《からくさもやう》がついてゐる。そして同階級《どうかいきふ》の將校《しやうかう》でも、參謀《さんぼう》は隊附將校《たいつきしやうかう》よりも常《つね》に上級《じやうきふ》である。

少佐《せうさ》以上《いじやう》の將校《しやうかう》に對《たい》しては、捧《さゝ》げ銃《つゝ》の敬禮《けいれい》を爲《な》すことになつてゐる。

將校《しやうかう》の軍服《ぐんぷく》は、詰襟《つめえり》が、折襟《をりえり》と變《かは》つてゐるのみである。

位階《ゐかい》の順序《じゆんじよ》は、袖《そで》及《およ》び肩《かた》に星章《せいしやう》一個《こ》を附《ふ》したるものは、少尉《セコンド・レフテナント》である。同《おな》じく二個《こ》をつけたものは中尉《レフテナント》、三個《こ》は大尉《キヤプテン》である。

王冠《わうくわん》一個《こ》を肩《かた》と袖《そで》につけてゐるのは、少佐《メージヨア》である。同《おな》じく王冠《わうくわん》に星章《せいしやう》一個《こ》が中佐《レフテナント・カーネル》、同《おな》じく王冠《わうくわん》に星章《せいしやう》二個《こ》が大佐《カーネル》である。

金《きん》モールにて、元帥杖《げんすゐぢやう》の交叉《かうさ》せるものを肩章《けんしやう》につけてゐるのは、旅團少將《ブリゲデイア・ゼネラル》である。之《これ》は袖章《しうしやう》はないが、襟章《えりしやう》には金《きん》モールにて唐草模樣《からくさもやう》がつけてある。

王冠《わうくわん》に獅子《しし》の肩章《けんしやう》は少將《メジヨア・ゼネラル》である。元帥杖《げんすゐぢやう》に、王冠《わうくわん》に、獅子《しし》を現《あら》はしたものは中將《レフテナント・ゼネラル》である。

元帥杖《げんすゐぢやう》に、獅子《しし》に、星章《せいしやう》一個《こ》は大將《ゼネラル》である。下士官《かしくわん》では、准《じゆん》にローヤル・クラウン一個《こ》をつけたのが特務曹長《レヂメンタル・サージエント・メジョア》である。袖《そで》にクラウン一個《こ》をつけたのが曹長《サージエント・メジョア》である。三本《ぼん》の腕章《わんしやう》が軍曹《サージエント》で、同《おな》じく二本《ほん》が伍長《コーポラル》である。一本《ぽん》が上等兵《ランス・コーポラル》である。

將校《しやうかう》は「オツフヰサア」と呼《よ》び、准士官《じゆんしくわん》及《およ》び下士官《かしくわん》は「ノンコムミツションド・ヲツフヰサア」と呼《よ》び、兵士《へいし》は「プライヴエート」と呼《よ》ぶのである。

サーシー・キヤンプ

＝キヤルガリー市＝聯隊のテント生活＝見渡す限りテントの林立＝ＹＭＣＡのテント＝

サーシー・キヤムプ（幕營地《まくえいち》）は、キヤルガリー市《し》を去《さ》ること十二哩《まいる》の地點《ちてん》にあつて、ロツキー山《さん》の東方《とうはう》に當《あた》る、所謂山東平原《いはゆるさんとうへいげん》の咽喉《いんこう》に位《くらゐ》する處《ところ》である。

キヤルガリー市《し》よりは、軍用電車《ぐんようでんしや》が敷設《ふせつ》してある。

サーシー・キヤムプは、加奈陀《カナダ》西部《せいぶ》所在《しよざい》の各聯隊《かくれんたい》の幕營地《ばくえいち》として選《えら》まれた絶好《ぜつかう》の土地《とち》であつて、其處《そこ》には數十《すう》の聯隊《れんたい》がテント生活《せいくわつ》をしてゐる。

この平原《へいげん》の一端《たん》に立《た》つて眺《なが》めると、何處《どこ》までも見《み》ゆる限《かぎ》りは白色《はくしよく》のテントが立《た》ち連《つら》なつてゐる。其《そ》の壯大《さうだい》な威容《ゐよう》には、誰《たれ》しも驚異《きやうい》の目《め》を見張《みは》らずにはゐられまい。各聯隊《かくれんたい》の歩哨《ほせう》は、互《たがひ》に連絡《れんらく》を取《と》つて、敵國《てきこく》の間諜《かんてふ》や獨探《どくたん》などの警戒勤務《けいかいきんむ》に服《ふく》してゐる。その光景《くわうけい》は、恰度《ちやうど》昔《むかし》の支那《しな》三國時《こくじ》代《だい》の五丈原《じやうげん》も斯《か》くやと想《おも》はせるものがある。私《わたし》はこの林立《りんりつ》するテントを眺《なが》めたとき、深夜《しんや》各陣營《かくぢんえい》を巡視《じゆんし》する孔明《こうめい》の勇姿《ゆうし》を思《おも》ひ浮《うか》べた。

魏軍《ぎぐん》の營《えい》も音絶《おとた》えて　夜《よ》は靜《しづ》かなり五丈原《じやうげん》
たゝずと思《おも》ふ今《いま》のまも　丹心國《たんしんくに》を忘《わす》られず
病《やまひ》を扶《たす》け身《み》を起《おこ》し、　臥帳掲《ぐわちやうかゝ》げて立《た》ちいづる
夜半《よは》の大空雲《おほぞらくも》もなし。
嗚呼《ああ》陣頭《ぢんとう》にあらはれて　敵《てき》とまた見《み》ん時《とき》やいつ
祁山《きざん》の嶺《みね》に長驅《ちやうく》して　心《こゝろ》は勇《いさ》む風《かぜ》の前《まへ》

王師《わうし》たゞちに北《きた》をさし　馬《うま》に河洛《かうく》に飲《の》まさむと
願《ねが》ひしそれもあだなりや　胸裏《きやうり》百萬兵《まんぺい》はあり
帳下《ちやうか》三千將足《しやうた》るも　彼《か》れはた時《とき》をいかにせむ。

晩翠《ばんすゐ》の「星落秋風《ほしおつしうふう》五丈原《ごぢやうげん》」の詩《し》を微吟《びぎん》しつゝ、私《わたし》は暫《しば》し立《た》ちつくした。

この林《はやし》の如《ごと》く連立《れんりつ》するテントの中《なか》に、衆目《しうもく》を引《ひ》く大《だい》テントがある。

そして其《そ》の入口《いりくち》には、倒立《たふりつ》したる赤色《せきしよく》三角形旗《かくけいき》の中《なか》に、ＹＭＣＡと記《しる》してある。

このテントは陸海軍省《りくかいぐんしやう》より許可《きよか》せられた、基督敎《キリストけう》青年會《せいねんくわい》のテントである。其處《そこ》には英國皇帝陛《えいこくくわうていへい》下《か》及《およ》び陛下《へいか》の國家《こくか》の爲《た》め、出征《しゆつせい》せんとする軍人《ぐんじん》の爲《た》めに、出來得《できう》る限《かぎ》りの慰安《ゐあん》を與《あた》へやうとして、青年會《せいねんくわい》の人達《ひとたち》が涙《なみだ》ぐましきまでに努力《どりよく》してゐる。

またテントの內《うち》には多《おほ》くの婦人達《ふじんたち》が活動《くわつどう》してゐる。彼女達《かのぢよたち》は衷心《ちうしん》より湧《わ》き出《い》づる同情《どうじやう》と、親切《しんせつ》心《しん》から奮《ふる》ひ起《た》つて、戰場《せんぢやう》に向《む》はんとする我々軍人《われ〳〵ぐんじん》の爲《た》めに活動《くわつどう》してゐるのだ。

テントには封筒《ふうとう》、用箋《ようせん》、煙草《たばこ》、切手《きつて》、菓子《くわし》、コーヒーなどが備《そな》へてあつて、軍隊《ぐんたい》の酒保《しゆほ》より安《やす》く賣《う》つてゐる。郵便《いうびん》は皆此處《みなここ》で用《よう》が足《た》り、封筒《ふうとう》や用箋《ようせん》は自由《じいう》に使用《しよう》することが出來《でき》る。

各幕營地《かくばくえいち》は勿論《もちろん》、戰線《せんせん》までも、テントの在《あ》るところ、必《かなら》ず此《こ》のＹＭＣＡが活動《くわつどう》してゐる。是等《これら》婦《ふ》人《じん》の存在《そんざい》は、正《まさ》に萬綠叢中紅一《ばんりよくそうちうこう》點《てん》と言《い》ふべきであらふ。而《しか》も私達《わたしたち》のやうな若武者《わかむしや》の、戰場《せんぢやう》に於《お》けるテント生活《せいくわつ》には、其《そ》の空氣《くうき》を、著《いちじる》しくなごやかにするに効果《かうくわ》百パーセントであつた。

幕營生活

＝テントには九人宛＝便所掃除の罰＝毎朝髯剃りのこと＝日曜日には說敎＝食堂で何か不足はないか？＝キャリー・オン＝

テントは九人宛《にんづゝ》に割當《わりあて》てられてゐる。そして圓錐形《ゑんすゐけい》のもので、一本《ぽん》の木《き》の柱《はしら》を基《もと》としてテントが張《は》られてゐる。寢《ね》るのには板張《いたは》りの床《とこ》に、一枚《まい》のラバー・シートと、二枚《まい》の毛布《もうふ》だけである。各自《かくじ》の銃器《じうき》は其《そ》の柱《はしら》の下《した》に立《た》て掛《か》けて置《お》くのであつて、背嚢枕《はいなうまくら》に外套被《ぐわいたうかぶ》つて寢《ね》るのだ。毎日朝《まいにちあさ》の六時《じ》から午後《ごご》の四時迄《じまで》は、敎練及《けうれんおよ》び勤務《きんむ》に服《ふく》してゐる。午後《ごご》の四時半《じはん》から夜《よる》の九時《じ》までは、各自《かくじ》の自由行動《じいうかうどう》をとることが出來《でき》る。但《たゞ》し歩哨勤務《ほせうきんむ》に當《あた》つたものは、一晝夜《ちうや》の間《あひだ》其の勤務《きんむ》に服《ふく》さなければならない。

それから各中隊交代《かくちうたいかうだい》で、時々炊事場《ときどきすゐじば》に應援《おうゑん》にゆくことになつてゐる。然《しか》し無性髯其他《ぶしやうひげそのた》のことで罰《ばつ》せられたものは、便所掃除《べんじよさうぢ》や、炊事場《すゐじば》の方《はう》にやられる。

幕營生活《ばくえいせいくわつ》を時間《じかん》に區分《くぶん》して其《そ》の生活狀態《せいくわつじやうたい》を述《の》べてみやう。

午《ご》前《ぜん》六時《じ》　起床及《きしやうおよ》び點呼《てんこ》
同《どう》十五分《ふん》　洗面及《せんめんおよ》び髯剃《ひげそ》り、軍服《ぐんぷく》のボタン磨《みが》き
同《どう》七時《じ》　食事《しよくじ》
同《どう》七時《じ》半《はん》　整列《せいれつ》、小隊長《せうたいちやう》の檢査《けんさ》、當日《たうじつ》の勤務割當《きんむわりあて》
同《どう》八時《じ》　聯隊長《れんたいちやう》の檢閲及《けんえつおよ》び練兵《れんぺい》
正《しやう》午《ご》　晝食《ちうしよく》
午《ご》後《ご》一時《じ》　練兵《れんぺい》
同《どう》四時《じ》　練兵終《れんぺいをは》り
同《どう》四時《じ》半《はん》より九時《じ》迄《まで》　自由行動《じいうかうどう》

このうちで髯剃《ひげそ》りとボタン磨《みが》きといふことは、讀者《どくしや》が不思議《ふしぎ》に思《おも》はれるであらうが、大英國陸《だいえいこくりく》軍《ぐん》に於《おい》ては、清潔《せいけつ》といふことに非常《ひじやう》に重《おも》きを置《お》いてゐる。戰線《せんせん》に勤務中以外《きんむちういぐわい》の部隊《ぶたい》は、常《つね》に無性《ぶしやう》髯《ひげ》を伸《のば》したり・ボタンに一點《てん》の錆《さび》も留《とゞ》め置《お》くことを許《ゆる》されない。午前《ごぜん》七時《じ》半《はん》の小隊長《せうたいちやう》の檢査《けんさ》に、無性髯《ぶしやうひげ》を伸《のば》してゐたり、軍服《ぐんぷく》のボタン磨《みが》きを怠《おこた》つたことを發見《はつけん》されると、少《すくな》くも三日《か》間《かん》の罰俸《ばつぽう》、又《また》は三日《か》間《かん》の便所掃除《べんじよさうぢ》を、勤務時間以外《きんむじかんいぐわい》に行《や》らせられるのだ。

又同《またどう》一人《にん》が、二犯《はん》三犯《ぱん》と斯《か》かる刑罰《けいばつ》を重《かさ》ねると、一週間位《しうかんぐらゐ》の輕營倉《シーピー》を仰《あふ》せ付《つ》けられる。其《そ》れをC《シー》、B《ビー》と稱《しよう》してゐる。C、Bとは Confined《コンファインド》 Barrack《バラック》を意味《いみ》するので、C、Bといふと、兵士《へいし》にとつては一番嫌《ばんきら》はれてゐた。

日曜日《にちえうび》には、午前《ごぜん》九時《じ》から聯隊《れんたい》一同《どう》が、聯隊附牧師《れんたいづきぼくし》の說敎《せつけう》を聽《き》くのだ。この牧師《ぼくし》は大尉相當官《たいゐさうたうくわん》であつて、チヤツプレーンと稱《とな》へられ聯隊長以下《れんたいちやういか》必《かなら》ず三十分間謹聽《ぷんかんきんちやう》する義務《ぎむ》がある。

將校《しやうかう》でも時《とき》には此說敎中《このせつけうちう》に舟《ふね》を漕《こ》いで、鬼《おに》が島《しま》へ遠征《ゑんせい》を試《こゝろ》むる者《もの》もあるが、流石《さすが》に聯隊長《れんたいちやう》スペンサー中佐《ちうさ》は、殊《こと》に眞面目《まじめ》に聽《き》いてゐた。特《とく》に夏《なつ》は舟《ふね》を漕《こ》ぐ者《もの》が多《おほ》かつた。

午餐《ごさん》の時《とき》には、心《こゝろ》ず當直將校《たうちよくしやうかう》は軍曹《ぐんさう》を一名《めい》引《ひ》き連《つ》れて、食堂《しよくだう》にやつて來《く》る、其時《そのとき》一同《どう》は直立不《ちよくりつふ》

動《どう》の姿勢《しせい》をとる。スルト當直將校《たうちよくしやうかう》は一同《どう》に向《むか》つて、

「Any《エニー・》 Complaint?《コンプレーント》」(何《なに》か不足《ふそく》は無《な》いか?)

と必《かなら》ず訊《たづ》ねる。其時《そのとき》誰《たれ》かゞ、

「此《こ》の肉《にく》が腐敗《ふはい》して居《を》ります。」

とでも言《い》へば、炊事軍曹《すゐじぐんさう》は直《たゞ》に目前《もくぜん》に引出《ひきだ》され、眼《め》の玉《たま》の飛《と》び出《で》る程《ほど》叱《しか》られる。そして直《たゞ》ちに良《りやう》肉《にく》と引換《ひきかへ》を命《めい》ぜられる。

若《も》し一同《どう》が默《だま》つてゐると、當直將校《たうちよくしやうかう》は、何《いづ》れも不足《ふそく》が無《な》いものと認《みと》めて、

「Carry on!《キャリ オン》」

の一語《ご》を殘《のこ》して退場《たいぢやう》する。そこで一同《どう》は直《たゞ》にパク付《つ》くのである。

軍隊內《ぐんたいない》の酒保《しゆほ》は、聯隊自身《れんたいじしん》に之《これ》を管理《くわんり》し、老巧《らうかう》の軍曹《ぐんさう》が番頭《ばんとう》で、手代《てだい》は勝手《かつて》に傭入《やとひい》れてゐる。故《ゆゑ》に不正商人《ふせいしやうにん》の出入《しゆつにふ》は絕對《ぜつたい》にない。然《しか》し品物《しなもの》の仕入《しいれ》に際《さい》しては、やはり其地方《そのちはう》の商人《しやうにん》より買入《かひい》れるので、其《そ》の邊《へん》に多少《たせう》の事情《じじやう》が無《な》いでもないさうである。が我々《われ〳〵》の聯隊《れんたい》には、そんなことをする者《もの》は一人《り》も無《な》かつた。是《これ》は特《とく》に監督將校《かんとくしやうかう》アイヤランド大尉《たいゐ》の名譽《めいよ》の爲《た》めに一言《ごん》を附《ふ》する次第《しだい》であ

る。

酒保《しゆほ》で販賣《はんばい》するものは、煙草《たばこ》、切手《きって》、菓子《くわし》、ビール、其他《そのた》日用品《にちようひん》の數種《すうしゆ》である。價格《かかく》は市價《しか》の三割位《わりくらゐ》は安《やす》い。煙草《たばこ》などは市價《しか》一袋《ふくろ》十五仙《セント》のものが、酒保《しゆほ》では三袋《ふくろ》で二十五仙《セント》である。之《これ》は非常《ひじやう》に廉價《れんか》であ　が、煙草《たばこ》の袋《ふくろ》には證券印紙《しようけんいんし》が貼《は》つてない。之《これ》は政府《せいふ》が軍隊《ぐんたい》の爲《た》めに、特《とく》に税金《ぜいきん》を免除《めんぢよ》したのである。

聯隊に出動命令降下

＝出征は一週間以内だ＝出陣の祝杯＝白酒に醉ふたお多福のやうだ＝新婚の夜の花嫁か？＝聯隊長の訓示＝我々はお互に獨身者であらねばならぬ＝佛國乙女の誘惑＝

西暦《せいれき》千九百十六年《ねん》（大正《たいしやう》五年《ねん》）九月《ぐわつ》二十日《か》午後《ごご》五時頃《じごろ》・小隊附軍曹《せうたいつきぐんさう》プライヤー氏《し》は、顏《かほ》の相格《さうがう》を崩《くづ》しながら・私達《わたしたち》のテントに飛込《とびこ》んで來《き》た。

「愈々《いよいよ》聯隊《れんたい》に出發命令《しゆつぱつめいれい》が降下《かうか》した。諸君《しよくん》喜《よろこ》び給《たま》へ！　出征《しゆつせい》は一週間以内《しうかんいない》だぞッ。」

といふて忙《いそ》がしさうに駈《か》け去《さ》つて了《しま》つた。

晝間《ひるま》の練兵《れんぺい》が終《をは》つて、ホツト一息入《ひといきい》れてゐたとき、之《こ》の通報《しらせ》を聞《き》いて、一同《ごう》は警破《すわ》とばかりに緊張《きんちやう》した氣分《きぶん》になつた。私達《わたしたち》は早速聯隊《さつそくれんたい》の爲《た》あに祝杯《しゆくはい》を擧《あ》げやうと、酒保《しゆほ》に突擊《とつげき》した。驚《おどろ》いたことに酒保《しゆほ》は既《すで》に大入滿員《おほいりまんゐん》の盛況《せいきやう》だ。併《しか》し私達《わたしたち》の姿《すがた》を見《み》ると一同《どう》は言《い》ひ合《あは》せたやうに、

『Come《カム、》 on!《オン》 brother!《ブラザー》 have《ハブ》 some《サム》 drink《ドリンク》 for《フオア》 us?《アス》』

（來《こ》いよ！　兄弟《きやうだい》！　お互《たがひ》に祝杯《しゆくはい》を擧《あ》げやうぢやないか？）

と口々《くちぐち》に言《い》ひながら、私達《わたしたち》の手《て》を引張《ひつぱ》つて行《い》つて、互《たがひ》に祝杯《しゆくはい》の數々《かずかず》を擧《あ》げたのであつた。常《つね》には嚴《いか》めしく控《ひか》へてゐる特務曹長《とくむさうちやう》の髯面《ひげつら》も、今日《けふ》は宛《あたか》も白酒《しろざけ》に醉《よ》つたお多福《たふく》面のやうだ。この老好漢《らうかうかん》も亦心中嬉《またしんちううれ》しさに躍《おど》つてゐたのであらう。

明《あ》くれば二十一日私達《にちわたしたち》は緊張《きんちやう》した氣分《きぶん》に滿《み》たされ、練兵場《れんぺいぢやう》に整列《せいれつ》して聯隊長《れんたいちやう》の檢閱《けんえつ》を待《ま》つてゐた。然《しか》るにニコ〳〵した聯隊長《れんたいちやう》の顏《かほ》は見《み》えたが、出發命令《しゆつぱつめいれい》に就《つい》ては一言《ごん》も言《い》はなかつた。中隊長《ちうたいちやう》マクーベリー少佐《せうさ》が、一同《どう》に下着《したぎ》と靴下《くつした》を全部新《ぜんぶあた》らしきものと取換《とりか》へることを命《めい》じた。そして將《しやう》校達《かうたち》は何《な》んとなく忙《せは》しさうに見受《みう》けられた。

この日《ひ》は練兵《れんぺい》が無《な》いので、私達《わたしたち》は一日休息《にちきうそく》することが出來《でき》た。私達《わたしたち》はこの間《あひだ》に故國《ここく》の人達《ひとたち》や、加奈陀《カナダ》の知人《ちじん》に手紙《てかみ》を書《か》いた。

副官《ふくくわん》のウヰリアムス大尉《たいゐ》は、大《おほ》きな書類包《しよるゐつつみ》を抱《かゝ》えて、忙《せは》しさうに自動車《じどうしや》を走《はし》らせ、司令部《しれいぶ》に行《ゆ》くのが目立《めだ》つた。

私達《わたしたち》は愈々《いよいよ》出動命令《しゆつどうめいれい》が降下《かうか》したのだなと思《おも》つて、好奇《かうき》の眼《め》を見張《みは》つてゐた。そして其《そ》の日《ひ》も暮《く》れて了《しま》つた。

翌日《よくじつ》は一同軍醫《どうぐんい》の健康診斷《けんかうしんだん》を受《う》け、胸部《きようぶ》に何《なに》か藥《くすり》を注射《ちうしや》された。きくところによると呼吸器病《よきふきびやう》の感染《かんせん》を豫防《よばう》する爲《た》めだらうで、その爲《た》めに私達《わたしたち》は四十八時間《じかん》の休養《きうやう》を命《めい》ぜられた。

二十五日《にち》となつた。起床後《きしやうご》の點呼《てんこ》が濟《す》むとプライヤー軍曹《ぐんさう》が、相變《あひかは》らずニコ〳〵してやつて來《き》た。そして私達《わたしたち》に向《むか》つて
「今日《けふ》は午後《ごご》一時《じ》から、聯隊長殿《れんたいちやうどの》の訓示《くんじ》とクルツクシヤンク少將閣下《せうしやうかくか》の檢閲《けんえつ》がある。だから諸《しよ》君《くん》は特《とく》に武裝《ぶさう》に注意《ちうい》し、無性髯《むしやうひげ》やボタンの曇《くも》りなどのないやうに、その他《た》萬事《ばんじ》手落《ておち》なく仕度《したく》をせよ……。」

と言《い》ひ渡《わた》された。

私達《わたしたち》は恰度《ちやうど》花嫁《はなよめ》が、新婚《しんこん》の夜《よ》が近《ちか》づく午後《ごご》の日《ひ》の如《ごと》く、只《た》だそわ〳〵として毛布《もうふ》を疊《たゝ》んで見《み》たり、直《なほ》して見《み》たり、軍服《ぐんぷく》のボタンをいやが上《うへ》に光《ひか》らせたり、私達《わたしたち》の心《こゝろ》は出征《しゆつせい》の嬉《うれ》しさに勇躍《ゆうやく》してゐた。

軈《やが》て晝食《ちうじき》も濟《す》み、午後《ごご》一時《じ》になると集合喇叭《しふがふラッパ》は吹奏《すゐそう》された。私達《わたしたち》は迅速《じんそく》に整列《せいれつ》して待《ま》つてゐたすると、小隊長《せうたいちやう》のジョンス中尉《ちうゐ》が私達《わたしたち》を檢査《けんさ》して、滿足《まんぞく》げに、

『very《ヴエリー》 good《グット》!』（大《おほい》に好《よ》い）

と言《い》つた。それから私達《わたしたち》は一同《どう》そろつて練兵場《れんぺいぢやう》に行《い》つた。其處《そこ》には聯隊長《れんたいちやう》のスペンサー中佐《ちうさ》が、副官《ふくくわん》ウヰリアムス大尉《たいゐ》を從《したが》へ、緊張《きんちやう》した面持《おもも》ちで私達《わたしたち》を待《ま》つてゐた。

聯隊總員《れんたいそうゐん》の整列《せいれつ》するのを待《ま》つて、聯隊長《れんたいちやう》は嚴格莊重《げんかくさうちよう》の態度《たいど》で、左《さ》の如《ごと》き訓示《くんじ》を述《の》べた。

『我《わ》が第《だい》百七十五聯隊《れんたい》に、愈々出動命令《いよ〳〵しゆつどうめいれい》が下《くだ》つた。就《つい》ては諸君《しよくん》が想像《さうざう》する通《とほ》り、我等《われら》の向《むか》つて行《ゆ》く處《ところ》は佛國《ふつこく》の西部戰場《せいぶせんぢやう》である。

勿論敵《もちろんてき》は獨軍《どくぐん》である。彼等《かれら》は實《じつ》に勇猛《ゆうまう》なる兵士《へいし》として既《すで》に天下《てんか》に知《し》られてゐる。我等《われら》にとつ

ては好敵手《かうてきしゆ》である。それのみならず我等《われら》は尚多《なほおほ》くの強敵《きやうてき》を控《ひか》へてゐる。風雪《ふうせつ》と闘《たゝか》はねばならぬ。暑熱《しよねつ》と闘《たゝか》はねばならぬ。病氣《びやうき》とも闘《たゝか》はねばならぬ。殊《こと》に若《わか》き血汐《ちしほ》の流《なが》れてゐる諸君《しよくん》が、特《とく》に注意《ちうい》せねはならぬことは、若《わか》き婦人《ふじん》、解語《かいご》の花《はな》の誘惑《いうわく》に打《う》ち勝《か》つことである。吾々《われ〳〵》の行路《かうろ》である、倫敦《ロンドン》や、巴里《パリー》には幾多《いくた》の誘惑《いうわく》が待《ま》つてゐる。若《も》しも我々《われ〳〵》が其《そ》の方面《はうめん》の敵《てき》に敗《やぶ》れて、花柳《くわりう》病《びやう》などに犯《をか》されるやうなことになれば、諸君《しよくん》の立派《りつぱ》なる志願兵《しぐわんへい》としての本意《ほんい》にも悖《もと》ることであり、又故《またこ》郷《きやう》に在《あ》つて、諸君《しよくん》の凱旋《がいせん》の日《ひ》を待《ま》つてゐる諸君《しよくん》の妻子《さいし》、父母《ふぼ》、兄弟《きやうだい》、又《また》は近親朋友達《きんしんほういうたち》の意《い》志《し》にも反《はん》することであらう。昔《むかし》より戰場《せんぢやう》に於《お》ける敵《てき》は破《やぶ》るに難《かた》くはないが、心中《しんちう》の敵《てき》は敗《やぶ》り難《かた》いと言《い》はれてゐる。故《ゆゑ》に諸君《しよくん》は特《とく》に此點《このてん》に就《つい》て深《ふか》く注意《ちうい》せられんことを望《のぞ》む。又《また》午《ご》後《ご》四時《じ》には、軍管區《ぐんくわんく》司《し》令官《れいくわん》クルツクシヤンク少將閣下《せうしやうかくか》の檢閲《けんえつ》がある。此處《ここ》には他《た》の聯隊《れんたい》も多《おほ》くゐることであるから、我《わ》が聯隊《れんたい》は一番成績《ばんせいせき》が善《よ》かつたと言《い》はるるやう、諸君《しよくん》の奮勵努力《ふんれいどりよく》を望《のぞ》む。』

と言《い》つた。之《こ》れで聯隊長《れんたいちやう》の訓示《くんじ》は濟《す》み、各中隊《かくちうたい》は中隊長《ちうたいちやう》に引率《いんそつ》せられてテントに戻《もど》つた。我《わ》が中《ちう》隊《たい》もマクーベリー少佐《せうさ》に引率《いんそつ》せられて、我々《われ〳〵》のテントの入口《いりぐち》に來《き》た。其《そ》の時快漢《ときくわいかん》マクーベリー少《せう》佐《さ》は私達《わたしたち》に向《むか》つて口《くち》を開《ひら》いた。

『諸君《しよくん》は只今《たゞいま》聯隊長殿《れんたいちやうどの》よりの訓示《くんじ》を聽《き》いたであらう。實《じつ》に我々《われ〳〵》の頭上《づじやう》には、幾多《いくた》のテンプテーション（誘惑《いうわく》）が降《ふ》りかかつて來《く》るであらう。殊《こと》に行《ゆ》く先《さ》きは佛國《ふつこく》である。諸君《しよくん》はフレンチ・ガール（佛蘭西乙女《フランスおとめ》）のことを念頭《ねんとう》に置《お》いてはならぬ。只《た》だ獨兵《どくへい》と云《い》ふことだけを心《こゝろ》に思《おも》ふて奮鬪《ふんとう》せよ。お互《たがひ》に私達《わたしたち》は戰場《せんぢやう》に在《あ》る間《あひだ》は獨身者《どくしんしや》であらねばならぬ。故《ゆゑ》に生理的《せいりてき》にも吾等《われら》の誘惑《いふわく》は強敵《きやうてき》である。斯《か》くいふ我輩自身《わがはいじしん》も亦《また》此《こ》の誘惑《いうわく》に直面《ちよくめん》せねばならぬ。であるから此點《このてん》は諸君《しよくん》と共《とも》に、大《おほい》に警戒《けいかい》しなければならない。而《しか》してヴヰクトリア・クロツス（金鵄勳章《きんしくんしやう》に相當《さうたう》するもの）をD《ディ》中隊《ちうたい》が一番多《ばんおほ》く貰《もら》つたといふレコード（記錄《きろく》）を作《つく》らうではないか。四時《じ》には司令官《しれいくわん》閣下《かくか》の檢閱《けんえつ》があるから、大《おほい》に注意《ちうい》して善《よ》くやつて貰《もら》ひ度《た》い。』

と言《い》つた。

聯隊の檢閲

―二臺の自動車が止まる＝日露役の勇士＝背中がムヅ掻ゆい＝卵が一つ＝

午後《ごご》四時《じ》になると、聯隊《れんたい》は再《ふたゝ》び練兵場《れんぺいぢやう》に整列《せいれつ》した。練兵場《れんぺいぢやう》の空氣《くうき》は刻《こく》一刻《こく》と緊張《きんちやう》して來《く》る。聯《れん》隊長《たいちやう》始《はじ》め幹部《かんぶ》將校達《しやうかうたち》の、嚴然《げんぜん》たる態度《たいど》に、我々《われ〳〵》は一層《そう》緊張《きんちやう》した氣分《きぶん》に導《みちび》かれた。咳《せき》一《ひと》つする者《もの》なく、肅然《しゆくぜん》として整列《せいれつ》してゐる。

すると遙《はる》か向《むか》ふから二臺《だい》の自動車《じどうしや》が飛《と》ぶやうに馳《はし》つて來《く》る。そのうちに赤筋入《あかすぢい》りの軍帽《ぐんぼう》が見《み》えて來《き》た。我々《われ〳〵》は愈々《いよ〳〵》少將《せうしやう》が來《き》たなと思《おも》つて見《み》てゐた。自動車《じどうしや》は着《つ》いた。下《お》り立《た》つた將軍《しやうぐん》は、丈高《たけたか》く、白髮《はくはつ》にして清軀《せいく》鶴《つる》の如《ごと》き偉丈夫《ゐぢやうぶ》であつた。

軈《やが》て閲兵式《えつぺいしき》は始《はじ》まつた。老將軍《らうしやうぐん》は中隊長《ちうたいちやう》と並《なら》んで、何《なに》やら耳語《じご》しつつ、嚴肅《げんしゆく》な態度《たいど》で歩《ほ》を移《うつ》して行《ゆ》く。

私達《わたしたち》健兒《けんじ》の中《なか》には、日露《にちろ》戰爭《せんさう》に參加《さんか》して、勳章《くんしやう》を貰《もら》つてゐたものも割合《わりあひ》に多《おほ》かつた。彼等《かれら》は皆《み》な其《そ》の勳章《くんしやう》を胸間《きやうかん》に燦然《さんぜん》と輝《かゞや》かしてゐた。すると將軍《しやうぐん》は之等《これら》の勳章《くんしやう》に眼《め》を留《と》められて、快心《くわいしん》の笑《えみ》を含《ふく》み、中隊長《ちうたいちやう》と囁《さゝや》きつつ、中隊《ちうたい》の正面《しやうめん》を一と廻《まは》りして、此度《こんど》は私達《わたしたち》の背後《はいご》に來《き》た。其《そ》の時《とき》私《わたし》はなんとなく背中《せなか》が、むヅ搔《が》ゆいやうな氣《き》がした。

斯《か》くて檢閲《けんえつ》も終《をは》ると、將軍《しやうぐん》は各聯隊長《かくれんたいちやう》を集《あつ》め、

『本官《ほんくわん》は出征《しゆつせい》各聯隊《かくれんたい》の成績《せいせき》の大《おほい》に優秀《いうしう》なることを、我《わ》が陸軍大臣《りくぐんだいじん》に報告《はうこく》するの光榮《くわうえい》を有《いう》する。

諸君《しよくん》は大英國皇帝陛下《だいえいこくくわうていへいか》及《およ》び陛下《へいか》の國家《こくか》の爲《た》めに、盡忠報國《じんちうはうこく》の美《び》をいたされんことを望《のぞ》む。

世界《せかい》の平和《へいわ》と、人道《じんだう》の敵《てき》たる獨軍《どくぐん》を殲滅《せんめつ》し、勝利《しようり》の榮冠《えいくわん》を我《わ》が陛下《へいか》の頭上《づじやう》に輝《かゞや》かしめよ。神《かみ》は我《わ》が忠勇《ちうゆう》なる軍隊《ぐんたい》の上《うへ》に、祝福《しゆくふく》を垂《た》れ給《たま》はんことを祈《いの》る。』

と言《い》ふ言葉《ことば》を殘《のこ》して、全軍《ぜんぐん》の敬禮《けいれい》の中《なか》にヒラリと車上《しやじやう》の人《ひと》となつた。

これで司令官《しれいくわん》の檢閲《けんえつ》も終《をは》つた、各聯隊《かくれんたい》はテントに歸《かへ》つてホツト一息吐《ひといきつ》いた。此《こ》の一息《ひといき》には色々《いろ〲》の意味《いみ》がある。出征前《しゆつせいぜん》の檢閲《けんえつ》も無事《ぶじ》に濟《す》んだことや、出征《しゆつせい》の嬉《うれ》しさや、出征《しゆつせい》すれば生還《せいくわん》は六ケ敷《し》いといふ覺悟《かくご》や、此《こ》の幕營地《ばくえいち》とも永久《えいきう》に別《わか》れねばならぬといふ懷《なつか》しさや、等《とう》、等《とう》、それからそれと種々《しゆ〲》の感慨《かんがい》に滿《み》たされつつ、空腹《くうふく》を抱《かゝ》えて夕食《ゆふしよく》の喇叭《ラツパ》を待《ま》つてゐた。

間《ま》もなく夕食《ゆふしよく》の喇叭《ラッパ》が鳴《な》り渡《わた》つた。何時《いつ》もよりは御馳走《ごちそう》がある。其《そ》の上《うへ》卵《たまご》が一《ひと》つ宛《づゝ》付《つ》けてある。何時《いつ》もならば我々《われ〳〵》は歡聲《くわんせい》をあげて喜《よろこ》ぶのだが、只《た》だニコリとして見《み》ただけだつた。

そして私達《わたしたち》は何時《いつ》出發《しゆつぱつ》するか、それのみが氣《き》がかりであつた。

出陣の前夜

＝夜半の行進曲＝焚火が初まつた＝浮世の執着を投り込む＝記念撮影＝

夕食後《ゆふしよくご》、煙草《たばこ》の煙《けむり》を輪《わ》に吹《ふ》いてゐると、プライヤー軍曹《ぐんそう》が來《き》て、

『明日《あす》は午前《ごぜん》三時《じ》に起床《きしやう》喇叭《ラッパ》が吹《ふ》かれる。そして四時《じ》までにテントを倒《たふ》して、全部《ぜんぶ》引越《ひきこ》しの用《よう》意《い》をせねばならぬ。それから髯《ひげ》も剃《そ》つて置《お》くやうに……』

と云《い》つて立《た》ち去《る》つた。

何《な》にしろ遠《とほ》い佛國《ふつこく》に引移《ひきうつ》るのだから、引越《ひきこし》の準備《じゆんび》もなか／＼大騒《おほさわ》ぎだ。今夜《こんや》は寢《ね》ずにやらうといふて、皆《み》んなが仕度《したく》に取《と》り掛《か》かつた。準備《じゆんび》が終《をは》つてもまだ何《なに》か忘《わす》れ物《もの》はないかと、探《さが》し廻《まは》つた

りして、皆只《みなたゞ》ソワ〳〵としてゐる。是《こ》れでも戰爭《せんさう》に勝《か》てるのかしらと思《おも》はれた。

我々《われ〳〵》日本人《にっぽんじん》ばかりが斯《こ》んな騷《さわ》ぎをしてゐるのかと思《おも》つて、英兵側《えいへいがは》のテントに行《い》つて見《み》ると、なんのこと尙《なほ》一層《そう》の大騷《おほさわ》ぎだ。

『己《おれ》のサックが見《み》えないぞッ。』

と云《い》つて頻《しき》りに探《さが》し廻《まは》つてゐる。スルト自分《じぶん》の手《て》に二つのサックを握《にぎ》つてゐた、などゝいふ滑稽《こつけい》を演《えん》じてゐる。イヤハヤ混亂《こんらん》の態《てい》だ。

夜《よる》の八時《じ》か九時頃《じごろ》、將校室《しやうかうしつ》から軍樂《ぐんがく》の音《ね》が起《おこ》つて來《き》た。聯隊附《れんたいつき》の軍樂隊《ぐんがくたい》が吹奏《すゐそう》する行進曲《かうしんきよく》が、夜《よる》の靜寂《せいじやく》を破《やぶ》つて響《ひゞ》いて來《く》る。ソッと行《い》つて見《み》ると、將校達《しやうかうたち》はサーシー・キャムプを出立《しゆつたつ》するお別《わか》れに、樂隊《がくたい》づきで一杯《ぱい》やつてゐるのだ。

今夜《こんや》に限《かぎ》つて當聯隊《たうれんたい》の消燈喇叭《せうとうラッパ》が鳴《な》らない。私達《わたしたち》は背嚢《はいなう》によりかかり、暫《しばら》くウト〳〵としたかと思《おも》ふと、もう午前《ごぜん》三時《じ》半《はん》の起床喇叭《きしやうラッパ》が勇《いさ》ましく鳴《な》り渡《わた》つた。

私達《わたしたち》はすぐ起《た》ち上《あが》つて、テントを倒《たふ》し、引越《ひきこ》しの用意《ようい》をした。そのうちに朝《あさ》の食事《しよくじ》の喇叭《ラッパ》が鳴《な》る。食堂《しよくだう》に行《い》つて見《み》ると、ビスケットとチースと紅茶《こうちや》だけだ。私《わたし》は紅茶《こうちや》を呑《の》むでゐるとき、さては愈々《いよ〳〵》戰爭《せんさう》に行《い》くのだなといふ所謂《いはゆる》戰鬪《せんとう》氣分《きぶん》になつた。今迄《いままで》は單《たん》にビスケツト位《ぐらゐ》ですますことはなかつたから。

私達《わたしたち》はテントを倒《たふ》して其《そ》の傍《かたは》らに立《た》つてゐると、各所《かくしよ》で盛《さか》んに焚火《たきび》が始《はじ》まつた。驚《おどろ》いて見《み》てゐると、將校連《しやうかうれん》を初《はじ》め、官給品《くわんきふひん》以外《いぐわい》の私有物《しいうぶつ》は、皆《みな》火中《くわちう》に葬《はうむ》つてゐる、スーツケースだとか、机《つくゑ》掛《か》けだとか、其他《そのた》裝飾品《さうしよくひん》一切《さい》をドン〳〵火中《くわちう》に投《な》げ込《こ》んでゐる。

この光景《くわうけい》を見《み》て私達《わたしたち》は、戰線《せんせん》に向《むか》ふといふ勇躍《ゆうやく》した氣分《きぶん》が、一層《そう》濃厚《のうこう》になつた。

其《そ》の時《とき》毅然《きぜん》として左肩《さけん》を聳《そび》えさせ、劍《けん》を杖《つゑ》ついて之《これ》を眺《なが》めてゐるマクーベリー少佐《せうさ》や、之《これ》に從《したが》ふ幹部《かんぶ》の人達《ひとたち》は、頭領《とうりやう》として如何《いか》にも頼《たの》もしげに仰《あふ》ぎ見《み》られた。

午前《ごぜん》六時《じ》となる。他《た》の聯隊《れんたい》の起床《きしやう》喇叭《ラツパ》は鳴《な》り渡《わた》つた。其《そ》の頃《ころ》我々《われ〳〵》は既《すで》に出立《しゆつりつ》の準備《じゆんび》が出來《でき》てゐた。聯隊《れんたい》副官《ふくくわん》は總司令部《そうしれいぶ》へ行《い》つて、八時《じ》頃《ごろ》漸《やうや》く歸《かへ》つて來《き》た。聯隊《れんたい》一同《どう》は練兵場《れんぺいぢやう》で記念《きねん》の撮影《さつえい》を爲《な》し、愈々《いよ〳〵》『聯隊《れんたい》前《まへ》へ！』の號令《がうれい》は掛《か》かつた。

出征

＝キャルガリー停車場＝日本部隊の喧嘩面＝沿道の歡送＝歡聲を以て答へよ＝

西暦《せいれき》千九百十六年《ねん》九月《ぐわつ》二十六日《にち》、此日《このひ》秋空《しうくう》一碧《ぺき》、片雲《へんうん》もなく、山東平原《さんとうへいげん》にはロッキー颪《おろし》が凄《すさま》じく吹《ふ》いてゐた。私達《わたしたち》は戎衣《じうい》の袖《そで》に輕《かる》く之《これ》を打拂《うちはら》ひつつ、聯隊長《れんたいちやう》を先頭《せんとう》に歩武堂々《ほぶだう〳〵》として營門《えいもん》を出《で》た。

振《ふ》り返《かへ》つて見《み》れば、司令部《しれいぶ》の空高《そらたか》く、大英國《だいえいこく》の國旗《こくき》が飜々《ほん〳〵》としてロッキー颪《おろし》に飜《ひるが》へつてゐる。北營門《きたえいもん》を出《で》る時《とき》、門前《もんぜん》に整列《せいれつ》してゐる英兵《えいへい》は、隊長《たいちやう》の指揮《しき》の下《もと》に、肅然《しゆくぜん》として捧《さゝ》げ銃《つゝ》の禮《れい》と共《とも》に、私達《わたしたち》を見送《みおく》つてゐた。

我《わ》が聯隊《れんたい》も

「頭《かしら》ア右《みぎ》へ！」

で之《これ》に答《こた》へた。先頭《せんとう》に立《た》つ軍樂隊《ぐんがくたい》は、「別《わか》れの曲《きよく》」ロングサインを吹奏《すゐそう》しつつ、我々《われ〳〵》は隊伍整然《たいごせいぜん》と、キヤルガリー停車場《ていしやぢやう》に向《むか》ひ、濛々《もう〳〵》たる砂塵《さぢん》を突破《とつぱ》しつゝ行進《かうしん》を續《つゞ》けた。市街《しがい》の兩側《りやうがは》にある家々《いへ〳〵》の窓《まど》からは、老《お》ひたるも、若《わか》きも、皆顔《みなかほ》を出《だ》してハンケチを打振《うちふ》り、戰場《せんぢやう》に向《むか》ふ私達《わたしたち》を歡送《くわんそう》して呉《く》れる。街路《がいろ》の兩側《りやうがは》は、見《み》ゆる限《かぎ》り市民《しみん》で充滿《じうまん》してゐる。彼等《かれら》は熱狂的《ねつきやうてき》な歡聲《くわんせい》を擧《あ》げ、

『フレー!! フレー!!』

と叫《さけ》び續《つゞ》けてゐる。英兵《えいぺい》は時々《とき〴〵》歡呼《くわんこ》の聲《こゑ》を擧《あ》げて之《これ》に答《こた》へてゐる。十二時《じ》頃漸《ごろやうや》く停車場近《ていしやぢやうちか》くにやつて來《き》た。停車場附近《ていしやぢやうふきん》には、幾萬《いくまん》とも數知《かずし》れぬキヤルガリー市民《しみん》が群集《ぐんしふ》してゐて、ハンケチを振《ふ》り、帽子《ぼうし》を振《ふ》り、花輪《はなわ》を投《な》げかけ、若《わか》き婦人連《ふじんれん》の中《なか》には、キツスを投《な》げかけるなど、實《じつ》に盛《さか》んなる觀送《みおく》りである。

私達日本人部隊《わたしたちにつぽんじんぶたい》が通過《つうくわ》する時《とき》には、更《さら》に熱狂《ねつきやう》して、

『フレー!! フレー!! ジヤパニーズ。』

と力強《ちからづよ》い歡聲《くわんせい》を浴《あび》せかけた。

然《しか》し我々日本人《われ〳〵につぽんじん》の部隊《ぶたい》は、意氣軒昂《いきけんかう》として行進《かうしん》はしてゐるが、皆默々《みなもく〳〵》としてゐる。誰《たれ》を見《み》ても恰度《ちやうど》癇癪玉《かんしやくだま》の破裂《はれつ》しさうな顔付《かほつ》きで、今《いま》にも飛《と》び掛《か》かつて喧嘩《けんくわ》でもしさうな格好《かつかう》をして行《ゆ》

く。

然《しか》し流石《さすが》に若《わか》い婦《ふ》人達《じんたち》の歡聲《くわんせい》を浴《あ》びると、ニコリとはするが、又直《またなほ》に元《もと》の如《ごと》く緊張《きんちやう》した顏付《かほつ》きとなる。所謂東洋《いはゆるとうやう》一流《りう》の表情《へうじやう》で默々《もくもく》として進《すゝ》んで行《ゆ》く。

中隊長《ちうたいちやう》マクーベリー少佐《せうさ》は、之《これ》を見《み》て得意滿面《とくいまんめん》、馬上《ばじやう》ゆたかに左肩《さけん》を聳《そび》やかしてゐたが、皆《みな》が默々《もくもく》として行《ゆ》くのを見《み》て、少佐《せうさ》は馬《うま》を飛《と》ばして私達《わたしたち》の小隊《せうたい》の傍《かたは》らに來《き》て、

『歡聲《くわんせい》を擧《あ》げて、答《こた》へよ。』

と注意《ちうい》した。

そこで私達《わたしたち》も欣然《きんぜん》として、天地《てんち》に響《ひゞ》けと許《ばか》り、歡呼《くわんこ》の聲《こゑ》を張《は》り上《あ》げた。スルト群衆《ぐんしう》は一層高《そうたか》く歡呼《くわんこ》の聲《こゑ》を送《おく》り、拍手喝采《はくしゆかつさい》して、

『フレー!!　フレー!!』

と絶叫《ぜつけう》しつつ私達《わたしたち》を見送《みおく》つて吳《く》れた。

市民《しみん》は皆日本人《みなにつぽんじん》が剽悍決死《へうかんけつし》で、其《そ》の勇猛《ゆうまう》なることは、日清《につしん》、日露《にちろ》の兩戰役《りやうせんえき》を通《つう》じて知《し》つてゐるのだ。

そして何事《なにごと》をか爲《な》すであらうと云《い》ふ期待《きたい》が、見送《みおく》る人達《ひとたち》の表情《へうじやう》に現《あら》はれてゐた。

輸送列車の窓

＝タドン屋の小僧の如く＝此の記念すべき額を暫く拭くな＝最後の別れの一光景＝劇的出陣振り＝

キヤルガリー停車場《ていしやぢやう》の構内《こうない》に、私達《わたしたち》は鐵路《てつろ》四千哩《まいる》の征途《せいと》に上《のぼ》らんとして、列車《れつしや》の準備《じゆんび》を待《ま》つてゐた。私達《わたしたち》の額《かほ》は、汗《あせ》と、埃《ほこり》の爲《な》めに、宛《あたか》もタドン屋《や》の小僧《こぞう》のやうに汚《よご》れてゐた。

私達《わたしたち》は急《いそ》いで之《これ》を拭《ふ》かうとすると、マクーベリー少佐《せうさ》は、

「暫《しば》く額《かほ》を拭《ふ》くな！」

と言渡《いひわた》した。そして再《ふたゝ》び口《くち》を開《ひら》いて

「此《こ》の記念《きねん》すべき額《かほ》を、今暫《いましば》く市民達《しみんたち》に見《み》させて置《お》け！」

と云《い》つた。

此《こ》の珍妙《ちんめう》なる號令《がうれい》を聞《き》いて、私達《わたしたち》は互《たがひ》に顔見合《かほみあは》せて、笑《わら》はずには居《を》られなかつた。

私達《わたしたち》の聯隊《れんたい》には、キャルガリー出身《しゆつしん》の志願兵《しぐわんぺい》が多《おほ》かつた。そして將校連《しやうかうれん》の妻君《さいくん》も、大抵《たいてい》此處《ここ》に集《あつ》まつてゐた。期《き》せずして其處《そこ》には訣別《けつべつ》の劇的場面《げきてきばめん》が展開《てんかい》された。

鬼《おに》をも挫《ひし》ぐやうな荒武者《あらむしや》が、老母《らうぼ》の前《まへ》に直立不動《ちよくりつふどう》の姿勢《しせい》で、最後《さいご》の別《わか》れを告《つ》げてゐる。

眉目秀麗《びもくしうれい》の一青年士官《せいねんしくわん》は、花《はな》の如《ごと》き婦人達《ふじんたち》の一群《ぐん》に取圍《とりかこ》まれて、得意《とくい》さうに佩劍《はいけん》を鳴《な》らしつつ、話《はな》し合《あ》つてゐる。

其《そ》の傍《かたは》らには、壯年《さうねん》の一將校《しやうかう》が、家族《かぞく》の人達《ひとたち》に取圍《とりかこ》まれ、三四歳位《さいぐらゐ》の男《をとこ》の子《こ》を双手《さうしゆ》に高《たか》く差上《さしあ》げて、嬉々《きゝ》として暫《しば》しの訣《わか》れを惜《をし》んでゐるのもある。

兄弟《きやうだい》とも見《み》ゆる花《はな》の如《ごと》き佳人《かじん》と一兵卒《へいそつ》とが、しめやかに話合《はなしあ》つてゐるのもある。

若《わか》き夫婦《ふうふ》らしき一組《くみ》が、互《たがひ》に手《て》を握《にぎ》り合《あ》つて、惜別《せきべつ》の情《じやう》に堪《た》えかねてか、遂《つひ》にはハンケチを顔《かほ》に當《あ》てて、涙《なみだ》にむせぶ愁然《しうぜん》たる姿《すがた》も見《み》える。

其《そ》れと並《なら》んで、すらりとした白髮《はくはつ》の老紳士《らうしんし》が、一人《ひとり》の愛《あい》する息子《むすこ》を戰場《せんぢやう》に送《おく》らんとして、嚴格《げんかく》莊重《さうちよう》の態度《たいど》で、何事《なにごと》か最後《さいご》の訓戒《くんかい》を與《あた》へてゐるのもある。

發車前《はつしやぜん》、數分間《すうふんかん》の生別離苦《せいべつりく》の光景《くわうけい》は、躍如《やくじよ》として、今《いま》も尚私《なほわたし》の眼前《がんぜん》に浮《うか》んで來《く》る。今《いま》に忘《わす》れ難《がた》い印象《いんしやう》であつた。

日本人《にっぽんじん》の中《なか》には、妻帶者《さいたいしや》も居《を》つたが、こんな遠《とほ》くまで來《き》てゐる筈《はず》もないし、況《いはん》や外國人《ぐわいこくじん》たる我《われ》〱々は、唯《た》だ靜《しづ》かに是等《これら》の生《い》きた、高尚《かうしやう》なる悲劇《ひげき》を眺《なが》めてゐるのみであつた。

故國《ここく》に於《お》ける我々《われ〱》日本男兒《にっぽんだんじ》の出征《しゆつせい》は勇壯《ゆうさう》である。送《おく》るものも、送《おく》らるるものも、勇躍《ゆうやく》したる心《こゝろ》を以《もつ》て出陣《しゆつぢん》の門出《かどで》を祝《しゆく》し、誰一人《たれひとり》として淚《なみだ》を流《なが》すやうな者《もの》はない。勿論心《もちろんこゝろ》の中《なか》ではどんなに泣《な》いてゐても、之《これ》を表面《へうめん》に現《あらは》して、實演《じつえん》する者《もの》は無《な》い。我々《われ〱》日本人《にっぽんじん》から見《み》れば、彼等《かれら》の出陣振《しゆつぢんぶ》りは餘《あま》りに劇的《げきてき》である。

此際我々《このさいわれ〱》には、さうした見送人《みおくりにん》もなく、多少《たせう》の淋《さび》しさを感《かん》じないではなかつた。中《なか》には羨望《せんばう》に堪《た》へない者《もの》もあつたであらふ。それ程《ほど》に猛烈《まうれつ》な訣別振《けつべつぶ》りであつた。

午後《ごご》一時半《じはん》、軍用列車《ぐんようれつしや》は靜《しづ》かに動《うご》き出《だ》した。

『フレー!! フレー!!』

と怒濤《どたう》のやうな、歡呼《くわんこ》の聲《こゑ》に送《おく》られて、愈々《いよ〱》長《なが》い征途《せいと》の旅《たび》に上《のぼ》つた。

私達《わたしたち》は列車《れつしや》の窓《まど》から顔《かほ》を出《だ》し、或《あるひ》は半身《はんしん》まで乘《の》り出《だ》して、軍帽《ぐんばう》を打振《うちふ》りつつ之《これ》に答《こた》へた。海陸《かいりく》合《あは》せて實《じつ》に八千哩《まいる》の遠征《ゑんせい》である。

我等《われら》の敵《てき》は八千哩《まいる》の彼方《かなた》、大西洋《たいせいやう》の波《なみ》を越《こ》えて、佛國《ふつこく》の西部《せいぶ》戰場《せんぢやう》にゐる。行手《ゆくて》は遠《とほ》い。窓外《そうぐわい》にはただロツキー颪《おろし》が吹《ふ》き荒《すさ》んでゐる。

其《そ》の夕方《ゆふかた》、列車《れつしや》は、メデイシンハット驛《えき》に到着《たうちやく》した。

このメデイシンハット市《し》は、わが第《だい》百七十五聯隊《れんたい》の本部《ほんぶ》所在地《しよざいち》で、聯隊長《れんたいちやう》スペンサー中佐《ちうさ》は、この市《し》の市長《しちやう》であつた。そして今夜《こんや》は同市《どうし》の公園内《こうゑんない》にある音樂堂《おんがくだう》に於《おい》て、市長夫人《しちやうふじん》から聯隊旗《れんたいき》を授受《じゆじゆ》されるのである。

私達《わたしたち》十餘名《よめい》は、同驛歩哨《どうえきほせう》に立《た》たされたので、其《そ》の盛儀《せいぎ》に參列《さんれつ》するを得《え》なかつた。

我々《われ〳〵》の乘《の》つてゐる列車《れつしや》は、軍用列車《ぐんようれつしや》であつて、多《おほ》くの軍需品《ぐんじゆひん》が滿載《まんさい》してあつた。そして此邊《このへん》は獨探《どくたん》が盛《さか》んに活躍《くわつやく》してゐたので、列車《れつしや》が出發《しゆつぱつ》するまでは、何人《なんぴと》も構内《こうない》に入《い》れぬやう、歩哨《ほせう》の任《にん》に當《あた》つた者《もの》は、嚴重《げんぢう》なる警戒《けいかい》を爲《な》さねばならなかつた。

午後《ごご》八時頃《じごろ》、プラットフオームに立《た》つてゐると遙《はる》かに、英國《えいこく》の國歌《こくか》が聞《き》こえて來《き》た。

「ゴツト・セーブ・ザ・キング」の曲《きよく》を軍樂隊《ぐんがくたい》が吹奏《すゐそう》してゐるのだ。今《いま》聯隊旗《れんたいき》を受取《うけと》つてゐるのだらうと思《おも》つてゐると、それから三十分《ぷん》も過《す》ぎた頃《ころ》、ヒールス中尉《ちうゐ》に依《よ》つて捧《さゝ》げられた聯隊旗《れんたいき》を先《せん》頭《とう》に押《お》し立《た》て、我《わ》が聯隊《れんたい》は隊伍《たいご》堂々《だう〳〵》と歸《かへ》つて來《き》た。

見《み》るとわが中隊《ちうたい》が先頭《せんとう》で、中隊長《ちうたいちやう》のマクーペリー少佐《せうさ》は、聯隊長《れんたいちやう》スペンサー中佐《ちうさ》と馬首《ばしゆ》を並《なら》べ、英姿颯爽《えいしさつさう》として乘込《のこ》むで來《く》る。

スルト驚《おどろ》いたことには、聯隊旗《れんたいき》の護衛兵《ごゑいへい》は、わが第《だい》十五小隊《せうたい》の日本人部隊《につぽんじんぶたい》であつた。

マクーペリー少佐《せうさ》は得意滿面《とくいまんめん》、左肩《さけん》を上《あげ》て揚々《やう〳〵》たる姿《すがた》である。元來《ぐわんらい》マ少佐《せうさ》は左肩《さけん》を聳《そび》やかして歩《ある》くのが癖《くせ》である。此時《このとき》は一層《そう》左肩《さけん》が上《あが》つてゐた。そして少佐《せうさ》は日本人《につぽんじん》を愛好《あいかう》することも亦非常《またひじやう》なものであつた。

其《そ》の夜《よ》の九時《じ》に、メデイシンハツト市《し》の停車場《ていしやぢやう》を後《あと》にして、鐵路《てつろ》四千哩《まいる》の東方《とうはう》、ハリフアツクス港《かう》に向《むか》つて出發《しゆつぱつ》した。

夜《よる》は追々《おひ〳〵》深《ふか》くなり、列車《れつしや》の進行《しんかう》は刻《こく》一刻《こく》と速力《そくりよく》を増《ま》し、山東平原《さんとうへいげん》の闇《やみ》を突《つ》いて、驀地《まつしぐら》に走《はし》り續《つゞ》けてゐる。

軍用列車《ぐんようれつしや》に於《お》ける最初《さいしよ》の夜《よる》は來《き》た。私達《わたしたち》は夢結《ゆめむす》び難《がた》く、ウト〳〵としてゐるまに、地平線《ちへいせん》は仄《ほの》白《じろ》くなつて、夜《よ》は明《あ》け初《そ》めて來《き》た。窓《まど》から首《くび》を出《だ》して眺《なが》めると、果《はて》しも知《し》らぬ山東《さんとう》の大平原《だいへいげん》を、東《ひがし》へ！　東《ひがし》へ！と列車《れつしや》は全速力《ぜんそくりよく》で走《はし》つてゐる。

軈《やが》て夜《よる》は全《まつた》く明《あ》け、秋《あき》の陽《ひ》は美《うつく》しく輝《かゞや》いてゐる。沿道《えんだう》に見《み》ゆる灌木《くわんぼく》は美《うつく》しく紅葉《こうえふ》して、列車《れつしや》は恰度《ちやうど》錦《にしき》の中《なか》を行《ゆ》くやうだ。所々《ところ〴〵》に馬《うま》が群遊《むれあそ》んでゐる。大陸的大平原《たいりくてきだいへいげん》の繪卷物《ゑまきもの》は次《つぎ》から次《つぎ》へと繰《く》り擴《ひろ》げられてゆく。

私達《わたしたち》は斯《こ》ういふ旅《たび》を一週間《しうかん》も續《つゞ》けた。沿道《えんだう》の大《おほ》きな驛々《えき〳〵》では、列車《れつしや》は三十分宛《ぶんづゝ》停車《ていしや》した。其都度《そのつど》各隊《かくたい》は下車《げしや》して市中《しちう》を練《ね》り歩《ある》いた。

何故《なにゆゑ》こんなことをするか。一つは新鮮《しんせん》な空氣《くうき》を呼吸《こきふ》するためと、一つは隊伍堂々《たいごだう〳〵》たる威武《ゐぶ》を市《し》民《みん》に示《しめ》し、募兵上《ぼへいじやう》の運動《うんどう》を助《たす》くるためであつた。

モンクトン停車場

＝紅茶と乙女の接待＝胸のリボンを呉れ＝十八九の令孃は帽子の花を抜き取つて＝今も机上に在る＝菓子や煙草を口にすな＝故郷遠き姿かな＝

私達《わたしたち》の乘《の》つてゐる、軍用列車《ぐんようれつしや》の停車《ていしや》する驛々《えき〳〵》には、市《し》の有志《いうし》が、列車《れつしや》の中《なか》に雜誌《ざつし》や、新聞《しんぶん》や、煙草《たばこ》や、キヤンデーなどを澤山《たくさん》持《も》つて來《き》て呉《く》れた。夫《そ》れ故《ゆゑ》私達《わたしたち》は極《きは》めて愉快《ゆくわい》な旅行《りよかう》を續《つゞ》けることが出來《でき》た。

キヤルガリー停車場《ていしやぢやう》を去《さ》つてから五日目《かめ》に、列車《れつしや》はモンクトン停車場《ていしやぢやう》に着《つ》いた。此處《ここ》は小《ちひ》さい町《まち》であつた。此《こ》の驛《えき》で機關車《きくわんしや》は取換《とりかへ》られ、新《あらた》に二臺《たい》を前後《ぜんご》につけた。其《そ》の間《あひだ》私達《わたしたち》は列車《れつしや》から下《お》りて、町《まち》の人達《ひとたち》の熱《あつ》い紅茶《こうちや》の接待《せつたい》を受《う》けた。

東加奈陀《ひがしカナダ》の秋《あき》の夜《よ》は、日本《につぽん》の冬《ふゆ》の夜《よ》よりも寒《さむ》かつた。然《しか》るに此町《このまち》の乙女達《おとめたち》は、欣々《いそ〳〵》として私達《わたしたち》の爲《た》めに、給仕《きふじ》の役《やく》を勤《つと》めて呉《く》れた。

我々《われ〳〵》日本人部隊《につぽんじんぶたい》を接待《せつたい》して呉《く》れた娘達《むすめたち》は、私達《わたしたち》の胸《むね》にかけてゐる功勞章《こうらうしやう》のリボンや、日露戰爭《にちろせんさう》當時《たうじ》に貰《もら》つた勳章《くんしやう》の綬《リボン》を見《み》て、種々《いろ〳〵》と無邪氣《むじやき》な質問《しつもん》を發《はつ》してゐた。中《なか》には其綬《そのリボン》を呉《く》れろとせがんでゐる娘《むすめ》もあつた。

『ジャパニース・ゼントルマン！　勇敢《ゆうかん》なる日本人《につぽんじん》を記念《きねん》する爲《た》め、その綬《リボン》を頂戴《ちやうだい》な。そして妾達《わたしたち》は一生大切《しやうたいせつ》に持《も》つてゐますから、ネ、ぜひ綬《リボン》を一つ頂戴《ちやうだい》ナ。』

と言《い》つて、流石《さすが》の勇士達《ゆうしたち》を困《こま》らせてゐた。思《おも》ふに彼女達《かのぢよたち》が結婚《けつこん》して、若《も》しも男子《だんし》を得《え》たならば、わが勇敢《ゆうかん》なる日本男子《につぽんだんし》にアヤからうとする積《つも》りであらう。そして其《そ》の子孫《しそん》をして、勇敢《ゆうかん》なる者《もの》となしたい希望《きばう》と見《み》える。

軈《やが》て私達《わたしたち》が列車《れつしや》に乘込《のりこ》むと、彼女達《かのぢよたち》は列車《れつしや》の窓口《まどぐち》の下《した》に來《き》て、口々《くち〴〵》に言《い》ふのであつた。

『何卒皆様御無事《どうぞみなさまごぶじ》で凱旋《がいせん》し、再《ふた》び此處《ここ》に來《く》るやうに、妾達《わたしたち》はお祈《いの》りしてゐますワ。』

『皆《みな》さん！　何卒御身體《どうぞおからだ》を大切《たいせつ》にネ。そしてアノ惡《にく》らしい獨逸《ドイツ》の奴《やつ》を懲《こら》してやつて頂戴《ちやうだい》ナ。』

『勇《いさ》ましいわネ。妾達《わたしたち》もさういふ軍服《ぐんぷく》を着《き》て、戰場《せんぢやう》へ行《ゆ》き度《た》いワ。』

など〻いつてゐた。

スルト私《わたし》のゐる窓下《まどした》に立《た》つてゐた十八九歳《さい》の娘《むすめ》は、ボンネットに附《つ》いてゐた造花《ざうくわ》を一つ抜《ぬ》き取《と》つて、

『此花《このはな》を記念《きねん》に貴方《あなた》に差上《さしあ》げますワ。』

といふて、嫣笑《につこり》として私《わたし》を見《み》つめてゐた。私《わたし》は思《おも》はず

『サンクユー』

と言《い》つて、その花《はな》を受《う》け取《と》り、其《そ》の好意《かうい》を感謝《かんしや》した。そして早速《さうそく》其《そ》の花《はな》を軍服《ぐんぷく》の胸《むね》のボタンの穴《あな》にさした。

私《わたし》もこの可憐《かれん》な乙女《をとめ》に何《なに》か贈《おく》らうと思《おも》つたが、彼女《かのぢよ》に贈《おく》るやうなものは、何《な》に一つ持合《もちあは》せてゐなかつた。

『貴女《あなた》の名《な》は、何《な》んといふの？』

『妾《わたし》？……ミス、フローラ。』

其《そ》の時《とき》發車《はつしや》の合圖《あひづ》が鳴《な》り渡《わた》つた。

この花《はな》は其《そ》の後《ご》三年間《ねんかん》の西部戰場《せいぶせんぢやう》に、硝煙彈雨《せうえんだんう》の間《あひだ》を、私《わたし》と一緒《しよ》に私《わたし》の内《うち》ポケットの中《なか》に送《おく》り、

今《いま》も尚《なほ》私《わたし》の書齋《しよさい》の机《つくゑ》の上《うへ》に飾《かざ》られてある。私《わたし》は此《こ》の花《はな》を見《み》る度《たび》に、當時《たうじ》のことが思《おも》ひ出《だ》され、其《そ》の時《とき》の可憐《かれん》な娘姿《むすめすがた》が浮《うか》び上《あが》つて來《く》る。

此《こ》の淡《あは》い別《わか》れを味《あぢ》はふてゐる中《うち》に、列車《れつしや》は靜《しづ》かに進行《しんかう》し出《だ》した。スルト突然《とつぜん》命令《めいれい》は下《くだ》つた。

『列車《れつしや》の鎧戸《ブラインド》を下《おろ》せ。そして今後《こんご》は寄贈《きぞう》して來《く》る菓子《くわし》や、煙草《たばこ》は一切口《さいくち》にしてはならぬ。』

といふのであつた。

列車《れつしや》はこゝに警戒進行《けいかいしんかう》を初《はじ》めたのであつた。そして窓《まど》は鎧戸《ブラインド》を下《おろ》して、燈火《とうくわ》の外射《ぐわいしや》を防《ふせ》ぎ、列車《れつしや》の昇降口《しようかうぐち》には歩哨《ほせう》を置《お》き、寄贈《きぞう》さるゝ品物《しなもの》は皆《みな》捨《す》てゝ仕舞《しま》つた。それは例《れい》の獨探《どくたん》が、菓子《くわし》の中《なか》に毒藥《どくやく》を入《い》れ、出征軍人《しゆつせいぐんじん》を斃《たふ》さうとしたことがあつたからである。

私達《わたしたち》は此《こ》の命令《めいれい》を聞《き》いたとき、愈々《いよ〳〵》遠《とほ》く行《や》つて來《き》たなと思《おも》つた。

窓外《そうぐわい》遙《はる》かに西《にし》の空《そら》を望《のぞ》めば、白雲《はくうん》一片《ぺん》悠々《いう〳〵》として浮《う》いてゐる。

私《わたし》は祖國《そこく》に殘《のこ》した只《たゞ》一人《り》の老母《らうぼ》を思《おも》ひ出《で》して、頭《あたま》を垂《た》れた。

故郷《ふるさと》遠《とほ》き姿《すがた》かな。

ハリファックス港

＝何も彼も灰色の港町＝赤いのは娘の頬に軍艦旗＝場末の理髪店＝美人との對話＝料金は不要＝獨探の躍る軍港＝

明《あ》くれば十月《ぐわつ》一日《にち》の午前《ごぜん》十時頃《じごろ》、加奈陀《カナダ》の東海岸《ひがしかいがん》に於《お》ける一停車場《ていしやぢやう》に到着《たうちやく》した、此處《ここ》で一同《どう》は列車《れつしや》より下《お》りた。そして列車《れつしや》には歩哨《ぼせう》を殘《のこ》して、私達《わたしたち》は町《まち》に行軍《かうぐん》した。軈《やが》て小高《こだか》い山《やま》に登《のぼ》り、其處《そこ》へ銃《じう》を組《く》んで休憩《きうけい》した。山《やま》の上《うへ》から港《みなと》を見渡《みわた》すと、汽船《きせん》はすべて灰色《はひいろ》に塗《ぬ》られてゐる。町《まち》の工場《こうぢやう》も其《そ》の塀《へい》も全部《ぜんぶ》灰色《はひいろ》だ。無線電信《むせんでんしん》の柱《はしら》も灰色《はひいろ》だし、碇泊中《ていはくちう》の軍艦《ぐんかん》も灰色《はひいろ》だ、見渡《みわた》す限《かぎ》り灰色《はひいろ》ならざるはない。この灰色《はひいろ》の中《なか》で一と際目立《きはめだ》つて紅《あか》いのは町《まち》の娘《むすめ》の頬《ほゝ》に、軍艦旗《ぐんかんき》だけである。

この灰色《はひいろ》の港《みなと》こそ、加奈陀東海岸《カナダひがしかいがん》に於《お》ける唯一《ゆゐ》の軍港《ぐんかう》、ハリファックス港《かう》であつた。

此處《ここ》に一時間休憩《じかんきうけい》して後《のち》、再《ふた》び停車場《ていしやぢやう》に戻《もど》つて來《き》た。夕食後《ゆふしよくご》又列車《またれつしや》に歩哨《ほせう》を殘《のこ》して、私達《わたしたち》は自由《じいう》行動《かうどう》を許《ゆる》され、各自《かくじ》好《この》む處《ところ》に出《で》て行《い》つた。

私《わたし》は久《ひさ》し振《ぶ》りに散髪《さんぱつ》しやうと思《おも》つて、床屋《とこや》に行《い》つて見《み》ると、何處《どこ》の床屋《とこや》も皆滿員《みなまんゐん》だ。漸《やうや》く場末《ばすゑ》の理髪店《りはつてん》を探《さが》し當《あ》て、其處《そこ》に這入《はい》つて散髪《さんぱつ》をした。

此店《このみせ》の主人《しゆじん》は六十歳位《さいくらゐ》の老人《らうじん》で、自分《じぶん》一人《り》でこの店《みせ》を經營《けいえい》してゐる。そして鏡《かゞみ》も椅子《いす》も、此《こ》の親爺《おやぢ》のやうに皆燻《みなくすぶ》つてゐる。只燻《たゞくす》ぶらないのは、此《こ》の親爺《おやぢ》の一人《り》娘《むすめ》である、十七、八歳位《さいくらゐ》の、明《めい》眸皓齒《ぼうかうし》、稀《まれ》に見《み》る美人《びじん》で、場末《ばすゑ》の理髪店《りはつてん》の娘《むすめ》とは受取《うけと》れない。

私《わたし》は頭《あたま》を此《こ》の親爺《おやぢ》に任《まか》せて、種々《いろ〳〵》のことを思《おも》ひ浮《うか》べてゐた。そして此《こ》の美人《びじん》を前《まへ》にして、我輩《わがはい》の男振《をとこぶ》りが上《じやう》つたかなと、時々《とき〴〵》鏡《かゞみ》を見《み》るが、此《こ》の鏡《かゞみ》たるや甚《はなは》だ不都合《ふつがふ》に出來上《できあが》つてゐる。少《すこ》し下《した》を向《む》くと福祿壽《ふくろくじゆ》のやうに頭《あたま》がセリ出《だ》して來《く》る、少《すこ》し上《うへ》を向《む》くとギヤフンたるさま蛙《かはづ》にも似《に》たる哉《かな》だ。漱石《せき》の小說《せうせつ》『草枕《くさまくら》』を思《おも》ひ出《だ》して失笑《しつせう》して了《しま》つた。

親爺《おやぢ》は色々《いろ〳〵》と日本《につぽん》に就《つい》て尋《たづ》ねながら、私《わたし》の頭《あたま》の上《うへ》でチヤキ〳〵と鋏《はさみ》の音《おと》をさせてゐる。娘《むすめ》はと見《み》ると椅子《いす》に腰《こし》を下《おろ》し、悠然《いうぜん》として外《そと》の人通《ひとどほ》りを眺《なが》めてゐる。そして時々《とき〴〵》私《わたし》の方《はう》を振向《ふりむ》いては私《わたし》達《たち》の話《はなし》に耳《みゝ》を傾《かたむ》けてゐる。

親爺《おやぢ》は此《こ》の一人《ひとり》娘《むすめ》に就《つい》て語《かた》り出《だ》した。其《そ》の話《はなし》によると、この麗人《れいじん》には二人《り》の戀人《こひびと》があつた。一人《り》は會社員《くわいしやゐん》で、一人《り》は商人《しやうにん》ださうだ。何《いづ》れに嫁《とつ》ぐべきかと迷《まよ》つてゐるうち、今度《こんど》の大戰《たいせん》となり、今《いま》は二人《り》共《とも》出征《しゆつせい》して、佛國《ふつこく》の野《の》に、塹壕生活《ざんがうせいくわつ》をして奮戰中《ふんせんちう》ださうだ。戰《たゝか》ひが終《をは》つて何《いづ》れの一人《り》かが生殘《いきのこ》つて、凱旋《がいせん》した方《はう》が、此《こ》の美人《びじん》の勝利者《しようりしや》となるのだらう。

然《しか》し二人《り》とも凱旋《がいせん》したら何《ど》うだらう。或《あるひ》は又《また》、不幸《ふかう》にして二人《り》とも戰死《せんし》したなら、彼女《かのぢよ》はどうなるであらう。私《わたし》は斯《こ》んなことを考《かんが》へてゐるとき、突然此《とつぜんこ》の美人《びじん》は私《わたし》に話《はな》しかけた。

『ジヤパニース・ゼントルマン！ 貴方《あなた》はお國《くに》に戀《こひ》しい人《ひと》を殘《のこ》して來《き》たのでせう？』

と彼女《かのぢよ》は美《うつく》しい眉《まゆ》をあげて、微笑《びせう》を含《ふく》みながら訊《たづ》ねた。

『否《ノー》、私《わたし》はそんな戀人《こひびと》などはないよ。日本《につぽん》の武士《さむらひ》は戀《こひ》など行《や》つてるやうな、腰拔《こしぬ》け武士《さむらひ》は殆《ほと》ど見當《みあた》らないね。戀愛《れんあい》などといふのは、昔《むかし》から多《おほ》くは柔弱《にうじやく》な町人階級《ちやうにんかいきふ》の行《や》ることで、剛健《がうけん》な武士《さむらひ》階級《かいきふ》には左樣《さやう》な不心得者《ふこゝろえもの》はゐないよ。』

と私《わたし》は面白半分《おもしろはんぶん》に、斯《こ》ふ答《こた》へた。スルト彼女《かのぢよ》は、

『アラ、それでは日本《につぽん》のサムラヒは戀《こひ》を知《し》らないの？ 隨分妙《ずゐぶんめう》なのネ。さう云《い》へば貴下《あなた》の指《ゆび》には指環《リング》が無《な》いわね。それで貴下《あなた》淋《さび》しいことない？』

『然《しか》し、私達《わたしたち》にも學生時代《がくせいじだい》には、戀《こひ》を語《かた》つたこともあるよ。美《うつく》しいローマンスの一つや二つ無《な》いこともないさ。』

と言《い》ふと彼女《かのぢよ》は美《うつく》しき眼《め》を見張《みは》りつゝ、椅子《いし》の腕木《うでぎ》を叩《たゝ》きながら

『ソラ御覧《ごらん》なさい、あつたんでせう。妾《わたし》はこう思《おも》ふのよ。貴方《あなた》は他分日本《たぶんにつぽん》の貴族《ノービリテー》の息子《むすこ》さんなのよ。そして或《あ》る美《うつく》しいお孃《ぢやう》さんと戀《こひ》をして、其《そ》の戀《こひ》が破《やぶ》れ、失戀《しつれん》の痛手《いたで》を忘《わす》れる爲《た》め、今度《こんど》の戰爭《せんさう》に出征《しゆつせい》するやうになつたのよ。さうでせう？ さうよきつと……。』

と獨《ひと》りで嬉《うれ》しさうに喋《しや》べつて了《しま》ふと、ロツキングチエヤーを前後《ぜんご》に搖《ゆ》り動《うご》かしながら、外《そと》を眺《なが》めて、ヂツと考《かんが》へ込《こ》んで了《しま》つた。

店《みせ》の主人公《しゆじんこう》も私《わたし》も、思《おも》はず失笑《ふきだ》した。そのうちに散髪《さんぱつ》も終《をは》つたので、代金《だいきん》を拂《はら》はうとすると、親爺《おやぢ》は手《て》を振《ふ》つて、

『料金《れうきん》なんざア要《い》りませんよ。遥々《はる〴〵》東洋《とうやう》からやつて來《き》て、私達《わたしたち》の爲《た》めに戰爭《せんさう》に行《ゆ》かうといふ方《かた》に、何《な》んで料金《れうきん》など戴《いたゞ》けませう。この爺《ぢい》が刈《か》つた頭髪《とうはつ》がお氣《き》に召《め》したら、それで満足《まんぞく》です。何《ど》卒早《うぞはや》く凱旋《がいせん》して、再《ふたゝ》び此處《ここ》に來《き》たら又《また》お寄《よ》り下《くだ》さい。私《わたし》は心《こゝろ》から貴下《あなた》が無事《ぶじ》で凱旋《がいせん》することを

祈《いの》つてゐます。』

といふて何《ど》うしても料金《れうきん》を受取《うけと》らない。で私《わたし》も致方《いたしかた》なく、この親切《しんせつ》な爺《ぢい》の好意《かうい》を感謝《かんしや》しつゝ、親《おや》子《こ》に固《かた》い握手《あくしゆ》を交《かは》し、この店《みせ》を出《で》た。彼女《かのぢよ》は美《うつく》しき立姿《たちすがた》を店先《みせさき》に現《あらは》して、

『フエヤウエル！』（永久《えいきう》に左様《さやう》なら）

と云《い》ひつつ手《て》を上《あ》げて見送《みおく》つてゐた。私《わたし》も、

『アツヂユウ！』（左様《さやう》なら）

と軍帽《ぐんぼう》を右手《みぎて》に振《ふ》り上《あ》げて、之《これ》に答《こた》へた。

停車場《ていしやぢやう》に歸《かへ》つたが、まだ少《すこ》し時間《じかん》があるので、再《ふたゝ》び港《みなと》の町《まち》を散歩《さんぽ》した。

町《まち》の娘達《むすめたち》は私達《わたしたち》を、四方《はう》に案内《あんない》してやらうといふてゐたが、もうそんな時間《じかん》がないし、それに此町《このまち》には獨探《どくたん》が盛《さかん》に活躍《くわつやく》してゐるといふので、私達《わたしたち》は之《これ》を辭退《じたい》した。

この町《まち》には海軍《かいぐん》の巡邏兵《じゆんらへい》が、町《まち》の要所《えうしよ》〳〵に歩哨《ほせう》を置《お》いて、獨探《どくたん》を警戒《けいかい》してゐた。

私達《わたしたち》が列車《れつしや》に歸《かへ》ると、今晩《こんばん》の十二時《じ》に運送船《うんそうせん》に乗込《のりこ》み、愈々《いよ〳〵》加奈陀《カナダ》大陸《たいりく》におさらばを告《つ》げ、大《たい》西洋《せいやう》を越《こ》えて、四千哩《まいる》の船路《ふなぢ》の旅《たび》に上《のぼ》るといふ命令《めいれい》が下《くだ》つた。

運送船

‖サキソニヤ號‖砲臺上の三種の旗旒—何の信號？‖船に强いものは手を上げよ‖無線電信室の步哨‖

其《そ》の夜《よ》も更《ふ》けて、十二時《じ》となつた。私達《わたしたち》は大棧橋《だいさんばし》に横付《よこづ》けになつてゐる、大《おほ》きな運送船《うんそうせん》に乘込《のりこ》むこととなつた。この船《ふね》は四本《ほん》マストで、一萬《まん》八千噸《トン》の「サキソニヤ」號《がう》であつた。この船《ふね》にはすでに他《た》の二ケ聯隊《れんたい》の兵《へい》が乘込《のりこ》んでゐた。私達《わたしたち》の聯隊《れんたい》と合《あは》せて三ケ聯隊《れんたい》の兵《へい》が甲板上《かんぱんじやう》の人《ひと》となつた。

明《あ》くれば十月《ぐわつ》二日《か》、港口《かうこう》に碇泊《ていはく》せるカムパランド號《がう》の檣頭高《せうとうたか》く、旗旒《きりう》が上《あ》がると、サキソニヤ號《がう》の碇《いかり》は捲《ま》き上《あ》げられた。二艘《そう》の驅逐艦《くちくかん》を先頭《せんとう》に、HMSカムパランド號《がう》、之《これ》に續《つゞ》き、サキソニヤ號《がう》、エムプレス・オブ・ブリテーン號《がう》、最後《さいご》に一艘《そう》（船名不詳《せんめいふしやう》）都合《つがふ》六艘《そう》が順々《じゆん〱》に出帆《しゆつぱん》した。港內《かうない》には佛國《ふつこく》の軍艦《ぐんかん》が一艘碇泊《そうていはく》してゐた。その水兵達《すゐへいたち》の勇《いさ》ましき歡呼《くわんこ》の聲《こゑ》を後《あと》にして、船《ふね》は靜《しづ》かに、徐《しづ》かに進行《しんかう》し始《はじ》めた。

港口《かうこう》にある砲臺《はうだい》の檣頭高《せうとうたか》く、ヒラ〳〵と三種《しゆ》の旗旒《きりう》が上《あが》る。船員《せんゐん》の一人《ひとり》に、

『アレは何《な》んの信號《しんがう》ですか?』

と尋《たづ》ねると、彼《かれ》は、

『出征軍諸士《しゆつせいぐんしよし》の無事《ぶじ》なる航海《かうかい》を祈《いの》る。』

といふ信號《しんがう》ですよと知《し》らせて呉《く》れた。

甲板《かんぱん》に立《た》つて遙《はる》かに前途《ぜんと》を眺《なが》めると、雲煙茫々《うんえんばう〳〵》として、征《ゆ》くては遠《とほ》い。船《ふね》はスピードを增《ま》し、勇《いさ》ましく大西洋《たいせいやう》の靑波《せいは》を蹴《けつ》て進《すゝ》んで行《ゆ》く。

振返《ふりかへ》つて見《み》ると、東加奈陀《ひがしカナダ》の山々《やま〳〵》は淡《うす》く霞《かす》んで、遠《とほ》く〳〵地平線下《ちへいせんか》に沈《しづ》んで行《ゆ》く。第《だい》二の故鄕《きやう》たる、わが愛《あい》する加奈陀《カナダ》とも、之《こ》れが最後《さいご》の訣《わか》れである。私《わたし》は甲板《かんぱん》に突立《つゝた》ち、色々《いろ〳〵》の感想《かんさう》を胸《むね》に抱《いだ》いて、少時《しばし》立《た》ちつくした。そして淡《あは》い哀愁《あいしう》が湧《わ》いて來《き》た。

プライヤー軍曹《ぐんさう》が又《また》やつて來《き》た。

『船《ふね》に强《つよ》い者《もの》は手《て》を擧《あ》げよ。』

といふた。スルト私達船《わたしたちふね》に強《つよ》いといふ自信《じしん》のある者《もの》は、何《なん》の氣《き》なしに手《て》を上《あ》げた。ところが、それは船内《せんない》の要所《えうしよ》〳〵に歩哨《ほせう》を立《た》てるためだつたのだ。何《なん》のことだ、それでは手《て》を上《あ》げるのではなかつたがといふても、もう後《あと》の祭《まつ》りだ。

機關室《きくわんしつ》の入口《いりぐち》や、無線電信《むせんでんしん》の入口《いりぐち》に、歩哨《ほせう》を置《お》き、獨探《どくたん》の爲《た》めに嚴重《げんぢう》な監視《かんし》をさせることとなつた。

私《わたし》は何時《いつ》も無線電信室《むせんでんしんしつ》の歩哨《ほせう》に立《た》たされたので、局長《きよくちやう》と知《し》り合《あひ》になつた。そして航海中《かうかいちう》に於《お》ける色々《いろ〳〵》な奇談《きだん》を聞《き》くことが出來《でき》た。

大西洋の船路

＝船中の相撲＝音樂會＝ライフベルト＝アレこそ愛蘭だ＝低頭懷故鄉＝

船中《せんちう》では徒然《つれ〳〵》を慰《なぐさ》める爲《た》めに、種々《いろ〳〵》な遊戯《いうぎ》が催《もよほ》された。其《そ》の中《なか》でも一番人氣《ばんにんき》のあつたのは相撲《すまふ》であつた。佛國人《ふつこくじん》ロー氏《し》は、四千人近《にんちか》くゐる白人《はくじん》の中《なか》で、第一人者《だいにんしや》と稱《しよう》せられた猛者《もさ》であつた。

軍樂隊《ぐんがくたい》は絶《た》えず、種々《いろ〳〵》の曲目《きよくもく》の奏樂《そうがく》を續《つゞ》けてゐる。又《また》有志《いうし》の人達《ひとたち》に依《よ》つて、音樂會《おんがくくわい》が開催《かいさい》される何《いづ》れにしても四千人以上《にんいじやう》ゐる大人數《だいにんず》であるから、種々《いろ〳〵》毛色《けいろ》の變《かは》つた藝人《げいにん》がゐる。それ故《ゆゑ》私達《わたしたち》は面白《おもしろ》い航海《かうかい》を續《つゞ》けることが出來《でき》た。

航海中《かうかいちう》は、私達《わたしたち》は常《つね》にライフ・ベルト（生命浮帶《せいめいふたい》）を肩《かた》から掛《か》けてゐなければならなかつた。之《これ》は潜航艇《せんかうてい》の襲擊《しふげき》に備《そな》ふる爲《た》めであつた。これが又《また》五月蠅《うるさい》こと夥《おびたゞ》しい。そして歩哨《ほせう》は二時《じ》間毎《かんごと》に交代《かうたい》するのであつた。

私《わたし》は十月《ぐわつ》十三日《にち》午《ご》前《ぜん》二時《じ》より四時《じ》迄《まで》の間《あひだ》、無線電信室《むせんでんしんしつ》の歩哨《ほせう》に立《た》つてゐた。折《をり》から大西洋上《たいせいやうじやう》の大空《おほぞら》には、月《つき》が皓々《かう〳〵》と澄《す》み渡《わた》り、白《しろ》い浮《う》き雲《くも》はスツ〳〵と過《す》ぎて行《ゆ》く、船首《せんしゆ》の左右《さいう》に蹴立《けだ》てられる浪頭《なみがしら》は、月光《げつくわう》にキラ〳〵と光《ひか》り、船《ふね》は大《だい》なる搖籃《えうらん》の如《ごと》く、或《あるひ》は高《たか》く、或《あるひ》は低《ひく》く海底《かいてい》に沈《しづ》み行《ゆ》くかと思《おも》ふと、再《ふたゝ》び空高《そらたか》く、月《つき》の世界《せかい》にまでも上《あが》るかと思《おも》はれるやうに搖《ゆ》れる。

私《わたし》は銃《じう》を擔《にな》つて甲板《かんぱん》に立《た》ち、學生時代《がくせいじだい》によく歌《うた》つた『ラボード・ワツチ』（重楫《おもかじ》を見《み》よ）の歌《うた》を微吟《びぎん》しつつ此《こ》の雄大《ゆうだい》なる景色《けしき》に見惚《みと》れ、暫《しば》しこの神秘《しんぴ》の海《うみ》を見詰《みつ》めてゐた。

私《わたし》は軍人《ぐんじん》であることも、出征《しゆつせい》の途上《とじやう》にあることも打忘《うちわす》れ、洋々《やう〳〵》たる海原《うなばら》に、漁夫《れふふ》の生活《せいくわつ》を思《おも》ひ浮《うか》べ、闇《くら》い夜《よ》の海上生活《かいじやうせいくわつ》を追想《つゐさう》しつつ、なほも歌《うた》ひ續《つゞ》けてゐた。

フト右舷《うげん》の方《はう》を見《み》ると、水平線《すゐへいせん》の彼方《かなた》、遙《はるか》に一沫《まつ》の山《やま》が、黑《くろ》ずんで見《み》え出《だ》した。局長《きよくちやう》に訊《たづ》ねると

『アレこそは愛蘭《アイルランド》の一角《かく》である。』

と敎《をし》へて呉《く》れた。私《わたし》は之《これ》を聞《き》いたとき、

『遠《とほ》くも行《や》つて來《き》たものだなア……。』

と感慨《かんがい》に堪《た》へなかつた。思《おも》はず眼《め》を伏《ふ》せて銃器《じうき》を見詰《みつ》めると、銃《じう》にはシツトリと夜露《よつゆ》が降《お》りてゐた。私《わたし》はフト李白《りはく》の詩《し》を思《おも》ひ出《だ》した。

牀前看二月光一。疑是地上霜。擧レ頭望二山月一。低レ頭思二故鄕一。

今《いま》は大西洋《たいせいやう》の船路《ふなぢ》である。頭《かうべ》を擧《あ》げて大空《おほぞら》高《たか》く澄《す》み渡《わた》る洋上《やうじやう》の月《つき》を眺《なが》め、頭《かうべ》を低《た》れて祖國《そこく》の秋《あき》を思《おも》ふた。

『故鄕《こきやう》を懷《おも》ふ』といふ句《く》を、此時《このとき》ほど強《つよ》く感《かん》じたことはなかつた。

リヴアプール港

‖上陸‖マッチ箱のやうな汽車‖日本紳士よ‖倫敦は何方だ‖

明《あ》くれば千九百十六年《ねん》十月《ぐわつ》十三日午前《にちごぜん》十一時《じ》、私達《わたしたち》の乗船《じようせん》サキソニヤ號《がう》は、無事《ぶじ》リヴアプール港《かう》の大鐵橋《だいてつけう》に、ピタリと横付《よこづ》けになつた。そしてA中隊《ちうたい》を先登《せんとう》に、上陸《じやうりく》を開始《かいし》した。此處《ここ》は流石《さすが》に英國《えいこく》でも、有數《いうすう》な大《おほ》きな港《みなと》であるから、其《そ》の棧橋《さんばし》なども、實《じつ》に壯大《さうだい》を極《きは》めてゐる。加奈陀《カナダ》ではとても見《み》られない二萬噸《まんトン》、三萬噸《まんトン》の大汽船《だいきせん》が、幾艘《いくそう》となく棧橋《さんばし》に横付《よこづ》けになつてゐるところは、驚嘆《きやうたん》のほかはない。

平時《へいじ》ならば、幾《いく》百千の人夫《にんぷ》の活動振《くわつどうぶ》りも見《み》られやうが、今《いま》は只《た》だ歩哨《ほせう》の銃劍《じうけん》のみが、徒《いたづ》らに秋《あき》の陽《ひ》に輝《かゞや》くのみである。

一同上陸《いちどうじやうりく》が終《をは》ると、聯隊長《れんたいちやう》の檢閲《けんえつ》があつた。それが濟《す》むと私達《わたしたち》は軍用列車《ぐんようれつしや》に乘《の》せられ、列車《れつしや》はひた走《ばし》りに走《はし》つた、どうやらロンドンに向《むか》つて行《ゆ》くらしい。

此《こ》の汽車《きしや》はマッチ箱《ばこ》のやうな、甚《はなは》だ不愉快《ふゆくわい》な列車《れつしや》である。日本《にっぽん》の古《ふる》い頃《ころ》の列車《れつしや》のやうに、八人宛《にんづゝ》、横《よこ》の腰掛《こしか》けに腰《こし》を下《おろ》すやうになつてゐる。然《しか》し其《そ》の速《はや》いことは天下《てんか》一品《ぴん》、宛《ふだか》も鳳鳥《ほうてう》が翔《かけ》るやうだ。列車《れつしや》は大《おほ》きな停車場《ていしやぢやう》だけに停車《ていしや》する。この驛々《えき〳〵》ではサンドウヰツチや、紅茶《こうちや》の接待《せつたい》をして呉《く》れる其《そ》の接待《せつたい》と歡迎《くわんげい》たるや、加奈陀《カナダ》に於《お》けるよりも、倘《なほ》一層《そう》の熱烈《ねつれつ》さだ。

それも其《そ》の筈《はず》、思《おも》へば私達《わたしたち》は、彼等《かれら》の爲《た》めに一命《めい》を投《な》げ出《だ》して、遙々《はる〴〵》こゝへ來《き》たのである。英《えい》國民《こくみん》に取《と》つて之程《これほど》嬉《うれ》しいことはあるまい。

此處《ここ》に來《き》て、私《わたし》が最初《さいしよ》に耳《みゝ》にしたのは、

『日本の紳士《ジヤパニース・ゼントルマン》よ』

といふ紳士的《しんしてき》の言葉《ことば》であつた。流石《さすが》は大英國民《だいえいこくみん》である。私《わたし》は其《そ》の襟度《きんど》が懐《なつか》しかつた。此處《ここ》では北《ほく》米《べい》の天地《てんち》に漲《みなぎ》つてゐる、『ジヤプ』などといふ侮辱《ぶじよく》した言葉《ことば》は一《ひと》つも耳《みゝ》に入《はい》らなかつた。

汽車《きしや》が沿道《えんだう》の村落《そんらく》を通過《つうくわ》するとき、農夫《のうふ》は耕作《かうさく》の手《て》を止《や》め、小兒達《せうにたち》は手《て》に〳〵國旗《こくき》を、娘達《むすめたち》はハンケチを打振《うちふ》りつつ、喜《よろこ》んで迎《むか》へて呉《く》れた。

そして家々《いへ〳〵》の窓《まど》からも、畑《はたけ》からも、工場《こうぢやう》からも、學校《がくかう》からも、庭園《ていえん》からも、森《もり》の中《なか》からも、往《わう》來《らい》の自動車《じどうしや》の上《うへ》からも、盛《さか》んに歡聲《くわんせい》を擧《あ》げて私達《わたしたち》の列車《れつしや》を送《おく》つてくれた。

踏切《ふみきり》の柵《さく》の傍《そば》に、十二三歳《さい》を頭《かしら》に、男《をとこ》の子《こ》や、女《をんな》の子《こ》が六七人《にん》、紅葉《もみぢ》のやうな手《て》を擧《あ》げ、可愛《かあい》らしい聲《こゑ》を張《は》り上《あ》げて、私達《わたしたち》を送《おく》つて呉《く》れたのは、涙《なみだ》ぐましい程《ほど》嬉《うれ》しく感《かん》じた。私達《わたしたち》も列車《れつしや》の窓《まど》から上半身《じやうはんしん》を乘《の》り出《だ》し、帽子《ぼうし》やハンケチを打振《うちふ》りつつ、この可愛《かあい》らしい歡聲《くわんせい》に應《こた》へた。

列車《れつしや》の窓《まど》から眺《なが》めた英國《えいこく》の田舍《ゐなか》は、非常《ひじやう》に美《うつく》しく感《かん》じた。加奈陀《カナダ》に見《み》るやうな、大森林《だいしんりん》や、大《だい》平原《へいげん》の莊嚴《サヴライム》さは見《み》られない。箱庭的《はこにはてき》の美《うつく》しさは、日本《につぽん》のそれと大差《たいさ》はない。英國《えいこく》の風光《ふうくわう》は、水彩《すゐさい》畫《ぐわ》のやうな色彩《しきさい》を帶《お》んでゐる。この畫風《ぐわふう》が英國《えいこく》に發達《はつたつ》するのもさこそと首肯《うなづ》かれた。

英國内《えいこくない》に於《お》ける鐵道《てつだう》は、恰度《ちやうど》網《あみ》を張《は》つたやうに四通《つう》八達《たつ》、幾筋《いくすぢ》となき鐵路《てつろ》は國内《こくない》を縱横《じうわう》に走《はし》つてゐる。その間《あひだ》を縫《ぬ》つて行《ゆ》く軍用列車《ぐんようれつしや》は、一番近《ばんちか》い線路《せんろ》を利用《りよう》して、他《た》の會社《くわいしや》の線《せん》も、他《た》の乘客《じようきやく》も、お構《かま》ひなしに、ドシ〲進《すゝ》んで行《ゆ》く。そして時間《じかん》と、距離《きより》の短縮《たんしゆく》を圖《はか》つてゐた。

列車《れつしや》の中《なか》は、まだ見《み》ぬ倫敦《ロンドン》の噂《うはさ》で持《も》ち切《き》りだ。私達《わたしたち》の大部分《だいぶぶん》は、倫敦《ロンドン》を未《いま》だ曾《かつ》て見《み》たことがないので、出發當時《しゆつぱつたうじ》から、憧憬《あこがれ》てゐたのである。

驛々《えき〱》に停車《ていしや》すると、驛夫《えきふ》や車掌《しやしやう》に向《むか》ひ、

『倫敦《ロンドン》は何方《どちら》ですか？』

『倫敦《ロンドン》はまだですか？』

と口々《くちぐち》に質問《しつもん》する。

スルト彼等《かれら》はニコ〳〵して、種々《いろ〳〵》と説明《せつめい》して呉《く》れるが、何《なに》が何《なに》やらさつぱり解《わか》らない。一同《どう》の思《おも》ひは最早《もはや》倫敦《ロンドン》に飛《と》んでゐる。其《そ》の時《とき》プライヤー軍曹《ぐんそう》は、私達《わたしたち》に話《はな》しかけた。

『私《わたし》は生粋《きつすゐ》の倫敦兒《ロンドンこ》である。今《いま》から十四年前《ねんぜん》に、加奈陀《カナダ》に金儲《かねまう》けの爲《た》めに出掛《でか》けたのだ。然《しか》るに今日《けふ》計《はか》らずも故郷《こきやう》に歸《かへ》つて來《き》た。而《しか》も今私《いまわたし》の懷中《ふところ》には一弗《ドル》六十仙《セント》を所持《しよぢ》するのみだ。十四年《ねん》間働《かんはたら》いて、何《な》んと一弗《ドル》六十仙《セント》とは、大成金《だいなりきん》ではないか？』

といふて大笑《たいせう》した。彼《かれ》は尚言葉《なほことば》を續《つゞ》けた。

『若《も》し私達《わたしたち》が倫敦《ロンドン》に行《ゆ》く折《をり》があつたら、君達《きみたち》に甘《うま》い酒《さけ》のある處《とこ》に案内《あんない》しやう。然《しか》し一弗《ドル》六十仙《セント》では、何《ど》うなるものぢやない。』

といふて苦笑《くせう》した。

夕方《ゆふがた》の五時頃《じごろ》、列車《れつしや》はミルフオード驛《えき》に着《つ》いた。一同《どう》が下車《げしや》すると、先着《せんちやく》のA中隊《ちうたい》とB中隊《ちうたい》とは、其處《そこ》に我々《われ〳〵》を待合《まちあは》ちせてゐた。私達《わたしたち》は一番最後《ばんさいご》に來《く》る輜重《しちよう》、行李《かうり》、彈藥《だんやく》、糧食《りやうしよく》などを護衞《ごゑい》するC中隊《ちうたい》の來《く》るのを待《ま》つて、ウヰツトレー・キヤンプに行《ゆ》くこととなつた。

待《ま》つ程《ほど》もなくC中隊《ちうたい》も到着《たうちやく》したので、私達《わたしたち》は行進《かうしん》を起《おこ》して、ウヰツトレー幕營地《ばくえいち》に向《むか》つた。道《みち》の兩側《りやうがは》には、松原《まつばら》が長《なが》く〳〵續《つゞ》いてゐる。松林《まつばやし》の向《むか》ふ側《がは》にある農家《のうか》からは、灯《ひ》がチラ〳〵もれて來《く》る。ある家《いへ》の窓《まど》からは、戰時《せんじ》をよそに、ピアノの音《ね》が流《なが》れ來《き》て、英國《えいこく》の片田舍《かたゐなか》の晩秋《ばんしう》の夜《よ》の空《くう》氣《き》を搖《ゆる》がしてゐた。

折柄《をりから》わが隊《たい》の一英兵《えいへい》が、何氣《なにげ》なしに空《そら》を仰《あふ》いだ。スルト驚《おどろ》いたことには、暗黑《あんこく》の大空《おほぞら》には、探《たん》照燈《せうとう》の光《ひか》りが盛《さか》んに投《な》げ掛《か》けられ、見《み》ゆる限《かぎ》りの空《そら》に向《むか》ひ、縱横《じうわう》に照《てら》してゐる。勿論《もちろん》敵《てき》の空襲《くうしふ》に備《そな》へる爲《た》めであるが、始《はじ》めて見《み》る我々《われ〳〵》は、異樣《いやう》に感《かん》ずるのであつた。秋《あき》の夜空《よぞら》に、無數《むすう》のライトが入亂《いりみだ》れ、星夜《せいや》の空《そら》を照《てら》す壯觀《さうくわん》さは、とても筆《ふで》にも口《くち》にも盡《つく》し難《がた》い。

ウヰツトレー及びジーフオード幕營地

我等《われら》は間《ま》もなく、ウヰツトレー・キムプに到着《たうちやく》した。此處《ここ》は倫敦《ロンドン》を西南《せいなん》に去《さ》る、四十哩《まいる》の地《ち》にある一寒村《かんそん》である。

私達《わたしたち》は久《ひさ》し振《ぶ》りに、温《あたゝ》いスープを飲《の》むで、木造家屋《もくさうかをく》の中《なか》に藁蒲團《わらぶとん》を敷《し》き、而《しか》して携帶《けいたい》の毛布《もうふ》二枚《まい》を頭《あたま》から被《かぶ》つて、暖《あたゝ》かい夢路《ゆめぢ》を辿《たど》ることが出來《でき》た。

居《を》ること數日《すうじつ》、突然《とつぜん》命令《めいれい》が下《くだ》つて、わが聯隊《れんたい》はシーフオード・キヤムプに移動《いどう》することとなつた。

此《こ》の幕營地《ばくえいち》は、英蘭《イングランド》の西南《せいなん》に當《あた》る海岸《かいがん》に在《あ》る、小《ちひ》さな町《まち》であつた。そしてキヤムプは海岸《かいがん》の小高《こだか》い丘《をか》の麓《ふもと》にある。此處《ここ》は加奈陀《カナダ》軍《ぐん》の英國《えいこく》に於《お》ける根據地《ベース》の一つである。

此處《ここ》に來《き》てからは、加奈陀《カナダ》に居《を》つたときと異《ちが》ひ、起床喇叭《きしやうラツパ》は午前《ごぜん》四時《じ》に鳴《な》り渡《わた》り、毎日《まいにち》朝食《てうしよく》の前《まへ》に、點呼《てんこ》及《およ》び駈《か》け足《あし》の練習《れんしふ》をやらされるのである。其《そ》の駈《か》け足《あし》の練習中《れんしふちう》に、一英兵《えいへい》は笑《わら》ひながら、

『退却《たいきやく》の練習《れんしふ》ぢやあるまいナ。』

と小《こ》聲《ごゑ》で云《い》つた。之《これ》を聞《き》くと一同《どう》は失笑《ふきだ》して了《しま》つた。此《こ》の笑聲《せうせい》を聞《き》き付《つ》けた、ベーカー軍曹《ぐんさう》の眼《め》の玉《たま》も、つひ釣《つ》り込《こ》まれ、微笑《ほゝえみ》を湛《たゝ》えながら走《はし》つてゐた。斯《こ》のやうに、此《こ》處《こ》に來《き》てからは、純然《じゆんぜん》たる戰鬪的敎練《せんとうてきけうれん》であつた。射撃練習《しやげきれんしふ》も戰鬪射撃《せんとうしやげき》で、實彈《じつだん》を塡《こ》めて射撃《しやげき》するのだから、何《なん》と言《い》つても張合《はりあひ》がある。

凡《すべ》ての練習《れんしふ》は骨《ほね》が折《を》れるが、力《ちから》が入《はい》つて非常《ひじやう》に愉快《ゆくわい》であつた。食物《しよくもつ》は加奈陀《カナダ》に居《を》つたときと違《ちが》つて、頗《すこぶ》るお粗末《そまつ》な食事《しよくじ》だ。茶《ちや》など殆《ほと》んど甘味《あまみ》のあつたことがない。それでも練兵《れんぺい》が烈《はげ》しく、非《ひ》常《じやう》に空腹《くうふく》を覺《おぼ》えるので、何《なに》を食《た》べても割合《わりあひ》に甘味《おい》しかつた。

私達《わたしたち》は毎日《まいにち》海岸《かいがん》に在《あ》る射的場《しやてきぢやう》に行《い》つて、射撃《しやげき》の練習《れんしふ》をした。射朶《しやだ》は海岸《かいがん》に堤《どて》を築《きづ》いたもので、其《そ》處《こ》には的《まと》が立《た》てゝある。私達《わたしたち》は實彈《じつだん》を塡《こ》めて、ポン〳〵と打放《ぶつぱな》すのだから、實《じつ》に愉快《ゆくわい》でならなかつた。

秋晴《あきば》れの空《そら》の下《もと》、寄《よ》せては返《かへ》す波《なみ》の音《おと》に和《わ》して、ズドン〴〵と響《ひゞ》き渡《わた》る鋭《するど》き音響《おんきやう》は、私達《わたしたち》に何《なん》とも云《い》へない壯快《さうくわい》さを味《あぢは》せた。

射架《しやだ》には四角《かく》の布《ぬの》に、黒點《こくてん》を圓《まる》く畫《えが》いた的《まと》が、二尺《しやく》置《お》き位《ぐらゐ》に、二十個《こ》置《お》いてある。的《まと》の下《した》には一號的《がうてき》、二號的《がうてき》といふやうに、二十號《がう》まで順々《じゆん〳〵》にうたれてある。射手《しやしゆ》は二十人宛《にんづゝ》並《なら》んで、射撃《しやげき》するやうになつてゐる。

或《あ》る日《ひ》、頗《すこぶ》る面白《おもしろ》い一事件《じけん》が起《おこ》つた。それは一英兵《えいへい》が、隣《とな》りの的《まと》を射撃《しやげき》したことから初《はじ》まる。

其《そ》の時《とき》射撃《しやげき》を監督《かんとく》してゐたベーカー老曹長《らうさうちやう》は、之《これ》を見《み》て、私達《わたしたち》に向《むか》つて、

『僕《ぼく》は監的手《かんてきしゆ》の信號《しんがう》なしに、命中彈《めいちうだん》の位置《ゐち》を、自身《じしん》に測定《そくてい》することが出來《でき》るぞ。』

と云《い》つた。之《これ》を聞《き》いてゐた一青年將校《せいねんしやうかう》は、驚《おどろ》いた顔付《かほつき》で、ベーカー曹長《さうちやう》に向《むか》ひ、

『曹長《さうちやう》！ 此《こ》の兵《へい》に模範《もはん》を示《しめ》してやれ！』

と命《めい》じた。曹長《さうちやう》は待《ま》つてゐましたとばかり、小銃《せうじう》を取《と》り上《あ》げるや、勵聲《れいせい》一番《ばん》、

『私《わたし》は今《いま》、七番的《ばんてき》を射《う》ちます。』

と云《い》ひ終《をは》つて、照準《せうじゆん》。スドンと一發《ぱつ》、又《また》一發《ぱつ》。黒點《こくてん》、々々《〳〵》、々々《〳〵》、十發《ぱつ》のうち最後《さいご》の一發《ぱつ》を放《はな》し終《をは》つて、

『右上《みぎうへ》』

と云《い》ひ放《はな》ち、

『最後《さいご》の一發《はつ》は、引金《ひきがね》に力《ちから》を入《い》れ過《す》ぎた。』

と、得意滿面《とくいまんめん》。それで早速電話《さつそくでんわ》を以《もつ》て監的手《かんてきしゆ》に問合《とひあは》せると、是《これ》はしたり、其《そ》の返答《へんたふ》に曰《いは》く、

『七番的《ばんてき》命中彈《めいちうだん》皆　無《ウオシユ・アウト》！　八番的《ばんてき》に命中彈《めいちうだん》十發《はつ》。黑點《こくてん》二個《こ》。』

といふ報告《はうこく》であつた。

あはれ老曹長《らうさうちやう》の天狗《てんぐ》の鼻《はな》も、美事《みごと》にへし折《を》られて了《しま》つたのであつた。

軈《やが》て射撃《しやげき》も終《をは》つて、夕闇迫《ゆふやみせま》る海岸《かいがん》の波打際《なみうちぎは》を歸營《きえい》する途上《とじやう》、私達《わたしたち》は其《そ》の日《ひ》の成績《せいせき》を自慢《じまん》したり・批評《ひひやう》したりしながら、銃《じう》を肩《かた》に疲《つか》れた足《あし》を引《ひき》ずりつゝ引揚《ひきあ》げて行《ゆ》く……。

其《そ》の不《ふ》成績《せいせき》を叱責《しつせき》されて、悄然《せうぜん》として引揚《ひきあ》げて行《ゆ》く者《もの》もあり、成績拔群《せいせきばつぐん》で、得意《とくい》の者《もの》もある。

私《わたし》は、失意《しつい》の顏《かほ》、得意《とくい》の顏《かほ》、はつきりした表情《へうじやう》を見《み》てゐると、妙《めう》に人《ひと》の世《よ》といふやうなことを感《かん》じさせられた。

夜《よる》は、各小隊交代《かくせうたいかうたい》で、シーフオード町《まち》の消防巡察《せうばうじゆんさつ》に出《で》た。之《これ》は失火及《しつくわおよ》び空中襲擊《くうちうしふげき》に際《さい》して、町《ちやう》民《みん》を保護《ほご》する爲《た》めであつた。

活動寫眞《くわつどうしやしん》や、芝居小屋《しばゐこや》の前《まへ》などに巡廻《じゆんくわい》して行《ゆ》くと、平時《へいじ》は賑《にぎや》かに興業《こうげふ》してゐるのであらうが、今《いま》は戰時中《せんじちう》であるので、見物人《けんぶつにん》も遠慮《ゑんりよ》してゐるらしく、劇場《げきぢやう》なども中止《ちうし》の態《てい》である。朝《あした》に月影《つきかげ》を踏《ふ》み、夕《ゆふべ》に星《ほし》を戴《いたゞ》いて歸《かへ》るといふ激《はげ》しい練兵《れんぺい》や勤務《きんむ》を續《つゞ》けるうちに、喜《よろこ》ばしい知《し》らせがあつた。

それはA中隊《ちうたい》が、六日間《かかん》の休暇《きうか》を得《え》て、倫敦見物《ロンドンけんぶつ》に行《ゆ》き、次《つ》いでB中隊《ちうたい》、C中隊《ちうたい》、D中隊《ちうたい》と順《じゆん》々《〴〵》に見物《けんぶつ》に行《ゆ》かれるといふことであつた。

A中隊《ちうたい》は軍樂隊《ぐんがくたい》を先頭《せんとう》に、停車場《ていしやぢやう》まで送《おく》られ、樂《たの》しき六日間《かかん》を過《す》ごすべく、シーフオードの町《まち》を出發《しゆつぱつ》した。私達《わたしたち》はこの事《こと》を聞《き》いてからは、雨天《うてん》の日《ひ》の塹壕掘《ざんがうほ》りの如《ごと》き、烈《はげ》しい勞苦《らうく》も、あまり苦《く》にならぬやうになつた。人間《にんげん》といふものは、氣《き》の持《も》ちやう一つだと思《おも》つた。

讀者《どくしや》は、戰時中《せんじちう》殊《こと》に野戰部隊《やせんぶたい》の兵《へい》が、倫敦見物《ロンドンけんぶつ》に行《ゆ》くなどとは、定《さだ》めて呑氣《のんき》千萬《ばん》だと思《おも》はれるであらう。或《あるひ》は贅澤至極《ぜいたくしごく》だとも考《かんが》へられるであらうが、然《しか》し之《これ》は私達《わたしたち》の出征《しゆつせい》の日《ひ》が近《ちか》づいたことを暗示《あんじ》するものである。前《まへ》にも述《の》べた通《とほ》り、我々《われ〳〵》は所謂消耗品《いはゆるせうもうひん》である。足《あし》一たび戰場《せんぢやう》の地《ち》を踏《ふ》めば、萬《まん》に一つも生還《せいくわん》は覺束《おぼつか》ないのだ。

故《ゆゑ》に生前《せいぜん》に、せめて一週間位《しうかんぐらゐ》の休養《きうやう》を與《あた》へ、入隊以來《にふたいいらい》の烈《はげ》しき勞苦《らうく》に報《むく》い、又浮世《またうきよ》に執着《しふちやく》の殘《のこ》らぬやう、自由《じいう》な行動《かうどう》をとるべく、相當《さうたう》の小使錢《こづかひせん》と共《とも》に、倫敦見物《ロンドンけんぶつ》をさせるといふ、情《なさけ》ある上官《じやうくわん》の取計《とりはか》らいであつたのである。

やがて二十日《が》は過《す》ぎた。A中隊《ちうたい》、B中隊《ちうたい》、C中隊《ちうたい》はすでに倫敦見物《ロンドンけんぶつ》を了《を》へ、生命《いのち》の洗濯《せんたく》を濟《すま》して來《き》た。今度《こんど》はD中隊《ちうたい》、卽《すなは》ち我々《われ〳〵》の番《ばん》であると樂《たの》しんでゐると、玆《こゝ》に一大不幸《だいふかう》が湧《わ》き起《おこ》つた。其《そ》れはミーズルである。

ミーズルとは痲疹《はしか》のことであるが、私達《わたしたち》が數《すう》ケ月《げつ》の長《なが》い間《あひだ》、櫛風沐雨《しつぷうもくう》の烈《はげ》しい練兵《れんぺい》に、遂《つひ》に數《すう》名《めい》の患者《くわんじや》を出《だ》すやうになつたのである。

言《い》ふまでもなく痲疹《はしか》は傳染病《でんせんびやう》であるから、聯隊《れんたい》は直《たゞ》に交通《かうつう》を遮斷《しやだん》され大消毒《たいせうどく》を行《おこな》ひ、病人《びやうにん》の起《き》居《きよ》したバラックは、二週間《しうかん》の禁足《きんそく》を言《い》ひ渡《わた》され、一歩《ぽ》も室外《しつぐわい》に出《で》られないこととなつた。發生當時《はつせいたうじ》は數名《すうめい》の患者《くわんじや》に過《す》ぎなかつたが、間《ま》もなく殆《ほと》んど聯隊全部《れんたいぜんぶ》が罹病《りびやう》した。ただ我々日本《われ〳〵につぽん》人組《にんくみ》の第《だい》十五小隊及《せうたいおよ》び第《だい》十六小隊《せうたい》の二個《こ》小隊《せうたい》のみが健在《けんざい》であつた。

それ故聯隊《ゆゑれんたい》の歩哨勤務《ほせうきんむ》は、連日連夜《れんじつれんや》に亘《わた》り、この二個《こ》小隊《せうたい》が交代《かうだい》に勤務《きんむ》することとなつた。流《さす》

石に頑強《ぐわんきやう》の日本人組《につぽんじんくみ》も、多大《ただい》の勞苦《らうく》に閉口《へいこう》してゐた。スルト或《あ》る一人《ひとり》の滑稽《こつけい》な義勇兵《ぎゆうへい》が、

『誰《た》れか日本人《につぽんじん》も一人《ひとり》位《ぐらゐ》罹病《りびやう》するとよいがなア。お蔭《かげ》で二週間《しうかん》氣樂《きらく》に遊《あそ》べるがな。』

といふて皆《みな》を笑《わら》はせた。

越《こ》えて翌日《よくじつ》、其《そ》の義勇兵《ぎゆうへい》が眞先《まつさ》きに罹病《りびやう》した。其處《そこ》で彼《か》れの望《のぞ》み通《どほ》り、我々《われ〳〵》は二週間《しうかん》の交通遮斷《かうつうしやだん》によつて、安眠《あんみん》は得《え》られたが、大小便《だいせうべん》の外《ほか》は、一歩《ぽ》も室外《しつぐわい》に出《で》られないので大《おほい》に弱《よわ》らせられた。此時《このとき》に當《あた》つて中隊長《ちうたいちやう》マクーベリー少佐《せうさ》の心痛《しんつう》は非常《ひじやう》なものであつた。マ少佐《せうさ》が部下《ぶか》を愛《あい》する至情《しじやう》は、實《じつ》に深甚《しんじん》であつた。毎日《まいにち》少佐《せうさ》は私達《わたしたち》の爲《た》めに、密《ひそか》に從卒《じうそつ》に命《めい》じ、一同《どう》に煙草《たばこ》を贈《たく》つて、見舞《みまひ》をされた。

其《そ》のうちに又《また》一名《めい》の義勇兵《ぎゆうべい》が罹病《りびやう》した。それで尚《なほ》二週間《しうかん》の追加《つゐか》を喰《く》つた。交通遮斷《かうつうしやだん》を命《めい》ぜられたバラックの連中《れんちう》は、毎日午前《まいにちごぜん》に一回午後《くわいご》に一回《くわい》一時間宛《じかんづゝ》の徒手體操《としゆたいさう》を行《おこな》つた。

然《しか》し我々日本人義勇兵組《われ〳〵につぽんじんぎゆうへいぐみ》は、徒手體操《としゆたいさう》の代《かは》りに、相撲《すまう》の稽古《けいこ》を初《はじ》めたのであつた。之《これ》を見《み》たプライヤー軍曹《ぐんさう》は驚《おどろ》いたやうな顏《かほ》をして、眼《め》ばかりパチクリさせて見《み》てゐた。其《そ》の時恰度《ときちやうど》デヴヰス大尉《たいゐ》が室外《しつぐわい》を通《とほ》りかかつた。そして此《こ》の物音《ものおと》を聞《き》きつけ、室《へや》の戸《と》を開《あ》けて覗《のぞ》いて見《み》て、

『其《そ》れは一體何《たいなに》か？』

と云《い》ふた。我々《われ〳〵》は之《これ》に答《こた》へて、

『戰場《せんぢやう》に於《お》ける組打《くみう》ちの際《さい》の練習《れんしふ》であります。』

と言《い》ふた。大尉《たいゐ》は之《これ》を聞《き》くと莞爾《くわんじ》として立去《たちさ》つた。

或《あ》る日《ひ》私達《わたしたち》のバラックに立《た》つてゐる歩哨《ほせう》から、一大事件《だいじけん》を聞《き》き込《こ》んだ。それは他《ほか》でもない、A中隊《ちうたい》、B中隊《ちうたい》は既《すで》に分遣《ドラフト》されて、第《だい》三十一聯隊《れんたい》に轉隊《てんたい》し、近日《きんじつ》、戰地《せんち》に出立《しゆつりつ》するといふのである。

之《これ》を聞《き》いて我々《われ〳〵》は實《じつ》に落膽《らくたん》した、A、Bの兩中隊《りやうちうたい》には日本人《につぽんじん》はゐないが、然《しか》し此處《こゝ》まで一緒《しよ》に來《き》て、彼等《かれら》許《ばか》りが先《さき》に行《い》くといふのは、私達《わたしたち》だけが取《と》り殘《のこ》されたやうで、實《じつ》に癪《しやく》で堪《たま》らなかつた。

私達《わたしたち》の憤慨《ふんがい》は其《そ》の極《きよく》に達《たつ》したので、プライヤー軍曹《ぐんさう》は之《これ》をジョンス中尉《ちうゐ》に報告《はうこく》した。更《さら》に中尉《ちうゐ》は之《これ》を聯隊長《れんたいちやう》に告《つ》げた。スルト聯隊長《れんたいちやう》はマクーベリー少佐《せうさ》を從《したが》へ、特《とく》に我々《われ〳〵》のバラックに來《き》て慰《ゐ》撫《ぶ》の言葉《ことば》を與《あた》へた。

『急《いそ》ぐな！勳章《くんしやう》の機會《チヤンス》は、未《ま》だ〳〵是《これ》からだ。』

といふて、笑《わら》つて出《で》て行《い》つた。

其《そ》のうちに二十四日《か》間《かん》の交通遮斷《かうつうしやだん》と禁足《きんそく》も解《と》かれ、やがて倫敦見物《ロンドンけんぶつ》の赤毛布《あかげつとう》の幕《まく》は切《き》つて落《おと》されたのである。

倫敦見物

＝夢遊病患者のやらだ＝日本兵來る＝生命の洗濯＝ピカデリー街の夜＝探照燈の亂射＝ロンドンは響の街＝クリスマス＝相撲＝

『D《デイ》カムパニー。ション！』(D中隊氣《ちうたいき》を付《つ》け！)

『ライト、ドレッス。』(右《みぎ》へ準《なら》へ！)

『ナムバー。』(番號《ばんがう》)

『フオーム、フオース、ライト。』(四列縱隊《れつじうたい》に右向《みぎむ》け！)

『バイ、ザ、レフト、クヰツク、マーチ。』(前《まへ》へオイ。嚮導《かうだう》左《だ》り)

かくてD《ディ》中隊《ちうたい》三百名《めい》は、門前歩哨《もんぜんほせう》の敬禮《けいれい》に答禮《たふれい》しつつ、肅々《しゆく〳〵》として營門《えいもん》を出《で》た。

見《み》よ！　彼等《かれら》の軍服《ぐんぷく》には一點《てん》の塵《ちり》もない。昨日《きのふ》は時雨降《しぐれふ》る晩秋《ばんしう》の一日《にち》を、汗《あせ》みどろになつて、塹壕掘《さんがうほ》りの練習《れんしふ》に就事《しうじ》しての歸途《きと》、營門《えいもん》を入《はい》らんとして、歩哨《ほせう》に答禮《たふれい》せんと、汗《あせ》と泥《どろ》に塗《まみ》れた顔《かほ》を揃《そろ》へ、

『アイス、ライト！』(頭右《かしらみぎ》！)

で、危《あぶな》く歩哨《ほせう》を失笑《ふきだ》させやうとした、その兵隊《へいたい》さんとは思《おも》はれない程《ほど》、今日《けふ》は皆《み》んな立派《りつぱ》な服裝《ふくさう》に男振《をとこぶ》りを上《あ》げてゐる。

副中隊長《ふくちうたいちやう》デヴヰス大尉《たいゐ》の横面《よこめん》に、今日《けふ》は一點《てん》の泥《どろ》も附着《ふちやく》してゐない。眞《まん》一文字《もんじ》に結《むす》んだ唇《くちびる》は、一段《だん》と威嚴《ゐげん》を添《そ》へ、一同《どう》の顔《かほ》も今日《けふ》はいと朗《ほがら》かに見《み》える。

副中隊長《ふくちうたいちやう》を初《はじ》め、一同《どう》の歩調《ほてう》は極《きは》めて輕《かる》い。重《おも》いものはポケット許《ばか》りだ。

今日《けふ》は我《わ》が中隊《ちうたい》の待《ま》ちに待《ま》つた、所謂生命《いはゆるいのち》の洗濯日《せんたくび》、倫敦見物《ロンドンけんぶつ》の首途《かどで》である。私達《わたしたち》の足並《あしなみ》は輕《かる》く、停車場《ていしやぢやう》さして進《すゝ》んで行《ゆ》く。

速力《そくりよく》の速《はや》いのと、車箱《はこ》の小《ちひ》さいのとで、有名《いうめい》な英國《えいこく》の汽車《きしや》は、是等《これら》三百名《めい》の倫敦病患者《ロンドンびやうくわんじや》、一名《めい》

夢遊病者《むいうびやうしや》を載《の》せて、矢《や》のやうに走《はし》つてゐる。

私《わたし》は敢《あへ》て夢遊病患者《むいうびやうくわんじや》といふ。何故《なぜ》なれば今此《いまこ》の連中《れんちう》の頭《あたま》は、來《きた》るべき重大事《ちうだいじ》を忘《わす》れて、夢《ゆめ》の國《くに》をさ迷《まよ》ふてゐるからである。西部戰場《せいぶせんぢやう》の一角《かく》には、我等《われら》が生命《せいめい》を呪《のろ》ふ恐《おそ》るべき鐵火《てつくわ》が、我等《われら》の來《く》るのを待《ま》つてゐる。それらを強《し》いて忘《わす》れ、只《た》だ一心《しん》に倫敦《ロンドン》の夢《ゆめ》に憧憬《あこがれ》、一切《さい》の苦惱《くなう》を去《さ》り、六日《か》間《かん》を樂《たの》しく遊《あそ》ばうといふのである。

軈《やが》てこの三百名《めい》の夢遊病患者《むいうびやうくわんじや》を載《の》せた特別列車《とくべつれつしや》は、倫敦《ロンドン》のヴヰクトリヤ大停車場《だいていしやぢやう》に到着《たうちやく》した。私達《わたしたち》はデヴヰス大尉《たいゐ》引卒《いんそつ》の下《もと》に、歩廊《プラツトホーム》に整列《せいれつ》すると、旅客《りよかく》も、驛員《えきゐん》も、皆《みな》一齊《せい》に歡呼《くわんこ》の聲《こゑ》と共《とも》に、狂氣《きやうき》して私達《わたしたち》を迎《むか》へて呉《く》れた。殊《こと》に私達日本人組《わたしたちにつぽんじんぐみ》の、第《だい》十五小隊《せうたい》が通過《つうくわ》すると、

『日　本　兵《ジヤパニース・ソールジヤース》！』

『日本兵《ジヤパニース》！』

と云《い》ふ私語《さゝやき》が、其處此處《そここゝ》から聞《きこ》えて來《く》る。この「日本兵《につぽんへい》」に私達《わたしたち》は、極度《きよくど》の誇《ほこ》りと、興奮《こうふん》を感《かん》じた。

もう此頃《このごろ》では、我々《われわれ》も餘程馴《よほどな》れて來《き》た。群衆《ぐんしう》に向《むか》つて、一寸列中《ちよつとれつちう》から會釋《ゑしやく》すると、彼等《かれら》は尚《なほ》一

層拍手喝采《そうはくしゆかつさい》して、歡呼《くわんこ》の聲《こゑ》と共《とも》に私達《わたしたち》を歡迎《くわんげい》して呉《く》れる。

歡呼《くわんこ》の聲《こゑ》に埋《うづ》まるのは、惡《わる》い氣持《きもち》はしない。私達《わたしたち》は間《ま》もなく我等《われら》の宿舍《しゆくしや》である、ヴヰクトリア倶樂部《くらぶ》に着《つ》いた。そしてすぐに倫敦見物《ロンドンけんぶつ》に揃《そろ》つて出掛《でか》けた。

ウヱストミンスター寺院《じゐん》、セントポール寺院《じゐん》に行《ゆ》き、先《ま》づ昔《むかし》の英雄《えいゆう》の靈《れい》を弔《とむら》ひ、ロンドン塔《たふ》に英史《えいし》を偲《しの》び、英蘭銀行《えいらんぎんかう》の金庫《きんこ》の中《なか》に山《やま》と積《つ》む金貨《きんくわ》を横目《よこめ》で白眼《にら》み、タワー、ブリッヂを見《み》ては、東京《とうきやう》の兩國橋《りやうごくはし》などと比較《ひかく》して、輕《かる》い失望《しつばう》を感《かん》じ、又世界《またせかい》一と數《かぞ》へられた國會議事堂《こくくわいぎじだう》を見《み》て、其《そ》の古色蒼然《こしよくそうぜん》たるに二度《ど》吃驚《びつくり》し、殊《こと》に當日《たうじつ》私達《わたしたち》の爲《た》めに、東道《とうだう》の主人公《しゆじんこう》たる、名《な》は忘《わす》れたが、ロンドン市《し》選出《せんしゆつ》の一代議士《だいぎし》が、議會《ぎくわい》の歴史《れきし》に就《つい》て、一場《ぢやう》の講演《かうえん》をして呉《く》れたが、その又《また》六ケ敷《し》い言葉《ことば》にも吃驚《びつくり》した。

其《そ》の日《ひ》の夕方《ゆふがた》、私達《わたしたち》は無事《ぶじ》にヴヰクトリヤ倶樂部《くらぶ》に歸《かへ》つて來《き》た。門前《もんぜん》でデ大尉《たいゐ》は一同《どう》に向《むか》つて

『今夕以後《こんゆふいご》六日《か》間《かん》は、諸君《しよくん》の自由行動《じいうかうどう》を許《ゆる》します。自由行動《じいうかうどう》に移《うつ》つた後《のち》も、諸君《しよくん》は名譽《めいよ》ある加《カ》奈陀《ナダ》兵員《へいゐん》であることを、常《つね》に忘《わす》れてはならない。よろしく自重《じちよう》、自愛《じあい》、苟《いやし》くも輕浮《けいふ》なる行動《かうどう》を

爲《な》してはならぬ。』

といふ訓示《くんじ》を與《あた》へて、さて一聲高《ひとこゑたか》く、

『D《デイ》、カムパニー。デイスミス！』（D中隊別《ちうたいわか》れ！）

で、一同《どう》の顏《かほ》には思《おも》はず微笑《びせう》が浮《うか》ぶ。

兎角戰《とかくいくさ》といふ奴《やつ》は……腹《はら》が空《へ》つては……といふので、皆《み》んな倶樂部《くらぶ》の食堂《しよくだう》に行《ゆ》く。我等《われら》は是《これ》からと云《い》はんばかりの顏付《かほつき》で食卓《しよくたく》につくと、給仕《きふじ》までがニコ〳〵してゐる。ニコ〳〵の御大《おんたい》ブライヤー軍曹《ぐんさう》は、ナイフとフオークを斜《なゝめ》に構《かま》へて、他所《よそ》行《ゆ》きの顏付《かほつき》よろしく納《をさ》まつてゐたが、一寸腕《ちよつとうで》時計《どけい》を見《み》た。思《おも》ふに多分早《たぶんはや》く食事《しよくじ》を濟《すま》し、眞先《まつさ》きに街上《がいじやう》の人《ひと》とならうと考《かんが》へたらしい。

軈《やが》て食事《しよくじ》が終《をは》ると、我《わ》れ勝《が》ちに外《そと》へ飛《と》び出《だ》した。然《しか》し「何處《どこ》へ行《ゆ》く」と聞《き》かれたとて、誰《た》れも自分《じぶん》の行《ゆ》く目的地《もくてきち》を知《し》つてゐない。否《い》な持《も》つてゐない。行《ゆ》き當《あた》りバツタリなのである。

私《わたし》も退《おく》れじと外《そと》に出《で》て見《み》た。そして第《だい》一番《ばん》に本屋《ほんや》に行《い》つて「倫敦案内《ロンドンあんない》」を一冊買《さつか》つた。之《こ》れさへあれば迷子《まいご》になつても大丈夫《だいじやうぶ》と、安心《あんしん》して足《あし》に任《まか》せて、織《お》るが如《ごと》きロンドン市《し》の大群衆《だいぐんしう》の中《なか》に迷《まよ》ひ込《こ》んだ。

戰時《せんじ》に於《お》ける倫敦市《ロンドンし》は、平常《へいじやう》の賑《にぎや》かさに引換《ひきか》へて、街々《まちまち》は暗《くら》く、淋《さび》しい。街燈《がいとう》といふ街燈《がいとう》は全《ぜん》部《ぶ》其《そ》の上方半分《じやうはうはんぶん》が眞黑《まつくろ》く塗《ぬ》つてある。僅《わづ》かに交通《かうつう》の安全《あんぜん》を期《き》し得《う》る位《くらゐ》の微光《びくわう》を地上《ちじやう》に投《な》げかけてゐる。屋内《をくない》の燈火《とうくわ》は、全部《ぜんぶ》ブラインド（鎧戸《よろひど》）に依《よ》つて、光線《くわうせん》の外射《ぐわいしや》を防《ふせ》ぎ、敵《てき》の飛行船《ひかうせん》と飛行《ひかう》機《き》の空中襲擊《くうちうしふげき》の目標《もくへう》となることを避《さ》けてゐる。

停車場《ていしやぢやう》などの地下室《ちかしつ》や、地下道《ちかだう》などは、凡《すべ》て之等《これら》の避難所《ひなんしよ》に當《あ》てられてある。夜《よる》の空中《くうちう》は常《つね》に無數《むすう》の探照燈《たんせうとう》を照《て》らして警戒《けいかい》し、高射砲《かうしやはう》に依《よ》つて防備《ばうび》せられてゐる。斯《か》ういふ有樣《ありさま》であるから、ロンドン市中《しちう》は空前《くうぜん》の寂《さび》しさであると謂《い》はれてゐる。それだのにこの群衆《ぐんしう》だ。平和《へいわ》な日《ひ》、ロンドンの中心地《ちうしんち》は、どんなに賑《にぎや》かなのであらうと、一寸想像《ちよつとさうぞう》も付《つ》かなかつた。

尋《たづ》ねながら漸《やうや》くピカデリー街《がい》に出《で》て來《き》た。此處《ここ》は東京《とうきやう》にゐる時代《じだい》から耳《みゝ》にしてゐた盛《さか》り場《ば》だ。なるほど聞《き》きしにまさる賑《にぎは》ひだ。街頭《がいとう》の紳士淑女《しんししゆくぢよ》は、紅紫《こうし》とり〳〵に裝《よそほ》ひを凝《こ》らし、實《じつ》に百花燎《くわれう》亂《らん》の趣《おもむ》きがある。秋《あき》の錦《にしき》と見紛《みまが》ふ人々《ひとびと》の服裝《ふくさう》は、夜《よる》のピカデリー街《がい》を練《ね》つて行《ゆ》く。

此處《ここ》は大倫敦市《だいロンドンし》の中心地《ハート》だ。戰時《せんじ》でも此處《ここ》ばかりは不夜城《ふやじやう》だ。シルクハットに燕尾服《えんびふく》で、自動《じどう》車《しや》に納《をさ》まつてゐる紳士《しんし》の側《そば》には、夜會服《やくわいふく》輕《かる》げな春《はる》の女神《めがみ》が澄《す》まし込《こ》んでゐる。運轉手《うんてんしゆ》は無言《むごん》で警《けい》笛《てき》を鳴《な》らし、群衆《ぐんしう》の間《あひだ》を縫《ぬ》ひつつ、暗《やみ》の中《なか》に消《き》えて行《ゆ》く。

私《わたし》は又或《またあ》る書籍店《しよせきてん》を覗《のぞ》いて見《み》た。店頭《てんとう》を飾《かざ》る多《おほ》くの本《ほん》は、殆《ほと》んど戰爭《せんさう》に關《くわん》したもの許《ばか》りだ。文《ぶん》學雜誌《がくざつし》なども皆休刊《みなきうかん》してゐる。又芝居《またしばゐ》なども、マチネエが多《おほ》いが、皆戰爭物《みなせんさうもの》ばかりだ。藝術《げいじゆつ》も、文學《ぶんがく》も一切休止《さいきうし》の姿《すがた》だ。其處《そこ》には只《ただ》戰爭《せんさう》あるのみであつた。

私《わたし》は本屋《ほんや》を出《で》て、少《すこ》し疲《つか》れたので公園《こうゑん》に行《ゆ》き、ベンチに腰《こし》を下《おろ》した。四邊《あたり》には人影《ひとかげ》があまり無《な》かつた。

私《わたし》は銀梨地《ぎんなしぢ》の如《ごと》く、星《ほし》の光《ひか》りの美《うつく》しき空《そら》に、探照燈《たんせうとう》の光《ひか》りが交錯《かうさく》してゐるのを眺《なが》めながら、種《いろ》々のことを考《かんが》へてゐた。

倫敦《ロンドン》の街《まち》は響《ひゞき》の町《まち》だ。藤村《とうそん》がいふたやうに、外國《ぐわいこく》の都街《とかい》は確《たし》かに響《ひゞき》の町《まち》だ。東京《とうきやう》の街《まち》は聲《こゑ》の街《まち》だ。倫敦《ロンドン》の街《まち》にも聲《こゑ》はないのではないが、アノ東京《とうきやう》の街《まち》で聞《き》くやうな勇《いさ》ましい鰯賣《いわしう》りの聲《こゑ》や、花《はな》賣《う》りの聲《こゑ》、辻占賣《つじうらう》りの聲《こゑ》、さては四季折々《しきをり／＼》の物賣《ものう》りの聲《こゑ》は云《い》はずもがな、車夫《しやふ》は聲《こゑ》を掛《か》け、按摩《あんま》は呼《よ》んで通《とほ》り、押《お》して行《ゆ》く荷車《にぐるま》の前後《ぜんご》にさへ聲《こゑ》がある。

下町《したまち》の中心地《ちうしんち》になると、流行歌《はやりうた》、聲色遣《こはいろつか》ひ、廣告《くわうこく》の口上《こうじやう》、飴屋《あめや》の唄《うた》、などと朝晩《あさばん》の賑《にぎや》かさに比《くら》べると、此處《ここ》にはそれ程《ほど》の聲《こゑ》はない。東京《とうきやう》は聲《こゑ》で滿《み》たされてゐるやうな氣《き》がする。然《しか》るに此處《ここ》は響《ひゞ》きだ。人聲《ひとごゑ》の代《かは》りに自動車《じどうしや》や、馬車《ばしや》の響《ひゞ》きが、石《いし》づくめの街《まち》の空《そら》に搖《ゆ》れて來《く》る。

朝《あさ》、目《め》を覺《さ》ますと、皆《みな》んなは最早《もはや》見物《けんぶつ》に出《で》かけるべく、身仕度《みじたく》に忙《せは》しい。連中《れんちう》は昨日《きのふ》一日《にち》の出《で》來事《きごと》を、愉快氣《ゆくわいげ》に談《はな》し合《あ》つてゐる。

『昨夜《ゆうべ》は何《ど》うしたい？』

『昨夜《ゆうべ》は、僕《ぼく》は目茶《めちや》に〳〵歩《ある》き廻《まは》つたら、とう〳〵迷子《まいご》になつて、馬車《ばしや》で歸《かへ》つて來《き》たよ。實《じつ》に馬鹿見《ばかみ》ちやつた。』

『君《きみ》は何《ど》うした？』

『俺《おれ》か？ 俺《おれ》はオツクスフオード街《がい》から、ハイドパークに行《い》つたまではよかつたが、それから妙《めう》な奴《やつ》と道連《みちつれ》になつてね。……其奴《そいつ》と別《わか》れてから又一人《またひとり》ボツチとなつて、遂《と》う〳〵迷子《まいご》になり、途方《とはう》に暮《く》れてゐると、巡査《ポリス》がやつて來《き》てネ、馬車《ばしや》を雇《やと》ふて呉《く》れたので、漸《やうや》く歸《かへ》つて來《く》ることが出來《でき》たのさ。ロンドンのお巡《まは》りは君親切《きみしんせつ》だね、如何《いかん》となればだ、巡的我輩《じゆんてきわがはい》を見《み》ると、早速《さつそく》加奈陀《カナダ》紳士《しんし》が迷子《まいご》になつたと判斷《はんだん》して、馬車《ばしや》を直《す》ぐ呼《よ》んで呉《く》れたからね。』

『全體《ぜんたい》貴樣《きさま》の面《つら》が迷子《まいご》然《ぜん》と、出來上《できあが》つてゐるからさ。』

などと一同《どう》は他愛《たあい》もない事《こと》に興《きよう》がつて、何《な》んとなく朗《ほがら》かな氣持《きも》ちに滿《み》たされてゐる。

然《しか》し此《こ》のロンドンの巡査《じゆんさ》は親切《しんせつ》であるといふことは、皆《み》んな一致《ち》した結論《けつろん》であつた。して見《み》ると、皆《み》んな迷子《まいご》の組《くみ》らしい。

樂《たの》しかつた六日間《かかん》も過《す》ぎ、倫敦見物《ロンドンけんぶつ》の夢《ゆめ》も覺《さ》めて、私達《わたしたち》は再《ふたた》び宿營地《しゆくえいち》へ向《むか》ふ列車内《れつしやない》の人《ひと》となつた。

『面白《おもしろ》かつたなア。』

と一人《ひとり》が言《い》ひば、

『うむ、實《じつ》に面白《おもしろ》かつた。僕《ぼく》は何《な》んだか、まだアノ美酒《びしゆ》に醉《よ》つてゐるやうな心地《こゝち》がしてならない。』

『成《な》る程《ほど》、さうすると、ロンドンとお酒《さけ》とは同《おな》じか!?』

で、軍曹《ぐんさう》もふき出《だ》して了《しま》つた。一同《どう》は談《だん》ずるやら、歌《うた》ふやら、笑《わら》ふやら、實《じつ》に騷然《さうぜん》たる音響《おんきやう》を乘《の》せて、列車《れつしや》は走《はし》つてゐる。此《こ》の列車《れつしや》は軍用列車《ぐんようれつしや》であるから、差支《さしつか》へないやうなものの、若《も》し普通《ふつう》の列車《れつしや》であつたならば、忽《たちま》ち車掌君《しやしやうくん》にお目玉《めだま》を頂戴《ちやうだい》するところだ。

かくて加奈陀《カナダ》の田舎者《ゐなかもの》は、花《はな》のロンドンから無事《ぶじ》に聯隊《れんたい》に歸《かへ》つて來《き》た。そして營門《えいもん》を通過《つうくわ》するや、もう一同《どう》は夢遊病患者《むいうびやうくわんじや》ではなくて、立派《りつぱ》な軍人《ぐんじん》に立返《たちかへ》つてゐた。

もう「生命《いのち》の洗濯《せんたく》」も濟《す》んだ。今《いま》は思《おも》ひ置《お》く事更《ことさら》になし。

鬪《たゝか》はん哉《かな》、時機到《じきいた》る。

此《こ》の滑稽《こつけい》なる倫敦見物《ロンドンけんぶつ》の赤《あか》毛布も濟《す》んで、私達《わたしたち》が隊《たい》に歸《かへ》つて來《く》ると、數日《すうじつ》でクリスマスの日《ひ》となつた。光陰《くわういん》は矢《や》の如《ごと》しといふが、實《じつ》に早《はや》いものだ。私達《わたしたち》が晩市《ヴアンクーバー》に於《おい》て、義勇兵《ぎゆうへい》たらんことを志願《しぐわん》してから、既《すで》に一年《ねん》の歳月《さいげつ》が流《なが》れてゐる。

此《こ》の日《ひ》は、聯隊《れんたい》では出來《でき》得る限《かぎ》りのお馳走《ちそう》と、慰安《ゐあん》とを與《あた》へて呉《く》れた。ビールや煙草《たばこ》は殆《ほと》んど無盡藏《むじんざう》と云《い》つてもよい位《くらゐ》に給與《きふよ》された。又特《またとく》に晩餐《ばんさん》の時《とき》には、小隊附《せうたいつき》の軍曹《ぐんさう》プライヤー氏《し》及《およ》びシヤープ氏《し》は、私達《わたしたち》の爲《た》めに給仕《きふじ》となつて、それスープ、それミート、それ煙草《たばこ》といふ工合《ぐあひ》に彼等《かれら》自身《じしん》に働《サーヴヰス》して呉《く》れたのであつた。而《しか》も煙草《たばこ》は彼等《かれら》軍曹二人《ぐんさうふたり》の寄附《きふ》であつたのだ。

　私達《わたしたち》は彼等《かれら》の豐《ゆた》かでないことを知《し》つてゐる。中《なか》でもプライヤー軍曹《ぐんさう》の貧的《ひんてき》なのは、よく知《し》つてゐるから、なほ更氣《さらき》の毒《どく》に感《かん》じたのであつた。

　晩餐後《ばんさんご》は酒保《しゆほ》に於《おい》て、大演藝會《だいえんげいくわい》が開《ひら》かれた。各自《かくじ》咽喉自慢《のどじまん》の連中《れんちう》の獨唱《どくしやう》や合唱《がつしやう》には流石《さすが》の英國《えいこく》の兵士達《へいしたち》は、違《ちが》つたものだと感心《かんしん》させられた。追々《おひ〳〵》順序《プログラム》も進《すゝ》み、ピアノの連彈《れんだん》や、ヴアヰオリンの獨奏《どくそう》や、中《なか》にもジョンス中尉《ちうゐ》の獨唱《ソロ》は、大喝采《だいかつさい》であつた。

　マクーベリー少佐《せうさ》は、無藝大食《むげいたいしよく》の親玉《おやだま》と見《み》え、左肩《さけん》を怒《いか》らして悠然《いうぜん》としてゐた。そのうちに當《たう》日《じつ》の呼物《よびもの》であつた、黃と白との大相撲《おほずまう》が初《はじ》まつた。

　第《だい》一回《くわい》の番組《ばんぐみ》は佛國人《ふつこくじん》ロー選手《せんしゆ》と、日本人組《につぽんじんぐみ》のT義《テーぎ》勇兵《ゆうへい》であつた。彼《か》れロー選手《せんしゆ》は、先《さ》きに述《の》べたやうに、其《そ》の强剛《つよ》さは、サキソニヤ號《がう》の甲板上《かふはんじやう》で、彼《か》れを倒《たふ》すものがなく、白人間《はくじんかん》に於《お》ける第《だい》一人者《にんしや》であつた。又《また》T義《ぎ》勇兵《ゆうへい》は講道館《かうだうくわん》の初段《しよだん》である。

　今此《いまこ》の二選手《せんしゆ》は、拍手喝采《はくしゆかつさい》のうちに立《た》ち上《あが》つた。と、T義《ぎ》勇兵《ゆうへい》は突嗟《とつさ》に腰投《こしな》げに行《い》つたが、ロー志願兵《しぐわんへい》もさる者《もの》、直《たゞ》に之《こ》れを切《き》り返《かへ》し、一本取《ぽんと》つたのである。喝采《かつさい》は滿場《まんぢやう》を壓《あつ》した。

審判官《しんぱんくわん》ツウヰス中尉《ちうゐ》は、ロー志願兵《しぐわんへい》を場《ぢやう》の中央《ちうあう》に連《つ》れて行《い》つて、彼《か》れの双手《さうしゆ》を高《たか》く擧《あ》げさせて、勝名《かちな》乘《のり》をさせた。喝采《かつさい》は再《ふたた》び湧《わ》いた。スルト快漢《くわいかん》ロー志《し》願兵《ぐわんへい》は、日本人《につぽんじん》T義《ぎ》勇兵《ゆうへい》を場《ぢやう》の中央《ちうあう》に連《つ》れて行《い》つて、T義《ぎ》勇兵《ゆうへい》の双手《さうしゆ》を高《たか》く擧《あ》げさせた。喝采《かつさい》は三度《たび》起《おこ》つた。

第《だい》二回目《くわいめ》は、T義《ぎ》勇兵《ゆうへい》の仇《あだ》を討《う》たんとして、鐵腕《てつかん》叩《たゝ》いて猛然《まうぜん》として突立《つゝた》つたのはS義《ぎ》勇兵《ゆうへい》である。彼《か》れも亦講道館《またかうだうくわん》の初段《しよだん》であつた。二人《ふたり》は喝采《かつさい》のうちに、輕《かる》く握手《あくしゆ》を交《かは》し、卒《いざ》とばかりに身構《みかま》へた。と、ロー志願兵《しねがひへい》は、氣《き》を負《お》ひたる獅子《しし》の如《ごと》く、猛然《まうぜん》として突進《とつしん》して來《き》た。S義《ぎ》勇兵《ゆうへい》は冷然《れいぜん》として敵《てき》の左襟《ひだりえり》を右手《みぎて》に抑《おさ》へ、左手《ひだりて》に敵《てき》の手首《てくび》を取《と》るや否《いな》や、突嗟《とつさ》の體落《たいおと》しに、あはれロー志願《しぐわん》兵《へい》の身體《からだ》は、宙《ちう》に飛《と》んだ。

S義《ぎ》勇兵《ゆうへい》は、直《たゞち》にロー志願兵《しぐわんへい》を援《たす》け起《おこ》し、背中《せなか》の塵《ちり》を打拂《うちはら》ひながら、彼《かれ》と共《とも》に場《ぢやう》の中央《ちうあう》に進《すゝ》み出《い》で、同時《どうじ》に勝名《かちな》乘《のり》を擧《あ》げた。會場《くわいぢやう》を搖《ゆる》がすやうな喝采《かつさい》が起《おこ》り、暫《しば》しは鳴《な》りも靜《しづ》まらなかつた。マクーベリー少佐《せうさ》の口邊《こうへん》には、部下《ぶか》の勝利《しようり》に對《たい》する、會心《くわいしん》の笑《ゑ》みが漂《たゞよ》ふてゐた。

次《つ》ぎは露《ろ》國人《こくじん》ドリゴノヴヰツチ志願兵《しぐわんへい》と私《わたし》との勝負《しようぶ》であつた。ドリゴノウヰツチ志願兵《しぐわんへい》は、C《シー》中隊切《ちうたいぎり》つての相撲《すまう》の猛者《もさ》である。私《わたし》は青山學院時代《あをやまがくゐんじだい》は、校中《かうちう》で強《つよ》い方《はう》であつた。それ故自信《ゆゑじしん》はあるが、何《な》にしろ大兵《たいひやう》肥滿《ひまん》のドリゴノヴヰッチ志願兵《しぐわんへい》は、私《わたし》に取《と》つては大敵《たいてき》であつた。二人《ふたり》は場《ぢやう》の中央《ちうあう》に進《すゝ》み、型《かた》の如《ごと》く握手《あくしゆ》を交《かは》し、左右《さいう》に分《わか》れて互《たがひ》に身構《みかま》へた。スルト彼《か》れは滿身《まんしん》の力《ちから》を双腕《さうわん》にこめて、只《たゞ》一擧《きよ》に搏撃《はくげき》せんと、猛烈《まうれつ》な勢《いきほ》ひで突進《とつしん》して來《き》た。私《わたし》はパッと身《み》を沈《しづ》むるや、電光石火《でんくわうせきくわ》飛《と》び込《こ》みざま、左《ひだり》を差《さ》し。(私《わたし》は左差《ひだりさ》しが得意《とくい》で、左《ひだり》が這入《はい》つたら大抵《たいてい》は負《ま》けなかつた。)ヤット一聲《こゑ》氣合《きあひ》と共《とも》に釣《つ》り上《あ》げると、流石《さすが》のド志願兵《しぐわんへい》の身體《からだ》も宙《ちう》に上《あが》つた。と、其瞬間《そのしゆんかん》ドリゴノヴヰッチ志願兵《しぐわんへい》の身體《からだ》は、櫓投《やぐらな》げに、場《ぢやう》の中央《ちうあう》にモンドリ打《う》つて叩《たゝ》き付《つ》けられた。忽《たちま》ち口笛《くちぶえ》と拍手喝采《はくしゆかつさい》は滿場《まんぢやう》を壓《あつ》した。マクーベリー少佐《せうさ》の口元《くちもと》には、再《ふたゝ》び得意《とくい》の笑《ゑ》みが浮《うか》んだ。

此《こ》の勝負《しようぶ》が終《をは》つて、日本人同志《につぽんじんどうし》の飛付《とびつ》き五人抜《にんぬ》きの勝負《しようぶ》が初《はじ》まつた。何《いづ》れも猛烈《まうれつ》な搏撃戰《はくげきせん》を演《えん》じて、並《なみ》ゐる白人兵《はくじんへい》をして顔色《がんしよく》なからしめた。拍手喝采《はくしゆかつさい》の中《うち》に之《これ》も終《をは》り、私達《わたしたち》は一同起立《きりつ》して英國國歌《ゴッド・セーフ・ザ・キング》を歌《うた》つて閉會《へいくわい》した。

轉　隊

＝第五十聯隊＝健康診斷＝齒科醫に行け＝天罰覿面＝三袋の煙草＝訣れの酒杯＝

其《そ》の翌日《よくじつ》C中隊《ちうたい》及《およ》びD中隊《ちうたい》は、司令官《しれいくわん》よりの命令《めいれい》に依《よ》り、第《だい》五十聯隊《れんたい》に轉隊《てんたい》することとなつた。

而《しか》して轉隊《てんたい》すると同時《どうじ》に、『派遣《ドラフト》』の命令《めいれい》が降《くだ》つたのであつた。聯隊長《れんたいちやう》は悲痛《ひつう》な面持《おももち》で曰《い》つた。

『第《だい》五十聯隊《れんたい》は、強大《きやうだい》なる敵軍《てきぐん》の、猛烈《まうれつ》なる襲撃《しふげき》を受《う》け、實《じつ》に惡戰苦闘《あくせんくとう》の結果《けつくわ》、聯隊《れんたい》は半數《はんすう》以上《じやう》の兵員《へいゐん》を失《うしな》ふに至《いた》つたのである。故《ゆゑ》に其《そ》の兵員補充《へいゐんほじう》の爲《た》めに、第《だい》百七十五聯隊《れんたい》は、解隊《かいたい》の止《や》むなきに至《いた》つたのである。尚本官及《なほほんくわんおよ》びマクーペリー少佐《せうさ》は、倫敦《ロンドン》司令部附《しれいぶづき》を命《めい》ぜられ、デヴヰス大尉《たいゐ》は飛行隊《ひかうたい》に、ジョンス中尉《ちうゐ》及《およ》びプライヤー軍曹《ぐんさう》は第《だい》三十一聯隊《れんたい》に轉隊《てんたい》することとなつたのである。

本官《ほんくわん》は諸君《しよくん》と共《とも》に戰場《せんぢやう》に赴《おもむ》き、共《とも》に我《わ》が大英國皇帝陛下《だいえいこくくわうていへいか》及《およ》び陛下《へいか》の國土《こくど》の爲《た》めに、尚廣《なほひろ》くは世界《せかい》の平和《へいわ》と人道《じんだう》の爲《た》めに、此《こ》の一身《しん》を捧《さゝ》げて、諸君《しよくん》と共《とも》に死《し》する覺悟《かくご》であつた。然《しか》るに今諸《いましよ》君《くん》と玆《こゝ》に袂別《けつべつ》せなければならなくなつたのは、寔《まこと》に殘念《ざんねん》の至《いた》りである。然《しか》しながら何《いづ》れにせよ、國家《こくか》に盡《つく》すといふことに於《おい》ては變《かは》りはないのだ。

回顧《くわいこ》すれば、諸君《しよくん》と共《とも》に既《すで》に一年《ねん》を送《おく》つた。今玆《いまこゝ》に諸君《しよくん》の上官《じやうくわん》たる位置《ゐち》を去《さ》り、倫敦司令部《ロンドンしれいぶ》附《づき》を命《めい》ぜられた事《こと》は、或《あるひ》は私《わたし》としては榮轉《えいてん》と稱《しやう》すべきであるかも知《し》れぬ。さりながら本官《ほんくわん》は諸《しよ》君《くん》と共《とも》に、第一《だいい》線《せん》に立《た》ち、硝煙弾雨《せうえんだんう》の間《あひだ》に、豪勇《がうゆう》の聞《きこ》え高《たか》き獨軍《どくぐん》を殲滅《せんめつ》して、諸君《しよくん》と共《とも》に凱歌《がいか》を奏《そう》したかつたのである。然《しか》しながら之《これ》も命令《めいれい》とあれば致方《いたしかた》がない。故《ゆゑ》に諸君《しよくん》は私達《わたしたち》の分《ぶん》までも働《はたら》いて、大《おほい》に盡忠報國《じんちうはうこく》の誠《まこと》を致《いた》されんことを祈《いの》る。最後《さいご》に諸君《しよくん》の健康《けんかう》を祈《いの》る。』と告別《こくべつ》の辭《じ》を述《の》べられた。之《これ》を聞《き》いてゐた私達《わたしたち》は悲痛《ひつう》の顏《かほ》を伏《ふ》せて、涙《なみだ》にむせぶ者《もの》が多《おほ》かつた。

我々《われわれ》は既《すで》に派遣《ドラフト》の命令《めいれい》が下《くだ》つてゐるのだ。この命令《めいれい》が下《くだ》れば、數日《すうじつ》のうちには戰地《せんち》に向《むか》はねばならぬ。午後《ごご》になると私達《わたしたち》は軍服《ぐんぷく》も下着《したぎ》も靴《くつ》も皆《みな》新《あたら》しい品《しな》と取換《とりか》へることを命《めい》ぜられた。

其《そ》の翌日《よくじつ》は軍醫《ぐんい》の健康診斷《けんかうしんだん》があつた。主《おも》に齒《は》に就《つい》て調《しら》べたのだ。不幸《ふかう》にして私《わたし》は奥齒《おくば》二本《ほん》が少《すこ》し缺《か》けてゐた。軍醫《ぐんい》は直《たゞ》に司令部附《しれいぶつき》の齒科醫《しくわい》の處《ところ》に行《ゆ》くべく命《めい》じた。其《そ》の時《とき》私《わたし》は軍醫《ぐんい》に向《むか》つて言《い》つた、

『此《こ》の齒《は》は缺《か》けてゐても、痛《いた》みもせず、又何《またな》んの故障《こしやう》も來《き》たさないのであるから、此《この》まゝ戰地《せんち》に行《ゆ》かせて下《くだ》さいませんか、若《も》し金冠《きんくわん》などを被《かぶ》せてゐては、派遣《ドラフト》に間《ま》に合《あ》はなくなりますから……。』

が、軍醫《ぐんい》は頑《ぐわん》として應《おう》じなかつた。止《や》むなく私《わたし》は司令部附《しれいぶつき》の齒科醫《しくわい》の處《ところ》に行《い》つた。その時途中《ときとちう》で

一策《さく》を考《かんが》へ出《だ》した。私《わたし》は齒科醫《しくわい》の前《まへ》に行《い》つて、先《ま》づ敬禮《けいれい》し、

『私《わたし》は日本人《にっぽんじん》であります。隊附《たいづ》きの軍醫《ぐんい》は私《わたし》の齒《は》が惡《わる》いから、今治《いまなほ》して置《お》かぬと後《あと》で困《こま》るから、直《す》ぐに治《なほ》して來《こ》いとのことですが、私達《わたしたち》の隊《たい》は今《いま》派遣《ドラフト》の命令《めいれい》が下《くだ》つてゐるので、明日《あす》出發《しゆつぱつ》せなければならないのです。就《つい》ては私《わたし》は外國人《ぐわいこくじん》で、英語《えいご》がよく話《はな》せませんから、仲間《なかま》と一緒《しよ》でないと、萬事《ばんじ》に不便《ふべん》を感《かん》じます。そして一度《たび》戰線《せんせん》に立《た》てば、何時《いつ》コロリ參《まゐ》るか解《わか》らないのですから、齒《は》など二三本《ぼん》惡《わる》くとも、そんなことは齒牙《しが》に掛《か》ける程《ほど》のことでもないと思《おも》ひます。何卒證《なにとぞしよう》明書《めいしよ》を書《か》いて頂《いただ》きたい。』

と言《い》つた。スルト軍醫《ぐんい》は笑《わら》ひながら、

『君《きみ》、其位英語《そのくらゐえいご》が上手《じやうず》に話《はな》せたらよいではないか。』

と云《い》ふて葉卷《はまき》を一本《ぽん》呉れて、

『明日行《あすゆ》くのかね。それでは證明書《しようめいしよ》を書《か》いてやらう。しつかりやつて呉《く》れ給《たま》へ！』

と言《い》つて治療《ちれう》したといふ證明書《しようめいしよ》を呉《く》れた。そして私《わたし》は軍醫《ぐんい》と訣《わか》れの握手《あくしゆ》をして、外《そと》に出《で》た。

司令部《しれいぶ》の入口《いりぐち》を出《で》るとき、歩哨《ほせう》に一禮《れい》して、營門《えいもん》を出《で》るとすぐ赤《あか》い舌《した》を出《だ》した。そして横《よこ》つ飛《と》

びに宿營地《キャンプ》に歸《かへ》つて來《き》た。

ところが軍醫《ぐんい》のいふことを聞《き》かなかつた天罰《てんばつ》は覿面《てきめん》、永《なが》い間《あひだ》の塹壕戰《ざんがうせん》に、ビスケツトを食料《しよくれう》としてゐたので、齒《は》は美事《みごと》にダメになつて了《しま》つた。其《そ》の爲《た》めに非常《ひじやう》な苦痛《くつう》をなめた。

此《こ》の日午後《ひごご》四時《じ》に、我々《われ〳〵》日本人義勇兵《にっぽんじんぎゆうへい》一同《ごう》は、打連《うちつ》れて舊聯隊長及《きうれんたいちやうおよ》び幹部《かんぶ》の人達《ひとたち》に、愈々出征《いよ〳〵しゆつせい》する告別《こくべつ》の爲《た》め、出掛《でか》けて行《い》つた。聯隊長《れんたいちやう》は立上《たちあが》つて、

『國家《こくか》の爲《た》め自愛《じあい》して、確《しつ》かりやつて下《くだ》さい。諸君《しよくん》の成功《せいこう》は、即《すなは》ち我《わ》が百七十五聯隊《れんたい》の成功《せいこう》であるから。そして私《わたし》は何處《どこ》に居《を》つても常《つね》に諸君《しよくん》の成功《せいこう》を祈《いの》つてゐます。』

と云《い》つて、幹部將校《かんぶしやうかう》一同《ごう》と共《とも》に我々《われ〳〵》に握手《あくしゆ》を求《もと》められた。

其《そ》の夜《よ》七時頃《じごろ》、舊中隊長《きうちうたいちやう》マクーベリー少佐《せうさ》と、副中隊長《ふくちうたいちやう》デヴヰス大尉《たいゐ》の二人《ふたり》が、私達《わたしたち》のバラツクに來《き》た。マ少佐《せうさ》は私達《わたしたち》に向《むか》つて、

『愈々《いよ〳〵》お別《わか》れだネ。私《わたし》は實《じつ》に殘念《ざんねん》に思《おも》つてゐる。私《わたし》は日東帝國《につとうていこく》の名譽《めいよ》ある軍人《ぐんじん》を部下《ぶか》に持《も》つて、惡《にく》むべき獨兵《どくへい》を擊滅《げきめつ》することを非常《ひじやう》に愉快《ゆくわい》に思《おも》ふてゐた。又諸君《またしよくん》の指揮者《しきしや》であるといふことが、非常《ひじやう》な誇《ほこ》りであつたのだ。今《いま》となつては致方《いたしかた》ない。今度《こんど》のことは私《わたし》としては榮轉《えいてん》である

かも知《し》れないが、實《じつ》は諸君《しよくん》と共《とも》に戰場《せんぢやう》に立《た》つことを切《せつ》に望《のぞ》んで止《や》まなかつた。何卒《どうぞ》諸君《しよくん》は本官《ほんくわん》の分《ぶん》までも働《はたら》いて貰《もら》ひ度《た》い。そして私《わたし》は會《あ》ふ人毎《ひとごと》に、諸君《しよくん》の上官《じやうくわん》であつたといふことを話《はな》して、之《これ》を吾《わ》が誇《ほこ》りとしてゐる。』

と話《はな》された。デヴヰス大尉《たいゐ》は、

『我輩《わがはい》も亦同感《またどうかん》である。私《わたし》は今度《こんど》航空隊附《かうくうたいづき》となつて行《い》くこととなつた。若《も》しお互《たがひ》に生命《いのち》があるならば、又佛國《またふつこく》の戰場《せんぢやう》で會《あ》ふ時《とき》もあらう。然《しか》し戰場《せんぢやう》のならひとて、之《これ》が永遠《えいゑん》のお訣《わか》れとならぬとも限《かぎ》らぬ。私《わたし》は何處《どこ》に行《い》つても諸君《しよくん》の成功《せいこう》を祈《いの》つてゐる。諸君《しよくん》も亦我《またわれ》々兩名《りやうめい》のことを永久《えいきう》に記憶《きおく》せられんことを望《のぞ》む。』

と述《の》べて、二人《ふたり》は私達《わたしたち》に三袋宛《みふくろづゝ》の煙草《たばこ》を贈《おく》られた。そして、

『之《これ》は僅《わづ》かなものだが私達《わたしたち》が諸君《しよくん》を戰場《せんぢやう》に送《おく》る寸志《すんし》であるから汽車《きしや》の中《なか》ででも喫《の》んで下《くだ》さい。』

と云《い》つて各自《かくじ》に分《わ》けて呉《く》れた。

私達《わたしたち》は此《こ》の三袋《みふくろ》の煙草《たばこ》を貰《もら》つて、中心《ちうしん》より兩將校《りやうしやうかう》の好意《かうい》を感謝《かんしや》したのであつた。煙草《たばこ》三袋《ふくろ》、其《そ》の價《あたひ》は僅《わづ》かでも、其《そ》の時《とき》の私達《わたしたち》に取《と》つては、一本《ぽん》〳〵喫《の》むのが惜《を》しいやうな氣《き》がした。二人《ふたり》の上《じやう》

官《かん》が去《さ》つて行《い》くと、今度《こんど》は私達《わたしたち》の兄貴分《あにきぶん》のプライヤー軍曹《ぐんさう》が訪《たづ》ねて來《き》た。

『愈々《いよ／＼》諸君《しよくん》は今夜《こんや》の一時《じ》半《はん》に出發《しゆつぱつ》せねばならないのだ。萬事《ばんじ》手落《てお》ちのないやうにね。そして身體《からだ》を大切《たいせつ》に、よく働《はたら》いて下《くだ》さい。諸君《しよくん》は今迄《いままで》自分《じぶん》のやうな者《もの》でも、信頼《しんらい》して、よく命令《めいれい》を守《まも》つて呉《く》れたことを心《こゝろ》から感謝《かんしや》する。私《わたし》は第《だい》三十聯隊《れんたい》に居《を》るから、若《も》し佛國《ふつこく》の西部《せいぶ》戰場《せんぢやう》で、わが聯隊《れんたい》が近《ちか》くに居《を》ることが解《わか》つたら訪《たづ》ねて來《き》て下《くだ》さい。私《わたし》も行《ゆ》く。そして先刻《さつき》お互《たがひ》に給料《きふれう》を貰《もら》つたから、之《こ》れから酒保《しゆほ》に行《い》つて、祝杯《しゆくはい》を擧《あ》げやうではないか。』

と云《い》つて、私達《わたしたち》を誘《さそ》ふて共《とも》に酒保《しゆほ》に行《い》つた。そしてプライヤー軍曹《ぐんさう》は、今夜《こんや》は諸君《しよくん》のバラックに泊《とま》つて行《い》かうと、我々《われ／＼》と共《とも》に枕《まくら》を並《なら》べて寢《ね》た。

國土《こくど》と國情《こくじやう》は異《こと》つても、人情《にんじやう》には變《かは》りはないものだと、私《わたし》は此時《このとき》つく／＼感《かん》じたのである。

出發

＝舊聯隊に告別＝午前一時半＝レッツ、ゴー!!＝サウサンプトン港＝

我々《われ〳〵》は酒保《しゆほ》から歸《かへ》つて、雜談《ざつだん》に耽《ふけ》つてゐるうち、つひウト〳〵とした。すると午前《ごぜん》一時《じ》半《はん》のドラフト集《あつ》まれ！の喇叭《ラツパ》が鳴《な》つた。私達派遣隊《わたしたちはけんたい》はすぐに整列《せいれつ》した。聯隊副官《れんたいふくくわん》のウヰリアムス大尉《たいゐ》は

『只今《たゞいま》から私《わたし》は諸君《しよくん》を送《おく》つて、佛國《ふつこく》の戰場《せんぢやう》に行《ゆ》くのである。就《つい》ては水《みづ》などにも注意《ちうい》して、彼方《あちら》へ行《い》つたら大《おほい》に働《はたら》いて貰《もら》ひ度《た》い。諸君《しよくん》！　サア、行《ゆ》かう!!』と言《い》ふた。そして

『レツツ、ゴウ』(さあ行《ゆ》かう！)と勇氣《ゆうき》に滿《み》ちた語調《ごてう》で叫《さけ》んだ。

この時私達《ときわたしたち》の神經《しんけい》は異常《いじやう》な興奮《こうふん》を覺《おぼ》え、緊張《きんちやう》した氣分《きぶん》と、勇壯《ゆうさう》な氣《き》が一同《どう》の體內《たいない》に漲《みなぎ》り渡《わた》つた。

と、突然《とつぜん》一英兵《えいへい》が大聲《おほごゑ》に、

『レツツ、ゴー!!』

と思《おも》はず叫《さけ》んだ。スルト期《き》せずして英兵全部《えいへいぜんぶ》と我々《われ〳〵》の部隊《ぶたい》とが蠻聲《ばんせい》を張《は》り上《あ》げて、

『レツツ、ゴー!!』(さあ、行《ゆ》から！)

と、男性的《だんせいてき》ハーモニーが高調《かうてう》され、深夜《しんや》の空氣《くうき》を搖《ゆ》り動《うご》かした。此《こ》の大《だい》コーラスに思《おも》はず戰時氣分《せんじきぶん》が一時《じ》に湧《わ》き起《おこ》つて來《き》た。

私達《わたしたち》は隊伍《たいご》堂々《だう〳〵》として、停車場《ていしやぢやう》に向《むか》つて行進《かうしん》を起《おこ》した。默々《もく〳〵》として汽車《きしや》に乘《の》り、默々《もく〳〵》としてサ

ウサンプトン港《みなと》に到着《たうちやく》した。停車場《ていしやぢやう》の附近《ふきん》の人々《ひとびと》は、我々《われわれ》の出發《しゆつぱつ》を少《すこ》しも知《し》らなかつたさうである。

サウサンプトン港

＝倖の仇敵を打つて吳れ＝よし心得た＝一シルリングの銀貨＝

其《そ》の翌日午前《よくじつごぜん》十一時《じ》半頃《はんごろ》、サウサンプトン港《かう》に到着《たうちやく》した。折惡《をりあ》しく運送船《うんそうせん》の都合《つがふ》で、其晩《そのばん》でなければ出帆出來《しゆつぱんでき》ないのだ。それで我々《われわれ》はドツク附近《ふきん》の空地《あきち》に背嚢《はいなう》を下《お》ろし、夕刻《ゆふこく》まで其邊《そのへん》を散步《さんぽ》することにした。私《わたし》は一人《ひとり》で港《みなと》の海岸通《かいがんどほ》りを散步《さんぽ》してゐると、私《わたし》の傍《そば》に六十五六歲位《さいぐらゐ》の老夫婦《らうふうふ》が步《あゆ》み寄《よ》つて來《き》た。

『貴方《あなた》は日本人《にっぽんじん》ですか？』

と尋《たづ》ねられた。私《わたし》は

『さうです。』

と答《こた》へた。スルと彼等《かれら》は交《か》はる〲、

『さうですか、日本《につぽん》のお方《かた》ですか。私共《わたしども》は日本兵《につぽんへい》の非常《ひじやう》に勇敢《ゆうかん》であることは、前《まへ》から聞《き》いて知《し》つてゐます。見受《みう》けるところ貴方《あなた》は之《こ》れから御出征《ごしゆつせい》のやうに思《おも》ひますが、若《も》し戰地《せんち》に御出《おい》でになつたら、何卒《どうぞ》伜《せがれ》の仇敵《かたき》を討《う》つて下《くだ》さい。といふのは私共《わたしども》は三人《にん》の男《をとこ》の子《こ》があつたが、それが三人《にん》とも今度《こんど》の戰爭《せんさう》に參《まゐ》りまして、三人《にん》とも獨軍《どくぐん》の爲《た》めに殺《ころ》されて了《しま》ひました。他《ほか》に私共《わたしども》は一《ひと》人《り》も子《こ》がないのです。もう今《いま》からでは子供《こども》も出來《でき》ません。何《なに》もお國《くに》の爲《た》めに死《し》んだのですから、私共《わたしども》は喜《よろこ》んで居《を》りますが、それにしても實《じつ》に殘念《ざんねん》で〱堪《たま》りません。獨逸《ドイツ》の奴共《やつども》が惡《にく》らしくて堪《たま》りません。皆《みな》さんが今此處《いまここ》から出發《しゆつぱつ》されるのを見《み》ると、伜達《せがれたち》を見送《みおく》つた其《そ》の當時《たうじ》が思《おも》ひ出《だ》されて、何《な》んだかまだ生《い》きてゐて、再《ふたた》び此處《ここ》に歸《かへ》つて來《き》はしないかと思《おも》はれてなりません。私共《わたしども》は毎日《まいにち》此處《ここ》を歩《ある》き廻《まは》りまして、せめてもの慰《なぐさ》めとしてゐます。思《おも》ひ出《だ》すも涙《なみだ》です。何卒伜《どうぞせがれ》の仇敵《かたき》を討《う》つて下《くだ》さいませ。』

と、涙《なみだ》を流《なが》して物語《ものがた》つた。私《わたし》は此《こ》の話《はなし》を聞《き》いて、思《おも》はず感傷的《かんしやうてき》になつたが、軈《やが》て勵聲《れいせい》一番《ばん》、

『よろしい。確《たし》かに承知《しようち》しました。必《かなら》ず仇敵《かたき》は討《う》つて上《あ》げます。』

と言《い》つて固《かた》く握手《あくしゆ》をした。スルト老人《らうじん》はポケツトから、一シルリングの銀貨《ぎんくわ》を出《だ》して、

『これは甚《はなは》だ少々《せう〳〵》ですが、何卒《どうぞ》煙草《たばこ》でも買《か》つて下《くだ》さい。』

といふた。私《わたし》は煙草《たばこ》錢位《せんぐらゐ》は持《も》つてゐるからと其《そ》の好意《かうい》を謝《しや》したが、どうしても老人《らうじん》は持《も》つて行《ゆ》けと云《い》つて承知《しようち》しない。其《そ》の時《とき》私《わたし》は妙《めう》に此《こ》の老夫婦《らうふうふ》が氣《き》の毒《どく》に思《おも》はれて、再《ふたゝ》び押戻《おしもど》すだけの勇氣《ゆうき》が無《な》かつた。それで私《わたし》は感謝《かんしや》しつつ之《こ》の贈物《おくりもの》をポケツトに收《をさ》めた。そして再《ふたゝ》び固《かた》く握手《あくしゆ》をして別《わか》れた。老婦人《らうふじん》の眼《め》には涙《なみだ》の露《つゆ》が宿《やど》つてゐた。

其《そ》の夜《よ》の七時《じ》半《はん》に、運送船《うんそうせん》はサウサンプトン港《かう》を後《あと》にして、靜《しづ》かに波《なみ》を切《き》つて進行《しんかう》した。

私《わたし》は甲板上《かんぱんじやう》に立《た》つて港《みなと》の方《はう》を振返《ふりかへ》つて見《み》た。ドツクには數《すう》千の群衆《ぐんしう》が、盛《さか》んにハンケチや帽子《ぼうし》を打振《うちふ》りつつ、我々《われ〳〵》の出征《しゆつせい》を見送《みおく》つて呉《く》れる。我々《われ〳〵》は軍帽《ぐんぼう》を打振《うちふ》りつつ、之《これ》に應《こた》へた。

船《ふね》は暗《くら》い波《なみ》の上《うへ》を滑《すべ》るやうに、佛國《ふつこく》の戰場《せんぢやう》指《さ》して進《すゝ》んで行《ゆ》く。軈《やが》て其處《そこ》に何《ど》んなことが起《おこ》らうと、それを少《すこ》しも考《かんが》へることなしに、只々《たゞ〳〵》我々《われ〳〵》は虚心平靜《きよしんへいせい》、而《しか》も元氣《げんき》で、朗《ほがら》かに軍歌《ぐんか》などを歌《うた》ひつゝ東《ひがし》へ〳〵と運《はこ》ばれた。

茲《こゝ》で私《わたし》は特《とく》にお斷《ことわ》りして置《お》かなければならないのは、以下《いか》用《もち》ゆる地名《ちめい》は、吾々《われ〳〵》遠征軍《えんせいぐん》が、佛國《ふつこく》西部《せいぶ》戰場《せんぢやう》に於《おい》て發音《はつおん》して居《を》つた地名《ちめい》や其他《そのた》の讀方《よみかた》が、佛語《ふつご》の眞當《ほんたう》の發音《はつおん》でないかも知《し》れない。つまり佛語《ふつご》を英語《えいご》讀《よ》みに發音《はつおん》したのであつて、私達《わたしたち》日本人《にほんじん》組《ぐみ》及《およ》び英兵《えいへい》一同《どう》が話《はな》し合《あ》ふた發音《はつおん》で、我々《われ〳〵》には之《これ》で充分《じうぶん》通《つう》じたのであつたが、讀者《どくしや》には或《あるひ》は通《つう》じないかも知《し》れない。然《しか》し大多《だいた》數《すう》の英《えい》兵《へい》は、佛語《ふつご》を解《かい》しなかつたのだから、更《あらた》めて之《これ》を不都合だなどと洒落《しやれ》ては困《こま》る。

佛國ハーブ港上陸

＝スコツトランド軍樂隊の出迎＝佛蘭西乙女＝

翌朝《よくてう》眼《め》が覺《さ》めて見《み》ると、船《ふね》はラ、ハーブ港《かう》(佛名《ふつめい》ルアーブル港《かう》)の棧橋《さんばし》に横付《よこづ》けになつてゐた。私達《わたしたち》は舊聯隊《きうれんたい》副官《ふくくわん》のウヰリアムス大尉《たいゐ》の指揮《しき》の下《もと》に、下船《げせん》して棧橋《さんばし》に下《お》り立《た》つと、其處《そこ》には我々《われ〳〵》を出迎《でむか》への爲《た》めに差廻《さしまは》された、スコツトランド軍樂隊《バッグパイパー》の一隊《たい》が待《ま》ち受《う》けてゐた。そして此《こ》の軍樂《ぐんがく》隊《たい》が先頭《せんとう》に立《た》ち、軍隊《ぐんたい》は行進《かうしん》を起《おこ》した。

我々《われ〳〵》の憧憬《あこがれ》の的《まと》であり、佛蘭西乙女《フランスおとめ》の郷土《きやうど》として、永《なが》い間私達《あひだわたしたち》をチャームしてゐた、佛蘭西《フランス》の國《くに》に、今《いま》こそ上陸第《じやうりくだい》一歩《ぽ》を踏《ふ》むだのである。恰度戀人《ちやうどこひびと》にでも再會《さいくわい》したときのやうに、胸《むね》の高鳴《たかな》りと共《とも》に踏《ふ》まれたのであつた。

棧橋《さんばし》を出《で》るとき、私達《わたしたち》は勇敢《ゆうかん》なる友軍佛國軍哨兵《いうぐんぶつこくぐんせうへい》の敬禮《けいれい》を受《う》けつつ、ハープ市街《しがい》へと繰《く》り込《こ》んだ。見《み》たところ此《こ》の市街《しがい》には、青年《せいねん》と壯年《さうねん》の男子《だんし》の影《かげ》は見《み》えない。街路《がいろ》の兩側《りやうがは》に立《た》つて、私達《わたしたち》を迎《むか》へて吳《く》れるものは、老人《らうじん》か、幼兒《えうじ》か、然《しか》らずんば音《おと》に聞《き》く花《はな》の如《ごと》き佛蘭西乙女《フランスおとめ》であつた。一英《えい》兵《へい》が囁《さゝ》いて、

『見《み》よ。アレこそ佛蘭西娘《フランスむすめ》だよ。』

と、皆《みん》なはニツコリと笑《わら》つた。そして彼女達《かのぢよたち》も笑顔《ゑがほ》を向《む》けて、我々《われ〳〵》の爲《た》めにほほゑみを惜《を》しまなかつた。

斯《か》くして私達《わたしたち》は、花《はな》とハンケチの雨《あめ》の中《なか》に、堂々《だう〳〵》と歩《ほ》を進《すゝ》めた。

加奈陀軍の根據地《ベース》

‖最新式銃‖血痕の劍鞘‖鐵兜‖さあ來い獨兵‖後の雁が先きへ‖深夜の出發‖別れのスープ‖馬車に分乘‖仄白き戰線へ‖

此《こ》のハーブ市《し》は、加奈陀《カナダ》遠征軍《えんせいぐん》の根據地《ベース》であつた。

私達《わたしたち》は此處《ここ》で小銃《せうじう》や、鐵兜《てつかぶと》や、毒瓦斯《どくがす》防止器《ばうしき》などを渡《わた》された。我々《われ〳〵》は最新式《さいしんしき》の小銃《せうじう》を受取《うけと》り、之《これ》を手《て》に取《と》り上《あ》げて、子供《こども》が玩具《おもちや》を貰《もら》つたときのやうに喜《よろこ》んで、繰《く》り返《かへ》し〳〵見《み》てゐた。

或《あ》る者《もの》は鐵兜《てつかぶと》を被《かぶ》つて、

『何《な》んだい之《こ》れは、まるで鍋《なべ》のやうだナ。』

などと云《い》ふかと思《おも》ふと、或者《あるもの》は、

『鍋《なべ》と言《い》へば、最《も》う一度《ど》米《こめ》の飯《めし》が喰《く》ひ度《た》いナ。』

などといふ者《もの》もある。英兵《えいへい》の一人《ひとり》は、銃《じう》に劍《けん》を着《つ》けて、斜《しや》に構《かま》へ、

『Come on ! yon bloody German』

（さあ來《こ》い！　獨兵《どくへい》の死《し》にそこない奴《め》）

と叫《さけ》びながら、突撃《とつげき》の眞似《まね》をしてゐる者《もの》もある。なか〳〵賑《にぎや》かだ。

スルト坂本義勇兵《さかもとぎゆうへい》は、自分《じぶん》の受取《うけと》つた劍《けん》の鞘《さや》に、血痕《けつこん》が斑々《はん〳〵》として附着《ふちやく》してゐるのを見《み》てゐた。思《おも》ふに此《こ》の劍《けん》を吊《つ》つてゐた兵《へい》は、左《ひだ》りの腰部《えうぶ》あたりに重傷《ぢうしやう》を負《お》ふたものであらう。或《あるひ》はこの傷《きず》の爲《た》めに名譽《めいよ》の戰死《せんし》を遂《と》げたのではあるまいか。

坂本義勇兵《さかもとぎゆうへい》は、之《こ》の劍鞘《けんせう》の血痕《けつこん》を見《み》て、感慨《かんがい》に堪《た》えないもののやうに、

『我々《われ〳〵》もなア……。』

と、唯《たゞ》一言《ごん》。暫《しば》し默然《もくぜん》として感慨無量《かんがいむりやう》の面持《おももち》であつた。

「戈《ほこ》取りて月《つき》見る度《たび》に思《おも》ふかな何時《いつ》か我身《わがみ》の上《うへ》に照《て》るやと。」

といふ歌《うた》を思《おも》ひ出《だ》して、私《わたし》も妙《めう》に心《こゝろ》が沈《しづ》むだ。

其後《そのご》坂本義勇兵《さかもとぎゆうへい》は三度《みたび》名譽《めいよ》の負傷《ふしやう》をした。

我々《われ〳〵》がミーズル・ケースの爲《た》めに殘《のこ》されたとき、先發隊《せんぱつたい》として出發《しゆつぱつ》した連中《れんちう》が、今練兵《いまれんぺい》を總《をは》つ

て歸《かへ》つて來《き》た。私達《わたしたち》は彼等《かれら》との再會《さいくわい》を喜《よろこ》んだが、今度《こんど》は後《あと》の雁《かり》が先《さき》になり、私達《わたしたち》に今夜《こんや》即刻《そくこく》戰線《せんせん》に向《むか》つて出發《しゆつぱつ》すべく、命令《めいれい》が下《くだ》つた。

先發隊《せんぱつたい》の連中《れんちう》は、お別《わか》れにといふて、其《そ》の晩《ばん》我々《われ〳〵》の爲《た》めに、溫《あたゝ》かいスープを炊事場《すゐじば》から取《と》つて來《き》て吳《く》れた。私達《わたしたち》は溫《あたゝ》かいスープを呑《の》みながら、別《わか》れの會食《くわいしよく》を終《をは》り、再《ふたゝ》び訣別《けつべつ》の握手《あくしゆ》を交《か》はした。

其《そ》の時《とき》、成田《なりた》義勇兵《ぎゆうへい》と、濱口《はまぐち》義勇兵《ぎゆうへい》とが私《わたし》の處《ところ》に來《き》て、

『ネ、君《きみ》！　僕等《ぼくら》は何時《いつ》戰死《せんし》するか判《わか》らないのだ。必《かなら》ずしも君《きみ》が先《さき》に戰線《せんせん》へ行《ゆ》くから、先《さ》きに戰死《せんし》するとも極《き》まつてゐないのだ。兎《と》に角《かく》誰《た》れが先《さき》に戰死《せんし》しても、此《この》三人《にん》は必《かなら》ず國許《くにもと》へ戰死《せんし》の報告《はうこく》をしやうではないか。』

と言《い》つて、私《わたし》の手帳《てちやう》に二人《ふたり》の國許《くにもと》の住所《ぢうしよ》を記《しる》した。私《わたし》も亦《また》彼等《かれら》二人《ふたり》の手帳《てちやう》に記《しる》した。

スルト成田《なりた》義勇兵《ぎゆうへい》は、私《わたし》が頸《くび》に卷《ま》いてゐたオリーブ色《いろ》の襟卷《スカーフ》の洒落《しやれ》たのを見《み》て、

『君《きみ》は羨《うらや》ましいなア、そういふハイカラな頸卷《くびまき》を卷《ま》いて、溫《あたゝ》かさうだな。僕《ぼく》なぞは運惡《うんわ》るく一度《ど》も其《そ》のやうな寄贈品《きそうひん》に當《あた》つたことはないよ。』

と云《い》つて悄然《せうぜん》としてゐた。此《こ》のスカーフは毛糸《けいと》で編《あ》んだ手製《てせい》のもので、加奈陀《ナナダ》のマーガレツト孃

と云《い》ふ人《ひと》からの寄贈品《きそうひん》なのだ。

成田君《なりたくん》の姿《すがた》が如何《いか》にも淋《さび》しさうに、如何《いか》にも影《かげ》が薄《うす》いやうに感《かん》じたので、私《わたし》は思《おも》はず、

『君《きみ》！　そんなに欲《ほ》しいなら、こんな長《なが》いのだから、半分君《はんぶんきみ》にやらう。』

といふて、私《わたし》は之《これ》を半分《はんぶん》に切《き》つて、成田義勇兵《なりたぎゆうへい》に贈《おく》つた。成田君《なりたくん》は非常《ひじやう》に喜《よろこ》んで、其《そ》れを軍服《ぐんぷく》の襟《えり》の下《した》に巻《ま》いて、そして頸《くび》の處《ところ》を輕《かる》く叩《たゝ》き、

『暖《あたゝ》かいなア。』

と云《い》つてニツコリした。今《いま》も其《そ》の時《とき》の彼《かれ》の姿《すがた》が眼《め》の前《まへ》に浮《うか》ぶのである。

この二人《ふたり》の義勇兵《ぎゆうへい》は、ヴヰミリツヂ戰《せん》に名譽《めいよ》の戰死《せんし》を遂《と》げた。成田義勇兵《なりたぎゆうへい》は、頭部《とうぶ》に砲彈《はうだん》の破片《はへん》を受《う》け、濱口義勇兵《はまぐちぎゆうへい》は砲彈《はうだん》の全彈《ぜんだん》を身《み》に受《う》けて、身體《からだ》は瞬間《しゆんかん》に四散《さん》して了《しま》つた。實《じつ》に悲壯《ひさう》な戰死《せんし》であつた。

此時《このとき》の二人《ふたり》は、すでに此《こ》の世《よ》にはゐない。然《しか》るに私《わたし》は今衰殘《いますゐざん》の傷身《しやうしん》を横《よこた》へ、戰傷《せんしやう》の痛《いた》みを忍《しの》びつつ、此《こ》の文《ぶん》を草《さう》してゐる。想《おも》ひ出《だ》すも涙《なみだ》の種《たね》である。二人《ふたり》の英靈《えいれい》は今何處《いまどこ》の野《の》を馳《か》けめぐつてゐるのであらうか、今《いま》もなほ佛國《ふつこく》の西部《せいぶ》戰場《せんぢやう》を驅《か》けめぐつてゐるのだらうか。思《おも》ひ一度此《ひとたびこ》の事《こと》に

いたれば、感慨《かんがい》に堪《た》えない。

其《そ》の夜《よ》十一時半《じはん》に、我第《わがだい》五十聯隊《れんたい》に命令《めいれい》が下《くだ》つた。私達《わたしたち》六百名《めい》は再《ふたゝ》びスコツトランド軍樂隊《ぐんがくたい》を先頭《せんとう》に、停車場《ていしやぢやう》に向《むか》つて行進《かうしん》を起《おこ》した。

停車場《ていしやぢやう》に着《つ》くと、私達《わたしたち》を乘《の》せる軍用列車《ぐんようれつしや》は、すでに準備《じゆんび》されてゐた。ところが此《こ》の軍用列車《ぐんようれつしや》なるものは、牛馬《ぎうば》の箱車《はこぐるま》なのだ。車内《しやない》は牛馬《ぎうば》の異臭《いしう》で鼻持《はなも》ちがならない。

軈《やが》て列車《れつしや》は、牛馬《ぎうば》の代《かは》りに私達《わたしたち》を詰込《つめこ》み、靜《しづ》かに動《うご》き出《だ》した。窓《まど》から外《そと》を眺《なが》めると、暗黑《あんこく》の夜《よ》は愈々《いよ〳〵》深《ふか》く、只《た》だ遠《とほ》く地平線《ちへいせん》の彼方《あなた》が、仄白《ほのしろ》く見《み》ゆるのみである。

ア、地平線《ちへいせん》の彼方《あなた》！　我等《われら》の行《ゆ》くべき戰線《せんせん》！

其處《そこ》では軈《やが》て想像《さうざう》も出來《でき》ない、壯大《さうだい》な、死《し》よりも恐《おそ》ろしい事《こと》が初《はじ》まるであらう。

今我々《いまわれ〳〵》は、人生《じんせい》の最高感激《さいかうかんげき》に充《み》たされてゐる。死《し》と生存慾《せいぞんよく》との爭鬪《さうとう》に於《おい》て、我々《われ〳〵》が努力《どりよく》の最高《さいかう》調《てう》に達《たつ》する戰《たゝか》ひの野《の》は、刻《こく》一刻《こく》と近《ちか》づいて來《く》る。それと同時《どうじ》に私達《わたしたち》の緊張《きんちやう》した氣分《きぶん》が湧《わ》き起《おこ》つて來《く》る。

大《だい》なる悲劇《ひげき》の舞臺《ぶたい》は追々《おひ〳〵》と迫《せま》つて來《く》る。私達《わたしたち》は今《いま》「生《せい》と死《し》」との爭鬪《さうとう》に於《お》ける慘酷《さんこく》なる運命《うんめい》の遊戯劇《いうぎげき》を演《えん》じやうとしてゐるのだ。

かういふ悲劇《ひげき》は、見物《けんぶつ》するよりも、自身《じしん》に經驗《けいけん》するといふことは、より偉大《ゐだい》でなることである。茫々《ばう〳〵》たる平原《へいげん》の上《うへ》、廣濶《くわうくわつ》たる蒼天《さうてん》の下《もと》、今私達《いまわたしたち》は偉大《ゐだい》なる舞臺《ぶたい》を與《あた》へられつつある。私達《わたしたち》は其《そ》處《こ》で無意識的《むいしきてき》に、私達各自《わたしたちかくじ》に與《あた》へられたる偉大《ゐだい》なる役割《やくわり》を演《えん》ぜんとしてゐるのだ。敎養《けうやう》ある文明人《ぶんめいじん》が、都會生活《とくわいせいくわつ》を去《さ》つて、古《いにしへ》の英雄時代《えいゆうじだい》に歸《かへ》るのだ。もう斯《こ》うなると人《ひと》の心《こゝろ》は、佛者《ぶつしや》や、基督《キリスト》の說《と》く愛《あい》の心《こゝろ》などは、心《こゝろ》の片隅《かたすみ》の方《はう》に押《お》し付《つ》けられて、只《た》だ譯《わけ》もなく痛快《つうくわい》で堪《たま》らぬ。

死《し》の恐怖《きようふ》、救《すく》ひの喜悅《きえつ》、勝利《しようり》の歡喜《くわんき》、敗北《はいぼく》の恥辱《ちじよく》、等々《とう〳〵》、私《わたし》の感想《かんさう》は其《そ》れから其《そ》れへと展開《てんかい》して行《ゆ》く。もう私達《わたしたち》の神經《しんけい》は興奮《こうふん》の頂上《ちやうじやう》に進《すゝ》みつつある。私達《わたしたち》の乘《の》る牛馬列車《ぎうばれつしや》は、闇《やみ》の西部戰場《せいぶせんぢやう》に突進《とつしん》して行《ゆ》く。一路《ろ》地《ち》平線《へいせん》の彼方《あなた》……。

仄白《ほのしろ》き戰線《せんせん》へ！　戰線《せんせん》へ！

戰線に立ちて

アラス戰線（佛名アラー）

＝軍用列車の一晝夜＝始めて砲聲を聞く＝フレ！　フレ！　ソンム＝戰鬪準備＝アイヨン・ラション＝戰鬪行軍＝荒れ果てたる佛國＝ボビニー着＝第一線を去ること十哩＝

私達《わたしたち》の乘《の》つた軍用列車《ぐんようれつしや》には、燈火《とうくわ》もなく、腰掛《こしかけ》もない。ただ藁《わら》が少《すこ》し敷《し》いてあるばかりだ。食《しよく》事《じ》なども今迄《いままで》の列車《れつしや》と違《ちが》つて、溫《あたゝ》かい肉《にく》などはなく、只《た》だビスケットと牛肉《ぎうにく》の鑵詰《くわんづめ》だけだ。然《しか》し私達《わたしたち》の意氣《いき》は軒昻《けんかう》として、藁《わら》を褥《しとね》とし、其《そ》の上《うへ》に携帶《けいたい》した毛布《もうふ》を敷《し》き、雜談《ざつだん》に耽《ふけ》るのだつた。窓外《そうぐわい》に眼《め》をやれば、佛國《ふつこく》の田園《でんゑん》は、今《いま》は荒涼《くわうりやう》として、富沃《ふよう》なりし畑《はた》も、荒《あ》れ果《は》てゝ、冬《ふゆ》の陽《ひ》は弱ゝ《よわ〳〵》しい光《ひかり》を地上《ちじやう》に投《な》げかけてゐる。

佛蘭西《フランス》の村々《むら〳〵》の家《いへ》には。殆《ほと》んど人影《ひとかげ》を見《み》ない。英國《えいこく》などの村落《そんらく》のやうに、ハンケチを振《ふ》つたり、小旗《こはた》を振《ふ》つたりする者《もの》は一人《ひとり》も見當《みあた》らない。車窓《しやさう》から見《み》へる限《かぎ》り人影《ひとかげ》を見《み》ない。森《もり》も、林《はやし》も、畑《はた》も、人家《じんか》も依然《いぜん》として元《もと》の儘《まゝ》だ。一つも砲彈《はうだん》などを受《う》けた處《ところ》がないのだが、住民《ぢうみん》は一人《り》も居《ゐ》ない。

國《くに》亡《ほろ》びて山河《さんか》在《あ》り、とは此有様《このありさま》を謂《い》ふのであらう。之《これ》は後《のち》に聞《き》いたのであるが、住民《ぢうみん》は戰爭《せんさう》が初《はじ》まつたと聞《き》くや、巴里《パリー》やロンドンや其他《そのた》四方《はう》に逃《に》げ去《さ》つたのであつた。

翌日《よくじつ》の午後《ごご》四時《じ》頃《ころ》だ。佛蘭西《フランス》の山《やま》の端《は》に、夕陽《ゆふひ》が沈《しづ》み、夕闇《ゆふやみ》が列車《れつしや》の窓《まど》に迫《せま》りつゝある頃《ころ》であつた。

突然《とつぜん》、遠雷《ゑんらい》のやうな響《ひゞき》が耳朶《じだ》を打《う》つた。私達《わたしたち》は何《なん》の音《おと》であらうかと不思議《ふしぎ》に思《おも》つた。が次《つ》ぎの瞬間《しゆんかん》には、其《そ》れが何《なん》の音《おと》であるか直《すぐ》に解《わか》つた。それは列車《れつしや》の進《すゝ》むに連《つ》れ、分秒《ふんべう》も休《やす》まず打《う》ち交《かは》す砲聲《はうせい》であつた。此時《このとき》始《はじ》めて私達《わたしたち》は殷々《ゐん〳〵》たる砲聲《はうせい》を耳《みゝ》にしたのである。

この砲聲《はうせい》を聞《き》くと、私達《わたしたち》は始《はじ》めて長夜《ちやうや》の眠《ねむ》りより呼《よ》び覺《さま》されたやうな感《かん》じがした。そして恰《あたか》も獅子《しし》の寢覺《ねさ》めを思《おも》はせるやうな、勇壯《ゆうさう》な氣分《きぶん》が全身《ぜんしん》を浸《ひた》し、身體《からだ》中《ちう》の血汐《ちしほ》が一時《じ》に湧《わ》き返《かへ》るやう

に思《おも》はれた。而《しか》も眼前《がんぜん》に敵軍《てきぐん》が迫《せま》つて來《き》たやうな感《かん》じがして、

『卒《い》ざ、來《きた》れ！』

とばかり私達《わたしたち》の身體《からだ》には戰鬪氣分《せんとうきぶん》が滿《み》ち充《み》ちた。

しかし此《こ》の砲聲《はうせい》は、何處《どこ》の戰場《せんぢやう》から響《ひゞ》いて來《く》るのかサツパリ判《わか》らない。そして私達《わたしたち》は何處《どこ》の戰場《せんぢやう》に迎《むか》ふのかも判《わか》らない。かすかな不安《ふあん》に襲《おそ》はれてゐたのは事實《じじつ》だ。

列車《れつしや》は其《そ》の夜《よ》七時頃《じころ》、或《あ》る寒村《かんそん》の小《ちひ》さな驛《えき》に到着《たうちやく》した。村《むら》の名稱《めいしよう》などは勿論分《もちろんわか》らない。その間《かん》にも砲聲《はうせい》は轟々《ぐわう〳〵》として絶《た》えず聞《きこ》えて來《く》る。其《そ》の時《とき》我《わ》が隊《たい》に屬《ぞく》する英人《えいじん》の一伍長《ごちやう》が、覺束《おぼつか》ない佛語《ふつご》で、驛員《えきゐん》に訊《たづ》ねた。

『アノ砲聲《はうせい》の聞《き》こえる處《ところ》は何處《どこ》ですか？　そして其處《そこ》までは何哩位《なんまいるくらゐ》ありますか？』

佛人《ふつじん》の驛員《えきゐん》は、何《なに》か早口《はやくち》で答《こた》へたが、私達《わたしたち》には何《なに》が何《な》んだか一向通《かうつう》じない。スルト伍長《ごちやう》は突然《とつぜん》私達《わたしたち》の方《はう》に向《むか》つて、

『フレー、フレー、ソンム!!』

と叫《さけ》んだ。そして伍長《ごちやう》は言《い》つた、

『アノ砲聲《はうせい》のする處《ところ》はソンムで。此處《ここ》からは約《やく》十七哩《まいる》あるさうだ。』

私達《わたしたち》は今《いま》ソンム戰線《せんせん》に向《むか》つて進《すゝ》みつゝあることを知《し》つたのである。そしてソンム戰線《せんせん》は今《いま》や戰《たゝか》ひが酣《たけなは》であることも判《わか》つた。

列車《れつしや》はなほも三時《じ》間《かん》ばかり走《はし》つた。そして停車場《ていしやぢやう》も何《なに》もない、野原《のはら》のやうな處《ところ》に停車《ていしや》した。時《じ》刻《こく》は夜《よる》の十時頃《じごろ》であつた。四邊《あたり》は眞《しん》の闇《やみ》である。其《そ》の附近《ふきん》には彈藥箱《だんやくばこ》が小山《こやま》のやうに高《たか》く積《つ》み上《あ》げられ、彼方此方《あつちこつち》にその小山《こやま》が並《なら》んでゐた。

篝火《かゞりび》が處々《しよしよ》に焚《た》かれ、歩哨《ほせう》は嚴重《げんぢゆう》に監視《かんし》してゐる。輜重兵《しちようへい》の一團《だん》は、私達《わたしたち》に給與《きふよ》すべき溫《あたゝ》い茶《ちや》を沸《わか》してゐた。

私達《わたしたち》は、軈《やが》て下車《げしや》の命令《めいれい》を受《う》けた。ドヤ〱と下車《げしや》して、程《ほど》よき處《ところ》に集《あつ》まり、銃《じう》を組《く》み、腰《こし》を下《おろ》すと、溫《あたゝ》い一杯《ぱい》の茶《ちや》が配《くば》られ、次《つ》いで一袋《ふくろ》のビスケツトと牛肉《ぎうにく》の罐詰《くわんづめ》一個《こ》とが各自《かくじ》に配給《はいきふ》された。その時將校《ときしやうかう》に斯《か》う言《い》ひ渡《わた》された。

『これは携帶口糧《アイヨン・ラシヨン》である。之《これ》を開《ひら》く場合《ばあひ》は、四十八時間以上《じかんいじやう》糧食《りやうしよく》の配給《はいきふ》を受《う》けない時《とき》、そして聯隊長以上《れんたいちやういじやう》の上官《じやうくわん》からの命令《めいれい》に依《よ》り、許可《きよか》された場合《ばあひ》のみである。而《しか》も之《これ》を犯《をか》す者《もの》は、嚴罰《げんばつ》に處《しよ》せられるから、其《そ》の積《つも》りでゐて貰《もら》ひ度《た》い。』

一同《どう》は之《これ》を受《う》け取《と》つた、そしてこの命令《めいれい》を聞《き》いたとき、變《へん》な顏《かほ》をして、互《たがひ》に顏《かほ》を見合《みあは》せたのである。何故《なぜ》變《へん》な顏《かほ》をしたか、其《そ》の理由《りいう》は未《いま》だに判《わか》らない。

軈《やが》て整列《せいれつ》の命令《めいれい》は下《くだ》つた。愈々《いよ〱》装彈《さうだん》の命令《めいれい》を受《う》けた。この命令《めいれい》の下《くだ》つたとき、私達《わたしたち》の疲勞《ひらう》は何《ど》處《こ》かへケシ飛《と》んで了《しま》つた。

最早《もはや》戰場《せんぢやう》の人《ひと》となつたといふことを自覺《じかく》すると同時《どうじ》に、一種《しゆ》の興奮《こうふん》に驅《か》られたのであつた。つぎに、

『前進《ぜんしん》！』

の命令《めいれい》は下《くだ》つた。云《い》ふまでもなく戰鬪行軍《せんとうかうぐん》である。私達《わたしたち》の足《あし》は輕《かる》く、凍《い》て付《つ》いた村道《むらみち》を躍《をど》るやうな足《あし》どりで進《すゝ》んで行《ゆ》く。其《そ》の間《ま》も殷々《いん〱》たる砲聲《はうせい》は間斷《かんだん》なく響《ひゞ》いて來《く》る。

進《すゝ》むに從《したが》つて砲聲《はうせい》は益々《ます〱》強《つよ》く耳《みゝ》に響《ひゞ》いて來《く》る。時々《とき〱》天地《てんち》を震動《しんどう》させるやうな一大音響《だいおんきやう》は壯快《さうくわい》極《きは》まりなく、私達《わたしたち》の心《こゝろ》は一層緊張《そうきんちやう》するのを覺《おぼ》えた。

北佛蘭西《きたフランス》の冬《ふゆ》の夜《よ》は更《ふ》けて、寒《さむ》さはヒシ〱と戎衣《い》に迫《せま》つて來《く》る。夜色沈々《やしよくちん〱》として、光《ひか》るもの

はたゞ銃劍《じうけん》と、帽子《ばうし》の徽章《きしやう》のみである。

私達《わたしたち》は蕭々《しゆく／＼》として行軍《かうぐん》を續《つゞ》けてゐる。もう第《だい》一線《せん》に近《ちか》づいて來《き》たのであらう。重砲彈《ぢうはうだん》は夏《なつ》の夜《よ》の稻光《いなひか》りのやうに、闇《くら》い地《ち》平線《へいせん》の彼方《かなた》に煌《きら》めく。

暗中《あんちう》に透《すか》して見《み》ると、途中《とちう》の村々《むら／＼》は荒廢《くわうはい》し、民家《みんか》は悉《こと／＼》く破壞《はくわい》し、立木《たちき》は裂《さ》け、畑《はた》や、道路《だうろ》には砲彈《はうだん》の爲《た》めに大《おほ》きな穴《あな》を穿《うが》たれ、處々《しよ／＼》に犬《いぬ》や猫《ねこ》の死骸《しがい》が横《よこた》はつてゐる。

此時《このとき》の行軍《かうぐん》は極《きは》めて短時間《たんじかん》であつたが、始《はじ》めて戰場《せんぢやう》に臨《のぞ》んだ爲《た》めか、平常《へいじやう》の行軍《かうぐん》と異《ことな》つて、頭《あたま》はカツ／＼と火照《ほて》り、咽喉《のど》の渇《かは》くこと夥《おびたゞ》しい。私達《わたしたち》は道端《みちばた》の雪《ゆき》を攫《つか》むでは口《くち》に入《い》れた。將校《しやうかう》は之《これ》を見《み》て、

『雪《ゆき》を喰《く》ふことは不可《いか》ん。』

と制止《せいし》したが、それでも私達《わたしたち》は無暗《むやみ》と雪《ゆき》を口《くち》の中《なか》に詰《つ》め込《こ》んだ。

午前《ごぜん》二時頃《じごろ》、荒《あ》れ果《は》てた一村落《そんらく》に到着《たうちやく》した。そして此處《ここ》に宿《とま》ることとなり、各自《かくじ》宿舍《しゆくしや》を割《わ》り當《あ》てられた。

この寒村《かんそん》こそはヴヰミリツヂ戰線《せんせん》のキングスクロツス壕《がう》を去《さ》ること十哩《まいる》の地點《ちてん》で、ボピニー村《むら》

といふのであつた。そして我々《われわれ》は砲彈《はうだん》の爲《た》めた半《なか》ば破壞《はくわい》された大《おほ》きな農家《のうか》に宿《とま》ることゝなつた。

其《そ》の夜《よ》も砲聲《はうせい》のうちに明《あ》け、私《わたし》は六時《じ》半頃《はんごろ》起床《きしやう》して屋外《をくぐわい》に出《で》て見《み》た。夜明《よあ》け前《まへ》の霧《きり》が深《ふか》く、糢糊《こ》として、太陽《たいやう》は漸《やうや》く地《ち》平線《へいせん》を離《はな》れんとしてゐる。前方《ぜんぱう》一帶《たい》には砲聲《はうせい》殷々《ゐんゐん》として、朝霧《あさぎり》を搖《ゆ》り動《うご》かし、激戰《げきせん》は續《つゞ》けられてゐる。

時《とき》は西暦《せいれき》一千九百十七年《ねん》正月《しやうぐわつ》上旬《じやうじゆん》、北《きた》佛蘭西《フランス》の嚴冬《げんとう》、雪《ゆき》はあまり積《つも》らないが、空風《からかぜ》が非常《ひじやう》に寒《さむ》い。ビューと寒風《かんぷう》が吹《ふ》いて來《く》ると、骨《ほね》を刺《さ》すやうに、痛《いた》みさへ覺《おぼ》える。

この邊《へん》は一帶《たい》に平地《へいち》で、所々《ところどころ》に丘《をか》があり、小山《こやま》はあるが大部分《だいぶぶん》は畑《はたけ》である。森《もり》があり、林《はやし》があり並木《なみき》が續《つゞ》き、畑《はたけ》や森《もり》の間《あひだ》を小川《をがは》が流《なが》れてゐる。並木《なみき》の間《あひだ》に道路《だうろ》が長《なが》く續《つゞ》いて縱橫《じうわう》に、畑《はたけ》や、林《はやし》や、小川《をがは》や、森《もり》の間《あひだ》を縫《ぬ》ふて走《はし》つてゐる。

是等《これら》の景色《けしき》を背景《せけい》として、彼所《かしこ》に二軒《けん》、此處《ここ》に三軒《げん》と人家《じんか》が建《た》つてゐる。

今迄《いままで》は美《うつく》しく、平和《へいわ》な村《むら》であつたらうが、戰《たゝか》ひが初《はじ》まつてからは、村《むら》の大半《たいはん》は砲彈《はうだん》の爲《た》めに破《は》壞《くわい》され、見渡《みわた》す限《かぎ》り荒《あ》れ果《は》てた村落《そんらく》と化《くわ》し去《さ》つた、森林《しんりん》の梢《こずゑ》は砲彈《はうだん》の炸裂《さくれつ》の爲《た》めに吹《ふ》き飛《と》ばされてゐる。松《まつ》や杉《すぎ》の大木《たいぼく》はササラのやうに裂《さ》かれ、畑《はたけ》も、道路《だうろ》も砲彈《はうだん》の爲《た》めに無數《むすう》の穴《あな》があけられ、穴《あな》の中《なか》には未《ま》だ雪《ゆき》が白《しろ》く殘《のこ》つてゐる。

半《なか》ば壞《こは》されてゐる農家《のうか》や、屋根《やね》を吹《ふ》き飛《と》ばされてゐる家《いへ》や、一つとして滿足《まんぞく》な家《いへ》は見當《みあた》らない。窓《まど》といふ窓《まど》の硝子《がらす》は殆《ほと》んど破壞《はくわい》されてゐる。煉瓦塀《れんぐわべい》は崩《くづ》れ、門《もん》は碎《くだ》け、實《じつ》に慘憺《さんたん》たるすがたである。

此邊《このへん》は、戰《たゝか》ひ始《はじ》まるや先《ま》づ獨軍《どくぐん》が占領《せんりやう》し、再《ふたゝ》び聯合軍《れんがふぐん》が之《これ》を奪還《だつくわん》したので、其《そ》の荒廢《くわうはい》の程度《ていど》も亦甚《またはなは》だしかつたのである。

私達《わたしたち》の宿舍《しゆくしや》に當《あ》てられた家《いへ》は、大《おほ》きな造酒家《つくりさかや》で、母屋《おもや》の外《ほか》に數棟《すうむね》があつた。母屋《おもや》は三階建《かいだて》の大《おほ》きな家《いへ》で、屋上《をくじやう》には、震災前《しんさいぜん》の一高《かう》の時計臺《とけいだい》のやうなのがあつて、其《そ》の傍《そば》の屋根《やね》には、一間《けん》四方《はう》位《ぐらゐ》の砲彈《はうだん》の穴《あな》があいてゐた。そして時計《とけい》は四時半《じはん》の處《ところ》で停《とま》つてゐる。何月何日《なんぐわつなんにち》の四時半《じはん》か判《わか》らないが、恰度《ちやうど》此《こ》の時間《じかん》に砲彈《はうだん》が時計臺《とけいだい》の傍《そば》に落下《らくか》したのであらう。

この家《いへ》の壁《かべ》を成《な》してゐる煉瓦《れんぐわ》は、機關銃《きくわんじう》の彈丸《だんぐわん》が無數《むすう》に中《あた》つてゐる。戸《と》も窓《まど》も殆《ほと》んど砲彈《はうだん》の破片《はへん》で破壞《はくわい》されてゐる。

其《そ》の傍《そば》に建《た》て連《つら》なつてゐる、使川人《しようにん》の住居《ぢうきよ》らしき家《いへ》や、酒倉《さかぐら》とおぼしき建物《たてもの》も、同《おな》じやうに破《は》壞《くわい》されてゐる。

母屋《おもや》の方《はう》は幹部《かんぶ》の人達《ひとたち》の宿舍《しゆくしや》に當《あ》てられ、私達《わたしたち》は酒倉《さかくら》や、其他《そのた》の建物《たてもの》に宿《とま》ることゝなつた。吹《ふ》きまくる佛蘭西《フランス》の寒風《かんぷう》は、砲彈《はうだん》で打開《うちあ》けられた穴《あな》から、遠慮《ゑんりよ》なく吹《ふ》き込《こ》んで來《く》る。屋根《やね》は恰《ちやう》ど蜂《はち》の巣《す》のやうに穴《あな》があいてゐる。月《つき》が出《で》たら此《こ》の穴《あな》から覗《のぞ》き込《こ》むであらう。其處《そこ》へ砂糖袋《さたうぶくろ》などを押込《おしこ》んで、雨《あめ》や雪《ゆき》を防《ふせ》ぐのだ。

我々《われ〳〵》の寢床《ねどこ》は、四本《ほん》の柱《はしら》を立《た》て、それに金網《かなあみ》を張《は》り、三層《そう》になつて、恰《ちやう》ど下等船客《かとうせんきやく》のベッドのやうに造《つく》られてゐる。其《そ》の上《うへ》に携帶《けいたい》した毛布《もうふ》を敷《し》き、軍服《ぐんぷく》のまゝゴロリと横《よこた》はり、背嚢枕《はいなうまくら》にぐつすりと眠《ねむ》る。月夜《つきよ》には、屋根越《やねこ》しにお月《つき》さまと話《はなし》が出來《でき》る。

『お月《つき》さん！　國《くに》で見《み》たのもお前《まへ》かえ？」

と言《い》ふのは、田舍者《ゐなかもの》が都會《とくわい》に出《で》て、奉公《ほうこう》してゐる間《あひだ》に、しみ〴〵と孤獨《こどく》の淋《さび》しさを感《かん》じ、ひとり戸外《こぐわい》に出《い》で、恰《ちやう》ど中空《なかぞら》高《たか》く上《あが》つた月《つき》を見《み》て、思《おも》はず出《で》た言葉《ことば》ださうだが、私《わたし》も今《いま》この戰場《せんぢやう》の月《つき》を、屋根越《やねごし》に見《み》て、雲山萬里《うんざんまんり》、故郷《ふるさと》遠《とほ》き我《わ》が姿《すがた》を思《おも》ふとき、何《な》んとはなしに、この月《つき》が懷《なつ》かしくて堪《たま》らなかつた。

故山《こざん》にある親《した》しい人達《ひとたち》の姿《すがた》が、この月《つき》のおもてに寫《うつ》りはせぬかと思《おも》はれて、じつとお月《つき》さまに眺《なが》め入《い》つた。

『月《つき》が鏡《かゞみ》になればよい。』

といふことも、この時《とき》ほど泌々《しみ〲》と感《かん》じたことはない。これはずつと後《のち》のことだつた。

夜《よ》が更《ふ》けるとともに砲聲《はうせい》は分時《ふんじ》も休《やす》まず響《ひゞ》いて來《く》る。殷々轟々《ゐん〱ぐわう〱》として天地《てんち》も碎《くだ》けよとばかり、家鳴《やな》り震動《しんどう》して、ヒビの入《はい》つた窓《まど》ガラスは、ビリビリと凄《す》きまじい音《おと》をたてゝゐる。戰友達《せんいうたち》は此《こ》の凄《す》まじい音《おと》すら耳《みゝ》に入《はい》らない程疲勞《ほどひらう》して、スヤ〱と眠《ねむ》つてゐる。陣營《ぢんえい》の夢《ゆめ》やいかに？　この人々《ひと〲》の夢《ゆめ》に通《かよ》ふものは最愛《さいあい》の妻《つま》か、愛《いと》し子《ご》の面影《おもかげ》か、それとも美《うつく》しき戀人《こひびと》の姿《すがた》であるか？

私《わたし》は明方近《あけがたちか》くなつて、何時《いつ》とはなしに、深《ふか》い眠《ねむ》りに落《お》ちて行《い》つた。

初陣

‖聯隊本部に到着‖聯隊長の訓示‖始めて見る空中戰‖敵砲彈の落下‖晝間は手榴彈の練習‖夜間は戰線に立つ‖

戰線に立ちて

此處《ここ》は第《だい》四師團《しだん》管下《くわんか》の第《だい》十旅團《りよだん》に屬《ぞく》し、各聯隊《かくれんたい》の爆彈《ばくだん》及《およ》び毒瓦斯《どくがす》など、最新式《さいしんしき》の武器《ぶき》に關《くわん》する教育《けういく》を授《さづ》けらるる學校《がくかう》である。私達《わたしたち》は之《これ》を爆彈學校《ばくだんがくかう》と稱《しよう》してゐた。學校《がくかう》といつても机《つくゑ》や椅子《いす》が並《なら》んでゐるわけではない。此《こ》の學校《がくかう》は時々《ときどき》敵《てき》の砲彈《はうだん》が落下《らくか》する野原《のはら》である。私達《わたしたち》は此處《ここ》で晝間《ひるま》は擲《てき》彈《だん》の練習《れんしふ》をやり、毒瓦斯《どくがす》を防《ふせ》ぐ方法《はうはふ》を教《をし》へらるるのだ。そして夜《よる》になると戰線《せんせん》に立《た》ちて、獨軍《どくぐん》と戰《たたか》ひ、實地《じつち》に之《これ》を應用《おうよう》するのであつた。

私達《わたしたち》が其《そ》の翌日《よくじつ》午前《ごぜん》六時半《じはん》に起床《きしやう》すると、この爆彈學校《ばくだんがくかう》の主任將校《しゆにんしやうかう》なる一少佐《せうさ》が、颯爽《さつさう》たる英《えい》姿《し》を現《あら》はして、(この少佐《せうさ》は第《だい》四十七聯隊《れんたい》に屬《ぞく》してゐた)我々《われわれ》一同《どう》を練兵場《れんぺいぢやう》に整列《せいれつ》させ、一場《ぢやう》の訓《くん》示《じ》を與《あた》へた。

『本官《ほんくわん》は、今諸君《いましよくん》と親《した》しく茲《ここ》に相見《あひみ》ることを得《え》て、喜《よろこ》ばしく思《おも》ふ。

諸君《しよくん》も知《し》らるる如《ごと》く、此處《ここ》は戰場《せんぢやう》である。我々《われわれ》一度《た》び戰場《せんぢやう》に立《た》つた以上《いじやう》は、決《けつ》して卑怯《ひけふ》な振《ふる》舞《まひ》を爲《な》してはならぬ。そして諸君《しよくん》は常《つね》に『獨探《どくたん》』に注意《ちうい》して貰《もら》ひ度《た》い。佛國人《ふつこくじん》であるからといふて、無暗《むやみ》に信《しん》じてはならぬ。諸君《しよくん》の背後《はいご》にある壁《かべ》に注意《ちうい》せよ。又諸君《またしよくん》が歩哨《ほせう》に立《た》つた時《とき》には、合言葉《パッスウオーズ》に注意《ちうい》せよ。そして若《も》しも合言葉《あひことば》が少《すこ》しでも相違《さうゐ》したならば、如何《いか》なる者《もの》と雖《いへど》も、それが上官《じやうくわん》であつても、直《たゞ》ちに之《これ》を銃殺《じうさつ》せよ。

又諸君《またしよくん》は日記《につき》を認《したゝ》めてはならぬ。日記《につき》の一頁《ページ》、又《また》は一本《ぽん》のマッチの火《ひ》に依《よ》り、諸君《しよくん》の聯隊《れんたい》の全部《ぜんぶ》、及《およ》び諸君《しよくん》の友軍《いうぐん》の全滅《ぜんめつ》を惹起《じやくき》する場合《ばあひ》あることを忘《わす》れてはならぬ。なほ、此處《ここ》は戰地《せんち》であるが、諸君《しよくん》の友軍《いうぐん》である佛國《ふつこく》の土地《とち》であるといふことを忘《わす》れてはならぬ。故《ゆゑ》にこの地《ち》に居住《きよぢう》する佛國人《ふつこくじん》に對《たい》しては、常《つね》に憐《あは》れみを加《くは》へ、諸君《しよくん》は常《つね》に彼等《かれら》の親友《しんいう》であらねばならぬ。

又變《またへん》な物《もの》を無暗《むやみ》と買喰《かひぐ》ひしてはならぬ。之《これ》に依《よ》つて諸君《しよくん》の身體《からだ》を害《そこな》ふことに注意《ちうい》せよ。又防《またばう》毒面《どくめん》を常《つね》に携帶《けいたい》することを忘《わす》れてはならぬ。そして軍帽《ぐんぼう》は全部《ぜんぶ》鐵兜《てつかぶと》に改《あらた》めねばならぬ。

それから之《これ》は特《とく》に注意《ちうい》を要《えう》することであるが、諸君《しよくん》は各自《かくじ》自愛《じあい》して、住民《ちうみん》の娘《むすめ》などに接《せつ》することを避《さ》けねばならぬ。若《も》し變《へん》な女《をんな》にかかはり合《あ》ひ、花柳病《くわりうびやう》などを受《う》け、不名譽《ふめいよ》なる死《し》を來《きた》すやうなことのないやうに注意《ちうい》せねばならぬ。それから又住民《またちうみん》より各自《かくじ》の任意徴發《にんいちやうはつ》を許《ゆる》さぬ。

以上《いじやう》を犯《をか》す者《もの》は極刑《ごくけい》に處《しよ》し、直《たゞち》に銃殺《じうさつ》の刑《けい》に處《しよ》せらるることを覺悟《かくご》せねばならぬ。（銃殺《じうさつ》の刑《けい》を私達《わたしたち》は３０３《スリー・オー・スリー》と稱《しよう》してゐた。其《そ》の理由《りいう》は、その銃丸《じうぐわん》のサイズが３０３であつたからだ。そして３０３は兵士達《へいしたち》の非常《ひじやう》に恐《おそ》れてゐる刑罰《けいばつ》であつた。）

諸君《しよくん》は長途《ちやうと》の旅行《りよかう》に疲勞《ひらう》してゐるであらうから、今日《けふ》一日《にち》の休養《きうやう》を與《あた》へる。」

と、長《なが》い訓示《くんじ》が終《をは》つた。其《そ》の時私達《ときわたしたち》は前面《ぜんめん》にある道路《だうろ》の傍《かたは》らに、小《ちひ》さな酒店《さかみせ》があるのを發見《はつけん》した。其《そ》の店《みせ》にはビールや菓子《くわし》などが列《なら》んでゐた。之《これ》を見《み》た私達《わたしたち》は思《おも》はずニコリと笑《わら》ひ合《あ》つた。何時《いつ》も斯《か》ういふものは、第《だい》一番《ばん》に私達《わたしたち》の眼《め》に入《はい》るのだ。

『別《わか》れ！』

の號令《がうれい》で一同解散《どうかいさん》した。そして私達《わたしたち》は自由《じいう》の身體《からだ》となつたので、ホツトした。然《しか》しこのホツト一息《いき》ついたのは、次《つ》ぎの瞬間《しゆんかん》に破《やぶ》られた。

其《そ》れは激《はげ》しいプロペラーの音《おと》だ。それは敵方《てきかた》の飛行機《ひかうき》と味方《みかた》の飛行機《ひかうき》とが、數《すう》十機《きい》入り亂《みだ》れて、空中戰《くうちうせん》を開始《かいし》せんとするのを見《み》え出《だ》したからであつた。

スルト敵味方《てきみかた》の兩陣地《りやうぢんち》から、高射砲《かうしやほう》が一齊《せい》に射《う》ち出《だ》された。轟然《ぐわうぜん》たる音響《おんきやう》とともに打《う》ち上《あ》ぐる榴霰彈《りうさんだん》は、空中高《くうちうたか》く炸裂《さくれつ》し、一發《ばつ》又《また》一發《ぱつ》・殷々轟々《ゐん〱ぐわう〱》として耳《みヽ》を聾《ろう》するばかりだ。

この壯快《さうくわい》なる空中戰《くうちうせん》を始《はじ》めて見《み》る私達《わたしたち》は、其《そ》の妙技《めうぎ》に見惚《みと》れてゐた。その中《うち》一臺《だい》は火《ひ》を發《はつ》して石《いし》のやうに落下《らくか》する。又《また》一臺《だい》はキリモミ狀態《じやうたい》になつて、地上《ちじやう》に落《お》ちてゆく。横轉《わうてん》するもの、逆轉《ぎやくてん》するもの、宙返《ちうかへ》るもの、木《こ》の葉下《はお》しなど、あらゆる妙技《めうぎ》を揮《ふる》ひつつ、今《いま》や空中戰《くうちうせん》は最高調《クライマツクス》に達《たつ》し、其《そ》の間《あひだ》に榴霰彈《りうさんだん》が炸裂《さくれつ》して花火《はなび》のやうだ。

私達《わたしたち》は暫《しばら》くの間《あひだ》、この勇壯《ゆうさう》なる戰鬪《せんとう》を、恍惚《くわうこつ》として、恰《あたか》も醉《よ》へるが如《ごと》く、緊張《きんちやう》して見守《みまも》つてゐた。

スルト又《また》この恍惚境《くわうこつきやう》から俄然《がぜん》として覺《さま》された。それは私達《わたしたち》の前方《ぜんぱう》三百碼《ヤード》ばかりの處《ところ》に、敵《てき》の砲彈《はうだん》が一發《ぱつ》ボコーンと爆發《ばくはつ》し、土砂《どしや》を數丈《すうぢやう》の高《たか》さにハネ上《あ》げたのだ。と同時《どうじ》に我々《われわれ》は成程此處《なるほどここ》は戰場《せんぢやう》だわいと、痛切《つうせつ》に感《かん》じさせられた。

其《そ》の夜《よ》、私達《わたしたち》は晝間見《ひるまみ》て置《お》いた酒店《さかみせ》に行《い》つて、久《ひさ》し振《ぶ》りにビールや菓子《くわし》を、心《こころ》ゆくまで呑《の》み且《か》つ喰《く》つて歸《かへ》つて來《き》た。

ところが玆《こゝ》に一つの挿話《エピソード》がある。其《そ》の日我々日本人組《ふわれわれにつぽんじんぐみ》のM義勇兵《ぎゆうへい》が、血相變《けつさうか》へて宿舍《しゆくしや》に飛《と》び込《こ》んで來《き》た。

『M君《くん》！ 何事《なにごと》が起《おこ》つたのか？』

と私《わたし》が尋《たづ》ねると、彼《かれ》は口早《くちばや》に、

『アノ店《みせ》の奴等《やつら》は實《じつ》に怪《け》しからん。僕《ぼく》と一緒《しよ》にビールを飲《の》んでゐた一英兵《えいへい》が、過《あやま》つてシャンパンの壜《びん》を割《わ》つて了《しま》つた。そして押問答《おしもんだふ》をしてゐたが、僕《ぼく》は佛語《ふつご》を少《すこ》しも知《し》らんし、英語《えいご》もよく解《わか》らないから、默《だま》つてビールを飲《の》んでゐた。スルト奥《おく》の方《はう》から妻君《さいくん》と母親《はゝおや》らしい人《ひと》が出《で》て來《き》て、ペンと帳面《ちやうめん》とを付《つ》きつけて、僕《ぼく》に署名《しよめい》するやうにと云《い》ふ意味《いみ》を示《しめ》した。僕《ぼく》は多分《たぶん》英人《えいじん》の割《わ》つたシャンパンの證人《しようにん》になれと言《い》ふのだと思《おも》つた。そして無理《むり》に押付《おしつ》けて署名《しよめい》を迫《せま》るから、僕《ぼく》は如何《いか》に英人《えいじん》でも、我《わ》が聯隊《れんたい》の兵士《へいし》に關《くわん》することだ、其《そ》の樣《やう》な不人情《ふにんじやう》なことは出來《でき》んから、劍《けん》を拔《ぬ》いて彼等《かれら》を追《お》つ拂《はら》つて來《き》た。』

といふて大《おほい》に憤慨《ふんがい》してゐる。之《これ》を聞《き》いて私《わたし》と佐藤《さとう》義《ぎ》勇兵《ゆうへい》とが其《そ》の店《みせ》へ行《い》つて見《み》た。其《そ》の店《みせ》の主人《しゆじん》も多分《たぶん》英語《えいご》は話《はな》せさうだと思《おも》つて、其《そ》の主人《しゆじん》に會《あ》つて見《み》ると、豈計《あにはか》らんや一つの喜劇《きげき》だつたことが知《し》れた。

彼《か》の店《みせ》の佛人達《ふつじんたち》は、我々《われ〳〵》日本人《につぽんじん》が、遥々《はる〳〵》東洋《とうやう》の一角《かく》から、此《こ》の佛蘭西《フランス》の爲《た》めに戰《たゝか》ふべく、參加《さんか》して呉《く》れたことを非常《ひじやう》に嬉《うれ》しく思《おも》ひ、又深《またふか》く感謝《かんしや》してゐるといふのだ。それで何《なに》か記念《きねん》の爲《た》めに書《か》き遺《のこ》して貰《もら》ひ度《た》いといふのであつた。

私達《わたしたち》は腹《はら》を抱《かゝ》えて笑《わら》ひ出《だ》した。店《みせ》の主人《しゆじん》は變《へん》な顏《かほ》して不思議《ふしぎ》さうに眺《なが》めてゐた。そこで私達《わたしたち》はM義勇兵《ぎゆうへい》の誤解《ごかい》を説明《せつめい》してやると、彼等《かれら》もまたお腹《なか》を抱《かゝ》えて笑《わら》ひ出《だ》した。そこで又《また》M義勇兵《ぎゆうへい》を連《つ》れて來《き》て、私達《わたしたち》も共《とも》に其《そ》の記念帳《きねんちやう》に署名《しよめい》した。私《わたし》は、

『我輩《わがはい》は江戸《えど》ッ兒《こ》である。』

と書《か》いた。

是《こ》れが私達《わたしたち》が佛國《ふつこく》に上陸《じやうりく》した最初《さいしよ》の失敗《しつぱい》であつた。

軈《やが》て消燈《せうとう》喇叭《ラツパ》が鳴《な》り渡《わた》つた。私達《わたしたち》は寒風《かんぷう》の吹込《ふきこ》む破《やぶ》れ小屋《こや》の金網《かなあみ》のベットに横《よこた》はつた。寒《さむ》さは寒《さむ》し、宵《よひ》に飲《の》むだビールは腹《はら》一ぱいに波打《なみう》つてゐる。厠《かはや》に立《た》つこと夥《おびたゞ》しい。砲聲《はうせい》は依然《いぜん》として絶《た》えない。用《よう》を足《た》すべく屋外《をくぐわい》に出《で》たとき、前方《ぜんぱう》を眺《なが》むれば、敵《てき》より射《う》つ重砲《ちうはう》の閃光《せんくわう》や、味方《みかた》の砲兵《はうへい》が打《う》ち出《だ》す重砲《ちうはう》の閃光《せんくわう》が、暗黑《あんこく》の地平線上《ちへいせんじやう》を、四方《はう》にパッ〳〵と閃《ひらめ》き、恰《あたか》

度《ど》噴火山《ふんくわざん》の爆發《ばくはつ》のやうに、空《そら》一面《めん》に煌《かがや》き、火《ひ》の海《うみ》のやうに輝《かゞや》き渡《わた》つてゐる。其《そ》の壯觀《さうくわん》に、私《わたし》は寒《さむ》いのも忘《わす》れて、暫《しばら》く見惚《みと》れてゐた。ベットに歸《かへ》ると、他《た》の連中《れんちう》も寢付《ねつ》かれないものと見《み》えて、

『何《ど》うだい、盛《さか》んに行《や》つてるかい?』

と尋《たづ》ねる。

『うむ。盛《さか》んに行《や》つてるよ。』

又一人《またひとり》が歸《かへ》つて來《く》る。同《おな》じことを尋《たづ》ねる。同《おな》じやうに答《こた》へる。私達《わたしたち》は生《うま》れて始《はじ》めての戰場《せんぢやう》の夜《よる》に出會《であ》つたので、神經《しんけい》が興奮《こうふん》して、なか〳〵寢《ね》られない。砲聲《はうせい》は益々《ます〳〵》烈《はげ》しく響《ひゞ》いて來《く》る。

そのうちに冬《ふゆ》の夜長《よなが》も、漸《やうや》く明《あ》け初《はじ》めて來《き》た。と、起床喇叭《きしやうラツパ》が勇《いさ》ましく鳴《な》り響《ひゞ》いた。

點呼《てんこ》。

朝食《てうしよく》。

軈《やが》て武器《ぶき》の檢査《けんさ》が行《おこな》はれ、それが濟《す》むと、擲彈《てきだん》の練習《れんしふ》に裏《うら》の山《やま》に連《つ》れて行《ゆ》かれた。そこで種々《しゆ〴〵》の武器《ぶき》に關《くわん》する新《あたら》しい知識《ちしき》を習《なら》つて午後《ごご》四時頃《じごろ》宿舍《しゆくしや》に引上《ひきあ》げて來《き》た。

その途中《とちう》、私《わたし》は不覺《ふかく》にも、坂《さか》の中程《なかほど》で、凍《こほ》り付《つ》いてゐる雪道《ゆきみち》を滑《すべ》つて轉倒《てんたふ》した。私《わたし》は倒《たふ》れる瞬《しゆん》

間《かん》・肩《かた》にしてゐた小銃《せうじう》を損《そん》じまいとして、ヒヨイと銃《じう》を抱《だ》くやうにしたので、銃《じう》は私《わたし》の右《みぎ》の手頸《てくび》の上《うへ》に落《お》ちて來《き》て、手頸《てくび》が一時《じ》に腫《は》れ上《あが》つて來《き》た。軍醫《ぐんい》に診察《しんさつ》して貰《もら》ふと、一週間《しうかん》の練兵休《れんぺいきう》を言《い》ひ渡《わた》された。練兵中《れんぺいちう》の負傷《ふしやう》は（病氣《びやうき》は此《こ》の限《かぎ》りではない）戰鬪中《せんとうちう》の負傷《ふしやう》に準《じゆん》ずるので、甚《はなは》だ幅《はゞ》がきくのだ。他《た》の人々《ひと〴〵》は、

『甘《うま》くやつてやがるなア。』

などと、羨《うらや》ましがつてゐた。が、其《そ》のとき歸舍《きしや》すると同時《どうじ》に一つの事件《じけん》が湧《わ》き起《おこ》つた。

其《そ》の日《ひ》は午後《ごご》六時頃《じごろ》に夕食《ゆふしよく》の喇叭《ラッパ》が鳴《な》つた。今日《けふ》は早《はや》い夕食《ゆふしよく》だなアと思《おも》つてゐると、夕食後《ゆふしよくご》歩哨《せう》と、火災巡邏兵《くわさいじゆんらへい》とを除《のぞ》くほか、全部武裝《ぜんぶぶさう》して集《あつま》れといふ命令《めいれい》が下《くだ》つた。そして一同《どう》は練兵休《れんぺいきう》となつた私《わたし》と、他《た》の巡邏兵《じゆんらへい》たる三人《にん》の日本人《につぽんじん》とを殘《のこ》して、何處《どこ》かへ行《い》つて了《しま》つた。

私《わたし》は一週間《しうかん》の練兵休《れんぺいきう》で何《なに》もすることがないから、コック部屋《へや》で話《はな》し込《こ》んでゐた。

私《わたし》はフト思《おも》ひ付《つ》いて、

『皆《みん》なは一體何處《たいどこ》へ行《い》つたのだね？』

と、コックに尋《たづ》ねた。

『皆《みな》んなは、塹壕《ざんがう》を修理《しうり》する爲《た》めに、戰線《せんせん》に行《い》つたんですよ。夜間《やかん》を利用《りよう》して、破壞《はくわい》された塹《ざん》壕《がう》を修理《しうり》するのです。それで四十四、四十六、四十七、五十の四ケ聯隊《れんたい》の中《うち》から、一日置《にちお》きに交《かは》る〴〵一部隊宛《ぶたいづゝ》の混成部隊《こんせいぶたい》が行《い》くことになつてゐるのです。』

と説明《せつめい》して呉《く》れた。

私《わたし》は、そんなこととは一向《かう》知《し》らずに、フワリとして話《はな》し込《こ》んでゐた。之《これ》を聞《き》いて私《わたし》は『しまつたわい』と思《おも》ふたが、すでに遲《おそ》い。一同《どう》に出《だ》し拔《ぬ》かれたかと思《おも》ふと、實《じつ》に殘念《ざんねん》で堪《たま》らなかつた。

翌朝《よくてう》、早《はや》くから眼《め》が覺《さ》めてゐたが、まだベツトに横《よこた》はつてゐるとき、多人數《たにんず》の足音《あしおと》が聞《きこ》えて來《き》た。耳《みゝ》を澄《す》ますと話聲《はなしごゑ》が漸《やうや》く近《ちか》づいて來《く》る。昨夜《ゆうべ》の連中《れんちう》が歸《かへ》つて來《き》たらしい。

私《わたし》は直《す》ぐに飛《と》び起《お》きて、人々《ひとゞ》に戰況《せんきやう》を尋《たづ》ねた。彼等《かれら》は得意《とくい》さうに、

『イヤ實《じつ》に面白《おもしろ》かつたよ。始《はじ》めて戰鬪線上《せんとうせんじやう》に立《た》つたのだからな。』

『四方《はう》八方《はう》、殷々轟々《ゐん〳〵ぐわう〳〵》と大砲《たいはう》や、小銃《せうじう》の音《おと》で耳《みゝ》を劈《つんざ》くばかりに、絶《た》え間《ま》なく鳴《な》り響《ひゞ》いてゐるのだからな、實際興奮《じつさいこうふん》などといふのは通《とほ》り越《こ》して了《しま》ふよ。』

『何《なん》にしろ、頭《あたま》の上《うへ》を機關銃《きくわんじう》の彈丸《たま》が、ビユン、ビユンと飛《と》んで行《ゆ》くのだからね。これでは

何時《いつ》死《し》ぬか判《わか》らないと思《おも》つて、心細《こゝろぼそ》かつたね。ハヽヽヽ。』

『事實作業《じじつさげふ》はえらい仕事《しごと》だ。えらい事《こと》はえらいが、然《しか》し實《じつ》に愉快《ゆくわい》だつたね。實際《じつさい》あの閃光《せんくわう》煌めく一大砲火戰《だいはうくわせん》を見《み》ては、血湧《ちわ》き、肉躍《にくをど》つたね。』

などと各自《かくじ》が始《はじ》めて戰線《せんせん》に立《た》つたことを打《う》ち誇《ほこ》る戰友達《せんいうたち》の話《はなし》を聞《き》いたときに、私《わたし》は羨《うらや》ましくて堪《たま》らなかつた。何《な》んとツマラヌ負傷《ふしやう》などをしたものだと、武運《ぶうん》の拙《つたな》さを悔《くや》んだ。

其《そ》の翌日《よくじつ》も我《わ》が戰友達《せんいうたち》は、再《ふたゝ》び夕方《ゆふがた》より戰線《せんせん》の塹壕修理《さんがうしうり》の爲《た》めに出《で》かけて行《い》つた。第《だい》一線《せん》までは十哩《マイル》ある。夕方《ゆふがた》から出《で》かけて、十哩《マイル》を行軍《かうぐん》すると、ちやうど夜間《やかん》に塹壕《さんがう》へ到着《いたちやく》するやうになる。それから塹壕《さんがう》の修繕《しうぜん》を終《をは》つて、又《また》十哩《マイル》を歸《かへ》つて來《く》ると朝《あさ》になる。

私《わたし》は一人《ひとり》金網《かなあみ》のベツトの中《なか》で、戰友達《せんいうたち》の上《うへ》に幸《さち》あれかしと祈《いの》りつつ、枕《まくら》に就《つ》いた。しかるに今《こん》夜《や》は常《つね》より盛《さか》んに砲聲《はうせい》が響《ひゞ》いて來《く》る。私《わたし》はなか〳〵寢付《ねつ》かれない。又《また》しても戰線《せんせん》に行《い》つて、活動《くわつどう》してゐる戰友達《せんいうたち》の上《うへ》に、思《おも》ひを馳《は》せて、ウト〳〵としてゐると、もう午前《ごぜん》四時頃《じごろ》だ、外《そと》はまだ仄《ほの》暗《くら》い。闇《やみ》を透《とほ》して、かすかに人《ひと》の話聲《はなしごゑ》と、靴音《くつおと》が響《ひゞ》いて來《き》た。私《わたし》は皆《み》んなが歸《かへ》つて來《き》たなと思《おも》つて、起《お》き上《あが》り、蠟燭《らふそく》に火《ひ》を灯《とも》して、皆《み》んなの歸《かへ》つて來《く》るのを家《うち》の前《まへ》に出《で》て待《ま》つてゐた。

一同《どう》はドヤ〳〵と疲《つか》れた身體《からだ》を運《はこ》んで來《き》た。私《わたし》は思《おも》はず、

『皆《み》んな無事《ぶじ》か？』

と叫《さけ》んだ。スルト一同《どう》は口々《くち〳〵》に、

『みな無事《ぶじ》だ。』

『然《しか》しえらい〳〵ぞ。仕事《しごと》はえらい〳〵が、痛快《つうくわい》だつたな。耳朶《みゝたぶ》の傍《わき》を、彈丸《たま》がピュン〳〵かすつて行《ゆ》きあがるのさ。何《な》にしろ生《うま》れて始《はじ》めての經驗《けいけん》だからなア。』

『割合《わりあ》ひに彈丸《たま》なんて、中《あた》らないものだよ。』

などと皆《み》んなは愉快《ゆくわい》さうに、ひとしきり自慢話《じまんばなし》に花《はな》を咲《さ》かせ、軈《やが》てベットの上《うへ》に疲《つか》れ切《き》つた身體《からだ》を横《よこた》へ、いつしか深《ふか》い眠《ねむ》りに落《お》ちて行《ゆ》くのだつた。

私《わたし》は之等《これら》の話《はなし》を聞《き》く度《た》びに、彼等《かれら》が羨《うらや》ましくて堪《たま》らない。英兵《えいへい》などは、私《わたし》が練兵休《れんぺいきう》で息《やす》んでゐるのを羨《うらや》ましがつてゐるが、私《わたし》は不平《ふへい》で堪《たま》らなかつた。

三日目《かめ》になると、私《わたし》の負傷《ふしやう》した手頸《てくび》も、大分《だいぶ》腫《は》れが引《ひ》いた。夕方《ゆふがた》になると、又集合《またしふがふ》の喇叭《ラッパ》が鳴《な》つた、ところが日本兵《につぽんへい》は一人《ひとり》も居《ゐ》なかつた。彼等《かれら》は、便所《べんじよ》が敵《てき》の砲彈《はうだん》の爲《た》めに破壞《はくわい》されたので、

其《そ》の改築《かいちく》に行《い》つたのだ。

私《わたし》は意《い》を決《けつ》して、英兵《えいへい》が整列《せいれつ》してゐる中《なか》に一人《ひとり》飛込《とびこ》んで、召集《せうしふ》に應《おう》じた。まだ四日間《かかん》は休養《きうやう》すべきが當然《たうぜん》なのだが、夕食《ゆふしよく》が濟《す》むと、思《おも》ひきつて英兵《えいへい》と共《とも》に戰線《せんせん》に向《むか》つて出發《しゆつぱつ》した。

軈《やが》て十哩《マイル》の行軍《かうぐん》も終《をは》り、夜《よ》に入《い》つて第三番線《だいばんせん》に到着《たうちやく》した。私《わたし》にとつては、これが初陣《ういぢん》なのだ。ところが、今夜《こんや》は塹壕《ざんがう》の修理《しうり》ではなくて、瓦斯罐《がすくわん》（毒瓦斯貯藏器《どくがすシリンダー》）を、第一線《だいせん》に運《はこ》ぶのであつた。

此《こ》の瓦斯罐《がすくわん》は、表面《へうめん》は鐵《てつ》で包《つゝ》み、高《たか》さは約《やく》五尺《じやく》、直徑《ちよくけい》十吋位《インチぐらゐ》の砲彈《はうだん》であつて、其《そ》の中《なか》に毒瓦斯《どくがす》を壓搾《あつさく》して、詰《つ》めてあるのだ。之《これ》は機《き》を拈《ひね》ると直《たゞ》ちに毒瓦斯《どくがす》を發射《はつしや》するやうに出來《でき》てゐる。故《ゆゑ》に其《そ》の重《おも》いことお話《はな》しにならない程《ほど》だ。

この瓦斯罐《がすくわん》に、四角《かく》の木《き》を縛《しば》りつけ、之《これ》を二人《ふたり》で肩《かた》にして運《はこ》ぶのだが、第一線《だいせん》までは上《のぼ》り坂《ざか》になつてゐる。その上《うへ》に膝《ひざ》を沒《ぼつ》するやうな泥濘《でいねい》の中《なか》を運《はこ》ぶのだから、其《そ》の苦勞《くらう》は言語《げんご》に絶《ぜつ》する。片《かた》足《あし》を泥《どろ》の中《なか》から漸《やうや》く引拔《ひきぬ》くと、他《た》の片足《かたあし》は泥《どろ》の中《なか》に沒《ぼつ》して了《しま》ふといふ有樣《ありさま》で、一向《かう》進行《しんかう》しない。其《そ》の間《あひだ》敵彈《てきだん》はピユン〳〵と身體《からだ》をかすめてゆくのだ。

相棒《あひぼう》となつた英兵《えいへい》のトーマスは、私《わたし》より背《せ》が低《ひく》いので、（私《わたし》は身長《しんちやう》五呎《フイート》六吋《インチ》三分《ぶん》ノ一で、我《わ》が五尺五寸《ごしやくごすん》三分《ぶ》だ）重《おも》さは重《おも》し、歩行《ほかう》は困難《こんなん》を極《きは》め、心臓《しんざう》は早鐘《はやがね》をつくやうで、今《いま》にも破裂《はれつ》するかと思《おも》はれた。吐《は》く息《いき》は嵐《あらし》の如《ごと》く、眼《め》は血走《ちばし》つて、宛《さなが》ら地獄《ぢごく》を追《お》はるる人間《にんげん》を思《おも》はせる姿《すがた》だ。半哩《はんマイル》ばかり行《ゆ》くと、相棒《あひぼう》のトーマスは悲痛《ひつう》の聲《こゑ》を振《ふ》り絞《しぼ》つて、

『あゝ、僕《ぼく》は、僕《ぼく》の全勢力《ぜんせいりよく》を盡《つく》して此處《ここ》まで來《き》たが、もうダメだ、一歩《ぽ》も動《うご》かれない。』

といふてそこへヘタばつて了《しま》つた。

スルト闇《やみ》の中《なか》で、この聲《こゑ》を聞《き》き付《つ》けた伍長《ごちやう》は、

『何《ど》うしたか？』

と云《い》つて寄《よ》つて來《き》た。其《そ》の時《とき》はもう相棒《さうぼう》であつたトーマスは倒《たふ》れて了《しま》つたので、伍長《ごちやう》は、

『それでは俺《おれ》が代《かは》るから、お前《まへ》は此處《ここ》に休《やす》んでゐるがよい。』

といふて、今度《こんど》は伍長《ごちやう》と私《わたし》とが擔《かつ》いで、なほも進行《しんかう》を續《つゞ》けて行《い》つた。頭上《づじやう》にはピュン／＼と機關銃《きくわんじう》の彈丸《たま》が飛《と》んで來《く》る。前後左右《ぜんごさいう》に砲彈《はうだん》は落下《らくか》する。實《じつ》に危險《きけん》と云《い》つたら、これ程《ほど》危險《けん》なことはあるまい。而《しか》も、私《わたし》の初陣《うひぢん》に於《おい》て、最大危險《さいだいきけん》と、最大苦痛《さいだいくつう》とを經驗《けいけん》させられたのであつた。

身體《からだ》は綿《わた》の如《ごと》く疲《つか》れ果《は》て、重《おも》さは益々《ますます》加《くは》はるばかりだ。其《そ》の苦痛《くつう》と困難《こんなん》とはお話《はなし》の外《ほか》だ。私《わたし》が三年間《ねんかん》の戰爭中《せんさうちう》で、此時程《このときほど》苦痛《くつう》を感《かん》じたことはなかつた。

私《わたし》は苦痛《くつう》に堪《た》へ兼《か》ねて、早《はや》く敵彈《てきだん》が中《あた》ればよいと幾度《いくたび》思《おも》つたか知《し》れない。何《ど》うかして彈丸《たま》が中《あた》るやうにと念《ねん》じつつ行《ゆ》くが、おかしなもので、彈丸《たま》は私《わたし》の身邊《しんぺん》を掠《かす》めて飛《と》び去《さ》るが一向《かう》に中《あた》らない。妙《めう》なもので中《あた》ればよいがと思《おも》ふときは中《あた》らないし、命中《めいちう》しないやうにと思《おも》つて、ビク〱してゐるときは運惡《うんわる》く中《あた》つたりするものだ。

實《じつ》に戰爭位《せんさうぐらゐ》宿命的《しゆくめいてき》なものはない。

斯《こ》うして一歩々々《ほく〱》、生命《いのち》の限《かぎ》りを盡《つく》して擔《かつ》いで行《ゆ》くうちに、やつと第一線《だいせん》に到着《たうちやく》した。私《わたし》はヤレ〱命《いのち》が無事《ぶじ》であつたかと、ホツトした。この一息《ひといき》こそ、種々《いろ〱》な意味《いみ》に於《おい》て、忘《わす》れ得《え》ない。それから私達《わたしたち》は彈丸雨飛《だんぐわんうひ》の泥濘《でいねい》の中《なか》を引返《ひつかへ》しく行《ゆ》くのだ。

今度《こんど》は身輕《みがる》になつて、重《おも》さに對《たい》する苦痛《くつう》が無《な》くなつただけ、彈丸《だんぐわん》に對《たい》する危險《きけん》の感《かん》じが強《つよ》くなつた。

途中《とちう》で先刻《せんこく》息《やす》ませてあるトーマスを探《さぐ》がすと、彼《か》れは、氣《き》の毒《どく》にもあまりに過激《くわげき》な勞働《らうどう》の爲《た》め

に。彼《かれ》の心臓《しんざう》は痲痺《まひ》して空《むな》しく死骸《しがい》となつて、塹壕《ざんがう》の中《なか》に横《よこ》はつてゐた。私《わたし》は思《おも》はず、

『トーマス！』

と叫《さけ》んだが、彼《か》れは最早《もはや》死《し》の冷《つめ》たさに襲《おそ》はれて、何《な》んの答《こた》へもない。今《いま》の今《いま》まで私《わたし》と一緒《しよ》に働《はたら》いてゐた彼《か》れは、もう此《こ》の世《よ》を去《さ》つたのだ。思《おも》へば夢《ゆめ》のやうだ。伍長《ごちやう》も感慨深《かんがいぶか》さうに、之《これ》を眺《なが》めてゐたが、私《わたし》も伍長《ごちやう》も、彼《か》れトーマスの死骸《しがい》に向《むか》つて、最敬禮《さいけいれい》を行《おこな》ひ、二人《ふたり》は言葉《ことば》なく立《た》ち去《さ》つた。

再《ふたゝ》び轟々《ぐわう／＼》たる砲聲《はうせい》と彈丸《だんぐわん》雨飛《うひ》の中《なか》を歸途《きと》に就《つ》いた。宿舍《しゆくしや》に歸《かへ》つたのは恰《ちやう》ど夜明《よあ》けの四時《じ》半頃《はんごろ》であつた。私《わたし》は疲《つか》れ切《き》つた身體《からだ》を直《す》ぐに金網《かなあみ》のベツトに横《よこ》へた。

ところが、例《れい》の手頸《てくび》の傷《きず》が痛《いた》み出《だ》して、眠《ねむ》ることが出來《でき》ない。手頸《てくび》は又《また》はれ上《あが》つて來《き》た。軍醫《ぐんい》の診察《しんさつ》を受《う》けると、軍醫《ぐんい》は不審《ふしん》の眉《まゆ》をひそめて、私《わたし》の手頸《てくび》を診察《しんさつ》してゐたが、

『君《きみ》は何《なに》かやつたな？』

と訊《たづ》ねた。そこで私《わたし》は昨夜《さくや》戰線《せんせん》に參加《さんか》したことを告《つ》げた。スルト軍醫《ぐんい》は嚴然《げんぜん》として、

『君《きみ》は一體《たい》「練兵休《れんぺいきう》」でありながら、誰《た》れの許可《きよか》を得《え》て戰線《せんせん》になど行《い》つたのか？　而《しか》も本官《ほんくわん》の

命令《めいれい》に乖《そむ》き、一週間《しうかん》の「練兵休《れんぺいきう》」も濟《す》まないうちに、自由勝手《じいうかつて》に行動《かうどう》をするとは怪《け》しからんではないか？　軍令《ぐんれい》を守《まも》らんのは甚《はなは》だ不都合《ふつがふ》である。以後《いご》もあることだ、氣《き》を付《つ》けなければいかんよ。」

と大目玉《おほめだま》を頂戴《ちやうだい》した。アノ命懸《いのちが》けの奮闘《ふんとう》をして來《き》て、擧句《あげく》の果《は》てがこの小言《こごと》だ。『捨《す》つべきものは弓矢《ゆみや》なりけり』だと思《おも》つた。然《しか》し此《こ》の命懸《いのちが》けの活動《くわつどう》に依《よ》つて、私《わたし》の不平《ふへい》の虫《むし》も治《おさ》まつた。

斯《こ》うした日課《につくわ》を繰返《くりかへ》してゐるうちに、數旬《すうじゆん》を經過《けいくわ》した。私達《わたしたち》は手榴彈《しゆりうだん》や、毒瓦斯《どくガス》などの練習《れんしふ》も積《つ》んで、今《いま》は堂々《だうだう》たる精兵《せいへい》となつた。

軈《やが》て私達《わたしたち》は、此處《ここ》から二哩《マイル》ばかり距《へだ》つてゐるコピニーといふ處《ところ》にある第《だい》五十聯隊《れんたい》に屬《ぞく》することとなつた。私達《わたしたち》は其處《そこ》で新聯隊長《しんれんたいちやう》及《およ》び幹部將校《かんぶしやうかう》に面會《めんくわい》し、玆《ここ》に始《はじ》めて私達《わたしたち》は、完全《くわんぜん》なる戰鬪員《せんとうゐん》となつたのである。

ヴヰミリツヂの守

‖我砲兵の一大猛擊‖塹壕の修理‖霧の晴れ間の大血火戰‖悠々乎たり胸墻《パラペット》上の勇姿‖鐵火縱横の下に携帶口糧を開く‖第百九十二聯隊‖

私達《わたしたち》が聯隊本部《れんたいほんぶ》に移《うつ》つてから間《ま》もなく、或《あ》る夜非常《よひじやう》に我《わ》が砲兵《はうへい》が活躍《くわつやく》し出《だ》した。この頃《ころ》では私《わたし》達《たち》の耳《みゝ》も、絶《た》えざる砲聲《はうせい》に馴《な》れて來《き》たので、はじめのやうに興奮《こうふん》して寢《ね》られないやうなことはなくなつた。然《しか》し今夜《こんや》は特《とく》に熾烈《しれつ》な砲擊《はうげき》を加《くは》へてゐる。

この度《たび》のやうな長期《ちやうき》に亘《わた》る大戰爭《だいせんさう》になると、殊《こと》に化學的新戰術《くわがくてきしんせんじゆつ》に依《よ》る塹壕戰《さんがうせん》では、銃劍突擊《じうけんとつげき》に移《うつ》る前《まへ》に、先《ま》づ砲火《はうくわ》の威力《ゐりよく》に依《よ》つて、敵陣《てきぢん》を壓倒《あつたう》せねばならない。射《う》つて、射《う》つて、打《う》ち捲《ま》くり、敵《てき》の塹壕《さんがう》が影《かげ》も形《かたち》も無《な》くなるまでに之《これ》を擊破《げきは》し、最後《さいご》に喊聲《かんせい》を擧《あ》げて、銃劍突擊《じうけんとつげき》を敢行《かんかう》し、完全《くわんぜん》に占領《せんりやう》するのである。

今夜《こんや》は今迄《いままで》になく、敵《てき》の砲兵《はうへい》も、味方《みかた》の砲兵《はうへい》も・異常《いじやう》な活躍《くわつやく》を思《おも》はせる。

飛來《ひらい》する敵《てき》の砲彈《はうだん》は、美事《みごと》に我《わ》が戰線《せんせん》の頭上《づじやう》に炸裂《さくれつ》する。或《あるひ》は地中《ちちう》に突入《とつにふ》して、凄《すさま》じい大爆音《だいばくおん》と共《とも》に、數丈《すうじやう》の高《たか》さに土砂《どしや》をハネ上《あ》げる。そして兵士《へいし》も、銃《じう》も、劍《けん》も、土嚢《どなう》も何處《どこ》へかケシ飛《と》んで、影《かげ》も形《かたち》も留《と》めない。

一彈又《だんまた》一彈《だん》、刻《こく》一刻《こく》と味方《みかた》の砲兵陣地《はうへいぢんち》より射《う》ち出《だ》す砲彈《はうだん》は數《すう》を增《ま》し、夜間《やかん》の塹壕砲擊《さんがうはうげき》は、愈々《いよいよ》活氣《くわつき》を帶《お》びて來《き》た。

步兵《ほへい》の活躍《くわつやく》は最後《さいご》であつて、砲火《はうくわ》は戰鬪經過《せんとうけいくわ》の大部分《たいぶぶん》なのだ。

數哩《すうまいる》に亘《わた》る長《なが》い戰線《せんせん》で、敵味方《てきみかた》の砲《はう》が、大小數《だいせうすう》千門《もん》といふ夥《おびたゞ》しい數《すう》に上《のぼ》るのだ。それが一分《ぷん》間《かん》に百發《ぱつ》も射《う》ち出《だ》すのだが、此頃《このごろ》では我《わ》が軍《ぐん》は二百發《ぱつ》も射《う》つ。歐洲大戰《おうしうたいせん》の初頭《しよとう》には、獨軍《どくぐん》が二百發《ぱつ》も射《う》つとき、聯合軍《れんがふぐん》は漸《やうや》く百發內外《ぱつないぐわい》しか射《う》てなかつたのだ。然《しか》るに今《いま》は反對《はんたい》になつた。貧乏國《ひんぼうこく》では斯《か》かる大戰爭《たいせんさう》には絕對《ぜつたい》に勝味《かちみ》が無《な》い。

之《これ》をもつて見《み》ても今度《こんど》の戰爭《せんさう》には、如何《いか》に多《おほ》くの砲彈《はうだん》が費消《ひせう》されたかが判《わか》るであらう。

斯《か》ういふ大砲擊《だいはうげき》には、文字通《もじどほ》り、山野《さんや》も爲《た》めに鳴動《めいどう》し、天地《てんち》も爲《た》めに震《ふる》ふといふ光景《くわうけい》を現出《げんしゆつ》する。

私達《わたしたち》は後方陣地《こうはうぢんち》に在《あ》つて、この猛撃《まうげき》を見物《けんぶつ》してゐた。

『どうだい、盛《さか》んに射《う》つなア。』

『うむ。實《じつ》に盛《さか》んだなア。』

と、これより外《ほか》に發《はつ》すべき言葉《ことば》も出《で》ない程《ほど》、猛烈《まうれつ》な砲戰《はうせん》であつた。

其《そ》の夜《よ》も何時《いつ》しか明《あ》け放《はな》れた。朝霧《あさぎり》が濃《こ》く、深《ふか》くかゝつてゐた。咫尺《しせき》を辨《べん》じ得《え》ない程《ほど》濃《こ》い。

砲聲《はうせい》は朝《あさ》になつて、より熾《さかん》になつて來《き》た。スルト突然《とつぜん》本部《ほんぶ》より命令《めいれい》が來《き》た。

『C中隊《シーちうたい》及《およ》びD中隊《デーちうたい》は、(D中隊《ちうたい》は私《わたし》の所屬中隊《しよぞくちうたい》である)此《こ》の濃霧《のうむ》を利用《りよう》し、昨夜《さくや》敵《てき》の砲撃《はうげき》に依《よ》り破壞《はくわい》せられたる、第《だい》三線《せん》より第《だい》一線《せん》に到《いた》る交通壕《かうつうがう》を、可及的急速《かきふてききふそく》の修理《しうり》を爲《な》せ。』と。

私達《わたしたち》は輕裝《けいさう》して、直《す》ぐに驅《か》け足《あし》で行進《かうしん》した。第《だい》三線《せん》までは約《やく》六哩《まいる》ある。

二哩《まいる》ばかり行《ゆ》くと、道路《だうろ》の兩側《りやうがは》に味方《みかた》の重砲隊《ぢうはうたい》が、八吋砲《インチはう》の放列《はうれつ》を敷《し》いて、熾《さかん》に砲火《はうくわ》を敵陣地《てきぢんち》に浴《あ》びせかけてゐた。

道路《だうろ》の兩側《りやうがは》は野原《のはら》で、前方《ぜんぱう》には小高《こだか》い丘陵《きうりよう》が起伏《きふく》してゐた。砲車《はうしや》は木《き》の枝《えだ》で蔽《おほ》はれてゐる。これは上空《じやうくう》より飛行機《ひかうき》に發見《はつけん》されないためである。

砲手《はうしゆ》を始《はじ》め砲兵隊《はうへいたい》の全員《ぜんゐん》が、この寒空《さむぞら》にシャツ一枚《まい》で活動《くわつどう》してゐる。其《そ》の勇敢《ゆうかん》なる態度《たいど》や、緊張《きんちやう》した動作《どうさ》に、私達《わたしたち》は思《おも》はず見惚《みと》れた。

其《そ》の間《あひだ》でも敵《てき》の砲彈《はうだん》は、絶《た》えず頭上《づじやう》に炸裂《さくれつ》する。足許《あしもと》の土砂《どしや》を煽《あふ》り、草木《くさき》や石《いし》などを瞬間《しゆんかん》に吹《ふ》き飛《と》ばし、數人《すうにん》の砲兵《はうへい》が其處此處《そこここ》に傷《きず》き倒《たふ》れてゐるのが、霧《きり》を透《とう》して見《み》える。

無煙火藥《むえんくわやく》の惡臭《あくしう》は戰線《せんせん》を蔽《おほ》ひ、朝霧《あさぎり》を搖《うご》かして、砲口《はうこう》からはパツ〳〵と閃光《せんくわう》が煌《きら》めき、電光《でんくわう》の如《ごと》く噴《ふ》き出《だ》すと、轟然《ぐわうぜん》として地上《ちじやう》に鳴《な》れば、爆然《ばくぜん》として頭上《づじやう》に響《ひゞ》き、砲聲《はうせい》と爆音《ばくおん》と相錯綜《あひさくそう》して、眞《しん》に天地《てんち》も碎《くだ》けるかと思《おも》はれる。私達《わたしたち》は足《あし》を速《はや》めて馳《は》せ行《ゆ》けば、心《こゝろ》も躍《をど》れば身《み》も躍《をど》る。砲兵線《はうへいせん》の志氣《しき》は益々《ますます》振《ふる》ひ、指揮官《しきくわん》は、朝霧《あさぎり》の中《なか》に、たゞ澄《す》み渡《わた》る聲《こゑ》に濃霧《のうむ》を搖《ゆ》り動《うご》かして、熱狂的號令《ねつきやうてきがうれい》をかけてゐる。

ゴウ〳〵とウナリを生《しやう》じて飛來《ひらい》する敵《てき》の砲彈《はうだん》に、傷《きず》くもの、或《あるひ》は斃《たふ》れるものが續々《ぞく〳〵》と出來《でき》る。アツと叫《さけ》んで、バツタリと仆《たふ》れるもの、一彈又《だんまた》一彈《だん》、砲兵《はうへい》は前後左右《ぜんごさいう》にバタリ〳〵と倒《たふ》れる。砲手《はうしゆ》や、砲員《はうゐん》は、頭《あたま》の尖《さき》から足《あし》の先《さ》きまで競《きそ》いかゝり、射《う》つは、射《う》つはまるで夢中《むちう》である。霧《きり》の中《なか》に黒《くろ》く人影《ひとかげ》が動《うご》き、負傷者《ふしやうしや》を運《はこ》ぶ者《もの》や、彈丸《だんぐわん》を運《はこ》ぶ姿《すがた》が見《み》える。この壯烈《さうれつ》な砲兵戰《はうへいせん》に接《せつ》した私達《わたしたち》は、興奮《こうふん》の極《きよく》、足《あし》も自然《しぜん》と輕《かる》くなり、疲《つか》れも何處《どこ》かへケシ飛《と》んで了《しま》つた。

私達《わたしたち》は丘陵《きうりよう》を驅《か》け足《あし》で進《すゝ》んで行《い》つた。路《みち》は追々《おひ〳〵》狹《せま》くなり、四列側面縱隊《れつそくめんじうたい》では通《とほ》れないので、一列側面《れつそくめん》となつて行進《かうしん》した。其《そ》のとき喫煙《きつえん》と談話《だんわ》を禁《きん》ぜられ、密《ひそか》に交通壕《かうつうがう》に入《はい》つて行《い》つた。塹壕《ざんがう》は思《おも》つたよりも甚《はなは》だしく破壞《はくわい》されてゐた。頭上《うじやう》は彼我《ひが》の砲彈《はうだん》がウナリと共《とも》に飛《と》び違《ちが》ひ、何《いづ》れが敵《てき》の砲彈《はうだん》か、味方《みかた》の砲彈《はうだん》か解《わか》らない。私達《わたしたち》の身邊《しんぺん》には、小銃《せうじう》や機關銃《きくわんじう》の彈丸《だんぐわん》が、幾《いく》千幾《いく》万と數知《かずし》れず、頻々《ひん〳〵》と飛《と》んで來《く》る。

空中《くうちう》には重砲彈《ぢうはうだん》の奏樂《そうがく》が展開《てんかい》されてゐる。十六吋砲彈《インチはうだん》、(其頃聯合軍《そのころれんがふぐん》には十五吋砲《インチはう》までしか無《な》かつた)十五吋砲彈《インチはうだん》、十二吋砲彈《インチはうだん》、十吋砲彈《インチはうだん》、八吋砲彈《インチはうだん》、六吋砲彈《インチはうだん》、十八斤砲《きんはう》及《およ》び野砲彈《やはうだん》など、多《おほ》くの種類《しゆるゐ》の砲彈《はうだん》が射《う》ち交《かは》されてゐる。其他《そのた》銃用榴彈《ライフルグリネード》や、迫擊砲《トレンモーター》などに至《いた》るまで、殷々《ゐん〳〵》轟々《ぐわう〳〵》として戰《せん》線幾哩《せんいくまいる》の間《あひだ》に亘《わた》つて鳴《な》り響《ひゞ》いてゐる。

敵《てき》の砲彈《はうだん》は、何時《いつ》、何處《どこ》より飛《と》んで來《く》るか判《わか》らぬ。彈丸雨飛《だんぐわんうひ》のうちに、私達《わたしたち》は二人《ふたり》一組《くみ》となつて働《はたら》いてゐる圓匙《シヤブロ》や、十字鍬《じくは》の音《おと》が戛々《かつ〳〵》として、石《いし》を積《つ》み、砂《すな》を運《はこ》び、土嚢《どなう》を積《つ》み重《かさ》ね、杭《くひ》を打《う》ち込《こ》み、出來得《できう》る限《かぎ》り急《いそ》いで仕事《しごと》を進《すゝ》めてゐる。濃霧《のうむ》の搖々《えう〳〵》たる中《なか》に、人影《ひとかげ》が黑《くろ》く動《うご》いてゐる。

私達《わたしたち》は汗《あせ》ダク〳〵必死《ひつし》の努力《どりよく》を續《つゞ》けてゐる。談話《だんわ》は嚴禁《げんきん》されてゐるが、それでも小聲《こごゑ》で、

『熾《さかん》にやつてゐるなア。』

『うむ。實《じつ》に壯觀《さうくわん》だな。』

『どうだい、もつと射《う》たんかなア。』

『笑談《ぜうだん》云ふない。これより射《う》たれたら、こつちが堪《たま》らんよ。』

などと話《はな》しながら圓匙《シヤブロ》や十字鍬《じくは》を振《ふ》るつて作業《さげふ》を續《つゞ》けてゐた。もう一息《いき》で作業《さげふ》が全部《ぜんぶ》終《をは》らうとするとき、微風《びふう》がそよ〳〵と吹《ふ》き初《はじ》め、霧《きり》が晴《は》れかかつて來《き》た。正《まさ》に午前《ごぜん》十一時《じ》だ。將校連《しやうかうれん》は眉《まゆ》を顰《しか》めてゐたが、そのうちに霧《きり》は一時《じ》に、スーツと晴《は》れて了《しま》つた。

彼我《ひが》の砲兵《はうへい》は、霧《きり》の晴《は》れ間《ま》を、それツ！ とばかりになほ一層猛烈《そうまうれつ》に砲彈《はうだん》の雨《あめ》を浴《あび》せかけた。今《いま》や砲兵《はうへい》と砲兵《はうへい》との戰《たゝか》ひで、互《たがひ》に敵《てき》の砲兵《はうへい》を沈默《ちんもく》させやうと、一發《はつ》、又《また》一發《はつ》、刻々《こく〳〵》に砲彈《はうだん》の數《すう》が增《ま》してゆく。もう交通壕《かうつうがう》の上《うへ》には彈丸《だんぐわん》は飛《と》んで來《こ》ない。たゞ頭上《づじやう》をブン〳〵と重砲彈《ぢうはうだん》が飛《と》び交《か》ふてゐるばかりだ。

軈《やが》て十二時《じ》近《ちか》くなると作業《さげふ》も終《をは》つたので、一同《どう》は塹壕《ざんがう》の中《なか》に暫《しばら》く休息《きうそく》してゐた。スルト戰友《せんいう》の

一人《ひとり》が小便《せうべん》をするので、胸墻《パラペット》（塹壕《さんがう》の土嚢《どなう》を積《つ》み上《あ》げた上《うへ》を謂《い》ふ）の上《うへ》にのぼつた。と、彼《か》れは大聲《おほごゑ》で、

『見《み》えるぞツ。』

と叫《さけ》んだ。私達《わたしたち》は之《こ》の聲《こゑ》を聞《き》くと、それツとばかりに、我《わ》れも〳〵と胸墻《パラペット》の上《うへ》に飛《と》び上《あが》つた。見渡《みわた》せば眼下《がんか》には、一大血火戰《だいけつくわせん》が展開《てんかい》されてゐる。私達《わたしたち》は思《おも》はず快哉《くわいさい》を叫《さけ》びつゝ、危險極《きけんきは》まる胸墻上《パラペットじやう》に立《た》ち、この未曾有《みぞう》の血火戰《けつくわせん》の繪卷物《ゑまきもの》に見惚《みと》れてゐた。

此邊《このへん》一帶《たい》の高地《かうち》は、キングス、クロッツ市《し》の西南《せいなん》に當《あた》り、遙《はる》かに谷《たに》を距《へだ》てて前方《ぜんぱう》の丘陵《きうりよう》一帶《たい》に、敵《てき》の砲兵《はうへい》は放列《はうれつ》を敷《し》いて、熾《さかん》に我軍《わがぐん》の砲兵陣地《はうへいぢんち》に向《むか》つて鐵火《てつくわ》を浴《あび》せかけてゐる。味方《みかた》の砲兵《はうへい》も、此敵《このてき》を殲滅《せんめつ》すべく猛烈《まうれつ》に射《う》ちまくつてゐる。

又《また》、敵《てき》の第《だい》一線《せん》の在《あ》る高地《かうち》に向《むか》ひ、幾《いく》万といふ我《わ》が歩兵《ほへい》の大軍《たいぐん》が、朝霧《あさぎり》を利用《りよう》して、敵《てき》の塹壕《さんがう》近《ちか》くまで、犇々《ひし〳〵》と攻《せ》め寄《よ》せてゐた。もう一息《いき》で突撃戰《とつげきせん》に移《うつ》らんとしたとき、霧《きり》はパッと晴《は》れて了《しま》つた。

サア事《こと》だ！

敵《てき》は猛然《まうぜん》として機《き》關銃《くわんじう》及《およ》び小銃《せうじう》の雨《あめ》を浴《あび》せかけて來《き》た。敵《てき》は小高《こだか》い處《ところ》から瞰射《かんしや》するのだが、味《み》方《かた》は仰《あふ》ぎ射《う》つのだ。而《しか》も遮蔽物《しやへいぶつ》は何《なに》も無《な》いのだから、不利《ふり》此《こ》の上《うへ》もない。見《み》る〱味方《みかた》は死《し》傷算《しやうさん》なく、恰度《ちやうど》黒蟻《くろあり》の群《むれ》が、行列《ぎやうれつ》を亂《みだ》すやうに、突貫中絶《とつくわんちうぜつ》して傾斜地《けいしやち》の中程《なかほど》に伏《ふ》して應戰《おうせん》してゐる。

味方《みかた》の砲兵《はうへい》は之《これ》を援護《えんご》すべく、今《いま》や全線《ぜんせん》に渡《わた》りて一大砲火《だいはうくわ》を、敵《てき》の陣地《ぢんち》に向《むか》つて集中《しふちう》してゐる。其《そ》の壯絶《さうぜつ》なる光景《くわうけい》は、トテモ筆紙《ひつし》に盡《つく》すことは出來《でき》ない。

幾《いく》千と數知《かずし》れぬ彼我《ひが》の砲兵陣地《はうへいぢんち》に在《あ》る砲車《はうしや》から、閃光《せんくわう》がパッ〱と煌《きら》めく、白煙《はくえん》と黒煙《こくえん》と黄煙《くわうえん》とが、錯綜《さくそう》して渦《うづ》巻《ま》き揚《あ》がる。

重砲《ぢうはう》の砲口《はうこう》からは、大《おほ》きな牡丹《ぼたん》の花《はな》のやうな閃光《せんくわう》が煌《きらめ》くと、夏《なつ》の夜《よ》の電光《でんくわう》のやうに、四邊《たり》一面《めん》に輝《かゞや》く。百雷《らい》が一時《じ》に落下《らくか》したやうな音響《おんきやう》が耳《みゝ》を打《う》つ。恰度《ちやうど》大雷鳴《だいらいめい》と稲光《いなびか》りとが、絶《た》えず繰《く》り返《かへ》してゐるのだと思《おも》へば間違《まちが》ひはない。

味方《みかた》の突貫部隊《とつくわんぶたい》は、『伏《ふ》せ』の姿勢《しせい》で、豆《まめ》を炒《い》るやうな音《おと》をたてて、パン〱と小銃《せうじう》を射《う》つてゐる。敵兵《てきへい》の瞰射《かんしや》する彈丸《だんぐわん》は、霰《あられ》の如《ごと》く、雹《へう》の如《ごと》くに降《ふ》り濺《そゝ》いでくる。其《そ》の間《あひだ》に巨砲《きよはう》の彈丸《だんぐわん》はウナりを生《しやう》じ、落下《らくか》する。土《ど》砂《しや》を煽《あふ》り、石《いし》を跳上《はねあ》げ、一連《れん》の散兵線《さんぺいせん》には、追々《おひ〱》と空隙《くうげき》が增《ま》して來《く》る。

擔架卒《たんかそつ》は、この彈丸雨飛《だんぐわんうひ》の間《あひだ》を、右《みぎ》に走《はし》り、左《ひだり》に馳《は》せて、戰傷者《せんしやうしや》を假繃帶所《かりほうたいしよ》に運搬《うんぱん》してゐる。今《いま》しも二人《り》の擔架卒《たんかそつ》は、下士官《かしくわん》らしい戰傷者《せんしやうしや》を擔架《たんか》に乘《の》せて、二三歩《ほ》運《はこ》び出《だ》した瞬間《しゆんかん》、足許近《あしもとちか》く重砲彈《ぢゆうはうだん》が爆裂《ばくれつ》した。黑煙《こくえん》が消《き》えると其處《そこ》には、三人《にん》の姿《すがた》は何處《どこ》へかケシ飛《と》んで、影《かげ》さい留《とゞ》めない。

この頃《ころ》から味方《みかた》の砲兵陣地《はうへいぢんち》より射《う》ち出《だ》す彈丸《だんぐわん》は、漸《やうや》く命中彈《めいちうだん》が多《おほ》くなつて來《き》た。前方《ぜんぱう》一帶《たい》の高《かう》地《ち》に據《よ》る敵陣地《てきぢんち》の頭上《づじやう》に浴《あび》せかけ、一發《ぱつ》一發《ぱつ》と、敵《てき》の第《だい》一線《せん》の眞中《まんなか》に落下《らくか》して爆發《ばくはつ》する。機關銃《きくわんじう》も、兵士《へいし》も、鐵條網《てつでうまう》も一時《じ》に吹《ふ》つ飛《と》んで了《しま》ふ。其處《そこ》には只《たゞ》濛々と渦《うづ》まき殘《のこ》る硝煙《せうえん》と砂煙《すなけむ》りのみである。一發《ぱつ》、二發《はつ》、三發《ぱつ》、四發《はつ》……と次《つ》ぎ〳〵に敵陣地《てきぢんち》に命中《めいちう》して爆裂《ばくれつ》する光景《くわうけい》を、眼《ま》のあたりに見《み》たとき、私達《わたしたち》は思《おも》はずワツと喚聲《くわんせい》を擧《あ》げた。

一分間《ぷんかん》に二百發《ぱつ》の割合《わりあひ》で、射《う》ち捲《ま》くる味方《みかた》の猛擊《まうげき》に、地上《ちじやう》に在《あ》る何物《なにもの》をも粉碎《ふんさい》せんとして射《う》ち捲《ま》くる重輕砲彈《ぢうけいはうだん》の爲《な》めに、今《いま》や敵砲兵《てきはうへい》は追々《おひ〳〵》と沈默《ちんもく》させられてゆく。

スルト俄然《がぜん》、中腹《ちうふく》に伏《ふ》してゐた我《わ》が全線《ぜんせん》の突貫部隊《とつくわんぶたい》には、勇壯《ゆうさう》な鬨《とき》の聲《こゑ》が湧《わ》き起《おこ》つた。將校達《しやうかうたち》は挺身《ていしん》、拳銃《けんじう》を打《う》ち振《ふ》りつゝ、勵聲叱咤《れいせいしつだ》、先頭《せんとう》に立《た》ちて、部下《ぶか》をさし招《まね》けば、全線《ぜんせん》の勇士《ゆうし》は一時《じ》に奮《ふる》ひ起《た》ち、ワッと敵塹壕《てきざんがう》内《ない》に突入《とつにふ》した。

スルト今迄《いままで》沈黙《ちんもく》を守《まも》つてゐた敵兵《てきへい》は、俄《にはか》に機關銃《きくわんじう》や小銃彈《せうじうだん》の雨《あめ》を浴《あび》せかけて來《き》た。味方《みかた》の兵《へい》は掃《は》くが如《ごと》くに殪《たほ》される。先登部隊《せんとうぶたい》が僵《たほ》れると後《あと》から〳〵と、大波《おほなみ》の寄《よ》せるやうに突撃《とつげき》して行《ゆ》く。劍尖相撃《けんせんあひう》ち、一與《よ》、一奪《だつ》、今《いま》や戰《たゝか》ひはクライマックスに達《たつ》した。

恰度《ちやうど》十二時《じ》で、晝食《ちうしよく》の命令《めいれい》の下《くだ》つたときであつたから、私達《わたしたち》はこの勇壯《ゆうさう》な突撃戰《とつげきせん》、鐵火縱横《てつくわじうわう》の一大血火戰《だいけつくわせん》を眺《なが》めつゝ、悠々《いう〳〵》としてパラペットの上《うへ》で、晝食《ちうしよく》をパク付《つ》いてゐた。胸墻《パラペツト》の上《うへ》で辨當《べんたう》を開《ひら》くなどといふことは、自殺《じさつ》を企《くわだ》てると同《おな》じことだ。

之《これ》を見《み》て驚《おどろ》いたのは英國《えいこく》の將校達《しやうかうたち》である。眼《め》を圓《まる》くして叫《さけ》んだ。

「オーイ。危險《きけん》だから、皆《み》んな下《お》りろッ。」

といふが胸墻上《きやうしやうじやう》にゐるのは何《いづ》れも日本人《にほんじん》のみだ。何《いづ》れも命知《いのちし》らずの男揃《をとこぞろ》ひだ。この未曾有《みぞう》の激戰《げきせん》を前《まへ》にして、誰《た》れも言《い》ひ合《あは》せたやうに下《お》りやうとするものは一人《り》もない。

そのうちに敵《てき》の砲彈《はうだん》が熾《さか》んに飛來《ひらい》し初《はじ》めた。將校達《しやうかうたち》は烈《はげ》しく下《お》りるやうにと命《めい》ずるので、我々《われ〳〵》も仕方《しかた》なく塹壕《ざんがう》の中《なか》に下《お》りて來《き》た。其《そ》の時《とき》將校《しやうかう》の一人《り》は私達《わたしたち》に説明《せつめい》して呉《く》れた。

『アレが有名《いうめい》なヴヰミリツヂの堅砦《けんさい》である。此處《ここ》を占領《せんりやう》しなければ、レンス堡砦《ほうさい》に迫《せま》ることは出來《でき》ないのだ。恰《ちやう》ど此處《ここ》は旅順要塞《りよじゆんえうさい》の二〇三高地《かうち》と同樣《どうやう》であつて、どうでも此《こ》の堅砦《けんさい》を奪取《だつしゆ》しなければ、味方《みかた》は損害《そんがい》のみ多《おほ》く、到底《たうてい》ヒンデンブルグ線《せん》を突破《とつぱ》することは不可能《ふかのう》である。』と、私達《わたしたち》はヴヰミリツヂ要砦《えうさい》の重要性《ぢうえうせい》を知《し》るとともに、其《そ》の攻擊《こうげき》の猛烈《まうれつ》にして、死力《しりよく》を盡《つく》して戰《たゝか》つてゐるのも了解出來《れうかいでき》た。それにしても私達《わたしたち》の行動《かうどう》を考《かんが》へて見《み》ると、實《じつ》に無茶《むちや》であつた。胸墻《パラペツト》の上《うへ》に頭《あたま》を出《だ》すさへ危險《きけん》なのだ。そこには敵《てき》の哨兵《せうへい》や、狙擊兵《スナイパー》などが見張《みは》つてゐるのだ。塹壕《ざんがう》から帽子《ばうし》を出《だ》しても射《う》たれるのだ。況《いはん》や全身《ぜんしん》を胸墻《パラペツト》の上《うへ》に露出《ろしゆつ》するのみならず、悠々《いういう》として辨當《べんたう》を喰《く》ふに至《いた》つては、狂人《きやうじん》としか思《おも》はれないであらう。英兵達《えいへいたち》が眼《め》を圓《まる》くして驚《おどろ》くのも無理《むり》はない、恐《おそ》らく外國人《ぐわいこくじん》では此心持《このこゝろもち》は理解出來《りかいでき》ないであらう。然《しか》しお蔭《かげ》でこの勇壯《ゆうさう》な一大血火戰《だいけつくわせん》を見《み》ることが出來《でき》たのだ。而《しか》も生《うま》れて始《はじ》めて見《み》る實戰《じつせん》だ。この光景《くわうけい》は今《いま》も尙《なほ》私《わたし》の眼底《がんてい》深《ふか》く刻《きざ》み込《こ》まれてゐる。

霧《きり》も今《いま》は全《まつた》く晴《は》れ、塹壕修理《ざんがうしうり》の作業《さげふ》も完成《くわんせい》した。敵《てき》の飛行機《ひかうき》も爆音高《ばくおんたか》く頭上《づじやう》に飛來《ひらい》するやうになつたので、私達《わたしたち》は交通壕《かうつうがう》を引擧《ひきあ》げることゝなつた。

歸途《きと》、先刻《せんこく》の砲兵陣地《はうへいぢんち》まで來《く》ると、まだ砲兵《はうへい》は盛《さか》んに活躍《くわつやく》してゐる。先刻《せんこく》よりも一層猛烈《そうまうれつ》に射《う》ち捲《ま》くつてゐる。敵《てき》の砲撃《はうげき》も益々《ます〳〵》熾烈《しれつ》となり、其《そ》の集中火《しふちうくわ》は、正確《せいかく》に我《わ》が砲兵陣地《はうへいぢんち》の頭上《づじやう》に爆裂《ばくれつ》し、又《また》は地上前後左右《ちじやうぜんごさいう》にボン〳〵と爆發《ばくはつ》する。砲彈《はうだん》の破片《はへん》は霰《あられ》の如《ごと》く飛散《ひさん》し、其《そ》の彈子《たま》は雨《あめ》の如《ごと》く降《ふ》りそゝぐ。

と、重砲彈《ちようはうだん》が一發《はつ》ボコーンと落下《らくか》して爆裂《ばくれつ》する。今迄《いままで》必死《ひつし》に射《う》つてゐた砲身《はうしん》は碎《くだ》け、砲車《はうしや》は横《よこ》に倒《たふ》れ、砲手《はうしゆ》や砲員《はうゐん》は、全身《ぜんしん》を吹《ふ》き飛《と》ばされたもの、胴《どう》より二分《ぶん》されたもの、片腕《かたうで》を失《うしな》ふたもの、頭部《とうぶ》を粉碎《ふんさい》されたもの、頭部《とうぶ》を半《なか》ばうち碎《くだ》かれて腦漿《なうしやう》が湧《わ》き出《で》てゐるもの、腹部《ふくぶ》に破片《はへん》を打込《うちこ》まれて、臟腑《はらわた》が泥《どろ》に塗《まみ》れてゐるもの、流《なが》れ出《い》づる血汐《ちしほ》は冬枯《ふゆがれ》の草《くさ》を、紅《くれない》に染《そ》め出《だ》してゐる。

又《また》、一發《はつ》、轟然《ぐわうぜん》たる音響《おんきやう》と共《とも》に爆發《ばくはつ》する、硝煙《せうえん》の飛散《ひさん》した跡《あと》には、今《いま》の今《いま》まで、勇敢《ゆうかん》に指揮《しき》してゐた、青年士官《せいねんしくわん》の美《うつく》しかりし姿《すがた》は、はや血《ち》に塗《まみ》れて地上《ちじやう》に殪《たほ》れてゐる。砲車長《はうしやちやう》も、砲手《はうしゆ》も右《みぎ》に左《ひだり》に、バタリ〳〵と仆《たほ》れる。早速豫備《さつそくよび》砲手《はうしゆ》が、其《そ》の補充《ほじう》に就《つ》かんとして行動《かうどう》を起《おこ》すと、之《これ》も間斷《かんだん》なく落下《らくか》する敵《てき》の砲彈《はうだん》の爲《た》めに殪《たほ》される。

今《いま》は霧《きり》が晴《は》れてゐるので、その勇敢《ゆうかん》なる戰鬪《せんとう》振《ぶ》りがよく見《み》える。其《そ》の壯烈《さうれつ》に至《いた》つては『鬼神《きじん》も哭《な》く」といふが、實際《じつさい》を見《み》た者《もの》でなければ、とても想像《さうざう》することが出來《でき》まい。

砲火の洗禮

スルト私達《わたしたち》が砲兵陣地《はうへいぢんち》を通《とほ》り過《す》ぎやうとするとき、前方《ぜんぱう》より隊伍《たいご》肅《しゆく》々《〳〵》として、行進《かうしん》して來《く》る一隊《たい》がある。英語《えいご》に交《まじ》つて懷《なつか》しき日本語《にっぽんご》の話聲《はなしごゑ》が聞《きこ》えて來《く》るではないか。追《おひ》々《〳〵》近《ちか》づいて見《み》ると、我《われ》々《〳〵》義勇兵《ぎゆうへい》の一隊《たい》が、英兵《えいへい》に交《まじ》つてゐる。これは第《だい》百九十二聯隊《れんたい》の人達《ひとたち》であつた。

私達《わたしたち》は久方振《ひさかたぶ》りに、偶然《ぐうぜん》此處《ここ》で出會《であ》つたのであるが、ゆつくり話《はなし》などしてはゐられない。此處《ここ》は戰場《せんぢやう》で、而《しか》も第《だい》一線《せん》に行《ゆ》く者《もの》と、後方陣地《こうはうぢんち》に交代《かうだい》する者《もの》とであるから立話《たちはなし》すら出來《でき》ないのだ。只目《たゞめ》に物《もつ》を言《い》はせたのみで、お互《たがひ》に懷《なつか》しさうに後《あと》を振《ふ》り返《かへ》りつゝ惜《を》しき別《わか》れを告《つ》げたのであつた。久《ひさ》し振《ぶ》りに戰友《せんいう》の日本語《にっぽんご》を聞《き》いたときには、恰《あたか》も故郷《こきやう》に歸《かへ》つたやうな氣《き》がした。全部《ぜんぶ》で僅《わづ》か二百人《にん》の義勇兵《ぎゆうへい》が、三十人位宛《にんぐらゐづゝ》分《わか》れて何《なん》万といふ英兵《えいへい》の間《あひだ》に組入《くみい》れられてゐるのであるから、それが異郷《いきやう》の戰場《せんぢやう》で、無事《ぶじ》で巡《めぐ》り合《あ》ふときは、一しほの懷《なつか》しさを覺《おぼ》ゆる。

‖夜間の塹壕守備交代‖敵機に發見さる‖敵砲兵の猛撃‖聯隊の惡戰苦鬪‖退却‖恰も紀元節の夜‖

第《だい》一線《せん》近《ちか》き塹壕《さんがう》の作業《さげふ》や、塹壕守備《さんがうしゆび》の更代《かうだい》は、すべて夜間《やかん》を利用《りよう》することになつてゐる。敵《てき》も亦《また》夜間《やかん》に更代《かうだい》するので、其《そ》の時刻《じこく》となると、彼我《ひが》の砲兵《はうへい》は、互《たがひ》に更代《かうだい》する歩兵《ほへい》を目標《もくへう》に、熾《さかん》に砲《はう》彈《だん》を射《う》ちかける。さうかといふて日中《につちう》はいけない。敵《てき》の陣地《ぢんち》も、味方《みかた》の陣地《ぢんち》も、飛行機《ひかうき》に依《よ》つて、上空《じやうくう》から寫眞《しやしん》に撮影《さつえい》され、明細《めいさい》に區劃《くくわく》せられた地圖《ちづ》が出來《でき》てゐる。

例《たと》へば第何區《だいなんく》の第何番《だいなんばん》には、守備兵《しゆびへい》が何人《なんにん》居るとか、今《いま》、何區《なにく》の何番《なんばん》の地點《ちてん》を歩兵《ほへい》が何《なん》千人《じん》行《かう》進中《しんちう》だとか、手《て》に取《と》るやうに判《わか》るのだ。そこで砲兵《はうへい》は之《これ》に依《よ》つて豫《あらかじ》め測定《そくてい》してある距離《きより》に對《たい》し、直《ただち》に照準《せうじゆん》を爲《な》し、初《はじ》めから命中彈《めいちうだん》を送《おく》るのだから、とても日中《につちう》の更代《かうだい》などは思《おも》ひもよらない。どうしても夜間《やかん》か、霧《きり》が立罩《たちこ》めたときを利用《りよう》しなければならないのである。

私達《わたしたち》は隔日《かくじつ》に塹壕守備《さんがうしゆび》の交代《かうだい》をする。第《だい》一線《せん》より六哩《まいる》の後方《こうはう》にある、ボピニー村《むら》に陣營《ぢんえい》を構《かま》へて、其處《そこ》に休憩《きうけい》してゐるのだ。

夕方《ゆふがた》其處《そこ》を出發《しゆつぱつ》して、夕闇《ゆふやみ》が迫《せま》り、夜《よる》の幕《とばり》が下《お》りきつた頃《ごろ》第《だい》一線《せん》に到着《たうちやく》するやうにしてゐる。飛行機《ひかうき》は暗夜《あんや》でも爆音《ばくおん》勇《いさ》ましく、夜空《よぞら》に活動《くわつどう》してゐる。時々《ときどき》スターシエル（照明彈《せうめいだん》）を落下《らくか》させ、其《そ》の光《ひか》りに依《よ》つて敵陣地《てきぢんち》の動靜《どうせい》を偵察《ていさつ》してゐる。

若《も》しも守備兵《しゆびへい》が交代《かうだい》するのを發見《はつけん》した場合《ばあひ》には、直《たゞ》ちに閃光信號《せんくわうしんがう》に依《よ》つて、味方《みかた》の砲兵隊《はうへいたい》に通《つう》信《しん》をするのである。

或夜《あるよ》、わが第《だい》十旅團《りよだん》に屬《ぞく》する第《だい》四十四聯隊《れんたい》、第《だい》四十六聯隊《れんたい》、第《だい》四十七聯隊《れんたい》、第《だい》五十聯隊《れんたい》の混成《こんせい》支隊《したい》は、第《だい》二線《せん》の配備《はいび》に就《つ》くため、夕闇《ゆふやみ》迫《せま》るボビニー村《むら》を出發《しゆつぱつ》して、塹壕《ざんがう》守備《しゆび》の交代《かうだい》に行進《かうしん》を起《おこ》した。夕空《ゆふぞら》は美《うつく》しく晴《は》れ、風《かぜ》はなく、空《そら》には一つ二つキラ〳〵と星《ほし》が輝《かゞや》き出《だ》してゐた。

少《すこ》し進《すゝ》むうちに、物體《ぶつたい》が、何《なん》の物體《ぶつたい》であるか見分《みわけ》がつき難《がた》い時分《じぶん》であつた。二臺《だい》の飛行機《ひかうき》が第《だい》一線《せん》の上空《じやうくう》より飛《と》んで來《き》た。其頃《そのころ》はもう飛行機《ひかうき》の徽章《しるし》などは勿論《もちろん》判《わか》らない。多分《たぶん》味方《みかた》の飛行機《ひかうき》が、敵《てき》の戰線《せんせん》より歸《かへ》つて來《き》たのであらうと思《おも》つてゐた。

と、其《そ》の飛行機《ひかうき》は、私達《わたしたち》の頭上《づじやう》に飛來《ひらい》するや、急《きふ》に機首《きしゆ》を廻《めぐ》らし、青色《せいしよく》の光《ひか》りがパツと煌《かゞや》き、次《つ》ぎに赤色《せきしよく》の光《ひか》りがパッと閃《ひら》いた。

スルト果然《くわぜん》、それより三分《ぷん》と經過《けいくわ》せぬうちに、敵《てき》の砲兵《はうへい》より、私達《わたしたち》の頭上《づじやう》に猛烈《まうれつ》なる命中彈《めいちうだん》を浴《あび》せかけて來《き》た。初《はじ》めから命中彈《めいちうだん》である。何故《なにゆゑ》なれば、前《まへ》に述《の》べたやうな地圖《ちづ》に依《よ》つて、距離《きより》が測定《そくてい》されてあるからだ。

二臺《だい》の飛行機《ひかうき》は果《はた》して敵《てき》の偵察機《ていさつき》であつて、青《あを》い閃光《せんくわう》と、赤《あか》い閃光《せんくわう》とは、砲兵《はうへい》への信號《しんがう》であつたのである。

最初《さいしよ》から照準《せうじゆん》が正確《せいかく》であるから、一發《ぱつ》も無駄《むだ》な彈《たま》はない。敵砲兵《てきはうへい》の目標《もくへう》は明《あきら》かに我々《われ〳〵》の部隊《ぶたい》であることが解《わか》つた。間《ま》もなく敵《てき》の機關銃《きくわんじう》もカタ〳〵〳〵と打出《うちだ》した。

この行進中《かうしんちう》、私《わたし》は日本人《につぽんじん》として長身《ちやうしん》の方《はう》なので、私《わたし》一人《り》は日本人《につぽんじん》の小隊《せうたい》より分離《ぶんり》して、英人側《えいじんがわ》の分隊《セクシヨン》の中《なか》に居《を》つたのだ。そして日本人側《につぽんじんがは》の部隊《ぶたい》は其《そ》の後方《こうはう》に續《つゞ》いてゐた。

恰度《ちやうど》其《そ》のとき敵《てき》の射《う》つた野砲《やはう》十八斫砲《キンはう》の砲彈《はうだん》が、私《わたし》の分隊《セクシヨン》の中央《ちうあう》より、十間程《けんほど》先《さき》で、ボコーンと爆裂《ばくれつ》した。と、私《わたし》は全身《ぜんしん》に土砂《としや》を浴《あ》びた。硝煙《せうえん》の消《き》えた跡《あと》には、數人《すうにん》の英兵《えいへい》が殪《たほ》され、數人《すうにん》の負傷者《ふしやうしや》を出《だ》した。

砲彈《はうだん》が落下《らくか》して爆裂《ばくれつ》する度《た》びに、私達《わたしたち》はお互《たがひ》に、

『大丈夫《だいじやうぶ》かッ？』

『大丈夫《だいじやうぶ》だッ！』

と、呼《よ》び喚《かわ》しつゝ行進《かうしん》して行《い》つた。

其《そ》のときも日本人仲間《につぽんじんなかま》の二三人《にん》が同時《どうじ》に、私《わたし》に向《むか》つて、

『大丈夫《だいじやうぶ》か？』

と呼《よ》んださうだが、私《わたし》は一人《り》離《はな》れて英人《えいじん》の部隊《ぶたい》に居《を》つたので、彼等《かれら》の呼《よ》びかけた聲《こゑ》が聞《き》こえなかつた。それで私《わたし》の返事《へんじ》が無《な》かつたものだから、日本人組《につぽんじんくみ》では私《わたし》は戰死《せんし》したものだと思《おも》つて

『可愛《かあい》さうに、諸《もろ》の奴《やつ》、とうと死《し》んだか』といふて落膽《らくたん》したさうである。

敵《てき》の砲彈《はうだん》は漸《やうや》く熾《さかん》に落下《らくか》して來《き》た。我軍《わがぐん》の勇士《ゆうし》は前後左右《ぜんごさいう》にバタ〳〵と仆《たほ》される。止《や》むなく私達《たち》は道路《だうろ》の兩側《りやうがは》に散開《さんかい》し、出來《でき》るだけ目標《もくへう》を小《ちひ》さくした。

有名《いうめい》な佛蘭西《フランス》柳《やなぎ》の倒《たふ》れたのや、砲彈《はうだん》の爲《た》めに裂《さ》き殘《のこ》された大木《たいぼく》の蔭《かげ》に身《み》を潛《ひそ》め、銃《じう》を構《かま》へて敵彈《てきだん》の飛來《ひらい》する方向《はうかう》に發射《はつしや》した。夕暮《ゆふくれ》だのに、前方《ぜんぱう》に丘《をか》がある、其《そ》の丘陵越《きうりようこ》しに射《う》つのだから照準《せうじゆん》

をつけることが出來《でき》ない。敵《てき》の目標《もくへう》が判《わか》らないのだ。それでも我々《われ〳〵》は闇《やみ》に向《むか》つて威嚇的《ゐくわくてき》に射《う》つた。何《なん》の遮蔽物《しやへいぶつ》もない野原《のはら》に展開《てんかい》して應戰《おうせん》した。唯《ゆゐ》一の遮蔽物《しやへいぶつ》と頼《たの》む佛蘭西《フランス》柳《やなぎ》も、機關銃《きくわんじう》には有効《かう》だが、重砲彈《ぢうはうだん》には何《なん》の役《やく》にも立《た》ち得《え》ない。

見《み》る〳〵我々《われ〳〵》の部隊《ぶたい》は、死骸《しがい》は山《やま》と積《つ》み、血汐《ちじほ》は殘雪《ざんせつ》に紅《くれない》を染《そ》め出《だ》した。

この時《とき》勇敢《ゆうかん》に活動《くわつどう》したのは下士官《かしくわん》であつた。彼等《かれら》は彈丸雨飛《だんぐわんうひ》の間《あひだ》に立《た》つて、平然《へいぜん》として沈着《ちんちやく》なる態度《たいど》を持《ぢ》し、右《みぎ》に左《ひだり》に殪《たほ》れる者《もの》を勞《いたは》り、或《あるひ》は繃帶《はうたい》をしてやるとか、後方《こうはう》に運《はこ》ぶとか、部下《ぶか》を激勵《げきれい》し、敢然挺身《かんぜんていしん》して、砲火集中《はうくわしふちう》の下《もと》にあつて、任務《にんむ》を完《まつた》うしてゐた。

あまりに人間《にんげん》放《はな》れのした勇猛《ゆうまう》さに驚《おどろ》いた。聞《き》けば彼等《かれら》は開戰當時《かいせんたうじ》より、各方面《かくはうめん》の戰鬪《せんとう》に參加《さんか》して、勇名《ゆうめい》を轟《とゞろ》かした、所謂《いはゆる》戰場往來《せんぢやうわうらい》の古武夫《ふるつはもの》であつたのである。

そのうちに我々《われ〳〵》からの傳令《でんれい》は飛《と》び、三十分許《ぷんばか》りの後《のち》には、我砲兵《わがはうへい》も、敵《てき》の砲兵《はうへい》に向《むか》つて猛射《まうしや》を加《くは》へ始《はじ》めた。若《も》しこの味方《みかた》の援護射撃《ゑんごしやげき》が無《な》かつたら、我々《われ〳〵》は全滅《ぜんめつ》の悲運《ひうん》を免《まぬか》れなかつたであらう。私達《わたしたち》の顔《かほ》には俄《にはか》に生色《せいしよく》が漲《みなぎ》り、元氣《げんき》を增《ま》して來《き》た。スルト我《わ》が機關銃隊《きくわんじうたい》も、敵陣地《てきぢんち》に向《むか》つて熾《さかん》に銃火《じうくわ》を浴《あび》せかけた。

スターシエル(照明彈《せうめいだん》)は、敵味方《てきみかた》から、盛《さか》んに打《う》ち揚《あ》げられ、約《やく》一分間位《ぷんかんぐらゐ》の間《あひだ》(一個《こ》の星彈《せいだん》)恰度《ちやうど》兩國《りやうこく》の花火《はなび》の如《ごと》く、四邊《あたり》を眞晝《まひる》のやうに美《うつく》しく照《てら》し出《だ》す。そして互《たがひ》に目標《もくへう》を探《さぐ》つてゐるのだ。

そのうちに敵《てき》の砲兵《はうへい》は・我々《われ〳〵》の部隊《ぶたい》より目標《もくへう》を砲兵《はうへい》の方《はう》へ變更《へんかう》して、砲兵同士《はうへいどうし》が互《たがひ》に沈默《ちんもく》せしめやうとして、彼我《ひが》の砲兵陣地《はうへいぢんち》を熾烈《しれつ》に砲擊《はうげき》し合《あ》つてゐる。私達《わたしたち》は敵《てき》の機關銃隊《きくわんじうたい》と交戰《かうせん》した。この戰鬪《せんとう》は前後《ぜんご》を通《つう》じて三時間《じかん》ばかりを經過《けいくわ》したのであつた。

折《をり》から月光《げつくわう》が仄白《ほのしろ》く照《てら》し初《はじ》めた。前方《ぜんぱう》の森《もり》・森《もり》といつても砲彈《はうだん》に擊《う》ち殘《のこ》された、樹幹《じゆかん》ばかりで坊主頭《ばうずあたま》となつた森《もり》の上《うへ》に、月《つき》は皎々《かう〳〵》として輝《かゞや》き、この悲慘《ひさん》なる戰場《せんぢやう》を照《てら》し出《だ》した。兵士達《へいしたち》の鐵《スチー》兜《ヘルメツト》や、銃身《じうしん》や、軍刀《ぐんたう》は煌々《きら〳〵》と、月光《げつくわう》に輝《かゞや》き、地上《ちじやう》には幾《いく》百の死者《ししや》、幾《いく》千の負傷者《ふしやうしや》が血汐《ちしほ》に染《そ》まつて横《よこた》はつてゐる。其《そ》の上《うへ》に、青白《あをじろ》き月光《げつくわう》は流《なが》れ、枯草《かれくさ》と殘雪《ざんせつ》の上《うへ》に、血汐《ちしほ》は流《なが》れる。

凍《こほ》つた道路《だうろ》の上《うへ》には、所々《ところ〴〵》に砲彈《はうだん》の穴《あな》が穿《うが》たれ、其《そ》の穴《あな》の中《なか》に、上半身《じやうはんしん》を土中《どちう》に埋《う》められ、兩《りやう》足《あし》のみ二本《ほん》、ニヨキツと出《で》てゐる。腕《うで》のみが落《お》ちて散《ち》つてゐたり、足《あし》が碎《くだ》けて散《ち》らばつてゐたり、首《くび》のない屍《かばね》、兩足《りやうあし》のない胴《どう》や、實《じつ》に見《み》るに堪《た》えない。

鐵兜《てつかぶと》は、秋《あき》の夜《よ》の南瓜畑《かぼちやばたけ》の如《ごと》く、無數《むすう》に散亂《さんらん》してゐる。月色蒼茫《げつしよくさうばう》として、苦痛《くつう》に呻吟《しんぎん》する負傷《ふしやう》兵《へい》の聲《こゑ》は悲調《ひてう》を帶《お》びて聞《きこ》えて來《く》る。多《おほ》くの人《ひと》の子《こ》は、屍《かばね》となつて、戰場《せんぢやう》の野《の》に曝《さら》され、月《つき》を浴《あ》びて、靜《しつ》かに、靜《しつ》かに横《よこた》はつてゐる。

何時《いつ》我々《われわれ》の身《み》の上《うへ》に實現《じつげん》せらるゝか知《し》れない。然《しか》し私達《わたしたち》の心理狀態《しんりじやうたい》は不思議《ふしぎ》だ。戰友《せんいう》の殪《たふ》れるのを見《み》ると、私達《わたしたち》は益々《ますます》敵愾心《てきがいしん》が強《つよ》くなり、どうしても戰友《せんいう》の仇《あた》を報《むく》ひんとする心《こゝろ》で滿《みた》される。そして戰《たゝか》ひが濟《す》んだ後《のち》では、一種《しゆ》の悲愁《ひしう》な氣分《きぶん》に浸《ひた》されるのが常《つね》だ。

今《いま》や月光《げつくわう》は皎々《かうかう》として空中高《くうちうたか》く輝《かゞや》き、塹壕守備《ざんがうしゆび》の交代《かうたい》は不可能《ふかのう》となつた。敵《てき》の砲兵《はうへい》も、我《わ》が砲兵《はうへい》の全火集中《ぜんくわしふちう》の猛撃《まうげき》に沈默《ちんもく》せしめせられ、私達《わたしたち》は漸《やうや》く虎口《ここう》を脫《だつ》することが出來《でき》た。

私達《わたしたち》は過半數《くわはんすう》の死傷者《ししやうしや》を出《だ》し、支隊《したい》は大損害《だいそんがい》を被《かうむ》つた。

我々《われわれ》はボビニーの宿舍《しゆくしや》に歸《かへ》つて、ホツと一息《いき》ついた。恰度《ちやうど》この夜《よ》は、わが紀元節《きげんせつ》の夜《よ》であつた。

私達《わたしたち》はお互《たがひ》に無事《ぶじ》な顏《かほ》を見《み》て、微笑《につこり》したが、而《しか》も一同《どう》の面上《めんじやう》には悲痛《ひつう》の色《いろ》が漲《みなぎ》つてゐた。

彈丸の奏樂

‖ピユーンと來て‖耳朶を掠め兜の尖端を摩る‖大小各種砲彈の奏樂‖壯快なる一大音樂‖我が砲兵の威力‖十五吋、十二吋、十吋、八吋、六吋、十八珊砲‖

北佛蘭西《きたフランス》の戰線《せんせん》、幾《いく》百哩《まいる》に亘《わた》つて、幾《いく》千幾萬《いくまん》とも數知《かずし》れぬ大小各種《たいせうかくしゆ》の重砲《ぢうはう》、野砲《やはう》、或《ある》は小銃《せうじう》、機關銃《きくわんじう》、迫擊砲《トレンチモーター》、手榴彈《ハンドバム》、銃用榴彈《ライフルグリネード》に至《いた》るまで、晝夜《ちうや》間斷《かんだん》なく、敵《てき》と味方《みかた》の陣地《ぢんち》より響《ひゞ》いて來《く》る大音響《だいおんきやう》は、恰度《ちやうど》壯大《さうだい》な音樂《おとがく》のメロデイーを聽《き》くやうに思《おも》はれてならない。

私達《わたしたち》の耳覺《じかく》も、此頃《このごろ》では異常《いじやう》なる轟音《ぐわうおん》にも慣《な》れて、最初《さいしよ》のやうに恐怖《きようふ》を感《かん》じたり、興奮《こうふん》したりするやうなことはなくなつた。それのみでない、塹壕守備《さんがうしゆび》の夜などは、この砲聲《ようせい》を聞《き》かないと、反《かへ》つて寢付《ねつ》かれないやうになつた。ちやうど子守歌《こもりうた》を聞《き》きつゝ、母《はゝ》の懷《ふところ》に幼兒《えうじ》が眠《ねむ》るやうに、私達《わたしたち》も此《こ》の殷々《わんわん》たる砲聲《はうせい》を聽《き》きながら、掩蔽部《ダックアウト》に眠《ねむ》るやうになつた。人間《にんげん》の心理《しんり》狀態《じやうたい》は面白《おもしろ》いものだ。之《これ》は日本人《につぽんじん》ばかりでなく、英人達《えいじんたち》もさうであつた。

「ピユン、ピユン、ピユ、ピユン、ピユーン、最後《さいご》にピユーン。」

と、暗《やみ》から闇《やみ》に消《き》え、鐵兜《てつかぶと》の尖端《せんたん》を摩《す》り、或《あるひ》は私達《わたしたち》の耳《みゝ》を掠《かす》めてゆくのは、機關銃彈《きくわんじうだん》である。

「ブス、ブス。」

と足下《あしもと》に落下《らくか》し、土砂《としや》の中《なか》に突入《とつにふ》するのは、小銃彈《せうじうだん》である。

「ブーウ、ウーウーウーウーツ。」

と、頭上遙《づじやうはる》かに高《たか》く、間隔《かんかく》をおいて飛來《ひらい》し、地中《ちちう》に深《ふか》く突入《とつにふ》し、天《てん》に沖《ちう》する火焔《くわえん》と共《とも》に、地軸《ちぢく》も碎《くだ》けよとばかり爆發《ばくはつ》するのは、八吋《インチ》砲《はう》及《およ》び十五吋《インチ》砲《はう》の砲彈《はうだん》である。

「シユル、シユル、シユル、シユルーウツ。」

と、いふ音響《おんきやう》と共《とも》に、曉《あかつき》の夢《ゆめ》を破《やぶ》つて爆裂《ばくれつ》するのは、六吋《インチ》砲彈《はうだん》である。

「ヒユーツ、バン、ヒユー、バン。」

と、大氣《たいき》の震動《しんどう》と同時《どうじ》に、爆裂《ばくれつ》するのは野砲《やはう》である、私達《わたしたち》は之《これ》を With《ウキズ》 bang《バング》 と呼《よ》んでゐる。發砲《はつぱう》の音《おと》と、爆裂《ばくれつ》の音《おと》と同時《どうじ》に響《ひゞ》くといふ意《い》である。

「グユル、グユル、グユルーツ。」

といふ大音響《だいおんきやう》とともに、丸《まる》い黒《くろ》い彈丸《だんぐわん》が、空中《くうちう》に三尺餘《じやくあま》りの棒《ぼう》を引《ひ》き、廻轉《くわいてん》しながら我等《われら》の頭上《づじやう》に飛來《ひらい》し、急轉直下《きふてんちよくか》、地上《ちじやう》に落下《らくか》するや、轟然《ぐわうぜん》として天地《てんち》も震動《しんどう》するかと思《おも》はれるやうな大音響《だいおんきやう》と共《とも》に、塹壕《ざんがう》と其《そ》の附近《ふきん》の何物《なにもの》をも粉碎《ふんさい》する威力《ゐりよく》を有《いう》するものは、迫撃砲《トレンチ・モーター》である。

是等《これら》大小《だいせう》各種《かくしゆ》の音響《おんきやう》が、空中《くうちう》と地上《ちじやう》とに相錯綜《あひさくそう》して、私達《わたしたち》には一大音樂《だいおんがく》のメロデイーとして響《ひゞ》いて來《く》る。

初《はじ》めのうちは、此《こ》の凄《すさ》まじい音響《おんきやう》は、私達《わたしたち》の神經《しんけい》を甚《はなは》だしく刺戟《しげき》したものであつたが、此頃《このごろ》では心地《こゝち》よき音樂《おんがく》として響《ひゞ》いて來《く》る。

即《すなは》ち彈丸《だんぐわん》の奏樂《そうがく》である。

殊《こと》に、十五吋《インチ》砲《はう》、十二吋《インチ》砲《はう》などを發射《はつしや》するときは、發砲《はつぱう》と同時《どうじ》に、パツと砲口《はうくち》から閃光《せんくわう》が煌《きら》めくと、忽《たちま》ち雲《くも》といふ雲《くも》に輝《かゞや》き、夏《なつ》の夜《よ》の稲光《いなひか》りのやうな壯觀《さうくわん》を呈《てい》する。又《また》その砲彈《はうだん》の爆裂《ばくれつ》したときには、オレンヂ色《いろ》の火焰《くわえん》をあげ、地軸《ちぢく》も碎《くだ》くるかとばかり、一大音響《だいおんきやう》とともに、あらゆる物《もの》を爆破《ばくは》する。

今度《こんど》の戰爭《せんさう》に於《お》ては、これらの重砲《ぢうはう》は一大威力《だいゐりよく》を發揮《はつき》し、塹壕戰《さんがうせん》には必要缺《ひつえうか》くべからざる武器《ぶき》であつた。

機關銃《きくわんじう》及《およ》び小銃《せうじう》はサプラノである。

野砲《やはう》や十八斫砲《サンはう》はアルトである。

迫撃砲《トレンチモーター》はテナーである。

十五吋砲《インチはう》はベースである。

私《わたし》は之《こ》れを彈丸《だんぐわん》の四部合唱《コーテツト》と稱《しよう》する。

空中戰

＝飛行機の任務＝塹壕より見たる空中戰＝一英兵の功名＝空中二勇士の大決鬭＝

飛行機《ひかうき》の任務《にんむ》は幾《いく》つもあるが、大體《たいたい》二つに分《わ》けることが出來《でき》る。一つは偵察《ていさつ》を主《しゆ》とすることで、一つは戰鬭《せんとう》を主《しゆ》とするものである。

戰鬪機《せんとうき》は、爆彈《ばくだん》や投箭《なげや》を投下《とうか》したり、敵機《てきき》と鬪《たゝか》ひ、飛行船《ひかうせん》を襲擊《しふげき》したりする。

偵察機《ていさつき》は、敵軍《てきぐん》の動靜《どうせい》を偵察《ていさつ》し、敵《てき》の保壘《ほるゐ》や塹壕《ざんがう》を空中《くうちう》より撮影《さつえい》したり、敵《てき》の砲兵陣地《はうへいぢんち》を發見《はつけん》し、味方《みかた》に信號《しんがう》を爲《な》し、通信筒《つうしんとう》を落下《らくか》して、聯絡《れんらく》を計《はか》る等《など》である。

若《も》し敵《てき》の飛行機《ひかうき》が襲擊《しふげき》して來《き》たときには、步兵《ほへい》、砲兵《はうへい》、工兵《こうへい》などの諸部隊《しよぶたい》は、地形《ちけい》に應《おう》じて適《てき》當《たう》の遮蔽物《しやへいぶつ》を搜《さが》して、其《そ》の蔭《かげ》に隱《かく》れる。

これは爆彈《ばくだん》や、投箭《なげや》を避《さ》けるばかりではない、特《とく》に部隊《ぶたい》の配置《はいち》や、行動《かうどう》を秘密《ひみつ》にするためである。

飛行機《ひかうき》から味方《みかた》の諸部隊《しよぶたい》に報告《はうこく》する合圖《あひづ》の方法《はうはふ》は種々《しゆ〲》ある。小旗《こばた》に依《よ》るもの、信號電燈《しんがうでんとう》に依《よ》るもの、殊《こと》に夜間《やかん》などこの電燈《でんとう》の明滅《めいめつ》が、地上《ちじやう》から明《あき》かに見《み》える。

又《また》直接《ちよくせつ》信號《しんがう》に依《よ》る方法《はうはふ》もある。若《も》し我軍《わがぐん》の飛行機《ひかうき》が、敵《てき》の步兵《ほへい》なり、砲兵《はうへい》なりが、森《もり》の一端《たん》に伏在《ふくざい》してゐるのを發見《はつけん》した場合《ばあひ》、又《また》は敵《てき》の部隊《ぶたい》が森林《しんりん》の中《なか》に隱《かく》れてゐると推定《すゐてい》したとき、飛行機《ひかうき》は其《そ》の森《もり》の上《うへ》をぐるりと一廻轉《くわいてん》して、味方《みかた》の砲兵《はうへい》に合圖《あひづ》をする。之《これ》に依《よ》つて我《わ》が砲兵《はうへい》は照準《せうじゆん》を定《さだ》めて、其《そ》の地點《ちてん》を砲擊《はうげき》するのである。

飛行機《ひかうき》の任務《にんむ》のうちで、最《もつと》も主要《しゆえう》なることは、砲兵《はうへい》の射撃《しやげき》する照準《せうじゆん》を調整《てうせい》することである。

味方《みかた》の砲兵《はうへい》が、飛行機《ひかうき》に依《よ》つて、敵《てき》の砲兵陣地《はうへいぢんち》を偵察《ていさつ》し、其《そ》の位置《ゐち》を知《し》り、之《これ》を猛射《まうしや》して、全滅《ぜんめつ》させやうとするときは、飛行機《ひかうき》は敵《てき》の陣地《ぢんち》の上空《じやうくう》に翔《か》け上《あ》がつて、味方《みかた》の砲兵《はうへい》の射撃《しやげき》を調整《てうせい》する。

例《たと》へば砲彈《はうだん》が敵陣《てきぢん》の前方《ぜんぱう》に落下《らくか》して、着彈距離《ちやくだんきより》が短《みじか》かつたときには、飛行機《ひかうき》は直徑《ちよくけい》の短《みじか》い圓《ゑん》を畫《ゑが》いて、合圖《あひづ》をする。味方《みかた》の砲兵《はうへい》は之《これ》を見《み》て射程《しやてい》を伸《の》す。若《も》し射程《しやてい》を伸《の》し過《す》ぎて、砲彈《はうだん》が敵陣《てきぢん》の後方《こうはう》に落下《らくか》したときは、飛行機《ひかうき》は前《まへ》の時《とき》と反對《はんたい》に、直徑《ちよくけい》の大《おほ》きな圓《ゑん》を畫《ゑが》く、又砲彈《またはうだん》が敵《てき》の左方《さはう》に落下《らくか》した場合《ばあひ》には、飛行機《ひかうき》は右方《うはう》に旋回《せんくわい》して合圖《あひづ》する。又右方《またうはう》に落下《らくか》したときは、左方《さはう》に旋回《せんくわい》して知《し》らせる。

斯《か》ういふやうに、飛行機《ひかうき》の空中動作《くうちうどうさ》に依《よ》つて、砲兵《はうへい》は命中彈《めいちうだん》を敵陣《てきぢん》に浴《あび》せることが出來《でき》るのである。

現今《げんこん》では飛行機上《ひかうきじやう》から無線電信《むせんでんしん》、電話《でんわ》に依《よ》つて話《はな》すことが出來《でき》るが、この時代《じだい》には、斯《か》ういふ方法《はうはふ》で信號《しんがう》したのである。

又味方《またみかた》の砲兵《はうへい》が、敵《てき》の飛行機《ひかうき》に發見《はつけん》せられ、直接信號《ちよくせつしんがう》により、敵彈《てきだん》を其《そ》の頭上《づじやう》に導《みちび》かれつつあると知《し》つたときは、直《たゞ》に射撃《しやげき》を中止《ちうし》して陣地《ぢんち》を變換《へんくわん》することだ。多《おほ》くは夜間《やかん》に位置《ゐち》を變《か》へるのが常《つね》である。

合圖《あひづ》で思《おも》ひだしたが、獨軍《どくぐん》は佛國《ふつこく》の領土内《りやうどない》に侵入《しんにふ》してゐるので、佛國民《ふつこくみん》である其《そ》の地方《ちはう》の住民《ぢうみん》は、種々《しゆ〴〵》の方法《はうはふ》で、獨軍《どくぐん》の動靜《どうせい》を佛軍《ふつぐん》に知《し》らせるのだ。

例《たと》へば獨軍《どくぐん》の司令部《しれいぶ》か、又《また》は參謀部《さんぼうぶ》が、或《あ》る地點《ちてん》に置《お》かれると、住民《ぢうみん》は直《たゞ》に之《これ》を豫《あらかじ》め打合《うちあ》はせてある方法《はうはふ》で、佛軍《ふつぐん》に合圖《あひづ》をする。この信號《しんがう》は日中《につちう》でも出來《でき》るのだ。又誰《またた》れにでも容易《ようい》に出來《でき》るのだ。方法《はうはふ》の一つとして例《れい》をあげると、農民《のうみん》が家畜《かちく》を、極《き》めた處《とこ》に放《はな》つて、合圖《あひづ》とするのだ。其《その》他《た》信號《しんがう》の方法《はうはふ》にも種々《しゆ〴〵》あるが、要《えう》するに、敵地《てきち》に侵入《しんにふ》して戰《たゝか》ふ軍隊《ぐんたい》は、種々《しゆ〴〵》な點《てん》で不利《ふり》が多《おほ》い。

然《しか》し敵軍《てきぐん》が我《わ》が領土《りやうど》を占領《せんりやう》し、國內深《こくないふか》く侵略《しんりやく》を續《つゞ》ける場合《ばあひ》に、其《そ》の恣《ほしい》まゝなる振舞《ふるま》ひを見《み》たならば、如何《いか》なる國民《こくみん》でも、之《これ》を傍觀《ばうくわん》してゐることは出來《でき》ないであらう。何等《なんら》かの方法《はうはふ》に依《よ》つて、敵軍《てきぐん》に損害《そんがい》を與《あた》へやうと努力《どりよく》するのは、當然《たうぜん》のことと思《おも》ふ。

空《くう》中《ちう》からの飛《ひ》行《かう》機《き》に依《よ》る直《ちよく》接《せつ》偵《てい》察《さつ》、又《また》は前《ぜん》述《じゆつ》の如《ごと》き住《ぢう》民《みん》からの合《あひ》圖《づ》、即《すなは》ち敵《てき》國《こく》民《みん》の間《かん》諜《てふ》に對《たい》して、最《もつと》も有《いう》効《かう》な防《ばう》禦《ぎよ》法《はふ》は、絶《た》えず軍《ぐん》隊《たい》を移《い》動《どう》することである。

軍《ぐん》隊《たい》の移《い》動《どう》は、夜《や》間《かん》が一番《ばん》よい晝《ひる》間《ま》は木《こ》蔭《かげ》に潜《ひそ》むでゐるのだ。

軍《ぐん》隊《たい》の移《い》動《どう》力《りよく》の大《だい》なることと、各《かく》部《ぶ》隊《たい》の集《しふ》散《さん》の迅《じん》速《そく》なることとは、當《たう》時《じ》獨《どく》軍《ぐん》は世《せ》界《かい》第《だい》一であつたらう。流石《さすが》に其《そ》の動《どう》作《さ》は敏《びん》捷《せふ》であつた。

英《えい》國《こく》や、佛《ふつ》國《こく》などの重《ちう》要《えう》な地《ち》點《てん》には、常《つね》に哨《せう》兵《へい》を置《お》いて、敵《てき》軍《ぐん》の飛《ひ》行《かう》機《き》や、飛《ひ》行《かう》船《せん》などの襲《しふ》撃《げき》に備《そな》へてゐる。若《も》し敵《てき》の飛《ひ》行《かう》機《き》が暗《あん》夜《や》に乘《じよう》じて、都《と》市《し》などの上《じやう》空《くう》に飛《ひ》來《らい》するときは、直《たゞ》に多《おほ》くの探《たん》照《せう》燈《とう》の光《ひか》りを、敵《てき》の飛《ひ》行《かう》機《き》の周《しう》圍《ゐ》に集《しふ》中《ちう》し、操《さう》縱《じう》者《しや》の眼《め》を眩《くら》まして、偵《てい》察《さつ》や、襲《しふ》撃《げき》に對《たい》抗《かう》する。そして其《そ》の附《ふ》近《きん》の寺《じ》院《ゐん》の屋《をく》上《じやう》や、高《たか》い塔《たふ》の上《うへ》から、機《き》關《くわん》銃《じう》の猛《まう》射《しや》を浴《あび》せかけ、或《あるひ》は高《かう》射《しや》砲《はう》の備《そな》へのある處《ところ》では、高《かう》射《しや》砲《はう》で撃《う》ち落《おと》すのだ。又《また》飛《ひ》行《かう》機《き》のある處《ところ》では、直《たゞ》に翔《か》け上《あが》つて、之《これ》を射《い》落《おと》すのである。

飛《ひ》行《かう》船《せん》の襲《しふ》撃《げき》に際《さい》しても同《おな》じである。最《さい》初《しよ》はよく來《らい》襲《しふ》したが、其頃《そのころ》には高《かう》射《しや》砲《はう》の進《しん》歩《ぽ》に依《よ》つて、大抵《たいてい》打ち落《おと》されるので、あまり飛行船《ひかうせん》は襲撃《しふげき》して來《こ》なくなつた。こういふ防禦《ばうぎよ》は獨逸《ドイツ》國内《こくない》でも同《おな》じであつた。

飛行機《ひかうき》から投下《とうか》した爆彈《ばくだん》や、鐵箭《てつせん》は、敵軍《てきぐん》に多大《ただい》な損害《そんがい》を與《あた》ふるものである。

獨軍《どくぐん》の俘虜《ふりよ》の話《はなし》に依《よ》ると、佛軍《ふつぐん》の飛行機《ひかうき》が千五百米《メートル》の高所《かうしよ》より、獨軍《どくぐん》に向《むか》つて投下《とうか》したる鐵箭《てつせん》にて、彼《か》れの傍《かたは》らに居《を》つた騎馬《きば》の一兵卒《へいそつ》は、頭《あたま》から串刺《くしざし》に突《つ》き通《どほ》され、其《そ》の餘勢《よせい》は其《そ》の兵士《へいし》の乘馬《じようば》をも貫《つらぬ》いたといふ程《ほど》、恐《おそ》ろしい威力《ゐりよく》を發揮《はつき》してゐる。

飛行機《ひかうき》より投下《とうか》する鐵箭《てつせん》の速度《そくど》は、小銃彈《せうじうだん》と大差《たいさ》が無《な》いさうである。そして其《そ》の重量《ぢうりやう》は遙《はる》かに重《おも》いのだ。

又《また》、グラン、プレーといふ處《ところ》でも、獨軍《どくぐん》の一大尉《たいゐ》が、佛軍《ふつぐん》の飛行機《ひかうき》より投下《とうか》したる鐵箭《てつや》に殪《たほ》され、又同《またおな》じ飛行機《ひかうき》より投下《とうか》したる爆彈《ばくだん》に、二十七人《にん》の兵士《へいし》が負傷《ふしやう》したといふことである。(現在《げんざい》ではもつと進歩《しんぽ》して一爆彈《ばくだん》に多數《たすう》の人々《ひとびと》を殪《たほ》し得《う》るが、其頃《そのころ》としては大《おほ》きな威力《ゐりよく》であつた。)

塹壕《さんがう》の中《なか》から、空中《くうちう》を眺《なが》めてゐると、彼我《ひが》の飛行機《ひかへき》が殆《ほと》んど毎日《まいにち》のやうに、少《すくな》くとも十數臺《すうだい》、多《おほ》いときは數《すう》十臺《だい》、恰度《ちやうど》鳶《とび》のやうに大空《おほぞら》を飛翔《ひしやう》してゐる。

獨軍《どくぐん》の飛《ひ》行機《かうき》は盛《さか》んに來襲《らいしふ》する。そして其《そ》の灰色《はひいろ》をした兩翼《りやうよく》には、黒色《こくしよく》の鐵《てつ》十字《じ》のマークが異《い》彩《さい》を放《はな》つてゐた。その堂々《だう〳〵》たる姿《すがた》を頭上《づじやう》に仰《あふ》ぐとき、何《な》んとなく威壓《ゐあつ》されるやうに感《かん》ずる。而《しか》も敵《てき》の飛《ひ》行機《かうき》は大膽《だいたん》なる低空飛行《ていくうひかう》を行《や》る。

曇《くも》り日《び》の灰色《はひいろ》の空《そら》に、忽《たちま》ちパッと榴彈《りうだん》が白煙《はくえん》を散《ち》らして炸裂《さくれつ》する。恰度《ちやうど》兩國《りやうごく》の花火《はなび》を想《おも》はせる。白《しろ》い煙《けむり》が纔《わづか》に炸裂《さくれつ》するときは、敵《てき》の飛《ひ》行機《かうき》が來襲《らいしふ》したのである。其《そ》の時《とき》は危險《きけん》であるから要心《えうじん》する。我《わ》が軍《ぐん》の空中防禦《くうちうばうぎよ》の砲彈《はうだん》は白煙《はくえん》を散《ち》らして爆裂《ばくれつ》するのだ。

黒《くろ》い煙《けむり》を散《ち》らして、空高《そらたか》く榴彈《りうだん》が炸裂《さくれつ》してゐるときは、我《わ》が軍《ぐん》の飛《ひ》行機《かうき》が敵軍《てきぐん》の上空《じやうくう》に襲撃《しふげき》してゐるのである。獨軍《どくぐん》の砲彈《はうだん》は黒煙《こくえん》を散《ち》らして炸裂《さくれつ》するのである。黒煙《こくえん》が空《そら》に爆發《ばくはつ》するときは、私達《わたしたち》は安心《あんしん》して見《み》てゐられる。

西暦《せいれき》一千九百十七年《ねん》二月《ぐわつ》下旬《げじゆん》、この日《ひ》は天氣《てんき》晴朗《せいらう》で風《かぜ》もなく、大氣《たいき》は水《みづ》の如《ごと》く澄《す》んでゐた。恰《ちやう》ど午後《ごご》四時《じ》過《す》ぐる頃《ころ》、我《わ》が十六臺《だい》の飛《ひ》行機《かうき》は、打連《うちつ》れて上空《じやうくう》へ翔《か》け上《のぼ》つて行《い》つた。

獨軍《どくぐん》の戰線《せんせん》上空《じやうくう》に、敵《てき》の飛《ひ》行機《かうき》二十機《き》ばかりが飛翔《ひしやう》してゐるので、一擧《きよ》に之《これ》を搏擊《はくげき》せんと、驀《ばく》進《しん》して行《い》つた。

敵機《てきき》も其《そ》れと知《し》り、機首《きしゆ》を振《ふ》り向《む》け、今《いま》や彼我《ひが》の飛行機《ひかうき》は入《い》り亂《みだ》れて、空中戰《くうちうせん》を演《えん》じやうとしてゐる。と、五分《ふん》と經過《けいくわ》しない間《あひだ》に、二臺《だい》の我《わ》が飛行機《ひかうき》は、早《はや》くも敵《てき》の高射砲《かうしやはう》の爲《た》めに擊《う》ち落《おと》され、火焰《くわえん》をあげつつ、石《いし》のやうに墜落《つゐらく》して了《しま》つた。

此《こ》の日《ひ》、空《そら》は名殘《なごり》なく晴《は》れ渡《わた》り、白《しろ》い雲《くも》が一つフワリと浮《う》いてゐる。折《をり》から西《にし》の空《そら》に落《お》ちかゝつた夕陽《ゆふひ》は、燃《も》ゆるやうなオレンヂ色《いろ》に輝《かゞや》き、白雲《はくうん》は金色《こんじき》に彩《いろど》られてゐた。

空《そら》には彼我《ひが》三十餘臺《よだい》の飛行機《ひかうき》が、入《い》り亂《みだ》れて力鬪《りきとう》してゐる。各機《かくき》の機關銃《きくわんじう》からは火焰《くわえん》を噴《ふ》きつつ、一臺《だい》、二臺《だい》と擊《う》ち落《おと》されてゆく。壯烈《さうれつ》といふか、勇壯《ゆうさう》といふか、塹壕《ざんがう》の中《なか》から空《そら》を見上《みあ》げてゐる我々《われ〱》は、手《て》に汗《あせ》を握《にぎ》り、緊張《きんちやう》して見《み》てゐた。

地上《ちじやう》からは殷々《ゐん〱》として高射砲《かうしやはう》を射《う》ち出《だ》したが、彼我《ひが》の飛行機《ひかうき》が入《い》り亂《みだ》れて戰《たゝか》ふときは、之《これ》を射《う》つことが出來《でき》ない。一機《き》打ちの勝負《しようぶ》だ。

兩軍《りやうぐん》の飛行機《ひかうき》が死線外《しせんぐわい》に飛《と》び出《だ》すと、兩軍《りやうぐん》の高射砲《かうしやはう》は之《これ》を擊《う》ち上《あ》げてゐる。空中《くうちう》高《たか》く榴彈《りうだん》が綿《わた》のやうに白《しろ》い煙《けむり》を散《ち》らして炸裂《さくれつ》し、其《そ》の間《あひだ》に黑《くろ》い煙《けむり》が散《ち》り、黑白相錯綜《こくびやくあひさくそう》して、碧空《へきくう》に炸裂《さくれつ》するのは、花火《はなび》のやうで面白《おもしろ》い。

高空《かうくう》には風《かぜ》があると見《み》え、其《そ》の煙《けむり》が風《かぜ》に棚引《たなび》くに連《つ》れ、夕陽《ゆふひ》はその上《うへ》に輝《かゞや》いて、美《うつく》しい色彩《しきさい》の變化《へんくわ》を現《あら》はし、飛行機《ひかうき》がヒラリ〳〵と飛《と》び交《か》ふとき、或《あるひ》は横轉《わうてん》し、逆轉《ぎやくてん》し、宙返《ちうがへ》るとき、翼《よく》に夕陽《ゆふひ》を受《う》けて、燃《も》ゆるかと思《おも》はせるばかりの、眞赤《まつか》な光線《くわうせん》の反射《はんしや》を投《な》げる。

そのうちに二機《き》三機《き》と、敵味方《てきみかた》の飛行機《ひかうき》が打落《うちおと》される。木《こ》の葉《は》の如《ごと》く落下《らくか》するもの、或《あるひ》は火《ひ》を吐《は》いて石《いし》の如《ごと》く落下《らくか》するもの、或《あるひ》は菜《な》の花《はな》を追《お》はれた孤蝶《こてふ》のやうに、ヒラ〳〵と舞《ま》ひ落《お》ちるのもある。軈《やが》て陽《ひ》も地平線《ちへいせん》に沈《しづ》み、地上《ちじやう》には追々《おひ〳〵》夕闇《ゆふやみ》が迫《せま》つて來《く》ると、兩軍《りやうぐん》の空中戰《くうちうせん》も一と先《ま》づ中止《ちうし》となる。

兩軍《りやうぐん》の飛行機《ひかうき》は互《たがひ》に味方《みかた》の陣地《ぢんち》に歸《かへ》つて行《ゆ》く。而《しか》も互《たがひ》に幾臺《いくだい》かの僚機《れうき》を失《うしな》つて。

其《そ》の飛行機《ひかうき》と入《い》れ違《ちが》ひに、夜間偵察《やかんていさつ》の飛行機《ひかうき》は、何時《いつ》でも飛《と》び出《だ》せるやうに、準備《じゆんび》して時機《じき》の到《いた》るを待《ま》つてゐる。斯《か》くして彼我《ひが》の飛行隊《ひかうたい》は、晝夜間斷《ちうやかんだん》なく活躍《くわつやく》してゐるのである。

其《そ》の頃《ころ》の歐洲《おうしう》の天候《てんこう》は、雨《あめ》がちの日《ひ》が多《おほ》かつた。それは晝夜間斷《ちうやかんだん》なく射《う》ち續《つゞ》ける砲聲《はうせい》の爲《た》めに、天候《てんこう》に影響《えいきやう》したものだと謂《い》はれてゐるが、霧《きり》が深《ふか》く、戰場《せんぢやう》を立罩《たてこ》むる時《とき》とか、小雨《こさめ》そぼ降《ふ》る日《ひ》などは、敵《てき》のフオツカー式飛行機《しきひかうき》は、我《わ》が陣地《ぢんち》の上空《じやうくう》に飛來《ひらい》し、大膽《だいたん》な低空飛行《ていくうひかう》に依《よ》り、我々《われ〳〵》を襲擊《しふげき》する。そして空《そら》から機關銃《きくわんじう》の雨《あめ》を浴《あ》びせる。之《こ》れには一番閉口《ばんへいこう》した。

或《あ》る日《ひ》、灰色《はひいろ》の雲《くも》は次第《しだい》に低《ひく》く、今《いま》にも雨《あめ》が降《ふ》り出《だ》しさうな空模樣《そらもやう》であつた。折《をり》から敵《てき》の飛行機《ひかうき》は恰度《ちやうど》我々《われ〳〵》が守《まも》つてゐる塹壕《ざんがう》の上《うへ》に飛來《ひらい》した。スルト傍《そば》にゐた一人《ひとり》の英兵《えいへい》は、何《な》に思《おも》つたか、其處《そこ》に立掛《たてか》けてあつた小銃《せうじう》を取《と》り上《あ》げ、其《そ》の飛行機《ひかうき》に向《むか》つて、チツト狙《ねら》ひを定《さだ》めて居《を》つたが、軈《やが》て一發《はつ》ズドンと打放《ぶつぱな》すと、狙《ねら》ひは違《たが》はず、美事《みごと》に其《そ》の飛行機《ひかうき》を擊《う》ち落《おと》して了《しま》つた。彈丸《たま》は操縱者《さうじうしや》を打貫《うちぬ》いてゐたさうである。

偶然《ぐうぜん》に命中《めいちう》したのだ。こんなことは殆《ほと》んど稀《まれ》である。私達《わたしたち》は其《そ》の飛行機《ひかうき》がヒラ〳〵と木《こ》の葉《は》の如《ごと》く舞《ま》ひ落《お》ちるのを見《み》て、昔《むかし》、屋島《やじま》の海岸《かいがん》に、那須《なす》の與《よ》一が、扇《あふぎ》の的《まと》を只《た》だ一矢《ひとや》に射《い》たのを想《おも》ひ出《だ》して、思《おも》はず歡聲《くわんせい》を擧《あ》げて痛快《つうくわい》を叫《さけ》んだのだつた。

小銃《せうじう》で敵機《てきき》を擊《う》ち落《おと》した英兵《えいへい》は、早速《さつそく》本部《ほんぶ》から感狀《かんじやう》を授《さづ》けられた。そして彼《か》れの胸間《きやうかん》には、やがて名譽《めいよ》あるヴヰクトリアクロツス勳章《くんしやう》が（我《わ》が金鵄勳章《きんしくんしやう》と同《おな》じきもの）輝《かゞや》くのである。彼《か》れは其《そ》の感状《かんじやう》を握《にぎ》つて、狂氣《きやうき》しつつ戰友達《せんいうたち》に見《み》せびらかしてゐた。實際《じつさい》小銃《せうじう》にて飛行機《ひかうき》を撃《う》ち落《おと》すといふことは六ケ敷《し》いものだ。私達《わたしたち》も時々《とき〴〵》敵機《てきき》を狙《ねら》つて發砲《はつぱう》するが、なか〳〵命中《めいちう》するものでない。

或《あ》る朝《あさ》、英軍《えいぐん》の飛行將校《ひかうしやうかう》の中《なか》に、其《そ》の人《ひと》ありと謂《い》はれてゐる、英軍《えいぐん》切《き》つての猛者《もさ》ボール大尉《たいゐ》は獨軍《どくぐん》の俘虜《ふりよ》から斯《こ》ういふことを聞《き》き出《だ》した。

『大尉殿《たいゐどの》。獨軍《どくぐん》に其《そ》の人《ひと》ありと稱《しよう》せらるる、我軍《わがぐん》切《き》つての鬪士《とうし》で、獨軍《どくぐん》の鷹《フアルコン》と呼《よ》ばれる。インメルマン大尉《たいゐ》が、この向側《むかふがは》の戰線《せんせん》に來《き》てゐますよ。』

と、ボール大尉《たいゐ》は、

『さうか！　奴《やつこ》さんに出逢《であ》ふのを待《ま》つてゐたのだ。』

と言《い》ふが早《はや》いか、早速《さつそく》インメルマンに對《たい》する決鬪狀《けつとうじやう》を認《したゝ》め、之《これ》をポケツトに收《をさ》め、直《たゞ》ちに飛行機《ひかうき》を引出《ひきだ》して、之《これ》に白旗《はくき》を掲《かゝ》げ、獨軍《どくぐん》の陣地《ぢんち》の上空《じやうくう》に到《いた》り、その決鬪狀《けつとうじやう》を投下《とうか》して來《き》た。其《そ》の決鬪《けつとう》狀《じやう》には、

『インメルマン大尉殿《たいゐどの》！

　本日午後二時《ほんじつごごじ》を期《き》して、貴官《きくわん》と一機打《きう》ちの勝負《しようぶ》を決《けつ》したいと思《おも》ひます。場所《ばしよ》は貴軍陣地《きぐんぢんち》の上空《じやうくう》。決闘中《けつとうちう》は貴軍《きぐん》の發砲《はつぱう》を遠慮《ゑんりよ》するやうに願《ねが》ひます。勿論我軍《もちろんわがぐん》の發砲《はつぱう》は中止《ちうし》させます。ボール大尉《たいゐ》。」

と書《か》いてあつた。

軈《やが》て一時間《じかん》も過《す》ぎた頃《ころ》、獨軍《どくぐん》の飛行機《ひかうき》が只《たゞ》一機《き》、白旗《はくき》を掲《かゝ》げて我軍《わがぐん》の陣地《ぢんち》の上空《じやうくう》に飛翔《ひしやう》して來《き》た。機上《きじやう》より返書《へんしよ》を投下《とうか》して歸《かへ》つて行《い》つた。其《そ》の返書《へんしよ》には、

『ボール大尉殿《たいゐどの》！

私《わたし》は、貴官《きくわん》の決闘《けつとう》の申込《まをしこ》みを承諾《しようだく》します。我軍《わがぐん》の發砲《はつぱう》は中止《ちうし》させます。午後《ごご》二時《じ》に必《かなら》ずお待《ま》ちします。　インメルマン大尉《たいゐ》』

と書《か》かいてあつた。

獨軍《どくぐん》のインメルマン大尉《たいゐ》は、今迄《いままで》に敵機《てきき》五十一臺《だい》を撃《う》ち落《おと》した勇士《ゆうし》で、獨軍《どくぐん》の飛行將校中唯一《ひかうしやうかうちうゆゐ》一の闘士《とうし》である。武勲赫々《ぶくんかくかく》として其《そ》の右《みぎ》に出《い》づる者《もの》なく、人之《ひとこれ》を呼《よ》んで獨軍《どくぐん》の鷹《たか》と稱《しよう》して、聯合軍《れんがふぐん》

の飛行《ひかう》将校《しやうかう》達《たち》は極度《きよくど》に彼《か》れを恐《おそ》れたものだ。

英軍《えいぐん》のボール大尉《たいゐ》は、今迄《いままで》に敵機《てきき》四十九臺《だい》を打落《うちおと》した勇士《ゆうし》で、之《これ》も英軍切《えいぐんき》つての猛者《もさ》である。

彼《か》れの勇名《ゆうめい》は獨軍《どくぐん》の間《あひだ》に鳴《な》り響《ひゞ》いてゐた。

今《いま》や世《せ》界的《かいてき》レコード、ホールダーが、午後《ごご》二時《じ》を期《き》して一機《き》打《うち》の勝負《しようぶ》を決《けつ》しやうといふのである。兩軍《りやうぐん》の兵士《へいし》達《たち》は、相傳《あひつた》へて忽《たちま》ち興味《きようみ》の中心《ちうしん》となつた。私達《わたしたち》は塹壕《ざんがう》の中《なか》から空《そら》を仰《あふ》いで、午後《ごご》二時《じ》の來《く》るのを、今《いま》やおそしと待《ま》ち望《のぞ》んでゐた。

恰《ちやう》ど午後《ごご》二時《じ》三分前《ぷんまへ》だ。兩軍《りやうぐん》の砲聲《はうせい》はハタと止《や》むだ。

腕時計《うでどけい》の針《はり》が午後《ごご》二時《じ》を指《さ》すとき、ボール大尉《たいゐ》の飛行機《ひかうき》は、場《ぢやう》の中央《ちうあう》に引出《ひきだ》され、準備《じゆんび》全《まつた》く成《な》りて、恰《ちやう》ど鳩《はと》の兩翼《りやうよく》を擴《ひろ》げ、首《くび》を少《すこ》し仰向《あふむ》けた形《かたち》で、主人公《しゆじんこう》の乘《の》るのを待《ま》つてゐる。

ボール大尉《たいゐ》は、黑味《くろみ》が勝《が》つた革《かは》の飛行服《ひかうふく》に、顏《かほ》の輪廓《りんくわく》を蔽《おほ》はれた飛行帽《ひかうぼう》の額《ひたへ》に、風除《かぜよ》けの眼鏡《めがね》を仰《あふ》がせ、油《あぶら》じみた飛行姿《ひかうすがた》は、ラプランド邊《へん》の遊牧《いうぼく》の民《たみ》を思《おも》はせるやうな扮裝《いでたち》だ。

驟《やが》て彼《か》れは飛行隊長《ひかうたいちやう》の前《まへ》に出《で》て、直立不動《ちよくりつふどう》最後《さいご》の敬禮《けいれい》をなして訣別《けつべつ》を告《つ》げる。隊長《たいちやう》は嚴然《げんぜん》たる面持《おももち》で、之《これ》も無言《むごん》の別《わか》れを告《つ》げるべく擧手《きよしゆ》の禮《れい》を交《かは》す。更《さら》にボール大尉《たいゐ》は戰友《せんいう》達《たち》と固《かた》き握手《あくしゆ》を交《かは》

し、ヒラリと機上《きじやう》の人《ひと》となる。人々《ひと〴〵》の口《くち》からは期《き》せずして、

『フレー！　フレー！　ボール大尉《たいゐ》！』

と、決死《けつし》の首途《かどで》を聲援《せいゑん》する。大尉《たいゐ》は、

『アツデイユー、オール。』（永遠《えいゑん》に左様《さやう》なら！諸君《しよくん》！）

と叫《さけ》んで、推進器《すゐしんき》の螺子《らし》に、先《ま》づ回轉力《くわいてんりよく》を加《くは》へる。プロペラは凄《すさま》じい勢《いきほ》ひで旋回《せんくわい》し初《はじ》めた。大尉《たいゐ》は機上《きじやう》に在《あ》りて操縦機《さうじうき》を握《にぎ》り、莞爾《につこり》として再《ふたゝ》び擧手《きよしゆ》の禮《れい》を以《もつ》て一同《いちどう》に別《わか》れを告《つ》げる。ゴム輪《わ》は直《たゞ》ちに離陸《りりく》する。見送《みおく》る兵士達《へいしたち》は盛《さか》んに聲援《せいゑん》を送《おく》つてゐる。

飛行機《ひかうき》は大空《おほぞら》を翔《か》ける大鳳《たいほう》の如《ごと》く、青《あを》い空《そら》を一直線《ちよくせん》に獨軍陣地《どくぐんぢんち》の上空《じやうくう》に飛翔《ひしやう》してゆく。獨《どく》のインメルマン大尉《たいゐ》の飛行機《ひかうき》も、時《とき》を同《おな》ふして、兩軍《りやうぐん》の陣地《ぢんち》の間《あひだ》に當《あた》る『人無き荒野《ノーマンスランド》』の上《じやう》空《くう》に現《あらは》れた。其《そ》の尾翼《びよく》は赤《あか》く彩色《さいしき》されてゐる。灰色《はひいろ》の左右《さいう》の翼《よく》には、黑《くろ》い鐵十字《てつじ》のマークが、物《もの》凄《すご》く我々《われ〳〵》を威壓《ゐあつ》してゐる。

ボール大尉《たいゐ》の機翼《きよく》には、聯合軍《れんがふぐん》のマークとなつてゐる。佛國《ふつこく》の國旗《こくき》を圓形《ゑんけい》にしたもの（赤白靑《あかしろあを》の三筋《みすぢ》、即《すなは》ち三筋《みすぢ》の蛇《へび》の目《め》だ）があり其《そ》の胴體《どうたい》には、黑《くろ》く一直線《ちよくせん》が引《ひ》いてある。

インメルマン大尉《たいゐ》の愛機《あいき》に輝《かゞや》く赤《あか》い色《いろ》は、やがて彼《か》れが打落《うちおと》されて流《なが》す血汐《ちしほ》の色《いろ》か？

ボール大尉《たいゐ》の愛機《あいき》に引《ひ》ける、横《よこ》一文字《もんじ》の直線《ちよくせん》は、軈《やが》て打落《うちおと》されて、地上《ちじやう》に横《よこた》はる暗示《あんじ》？

二機《き》が入《い》り亂《みだ》れて奮闘《ふんとう》する様《さま》は、壯觀《さうくわん》であつた。鳶《とび》の喧嘩《けんくわ》を見《み》てゐるやうだ。横《よこ》に飜《ひるが》へり、宙《ちう》に轉《てん》じ、胡蝶《こてふ》の風《かぜ》に惱《なや》むが如《ごと》く、飛燕《ひえん》の如《ごと》く、揚《あが》るかと見《み》れば、忽《たちま》ち下《さが》り、機首《きしゆ》より噴《ふ》く機關銃《きくわんじう》の火《ひ》は、物凄《ものすご》い程《ほど》だ。奮闘力戰《ふんとうりよくせん》の光景《くわうけい》は、血湧《ちわ》き、肉躍《にくおど》る痛快無比《つうくわいむひ》の決闘《けつとう》だ。

前古未曾有《ぜんこみそう》の空中《くうちう》の一機《き》打《うち》の勝負《しようぶ》は、最高潮《さいかうてう》に達《たつ》した。私達《わたしたち》は手《て》に汗《あせ》を握《にぎ》り、片唾《かたつ》をのむで見上《みあ》げてゐる。その壯觀《さうくわん》は、今《いま》もなほ躍如《やくじよ》として眼前《がんぜん》に浮《うか》んで來《く》る。

スルト突如《とつじよ》としてインメルマン大尉《たいゐ》の飛行機《ひかうき》は少《すこ》し傾《かたむ》きかけた、と、見《み》る間《ま》に火焰《くわえん》を發《はつ》して、石《いし》の如《ごと》く落下《らくか》し出《だ》した。

我《わ》が軍《ぐん》の歡呼《くわんこ》の聲《こゑ》は、天地《てんち》も搖《ゆる》がすばかりに起《おこ》つた。

ボール大尉《たいゐ》は續《つゞ》いて數《すう》百 呎《フイート》降下《かうか》してゐたが、忽《たちま》ち味方《みかた》の陣地《ぢんち》に引返《ひきかへ》し、一個《こ》の花輪《はなわ》を携《たづさ》へて、敵《てき》の陣地《ぢんち》の上《うへ》に飛翔《ひしやう》し、恰《あたか》どインメルマン大尉《たいゐ》の墜落《ついらく》した地點《ちてん》に、其《そ》の花輪《はなわ》を落《おと》して、其《そ》の靈《れい》を弔《とむら》つた。

英軍《えいぐん》の勇士《ゆうし》ボール大尉《たいゐ》も、それから四日目《かめ》の空中戰《くうちうせん》には、名《な》もなき獨軍《どくぐん》の飛行機《ひかうき》に、惜《を》しくも撃《う》ち落《おと》されて了《しま》つた。

噫《あゝ》々、勇敢《ゆうかん》なりし二人《ふたり》の靈魂《れいこん》は、今果《いまはた》して何處《いづこ》の空《そこ》を飛翔《ひしやう》してゐるであらうか。

塹壕《トレンチ》生活《ライフ》

塹壕

＝ダツグアウト（掩蔽部）＝兵の配置＝

塹壕《ざんがう》は、深《ふか》さ約《やく》六尺《しやく》、幅《はゞ》も稍《やゝ》これと同《おな》じである。前面《ぜんめん》には土嚢《どなう》を積《つ》み重《かさ》ね、砲彈爆發《はうだんばくはつ》の威力《ゐりよく》を削《そ》ぎ、同時《どうじ》に壕壁《がうへき》の崩壞《ほうくわい》を防《ふせ》ぐのである。土嚢《どなう》を積《つ》み重《かさ》ねた第《だい》一線《せん》の、散兵壕《さんぺいがう》の堤防《ていばう》を、パラペツト（胸牆《きやうしやう》）と稱《しよう》する。

塹壕《ざんがう》は普通《ふつう》第《だい》一線《せん》、第《だい》二線《せん》、第《だい》三線《せん》とあつて、この三つの線《せん》は、交通壕《かうつうがう》に依《よ》つて聯絡《れんらく》するやうになつてゐる。

援隊用塹壕《サツポートトレンチ》や、擲彈用塹壕《ボンビングトレンチ》等《とう》の所々《しよ〳〵》に、掩蔽部《ダツグアウト》が設《まう》けられてゐる。其《そ》の中《なか》には五十人《にん》から、百人位《にんくゐ》の兵《へい》を收容《しうよう》することが出來《でき》るのだ。併《しか》し多數《たすう》を容《い》れて、同時《どうじ》に多《おほ》く損害《そんがい》を受《う》けてはいけないから小數《せうすう》の收容所《しうようしよ》を數多《かずおほ》く作《つく》ることになつてゐる。そして司令部《しれいぶ》を置《お》き、塹壕守備《ざんがうしゆび》兵《へい》の交代《かうたい》する休憩室《きうけいしつ》及《およ》び寢室《しんしつ》に當《あ》てられてゐる。

砲彈《はうだん》が其《そ》の上《うへ》に爆裂《ばくれつ》しても大丈夫《だいぢやうぶ》に造《つく》られてゐる。側壁《そくへき》はコンクリートや、ペトンで硬《かた》められてゐる所《ところ》もある。掩蔽部《ダツグアウト》の中《なか》には、聯隊長《れんたいちやう》も、大《だい》、中隊長《ちうたいちやう》も、兵卒《へいそつ》も一緒《しよ》に住《す》んで居《ゐ》る。

塹壕《ざんがう》は、すべて電光型《でんくわうがた》に掘《ほ》られてある。その理由《りいう》は、若《も》し敵《てき》の砲彈《はうだん》が落下《らくか》しても、其《そ》の損害《そんがい》を少《すくな》くし、又敵軍《またてきぐん》の射擊《しやげき》に際《さい》して、大《だい》なる損害《そんがい》を受《う》けないためである。

敵《てき》の塹壕《ざんがう》と相對《あひたい》して、甚《はなは》だ近接《きんせつ》して我第《わがだい》一線《せん》が掘《ほ》られてある。

我々《われ〳〵》の聯隊《れんたい》の守備《しゆび》してゐた、キングス、クロツス線《せん》の塹壕《ざんがう》は、敵《てき》の塹壕《ざんがう》に最《もつと》も遠《とほ》い距離《きより》が、約《やく》百五十碼《ヤード》で（一碼《ヤード》は約《やく》三尺《じやく》）最《もつと》も近《ちか》い距離《きより》は五十碼《ヤード》であつた。

故《ゆゑ》に少《すこ》し高《たか》い咳嗽《せき》でもすると、すぐ敵兵《てきへい》に聞《きこ》えるのだ。

塹壕《ざんがう》の前面《ぜんめん》には、敵《てき》も味方《みかた》も鐵條網《てつでうまう》を張《は》り廻《めぐ》らし、其《そ》れに強烈《きやうれつ》な電流《でんりう》を通《つう》じておく。其《そ》の鐵條《てつでう》網《まう》は、日露《にちろ》戰爭《せんさう》當時《たうじ》などのものと異《こと》つて、十重《へ》二十重《へ》どころか、百重《へ》、二百重《へ》と張《は》り廻《まは》らしてあるので、如何《いか》に工兵《こうへい》が破壞《はくわい》に努力《どりよく》しても、とても人力《じんりよく》では之《これ》を破壞《はくわい》することは不可能《ふかのう》である。之《これ》を破壞《はくわい》するには、砲彈又《はうだんまた》は爆藥《ばくやく》の力に俟《ま》たねばならぬ。此堅固《このけんご》に張《は》り廻《まは》らした鐵條網《てつでうまう》には、多《おほ》くの機關銃隊《きくわんじうたい》や狙擊銃隊《そげきじうたい》が、眼《め》を光《ひか》らして、嚴重《げんぢう》に監守《かんしゆ》してゐる。

斯《か》ういふやうに守備《しゆび》嚴重《げんぢう》な塹壕《さんがう》に、我《わ》が軍《ぐん》は獨軍《どくぐん》と對峙《たいじ》してゐるのであるから、全線《ぜんせん》に亘《わた》つては、日毎《ひごと》に幾萬《いくまん》といふ死傷者《ししやうしや》を出《だ》す、故《ゆゑ》に一局部《きよくぶ》位《くらゐ》の占領《せんりやう》では、間《ま》もなく全滅《ぜんめつ》の悲運《ひうん》にあつて了《しま》ふ。

だから異常《いじやう》なる努力《どりよく》と多數《たすう》の犠牲《ぎせい》を覺悟《かくご》しなければ、敵軍《てきぐん》を潰滅《くわいめつ》し、敵《てき》の戰線《せんせん》を突破《とつぱ》するわけにはゆかぬ。

日本《につぽん》の人々《ひとびと》は、英軍《えいぐん》の塹壕生活《さんがうせいくわつ》を非常《ひじやう》に贅澤《ぜいたく》で、塹壕内《さんがうない》で上等《じやうとう》な料理《れうり》や、煙草《たばこ》を喫《の》んで、ダンスをやり、呑氣《のんき》に構《かま》へ込《こ》んでゐるやうに思《おも》つてゐたらしいが、それは當《あた》らない。占領《せんりやう》した敵《てき》の掩蔽部《ダッグアウト》と、味方《みかた》の掩蔽部《ダッグアウト》とを比較《ひかく》すると、贅澤《ぜいたく》さに於《おい》ても、堅固《けんご》さに於《おい》ても非常《ひじやう》に違《ちが》つてゐた。

一例《れい》を擧《あ》げて見《み》ると、ヴヰミリツヂ線《せん》に於《お》ける、敵軍《てきぐん》司令部《しれいぶ》の置《お》かれてあつた掩蔽部《ダッグアウト》内《ない》の設備《せつび》は、實《じつ》に美事《みごと》なものであつた。側壁《そくへき》はコンクリートで硬《かた》められ、机《つくゑ》には、机掛《つくゑか》けの美《うつく》しいものがあり、其《そ》の上《うへ》にはヴヰナスの石膏像《せきかうざう》さへ置《お》かれてあつた。電氣燈《でんきとう》は輝《かゞや》き、金屬製《きんぞくせい》の疊《たゝ》み込《こ》みのベツトがあるなど、萬事《ばんじ》贅澤《ぜいたく》の限《かぎ》りを盡《つく》してある。

これに比《くら》べると我軍《わがぐん》の掩蔽部《ダッグアウト》は、實《じつ》に殺風景《さつぷうけい》極《きは》まるものである。司令部《しれいぶ》でさへも、只《たゞ》一個《こ》の粗《そ》末《まつ》な机《つくゑ》が泥《どろ》の上《うへ》に置《お》かれ、其《そ》の上《うへ》に蠟燭《らふそく》が灯《とも》つてゐるのみだ。將校《しやうかう》も兵卒《へいそつ》も同《おな》じ生活《せいくわつ》だ、たゞ將《しやう》校《かう》のベツトは金網《かなあみ》の上《うへ》に毛布《まうふ》が敷《し》いてある位《くらゐ》の相違《さうゐ》なのだ。

私達《わたしたち》は不眠不休《ふみんふきう》の戰鬪《せんとう》を、一週間《しうかん》位續《くらゐつゞ》けることもある。長期《ちやうき》に亘《わた》る塹壕生活《さんがうせいくわつ》は、虱《しらみ》と戰《たゝか》ひ、泥《でい》濘《ねい》と戰《たゝか》ひ、塹壕鼠《さんがうねずみ》と戰《たゝか》ひ、風雨《ふうう》と戰《たゝか》ひ、寒暑《かんしよ》と戰《たゝか》ひ、飢渴《きかつ》と戰《たゝか》ひ、病氣《びやうき》と戰《たゝか》ひ・なほ其上《そのうへ》に猛勇《まうゆう》比類《ひるゐ》なき獨軍《どくぐん》と鬪《たゝか》ふのだ。我々《われ〳〵》は決《けつ》して噂《うはさ》の如《ごと》き呑氣《のんき》な、悠長《いうちやう》な戰爭《せんさう》などしたのではない。

如何《いか》に勇猛《ゆうまう》なる軍隊《ぐんたい》の突擊《とつげき》でも、現代《げんだい》の進步《しんぽ》したる科學的設備《くわがくてきせつび》の前《まへ》には、たゞ犬死《いぬじに》するの外《ほか》はない。

英軍《えいぐん》を批判《ひはん》して堅忍不拔《けんにんふばつ》と稱《しよう》するのは、蓋《けだ》し適評《てきひやう》であらう。英國民《えいこくみん》は不思議《ふしぎ》なる國民《こくみん》である。

他《か》の軍隊《ぐんたい》が、疲弊《ひへい》し、倦怠《けんたい》する頃《ころ》に漸《やうや》く其《そ》の實力《じつりよく》を現《あら》はして來《く》るのだ。

掩蔽部《ダッグアウト》は、塹壕《さんがう》より一丈位深《じやうくらゐぶか》く地中《ちちう》に掘《ほ》り下《さ》げられ、四圍《ゐ》は材木《ざいもく》で圍《かこ》つてある。英軍《えいぐん》の掩壕《えんがう》は假《かり》のものであつたから、コンクリートやペトンにて硬《かた》めてゐるものは無《な》なつた。

その入口《いりぐち》は、二ケ所《しよ》に設《まう》けられてある。敵《てき》の砲彈《はうだん》の爲《た》めに一ケ所崩壞《しよほうくわい》されても、他《た》の一方《ぱう》の入口《いりぐち》より出入《でいり》出來《でき》るやうにしてある。

入口《いりぐち》には毛布《もうふ》が二枚懸《まいか》つてゐて、常《つね》には芝居《しばゐ》の幕《まく》のやうに、グル〳〵と上《うへ》に捲《ま》き上《あ》げてある。

塹壕内《さんがうない》の歩哨《ほせう》は、毒瓦斯《ポイソンギヤス》に襲《おそ》はれたとき、入口《いりぐち》に向《むか》つて、

『ギヤス！』(瓦斯《がす》)

と叫《さけ》ぶ。すると入口《いりぐち》の瓦斯歩哨兵《ギヤスガイド》は掩蔽部《ダッグアウト》に向《むか》つて、

『ギヤス！』(瓦斯《がす》)

と叫《さけ》ぶ。其《そ》の聲《こゑ》を聞《き》くと同時《どうじ》に、銃劍《じうけん》で其《そ》の毛布《もうふ》の綱《つな》をハネ切《き》ると、毛布《もうふ》は直《す》ぐに入口《いりぐち》を掩《おほ》ふやうになつてゐるのである。

掩壕《えんがう》の中《なか》は、冬《ふゆ》でも暖《あたゝ》かだ。殆《ほと》んど火氣《くわき》を要《えう》しない。夏《なつ》は之《これ》と反對《はんたい》に非常《ひじやう》に涼《すゞ》しい。

塹壕守備兵《さんがうしゆびへい》が、更代《かうたい》して此《こ》の掩蔽部内《ダッグアウトない》に眠《ねむ》る時《とき》が、一番《ばん》樂《たの》しい時《とき》である。一晝夜不眠不休《ちうやふみんふきう》の塹《さん》壕戰《がうせん》に、綿《わた》の如《ごと》く疲勞《ひらう》した身體《からだ》を、金網《かなあみ》のペットの上《うへ》に横《よこ》へて、背嚢枕《はいなうまくら》に眠《ねむ》るのだ。地上《ちじやう》の轟々《ぐう〱》たる砲彈《はうだん》の奏樂《そうがく》を、幼兒《みどりご》の時《とき》の母《はゝ》の子守唄《こもりうた》に聞《き》きつゝ、私達《わたしたち》は樂《たの》しい夢路《ゆめぢ》を辿《たど》るのである。

塹壕内《さんがうない》は、雨《あめ》でも降《ふ》ると、所《ところ》によつては泥《どろ》の壕《ほり》と化《くわ》するのだが、大抵《たいてい》は雨水《うすゐ》を豫防《よばう》するので、さほどでもない。只《たゞ》ジメ〴〵とするばかりだ。時《とき》には後方《こうはう》から送《おく》られるコークスが行《ゆ》き渡《わた》ることがある。其《そ》の時《とき》は火《ひ》を焚《た》くこともある。

戰鬪線《せんとうせん》や火線《くわせん》に守備兵《しゆびへい》のあるのは云《い》ふまでもない。塹壕《さんがう》や、交通壕《かうつうがう》の角々《コーナー》には、歩哨《ほせう》一人《り》、副《ふく》歩哨《ほせう》二人《にん》が配置《はいち》される。又《また》掩蔽部《ダッグアウト》の入口《いりぐち》に立《た》つ歩哨《ほせう》はギヤス、ガイドと稱《しよう》し、毒瓦斯《どくがす》の襲撃《しふげき》に備《そな》へる。此《こ》の瓦斯歩哨《ギャスガイド》は、非常《ひじやう》に苦心《くしん》の多《おほ》いもので、常《つね》に眼《め》と、耳《みゝ》と、鼻《はな》とを働《はたら》かし、毒瓦斯《どくがす》を臭《しう》覺《かく》に依《よ》つて覺《さと》らなければならない。冬《ふゆ》の寒《さむ》い夜《よる》など、鼻風邪《はなかぜ》でもひいてゐるときは、實《じつ》に心配《しんぱい》だ。自分《じぶん》の不注意《ふちうい》により掩蔽部内《ダッグアウトない》に安《やす》らかに眠《ねむ》つてゐる戰友達《せんいうたち》の生命《せいめい》を失《うしな》ふやうな、大事《だいじ》を惹《ひ》き起《おこ》しては大變《たいへん》である。歩哨《ほせう》に立《た》つものゝ苦心《くしん》は、一と通《とほ》りではない。

兵《へい》の配置《はいち》に就《つ》いては、是《こ》れ以上《いじやう》に説明《せつめい》することを控《ひか》へやう。

機關銃の威力

＝トレンチ、モーター＝ライフルグリネード＝ハンド、ボンム＝フレーヤー（照明彈）＝

現今用《げんこんもち》ひられてゐる武器《ぶき》のうちでは、機關銃《きくわんじう》に及《およ》ぶものはない。毒瓦斯《どくがす》、十五吋砲《インチはう》、迫撃砲《トレンチモーター》など、恐《おそ》るべき武器《ぶき》はあるが、密集部隊《みつしふぶたい》に對《たい》して、短時間《たんじかん》に大《だい》なる損害《そんがい》を與《あた》ふるものは、機關銃《きくわんじう》に勝《まさ》るものはない。一ケ師團《しだん》や、一軍團《ぐんだん》の兵《へい》は、數分間《すうふんかん》に全滅《ぜんめつ》せしめることが出來《でき》る。

英軍《えいぐん》の機關銃《きくわんじう》には、二種類《しゆるゐ》ある。一つは普通《ふつう》のミシンガンであるが、一つはルーイス式機關銃《しききくわんじう》と稱《しよう》し、ベルトの樣式《やうしき》でなく、蓄音機《ちくおんき》のレコードに彈丸《だんぐわん》を圓《まる》く並《なら》べたと同《おな》じ樣式《やうしき》で、一廻轉《くわいてん》すると別《べつ》なものと更《か》へるのだ。

普通《ふつう》ミシンガン（機關銃《きくわんじう》）は、一分間《ぷんかん》に七百發《はつ》から、八百發《はつ》を發射《はつしや》することが出來《でき》るのであるが、之《こ》れ以上發射《いじやうはつしや》しても無駄《むだ》で、一分間《ぷんかん》に、七、八百發《はつ》が最《もつと》も有効限度《いうかうげんど》とされてゐる。

此《こ》の機關銃《きくわんじう》の彈丸《だんぐわん》は、サイズ（大《おほ》きさ）が歩兵《ほへい》の携帶《けいたい》する少銃彈《せうじうだん》と同《おな》じであつて、兩方《りやうはう》に用《もち》ふることが出來《でき》る。

又《また》ルーイス式機關銃《しききくわんじう》の特長《とくちやう》は、極《きは》めて輕《かる》く、一人《り》で取扱《とりあつか》ふことが出來《でき》る。普通《ふつう》のミシンガンは、七貫目《くわんめ》もあるのだが、取扱《とりあつか》ひには甚《はなは》だ不便《ふべん》である。然《しか》るに此《こ》のルーイス式《しき》は、圓盤形《ゑんばんがた》の銃丸盤《じうぐわんばん》を上《うへ》からスツポリと嵌《は》めて、バン／＼と射《う》ち、一廻轉《くわいてん》すると又次《またつ》ぎの盤《ばん》を嵌《は》めて射《う》つといふ工合《ぐあひ》になつてゐる。

故《ゆゑ》に普通《ふつう》のミシンガンのフヰルム式《しき》のやうに、途中《とちう》で切斷《せつだん》する心配《しんぱい》はない。そして此《こ》の二種類《しゆるゐ》の機關銃《きくわんじう》には、各々《おの／＼》一得《とく》一失《しつ》がある。

ミシンガンは、一個聯隊《これんたい》に附與《ふよ》されてゐる數《すう》は日本《につぽん》よりも多《おほ》い。とだけ云《い》ふて置《お》かう。

私《わたし》が中學《ちうがく》四年《ねん》から五年《ねん》の時代《じだい》に日露戰爭《にちろせんさう》があつて、其頃《そのころ》第《だい》七師團《しだん》が全滅《ぜんめつ》したとか、第《だい》二師團《しだん》や第《だい》八師團《しだん》も殆《ほと》んど全滅《ぜんめつ》に等《ひと》しいまでに損害《そんがい》を受《う》けたなどと新聞《しんぶん》で見《み》て驚《おどろ》いたものであるが、歐洲戰爭《おうしうせんさう》に於《お》ける死傷者《ししやうしや》は、トテモそんなものではない。一ケ師團《しだん》や二ケ師團《しだん》は立所《たちどころ》に全滅《ぜんめつ》され、ソンムの森《もり》の爭奪戰《さうだつせん》などには、彼我《ひが》の死者《ししや》のみで十萬人《まんにん》と稱《しよう》せられてゐる。

森《もり》は砲彈《はうだん》の爲《た》めに坊主《ばうず》になつて了《しま》つた。否《いな》全然《ぜんぜん》ケシ飛《と》んで無《む》くなつて了《しま》つたのだ。然《しか》るに敵《てき》も味方《みかた》も、この森《もり》を奪《うば》ひ返《かへ》さうとして、幾度《いくど》爭奪戰《さうだつせん》を繰《く》り返《かへ》したことか。

日本《につぽん》の一觀戰武官《くわんせんぶくわん》は之《これ》を評《ひやう》して、

『ソンムの森《もり》の爭奪戰《さうだつせん》は、初《はじ》めは兎《と》に角《かく》として、最後《さいご》の頃《ころ》はもう森《もり》などはなくなつて、軍事上《ぐんじじやう》何等《なんら》の價値《かち》が無《な》くなつてゐる。森《もり》が無《な》くなつた處《ところ》を占領《せんりやう》したとて何《なん》にもならぬのだ。それを、さうなると感情《かんじやう》に驅《か》られて、無益《むえき》の戰《たゝか》ひを續《つゞ》け、その爲《た》め數《すう》十萬《まん》の兵《へい》を損《そん》するに至《いた》つては、實《じつ》に愚《ぐ》の至《いた》りだ。』

と、言《い》ふたさうだが、至言《しげん》であると思《おも》ふ。

現在《げんざい》のやうに、武器《ぶき》の完備《くわんび》してゐる時代《じだい》には、十萬《まん》、二十萬《まん》の兵《へい》も、數時間《すうじかん》のうちに殪《たふ》されて了《しま》ふのだ。

私《わたし》の經驗《けいけん》では、ヴヰミリツヂの追擊戰《ついげきせん》に、敵軍《てきぐん》の死者《ししや》で、四哩《マイル》の間《あひだ》、足《あし》の踏《ふ》み處《どころ》もなかつた。恰《あたか》どゴマを黒《くろ》く撒《ま》いたやうだつた。追擊戰《ついげきせん》などには最《もつと》も適《てき》した步器《ぶき》だ。

此頃《このごろ》は飛行機《ひかうき》に据《す》へ付《つ》けて、敵軍《てきぐん》の頭上《づじやう》から浴《あび》せかくるので、非常《ひじやう》に其《そ》の效果《かうくわ》を深《ふか》くした。

トレンチ、モーター、之《これ》は一種《しゆ》の迫撃砲《はくげきはう》である。之《こ》れは重《おも》さ六十五斤《きんぐわ》位の砲彈《はうだん》に、三尺《じやく》ばかりの柄《え》が附《つ》いてゐて、之《これ》を砲口《はうこう》に差《さ》し込《こ》み、電氣仕掛《でんきじかけ》で射《う》ち出《だ》すのだ。砲彈《はうだん》は上下《じやうげ》に廻轉《くわいてん》しながら、約《やく》五百碼位《ヤードくらゐ》まで行《い》つて、急轉直下《きふてんちよくか》地上《ちじやう》に落下《らくか》するのだ。

この砲彈《はうだん》は實《じつ》に恐《おそ》るべき粉碎力《ふんさいりよく》を發揮《はつき》するので、塹壕《トレンチ》や、掩蔽部《ダッグアウト》を破壞《はくわい》するには、最《もつと》も有效《いうかう》である。

ライフルグリネード、之《これ》は小銃用榴彈《せうじうようりうだん》である。是《これ》は手榴彈《しゆりうだん》に一尺《しやく》ばかりの柄《え》が附《つ》いてゐて、其《そ》の柄《え》を小銃《せうじう》の口《くち》に差《さ》し込《こ》み、空砲《うはう》を以《もつ》て發射《はつしや》するのだ。有效距離《いうかうきより》は約《やく》百五十碼《ヤード》だ。トレンチモーターの小形《こがた》なもので、手榴彈《しゆりうだん》などより、狙《ねら》ひが正確《せいかく》であるから、遙《はる》かに有效《いうかう》である。携帶《けいたい》に不便《ふべん》であるから、突撃《とつげき》の際《さい》などは持《も》つて行《ゆ》かれないが、私《わたし》の負傷《ふしやう》したのも、敵《てき》のライフルグリネードの爲《た》めであつた。

手榴彈《ハンドボンム》は、日露戰爭《にちろせんさう》當時《たうじ》は火《ひ》をつけて投《な》げたのだが、現今《げんこん》の手榴彈《しゆりうだん》は投《な》げ付《つ》けるとすぐ爆發《ばくはつ》するのだ。英國《えいこく》の手榴彈《しゆりうだん》は松笠《まつかさ》のやうな形《かたち》をしてゐて、中程《なかほど》の所《ところ》で、撃針《げきしん》をピンで留《と》めてある。そして此《こ》のピンを拔《ぬ》くと四秒間《べうかん》に爆發《ばくはつ》するのだ。

日露戰爭當時《にちろせんさうたうじ》のやうな、火繩《びなは》が長過《ながす》ぎて、再《ふたゝ》び投《な》げ返《かへ》されたなどといふことは絶對《ぜつたい》にない。

照明彈《スターシエル》、之《これ》は直接《ちよくせつ》に敵《てき》に損害《そんがい》を與《あた》へるものではない。夜間《やかん》、敵軍《てきぐん》の行動《かうどう》を探《さぐ》る爲《た》めに使用《しよう》されるもので、夜《よる》になると、彼我《ひが》の塹壕《ざんがう》から熾《さかん》に照明彈《せうめいだん》を打揚《うちあ》げる。兩國《りやうごく》の打揚《うちあ》げ花火《はなび》のやうだ。約《やく》一分間位《ぷんかんくらゐ》美《うつく》しい光《ひか》りを輝《かゞや》かして、一町《ちやう》四方位《はうくらゐ》を照《てら》し出《だ》し、凡《すべ》ての物體《ぶつたい》を明《あきら》かに見《み》ることが出來《でき》るのだ。

それが幾百《いく》となく打揚《うちあ》げられるのだから、戰場《せんぢやう》は恰《ちやう》ど眞晝《まひる》のやうに明《あか》るくなる。照明彈《せうめいだん》の光《ひか》りに照《てら》し出《だ》された場合《ばあひ》は、少《すこ》しでも動《うご》いてはならない。若《も》し少《すこ》しでも動《うご》いたり伏《ふ》したりすると、チラと影《かげ》が寫《うつ》る。スルト直《たゞち》に機關銃《きくわんじう》の猛射《まうしや》を受《う》ける。故《ゆゑ》に照《てら》し出《だ》されると同時《どうじ》に、其《そ》の儘《まゝ》の姿勢《しせい》でチツト動《うご》かないことだ。さうすると、打《う》ちもらされた樹《き》か何《なに》かと間違《まちが》つて、射擊《しやげき》を免《まぬが》れることが出來《でき》る。

獨軍《どくぐん》のフレーヤーの色《いろ》は、藤紫《ふじむらさき》の色《いろ》が勝《か》つてゐた。英軍《えいぐん》のは綠色《みどりいろ》が勝《か》つてゐた。

そして獨軍《どくぐん》のフレーヤーの方《はう》が、少《すこ》し光《ひかり》が强力《きやうりよく》のやうに思《おも》はれた。之《これ》は私《わたし》の眼《め》の誤《あやま》りであつたかも判《わか》らぬ。

フレーヤーもスター、シエルもまとめて照明彈《せうめいだん》と呼《よ》ばれてゐる。

毒《ポイソン》瓦《ギヤ》斯《ス》

＝瓦斯シリンダー＝瓦斯榴彈＝防毒面＝

毒瓦斯《ポイソンギヤス》に就《つい》ては、私《わたし》は化學者《くわがくしや》でないから、化學的方面《くわがくてきはうめん》に於《おい》て、語《かた》り得《う》る何物《なにもの》をも有《も》たない。

然《しか》し其《そ》の威力《ゐりよく》の恐《おそ》るべきもの、その私達《わたしたち》に及《およ》ぼす損害《そんがい》の甚大《じんだい》なることは、我々《われ〳〵》の經驗《けいけん》に依《よ》つて、驚嘆《きやうたん》に價《あたひ》することを否定《ひてい》することが出來《でき》ない。私達《わたしたち》に取《と》つて、戰場《せんぢやう》で一番恐《ばんおそ》ろしいと思《おも》つたのは、機關銃《きくわんじう》でもなければ、タンクでもなかつた。只此《たゞこ》の毒瓦斯《どくがす》が一番怖《ばんおそ》ろしかつた。

瓦斯罐《ガスシリンダー》は、毒瓦斯《どくがナ》を壓搾《あつさく》して、詰《つ》めたもので、之《これ》を放射《はうしや》すると、今迄《いままで》液體《えきたい》であつたものが、直《たゞち》に氣體《きたい》となるのだ。

敵軍《てきぐん》が瓦斯《がす》罐《くわん》から、毒瓦斯《どくがす》を放射《はうしや》するときには、シューツ〳〵といふ音《おと》をたてる。恰《ちやう》ど蒸氣機《じようきき》關車《くわんしや》が、蒸氣《じやうき》を發散《はつさん》させるときのやうな音《おと》を出《だ》すのだ。之《これ》を發見《はつけん》した歩哨《ほせう》は、

『瓦斯《ギヤス》』

と叫《さけ》ぶ。そして其《そ》の聲《こゑ》を聞《き》いたら、七秒間《べうかん》に防毒面《ばうどくめん》を着《つ》けないと、之《こ》れに冐《をか》されて生命《せいめい》を失《うしな》ふのだ。實《じつ》に危險《きけん》此《こ》の上《うへ》ない。

日中《につちう》は放射《はうしや》するとき、白《しろ》い煙《けむり》がよく見《み》えるが、夜間《やかん》は判《わか》らない。只《たゞ》シューツといふ音《おと》が聞《きこ》えるのだが、狡猾《かうくわつ》な獨軍《どくぐん》は、小銃《せうじう》の一齊射撃《せいしやげき》を行《や》つて、その音《おと》を巧《たくみ》に胡麿化《ごまくわ》して了《しま》ふ。だから夜間《やかん》の瓦斯歩哨《ギヤスガイド》の苦心《くしん》は一と通《とほ》りではない。

この毒瓦斯《どくがす》が如何《いか》に恐《おそ》ろしいかは、之《これ》に冐《をか》されるや直《たゞ》に死《し》んで了《しま》ふのだ。この毒瓦斯《どくがす》の向《むか》ふ處《ところ》一人《り》も助《たす》かるものはない。故《ゆゑ》に最初《さいしよ》防毒面《ばうどくめん》が出來《でき》ない時《とき》、開戰當時《かいせんたうじ》の聯合軍《れんがふぐん》は非常《ひじやう》な損害《そんがい》を受《う》けたのであつた。然《しか》し豫防器《よばうき》が發明《はつめい》されてからは、之《これ》を防《ふせ》ぐことが出來《でき》た。又《また》この毒瓦斯《どくがす》に冐《をか》されて、一時《じ》は全快《ぜんくわい》したやうでも、何時《いつ》其《そ》の生命《せいめい》を奪《うば》はれるか判《わか》らないのだ。

それに就《つい》て斯《こ》う云《い》ふ例《れい》がある。開戰當時《かいせんたうじ》イープルなどの、英國軍《えいこくぐん》などは特《とく》に大《だい》なる損害《そんがい》を蒙《かうむ》つ

たのだ。毒瓦斯《どくがす》の靡《たび》く處實《ところじつ》に慘憺《さんたん》たる光景《くわうけい》を呈《てい》したものだ。其當時《そのたうじ》或英兵《あるえいへい》の一人《り》は、少量《せうりやう》の毒瓦斯《どくがす》に冐《をか》され、陸軍病院《りくぐんびやうゐん》で三年間《ねんかん》を送《おく》り、全快《ぜんくわい》したのであつたが、或《あ》る夜《よ》十一時《じ》頃突然呼吸困難《ごろとつぜんこきふこんなん》に陷入《おちい》り、直《たゞ》ちに此《こ》の世《よ》を去《さ》つて了《しま》つた。

三年間《ねんかん》も經過《けいくわ》してから、此《この》の病氣《びやうき》が突然《とつぜん》起《おこ》つて殪《たほ》れて了《しま》ふのだから、如何《いか》に恐《おそ》るべきものであるか判《わか》るだらう。

かゝるものを使用《しよう》し始《はじ》めた獨軍《どくぐん》は、人道上許《じんだうじやうゆる》すべからざることだ。眞《しん》に武士《ぶし》の風上《かざかみ》にも置《お》けぬ奴《やつ》だが、毒瓦斯《どくがす》は風上《かざかみ》に置《お》いて放射《はうしや》するのだから堪《たま》らぬ。故《ゆゑ》に私達戰線《わたしたちせんせん》に在《あ》る間《あひだ》は、寢《ね》てゐるときでも、防毒面《はうどくめん》を頸《くび》にかけてゐたのだ。

催涙瓦斯《さいるゐがす》と稱《しよう》する毒瓦斯《どくがす》は、パインアツプルのやうな臭《にほひ》がするもので、之《これ》に冐《をか》されると、眼《め》から無暗《むやみ》と涙《なみだ》が出《で》て、遂《つひ》に盲目《まうもく》となつて了《しま》ふのである。この毒瓦斯《どくがす》は中頃《なかごろ》からあまり用《もち》ひられなくなつた。

瓦斯榴彈《がすりうだん》、之《これ》は戰爭《せんさう》の初期《しよき》には用《もち》ひられなかつたが、中頃《なかごろ》から獨軍《どくぐん》は之《これ》を使用《しよう》し出《だ》した。砲彈《はうだん》の中《なか》に壓搾《あつさく》した毒瓦斯《どくがす》を詰《つ》めて、聯合軍《れんがふぐん》を砲擊《はうげき》した。之《こ》れには、聯合軍《れんがふぐん》は非常《ひじやう》に損害《そんがい》を受《う》けた。

之《こ》れは壓搾《あつさく》された毒瓦斯《どくがす》が液體《えきたい》となつて砲彈《はうだん》の中《なか》に詰《つ》められ、砲彈《はうだん》が爆發《ばくはつ》するときに氣體《きたい》となつて、四方《はう》に發散《はつさん》するのだ。

この砲彈《はうだん》が爆發《ばくはつ》すると、其《そ》の附近《ふきん》のものは其《そ》の破片《はへん》で負傷《ふしやう》する。すると七秒間以内《べうかんいない》に防毒面《ばうどくめん》をつけるのが、負傷《ふしやう》の爲《た》めに、全然不可能《ぜんぜんふかのう》となるか、或《あるひ》は動作《どうさ》がおそくなる。それでこの毒瓦斯《どくがす》に犯《をか》されて仆《たは》れるものが澤山出來《たくさんでき》た。つまり防毒面《ばうどくめん》があつても役《やく》に立《た》たないのだ。之《こ》れが爲《た》めに我《わが》軍《ぐん》は常《つね》に苦戰《くせん》を續《つゞ》け、私達《わたしたち》は實《じつ》に憤慨《ふんがい》に堪《た》えなかつた。

然《しか》るに千九百十八年《ねん》の晩春《ばんしゆん》。レンス攻撃《こうげき》の際《さい》には、我砲兵《わがはうへい》は毒瓦斯榴彈《どくがすりうだん》五千發《ぱつ》を、獨軍《どくぐん》に向《むか》つて續《つゞ》け撃《う》ちに打放《ぶつぱな》したのであつた。其時《そのとき》は實《じつ》に痛快《つうくわい》で、今《いま》に忘《わす》れることが出來《でき》ない。

その頃《ころ》には英軍《えいぐん》も、獨軍《どくぐん》に勝《まさ》る毒瓦斯榴彈《どくがすりうだん》を使用《しよう》するやうになつたのである。

スナイパー（狙撃兵）

狙撃兵《スナイパー》といふのは、日本《につぽん》には無《な》い。聯合軍《れんがふぐん》にも最初《さいしよ》は無《な》かつたのだが、戰爭《せんさう》の中頃《なかごろ》からスナイパーが養成《やうせい》されて、獨軍《どくぐん》に多大《ただい》の損害《そんがい》を與《あた》へたのであつた。

この狙撃兵《スナイパー》の任務《にんむ》は、破壊《はくわい》された家《うち》の窓《まど》や、樹上《じゆじやう》などに隠《かく》れ、敵《てき》の斥候《せきこう》や、傳令《でんれい》などを狙《ねら》つて撃《う》ち殪《たふ》すのである。

塹壕内《さんがうない》に於《お》けるスナイパーは、海軍《かいぐん》の潜航艇《せんかうてい》などが使用《しよう》するペレスコープ（望遠鏡《ばうゑんきやう》）を利用《りよう》して、塹壕内《さんがうない》に一種《しゆ》の機械銃《きかいじう》を据附《すゑつ》け、銃手《じうしゆ》は少《すこ》しも塹壕《さんがう》から身體《からだ》を現《あら》はさないで、敵《てき》を狙撃《そげき》するのである。だから塹壕《さんがう》から少《すこ》しでも身體《からだ》を出《だ》せば直《たゞ》ちに撃《う》たれるのだ。

機械的《きかいてき》に据付《すゑつ》けられた銃《じう》に、ペレスコープを備《そな》へて敵兵《てきへい》を寫《うつ》し出《だ》し、鏡《かゞみ》に寫《うつ》るや否《いな》や直《たゞ》ちに射《う》つので、殆《ほと》んど百發《はつ》百中《ちう》である。塹壕《さんがう》から一寸頭部《ちよつととうぶ》を出《だ》しても、額《ひたひ》の眞中《まんなか》を打貫《うちぬ》かれて了《しま》ふのだ。

之《これ》は射撃《しやげき》が上手《じやうず》な兵《へい》を選《えら》んで専門的《せんもんてき》に訓練《くんれん》されるのであるから、狙撃兵《そげきへい》は百發《はつ》百中《ちう》の兵《へい》許《ばか》りである。

開戦當時《かいせんたうじ》は、聯合軍《れんがふぐん》は此《こ》の狙撃兵《スナイパー》に悩《なや》まされたものである。

私《わたし》も夜間巡察《やかんじゆんさつ》の際《さい》、塹壕《さんがう》の破壊《はくわい》されたところを通過《つうくわ》するとき、獨軍《どくぐん》の狙撃兵《スナイパー》の爲《た》めに狙撃《そげき》され危《あやふ》く一命《めい》を失《うしな》ふところであつた。

之《これ》も獨軍《どくぐん》が創始者《さうししや》である。そして我國《わがくに》にも狙撃兵《スナイパー》を置《お》いたならばと思《おも》ふ。

タンク（戦車）

塹壕戦《さんがうせん》にあつては、野戦《やせん》と異《ことな》り、敵陣《てきぢん》を突破《とつぱ》することは容易《ようい》でない。

彼我《ひが》の塹壕《さんがう》には、前面《ぜんめん》一帯《たい》に幾《いく》百重《へ》といふ鐵條網《てつでうまう》が張《は》り廻《まは》され、幾《いく》百千の機關銃《きくわんじう》を列《なら》べ、嚴重《げんぢう》な防禦設備《ばうぎよせつび》がしてあるので、之《こ》れに向《むか》つての歩兵《ほへい》の正面突撃《しやうめんとつげき》は、犠牲《ぎせい》の割《わり》に効果《かうくわ》が少《すく》ない。

徒《いたづ》らに敵彈《てきだん》の爲《た》めに倒《たふ》されるばかりで、所謂《いはゆる》消耗品となるのみだ。

故《ゆゑ》に塹壕戦《さんがうせん》では、歩兵《ほへい》の進出《しんしゆつ》するやうにするには、砲兵《はうへい》の活躍《くわつやく》と其《そ》の援助《ゑんじよ》に俟《ま》たねばならないのだ。まれに敵《てき》の不意《ふい》を襲《おそ》ひ、敵《てき》の塹壕内《さんがうない》に突入《とつにふ》して、敵陣地《てきぢんち》を占領《せんりやう》した例《れい》もあるが、これとても、味方《みかた》の重砲彈《ぢうはうだん》や、迫撃砲《トレンチモーター》に依《よ》つて、敵《てき》の鐵條網《てつでうまう》が破壊《はくわい》されてゐることを、斥候《せきこう》の報告《はうこく》に依《よ》りて知《し》り、所謂奇襲《いはゆるきしふ》に成功《せいこう》したので、而《しか》も之等《これら》は一部分《ぶぶん》の陣地《ぢんち》を占據《せんきよ》したのみであつて、深《ふか》く敵《てき》陣地《ぢんち》を突破《とつぱ》して、大々的進出《だい〱てきしんしゆつ》を成《な》したといふのでは無《な》い。一時的《じてき》に一部分《ぶぶん》の陣地《ぢんち》を占領《せんりやう》しても、油断《ゆだん》をすると奪還《だつくわん》される憂《うれひ》がある。

一旦占領《たんせんりやう》した陣地《ぢんち》を、再《ふたゝ》び容易《ようい》に奪還《だつくわん》されるのは、歩兵《ほへい》の進出《しんしゆつ》に伴《ともな》ふて、重砲隊《ぢうはうたい》が之《これ》に伴《ともな》ふてとが出來《でき》ないからであつた。

佛國《ふつこく》では此《こ》の缺點《けつてん》を補《おぎな》ふために、三十七ミリメートル重量《ぢうりやう》二百五十封度《パウンド》の、速射砲《そくしやはう》を製造《せいざう》したそして此《こ》の砲《はう》は一分間《ぶんかん》に、一封度《パウンド》の砲彈《はうだん》を、十二發《はつ》より、十八發《はつ》まで發射《はつしや》することが出來《でき》るのであつた。

英國《えいこく》でも、ストークス、モーターと稱《しよう》するものを製造《せいざう》した。之《これ》は百五十封度《パウンド》の輕臼砲《けいきうはう》であつた。獨逸《ドイツ》でも塹壕臼砲《さんがうきうはう》の輕《かる》いものを造《つく》るやうになつた。

然《しか》しながら是等《これら》の砲《はう》は、之《こ》れに使用《しよう》する砲彈《はうだん》と火藥《くわやく》とを、僅《わづか》に一分間《ぶんかん》發射《はつしや》するだけを運搬《うんぱん》するのに、十六人《にん》から四十人《にん》までの兵《へい》を要《えう》するので、歩兵《ほへい》の突撃《とつげき》に際《さい》し、充分《じうぶん》に活動《くわつどう》し且《か》つ援助《えんじよ》を與《あた》へることは困難《こんなん》である。

此等《これら》の砲《はう》は、敵《てき》の機關銃《きくわんじう》を破壞《はくわい》するには、有効《いうかう》であるが、歩兵《ほへい》の進出《しんしゆつ》に伴《ともな》ふ、攻撃用《こうげきよう》の砲《はう》としては適《てき》しなかつた。

獨逸《ドイツ》の塹壕臼砲《さんがうきうはう》の如《ごと》きは、水平線《すゐへいせん》に砲彈《はうだん》を發射《はつしや》する利益《りえき》はあるが、聯合軍《れんがふぐん》のものに比較《ひかく》すると非常《ひじやう》に重《おも》いので、活動《くわつどう》に敏活《びんくわつ》を缺《か》く憂《うれひ》があつた。

此等《これら》の缺點《けつてん》を補《おぎな》ふために、英國《えいこく》で工夫《くふう》されたものが、即《すなは》ちタンクである。

タンクなる言葉《ことば》は、この砲車《はうしや》に對《たい》して當《あた》らない言葉《ことば》だが、最初《さいしよ》このタンク（戰車《せんしや》）が發明《はつめい》されると同時《どうじ》に、英國《えいこく》では非常《ひじやう》に秘密《ひみつ》にして、之《これ》を分解《ぶんかい》し、タンクであると云《い》ふて船《ふね》に積《つ》み込《こ》み、佛國《ふつこく》の戰線《せんせん》に送《おく》て之《これ》を組立《くみた》て、突如《とつじよ》として戰線《せんせん》に之《これ》を活躍《くわつやく》せしめたので、其後《そのご》この名稱《めいしやう》をタンクと稱《しよう》するやうになつたのである。

この戰車《タンク》は、機關銃《きくわんじう》や、砲《はう》や、彈藥《だんやく》を搭載《たふさい》して、家《うち》も、森林《しんりん》も押倒《おしたふ》して進《すゝ》み、碇《いかり》を以《もつ》て鐵條網《てつでうまう》を引《ひ》き拔《ぬ》き、敵陣地《てきぢんち》に銃砲火《じうはうくわ》を浴《あ》びせかけつつ荒《あ》らし廻《まは》る。その後《あと》から、歩兵《ほへい》は突撃《とつげき》に移《うつ》り、完全《ぜん》に敵陣地《てきぢんち》を占領《せんりやう》し、獨軍《どくぐん》をして手《て》も足《あし》も出《で》ぬやうにしたのは、このタンクであつたのである。

この戰車《せんしや》は、初《はじ》めは非常《ひじやう》に其《そ》の速力《そくりよく》が鈍《にぶ》く、敵《てき》の砲兵《はうへい》の標的《へうてき》となり易《やす》かつたのであるが、其《そ》の後《ご》種々《いろ〳〵》に改善《かいぜん》せられて、英國《えいこく》の、ホイペツトや、佛國《ふつこく》の、レナールトなどは、一機關銃《きくわんじう》及《およ》び一封《パウ》度《ンド》砲《はう》を備《そな》へ、二人乘《にんの》りの小形《こがた》のもので、速力《そくりよく》は一、二哩《マイル》より、十八哩迄走《マイルまではし》るやうになつた。

故《ゆゑ》に敵《てき》の砲兵《はうへい》からは、射擊《しやげき》が困難《こんなん》となり、味方《みかた》の歩兵《ほへい》の進擊《しんげき》に隨伴《ずゐはん》し、之《これ》を援護《ゑんご》するのに好都《かうつ》合《がふ》となつた。そして塹壕《ざんがう》の砲擊《はうげき》を尠《すくな》くし、即《すなは》ち僅《わづか》の豫備《よび》砲擊《はうげき》で、歩兵《ほへい》の突擊《とつげき》を敢行《かんかう》せしめ、完全《くわんぜん》に敵陣《てきぢん》を占領《せんりやう》することが出來《でき》るやうになつたのである。

塹壕守備の夜

＝パッス、ウォーヅ（合言葉）＝照明彈に敵の斥候を射殺す＝敵前で礮節を＝

塹壕守備《さんがうしゆび》の交代《かうたい》や、夜間《やかん》の巡察《じゆんさつ》の爲《た》め、塹壕《さんがう》に這入《はい》るときは、合言葉《パッスウオーヅ》を用《もち》ひることになつてゐた。その合言葉《あひことば》を決定《けつてい》するのは、聯隊長《れんたいちやう》であつた。聯隊長《れんたいちやう》は、之《これ》を前《まへ》から考《かんが》へて置《お》くのでなく、其《そ》の日《ひ》の朝《あさ》になつて、何《な》んでも其《そ》の眼《め》に觸《ふ》れたものとか、感《かん》じたことを直《す》ぐに合言葉《あひことば》にするのである。例《たと》へば、時計《とけい》が眼《め》に入《はい》つたときは、其《そ》の日《ひ》の合言葉《あひことば》を『時計《とけい》』と決定《けつてい》する。又《ま》た聯隊長《れんたいちやう》の頭《あたま》に其時《そのとき》鳥《とり》が浮《うか》んだときは、『鳥《とり》』と決《き》める。時《とき》には何《なん》の意味《いみ》もない『ウヰングビー』といふのもあつた。

斯《か》う云《い》ふ風《ふう》に其《そ》の日《ひ》の合言葉《あひことば》が『ウヰングビー』と決定《けつてい》すると、先頭部隊《せんとうぶたい》から順々《じゆんじゆん》に次《つ》ぎの兵《へい》に囁《さゝや》き、

『今晩《こんばん》の合言葉《あひことば》は、ウヰングビー』と告《つ》げる。最後《さいご》に又《また》殿《しんがり》の部隊《ぶたい》から反對《はんたい》に先頭部隊《せんとうぶたい》に向《むか》つて繰《く》り返《かへ》される。

塹壕《ざんがう》の歩哨《ほせう》は、正哨《せいせう》と副哨《ふくせう》と三人宛《にんづゝ》が要所《えうしよ》々々《くく》に立《た》つてゐる。若《も》し其處《そこ》を通過《つうくわ》せんとする者《もの》は聯隊長《れんたいちやう》でも、大隊長《だいたいちやう》でも、如何《いか》なる上官《じやうくわん》でも、直《たゞ》ち歩哨《ほせう》は、

『止《と》まれ！　誰《た》れか？　合言葉《あひことば》！』

と、銃劍《じうけん》を突《つ》き付《つ》けながら誰何《すゐか》する。そして若《も》し少《すこ》しでも合言葉《あひことば》が相違《さうゐ》すれば、直《たゞ》ちに銃殺《じうさつ》されるのだ。歩哨《ほせう》の權限《けんげん》は、實《じつ》に偉《えら》いものであつた。

この合言葉《あひことば》の相違《さうゐ》から、次《つ》ぎのやうな悲劇《ひげき》があつた。

或《あ》る夜《よ》、英本國《えいほんごく》の一大尉《たいゐ》が、塹壕《ざんがう》の或《あ》る地點《ちてん》を通過《つうくわ》しやうとした。其《そ》の時《とき》、歩哨《ほせう》に立《た》つてゐた一英兵《えいへい》は、銃劍《じうけん》を突《つ》き付けて誰何《すゐか》した。

『ハルト、フー、ゴー、ゼアー。パッス、ウオーヅ。』（止《と》まれ！　誰《た》れか？　合言葉《あひことば》！）

（Halt!　who go there?　Pass wards!）

スルト如何《どう》した間違《まちが》ひか、大尉《たいゐ》の合言葉《あひことば》が少《すこ》し違《ちが》つてゐた。之《これ》を聞《き》いた歩哨《ほせう》は、直《す》ぐに銃劍《じうけん》を大《たい》

尉《ゐ》の胸《むね》深《ふか》く突《つ》き刺《さ》した。大尉《たいゐ》は空《むな》しく歩哨《ほせう》の銃劍《じうけん》の露《つゆ》と消《き》えて了《しま》つた。

ところが茲《こゝ》に此《こ》の二人《ふたり》の英兵《えいへい》の間《あひだ》には、一《ひと》つのロマンスがあつたのだ。歩哨《ほせう》に立《た》つた英兵《えいへい》と、刺殺《さしころ》された大尉《たいゐ》とは同郷《どうがう》の者《もの》であつた。二人《ふたり》は開戰《かいせん》と同時《どうじ》に同聯隊《どうれんたい》に入《にふ》隊《たい》することとなつたのであるが、この大尉《たいゐ》の夫人《ふじん》と云《い》ふのは、曾《かつ》てこの歩哨《ほせう》の戀人《こひびと》であつたので結局英兵《けつきよくえいへい》は自分《じぶん》の戀人《こひびと》を大尉《たいゐ》に奪《うば》はれたのだ、つまり戀仇《こひがたき》とでもいふ間柄《あひだがら》であつたのだ。

斯《か》ういふ事實《じじつ》が、同《おな》じ郷里《きやうり》から入隊《にふたい》してゐた兵士《へいし》の一人《ひとり》の口《くち》から洩《も》れた。

軈《やが》て軍法會議《ぐんぱふくわいぎ》が開《ひら》かれた。然《しか》し證人《しようにん》に立《た》つた當夜《たうや》の副哨二人《ふくせうふたり》が、

『大尉《たいゐ》の合言葉《あひことば》は、確《たし》かに違《ちが》つてゐました。』

と、證明《しようめい》したので、英兵《えいへい》は其《そ》のまま赦《ゆる》されることとなつた。

さて、この英兵《えいへい》の戀人《こひびと》であり、大尉《たいゐ》の夫人《ふじん》である麗人《れいじん》が、本國《ほんごく》で此《こ》の話《はなし》を聞《き》いたならば、どんな感《かん》じを持《も》つであらう。

或《あ》る夜《よ》、私《わたし》は歩哨《ほせう》に立《た》つてゐた。彼我《ひが》の砲兵《はうへい》は相變《あひかは》らず熾《さか》んに射《う》つてゐる。塹壕《ざんがう》の上《うへ》は大小各《だいせうかく》種《しゆ》の砲彈《はうだん》が、例《れい》の如《ごと》くオーケストラを奏《かな》でてゐる。

　スルト味方《みかた》の打揚《うちあ》げた、照明彈《スターシエル》が、パアツと輝《かゞや》いた。約《やく》一分間《ぷんかん》ばかりの間《あひだ》だが、其《そ》の時《とき》チラツと何《なに》かの影《かげ》が動《うご》いた。透《すか》して見《み》ると、敵《てき》の斥候《せきこう》が三人《にん》、匍伏《ほふく》して居《ゐ》る。私《わたし》は思《おも》はず銃《じう》を取《と》り上《あ》げて、ズドンと一發打放《はつぷつぱな》した。二人《ふたり》の獨兵《どくへい》は慌《あわ》てて塹壕《さんがう》の中《なか》に飛《と》び込《こ》んで了《しま》つた。が、一人《ひとり》は其《そ》の傍《そば》にある砲彈《はうだん》の穴《あな》に殘《のこ》つた雪《ゆき》の中《なか》に、眞《ま》つ倒《さか》さまに上半身《じやうはんしん》を埋《うづ》め、兩足《りやうあし》二本《ほん》をニヨキツト穴《あな》から突《つ》き出《だ》し、ピン〳〵と動《うご》かして殪《たふ》れて了《しま》つた。それが僅《わづ》か一分間《ぷんかん》の出來事《できごと》だが、どういふわけか、其《そ》の時《とき》の白雪《はくせつ》の中《なか》に、ピク〳〵と兩足《りやうあし》を動《うご》かした光景《くわうけい》が、今《いま》に私《わたし》の眼先《めさき》にチラ付《つ》いてゐる。

　其《そ》の夜《よ》、私《わたし》は他《た》の歩哨《ほせう》と更代《かうたい》して、掩蔽部《えんぺいぶ》の中《なか》に歸《かへ》つて來《く》ると、一同《どう》は何《なに》かガヤ〴〵と話《はな》し合《あ》つてゐる。何事《なにごと》が起《おこ》つたのかと戰友《せんいう》の一人《ひとり》に訊《たづ》ねると、彼《か》れは口早《くちはや》に、

『君《きみ》、斯《こ》う云《い》ふんだよ。まあ聞《き》いて呉《く》れ！　僕達《ぼくたち》が第《だい》一線《せん》の塹壕《さんがう》の破壞《はくわい》されたのを、恰《ちやう》ど月《つき》が雲《くも》の中《なか》に隱《かく》れたので、大急《おほいそ》ぎで其《そ》の修理《しうり》作業《さげふ》に取掛《とりか》かつたのだ。そして一人《ひとり》宛《づゝ》一間《けん》置《お》きに立《た》つて、土嚢《どなう》を次《つ》ぎから次《つ》ぎへと順送《じゆんおく》りに手渡《てわた》してゐると、サナバヴヰツチが、誰《た》れか知《し》らん、調子《てうし》付《つ》きやがつて、磯節《いそぶし》を歌《うた》ひ出《だ》したのさ。スルト敵《てき》の奴《やつこ》さんが之《これ》を聞《き》き付《つ》けて、直《す》ぐに機關銃《きくわんじう》彈《だん》が、カタ〳〵〳〵と飛《と》んで來《き》たのさ。馬鹿《はか》な野郎《やらう》さ、咳嗽《せき》をしてさへ聞《きこ》えるといふのに、歌《うた》

など歌《うた》ふ奴《やつ》があるもんか。おかげで、大分《だいぶ》負傷兵《ふしやうへい》が出《で》たといふわけなんだよ。』

英兵達《えいへいたち》は、磯節《いそぶし》とは知《し》らないから、何《なに》か變《へん》なことを唸《うな》つた奴《やつ》があるので、敵《てき》の射撃《しやげき》を受《う》けて、負傷《ふしやう》したのだとて、ブツ〱と呟《つぶや》いてゐた。私《わたし》は之《これ》を聞《き》いて、

『敵前《てきぜん》の作業《さげふ》に、磯節《いそぶし》を歌《うた》ふなんて、眼中敵《がんちうてき》なしだ。實《じつ》に痛快《つうくわい》ぢやないか。日本男兒《につぽんだんじ》だからこそ出來《でき》るのだよ。何《ど》うだい、最《も》一度《ど》歌《うた》つつては？』

といふと、一人《ひとり》は、

『馬鹿《ばか》云《い》ふない。命懸《いのちが》けの磯節《いそぶし》なんて、メツタに歌《うた》はれるかい。』

スルト又一人《またひとり》が

『三味線《みせん》が無《な》けれやダメだよ。彈丸《たま》の伴奏《ばんそう》ぢや調子《てうし》に乘《の》らんよ。』

『君《きみ》なんかのでは、三味線《みせん》があつたつて、調子《てうし》に乘《の》るもんか。』

『云《い》ふな！「三味《み》にや乘《の》らねど、同志《どうし》の歌《うた》は、糸《いと》のやうに降《ふ》る雨《あめ》に乘《の》る」つてな春雨《はるさめ》が降《ふ》らんと調子《てうし》に乘《の》らんよ。』

『それ〱！　其《そ》の調子《てうし》！　やれ〱！』

などと、塹壕《さんがう》の夜《よ》は、深々《しんく》と更《ふ》けてゆくのであつた。千葉縣銚子《ちばけんてうし》の齋藤義勇兵《さいとうぎゆうへい》は、其《そ》の本人《ほんにん》であつたが、獨《ひと》り金網《かなあみ》に腰《こし》うちかけて、人々《ひとびと》の話《はなし》に莞爾《くわんじ》として聞《き》き入《い》つてゐた。

斥候

＝塹壕斥候＝匍行前進＝

塹壕戰《さんがうせん》に於《お》ける斥候《せきこう》は、野外《やぐわい》に於《お》ける斥候《せきこう》と異《こと》なり、其《そ》の任務《にんむ》は幾分輕《いくぶんかる》いと言《い》へやう。そして其《そ》の探索《たんさく》するところも僅少《きんせう》だ。

然《しか》し其《そ》の危險《きけん》の程度《ていど》に至《いた》つては、野外《やぐわい》のときよりも比較《ひかく》にならない程危險《ほどきけん》である。

戰場《せんぢやう》は、敵兵《てきへい》との眞劍勝負《しんけんしようぶ》だ。平常《へいじやう》の演習《えんしふ》と異《こと》つて、夜間《やかん》でも安眠《あんみん》してゐることは出來《でき》ない。

否《いな》、夜間《やかん》は殊《こと》に注意《ちうい》を要《えう》するのだ。

塹壕《さんがう》の警戒地點《けいかいちてん》にある步哨《ほせう》や、或《あるひ》は胸墻《パラペット》を躍《おど》り越《こ》へて前方《ぜんぱう》に出《で》る斥候《せきこう》は、一層張目飛耳《そうちやうもくひじ》してゐなければならない。

明月《めいげつ》が乳《ちゝ》のやうな、純白《じゆんぱく》の光《ひか》りを戰場《せんぢやう》に輝《かゞや》かしてゐる間《あひだ》は、敵兵《てきへい》は塹壕《ざんがう》の中《なか》に蟄伏《ちつぷく》してゐるので、あまり危險《きけん》はない。が、月《つき》が一度《たび》地《ち》平線《へいせん》に傾《かたむ》いて、濛々《もう〱》たる夜霧《よぎり》が立罩《たちこ》むる頃《ころ》となると、右《う》顧《こ》左《さ》眄《へん》、一瞬間《しゆんかん》も警戒《けいかい》を怠《おこた》ることは出來《でき》ない。

砲聲《はうせい》殷々《ゐん〱》たる時《とき》も、或《あるひ》は銀河《ぎんが》天《てん》に漲《みなぎ》り草木《くさき》も眠《ねむ》る深夜《しんや》も、夜色《やしよく》沈々《ちん〱》として迫《せま》るとき晝間《ひるま》の疲《つか》れが如何《いか》に甚《はなは》だしくとも眠《ねむ》ることが出來《でき》ない。三日《か》續《つゞ》かうと、五日《か》續《つゞ》かうと、方《まさ》に懸命《けんめい》の使事《しごと》だ。飛耳《ひじ》張目《ちやうもく》、飛禽《ひきん》走獸《そうじう》にも、注視《ちうし》を怠《おこた》るわけにゆかない。澄《す》み渡《わた》る虫《むし》の聲《こゑ》でさへも、聞《き》き流《なが》すことは出來《でき》ない。後方《こうはう》に在《あ》る全軍《ぜんぐん》の生命《せいめい》の爲《た》めに、まさに全身是神經《ぜんしんこれしんけい》であらねばならぬ。

冬《ふゆ》の寒《さむ》い夜《よ》などは、手足《てあし》が震《ふる》へるし、呼吸《こきふ》は凍《こほ》つて、齒《は》の根《ね》が合《あ》はない。歩哨《ほせう》は只默々《たゞもく〱》として猫額大《べうがくだい》の地《ち》を漫歩《まんぽ》しつゝ僅《わづか》に暖《だん》を取《と》るのだ。

藍靛《らんちやう》のやうな濃霧《のうむ》は、地上《ちじやう》に凝《こ》つて動《うご》かず、樹々《きゞ》の葉末《はずゑ》に珠《たま》と結《むす》んで、照明彈《フレーヤー》の光《ひか》りにキラ〱と輝《かゞや》き、濃霧《のうむ》の彼方《かなた》には殷々《ゐん〱》たる砲聲《はうせい》が轟《とゞろ》いてゐる。ときには帛《きぬ》を裂《さ》くやうな夜鳥《よどり》の啼《な》き聲《ごゑ》が聞《きこ》えてくる。

斯《こ》ういふやうな夜《よる》は、斥候《せきこう》には最《もつと》もよい晩《ばん》である。又《また》襲撃《しふげき》にも最《もつと》も適《てき》した夜《よる》だ。彼我《ひが》の斥候《せきこう》はそろ〳〵活躍《くわつやく》を始《はじ》める。何時《いつ》も斥候《せきこう》の偵察後《ていさつご》には、大襲撃《だいしふげき》が決行《けつかう》されるのが常《つね》だ。

斥候《せきこう》には、普痛《ふつう》三人《にん》一組《くみ》で出《で》かけるのだ。銃《じう》などは持《も》たず、輕裝《けいさう》して膝《ひざ》の所《ところ》に破《やぶ》れ靴《くつ》などを結《ゆ》はひ付《つ》け、或《あるい》は布《きれ》などを卷《ま》いて匍伏《ほふく》しつつ前進《ぜんしん》するのである。

何故《なぜ》そんな風《ふう》にして出《で》るかといふと、其邊《そのへん》一帶《たい》に砲彈《はうだん》の破片《はへん》や、鐵條網《てつでうまう》の破壞《はくわい》されたものなどが、飛《と》び散《ち》つてゐるので、其《そ》の爲《た》めに傷付《きずつ》けられることがあるからだ。

斥候《せきこう》の出《で》る時《とき》は、其《そ》の方面《はうめん》の味方《みかた》の機關銃《きくわんじう》は、射撃《しやげき》を中止《ちうし》される。上官《じやうくわん》は、

『第《だい》十區《く》、第《だい》十二番《ばん》の機關銃《きくわんじう》は撃方止《うちかたや》め！』

の命令《めいれい》を發《はつ》するのだ。

其《そ》の時《とき》の斥候《せきこう》の任務《にんむ》は、

鐵條網《てつでうまう》の何《ど》の邊《へん》が破壞《はくわい》されてゐるか。

塹壕《ざんがう》の何《ど》の邊《へん》が破壞《はくわい》されてゐるか。

敵兵《てきへい》の配置《はいち》の工合《ぐあひ》。

敵塹壕《てきざんがう》の弱點《じやくてん》。

等《など》を偵察《ていさつ》して、之《これ》を中隊長《ちうたいちやう》に報告《はうこく》するのである。

身《み》一度《たび》斥候《せきこう》となりて出《で》れば、敵《てき》の機關銃彈《きくわんじうだん》は、絶《た》えず頭上《づじやう》をピユン〳〵と飛《と》び、照明彈《フレーヤー》の光《ひか》りは幾《いく》百千となく打揚《うちあ》げられ、四邊《あたり》は眞晝《まひる》のやうに照《てら》し出《だ》され、敵《てき》の狙撃兵《そげきへい》は見付《みつ》け次第《しだい》、何物《なにもの》にても狙撃《そげき》しやうと待《ま》ち構《かま》へてゐる。

實《じつ》に斥候《せきこう》の命《いのち》は風前《ふうぜん》の燈火《ともしび》とも言《い》ふべく、眞《まこと》に塹壕斥候《ざんがうせきこう》の任務《にんむ》は、決死《けつし》中《ちう》の決死隊《けつしたい》でなければならぬ。

斥候《せきこう》に出《で》て進《すゝ》んで行《ゆ》く間《あひだ》は、私達《わたしたち》の神經《しんけい》は興奮《こうふん》してゐるので、さほど恐怖《きようふ》を感《かん》じないが、任務《にんむ》を終《をは》つて歸途《きと》に在《あ》る時《とき》は、實《じつ》に何《な》んとも云《い》はれない嫌《いや》な氣分《きぶん》に襲《おそ》はれるものだ。

英國《えいこく》の軍隊《ぐんたい》では、斥候《せきこう》に出《で》る兵《へい》を、指名《しめい》で命《めい》ずるやうなことは爲《し》ない。先《ま》づ將校《しやうかう》が來《き》て、

『今夜《こんや》は三人《にん》の斥候《せきこう》が要《い》るが、誰《た》れか行《ゆ》く者《もの》は無《な》いか？』

といふて募集《ぼしふ》する。

或夜《あるよ》、英軍《えいぐん》の一少佐《せうさ》が私達《わたしたち》の掩壕《ダッグアウト》内に來《き》て、斥候《せきこう》に三人《にん》を募集《ぼしふ》することを告《つ》げ、應募者《おうぼしや》に手《て》を擧《あ》げよと云《い》つた。

スルト日本人組《にっぽんじんぐみ》は、皆手《みたて》を擧《あ》げ、斥候《せきこう》に出《で》るのを爭《あらそ》ふて殆《ほと》んど喧嘩腰《けんくわごし》であつた。

少佐《せうさ》は之《これ》を見《み》て、双眼《さうがん》に涙《なみだ》を浮《うか》べ、

『私《わたし》は未《いま》だ嘗《かつ》て、かゝる勇敢《ゆうかん》にして、慓悍決死《へうかんけつし》の軍人《ぐんじん》に接《せつ》したことはない。』

といふて、嘆息《たんそく》した。

決死《けつし》の覺悟《かくご》で行《ゆ》かなければならない、この斥候《せきこう》に、喧嘩腰《けんくわごし》で先《さ》きを爭《あらそ》ふてゐる。然《しか》るに英兵《えいへい》には一人《り》も手《て》を擧《あ》げる者《もの》が無《な》かつた。私達《わたしたち》、日本人《につぽんじん》は、何處《どこ》へ行《い》つても、如何《いか》なる時《とき》でも、勇敢《ゆうかん》にして、死《し》を恐《おそ》れない慓悍《へうかん》な民族《みんぞく》であると思《おも》つた。

其《そ》の時《とき》、少佐《せうさ》は、最初《さいしよ》に手《て》を擧《あ》げた順《じゆん》に依《よ》り、佐藤《さとう》、龍岡《たつをか》、澤田《さはた》の三義勇兵《ぎゆうへい》を斥候《せきこう》たるべく命《めい》じた。そして英兵《えいへい》の下士官《かしくわん》ベツカン軍曹《ぐんさう》が、之《これ》を引卒《いんそつ》して行《ゆ》くことゝなつた。

其《そ》の夜《よ》、不幸《ふかう》にして、ベツカン軍曹《ぐんさう》は敵《てき》の機關銃彈《きくわんじうだん》に中《あた》つて名譽《めいよ》の戰死《せんし》を遂《と》げた。幸《さいは》ひに日本《につぽん》人組《じんぐみ》の三人《にん》は、無事《ぶじ》任務《にんむ》を全《まつた》ふして歸還《きくわん》した。

二日目《かめ》の夜《よる》となつた。再《ふたゝ》び少佐《せうさ》が來《き》て、前夜《ぜんや》の三人《にん》を斥候《せきこう》に出《だ》さうとした。スルト今度《こんど》は他《た》の日本人達《につぽんじんたち》が承知《しようち》しない。

『君等《きみら》は昨夜《さくや》行《い》つたのだから、今夜《こんや》僕達《ぼくたち》に譲《ゆづ》れ!』

といふて又々《またまた》喧嘩腰《けんくわごし》で爭《あらそ》ひ初《はじ》めた。少佐《せうさ》は之《これ》を見《み》て、呆《あき》れたやうな顔《かほ》をして、今夜《こんや》は微笑《びせう》を含《ふく》んで立《た》つてゐた。

私達《わたしたち》は、何時《いつ》も率先《そつせん》して危険界《きけんかい》へ飛《と》び込《こ》んだ。

夜間の巡察《ナイト・パトロール》

=雪の夜の塹壕巡察=假繃帶所=歩哨の誰何=塹壕内のコック部屋=雪中の塹壕戰=

其《そ》の次《つ》ぎの夜《よ》、日本人組《につぽんじんぐみ》が斥候《せきこう》に出《で》るのを爭《あらそ》ふてゐる時《とき》・マイク軍曹《ぐんさう》は、日本語《につぽんご》は解《わか》らないのだが、人々《ひとびと》の様子《やうす》で判《わか》ると見《み》え、

『君達《きみたち》さう騒《さわ》ぐことはない。そのうちに君達《きみたち》への、さういふ機會《チャンス》があるよ。』

と言《い》つて一同《どう》を慰撫《ゐぶ》してゐた。

第《だい》二回目《くわいめ》の斥候《せきこう》も出《で》て行《い》つて、二十分程《ぷんほど》すぎると、再《ふたゝ》びマイク軍曹《ぐんさう》が來《き》て、今度《こんど》は指名《しめい》で私《わたし》と

原田義勇兵《はらだぎゆうへい》とが、夜間巡察《ナイトパトロール》に行《ゆ》くことを命《めい》ぜられた。

この夜間巡察《ナイトパトロール》は、薄暮《はくぼ》から行動《かうどう》を起《おこ》して、第《だい》一線《せん》より第《だい》三線《せん》まで、交通壕《かうつうがう》、掩蔽部《えんぺいぶ》、假野戰病《かりやせんびやう》院《ゐん》までも巡察《じゆんさつ》して來《く》るので、一巡《じゆん》すると夜明方《よあけがた》になるのである。

其《そ》の任務《にんむ》は、塹壕《さんがう》の破壞《はくわい》や、配置《はいち》せる兵《へい》の死傷《ししやう》や、機關銃隊《きくわんじうたい》の損害《そんがい》や、防備《ばうび》に對《たい》する缺陷《けつかん》や、交通《かうつう》のこと等《とう》、一々巡視《じゆんし》して之《これ》を司令官《しれいくわん》に報告《はうこく》するのである。

そして機關銃《きくわんじう》が破壞《はくわい》されてゐる時《とき》は、直《たゞち》に新《あたら》しき銃《じう》と取代《とりか》へなければならない。交通壕《かうつうがう》が破壞《はくわい》されてゐるときは、闇《やみ》に乘《じやう》じて之《これ》を修理《しうり》せねばならぬ。散兵線《さんぺいせん》の缺員《けつゐん》を生《しやう》じてゐるときは、直《たゞち》に補充《ほじう》の兵員《へいゐん》を向《む》けなければならない。或《あるひ》は假野戰病院《かりやせんびやうゐん》や狙撃兵《そげきへい》の處《ところ》にも行《い》つて、其《そ》の不足《ふそく》を補給《ほきふ》せなければならない。斯《か》う言《い》ふやうに重大《ぢうだい》なる任務《にんむ》であつて之《これ》は司令部直屬《しれいぶちよくぞく》である。

其《そ》の夜《よ》は雪《ゆき》がドン〴〵降《ふ》つてゐた。寒《さむ》むさは寒《さむ》し、砲彈《はうだん》は盛《さか》んに落下《らくか》するし、雪《ゆき》は積《つも》るし、雪《せつ》中《ちう》夜間《やかん》の巡察《じゆんさつ》も、命懸《いのちが》けの仕事《しごと》だ。

私達《わたしたち》は毛皮《けがは》の外套《ぐわいたう》を着《つ》け、其《そ》の上《うへ》に防寒用《ばうかんよう》の大《おほ》きな外套《ぐわいたう》を着《き》て、銃《じう》を携《たづさ》へ、マイク軍曹《ぐんさう》と共《とも》に、夜間《やかん》の巡察《じゆんさつ》に出掛《でか》けた。

第《だい》一番《ばん》に、援隊用《サッポート》塹壕《トレンチ》の後方《こうはう》にある、假繃帶所《かりほうたいじよ》を見廻《みまは》つた。

この借繃帶所《かりほうたいじよ》は、軍醫《ぐんい》と看護卒《かんごそつ》がゐる掩蔽部《えんぺいぶ》で、第《だい》一線《せん》其他《そのた》で負傷《ふしやう》した兵《へい》は、必《かなら》ず此處《ここ》に收容《しうよう》され、血止《ちど》めの手當《てあて》を爲《な》し、それから後方《こうはう》の假野《かりや》戰病院《せんびやうゐん》に送《おく》るのである。

此處《ここ》には數人《すうにん》の負傷兵《ふしやうへい》が居《を》つた。其《そ》の中《なか》に石原義《いしはらぎ》勇兵《ゆうへい》がゐた。私達《わたしたち》は驚《おどろ》いて駈《か》け寄《よ》つて見《み》ると、石原君《いしはらくん》は、砲彈《はうだん》の破片《はへん》で、肩《かた》の骨《ほね》を碎《くだ》かれ、傷《きず》は深《ふか》く肺尖《はいせん》に觸《ふ》れてゐた。

『オイ！　石原《いしはら》！』

と呼《よ》んだが、默頭《うなづく》のみで、最早《もはや》虫《むし》の息《いき》である。

マイク軍曹《ぐんさう》は氣《き》の毒《どく》に思《おも》ひ、

『何《なに》か言《い》ひ遺《のこ》す事《こと》は無《な》いか？』

と尋《たづ》ねたが、最早《もはや》口《くち》がきけないのだ。心殘《こゝろのこ》りはするが、私達《わたしたち》は任務《にんむ》を果《はた》さなければならないので、石原君《いしはらくん》の全快《ぜんくわい》を祈《いの》りつゝ、なほも巡察《じゆんさつ》を續《つゞ》けた。後《あと》で石原義《いしはらぎ》勇兵《ゆうへい》の病狀《びやうじやう》を訊《たづ》ねたら、病院《びやうゐん》で間《ま》もなく絕命《ぜつめい》したさうである。

假繃帶所《かりはうたいじよ》を去《さ》つて外《そと》に出《で》ると、雪《ゆき》は霏々《ひゝ》として降《ふ》つてゐる。照明彈《フレーヤー》は盛《さか》んに打揚《うちあ》げられ、其《そ》の美《うつく》しい光《ひか》りに、翩々《へん〳〵》たる白雪《はくせつ》が映《えい》じて、晝《ひる》のやうに照《て》し出《だ》され、其《そ》の間《あひだ》に砲火《はうくわ》の煌《きら》めく物凄《ものすご》さ、塹壕戰《ざんがうせん》の凄壯《せいさう》な雪景色《ゆきげしき》に、我々《われ〳〵》は思《おも》はず足《あし》を止《と》めて見惚《みと》れるほどであつた。

行《ゆ》く〳〵砲彈《はうだん》は熾《さかん》に飛來《ひらい》し、彼我《ひが》の砲撃《はうげき》は、刻々《こく〳〵》に熾烈《しれつ》となる。

『何《ど》うだ、盛《さか》んに撃《う》つなア。』

『うむ、えらく射《う》ち出《だ》したなア。』

と小聲《こごゑ》で話《はな》しながら援隊用《サッポート、トレンチ》塹壕の中《なか》を進《すゝ》んでゆく。

スルト闇《やみ》の中《なか》に、歩哨《ほせう》が三人《にんた》立つてゐた。歩哨《ほせう》は私達《わたしたち》に銃劍《じうけん》を構《かま》へて、

『止《と》まれ！　何處《どこ》へ行《ゆ》くか？　合言葉《あひことば》！』

と誰何《すゐか》した。マイク軍曹《ぐんさう》は其《そ》の夜《よ》の合言葉《あひことば》を答《こた》へた。

『ウヰングビー。』

と言《い》つて、尚言葉《なほことば》を續《つゞ》けた。

『パトロール。（巡察隊《じゆんさつたい》）』

といふと、歩哨《ほせう》は、

『オールライト、パッス！』（よし、通《とほ》れ）

と言《い》ふて通過《つうくわ》を許《ゆる》した。私達《わたしたち》はそれから掩蔽部《ダッグアウト》の中《なか》に這入《はい》つて行《い》つた。恰《ちやう》ど其《そ》の夜《よ》の守備隊《しゆびたい》は、我《わ》がD中隊《ディちうたい》であつた。故《ゆゑ》に日本人組《にっぽんじんぐみ》も其《そ》の中《なか》に交《まじ》つてゐた。

此《こ》の寒冷《かんれい》の夜《よ》に或者《あるもの》は着《き》のみ着《き》のまゝ、金網《かなあみ》のベッドの上《うへ》に、ゴロリと横《よこ》になつて、好《い》い氣持《きもち》さうに寢《ね》てゐる。或者《あるもの》は煙草《たばこ》を輪《わ》に吹《ふ》いて雜談《ざつだん》に耽《ふけ》つてゐる。彼等《かれら》は懐《なつか》しさうに、

『何《ど》うだい、外《そと》は盛《さか》んに行《や》つてるかい？』

と尋《たづ》ねるのであつた。

『うむ、熾《さか》にやつてるよ。』

と答《こた》へつつ、私達《わたしたち》も煙草《たばこ》を吸《す》いたかつたが、服務中《ふくむちう》は喫煙出來《きつえんでき》ないので我慢《がまん》して、一同《いちどう》に別《わか》れを告《つ》げて又外《またそと》に出《で》た。

今度《こんど》はコック部屋《べや》を訪《たづ》ねた。このコック部屋《べや》は、聯隊《れんたい》の將校達《しやうかうたち》の爲《た》めに設《まう》けられてあるので、將校《しやうかう》のコック部屋《べや》は常《つね》に暇《ひま》だのに、今夜《こんや》は又非常《またひじやう》に多忙《たばう》である。

夜間《やかん》には、事情《じじやう》がゆるす限《かぎ》り、第《だい》一線《せん》や、擲弾《ボムビング》、塹壕《トレンチ》や機関銃戦線《ミシンガンライン》などに、紅茶《こうちや》を運《はこ》ぶことになつてゐて、今其《いまそ》の眞最中《まつさいちう》なのだ。この忙《いそ》がしい中《なか》で、コツク頭《がしら》のファーガソン君《くん》は私達《わたしたち》を見《み》て、

「今熱《いまあつ》い紅茶《こうちや》が出來《でき》るから、一杯《ぱい》飲《の》むで行《い》つて下《くだ》さい。」

といふて、我々《われ〳〵》に温《あたゝ》かい紅茶《こうちや》を振舞《ふるま》つて呉《く》れた。

マイク軍曹《ぐんさう》は、

「何《ど》うだ、變《かは》りは無《な》いか？」

と尋《たづ》ねた。するとコツク頭《がしら》はニコ〳〵しながら答《こた》へた。

「貴方《あなた》が、何《ど》うかとお尋《たづ》ね下《くだ》さる前《まへ》に、私達《わたしたち》は何《ど》うかなつて居《を》りますよ。何《なに》しろ頭上《づじやう》は三尺《じやく》ほどの土砂《どしや》で蔽《おほ》ふてあるばかりですからね。」

この危險《きけん》なる掩蔽部《えんぺいぶ》の中《なか》で、欣然《きんぜん》として働《はたら》き續《つゞ》けてゐる彼等《かれら》を見《み》て、私《わたし》はアングロサクソン民《みん》族《ぞく》の眞諦《しんたい》を見《み》たやうな氣《き》がした。

私達《わたしたち》は此處《ここ》を去《さ》つて、今度《こんど》は擲弾塹壕《ボンビングトレンチ》に行《い》つた。歩哨《ほせう》がゐた。例《れい》の如《ごと》く誰何《すゐか》される。型《かた》の如《ごと》く

答《こた》へる。そして此處《ここ》は迫撃砲《トレンチモーター》や、銃用榴彈《ライフルグリネード》を敵《てき》の陣地《ちんち》に向《むか》つて發射《はつしや》してゐる。雪中《せつちう》の塹壕戰《ざんがうせん》は今《いま》や酣《たけなは》だ。

敵陣《てきぢん》より射《う》ち出《だ》す迫撃砲《トレンチモーター》や、銃用榴彈《ライフルグリネード》も、熾《さかん》に塹壕内《ざんがうない》に飛來《ひらい》して爆發《ばくはつ》する。轟然《ぐわうぜん》たる音響《おんきやう》と共《とも》に、降《ふ》り積《つ》む白雪《はくせつ》も、兵士《へいし》も、武器《ぶき》も、土砂《どしや》と共《とも》に粉碎《ふんさい》して、跡《あと》には只《たゞ》赤《せき》き血汐《ちしほ》のみが、雪《ゆき》に塗《まみ》れて、慘《さん》たる光景《くわうけい》が、照明彈《フレーヤー》の光《ひか》りに照《てら》し出《だ》される。

彼我《ひが》の砲兵《はうへい》が撃《う》ち交《かは》す巨彈《きよだん》は、ウナリを生《しやう》じて塹壕《ざんがう》の上《うへ》を飛《と》び交《か》ひ、敵《てき》の砲彈《はうだん》は味方《みかた》の塹壕内《ざんがうない》に熾《さかん》に落下《らくか》し始《はじ》めた。其《そ》の陣地《ぢんち》の上《うへ》には雪《ゆき》がシト〱と降《ふ》りかゝり、熱《ねつ》し切《き》つた砲手《はうしゆ》の頬《ほゝ》を、ヒヤリと掠《かす》めて行《ゆ》く。

私達《わたしたち》の二三間前《げんまへ》に、迫撃砲彈《トレンチモーターだん》が落下《らくか》すると見《み》る間《ま》に、大音響《だいおんきやう》と共《とも》に爆裂《ばくれつ》し、硝煙簇《せうえんむら》がり起《おこ》り、私達《わたしたち》の身邊《しんぺん》には土砂《どしや》と雪《ゆき》とが降《ふ》りかかつて來《き》た。

『やられたな。誰《た》れか〱?』

と下士官《かしくわん》の一人《ひとり》は叫《さけ》んだ。煙《けむり》が晴《は》れた後《あと》には、十數人《すうにん》の死傷者《ししやうしや》が横《よこた》はつてゐる。實《じつ》に其《そ》の死狀《しじやう》は慘酷《さんこく》を極《きは》めてゐる。上半身《じやうはんしん》を粉碎《ふんさい》されてゐる者《もの》、或《あるひ》は下半身《しもはんしん》を擊碎《げきさい》されて、血《ち》と泥《どろ》と雪《ゆき》とに塗《まみ》れ、正視《せいし》するに堪《た》えない。或者《あるもの》は兩腕《りやううで》を切斷《せつだん》され、或《あるひ》は眼球《がんきう》が飛《と》び出《だ》し、或《あるひ》は胸部《きやうぶ》より腹部《ふくぶ》にかけて肉《にく》を半《なか》ばハギ取《と》られ、恰《あたか》も柘榴《ザクロ》の實《み》のやうになつてゐる。中《なか》には上半身《じやうはんしん》を土中《どちう》に埋《うづ》められ、兩足《りやうあし》をピン／＼させてゐるのもある。工合《ぐあひ》よく首《くび》のみ出《だ》して、全身土地《ぜんしんとち》に埋《うづ》まつたものもある。之《これ》は戰友達《せんいうたち》が早速掘《さつそくほ》り出《だ》しに掛《かか》つた。

實《じつ》にこの迫擊砲《トレンチモーター》の危險《きけん》なことと、其《そ》の威力《ゐりよく》の恐《おそ》るべきものであることを感《かん》じさせられた。

私達《わたしたち》は、この激戰《げきせん》の中《なか》を、靜《しづ》かに步《ほ》を移《うつ》しつつ、仔細《しさい》に巡視《じゆんし》して行《い》くのだ。マイク軍曹《ぐんそう》は兵士《へいし》達《たち》に言葉《ことば》をかけつつ、微笑《びせう》を浮《うか》べて、

『何《ど》うか？えらいなア。確《しつ》かりやつて呉《く》れ！』

などと、誰《た》れ彼《か》れの別《べつ》なく、挨拶《あいさつ》しながら進《すゝ》んで行《い》く。頭上《づじやう》には機關銃彈《きくわんじうだん》がピュン／＼と絕《た》えず飛《と》んで來《く》る胸墻《パラペット》の上《うへ》に砲彈《はうだん》は爆裂《ばくれつ》する。前《まへ》にも後《うしろ》にも、火焰《くわえん》を揚《あ》げつつ砲彈《はうだん》が落下《らくか》する。其《そ》の中《なか》を悠々《いうく》として濶步《くわつぽ》して行《ゆ》くマイク軍曹《ぐんそう》は、實《じつ》に豪膽《がうたん》と言《い》はふか、命知《いのちし》らずと言《い》はうか、流石《さすが》の日本男兒《ほんだんじ》も、之《これ》には驚嘆《きやうたん》の眼《め》を見張《みは》らずにはゐられなかつた。

聞《き》くところによると、彼《か》れは開戰當時《かいせんたうじ》よりソンム戰線《せんせん》を初《はじ》めとして、大小幾多《だいせういくた》の戰場《せんぢやう》に奮戰《ふんせん》して來《き》た、經驗者《けいけんしや》であつたのだ。彼《か》れは談笑《だんせう》の間《あひだ》に塹壕《ざんがう》を巡視《じゆんし》しつつあつても、其《そ》の耳《みゝ》は絶《た》えず働《はたら》いてゐる。實《じつ》に彼《か》れの耳《みゝ》の早《はや》いのには驚《おどろ》くばかりだ。今迄《いままで》話《はな》してゐたかと思《おも》ふと、突然《とつぜん》、

『ルック、アウト！（注意《ちうい》せよ）』

と叫《さけ》ぶ、ヒョイと振仰《ふりあふ》ぐと、其處《そこ》にはシュッシュッと火《ひ》を引《ひ》いて爆彈《ばくだん》が飛來《ひらい》してゐる。

私達《わたしたち》はこの命懸《いのちが》けの、壯烈《さうれつ》な雪中戰線《せつちうせんせん》を、靜《しづ》かに進《すゝ》んで行《ゆ》く。行《ゆ》く手《て》には死傷者《ししやうしや》が續出《ぞくしゆつ》し、呻吟《しんぎん》の聲《こゑ》が砲彈《はうだん》の唸《うな》り聲《ごゑ》に和《わ》して響《ひゞ》いて來《く》る。擔架卒《たんかそつ》は此間《このあひだ》に立《た》つて、勇敢《ゆうかん》に働《はたら》いてゐる。眞《しん》に緊張《きんちやう》した氣分《きぶん》とは、こういふのを云《い》ふのであらう。其處《そこ》には息《いき》も吐《つ》けぬやうな活動振《くわつどうぶ》りの猛烈《まうれつ》さがあつた。方《まさ》に人生《じんせい》に於《お》ける、感激《かんげき》の最高潮《さいかうてう》だ。生《せい》と死《し》との爭鬪《さうとう》に於《おい》て、人間《にんげん》の能《あた》ふ限《かぎ》りの努力《どりよく》を盡《つく》してゐるのだ。

其處《そこ》を去《さ》つて、今度《こんど》は機關銃線《きくわんじうせん》に行《い》つた。この時分《じぶん》から彼我《ひが》の砲聲《はうせい》は、一層猛烈《そうまうれつ》になつて來《き》た。雪《ゆき》は益々《ます／＼》しげく降《ふ》り出《だ》した。

機關銃手《きくわんじうしゆ》は盛《さか》んに擊《う》つてゐる。塹壕內《ざんがうない》は死傷者《ししやうしや》の血《ち》で雪《ゆき》を染《そ》め、血《ち》と、雪《ゆき》と、泥《どろ》とが、めちや

〱に踏《ふ》みしだかれてゐる。

機關銃線《きくわんじうせん》の塹壕《ざんがう》には、歩哨《ほせう》が實《じつ》に多《おほ》い。十五間《けん》或《ある》は二十間《けん》置《お》きに歩哨《ほせう》が立《た》つてゐる。機關銃哨《きくわんじうポス》所《ト》の歩哨《ほせう》は、私達《わたしたち》が近《ちか》づくと、

「止《と》まれ！　合言葉《あひことば》！」

と誰何《すゐか》する。それが近距離《きんきより》の間《あひだ》で一々繰返《くりかへ》される。

塹壕内《ざんがうない》は死《し》傷者《しやうしや》で滿《み》ちてゐた。機關銃《きくわんじう》は絶《た》えずカタ〱と射彈《しやだん》を送《おく》つてゐる。此處《ここ》へも敵《てき》の銃砲彈《じうはうだん》は盛《さか》んに飛《と》んで來《く》る。戰《たゝか》ひは夜《よ》が更《ふ》けるとともに闌《たけ》《は》である。雪《ゆき》も亦盛《またさか》んに降《ふ》つてゐる。

スルト機關銃戰線《きくわんじうせんせん》の五番《ばん》と六番《ばん》との間《あひだ》の塹壕《ざんがう》が、敵《てき》の迫撃砲《トレンチモーター》の爲《た》めに破壞《はくわい》されてゐた。私達《わたしたち》は其處《そこ》を通《とほ》つて行《ゆ》かなければならない。全身《ぜんしん》を敵前《てきぜん》に露出《ろしゆつ》するのであるから、危險《きけん》は此上《このうへ》もない。狙撃兵《そげきへい》は狙《ねら》ひを定《さだ》めて待《ま》つてゐるだらう、一人《ひとり》でも通《とほ》れば撃《う》ち取《と》つてやらうと思《おも》つて待《ま》ち構《かま》へてゐるであらう。

私《わたし》は意《い》を決《けつ》して第《だい》一番《ばん》に馳《は》せ拔《ぬ》けた。次《つ》ぎに原田《はらだ》義《ぎ》勇兵《ゆうへい》が馳《は》せ拔《ぬ》けた。最後《さいご》にマイク軍曹《ぐんさう》が馳《は》

せ抜《ぬ》けた。少《すこ》し行《ゆ》くと原田義勇兵《はらだぎゆうへい》は、腰《こし》にブラ下《さ》げてゐる水筒《すゐとう》の水《みづ》を飲《の》まうとして取《と》り出《だ》して見《み》ると輕《かる》い。怪《おか》しいなと思《おも》つて振《ふ》つて見《み》ると、カランカランといふ音《おと》がする。何《ど》うしたのかと思《おも》つて験《しら》べて見《み》ると、敵《てき》の彈丸《だんぐわん》が這入《はい》つてゐた。水《みづ》は其《そ》の穴《あな》から漏《も》れて了《しま》つたのだ。

なほよく調《しら》べて見《み》ると、此彈丸《このだんぐわん》は雜袋《さつのう》を通《とほ》して水筒《すゐとう》に止《と》まつてゐたものである。破壞《はくわい》された塹《さん》壕《がう》の間《あひだ》を通過《つうくわ》するとき、敵《てき》の狙撃兵《そげきへい》の爲《た》めに擊《う》たれたのだ。

其處《そこ》を出《で》て第《だい》一線《せん》に行《い》つて見《み》た。此處《ここ》は又散兵壕《またさんぺいがう》であるので、幾《いく》百千の歩兵《ほへい》が、銃《じう》を構《かま》へて、敵兵來《てきへいきた》れとばかりに待《ま》ち構《かま》へてゐる。其處《そこ》を巡視《じゆんし》して少《すこ》し行《い》くと、其處《そこ》には百名《めい》ばかりの歩兵《ほへい》が、銃用榴彈《ライフルグリネード》を銃口《じうこう》に差込《さしこ》み、まさに發射《はつしや》せんとするところであつた。スルト此時敵兵《このときてきへい》は一歩《ぽ》を先《さき》んじ、獨兵《どくへい》の一齊《せい》に發射《はつしや》した銃用榴彈《ライフルグリネード》は、今發射《いまはつしや》せんとしてゐる味方《みかた》の頭上《づじやう》から落下《らくか》し來《きた》り、バン〳〵と爆裂《ばくれつ》し、死傷者《ししやうしや》で壕《ほり》が埋《うづ》まつて了《しま》つた。擔架卒《たんかそつ》は活動《くわつどう》し始《はじ》めた。歩兵《ほへい》は戰友《せんいう》の仇討《あだうち》とばかり、一層猛烈《そうまうれつ》に銃用榴彈《ライフルグリネード》の射擊《しやげき》を繰《く》り返《かへ》してゐた。

亂射亂擊《らんしやらんげき》といふか、小銃《せうじう》、機關銃《きくわんじう》、銃用榴彈《ライフルグリネード》、迫擊砲《トレンチモーター》、野砲《やはう》、重砲《ぢうはう》、各種《かくしゆ》の彈丸《だんぐわん》が飛來《ひらい》するのだから、危險此上《きけんこのうへ》もない。そして雪《ゆき》はまだ止《や》まない。彼我《ひが》の照明彈《せうめいだん》はドン〳〵打揚《うちあ》げられ、さながら大《だい》アーク燈《とう》のやうに、悲愴《ひさう》な戰場《せんぢやう》の有樣《ありさま》を寫《うつ》し出《だ》したが、白雪《はくせつ》に映《えい》じて、其處《そこ》には第《だい》一線《せん》の修羅《しうら》場《ぢやう》が描《ゑが》き出《だ》されてゐた。

かく多數《たすう》の彈丸《だんぐわん》が飛《と》んで來《き》て、多《おほ》くの兵士《へいし》を殪《たふ》したが、幸《さいは》ひに私達《わたしたち》は微傷《びしやう》だも受《う》けなかつた。

散兵壕《さんぺいがう》は今激戰《いまげきせん》の最中《さいちう》で、援隊《ゑんたい》、豫備隊《よびたい》は後《あと》から〳〵と送《おく》られるが、バタ〴〵と倒《たふ》される。雨《あめ》の如《ごと》く降《ふ》る彈丸《だんぐわん》の中《なか》を、悠々《いういう》と巡察《じゆんさつ》して行《ゆ》く、マイク軍曹《ぐんさう》と私達二人《わたしたちふたり》には、不思議《ふしぎ》に彈《たま》が命中《あた》らない。

由來東洋人《ゆらいとうやうじん》は、宿命論者《しゆくめいろんしや》が多《おほ》いといふが、私《わたし》は命運《めいうん》と言《い》ふことを、今度《こんど》の戰爭《せんさう》で泌々《しみ〴〵》と感《かん》じさせられた。

戰線《せんせん》に在《あ》つて、彈丸《たま》運《うん》の惡《わる》い者《もの》は、一人《ひとり》で四十も、五十も中《あた》る者《もの》もある。彈《たま》が向《む》ふから探《さが》して來《き》て中《あた》るやうだ。又彈丸《またたま》運《うん》の強《つよ》い者《もの》は、何度《なんど》戰線《せんせん》に立《た》つて彈丸雨飛《だんぐわんうひ》の間《あひだ》に戰《たゝか》ひ續《つゞ》けても、一發《ぱつ》も中《あた》らない。

今《いま》は故人《こじん》となつたが、私《わたし》が中學《ちうがく》時代《じだい》に理科《りくわ》を敎《をし》へられた遠藤吉三郎《ゑんどうきちさぶらう》博士《はくし》は、この事《こと》に就《つい》て斯《か》う云《い》はれた。

『今《いま》は昔《むかし》と異《ちが》つて、腦《なう》と心臓《しんざう》とにさへ彈丸《だんぐわん》が命中《あた》らなければ、生命《いのち》は助《たす》かる。幾《いく》百メートル、或《あるひ》は何《なん》千メートルの彼方《かなた》より見《み》れば、腦《なう》や心臓《しんざう》は、一個《こ》のポイント（點《てん》）にしか見《み》えない。彈《だん》丸《ぐわん》も一つのポイントだ。故《ゆゑ》に點《てん》と點《てん》とが衝突《しようとつ》するといふことは、チヤンスだ。畑《はたけ》に仕事《しごと》を爲《し》てゐて、隕石《ゐせき》が落《お》ちて來《き》て死《し》ぬ奴《やつ》もある。凡《すべ》ては運命《うんめい》だ。チヤンスだ。故《ゆゑ》に戰爭《せんさう》に行《い》つて、彈丸《だんぐわん》を恐《こわ》がるやうな奴《やつ》は愚《ぐ》な奴《やつ》だ。』

と話《はな》されたことを思《おも》ひ出《だ》した。其《そ》の時代《じだい》には面白《おもしろ》い議論《ぎろん》をする先生《せんせい》だ位《くらゐ》に思《おも》つてゐたが、今實際《いまじつさい》に戰場《せんぢやう》に臨《のぞ》んで實驗《じつけん》して見《み》ると、實《じつ》に至言《しげん》であると思《おも》つた。又《また》ナポレオンは部下《ぶか》に向《むか》ひ、

『彈丸《だんぐわん》は、お前達《まへたち》を狙《ねら》ひ、又《また》お前達《まへたち》を追《お》つて來《く》るものではない。若《も》しお前達《まへたち》を追《お》つて來《く》るものだとすれば、地《ち》の下幾《したいく》千丈《じやう》の深《ふか》さに避《さ》けても、矢張《やは》り命中《めいちう》するぞ。』

と言《い》ふたさうたが、之《これ》も實際《じつさい》より來《き》た言葉《ことば》であると思《おも》つた。

私達《わたしたち》のやうに、危險《きけん》な胸牆《パラペツト》の上《うへ》に登《のぼ》り、鐵火縦横《てつくわじうわう》の下《もと》に悠々《いうく》として辨當《べんたう》を喰《く》つても、一向《かう》に彈丸《だんぐわん》は命中《めいちう》しない。然《しか》るに塹壕《ざんがう》から一寸首《ちよつとくび》を出《だ》したばかりで、ズドンと只《たゞ》一發《はつ》で殪《たほ》されるものもある。或《あるひ》は又斥候《またせきこう》が、敵《てき》の機關銃彈《きくわんじうだん》が雨霰《あめあられ》と降《ふ》る中《なか》を、敵前間近《てきぜんまぢか》く行《い》つて偵察《ていさつ》して歸《かへ》つて來《き》て、

微傷《びしやう》だに負《お》はぬものもある。さうかと思《おも》ふと、斥候《せきこう》に出掛《でか》けやうとして、直《たゞち》に僵《たほ》される者《もの》もある。現《げん》に私《わたし》が歩哨《ほせう》に立《た》つてゐるとき、狙撃《そげき》したのも其《そ》の一例《れい》である。マイク軍曹《ぐんさう》のやうに、一向《かう》に彈《だん》丸《ぐわん》の命中《あた》らぬ者《もの》もある。

人間《にんげん》の運命《うんめい》といふことは、戰爭《せんさう》に於《おい》て、一番《ばん》よく感《かん》じられる。

初陣《うひぢん》の際《さい》には、敵彈《てきだん》が頭上《づじやう》をピユーンと掠《かす》めてゆくと、誰《たれ》でもヒヨイと頭《あたま》を下《さ》げる。其《そ》の時《とき》は頭《あたま》を下《さ》げても、命中《あた》るものなら既《すで》にピユーンと音《おと》の聞《きこ》える前《まへ》に命中《めいちう》してゐるのだ。ピユーンと音《おと》がしてから頭《あたま》を下《さ》げても遲《おそ》いのだ。だが人間《にんげん》の心理狀態《しんりじやうたい》といふものはおかしなもので、思《おも》はずヒヨイと頭《あたま》を下《さ》げる。

『敵《てき》の彈丸《たま》に、敬禮《けいれい》する奴《やつ》があるか。』

などと怒鳴《どな》る者《もの》がある。さういふのは數度《すうど》の戰場《せんぢやう》に參加《さんか》して、心膽《じんたん》を修練《じうれん》されたものである。

然《しか》し斯《か》ういふ風《ふう》に、彈丸《だんぐわん》が雨《あめ》の如《ごと》く、亂射亂擊《らんしやらんげき》の嵐《あらし》の中《なか》に立《た》つては、一々《〳〵》敬禮《けいれい》などをしてゐられるものではない。砲彈《はうだん》の唸《うな》り聲《ごゑ》も、爆音《ばくおん》も、耳《みゝ》に馴《な》れると、だん〳〵横着《わうちやく》になり、大膽《だいたん》になつて來《き》て、遂《つひ》にはこの音響《おんきやう》なしには眠《ねむ》られないやうにさへなる。

敵味方《てきみかた》の撃《う》ち合《あ》ふ銃砲彈《じうはうだん》は、幾《いく》千万發《ぱつ》といふ驚《おどろ》く可《べ》き射《う》ち方《かた》であるから、むしろ中《あた》らないのが不思議《ふしぎ》なのだ。と謂《い》ふても今《いま》の私《わたし》の立場《たちば》から見《み》た感想《かんさう》で、我々《われ〳〵》二百人《にん》の日本人《にっぽんじん》義勇兵《ぎゆうへい》のうち、戰《せん》死《し》が五十五人《にん》で、五、六人《にん》を除《のぞ》く外《ほか》は、殆《ほと》んど負傷《ふしやう》してゐるから、如何《いか》に激戰《げきせん》が續《つゞ》いたかは想像《さうざう》出來《でき》るであらう。

今《いま》や雪中《せつちう》の塹壕戰《ざんがうせん》は酣《たけなは》である。雪《ゆき》はまだ降《ふ》つてゐる。

私達《わたしたち》巡察《じゆんさつ》が、此處《ここ》を打止《うちど》めとして、聯隊本部《れんたいほんぶ》に引揚《ひきあ》げたときは、さしもに長《なが》い冬《ふゆ》の夜《よる》も、漸《やうや》く明《あ》け初《そ》めて來《き》た。

私達《わたしたち》は聯隊長《れんたいちやう》の前《まへ》に立《た》つて、當夜《たうや》の巡察事項《じゆんさつじかう》を仔細《しさい》に報告《はうこく》した。スルト聯隊長《れんたいちやう》は、

『この雪降《ゆきふ》りの夜《よ》に、寒《さむ》さと、激戰《げきせん》とで、巡察《じゆんさつ》も一層困難《そうこんなん》であつたらう。大《おほ》きに御苦勞《ごくらう》であつた。まあ一杯《ぱい》やつて行《い》つて呉《く》れ。』

といふて、ラム酒《しゆ》をコップに半杯宛《はんぱいづゝ》呉《く》れた。

私達《わたしたち》は三人《にん》でこの杯《コップ》を手《て》にしたとき、非常《ひじやう》に嬉《うれ》しかつた。寒《さむ》さと、飢渇《きかつ》と、疲勞《ひらう》との後《あと》だ。こ

の半杯《はんぱい》のラム酒《しゆ》の味《あぢ》は非常《ひじやう》に甘《うま》く感《かん》じた。未《いま》だに此《こ》の時《とき》のラム酒《しゆ》の味《あぢ》を忘《わす》れることは出來《でき》ない。

そして何時《いつ》もながらの聯隊長《れんたいちやう》の溫《あたゝ》い情《なさけ》を感《かん》じつつ、私達《わたしたち》の掩壕《えんがう》に引揚《ひきあ》げた。

雪《ゆき》はまだ止《や》まない。

月下の塹壕戰

月下の守備交代＝月光に輝く敵の銃劍突撃＝月下の白兵戰＝月色慘として死屍を照す＝

ヴヰミリツヂ堅砦《けんさい》の秋色《しうしよく》闌《た》けて、佛蘭西《フランス》の秋《あき》の夜《よ》は靜《しづ》かに更《ふ》けて行《ゆ》く。

珍《めづ》らしく砲聲《はうせい》は絶《た》え、虫《むし》の音《ね》はリン〳〵と小夜《さよ》の曲《きよく》を歌《うた》つてゐる。空《そら》には月《つき》の光《ひか》りが皓々《かう〳〵》として隈《くま》なく戰場《せんぢやう》を照《てら》してゐる。

今宵《こよひ》のやうに月《つき》の明《あか》るい夜《よる》は、守備兵《しゆびへい》の交代《かうだい》は六ケ敷《し》い。隊伍《たいご》を組《く》むで更代《かうだい》することは出來《でき》ない。やむを得《え》ないから一人《ひとり》二人《ふたり》と順々《じゆん〳〵》に腹這《はらば》ひになつて、塹壕《ざんがう》の中《なか》に一人《ひとり》宛《づゝ》滑《すべ》り込《こ》むより外《ほか》はない。

敵《てき》の塹壕《ざんがう》と味方《みかた》の塹壕《ざんがう》との距離《きより》は、僅《わづ》かに五十碼位《ヤードぐらゐ》だ。咳嗽《せき》をしてもすぐ敵《てき》に知《し》れる。若《も》し更《かう》代《だい》するところを敵《てき》に發見《はつけん》されると忽《たちま》ち機關銃《きくわんじう》や砲彈《はうだん》の亂射《らんしや》を受《う》け、小銃《せうじう》の雨《あめ》を浴《あび》せかけられる。

今私達《いまわたしたち》は腹這《はらば》ひになつて、足《あし》の爪先《つまさき》と肘《ひぢ》とを地《ち》につけ、雜草《ざつさう》を分《わ》けつつ靜《しづ》かに前進《ぜんしん》する。銃《じう》を引《ひき》づりながら時々《ときどき》停《とま》つて塹壕《ざんがう》の方《はう》を眺《なが》め、耳《みゝ》を傾《かたむ》けて樣子《やうす》を窺《うかゞ》はなければならない。

天地《てんち》は寂《せき》として死《し》の影《かげ》の靜《しづ》けさである。空《そら》には靑白《あをじろ》い月《つき》の光《ひか》りが輝《かゞや》いてゐる。彼我《ひが》の塹壕間《ざんがうかん》にある「人無き荒野《ノー、マンスランド》」は蒼茫《さうばう》として、四邊《あたり》は愈々《いよいよ》靜《しづ》かである。

然《しか》し敵彈《てきだん》が何時《いつ》飛《と》んで來《き》て、私達《わたしたち》を「生《せい》」から「死《し》」に導《みちび》くか解《わか》らぬ。不安《ふあん》の頂上《ちやうじやう》を行《ゆ》く心持《こゝろもち》がする。硝煙彈雨《せうえんだんう》の中《なか》の勇壯《ゆうさう》な突擊《とつげき》よりも、一層《そう》不安《ふあん》と不愉快《ふゆくわい》の感《かん》じがする。

前方《ぜんぱう》五、六十碼《ヤード》の所《ところ》にある塹壕內《ざんがうない》の銃眼《じうがん》から、敵《てき》の步兵《ほへい》は我等《われら》を狙《ねら》つてゐるであらう。步哨《ほせう》も、狙擊兵《そげきへい》も眼《め》を見張《みは》つて、我等《われら》の近《ちか》づくのを待《ま》つてゐる筈《はず》だ。思《おも》へば我等《われら》は今地獄《いまぢごく》への路《みち》を辿《たど》りつつあるのだ。

我等《われら》は一人宛《ひとりづゝ》腹這《はらば》ひになつて、一尺《しやく》二尺《しやく》と味方《みかた》の塹壕《ざんがう》に近《ちか》づいて行《ゆ》く。やがて塹壕線《ざんがうせん》が薄暗《うすくら》く見《み》え初《はじ》める。もう少《すこ》しだ。敵兵《てきへい》の爲《た》めに發見《はつけん》されなければよいがと心《こゝろ》に念《ねん》じつつ、なほも靜《しづ》かに這《は》つて行《ゆ》く。死《し》ぬとしても壯快《さうくわい》な突撃戰《とつげきせん》にでも殪《たほ》れるのならばまだよいが、此《こ》んな處《ところ》でコロリと仆《たほ》されては堪《た》まらぬなどと思《おも》ひながら、だん〳〵塹壕《さんがう》に近《ちか》づいて行《ゆ》く、いつそ立上《たちあが》つて駈《か》け出さうかと思《おも》ふことが度々《たび〳〵》ある。

然《しか》し塹壕《さんがう》に近《ちか》づくに從《したが》つて、危險《きけん》は刻《こく》一刻《こく》と迫《せま》るやうに感《かん》ずる。我々《われ〳〵》は益々《ます〳〵》地《ち》を嚙《か》むやうに低《ひく》く腹這《はらば》ひになつて、その動作《どうさ》も益々《ます〳〵》注意深《ちういぶか》く靜《しづ》かになる。

もう塹壕《さんがう》までは十碼《ヤード》となつた。もう一飛《と》びと思《おも》ふが、其處《そこ》を我慢《がまん》して靜《しづ》かに〳〵這《は》つて行《ゆ》く。

この一飛《と》び位《ぐらゐ》の距離《きより》の處《ところ》が最《もつと》も危險《きけん》なのだ。而《しか》も四邊《たり》は靜《しづ》かで人《ひと》の居《ゐ》るやうなけはいもない。今《いま》や味方《みかた》の塹壕《ざんがう》の中《なか》に飛込《とびこ》まうとしたが、敵《てき》の塹壕内《さんがうない》は寂《せき》として靜《しづ》まりかへつてゐる。これ幸《さいは》ひと我等《われら》は味方《みかた》の塹壕《さんがう》の中《なか》に滑《すべ》り込《こ》んだ。

我々《われ〳〵》と交代《かうだい》する兵《へい》も亦同《またおな》じ危險《きけん》を冒《をか》して、後方《こうはう》にある掩壕《えんがう》に歸《かへ》つて行《ゆ》くのだ。そして其處《そこ》で一晝夜《ちうや》の間《あひだ》、不眠不休《ふみんふきう》であつた塹壕守備《さんがうしゆび》の勤務《きんむ》から解放《かいはう》され、溫《あたゝ》いスープに飢渴《きかつ》を醫《い》し、綿《わた》のやうに疲《つか》れた身體《からだ》を、金網《かなあみ》の上《うへ》に橫《よこた》へ、背嚢枕《はいなうまくら》に外套《ぐわいたう》を引被《ひつかぶ》つて、死人《しにん》のやうにぐつすり寢込《ねこ》むのだ。

敵《てき》の塹壕《さんがう》や味方《みかた》の塹壕《さんがう》の前面《ぜんめん》には、有刺鐵線《バアブド、ワイヤー》の鐵條網《てつでうまう》を巾廣《はゞひろ》く張《は》り、更《さら》に深《ふか》い陷《おと》穽《あな》が穿《うが》つてある。これらの障碍《しやうがい》を作《つく》るには暗夜《あんや》を利用《りよう》するか、濃霧《のうむ》の時《とき》を利用《りよう》して作業《さげふ》するのだ。もとより命《いのち》がけの作業《さげふ》だ。斯《か》う云《い》ふ夜《よる》には敵《てき》も味方《みかた》も塹壕間《ざんがうかん》の狹《せま》い地帶《ちたい》に、双方《さうはう》から斥候《せきこう》や歩哨《ほせう》を出《だ》して、一層嚴重《そうげんちう》に偵察《ていさつ》をする。又之《またこれ》を破壞《はくわい》するにも暗夜《あんや》を利用《りよう》するか、又《また》は濃霧《のうむ》の時《とき》を利用《りよう》する。そして擲彈《てきだん》に依《よ》つて破壞《はくわい》するのだ。然《しか》らずんば砲彈《はうだん》によつて之《これ》を破壞《はくわい》するより外《ほか》はない。

一昨日《さくじつ》からの敵《てき》の砲彈《はうだん》に味方《みかた》の鐵條網《てつでうまう》は大半《たいはん》破壞《はくわい》せられて了《しま》つた。然《しか》し今夜《こんや》は月光《げつくわう》が美《うつく》しく地《ち》上《じやう》を照《てら》してゐるので、防禦設備《ばうぎよせつび》の作業《さげふ》が出來《でき》ない。若《も》し之《これ》を決行《けつかう》するならば只《たゞ》敵《てき》の機關銃《きくわんじう》の的《まと》となつて、空《むな》しく犬死《いぬじに》するより外《ほか》はない。仕方《しかた》がないから其《その》まゝにして置《お》く。然《しか》し敵《てき》の突入《とつにふ》を思《おも》ふと不安《ふあん》この上《うへ》もない。

スルト今迄皓〻《いままでかう〲》と照《て》り渡《わた》つてゐた月光《げつくわう》は、黑雲《こくうん》の爲《た》めに閉《とざ》され、地上《ちじやう》は暗澹《あんたん》として、襲撃《しふげき》には最《もつと》も好都合《かうつがふ》の條件《でうけん》となつて來《き》た。

我等《われら》の守備《しゆび》する塹壕《ざんがう》の前方數《ぜんぱうすう》十步《ぽ》の處《ところ》には、霜《しも》で紅葉《こうえふ》に色《いろ》づいてゐる一帶《たい》の灌木《くわんぼく》の小藪《こやぶ》がある。そして每晩《まいばん》我等《われら》を不安《ふあん》に陷入《おとしい》れるのは此小藪《このこやぶ》であつた。若《も》しや敵《てき》は暗《やみ》に乘《じやう》じて、此《こ》の小藪《こやぶ》のかげに押寄《おしよ》せはせぬか？

と。忽《たちま》ち前面《ぜんめん》は暗黒《あんこく》の裡《うち》に沈默《ちんもく》の壁《かべ》が築《きづ》かれる。暗黒《あんこく》と云《い》ふ秘密《ひみつ》の不安《ふあん》と鬪《たゝか》ふのは不快至極《ふくわいしごく》だ。四邊《あたり》は總《すべ》て之《こ》れ恐怖《きようふ》だ。今《いま》や歩哨《ほせう》の聽神經《ちやうしんけい》は敏活《びんくわつ》に働《はたら》き、視神經《ししんけい》は緊張《きんちやう》し、闇《やみ》を透《すか》して凡《すべ》てのものを見破《みやぶ》らうとしてゐる。

何時《いつ》しか我等《われら》の心臟《しんざう》の皷動《こどう》は高《たか》まり、指《ゆび》は知《し》らず〳〵の間《あひだ》に銃把《じうは》を堅《かた》く握《にぎ》り緊《し》めてゐる。

疲勞《ひらう》、睡魔《すゐま》、幻影《げんえい》、秘密《ひみつ》、不安《ふあん》、一として我等《われら》の敵《てき》でないものはない。

スルト突如《とつじよ》として猛鷲《まうしう》の高調《かうてう》する様《やう》な鋭《するど》い笛聲《てきせい》が、月影《つきかげ》闇《くら》き前方《ぜんぱう》の小藪《こやぶ》の中《なか》から聞《きこ》えてきた。

スワ敵《てき》の夜襲《やしふ》だ。

我等《われら》の眼《め》は異様《いやう》に輝《かゞや》く。息《いき》を殺《ころ》して前方《ぜんぱう》の小藪《こやぶ》を窺《うかゞ》ふと、正《まさ》しく軍隊《ぐんたい》の行進《かうしん》して來《く》る響《ひゞき》である。

と、歩哨《ほせう》は聲《こゑ》をひそめて、

「伍長殿《ごちやうどの》！　敵《てき》の夜襲《やしふ》であります。」

「靜《しづ》かに、何處《どこ》の方面《はうめん》だ。」

「前方《あの》の灌木林《くわんぼくりん》であります。」

「よしッ。」

其《その》うちに劍戟《けんげき》の相觸《あひふ》れる音《おと》が聞《きこ》えて來《く》る。步哨《ほせう》は悉《ことごと》く動搖《どうえう》し、一同《どう》は木《こ》の葉《は》の如《ごと》くザワつく。スルト小藪《こやぶ》の中《なか》に蠢《こめ》く人影《ひとかげ》が、味方《みかた》の打揚《うちあ》げた照明彈《フレーヤー》の光《ひか》りに照《てら》し出《だ》された。此時《このとき》、霹靂《へきれき》一發《ぱつ》、沈默《ちんもく》は破《やぶ》れ、味方《みかた》の步哨《ほせう》は前方《ぜんぱう》の小藪《こやぶ》に潛《ひそ》める敵影《てきえい》に向《むか》つて銃火《じうくわ》を浴《あび》せかけた。スルト其《そ》れを合圖《あひづ》に彼我《ひが》の間《あひだ》に銃聲《じうせい》は忽《たちま》ち起《おこ》り、兩軍《りやうぐん》の勇士《ゆうし》は一齊射擊《せいしやげき》に移《うつ》つた。

其《その》うちに轟然《ぐわうぜん》として前面《ぜんめん》一帶《たい》に擲彈《てきだん》が飛《と》ぶ。敵《てき》の步兵《ほへい》は砲彈《はうだん》の爲《た》めに打洩《うちも》らされた味方《みかた》の鐵條《てつでう》網《まう》を破壞《はくわい》すべく努力《どりよく》してゐる。擲彈《てきだん》一擲《てき》、忽《たちま》ち鐵條網《てつでうまう》は四散《さん》し、前面《ぜんめん》一帶《たい》は焦土《せうど》と化《くわ》した。バン〳〵と幾《いく》百千の擲彈《てきだん》は爆裂《ばくれつ》して暗《やみ》に煌《きら》めいてゐる。味方《みかた》の機關銃《きくわんじう》はカタ〳〵〳〵と射擊《しやげき》し出《だ》した。我等《われら》は銃眼《じうがん》より小銃《せうじう》を構《かま》へて待《ま》つてゐる。隊長《たいちやう》は戰線《せんせん》を馳《は》せ廻《まは》りつつ、

「隨意射擊《ずゐいしやげき》。打《う》て！　打《う》て！。」

と叫《さけ》ぶ。我等《われら》は一齊《せい》に火蓋《ひぶた》を切《き》つた。

此時《このとき》だ。にはかに黑雲《こくうん》は去《さ》り、月光《げつくわう》は再《ふたた》び皓々《かうかう》として戰場《せんぢやう》を照《てら》し出《だ》した。見渡《みわた》せば敵《てき》の大軍《たいぐん》は長蛇《ちやうだ》の如《ごと》く、後《あと》から後《あと》からと續《つゞ》いて來《く》る。或《あ》る部隊《ぶたい》は楔狀突貫《けいじやうとつくわん》を決行《けつかう》せんとして今《いま》や味方《みかた》の猛火《まうくわ》

を冒《をか》しつゝ、我《わ》が陣地《ぢんち》を一擧《きよ》に搏擊《はくげき》せんと殺到《さつたう》して來《く》る。恰《ちやう》ど怒濤《どたう》の押寄《おしよ》せるやうに後《あと》から〳〵と、一波《は》又《また》一波《は》、肉彈《にくだん》又肉彈《またにくだん》、劍尖《けんせん》は月光《げつくわう》に輝《かゞや》き、吶喊《とつかん》の聲《こゑ》凄《すさま》じく二十米《メートル》、十五米《メートル》と迫《せま》つて來《き》た。彼我《ひが》の砲兵《はうへい》も活躍《くわつやく》を初《はじ》めた。重砲彈《ぢうはうだん》の空氣《くうき》を劈《つんざ》く音《おと》、砲彈《はうだん》の爆裂《ばくれつ》する響《ひゞき》、又《また》は機關銃《きくわんじう》や小銃《せうじう》の射《う》ち出《だ》す音《おと》は天地《てんち》も碎《くだ》くるかとばかり殷々轟々《ゐん〳〵ぐわう〳〵》と響き渡《わた》り、前面《ぜんめん》一帶《たい》は火炎《くわえん》の巷《ちまた》と化《くわ》した。

敵兵《てきへい》は、我《わ》が機關銃《きくわんじう》の爲《た》めに將棋倒《しやうぎだふ》しに殪《たほ》される。しかし敵兵《てきへい》は勇敢《ゆうかん》に、後《あと》から〳〵と大波《おほなみ》の押寄《おしよ》せるやうに味方《みかた》の屍《かばね》を踏《ふ》み踰《こ》えて突擊《とつげき》して來《く》る。

我《わ》が塹壕内《ざんがうない》は、今《いま》や緊張《きんちやう》の最高潮《さいかうてう》に達《たつ》した。士官《しくわん》は齊《ひと》しく、

『連發《れんはつ》！　連發《れんはつ》！。』

と連呼《れんこ》してゐる。我等《われら》は一分間《ぷんかん》に十五發《はつ》の速力《そくりよく》を以《もつ》て小銃《せうじう》を發射《はつしや》してゐる。我等《われら》の額《ひたへ》は汗《あせ》が流《なが》れる。そして夢中《むちう》で射《う》ちまくつてゐる。

今《いま》や壯烈《さうれつ》なる、月下《げつか》の突擊戰《とつげきせん》は開始《かいし》せられたのである。

劍光《けんくわう》、銃火《じうくわ》、月《つき》の光《ひか》りに照《て》り映《は》える、壯烈《さうれつ》なる鐵火縱橫《てつくわじうわう》の舞臺《ぶたい》に立《た》つて、獨軍《どくぐん》の一將校《しやうかう》は右手《みぎて》に拳銃《けんじう》を發射《はつしや》しつつ、部下《ぶか》の先頭《せんとう》に出《い》で、雨《あめ》と降《ふ》る彈丸《だんぐわん》を物《もの》ともせず、敢然《かんぜん》として、挺身先頭《ていしんトツプ》を

切《き》る武者《むしやぶ》振りの勇《いさ》ましさよ。

然《しか》し間《ま》もなく此《こ》の勇敢《ゆうかん》なる將校《しやうかう》の號令《がうれい》の聲《こゑ》も聞《きこ》えなくなつた。我等《われら》の間斷《かんだん》なき銃火《じうくわ》に一掃《さう》されたのだ。

敵《てき》の步兵《へい》の銃劍《じうけん》は林《はやし》の如《ごと》く、閃々《せん〳〵》として月光《げつくわう》に輝《かゞや》き、凄絕《せいぜつ》の氣《き》は四邊《たり》を壓《あつ》して、一大喊聲《たいかんせい》と共《とも》に、後《あと》より〳〵突擊《とつげき》して來《き》た。

我等《われら》は上氣《じやうき》して、無我夢中《むがむちう》で、銃《じう》も碎《くだ》けよと許《ばか》り強《つよ》く握《にぎ》りしめ、塡《こ》めては射《う》ち、射《う》つては塡《こ》め、間斷《かんだん》なく打《う》ち捲《ま》くる。

銃身《じうしん》は漸《やうや》く熱《ねつ》し、腕《うで》は疲《つか》れを覺《おぼ》え始《はじ》める。しかし、後《あと》から〳〵と絕《た》えず押寄《おしよ》せて來《く》る敵《てき》の大軍《たいぐん》を掃蕩《さうたう》せねばならない。

而《しか》も敵《てき》の喊聲《かんせい》は物凄《ものすご》く我等《われら》の心膽《しんたん》を寒《さむ》からしめるに充分《じうぶん》だ。獨軍《どくぐん》は殊死奮戰《しゆしふんせん》、突貫部隊《とつくわんぶたい》は幾度《いくど》となく突擊《とつげき》するが、味方《みかた》の機關銃《きくわんじう》の爲《た》めに掃《は》くやうに打殪《うちたほ》される。全滅又全滅《ぜんめつまたぜんめつ》! 空《むな》しく勇士《ゆうし》の屍《かばね》を戰場《せんぢやう》に積《つ》み、勇敢《ゆうかん》なる敵兵《てきへい》の碧血《へきけつ》は戰《たゝか》ひの野《の》を染《そ》むるのみだ。月光《げつくわう》は此《こ》の悲慘《ひさん》なる光景《くわうけい》を青《あを》白《じろ》く照《てら》し出《だ》してゐた。

猛烈《まうれつ》を極《きは》めた敵《てき》の襲撃《しふげき》も、我軍《わがぐん》の猛射《まうしや》に會《あ》ふて、空《むな》しく撃退《げきたい》せしめられた。戰場《せんぢやう》には只苦悶《たゞくもん》の聲《こゑ》のみが殘《のこ》されてゐる。

其《そ》の時又《ときまた》も黑雲《こくうん》は深《ふか》く空《そら》を閉《とざ》し、再《ふたゝ》び戰線《せんせん》は暗黑《あんこく》の夜《よる》となつた。

『打方止《うちかたや》め！』

の號令《がうれい》はかかつた。私《わたし》は俄《には》かに疲勞《ひらう》と渇《かつ》とを覺《おぼ》えた。とても咽喉《のど》が渇《かは》いて堪《た》まらない。頭《あたま》は熱《ねつ》して、汗《あせ》は全身《ぜんしん》を流《なが》れてゐる。腕《うで》が痛《いた》む、眼《め》が痛《いた》む。先《ま》づ銃《じう》を杖《つゑ》ついて水筒《すゐとう》を傾《かたむ》け、ゴクリ〳〵と水《みづ》を呑《の》むだ。あゝ其《そ》の味《あぢ》の甘《うま》かつたことは、今《いま》に忘《わす》れ得《え》ない。

懷かしや故國の音信

夢《ゆめ》は繞《めぐ》る佛國戰線場裡《ふつこくせんせんぢやうり》。

朝《あした》にも鐵火《てつくわ》、夕《ゆふ》べにも鐵火《てつくわ》といふ殺風景《さつぷうけい》な塹壕生活《ざんがうせいくわつ》に於《お》ては、何《なに》か慰安《ゐあん》が無《な》ければならない。

風塵遠《ふうぢんとほ》い佛國《ぶつこく》の戰場《せんぢやう》に、六百五十萬《まん》の英兵《えいへい》が、見《み》るや故山《こざん》の夢如何《ゆめいか》に？

冬《ふゆ》の夕陽《ゆふひ》が、砲彈《はうだん》に荒《あ》れ果《は》てた雪解《ゆきげ》の塹壕《ざんがう》を、力《ちから》なげに照《てら》しつつ、冬枯《ふゆが》れの木立《こだち》の彼方《かなた》に沈《しづ》む時《とき》、北佛蘭西《きたフランス》の雪野《ゆきの》を渡《わた》つて、寒《さむ》い〳〵風《かぜ》が吹《ふ》いて來《く》る。地獄《ぢごく》の生活《せいくわつ》を如實《によじつ》に示《しめ》すやうな塹壕生《さんがうせい》活《くわつ》に、兵士達《へいしたち》が假寢《かりね》の夢《ゆめ》には、涙《なみだ》を誘《さそ》ふ夜《よ》が多《おほ》い。

或《あるひ》は、靜《しづ》かに暮《く》れてゆく、秋《あき》の夕《ゆふ》べなど、多感《たかん》なる勇士《ゆうし》の胸《むね》には、故郷《こきやう》に殘《のこ》して來《き》た愛《あい》する妻《つま》や子供達《こどもたち》、さては親《した》しき人々《ひと〴〵》への愛慕《あいぼ》の情《じやう》、切《せつ》なるものがある。

それ故《ゆゑ》、故國《ここく》よりの郵便物《いうびんぶつ》は、實《じつ》に懷《なつか》しいものの一《ひと》つだ。每日《まいにち》〳〵同《おな》じことを繰《く》り返《かへ》してゐる殺風景《さつぷうけい》な塹壕生活《さんがうせいくわつ》に在《あ》つては、郵便係《いうびんがかり》の軍曹《ぐんさう》は非常《ひじやう》にもてるのだ。

郵便係《いうびんがかり》が配《くば》つて來《く》る故國《ここく》よりの音信《おんしん》を、私達《わたしたち》は鶴首《かくしゆ》して待《ま》つてゐる。若《も》し一人《ひとり》で三、四通《つう》も受《うけ》取《と》るものがあると、皆《み》んなの羨望《せんばう》の的《まと》となる。そして一通《つう》も受取《うけと》ることの出來《でき》なかつた兵士《へいし》は、掩蔽部《えんぺいぶ》の隅《すみ》の方《はう》に踞《うづく》まり、

『God dam！ You lucky dog！ （畜生《ちくしやう》！ 甘《うま》くやつてやがるなア』

などと淋《さび》しさうにしてゐる。數通《すうつう》の手紙《てがみ》を握《にぎ》つた兵士《へいし》は、こんな呪《のろ》はれるのか、祝福《しゆくふく》されるのか判《わか》らぬやうな言葉《ことば》を浴《あ》びせかけられ、それでも嬉《うれ》しさうに、短檠《たんけい》の光《ひか》り薄《うす》きに、繰返《くりかへ》し〳〵讀《よ》んでゐる。若《も》し戀人《こひびと》や愛妻《あいさい》からでも來《き》た手紙《てがみ》だと、幾《いく》十回《くわい》となく繰返《くりかへ》し〳〵讀《よ》んでゐる。其《そ》れで足《た》

りなくて、戰友《せんいう》のところへ持《も》つて行《い》つて讀《よ》んで聞《き》かせてゐる。中《なか》には互《たがひ》に讀《よ》んで聞《き》かせ合《あ》つてゐる連中《れんちう》もある。一通《つう》も手紙《てがみ》を得《え》なかつた者《もの》は、手紙《てがみ》を讀《よ》んでゐる者《もの》の傍《そば》に行《い》つて、

『何《ど》うだネ。何《なに》か面白《おもしろ》い報知《はうち》がないか？　少《すこ》し世間《せけん》の出來事《できごと》を知《し》らせて呉《く》れないか。』

などといふて、友人《いうじん》の手紙《てがみ》を讀《よ》んで聞《き》かせて貰《もら》つて、僅《わづ》かに其《そ》の淋《さび》しい心情《こゝろ》を慰《なぐさ》めてゐるものもある。

又《ま》た戀人《こひびと》や、妻子《さいし》からの手紙《てがみ》だと、大切《たいせつ》に之《これ》を内《うち》ポケットに收《をさ》められ、永《なが》い戰爭期間《せんさうきかん》を、本人《ほんにん》と共《とも》に風雨《ふうう》を凌《しの》ぎ、砲煙彈雨《はうえんだんう》の間《あひだ》を馳驅《ちく》し、戰《たゝか》ひの暇《ひま》には折々《をり〳〵》内《うち》ポケットから取出《とりだ》されて讀《よ》まれ、常《つね》に唯《ゆゐ》一の慰《ゐ》安者《あんしや》となつてゐる。

故《ゆゑ》に之等《これら》に關《くわん》する挿話《エピソード》が澤山《たくさん》ある。

砲彈《はうだん》の爲《た》めに、首《くび》を粉碎《ふんさい》され、一見誰《けんた》れとも見分《みわ》けられないのが、其《そ》の死骸《しがい》の内《うち》ポケットに、戀人《こひびと》からの手紙《てがみ》が收《をさ》められてゐたので、誰《た》れであるか判明《はんめい》したといふやうな例《れい》は澤山《たくさん》あつた。

日本義勇兵《につぽんぎゆうへい》の中《なか》にもあつた。ヴヰミリツヂの總攻撃《そうこうげき》の際《さい》、追撃戰《つゐげきせん》に移《うつ》り、我《わ》が十大隊《だいたい》に屬《ぞく》してゐた、原義勇兵《はらぎゆうへい》は、砲彈《はうだん》を身《み》に浴《あ》びて全身殆《ぜんしんほと》んど四散《さん》し、只《た》だ血《ち》に塗《まみ》れた軍服《ぐんぷく》の胸《むね》のところのポ

ケットのみが地上《ちじやう》に落《お》ちてゐた。

その時《とき》同隊《どうたい》の後《あと》より躍進《やくしん》して來《き》た、他《た》の聯隊《れんたい》の一英兵《えいへい》が、その血汐《ちしほ》に染《し》みたるポケットを拾《ひろ》ひ、自分《じぶん》のポケットに收《をさ》めて、突撃《とつげき》を續《つゞ》けてゐた。

戰《たゝか》ひが終《をは》つてから、其《そ》の英兵《えいへい》は例《れい》のポケットを開《ひら》いて見《み》ると、日本語《にほんご》の手紙《てがみ》が入《はい》つてゐたので、態々《わざ〳〵》同隊《どうたい》まで持《も》つて來《き》て呉《く》れた。其《そ》の手紙《てがみ》は同君《どうくん》の戀人《こひびと》からの手紙《てがみ》で、『原新吉樣《はらしんきちさま》――最《さい》愛《あい》の者《もの》より』と書《か》いてあつた。其《そ》の手紙《てがみ》はスレ〳〵になつてゐたが、その手紙《てがみ》に依《よ》つて、原義勇《はらぎゆう》兵《へい》が戰死《せんし》したといふことが判《わか》つたのであつた。それから又《また》斯《か》ういふ美《うつく》しい話《はな》しがある。

或《あ》る二十三、四歳《さい》の一英兵《えいへい》は、故郷《こきやう》に老母《らうぼ》と幼《をさな》き弟妹達《ていまいたち》とを殘《のこ》して、兄《あに》と共《とも》に出征《しゆつせい》してゐた。郷里《きやうり》に殘《のこ》された家人達《かじんたち》は、老幼心《らうえうこゝろ》を合《あは》せて、畑《はたけ》を耕《たがや》し、農事《のうじ》に精進《しやうじん》してゐた。そして辛《かと》くも其《そ》の日《ひ》を送《おく》つてゐた。その英兵《えいへい》には此《この》一事《じ》が氣掛《きがか》りでならなかつた。スルト間《ま》もなく郷里《きやうり》の母《はゝ》より一通《つう》の手紙《てがみ》と、小包《こづゝみ》が屆《とゞ》いた。これはクリスマスの贈物《おくりもの》であつた。小包《こづゝみ》の中《なか》にはクリスマスのお菓子《くわし》が澤山《たくさん》入《はい》つてゐた。そして心《こゝろ》を込《こ》めた母《はゝ》や弟妹達《ていまいたち》の手紙《てがみ》を讀《よ》んだときには、さすがの勇士《ゆうし》も男泣《をとこな》きに泣《な》いた。そして小包《こづゝみ》に貼付《てふふ》してある切手《きつて》を見《み》ると、一シルリング（日本《につぽん》の四十八錢《せん》）であつた之《これ》を見《み》た彼《か》れは、直《たゞ》ちに老母《らうぼ》に宛《あ》てて一通《つう》の手紙《てがみ》を認《したゝ》めた。

『母上樣《はゝうへさま》！　懷《なつ》かしきお手紙《てがみ》、繰《く》り返《かへ》し〳〵拜見《はいけん》いたしました。殊《こと》に澤山《たくさん》のクリスマスのお菓《くわ》子《し》は、實《じつ》においしく頂戴致《ちやうだいいた》しました。心《こゝろ》から嬉《うれ》しく感謝致《かんしやいた》して居《を》ります。然《しか》し母上樣《はゝうへさま》、今後《こんご》はかういふ御心配《ごしんぱい》は、御無用《ごむよう》に願《ねが》ひます。此處《こゝ》では不自由《ふじいう》ながらも、日用品《にちようひん》や食事《しよくじ》には、充分滿《じうぶんまん》足《そく》な生活《せいくわつ》を送《おく》つて居《を》ります。ですから此《こ》のお金《かね》で何《なに》かあなたがたのお好《す》きな物《もの》を買《か》つて召上《めしあが》つて下《くだ》さい。

一シルリングの金《かね》は、今《いま》のあなた方《がた》の負擔《ふたん》としては、あまりに大《おほ》きな支出《ししゆつ》だと思《おも》ひます。あなた方《がた》が御自分《ごじぶん》の召上《めしあが》るものまで節約《せつやく》して、私《わたし》の爲《た》めに贈《おく》つて下《くだ》さつたことを思《おも》つて、私《わたし》は涙《なみだ》と共《とも》に頂《いたゞ》きました。』

といふ手紙《てがみ》であつた。

書翰《しよかん》の檢査官《けんさくわん》は此《こ》の手紙《てがみ》を見《み》て泣《な》かされた。そして此《こ》の手紙《てがみ》は大隊長《だいたいちやう》も見《み》た、聯隊長《れんたいちやう》も見《み》た。そして此《こ》の人達《ひとたち》に非常《ひじやう》な感動《かんどう》を與《あた》へたのであつた。早速此《さつそくこ》の人達《ひとたち》に依《よ》つて寄附金《きふきん》が集《あつ》められ、直《たゞ》ちに老母《らうぼ》に贈《おく》られた。やがて其《そ》の英兵《えいへい》は伍長《ごちやう》に昇進《しようしん》した。彼《か》れは非常《ひじやう》に手腕家《しゆわんか》であつて、彼《かれ》の誠《せい》意《い》ある仕事振《しごとぶ》りに、彼《かれ》は間《ま》もなく軍曹《ぐんさう》に昇進《しようしん》し、續《つゞ》いて曹長《さうちやう》に進級《しんきふ》した。かゝる心掛《こゝろが》けのよい兵《へい》士《し》は、六百五十万から居《ゐ》る英軍中《えいぐんちう》でも、あまり澤山《たくさん》はゐなかつた。

第《だい》二の慰安《ゐあん》は、慰問袋《ゐもんぶくろ》であつた。年《ねん》に二度《ど》しかないのであるが、係《かゝり》の軍曹《ぐんさう》が配《くば》つて來《く》ると、兵《へい》士達《したち》は掩壕《えんがう》の中《なか》で之《これ》を貰《もら》ひ、恰《ちやう》ど子供《こども》が飴《あめ》の袋《ふくろ》でも貰《もら》つたときのやうに、喜《よろこ》んで之《これ》を片手《かたて》で頭上《づじやう》高《たか》く差上《さしあ》げ、片手《かたて》を腰《こし》にかけ、嬉《うれ》しさに暫《しば》しダンスをやりだすのだ。亂舞《らんぶ》の態《てい》よろしくあつて、なか〳〵袋《ふくろ》の口《くち》を開《ひら》かうとしない。之《これ》を手《て》にして無上《むじやう》に樂《たの》しんでゐる。

袋《ふくろ》の裏《うら》には、贈主《おくりぬし》の住所氏名《ぢうしよしめい》が、一々明記《めいき》してある。其《そ》の袋《ふくろ》の中《なか》には兵《へい》に必要《ひつえう》な日用品《にちようひん》が多《おほ》く入《はい》つてゐる。菓子《くわし》、煙草《たばこ》、靴下《くつした》、シャツ、齒磨《はみがき》、揚子《やうじ》、スカーフなどが多《おほ》い。或《あるひ》はチョコレートの菓子《くわし》がある。或《あるひ》はビスケツトがある。そういふときは、お互《たがひ》に半分位宛《はんぶんぐらゐづゝ》取換《とりか》へつこをして喰《た》べてゐる。

これらの慰問袋《ゐもんぶくろ》に對《たい》する、兵士達《へいしたち》よりの禮狀《れいじやう》から、種々《いろ〳〵》のローマンスが生《うま》れ出《で》る。何處《いづこ》も同《おな》じだ。禮狀《じやう》が軈《やが》て戀狀《じやう》と變《かは》つて了《しま》つたりする。

私《わたし》は或《あ》るときミス、フローラと云《い》ふ人《ひと》から贈《おく》られた慰問袋《ゐもんぶくろ》を配《くば》られた。フローラ嬢《ぢやう》とあるから、何《いづ》れ妙齢《めうれい》の美人《びじん》であらう、と想像《さうざう》する。其《そ》の袋《ふくろ》の中《なか》には、靴下《くつした》、楊子《やうじ》、チョコレート、手布《ハンチフ》などが澤山《たくさん》に入《はい》つてゐた。之《これ》に對《たい》してお禮《れい》の手紙《てがみ》を出《だ》さうと思《おも》つたが、元來《ぐわんらい》が東洋《とうやう》の一武骨漢《ぶこつかん》だ。野《や》人禮《じんれい》にならはず、失禮《しつれい》な手紙《てがみ》でも書《か》くとお氣《き》の毒《どく》だと思《おも》つて止《や》めた。

今茲《いまこゝ》に改《あらた》めて、フローラ孃《ぢやう》の御好意《ごかうい》に對《たい》して、衷心《ちうしん》から御禮《おれい》を申上《まをしあ》げる。

東京《とうきやう》の叔父《をぢ》様《さま》からは、兩《りやう》三度《ど》の贈物《おくりもの》に接《せつ》して、非常《ひじやう》に嬉《うれ》しかつた。

遠《とほ》い佛國《ふつこく》の塹壕《ざんがう》に、暖《あたゝ》かな防寒用《ばうかんよう》のシャツや、殊《こと》に露國皇帝《ろこくくわうてい》の常《つね》に愛喫《あいきつ》せられたといふ、卷煙草《まきたばこ》二百本《ぽん》を贈《おく》られた時《とき》は、喜《よろこ》ばしさに堪《た》えないで、直《たゞち》に之《これ》を戰友達《せんいうたち》に分與《ぶんよ》した。

或《あ》る英兵《えいへい》の伍長《ごちやう》に二本《ほん》を分《わ》け與《あた》へたら、

『日本《につぽん》にも恁《こ》んな甘《うま》い煙草《たばこ》があるかネ。』

と、言《い》ひながら甘《うま》さうに喫《ふか》した。

『冗談《じやうだん》云《い》つちやいかん。之《こ》れは、日本《につぽん》にも、英國《えいこく》にも、佛國《ふつこく》にもあるものではない。露帝《ろてい》のみが常《つね》に愛用《あいよう》した煙草《たばこ》で、得難《えがた》いものなのだ。特《とく》に私《わたし》の叔父《をぢ》から贈《おく》つて來《き》たのだよ。』

と説明《せつめい》したら、

『さうか。さう云《い》ふ煙草《たばこ》か!?』

といふと、あとの一本《ぽん》を大切《たいせつ》さうに、ポケットの中《なか》に入《い》れて了《しま》つた。

單調《たんてう》な塹壕生活《ざんがうせいくわつ》では、手紙《てがみ》と、慰問袋《ゐもんぶくろ》とは、私達兵《わたしたちへい》に取《と》つては、無上《むじやう》の慰安《ゐあん》であつた。

交戰地帶の住民

世《よ》の中《なか》に交戰地帶《かうせんちたい》の住民程《ぢうみんほど》、哀《あは》れに氣《き》の毒《どく》なものはあるまい。住《す》むに家《いへ》なく、喰《く》ふに充分《じうぶん》な食物《しよくもつ》が無《な》い。暖《だん》を取《と》るには石炭《せきたん》もない。其《そ》の上砲彈《うへはうだん》の爲《た》めに命《いのち》を失《うしな》ふ者《もの》も尠《すくな》くない。

之《これ》を避《さ》けて、遠《とほ》く英國《えいこく》や、巴里方面《パリーはうめん》に逃《に》げ去《さ》らうとしても、金《かね》が無《な》い。故《ゆゑ》に大多數《だいたすう》の人々《ひとびと》は止《や》むなく其《そ》の地《ち》に住《す》むでゐる。

私達《わたしたち》は、佛國人《ふつこくじん》と謂《い》へば、一般《ぱん》に奢侈《しやし》に流《なが》れ、勤儉貯蓄《きんけんちよちく》などするやうな國民《こくみん》でないと思《おも》つてゐた。然《しか》るに其《そ》れは巴里邊《パリーへん》に住《す》むで、交際場裏《かうさいぢやうり》に活動《くわつどう》してゐる、或《あ》る一部《ぶ》の人士《じんし》であつて、大多數《だいたすう》の國民《こくみん》は常《つね》に質素《しつそ》である。それ故《ゆゑ》五年《ねん》に亘《わた》る長《なが》い間耕作《あひかうさく》も出來《でき》ず、仕事《しごと》も爲《な》さず、兎《と》に角生命《かくいのち》だけは維持《ゐぢ》してゐたのだから驚《おどろ》く。然《しか》し多《おほ》くの人達《ひとたち》は日本穀類《にっぽんこくるゐ》のダンゴに相當《さうたう》するやうな、フレンチ、パンを喰《く》ふて、辛《かろ》くも露命《ろめい》を維《つな》いで居《ゐ》たのである。そして彼等《かれら》は地下室《ちかしつ》や、或《あるひ》は地中深《ちちうふか》く穴倉《あなぐら》を掘《ほ》つて、其《そ》の中《なか》に住《す》むで居《を》つたのである。十三、四歳位《さいぐらゐ》の子供達《こどもたち》は、男《をとこ》も、女《をんな》も、籠《かご》や箱《はこ》を肩《かた》から吊《つ》つて、恰《ちやう》ど汽車《きしや》の窓《まど》に物《もの》を賣《う》る賣子《うりこ》のやうな様子《やうす》をして、蜜柑《みかん》、林檎《りんご》、煙草《たばこ》、菓子《くわし》などを陣地《ぢんち》近《ちか》く賣《う》りに來《く》る。覺束《おぼつか》ない英語《えいご》で、チヨコレートのことを、

『チヨコ、チヨコ』

などと云《い》つてやつて來《く》る。それが又《また》よく賣《う》れるのだ。戰線《せんせん》にある兵士《へいし》は、明日《みやうにち》の命《いのち》は判《わか》らないのだ。どうせ金《かね》など持《も》つてゐたつて、何《な》んにもならない。私達《わたしたち》は俸給《ほうきふ》を貰《もら》つてゐるから、其《そ》の金《かね》で種々《しゆ／＼》な物《もの》を買《か》つて喰《く》つた。戰場《せんぢやう》では只《た》だ喰《く》ふこと〻、寢《ね》ること〻が樂《たの》しみなのだ。佛國民《ふつこくみん》の一部《ぶ》は、斯《か》うして賣上《うりあ》げた金《かね》で漸《やうや》く生《い》きてゆくのだ。この子供達《こどもたち》は、家族《かぞく》の生活《せいくわつ》を維持《ゐぢ》する、勇敢《ゆうかん》なる鬪士《とうし》であつた。

私達《わたしたち》は、時々《とき／＼》農家《のうか》や、商店《しやうてん》に押《おし》かけて、物《もの》を買《か》ふのだ。然《しか》し我々《われ／＼》は佛語《ふつご》が話《はな》せないので、時々《とき／＼》滑稽《こつけい》な事件《じけん》が持上《もちあが》る。私達《わたしたち》が、初《はじ》めて佛國《ふつこく》の地《ち》を踏《ふ》んだとき、古參《こさん》の兵《へい》から、簡單《かんたん》な佛語《ふつご》を習《なら》ふ

たものだ。それが又《また》頗《すこぶ》る怪《あや》しい。私達《わたしたち》はパンを買《か》ひに行《ゆ》くとき、

「ギープ、ミー、サム、ダ、パン。」

とやるが、アクセントも、發音《はつおん》も違《ちが》ふから、先方《せんぱう》には一向《かう》通《つう》じない。とう〳〵英兵達《えいへいたち》は癇癪《かんしやく》を起《おこ》して、

『この位《くらゐ》の英語《えいご》が解《わか》らんのか？』

などと云《い》つて、憤然《ふんぜん》として立去《たちさ》つて了《しま》ふ。中《なか》には氣《き》が利《き》いた者《もの》があつて、紙《かみ》と鉛筆《えんぴつ》とを取出《とりだ》して、卵《たまご》や、パンや、蠟燭《らふそく》などを畫《ゑ》に描《か》いて、成功《せいこう》する者《もの》もある。

「眼《め》は口程《くちほど》に物《もの》を言《い》ふ」と云《い》ふことがあるが、此處《ここ》では指《ゆび》が口程《くちほど》に物《もの》を言《い》ふのである。一番《ばん》よく用《よう》が足《た》りるのは手眞似《てまね》だ。

三年《ねん》も經過《けいくわ》するうちには、佛國民《ふつこくみん》も少《すこ》しの英語《えいご》を覺《おぼ》え、私達《わたしたち》も佛國語《ふつこくご》の簡單《かんたん》なものを覺《おぼ》えるので、どうにか用《よう》が便《べん》ずるやうになつた。

英語《えいご》でplease give me！《プリース、ギーブ、ミー》　といふことを、佛語《ふつご》では、

『ブレブー、ドネモー』

といふのだ。然《しか》し前《まへ》の方《はう》のプレプー、ドネモーまでは覺《おぼ》えてゐるが、肝心《かんじん》な品物《しなもの》の名《な》が判《わか》らない。例《たと》へば卵《たまご》を買《か》はうと思《おも》ふ時《とき》、佛蘭西語《フランスご》の卵《たまご》といふ言葉《ことば》を忘《わす》れて了《しま》つて、

「プレプー、ドネモー、サム、エッグ」

などと英語《えいご》交《まじ》りにやつ付《つ》けるので、百姓《しやう》のお神《かみ》さん達《たち》は面喰《めんくら》つて、眼《め》をパチクリしてゐる。此處《ここ》に於《おい》てか指《ゆび》が役《やく》に立《た》つのだ。先《ま》づ指《ゆび》で卵《たまご》の形《かた》を示《しめ》し、兩手《りやうて》を左右《さいう》に擴《ひろ》げて、羽《は》バタキの眞似《まね》をして、

「コケ、コツコー」

と鷄《にはとり》の啼《な》き聲《こゑ》を眞似《まね》る。特《とく》に英人《えいじん》は之《こ》れが上手《じやうず》だ。スルトお神《かみ》さんはニツコリして、

「アウヰー」（Oh! yes! yes!）

といふて卵《たまご》を持《も》つて來《く》るのだつた。

それから劍橋《ケンブリツチ》大學《たいがく》の教授《けうじゆ》も、牛津《オツクスフオード》大學《だいがく》の學者《がくしや》も知《し》らない言葉《ことば》が兵士達《へいしたち》の間《あひだ》に用《もち》ひられてゐた。最近《さいきん》の辭書《じしよ》にもないが、英軍《えいぐん》一般《はん》に用《もち》ひられ、當時《たうじ》は英本國《えいほんごく》までも流行《りうかう》してゐた。それは戰《せん》

場《ぢやう》から流行《りうかう》し出《だ》したのである。その言葉《ことば》は、

「Napoo」（ナプー）

といふのだ。其《そ》の意味《いみ》は「無《な》い」と云《い》ふことだ。例《たと》へば、

『He's kil'd!』といふのを『He's Napoo!』

といふのだ。また、

『Give me some smoke!』（煙草《たばこ》を呉《く》れないか?）

といふと、英兵《えいへい》は双手《さうしゆ》を胸《むね》のところに擧《あ》げて、首《くび》を少《すこ》し傾《かたむ》け、

『Sorry! I got napoo!』（お氣《き》の毒樣《どくさま》、持《も》つて居《を》りません。）

といふ。

ナプーといふ言葉《ことば》は戰場《せんぢやう》から流行《りうかう》し出《だ》したのだ。

喪家の犬

＝主家を失へる交戰地帶の犬猫＝塹壕内の愛敬者＝塹壕鼠の驅逐者＝

交戰地帶《かうせんちたい》には、主人《しゆじん》を失《うしな》つて、喰《く》ふに物《もの》なく、住《す》むに家《いへ》なき痩《や》せ衰《おとろ》へた、犬《いぬ》や猫《ねこ》が澤山《たくさん》ゐる。富豪《ふがう》や、貴族達《きぞくたち》は皆戰塵《みなせんぢん》を遁《のが》れて、遠《とほ》く巴里《パリー》や英國邊《えいこくへん》までも避難《ひなん》してゐるので、其《そ》の飼犬《かひいぬ》や、飼猫《かひねこ》は其《そ》の土地《とち》に殘《のこ》され、さ迷《まよ》ひ歩《ある》いてゐる。人間《にんげん》が一人《り》も住《す》むでゐない所《とこ》もあるので、之等《これら》の犬《いぬ》や猫《ねこ》は皆《み》な軍隊《ぐんたい》に蹤《つ》いて、何處《どこ》までもやつて來《く》る。

住民《ぢうみん》のゐる處《とこ》でも、人間《にんげん》が喰《く》ふ食物《しよくもつ》は制限《せいげん》され、一日《にち》の食糧《しよくりやう》がパン何斤《なんきん》、肉《にく》何斤《なんきん》と割當《わりあ》てられてゐるので、犬《いぬ》や猫《ねこ》を飼養《しやう》するだけの餘裕《よゆう》が無《な》い。そこで喪家《さうか》の犬《いぬ》とでも稱《しよう》すべき犬《いぬ》や猫《ねこ》が無數《むすう》にゐる。それで私達《わたしたち》の行軍《かうぐん》する足《あし》に絡《から》みつくやうにして、何處《どこ》までも蹤《つ》いて來《く》る。

兵士達《へいしたち》は又之《またこれ》を非常《ひじやう》に可愛《かあい》がる。鐵火縱横《てつくわじうわう》に飛來《ひらい》する、修羅場《しうらぢやう》に在《あ》つては、これらの動物《どうぶつ》は、兵《へい》に取《と》つては唯一《ゆゐ》の慰安《ゐあん》でもある。そして塹壕《ざんがう》へでも、ビユン／＼と彈丸《だんぐわん》の飛《と》んで來《く》る處《とこ》へでも又突撃《またとつげき》の際《さい》でも、私達《わたしたち》と一緒《しよ》になつて、軍隊《ぐんたい》に蹤《つ》いて來《く》る。

私達《わたしたち》が歩哨《ほせう》に立《た》てば、其《そ》の足下《あしもと》に踞《うづくま》るし、掩蔽部《えんぺいぶ》に歸《かへ》れば、其《そ》の兵《へい》の外套《ぐわいたう》の端《はし》に卷《くる》まつて寢《ね》る。そういふ風《ふう》であるから犬好《いぬず》きの兵士達《へいしたち》は、食物《しよくもつ》のあまり物《もの》や、パンの屑《くづ》を集《あつ》めて養《やしな》つて置《お》くのだ。そして自分《じぶん》を愛《あい》して呉《く》れる兵士《へいし》のところから一歩《ほ》も離《はな》れないで跟《つ》いて來《く》る。

猫《ねこ》はさう遠《とほ》くまで軍隊《ぐんたい》に跟《つ》いて行《ゆ》くことが出來《でき》ない、次《つ》ぎから次《つ》ぎと行進《かうしん》して來《く》る軍隊《ぐんたい》に、轉《てん》々《〱》として跟《つ》いてゆく。それだから時々《とき〲》行進中《かうしんちう》の兵《へい》の足《あし》に絡《から》みつくので、蹴飛《けと》ばされる、が、それでも跟《つ》いて來《く》る實《じつ》に可憐《かれん》の極《きは》みだ。そして猫《ねこ》は塹壕内《さんがうない》では、塹壕鼠《さんがうねずみ》を捕《とら》へて喰《く》つて呉《く》れるので、兵《へい》に取《と》つては大切《たいせつ》な家畜《かちく》として可愛《かあい》がられてゐる。又《ま》た兵士達《へいしたち》のマスコツトとして、慰安《ゐあん》にもなつてゐる。

トーマスと云《い》ふ英兵《えいへい》は、塹壕内《さんがうない》で一疋《ぴき》の瘦《や》せ衰《おとろ》へた猫《ねこ》を飼《か》つてゐた。聯隊中《れんたいちう》のパン屑《くづ》や、肉《にく》のあまりを、彼《かれ》は少《すこ》しでも集《あつ》めて、猫《ねこ》を養《やしな》つてゐた。猫《ねこ》は其《そ》の他《ほか》に塹壕鼠《さんがうねずみ》を捕《と》つて喰《く》ふのでまるまると肥《ふと》つてしまつた。

或《あ》る時《とき》彼れの愛猫《あいべう》は、塹壕鼠《さんがうねずみ》を追《お》つて、胸牆《パラペツト》の上《うへ》に躍《おど》り上《あが》つたと、同時《どうじ》に敵《てき》の機關銃《きくわんじう》の彈《たま》が、ピユーンと飛《と》んで來《き》て、猫《ねこ》はコロリと參《まゐ》つて了《しま》つた。之《これ》を見《み》たトーマスは怒《おこ》るまいことか、火《ひ》の如《ごと》くになつて、

「God《ゴッド》 dam《デム》! you《ユー》 bloody《ブラッデー》 German《ヂャーマン》!」（畜生《ちくしやう》! 獨兵《どくへい》の死《し》に損《そこな》ひ奴《め》!）

と叫《さけ》んで恨《うら》めしさうに、敵陣《てきぢん》を睨《ね》めつけてゐた。

或《あ》る英兵《えいへい》の伍長《ごちやう》は、犬《いぬ》を飼《か》つてゐた。その犬《いぬ》が又非常《またひじやう》に伍長《ごちやう》に泥《なつ》み、一寸《ちよつと》も伍長《ごちやう》の側《そば》を離《はな》れないで、何處《どこ》へでも跟《つ》いて行《い》つた。そして伍長《ごちやう》も又可愛《またかあい》がつて、何處《どこ》へでも連《つ》れて行《い》つた。

スルト或《あ》る時《とき》、大突撃戰《だいとつげきせん》が敢行《かんかう》された。伍長《ごちやう》も犬《いぬ》も一緒《しよ》になつて敵陣《てきぢん》へ突入《とつにふ》した、と一彈《だん》飛《と》び來《き》たつて、伍長《ごちやう》と犬《いぬ》とが負傷《ふしやう》して了《しま》つた。軈《やが》て擔架卒《たんかそつ》が來《き》て、伍長《ごちやう》を擔架《たんか》に乘《の》せて行《ゆ》かうとすると、其《そ》の犬《いぬ》が傍《そば》にゐて、自分《じぶん》の主人《しゆじん》が危害《きがい》を受《う》けるのだとでも思《おも》つたものか、ウーと唸《うな》つて、今《いま》にも擔架卒《たんかそつ》に飛《と》び付《つ》きさうにするので擔架卒《たんかそつ》は止《や》むなく、犬《いぬ》も一緒《しよ》に擔架《たんか》に乘《の》せて運《はこ》んで行《い》つた
病院《びやうゐん》では伍長《ごちやう》のベツトの下《した》に、アンペラを敷《し》いて、その犬《いぬ》も寢《ね》ることになつた。犬《いぬ》は足《あし》を負傷《ふしやう》してゐたので、看護婦《かんごふ》に足《あし》を繃帶《ほうたい》して貰《もら》ふのであつた。かくして犬《いぬ》は一寸《ちよつと》も伍長《ごちやう》から離《はな》れなかつた。

又《また》ある英兵《えいへい》は一疋《ぴき》の犬《いぬ》を可愛《かあい》がつて飼《か》つてゐた。やはり突撃《とつげき》のときその犬《いぬ》も一緒《しよ》に跟《つ》いて行《い》つた。敵彈《てきだん》を冐《をか》して突貫《とつくわん》してゆくうちに、不幸《ふかう》にしてその英兵《えいへい》は敵彈《てきだん》に中《あた》つて倒《たふ》れた。犬《いぬ》は彼《か》れの傍《そば》を離《はな》れないで英兵《えいへい》を護《まも》つて居《を》つた。軈《やが》て擔架卒《たんかそつ》が來《き》て英兵《えいへい》を運《はこ》ばうとすると、前《まへ》の伍長《ごちやう》のとき

と同《おな》じく、犬《いぬ》が離《はな》れないので、犬《いぬ》も一緒《しよ》に擔架《たんか》で運《はこ》んで行《い》つた。そのときには犬《いぬ》は負傷《ふしやう》してゐなかつた。

病院《びやうゐん》に連《つ》れて行《ゆ》かれても、犬《いぬ》は英兵《えいへい》のもとを離《はな》れないで、やはりベツトの下《した》に踞《うづく》まつてゐた。然《しか》しこの英兵《えいへい》は傷《きず》が重《おも》かつたので、間《ま》もなく死《し》んで了《しま》つた。スルト其《そ》の日《ひ》から犬《いぬ》は何《なに》も食《た》べなくなつた。そして數日《すうじつ》の後《のち》其《そ》の英兵《えいへい》の墓《はか》の傍《そば》に死《し》んでゐたさうである。

之等《これら》は皆《み》な事實談《じじつだん》である。日本《にほん》の犬《いぬ》の忠實《ちうじつ》なる話《はなし》は澤山《たくさん》に聞《き》いてゐるが、佛蘭西《フランス》の犬《いぬ》も亦其《またそ》の恩義《おんぎ》に厚《あつ》いのに驚《おどろ》いた。

人間同士《にんげんどうし》がお互《たがひ》に殺《ころ》し合《あ》つてゐるのに、何《な》んとこれ等《ら》の動物《どうぶつ》は、美《うつく》しい行爲《かうゐ》を如實《じよじつ》に現《あら》はしてゐるではないか。

私達《わたしたち》は彼等《かれら》に對《たい》して少《せう》し恥《はづ》かしくなつた。そして中學時代《ちうがくじだい》に讀《よ》んだ、トルストイの『復活《ふくくわつ》』の書《か》き出《だ》しの言葉《ことば》を思《おも》ひ出《だ》した。

戰友の死を羨む

曩《さき》に加奈陀《カナダ》第《だい》十三騎《き》歩《ほ》兵聯隊《へいれんたい》に入隊《にふたい》し、最初《さいしよ》に先發隊《せんぱつたい》として、四十三名《めい》出征《しゆつせい》した中《うち》の、松林義《まつばやしぎ》勇兵《ゆうへい》より、戰友達《せんいうたち》の情報《じやうはう》があつた。

同隊《どうたい》は渡英《とえい》すると同時《どうじ》に、解隊《かいたい》せられ、日本人義《にっぽんじんぎ》勇兵《ゆうへい》は、第《だい》五十二聯隊《れんたい》に轉隊《てんたい》を命《めい》ぜられた。

そしてソンムの激戰《げきせん》に參加《さんか》したのであつた。

同隊《どうたい》では熊川《くまがは》、志智《しち》、行徳《ぎやうとく》の三義《ぎ》勇兵《ゆうへい》が戰死《せんし》した。そして戰傷者《せんしやうしや》は十數名《すうめい》あつたが、殘《のこ》りの人《ひと》々《く》は頑健《ぐわんけん》で、士氣《しき》益々《ますく》旺盛《わうせい》であるとのことであつた。

私達《わたしたち》は松林君《まつばやしくん》よりの報知《はうち》を得《え》て、始《はじ》めて、三人《にん》の死《し》を知《し》つて、非常《ひじやう》に悲《かな》しく思《おも》つた。そして此《こ》の報知《はうち》を齎《もたら》した松林君《まつばやしくん》も、間《ま》もなくレンス戰場《せんぢやう》の露《つゆ》と消《き》えて了《しま》つた。

同君《どうくん》は身體《からだ》こそ大《おほ》きかつたが、まだ十九歳《さい》の若者《わかもの》であつた。私達《わたしたち》は彼《か》れを思《おも》ふと、無慘《むさん》にも蕾《つぼみ》の花《はな》を散《ち》らしたなアといふ愁《かな》しみの涙《なみだ》にむせんだ。

私達《わたしたち》義《ぎ》勇兵《ゆうへい》二百人《にん》は、最初《さいしよ》より共々《ともく》苦勞《くらう》し、種々《しゆく》の困難《こんたん》と闘《たゝか》ひ、寢食《しんしよく》を共《とも》にし、且《か》つ語《かた》り、且《か》つ笑《せう》ふて戰場《せんぢやう》に赴《おもむ》いたものであつた。

英軍《えいぐん》六百五十萬人《まんにん》の中《うち》の二百人《にん》だ。そして私達《わたしたち》は一種《しゆ》の他國人《エトランゼー》だ。遠《とほ》く佛國《ふつこく》の野《や》に戰《たゝか》ふ身《み》にはお互《たがひ》に一層《そう》の親《した》しさを感《かん》じさせられる。それが今《いま》三人《にん》、五人《にん》と戰友《せんいう》は死《し》んで行《ゆ》くのだ。

昨日《きのふ》まで一緒《しよ》に談笑《だんせう》してゐたものが、今日《けふ》は幽明境《いうめいさかひ》を異《こと》にし、私達《わたしたち》は取殘《とりのこ》されたといふ感《かん》じが強《つよ》く胸《むね》に迫《せま》つて來《く》る。そして尚《なほ》も地獄《ぢごく》の苦難《くなん》を續《つゞ》けなければならないのか？

どうせ死《し》ぬのなら、早《はや》く死《し》んだ方《はう》がよい。少《すこ》しでも長《なが》くこの地獄《ぢごく》の苦《くる》しみをするのは、何《な》んといふ不運《ふうん》な事《こと》であらう。

戰場《せんぢやう》に於《お》ける苦痛《くつう》を思《おも》ふとき、私達《わたしたち》は早《はや》く討死《うちじに》したいといふ氣持《きもち》が強《つよ》くなつて、戰死《せんし》してゆく者《もの》を、堪《たま》らなく羨《うらや》ましく思《おも》つた。

塹壕夜話

＝塹壕鼠＝半瓦子一英兵を救ふ＝

塹壕鼠《さんがうねずみ》は、日本《にっぽん》の溝鼠《どぶねずみ》の約《やく》三倍位《ばいぐらゐ》の大《おほ》きさで、其《そ》の被害《ひがい》の甚《はなは》だしいのはお話《はなし》にならない。戰場《せんぢやう》に曝《さ》らされてゐる兵士達《へいしたち》の死骸《しがい》を喰《くら》ひ、塹壕内《さんがうない》では我々《われ〳〵》の毛皮《けがは》の外套《ぐわいたう》を喰《く》ひ破《やぶ》り、携帯口種《アイロンラシヨン》を喰《く》ひ、背嚢《はいなう》には穴《あな》を開《あ》ける。實《じつ》に其《そ》の惡戯《いたづら》は言語道斷《ごんごだうだん》だ。

其《そ》の上《うへ》に人《ひと》を人《ひと》とも思《おも》はず、一向平氣《かうへいき》で出沒《しゆつぼつ》してゐる。又《また》彈丸《だんぐわん》を彈丸《だんぐわん》とも思《おも》はず、悠々《いう〳〵》として胸墻《パラペツト》の上《うへ》を歩《ある》き廻《まは》つてゐる。此奴《こいつ》が塹壕《さんがう》の中《なか》に來《く》ると、私達《わたしたち》は悠《ゆ》つくり寢《ね》てゐるわけにゆかない。スヤ〳〵と寢《ね》てゐる兵士《へいし》の顏《かほ》を乘《の》り踰《こ》え、鼻《はな》を咬《か》み、頭《あたま》の上《うへ》を飛《と》び越《こ》え、實《じつ》に怪《け》しからん奴《やつ》だ。

かくして掩蔽部内《えんぺいぶない》の安《やす》らかな夢《ゆめ》を破《やぶ》られ、金網《かなあみ》のベツトの上《うへ》に飛《と》び起《お》き、腰《こし》の劍《けん》を拔《ぬ》き放《はな》つて、

『God《ガツ》 dam《デム》!』(畜生《ちくしやう》!)

と叫《さけ》びながら、鼠《ねずみ》を追《お》ひ廻《まは》す者《もの》が、一夜《や》のうちに何人《なんにん》あるか判《わか》らぬ程《ほど》だ。彼方《あつち》でも此方《こつち》でも行《や》つてゐる。

ところが此奴《こいつ》が又《また》なか〳〵敏捷《すばし》つこくて、大抵《たいてい》は逃《に》げられて了《しま》ふ。此《こ》の場合《ばあひ》兵士《へいし》の忠實《ちうじつ》なる助太刀《すけだち》は猫《ねこ》である。然《しか》し鼠《ねずみ》の數《かず》が驚《おどろ》くべき多數《たすう》なので、なか〳〵少《すこ》し位《ぐらゐ》の猫《ねこ》では捕《と》り盡《つく》すことは出《で》

來《き》ない。

この鼠《ねずみ》に次《つ》いで我々《われ〳〵》を困《こま》らせるものは、牛虱子《しらみ》だ。然《しか》しこの虱《しらみ》なるものは、頗《すこぶ》るデモクラテック(平等《びやうどう》)で、上《うへ》は聯隊長《れんたいちやう》より、下《した》は兵卒《へいそつ》に至《いた》るまで、無差別《むさべつ》に集《たか》る。又《また》人種《じんしゆ》の如何《いかん》を問《と》はず、民族《みんぞく》の種類《しゆるゐ》を撰《えら》ばず、何《ど》んな人間《にんげん》にも集《たか》る。

即《すなは》ち彼等《かれら》は人種撤廢主義《じんしゆてつぱいしゆぎ》の先驅者《せんくしや》だ。

この虱《しらみ》は、大陸的《たいりくてき》で頗《すこぶ》る大《おほ》きい。肥《こ》えた奴《やつ》は日本《につぽん》の米粒程《こめつぶほど》ある。如何《いか》に清潔《せいけつ》を尊《たふと》ぶ英兵《えいへい》も、この虱《しらみ》の發生《はつせい》には閉口《へいこう》してゐる。一度《ど》背中《せなか》に手《て》を差入《さしい》れて、一搔《ひとか》き搔《か》けば、三疋《びき》や四疋《ひき》の虱《しらみ》を捕虜《ほりよ》とすることは容易《ようい》である。夏《なつ》などはシャツを脫《ぬ》いで見《み》ると、其《そ》の裏側《うらがは》には二、三個聯隊位《これんたいぐらゐ》の虱《しらみ》を發見《はつけん》することが出來《でき》る。之《これ》を潰《つぶ》すには、手《て》の爪《つめ》などでは間《ま》に合《あ》はない。手頃《てごろ》の石《いし》を拾《ひろ》ふて、白《しろ》のシャツが鼠色《ねずみいろ》となつてゐる上《うへ》から、コツ〳〵と叩《たゝ》くと、赤《あか》い血《ち》の色《いろ》で染《そ》められ、何《な》んとも形容《けいよう》の出來《でき》ない色彩《しきさい》を呈《てい》するのだ。實《じつ》に此《こ》の虱《しらみ》には、獨軍以上《どくぐんいじやう》に參《まゐ》らせられた。

故《ゆゑ》に英國《えいこく》などの藥店《やくてん》には、「戰地《せんち》の勇士《ゆうし》への最《もつと》もよき贈物《おくりもの》」と云《い》ふ題《だい》の下《もと》に、
「若《も》しも諸君《しよくん》の親類《しんるゐ》、又《また》は朋友《ほういう》が、戰場《せんぢやう》に居《を》るならば、是非《ぜひ》是等《これら》の勇士達《ゆうしたち》の苦痛《くつう》を除《のぞ》く爲《た》めに、

この虱退治《しらみたいぢ》の一壜《ひとびん》を贈《おく》られよ」

と書《か》いた廣告《くわうこく》が到《いた》る處《ところ》にはりつけられてあつた。

この半風子《しらみ》に就《つい》ては有名《いうめい》な面白《おもしろ》い挿話《エピソード》がある。

第《だい》一線《せん》で、守備《しゆび》の任《にん》に當《あた》つて居《を》つた一英兵《えいへい》が、或《あ》る時襟頸《ときえりくび》が非常《ひじやう》に痒《かゆ》いので、左方《さはう》に首《くび》を傾《かし》げ、右手《みぎて》を襟《えり》に差入《さしい》れて、一疋《ぴき》の虱《しらみ》を捕虜《ほりよ》とした、と、其《そ》の瞬間敵《しゆんかんてき》の機關銃彈《きくわんじうだん》がピユンと飛《と》んで來《き》て、彼《か》れが右《みぎ》の耳朶《みゝたぶ》を掠《かす》めた、そして耳《みゝ》に擦過傷《さつくわしやう》を受《う》けた。

若《も》しも此時《このとき》彼《か》れが常態《じやうたい》に在《あ》つて、直立《ちよくりつ》してゐたならば、まさに額《ひたへ》の眞中《まんなか》を打貫《うちぬ》かれてゐたのである。眞《しん》に危機《きき》一髪《ぱつ》とはこの事《こと》だ。

そこで彼《か》れは、この捕虜《ほりよ》にした虱《しらみ》をつく〴〵と打眺《うちなが》め、

『お前《まへ》は俺《おれ》の命《いのち》の恩人《おんじん》だ。若《も》しもお前《まへ》が俺《おれ》の身體《からだ》を嚙《く》はなかつたなら、俺《おれ》は今敵《いまてき》の彈丸《たま》に中《あた》つて死《し》んでゐたのだ。俺《おれ》は今《いま》お前《まへ》を殺《ころ》さうとした。然《しか》るにお前《まへ》は惡《あく》に報《むく》ゆるに善《ぜん》を以《もつ》てした。

好《よ》し！　お前《まへ》はいくらでも、俺《おれ》の血《ち》を吸《す》へよ！」

と、言《い》ふて再《ふたゝ》び彼《か》れの襟頸《えりくび》の中《なか》に入《い》れやつた。

この挿話《エピソード》は、聯隊《れんたい》から聯隊《れんたい》に傳《つた》はり、師團《しだん》から師團《しだん》に傳《つた》はつて、遂《つひ》には英國皇帝陛下《えいこくくわうていへいか》の叡聞《えいもん》に達《たつ》した程《ほど》、有名《いうめい》な事實《じじつ》である。

砲彈爆發の餘波

＝塹壕內の便所＝此處を何處と心得る＝不思議の袋＝トレンチ、フート病＝トレンチ、フキーバー病（世界感冒の源）＝シエル、ショック（彈丸衝動病）＝日本人には皆無＝

キングスクロツス市《し》戰線《せんせん》に於《お》ける、サツポート塹壕《トレンチ》（塹壕《さんがう》には一々名稱《めいしよう》がある、倫敦《ロンドン》の町《まち》の名《な》や、或《あるひ》は其《そ》の時々《じじ》に思《おも》ひ浮《うか》んだもので、何々街《なになくがい》、何々町《なになくまち》などと、名稱《めいしよう》が付《つ》けられてゐる。）に一大《だい》便所《べんじよ》がある。

便所《べんじよ》といふたところで、大《おほ》きな穴《あな》を掘《ほ》り、或《あるひ》は砲彈《はうだん》のあけた穴《あな》を其《そ》のままに、其《そ》の上《うへ》に横木《よこぎ》を一本《ほん》架《か》け渡《わた》してあるばかりだ。そして此《こ》の横木《よこぎ》に腰打《こしうち》かけて、砲彈《はうだん》の響《ひゞ》きをよそに、私達《わたしたち》は悠々《いう〳〵》と砲列《はうれつ》を敷《し》くのである。

此《こ》の便所《べんじよ》の崖下《がけした》には、ウヱスタンダンプと稱《しよう》して、軍用輕便鐵道《ぐんようけいべんてつだう》が設《まう》けてある。聯隊《れんたい》の糧食《りやうしよく》、彈藥《だんやく》、其《そ》の他《た》の軍需品《ぐんじゆひん》は、此《こ》の鐵道《てつだう》に依《よ》つて運搬《うんぱん》され、私達《わたしたち》の不足《ふそく》する物《もの》は、何《な》んでも直《たゞ》ちに補《ほ》充《じう》されるのである。

然《しか》るに敵《てき》の飛行機《ひかうき》は、此《こ》の鐵道《てつだう》を發見《はつけん》し、列車《れつしや》の到着《たうちやく》する頃《ころ》には、夜《よる》となく、晝《ひる》となく、敵《てき》の砲兵陣地《はうへいぢんち》に合圖《あひづ》し、其處《そこ》から射撃《しやげき》する砲彈《はうだん》は、熾《さかん》に落下《らくか》するので、この附近《ふきん》は非常《ひじやう》に危險《きけん》であつた。其《そ》の眞上《まうへ》にある便所《べんじよ》にも、盛《さか》んに砲彈《はうだん》が落下《らくか》した。この便所《べんじよ》に行《ゆ》くのは、命懸《いのちが》けの仕事《しごと》であつた。

或《あ》る日《ひ》、我《わが》D《デー》中隊《ちうたい》は、C《シー》中隊《ちうたい》と交代《かうたい》して、第《だい》一線《せん》より、この救援隊《サツポート》用塹壕《トレンチ》に下《さ》がつて來《き》た。そして私達《わたしたち》は十二時間《じかん》の休養《きうやう》を與《あた》へられた。そこで私《わたし》は前《まへ》の晩《ばん》より詰《つ》めこんであつた、彈丸を發射せんものと、急《いそ》いで其《そ》の便所《べんじよ》に飛込《とびこ》んだ。ポケツトを探《さぐ》つて見《み》ると、前日受取《ぜんじつうけと》つた慰問袋《ゐもんぶくろ》の中《なか》に這入《はい》つてゐた日本《につぽん》の新聞《しんぶん》があつた。それをポケツトに入《い》れてゐたが、讀《よ》む暇《ひま》が無《な》かつたのだ。懷《なつか》しい日本《につぽん》の新聞《しんぶん》を、佛國《ふつこく》の戰場《せんぢやう》で讀《よ》むなんて、考《かんが》へたばかりでも素敵《すてき》ぢやないか。私《わたし》は久方振《ひさかたぶ》りに、便所《べんじよ》の中《なか》で、故《こ》郷《きやう》の新聞《しんぶん》を取出《とりだ》して讀《よ》み耽《ふけ》つてゐた。砲彈《はうだん》が頭上《づじやう》に飛《と》んで來《く》ることなどはトント忘《わす》れて了《しま》つて、夢中《むちう》になつて讀《よ》んでゐた。

スルト其處《そこ》へ駈《か》け足《あし》で飛込《とびこ》んで來《き》たものがあつた。見《み》ると司令部附《しれいぶつ》きの中尉《ちうゐ》であつた。私《わたし》の悠々《いう〳〵》として新聞《しんぶん》を讀《よ》んでゐる姿《すがた》を見《み》るや、勵聲《れいせい》一番《ばん》、

『此處《ここ》を何處《どこ》と心得《こゝろえ》る？　此處《ここ》は最《もつと》も危險《きけん》なウヱスタンダンプの直上《ちよくじやう》であることが判《わか》らんのか。

いゝいゝ彈丸發射が終《をは》つたら、直《す》ぐ掩蔽部《えんぺいぶ》內《ない》に避難《ひなん》せんといかんぞ。』

と、十五吋砲《インチはう》を眞向《まつかう》から頂戴《ちやうだい》した。私《わたし》は敵《てき》の砲彈《はうだん》よりは、この一中尉《ちうゐ》の砲聲《はうせい》に、這々《はふ〳〵》の態《てい》で掩蔽部《えんぺいぶ》に退却《たいきやく》した。

日本人組《につぽんじんぐみ》の戰友達《せんいうたち》に此《こ》の話《はなし》をしたら、一同《いちどう》腹《はら》を抱《かゝ》えて大笑《おほわら》ひした。時《とき》に取《と》つての一興《きやう》であつた。我々《われ〳〵》日本人《につぽんじん》は、こんなことは左程《さほど》に危險《きけん》とも思《おも》はないが、外人《ぐわいじん》から見《み》ると、命《いのち》知《し》らずの無茶《むちや》をやる人間共《にんげんども》だと思《おも》つてゐるらしい。

英兵《えいへい》を斥候《せきこう》に連《つ》れて行《ゆ》くと、多《おほ》くは上官《じやうくわん》の殺《ころ》されるのを眼前《がんぜん》にして、皆《みな》逃《に》げ出《だ》すさうだ。それで下士官達《かしくわんたち》を初《はじ》め將校達《しやうかうたち》も、日本人《につぽんじん》を連《つ》れて斥候《せきこう》に出《で》るのを大《たい》さう喜《よろこ》んでゐる。何故《なぜ》なれば我等《われら》は最後《さいご》の一人《ひとり》になるまで戰《たゝか》ふからだ。之《これ》は手前味噌《てまへみそ》ではない、實際《じつさい》の話《はなし》なのだ。

我々《われ〳〵》日本人《につぽんじん》義《ぎ》勇兵《ゆうへい》の勇敢《ゆうかん》さには、英兵達《えいへいたち》は驚嘆《きやうたん》の眼《め》を張《は》つて、何時《いつ》も見入《みい》つてゐた。

其《そ》の夜《よ》、私《わたし》は曹長《さうちやう》から或《あ》る命令《めいれい》を受《う》けた。

『君《きみ》は、此《こ》の袋《ふくろ》を持《も》つて、ウヱスタンダンプに行《ゆ》き、列車《れつしや》の到着《たうちやく》するのを待《ま》つて、之《これ》を機關兵《きくわんへい》に渡《わた》せ。約《やく》一時《じ》間半《かんはん》を經過《けいくわ》しても、列車《れつしや》が到着《たうちやく》しなければ、速《すみや》かに歸隊《きたい》せよ。』

といふのであつた。私《わたし》は二個《こ》の大《おほ》きな袋《ふくろ》を肩《かた》に擔《かつ》いで、ウヱスタンダンプの列車發着所《れつしやはつちやくしよ》へ向《むか》つて、丘陵《おか》を下《お》りて行《い》つた。同夜《どうや》は暗黑《あんこく》で、大空《おほぞら》には星《ほし》が處々《ところ〴〵》、雲《くも》の切《き》れ目《め》から輝《かゞや》いてゐた。

其《そ》の夜《よ》は如何《どう》したのか、敵《てき》の砲兵《はうへい》は盛《さか》んに砲彈《はうだん》を浴《あび》せかける。崖《がけ》を越《こ》へて砲彈《はうだん》が盛《さか》んに落下《らくか》する。危險《きけん》此《こ》の上《うへ》もない役目《やくめ》を仰《おほ》せ付《つ》かつたものだ。何時《いつ》命《いのち》を取《と》られるか判《わか》らぬ。

私《わたし》は考《かんが》へた。この大《おほ》きな、しかし輕《かる》い袋《ふくろ》には、何《ど》んな大切《たいせつ》な品《しな》が入《はい》つてゐるのであらう？ 或《あるひ》は重要書類《ぢうえうしよるゐ》などでも入《はい》つてゐるのではあるまいか？ 何《いつ》れにしても私《わたし》は此《こ》の大任《たいにん》を果《はた》すまでは死《し》んではならんと思《おも》つた。

私《わたし》は數《をし》へられた通《とほ》りに、崖《がけ》の下《した》に身體《からだ》をすれ〳〵に密着《みつちやく》させ、列車《れつしや》の來《く》るのを待《ま》つてゐた。敵《てき》の砲彈《はうだん》は私《わたし》の數步《すうほ》先《さき》に盛《さか》んに落下《らくか》して爆發《ばくはつ》する。轟然《ぐわうぜん》たる音響《おんきやう》と一緒《しよ》に、土砂《どしや》を舞《ま》ひ上《あ》げ、礫《こいし》は飛《と》んで來《き》て、しば〲私《わたし》の身體《からだ》に中《あた》つた。いくら馴《な》れたと言《い》つてもあまり氣持《きも》ちのよいものではない。

待《ま》つこと一時間半《じかんはん》になつたが、まだ列車《れつしや》は來《こ》ない。二時間《じかん》となり、二時間半《じかんはん》となつたが、まだ列車《れつしや》は來《こ》ない。あまりに敵《てき》の砲彈《はうだん》が激《はげ》しいので、列車《れつしや》の進行《しんかう》が不可能《ふかのう》なのだらう。私《わたし》は砲彈《はうだん》の落下《らくか》するのが恐《こわ》くて、早《はや》く歸《かへ》つて來《き》たなどと言《い》はれると癪《しやく》だと思《おも》つて、命令《めいれい》された時間《じかん》の倍《ばい》、三時間《じかん》を待《ま》つたが、列車《れつしや》は遂《つひ》に來《こ》なかつた。

私《わたし》は再《ふたゝ》び其《そ》の袋《ふくろ》を肩《かた》にして、彈丸《だんぐわん》雨《あめ》と降《ふ》る中《なか》を、幸運《かううん》にも、無事《ぶじ》に歸隊《きたい》することが出來《でき》た。

早速《さうそく》其《そ》の旨《むね》を曹長《さうちやう》に報告《はうこく》すると、曹長《さうちやう》は、

『好《よ》し！』

と言《い》つたのみで、濟《す》ましてゐる。私《わたし》も憤《む》つとして尋《たづ》ねた。

『一體《たい》此《こ》の袋《ふくろ》は何《なに》が入《はい》つてゐるのですか。』

『これは將校達《しやうかうたち》の汚《よご》れた靴下《くつした》が入《はい》つてゐるのだ。』

私《わたし》は之《これ》を聞《き》いて憤慨《ふんがい》した。そして思《おも》はず、

『ジーザス、クライスト。』(何《な》んの事《こと》だい糞《くそ》ツ)

と叫《さけ》んだ。

どんな重要《ぢうえう》な品物《しなもの》かと思《おも》つて、私《わたし》は銃《じう》に劍《けん》を着《つ》けて、之《これ》を護送《ごそう》すべく、彈丸雨飛《だんぐわんうひ》の間《あひだ》を、三時《じ》間《かん》も命懸《いのちが》けで列車《れつしや》を待《ま》つてゐたのだ。それを何事《なにごと》ぞ、將校《しやうかう》の汚《よご》れた靴下《くつした》だとは、あまりに人《ひと》を馬《ば》鹿《か》にしてゐる。すると軍曹《ぐんさう》は、

『まあ、さう言《い》ふな。さう怒《おこ》るものではない。』

と慰《なぐさ》めて、果《は》ては二人《ふたり》顔《かほ》見合《みあは》せて大笑《おほわら》ひした。

それには又《また》理《り》由《いう》があるのだ。

持久塹壕戰《ぢきうざんがうせん》に於《お》ては、給與係《きふよがかり》は出來《でき》得《う》る限《かぎ》り、清潔《せいけつ》な靴下《くつした》を、度々《たびたび》兵士達《へいしたち》に交附《かうふ》するのだ。何《なに》故《ゆゑ》かといふに、不潔《ふけつ》な靴下《くつした》を永《なが》く使用《しよう》してゐると、恐《おそ》るべきトレンチ、フート病《びやう》に犯《をか》されるからだ。

塹壕内《ざんがうない》の溝泥《どぶどろ》の中《なか》に、長時間《ちやうじかん》立《た》つてゐると、靴《くつ》の皮《かは》は濕々《じめじめ》として柔《やは》かくなり、靴下《くつした》は其《そ》の濕氣《しつけ》

と、足《あし》の汗《あせ》とで、べと〳〵となつて氣持《きも》ちの惡《わる》いこと夥《おびたゞ》だしい。それが原因《げんいん》となつて此《こ》の病氣《びやうき》に罹《かゝ》るのだ。一旦此《たんこ》の病氣《びやうき》に犯《をか》されると、足《あし》は黒色《こくしよく》を呈《てい》して指《ゆび》の先《さ》きから腐《くさ》つて來《く》る。果《は》てはボロ〳〵と指《ゆび》が落《お》ちて來《く》る。或《あるひ》は又《ま》た足《あし》の形《かたち》が拗《ねじ》れる。實《じつ》に不思議《ふしぎ》な病氣《びやうき》だ。それで此《こ》の靴下《くつした》の洗濯《せんたく》も、重大《ぢうだい》な任務《にんむ》であることが解《わか》つたのだ。

彼我《ひが》の砲彈《はうだん》の爆發《ばくはつ》する音響《おんきやう》の強大《きやうだい》なる爲《た》めに、空氣《くうき》を震動《しんどう》させるせいか、戰線附近《せんせんふきん》一帶《たい》は、雨《あめ》勝《が》ちの日《ひ》が多《おほ》い。從《したが》つて兵士達《へいしたち》の軍服《ぐんぷく》は、常《つね》に濕氣《しつけ》を帶《お》びてゐる。其《そ》の爲《た》めか、トレンチ、フヰーバー（塹壕熱病《さんがうねつびやう》とでも云《い》ふか？）と呼吸器病《こきふきびやう》に犯《をか》される者《もの》が多《おほ》かつた。いふまでもなく軍人《ぐんじん》は、普通人《ふつうじん》よりも強健《きやうけん》である。然《しか》るに此《こ》の病《やまひ》に犯《をか》されるのだから、兵士達《へいしたち》の着《き》てゐる軍服《ぐんぷく》が如何《いか》に多《おほ》くの水氣《すゐき》を帶《お》びてゐたかが判《わか》るであらう。と同時《どうじ》に、私達《わたしたち》が櫛風沐雨《しつぷうもくう》の間《あひだ》に、如何《いか》に惡戰苦鬪《あくせんくとう》しつゝあつたかといふことが想像出來《さうざうでき》るだらう。

このトレンチ、フヰーバーと云《い》ふ病氣《びやうき》は、肩《かた》や、足《あし》や、其他身體《そのたからだ》の一部分《ぶぶん》に、非常《ひじやう》に痛苦《つうく》を感《かん》じ、其《そ》の上《うへ》に高熱《かうねつ》を發《はつ》するのだ。そして今日《けふ》は足《あし》が痛《いた》むかと思《おも》ふと、明日《あす》は腰《こし》が痛《いた》むだりする。

熱《ねつ》も永《なが》い間《あひだ》下《さが》らない。之《これ》が世界的流行性感冒《せかいてきりうかうせいかんばう》の源《みなもと》で、この塹壕内《ざんがうない》から廣《ひろ》まつたものと稱《しよう》せられてゐる。

最後《さいご》に私《わたし》は、奇妙不可思議《きめうふかしぎ》な病氣《びやうき》を語《かた》らなければならない。

砲彈《はうだん》を發射《はつしや》する響《ひゞき》や、其《そ》の爆裂《ばくれつ》の音《おと》の爲《た》めに、腦神經《なうしんけい》に一種《しゆ》の衝動《しようどう》を受《う》け、精神《せいしん》に異狀《いじやう》を呈《てい》するのである。

之《これ》を『シエル、ショツク』彈丸衝動病《だんぐわんしようどうびやう》と稱《しよう》するのだ。この病氣《びやうき》に犯《をか》された重症患者《ぢうしやうくわんじや》は、常《つね》に全《ぜん》身《しん》に戰慄《せんりつ》を覺《おぼ》え、自分《じぶん》の意思《いし》を言葉《ことば》に表《あらは》すことが出來《でき》ない一種《しゆ》の癡呆症《ちほうしやう》になる。

この病氣《びやうき》に犯《をか》れるものは可《か》なり澤山《たくさん》あつたが、不思議《ふしぎ》に日本人《にほんじん》には、一人《ひとり》も無《な》かつた。

隱れたる功勞者

＝後方勤務兵＝輜重兵＝鐵道大隊＝森林兵＝兵站部員＝戰線のＹＭＣＡ＝

私《わたし》は茲《こゝ》に塹壕生活《ざんがうせいくわつ》の筆《ふで》を擱《お》くにあたつて、是非《ぜひ》書《か》き遺《のこ》したい事《こと》がある。

歩兵《ほへい》が第《だい》一線《せん》に立《た》ち、銃《じう》を秉《と》りて奮戰《ふんせん》するに缺《か》くべからざる支援者《しゑんしや》がある。それは云《い》ふまでもなく後方《こうはう》の勤務兵《きんむへい》である。若《も》しも是等《これら》諸兵《しよへい》の活動《くわつどう》が鈍《にぶ》るときは、第《だい》一線《せん》の戰鬪員《せんとうゐん》も、其《そ》の能率《のうりつ》を鈍《にぶ》らされるのである。

殊《こと》に歩兵《ほへい》に最《もつと》も必要《ひつえう》なのは、彈藥《だんやく》と、食糧《しよくりやう》とである。之《これ》を運搬《うんぱん》する輜重兵《しちようへい》の働《はたら》きは、實《じつ》に偉大《ゐだい》なる効果《かうくわ》を齎《もたら》すのだ。硝煙彈雨《せうえんだんう》の間《あひだ》を、第《だい》一線《せん》に運《はこ》ぶときは、馬《うま》は倒《たふ》れ、兵《へい》は傷《きずつ》き、實《じつ》に其《そ》の苦《く》心《しん》や、一通《とほ》りではない。そして其《そ》の困難《こんなん》なる役目《やくめ》を、勇敢《ゆうかん》に、敏活《びんくわつ》に遂行《すゐかう》してゆくのだ。その任《にん》務《む》たるや、歩兵《ほへい》の如《ごと》く華々《はなばな》しくはないが、實《じつ》に輜重兵諸君《しちようへいしよくん》の働《はたら》きに對《たい》しては、第《だい》一線《せん》に在《あ》る我々《われわれ》は、深《ふか》く感謝《かんしや》してゐた。

殊《こと》に長期《ちやうき》に亘《わた》る塹壕戰《ざんがうせん》では、輜重兵《しちようへい》の奮起《ふんき》するところなくては、一日《にち》も堪《た》えることは不可能《ふかのう》であつた。

又鐵道大隊《またてつだうだいたい》の働《はたら》きも實《じつ》に特筆大書《とくひつたいしよ》すべきである。今度《こんど》のやうな大戰爭《だいせんさう》で、幾《いく》百萬《まん》、幾《いく》千萬《まん》といふ兵《へい》を動《うご》かすには、何《ど》うしても此《こ》の鐵道兵《てつだうへい》に俟《ま》たねばならない。

大軍《たいぐん》を、西《にし》に、東《ひがし》に、敏活《びんくわつ》に、迅速《じんそく》に移動《いどう》せしめねばならない。戰《たゝか》ひの勝敗《しようはい》は、兵《へい》の移動力《いどうりよく》に正比例《せいひれい》するものであるからだ。

自動車隊《じどうしやたい》と、鐵道隊《てつだうたい》は、今度《こんど》の戰爭《せんさう》に於《おい》ては、實《じつ》に大《だい》なる偉勳者《ゐくんしや》であつた。

又《また》、森林兵《しんりんへい》も重要《ちようえう》な任務《にんむ》を帶《お》びてゐる。森林《しんりん》を伐採《ばつさい》して橋《はし》を架《か》け、電信《でんしん》の柱《はしら》を作《つく》り、塹壕《ざんがう》や、掩蔽部《えんぺいぶ》の中《なか》の杭《くひ》や、柱《はしら》を作《つく》つて、塹壕《ざんがう》の崩壞《ほうくわい》を防《ふせ》ぎ、鐵條網《てつでうまう》の杭《くひ》や、バラツク用《よう》の材木《ざいもく》を供給《きようきふ》し、また森林《しんりん》を伐《き》り開《ひら》いては、軍隊《ぐんたい》の行進《かうしん》する道路《だうろ》を作《つく》るなど、實《じつ》に目覺《めざ》ましい活躍振《くわつやくぶ》りであつた。

其他《そのた》、糧食係《りやうしよくがゝり》、衛生隊《ゑいせいたい》、電信隊《でんしんたい》、病院係《びやうゐんがゝり》、自轉車兵《じてんしやへい》、軍醫《ぐんい》、獸醫《じうい》、傳令兵《でんれいへい》など、或《あるひ》は右《みぎ》に、或《あるひ》は左《ひだり》に、東奔西走《とうほんせいそう》、入《い》り亂《みだ》れて活動《くわつどう》する光景《くわうけい》は、實《じつ》に呼吸《いき》をもつかせない程《ほど》の繁劇《はんげき》さであつた。

又《また》、兵站部《へいたんぶ》は最《もつと》も重要《ちようえう》なものだ。

軍法會議《ぐんぽふくわいぎ》、軍醫《ぐんい》、獸醫《じうい》、郵便係《いうびんがゝり》、電信技師《でんしんぎし》、自動車隊《じどうしやたい》、自轉車兵《じてんしやへい》、傳令兵《でんれいへい》、飛行者《ひかうしや》、落伍兵《らくごへい》、

其《そ》の他《た》、市民《しみん》、捕虜《ほりよ》、請願者《せいぐわんしや》、商人《しやうにん》などの整理《せいり》等《とう》に至《いた》るまで、一つとして兵站部《へいたんぶ》に屬《ぞく》せぬものはない。

又砲煙彈雨《またはうえんだんう》の中《なか》に在《あ》つて、命《いのち》を的《まと》に奮闘《ふんとう》し、殺風景《さつぷうけい》なる塹壕生活《ざんがうせいくわつ》を續《つゞ》ける兵《へい》に取《と》つては、戰場《せんぢやう》にある基督教青年會《キリストけうせいねんくわい》の事業《じげふ》は、私達《わたしたち》に大《だい》なる慰安《ゐあん》を與《あた》ふるものであつた。

第一線《だいいつせん》に於《お》ける鐵火縱橫《てつくわじうわう》の地獄《ぢごく》のさ中《なか》にあつて、一晝夜《ちうや》を奮戰力闘《ふんせんりよくとう》し、綿《わた》の如《ごと》く疲《つか》れたる身體《からだ》を運《はこ》び、友軍《いうぐん》と交代《かうだい》して、第三線《だいさんせん》の掩蔽部《えんぺいぶ》に、暫《しば》しの休憩《きうけい》を得《え》んとして歸《かへ》つて來《く》る途中《とちう》、破壞《はくわい》された、空家《あきや》の裏《うら》などに、YMCAのテントを見出《みだ》すのだ。其處《そこ》には、

『紅茶《こうちや》あり』

などと書《か》いてあつて、優《やさ》しき婦人達《ふじんたち》の、心《こゝろ》をこめた溫《あたゝ》い紅茶《こうちや》の接待《せつたい》を受《う》けるとき、私達《わたしたち》は強《つよ》い或《あ》るものを感《かん》じさせられ、自然《ひとり》でに淚《なみだ》が流《なが》れ出《い》づのであつた。

ヴヰミリツヂ堅砦の總攻撃

堅砦ヴヰミリツヂ　(Vimy Ridge)

‖Lens 戰線の天王山‖加奈陀全軍の總進出‖總攻撃の前夜‖ハム一片‖何かあるぞ‖旅團長の訓示‖最後の握手‖

堅砦《けんさい》ヴヰミリツヂの奪取《だつしゆ》は、我《わ》が軍《ぐん》のアラス（a ras）（佛名《ふつめい》アラー）戰線《せんせん》の總攻撃《そうこうげき》に於《お》ける、最大成功《さいだいせいこう》で、且《か》つ最大《さいだい》の獲物《えもの》であつた。從《したが》つてこの攻撃戰《こうげきせん》に於《おい》て、我軍《わがぐん》の拂《はら》つた犧牲《ぎせい》も亦大《またたい》なるものであつた。

一千九百十四年《ねん》（大正《たいしやう》三年《ねん》）十二月《ぐわつ》、佛軍《ふつぐん》はこの堅砦《けんさい》を突破《とつぱ》せんと企《くわだ》て、非常《ひじやう》な損害《そんがい》を受《う》けて退却《たいきやく》した。

翌年《よくねん》五月《ぐわつ》、再《ふたゝ》び大軍《たいぐん》を發《はつ》して之《これ》を攻撃《こうげき》したが、是《こ》れ亦《また》美事《みごと》に撃退《げきたい》された。

一千九百十五年《ねん》の秋《あき》、英本國軍《えいほんごくぐん》が之《これ》に代《かは》つて、この堅砦《けんさい》を紛碎《ふんさい》せんものと、猛烈《まうれつ》に突撃《とつげき》を決行《けつかう》すること三度《たび》、遂《つひ》に三度《たび》とも敗戰《はいせん》の苦《く》を舐《な》めさせられ、徒《いたづ》らに獨軍《どくぐん》をして、其《そ》の驕慢《けうまん》の鼻《はな》を、いやが上《うへ》にも高《たか》からしむるに過《す》ぎなかつた。

而《しか》かも獨軍《どくぐん》は、其《そ》の翌年《よくねん》、千九百十六年《ねん》五月《ぐわつ》、毒瓦斯《どくがす》砲彈《はうだん》の雨《あめ》を、英軍《えいぐん》の頭上《づじやう》に降《ふ》らし、英軍《えいぐん》の暫《しば》し躊躇《ためら》ふ隙《すき》に乘《じやう》し、一大逆襲《だいぎやくしふ》に轉《てん》じ、英軍《えいぐん》に遂《つひ》に撃破《げきは》せられ、勝利《しようり》の榮冠《えいくわん》は四度《たび》獨軍《どくぐん》の頭上《づじやう》に輝《かゞや》いたのであつた。

以上《いじやう》の戰鬪《せんとう》に於《お》ける聯合軍《れんがふぐん》の損害《そんがい》は、實《じつ》に多大《ただい》なものであつた。

而《しか》も獨軍《どくぐん》は、このレンス市《し》の死生《しせい》を司《つかさ》どる、堅砦《けんさい》ヴヰミリツヂの守《まも》りを、彌《いや》が上《うへ》にも堅《かた》め、生《せい》あるものは、よしや鳥獸《てうじう》と雖《いへど》も、一寸《すん》も此《こ》の前面《ぜんめん》の通過《つうくわ》は許《ゆる》さぬと嘯《うそぶ》いてゐた。嗚呼《ああ》、堅砦《けんさい》遂《つひ》に牢乎《らうこ》として拔《ぬ》くべからざるか。

成敗《せいはい》遂《つひ》に天《てん》の命《めい》。事《こと》あらかじめ計《はか》られず。いでや我《われ》こそ敵《てき》の金城鐵壁《きんじやうてつぺき》と恃《たの》む此《こ》の堅砦《けんさい》、只《たゞ》一氣《き》に蹴破《けやぶ》りて、一つには彼《か》れ獨軍《どくぐん》の天狗《てんぐ》の鼻《はな》を擲《たゝ》き折《を》り、二つには、四度《たび》敗戰《はいせん》の苦杯《くはい》をなめし、味方《みかた》の吊《とむらい》合戰《かつせん》を爲《な》し、空《むな》しく戰場《せんぢやう》に屍《かばね》を曝《さら》せし、戰友《せんいう》の英魂《えいこん》を慰《なぐさ》めんものと、決然《けつぜん》として此《こ》の名譽《めいよ》あるポストに立《た》つたのは、我《わ》が加奈陀《カナダ》遠征軍《ゑんせいぐん》であつた。

仰《あふ》げば敵《てき》の占據《せんきよ》せる、標高《へうかう》百四十五高地《かうち》は、灰色《はひいろ》の雲《くも》の下《もと》に、嚴然《げんぜん》として聳《そび》えてゐる。わが加奈陀軍《カナダぐん》は、英本國軍《えいほんごくぐん》と連絡《れんらく》を取《と》りつつ、アラス aras 戰線《せんせん》十五哩《マイル》の間《あひだ》に、約《やく》二千門《もん》の放《はう》列《れつ》を敷《し》き、我々《われ〱》は鐵腕《てつわん》を叩《たゝ》いて戰機《せんき》の熟《じゆく》するのを待《ま》つてゐた。守《まも》るは、獨軍《どくぐん》の精鋭《せいえい》バヴアリア軍《ぐん》、攻《せ》むるは慓悍決死《へうかんけつし》の加奈陀軍《カナダぐん》。山雨《さんう》將《まさ》に至《いた》らんとして、風《かぜ》樓《ろう》に滿《み》つだ。

西暦《せいれき》千九百十七年《ねん》（大正《たいしやう》六年《ねん》）四月《ぐわつ》、わが砲兵隊《はうへいたい》は、俄《にはか》に活動《くわつどう》を起《おこ》して、ヴヰミリツチ堅砦《けんさい》に向《むか》つて、二千門《もん》の砲火《はうくわ》を集中《しふちう》し、晝夜《ちうや》の別《べつ》なく猛撃《まうげき》し出《だ》した。砲兵《はうへい》が活躍《くわつやく》し出《だ》すと、戰機《せんき》が熟《じゆく》して來《き》たことが察知《さつち》される。

このヴヰミリツチ堅砦《けんさい》は、レンス戰線《せんせん》に於《お》ける最重要《さいちうえう》なる地點《ちてん》であつて、一帶《たい》の高地《かうち》は展望《てんばう》廣《ひろ》く、附近《ふきん》の地《ち》を瞰制《かんせい》出來《でき》る利便《りべん》がある。正《まさ》にレンス戰線《せんせん》に於《お》ける天王山《てんのうざん》である。

そして此《こ》のレンス市《し》の附近《ふきん》は、石炭《せきたん》の產地《さんち》で、豐富《ほうふ》なる燃料《ねんれう》を有《も》つてゐる。だから獨軍《どくぐん》は全力《ぜんりよく》を擧《あ》げて之《これ》を死守《ししゆ》してゐるのだ。

そして此處《ここ》は有名《いうめい》なるヒンデンブルグ線《せん》の要所《えうしよ》であつて、しかも其《そ》の前砦《ぜんさい》として、このヴヰミリツヂ線《せん》に、獨軍《どくぐん》は全力《ぜんりよく》を盡《つく》して防禦設備《ばうぎよせつび》を爲《な》し、前面《ぜんめん》一帶《たい》の高地《かうち》に據《よ》つて、砲兵陣地《はうへいぢんち》を構《かま》へ、猛烈《まうれつ》に我軍《わがぐん》を瞰射《かんしや》してゐる。

其《そ》の前面《ぜんめん》には、丘《をか》も、谷《たに》も、見渡《みわた》す限《かぎ》り鐵條網《てつでうまう》を張《は》り廻《まは》し、或《あるひ》は地雷《ぢらい》を布設《ふせつ》し、機關銃《きくわんじう》や、迫擊砲《トレンチモーター》を据付《すゑつ》け、散兵壕《さんぺいがう》には、幾《いく》十万の步兵《ほへい》が、各種《かくしゆ》の銃火《じうくわ》を浴《あび》せかけてゐる。寔《まこと》に金城湯池《きんじやうたうち》と稱《しよう》すべきだ。

故《ゆゑ》に我軍《わがぐん》は、このヴヰミリツヂを打破《うちやぶ》らなければ、レンス要塞《えうさい》に迫《せま》ることが出來《でき》ない。

千九百十七年《ねん》四月《ぐわつ》九日《か》午前《ごぜん》六時半《じはん》を期《き》して、全加奈陀軍《ぜんカナダぐん》は之《これ》を奪取《だつしゆ》すべく、全力《ぜんりよく》を擧《あ》げ、この堅砦《けんさい》に向《むか》つて總攻擊《そうこうげき》を開始《かいし》することゝなつた。

愈々《いよ〳〵》戰《たゝか》ひの火蓋《ひぶた》は切《き》つて落《おと》された。

我《わ》が砲兵《はうへい》が猛撃《まうげき》を開始《かいし》するや、敵《てき》の砲兵陣地《はうへいぢんち》からも熾《さかん》に應戰《おうせん》し、わが砲兵陣地《はうへいぢんち》に向《むか》つて千數《すう》百門《もん》の砲火《はうくわ》を集中《しふちう》して、一齊《せい》に命中彈《めいちうだん》を浴《あび》せて來《き》た。

獨軍《どくぐん》の十六吋砲《インチはう》は、わが十五吋砲《インチはう》を沈默《ちんもく》させ、十二吋砲《インチはう》・十吋砲《インチはう》、八吋砲《インチはう》など、互《たがひ》に敵《てき》の砲兵《はうへい》を撃破《げきは》せんものと、兹《こゝ》を先途《せんと》と射《う》ち捲《ま》くるのだ。歐洲大戰《おうしうたいせん》に於《お》ても屈指《くつし》の大激戰《だいげきせん》が開始《かいし》せられた。

殷々《ゐん〳〵》轟々《がう〳〵》として落下《らくか》する敵《てき》の砲彈《はうだん》の爲《た》めに我《わ》が軍《ぐん》は總攻撃《そうこうげき》の前《まへ》、早《はや》くも多數《たすう》の死傷者《ししやうしや》を塹壕内《さんがうない》に出《だ》したのであつた。

永《なが》い間私達《あひだわたしたち》は塹壕持久戰《さんがうぢきうせん》に、聊《いさゝ》か髀肉《ひにく》の歎《たん》に堪《た》えなかつたが、彼我《ひが》砲兵《はうへい》の異常《いじやう》なる活躍《くわつやく》は、我《われ》く々に對《たい》し、俄《にはか》に活氣《くわつき》をつけた。

塹壕守備《さんがうしゆび》ほど厭《いや》なものはない。英氣《えいき》胸《むね》に滿《み》ち、双腕《さうわん》の筋骨《きんこつ》、力既《ちからすで》に足《た》ると雖《いへど》も、交戰《かうせん》の時機《じき》が來《こ》なければ是非《ぜひ》がない。

然《しか》しながら守備《しゆび》は、乃《すなは》ち進軍《しんぐん》の先驅《せんく》で、嚴重《げんぢう》なる守備戰《しゆびせん》に於《おい》て、人事《じんじ》を盡《つく》して敵情《てきじやう》を精密《せいみつ》に偵《てい》察《さつ》し、敵《てき》の配備《はいび》如何《いかん》を調《しら》べ、其《そ》の戰鬪力《せんとうりよく》の强弱《きやうじやく》を探《さぐ》り、之《これ》に對《たい》する我軍《わがぐん》の作戰計畫《さくせんけいくわく》を定《さだ》め、その上《うへ》で總攻撃《そうこうげき》に移《うつ》る順序《じゆんじよ》だから、致方《いたしかた》もあるまい。然《しか》し永《なが》い間塹壕《あひださんがう》の中《なか》にグズ〳〵してゐるのは辛《つら》いものだ。

然《しか》し今度《こんど》は一大激戦《だいげきせん》が豫想《よさう》され、愈々《いよいよ》我々《われわれ》の討死《うちじに》する時機《じき》が來《き》たのだなと、兵士達《へいしたち》の眉宇《びう》の間《あひだ》には、堅《かた》き決心《けつしん》の色《いろ》が漂《ただよ》ふてゐた。

而《しか》も日《ひ》一日《にち》と、彼我《ひが》の砲撃戦《はうげきせん》は猛烈《まうれつ》となり、轟々《がうがう》として天地《てんち》も震撼《しんかん》するやうな、砲撃戦《はうげきせん》の眞只《まつただ》中《なか》に身《み》を置《お》く我々《われわれ》は、全身《ぜんしん》の血汐《ちしほ》は一時《じ》に湧《わ》き返《かへ》り、勇躍《ゆうやく》したる氣分《きぶん》に浸《し》たされた。

かくて四月《ぐわつ》八日《か》となつた。我《わ》が砲兵隊《はうへいたい》は、一層猛烈《そうまうれつ》に、砲火《はうくわ》を敵陣地《てきぢんち》に浴《あび》せかけた。

このヴヰミリツヂ要砦《えうさい》は、自然《しぜん》の要害《えうがい》に、人力《じんりよく》の限《かぎ》りを盡《つく》した、堅牢無比《けんらうむひ》の陣地《ぢんち》であつたから、之《これ》を打破《うちやぶ》るには、どうしても重砲《ぢうはう》の威力《ゐりよく》に俟《ま》たなければならない。彼我《ひが》の砲撃《はうげき》は、頭上《づじやう》を吼《ほ》えつつ、間斷《かんだん》なく飛《と》ぶので、砲彈《はうだん》は何《いづ》れが敵《てき》の砲彈《はうだん》であるか、何《いづ》れが味方《みかた》のであるか判《わか》らぬ位《くらゐ》に、頭上《づじやう》に火焔《くわえん》を引《ひ》きつゝ熾《さかん》に飛《と》び交《か》つてゐる。

此日《このひ》は又常《またつね》よりも早《はや》く、午御《ごご》四時《じ》頃夕食《ごろゆふしよく》の準備《じゆんび》が出來《でき》た。見《み》ると分厚《ぶあつ》な湯氣《ゆげ》の立《た》つハム一片《ぺん》と、うまさうなパンとがあつた。私達《わたしたち》はこの御馳走《ごちそう》を眺《なが》めて、コック長《ちやう》が氣《き》でも異《ちが》つたのではないかと、不思議《ふしぎ》に思《おも》つた。氣輕《きがる》な一英兵《えいへい》は叫《さけ》んだ。

『what hell this means ?』（一體全體《たいぜんたい》どうしたといふのだい。）

と、少《すこ》し間《あひだ》を置《お》いて、

『Ha! Ha! I got it! Here we are! Here we are! at last!』（ハハア。判《わか》つた。解《わか》つた。遂《と》う〳〵最後《さいご》の日《ひ》が來《き》たな。）

と云《い》つた。一同《どう》は此《こ》の言葉《ことば》を聞《き》いて、英兵《えいへい》も日本兵《につぽんへい》も、互《たがひ》に顏見合《かほみあは》せ、莞爾《くわんじ》として食事《しよくじ》を取《と》つた。既《すで》に一同《どう》の顏《かほ》には、決死《けつし》の色《いろ》が浮《うか》んでゐた。

四月《ぐわつ》といつても佛蘭西《フランス》の春《はる》は、春寒料峭《しゆんかんれうせう》としてまだ寒《さむ》い。雪《ゆき》の消《き》えた處々《ところどころ》には、踏《ふ》みしだかれた枯草《かれくさ》が、淋《さび》しげに殘《のこ》つてゐる。

その日《ひ》の夕暗《ゆふやみ》迫《せま》る頃《ころ》第《だい》十旅團長《りよだんちやう》は幕僚《ばくれう》を從《したが》へて、戞々《かつ〳〵》たる馬蹄《ばてい》の音《おと》勇《ゆう》ましく、馬《うま》を飛《と》ばしてやつて來《き》た。

この時《とき》、私達《わたしたち》の聯隊《れんたい》は、第《だい》一線《せん》を去《さ》る五哩《マイル》ばかりの、コピニー村《むら》に居《を》つたのだ。旅團長《りよだんちやう》は馬《ば》上《じやう》に嚴然《げんぜん》たる態度《たいど》を以《もつ》て、左《さ》の如《ごと》き訓示《くんじ》を述《の》べた。

「我《わ》がカナダ遠征軍《ゑんせいぐん》は、敵《てき》の金城湯池《きんじやうたうち》と頼《たの》むヴヰミリッヂ堅塞《けんさい》を突破《とつぱ》して、長驅直《ちやうくなほ》にレンスを突《つ》かんとするものである。わが加奈陀軍《カナダぐん》の名聲《めいせい》を、全世界《ぜんせかい》に揚《あ》ぐるは、一つに諸君《しよくん》の努《ど》力《りよく》如何《いかん》に依《よ》る。

諸君《しよくん》は最後《さいご》の一兵《ぺい》に至《いた》るまで、奮戰力闘《ふんせんりきとう》せよ。思《おも》ふに、我《わ》が軍《ぐん》は此《こ》の一戰《せん》に、多大《ただい》の犧牲《ぎせい》を生《しやう》ずるのは明《あきら》かである。我等《われら》は萬《まん》に一つも、生還《せいくわん》を期《き》すべからず。然《しか》れども諸君《しよくん》が名譽《めいよ》の戰死《せんし》を爲《な》さば、死後《しご》諸君《しよくん》の姓名《せいめい》は、永《なが》く大英國《だいえいこく》の青史《せいし》を飾《かざ》るべし。

祖國《そこく》の爲《た》めに屍《しかばね》を戰場《せんぢやう》に曝《さら》し、其《そ》の名《な》を竹帛《ちくはく》に垂《た》るべき偉勳《ゐくん》を樹《た》つるは、是《こ》れ我々《われ〳〵》軍人《ぐんじん》の本懐《ほんくわい》とするところである。諸君之《しよくんこれ》を思《おも》ひ・一死《し》祖國《そこく》の爲《た》めに殉《じゆん》ぜよ。

諸君《しよくん》の背後《はいご》には、二千門《もん》の野砲《やはう》、重砲《ぢうはう》は、諸君《しよくん》と協力《けふりよく》して敵軍《てきぐん》を殲滅《せんめつ》せんと、準備《じゆんび》は既《すで》に成《な》つてゐる。

我《わ》が砲兵《はうへい》は先《ま》づ敵陣《てきぢん》を撃破《げきは》し、諸君《しよくん》が突撃《とつげき》の進路《しんろ》を開《ひら》くべし、諸君《しよくん》は此《こ》の好機《かうき》を逸《いつ》せず、死《し》力《りよく》を竭《つく》して當面《たうめん》の敵陣地《てきぢんち》を占頭《せんとう》すべし。諸君《しよくん》は、必勝《ひつかつ》を期《き》して、奮勵努力《ふんれいどりよく》せよ。」

と、述《の》べ終《をは》るや、旅團長《りよだんちやう》は直《たゞ》ちに馬首《ばしゆ》を廻《まは》らせ、一同《どう》の敬禮《けいれい》を後《あと》にして、雪解《ゆきげ》の泥《どろ》を蹴散《けち》らしつゝ、再《ふたゝ》び幕僚《ばくれう》を從《したが》へて歸《かへ》つて行《い》つた。やがてその颯爽《さつさう》たる英姿《えいし》も見《み》えなくなつた。

私達《わたしたち》は、愈々《いよ〳〵》總攻撃《そうこうげき》の日《ひ》が、近《ちか》きにあることを知《し》つたので、虱《しらみ》のゐる古《ふる》シャツを脱《ぬ》いで、新《あたら》しいものと着更《きか》へ、汚《よご》れた靴下《くつした》も取代《とりか》へた。聞《き》くならく、昔《むかし》の日本武士《につぽんぶし》は、其《そ》の討死《うちじに》を覺悟《かくご》して出陣《しゆつぢん》するときは、髯《ひげ》を剃《そ》り、髮《かみ》を結《ゆ》ひ直《なほ》し、兜《かぶと》の裏《うら》に、名香《めいかう》を焚《た》きこめて、その最後《さいご》の日《ひ》を飾《かざ》つたさうである。

我々《われ〳〵》も其《そ》の最後《さいご》の日《ひ》を飾《かざ》るべく、名香《めいかう》も、香水《かうすゐ》も無《な》いから、せめて新《あたら》しいシャツなり、靴下《くわした》なりを取更《とりか》へて、何時《いつ》死《し》んでもよい準備《じゆんび》をした。

そして私達《わたしたち》は、黄色《きいろ》い者《もの》も、白《しろ》い者《もの》も、默々《もく〳〵》として、一人《り》々々《〳〵》固《かた》き握手《あくしゆ》を爲《な》し、たゞニコリとするのみであつた。此《こ》の際《さい》、我々《われ〳〵》の死所《しじよ》は、堅砦《けんさい》ヴヰミリツヂであるといふことは、期《き》せずして一同《どう》の頭《あたま》に浮《うか》んだ。

最早《もはや》私達《わたしたち》は人生《じんせい》の半《なか》ばを經過《けいくわ》してゐる。彈丸《だんぐわん》が貫《つらぬ》かうが、銃劍《じうけん》に突刺《つきさ》されやうが、何《なん》のそのだ。たゞ一人《り》でも多《おほ》く獨兵《どくへい》を冥途《めいど》の道連《みちつれ》にしやうといふ意氣《いき》が、其《そ》の固《かた》き握手《あくしゆ》の中《なか》に籠《こも》つてゐた。

私《わたし》は、それから間《ま》もなく、佐藤義《さとうぎ》勇兵《ゆうへい》と便所《べんしよ》で遇然《ぐうぜん》一緒《しよ》になつた。並《なら》んで砲列《はうれつ》を敷《し》きながら、二人《ふたり》は相顧《あひかへり》みてニコリとした。

其《そ》の時佐藤君《ときさとうくん》は、

『頼《たの》むよ！』

と唯一言《たゞごん》、其處《そこ》に千萬無量《まんむりやう》の意《い》が含《ふく》まれてゐた。スルト其處《そこ》へ成田君《なりたくん》と、多田君《ただくん》とが飛込《とびこ》んで來《き》た。多田君《ただくん》は、

『俺《おれ》が死《し》んだら、後《あと》を頼《たの》むよ。俺《おれ》の母親《はゝおや》は漢字《かんじ》が讀《よ》めないから、假名《かな》で判《わか》り易《やす》いやうに手紙《てがみ》に書《か》いて通知《つうち》して呉《く》れ！　ハヽ愉快《ゆくわい》だなア。』

と云《い》つて、死《し》を前《まへ》にして、愉快《ゆくわい》さうに笑《わら》ひながら、悠々《いう〳〵》として、砲彈を發射してゐた。

其處《そこ》を出《で》て私《わたし》は何氣《なにげ》なく、軍服《ぐんぷく》の右《みぎ》のポケットを探《さぐ》ると、一葉《えふ》の寫眞《しやしん》があつた。それには私《わたし》の叔母《をば》の鑑《てる》さんと、叔父《をぢ》の愛兒《あいじ》二人《り》の立姿《たちすがた》とが寫《うつ》つてゐた。

鑑子《てるこ》さんは、今《いま》は男爵夫人《だんしやくふじん》となつて、三人《にん》の母親《はゝおや》であるが、一昔前《ひとむかしまへ》までは、共《とも》に叔父《をぢ》の家《いへ》に居《を》つたが、其《そ》の頃《ころ》は十八歳《さい》で、學習院女學部《がくしふゐんぢよがくぶ》に通學《つうがく》してゐた。

私達《わたしたち》は青山《あをやま》の副島家《そへじまけ》にゐて、よく歌《うた》を歌《うた》つたり、口喧嘩《くちげんくわ》をしたりして、お祖父《ぢい》さん(種臣《たねおみ》)に叱《しか》

られたことも度々《たび／＼》あつた。あゝ、其《そ》の頃《ころ》の學生時代《がくせいじだい》を思《おも》ふと懷《なつ》かしい。

其《そ》の側《そば》は立《た》つてゐる、愛《あい》らしい二人《り》の姉妹《きやうだい》は、私《わたし》が日本《にっぽん》を立《た》つてカナダに來《く》るとき、姉《あね》の孝《たか》ちやんが五歳《さい》で、妹《いもうと》の順《のぶ》ちやんが四歳《さい》であつた。私《わたし》は日本《にっぽん》に居《を》つた頃《ころ》は、私《わたし》をチヤーちやん／＼と呼《よ》び、よく懷《なつ》んで、私《わたし》は膝《ひざ》の上《うへ》に抱《いだ》いて可愛《かあい》がつたものだ。然《しか》し今《いま》は十八歳《さい》と十七歳《さい》のレディーとなつてゐる。

私《わたし》は思《おも》はず一昔前《ひとむかしまへ》の記憶《きおく》を呼《よ》び起《おこ》し、暫《しば》し此《こ》の寫眞《しやしん》を見《み》つめて、感慨無量《かんがいむりやう》であつた。

この寫眞《しやしん》は、今迄《いままで》私《わたし》の內《うち》ポケツトの中《なか》で、幾多《いくた》砲煙彈雨《はうえんだんう》の戰場《せんぢやう》を、私《わたし》と共《とも》に驅《か》け巡《めぐ》つてきた。

私《わたし》が今《いま》、戰《たゝか》ひに窶《やつ》れ、眞黑《まつくろ》に陽《ひ》に焦《や》け、汚《よご》れ果《は》てた姿《すがた》をあの人達《ひとたち》が見《み》たならば、どんな感《かん》を抱《いだ》くであらうか？

私《わたし》は今最後《いまさいご》の日《ひ》の戰場《せんぢやう》に臨《のぞ》まんとしてゐる。多分萬《たぶんまん》に一《ひと》つも生《せい》を期待《きたい》することは出來《でき》ない。嗚呼《ああ》、鑑《てる》さん、孝《たか》ちやん、順《のぶ》ちちん、今頃《いまごろ》は何《なに》をしてゐるであらう。歌《うた》でも歌《うた》つてゐるだらうか、ピアノでも彈《ひ》ひてゐるのだらうか。それとも本《ほん》でも讀《よ》むでゐるであらうか。と、寫眞《しやしん》を見詰《みつ》めてゐるとき、私《わたし》の傍《そば》に落下《らくか》した砲彈《はうだん》の爆發《ばくはつ》で、懷《なつ》かしい夢《ゆめ》は破《やぶ》られて了《しま》つた。そうだ、私《わたし》は戰場《せんぢやう》にゐるのだつたなアと思《おも》ふと、再《ふたゝ》び寫眞《しやしん》を元《もと》の通《とほ》りに内《うち》ポケツトに收《をさ》め、銃《じう》を握《にぎ》つて、遙《はる》かにヴヰミリツヂを望《のぞ》んだとき、異常《いじやう》の緊張《きんちやう》を身《み》に覺《おぼ》えた。

軈《やが》て、夜《よる》の幕《まく》が下《か》りて、四邊《あたり》が暗黒《あんこく》となると、「集《あつ》まれ！」の號令《がうれい》は掛《か》けられた。

聯隊《れんたい》が整列《せいれつ》して見《み》ると、驚《おどろ》いたことには、軍樂隊《ぐんがくたい》は樂器《がくき》を捨《す》て、樂手《がくしゆ》は皆《み》な銃《じう》を乗《と》り、爆彈《ばくだん》をポケツトに入《い》れて、決死《けつし》の覺悟《かくご》で起《た》つてゐる。

之《これ》を見《み》た一同《どう》は、最早《もはや》聯隊全員《れんたいぜんゐん》が、背水《はいすゐ》の陣《ぢん》を敷《し》いて進撃《しんげき》するのだと感《かん》じた。

氣《き》の毒《どく》なことには、この軍樂手達《ぐんがくしゆたち》は、この總攻撃《そうこうげき》に於《おい》て、一人《り》も殘《のこ》らず戰死《せんし》したのであつた。

之《これ》を以《もつ》て見《み》ても、この總攻撃《そうこうげき》が如何《いか》に猛烈《まうれつ》であつたかといふことが解《わか》るであらう。

私《わたし》は此《こ》の時《とき》左《さ》の一句《く》を得《え》た。

兵《へい》を行《や》るラインの河《かは》や雪解水《ゆきげみづ》。

二千門の砲火集中

=堅砦ヴヰミリツヂに全火集中=黎明の總攻擊=聯隊の躍進=敵砲兵の猛射=鐵火縱橫の大血戰=前へ！ 前へ!!=肉彈又肉彈=突貫《スタンドツー》中絕して敵の塹壕に倚る=薄暮飛雪紛々として血屍を蔽ふ=擔架卒の活動=

堅砦《けんさい》ヴヰミリツヂの天嶮《てんけん》に倚《よ》り、守《まも》るは强豪《きやうがう》、世界《せかい》に比類《ひるゐ》なきチユートンの精鋭《せいえい》。攻《せ》むるは意氣《いき》衝天《しようてん》の加奈陀《カナダ》軍《ぐん》。少數《せうすう》なりと雖《いへど》も慓悍決死《へうかんけつし》の日東健兒《につとうけんじ》がある。爭《あらそ》ふ所《ところ》は、ヒンデンブルグ線中《せんちう》、無比《むひ》の堅壘《けんるゐ》、恰《あたか》ど日露戰爭《にちろせんさう》に於《お》ける旅順攻擊《りよじゆんこうげき》當時《たうじ》の二〇三高地《かうち》にも比《ひ》すべき要塞《えうさい》だ。

一千九百十七年《ねん》四月《ぐわつ》八日《か》の午後《ごご》、愈々《いよいよ》十五哩《マイル》に亘《わた》る戰線《せんせん》に二千門《もん》の放列《はうれつ》を敷《し》いて、全火《ぜんくわ》をヴヰミリツヂ堅砦《けんさい》に集中《しふちう》し、一時《じ》に火蓋《ひぶた》を切《き》つた。大《だい》は十五吋砲《インチはう》より、十二吋砲《インチはう》、十吋砲《インチはう》、八吋砲《インチはう》、六吋砲《インチはう》、に及《およ》び、小《せう》は十八斤砲《キンはう》より、機關銃《きくわんじう》、小銃《せうじう》に至《いた》るまで、猛然《まうぜん》として、敵陣地《てきぢんち》に向《むか》つて發射《はつしや》し出《だ》したのだから、其《そ》の壯烈《さうれつ》さに至《いた》つては筆紙《ひつし》のよく盡《つく》すところではない。

天《てん》は震《ふる》ひ、地《ち》は轟《とゞろ》き、住民《ぢうみん》は昏亂《こんらん》し、家屋《かをく》は破壞《はくわい》し、鐵條網《てつでうまう》は飛散《ひさん》し、塹壕《ざんがう》も、掩蔽部《えんぺいぶ》も一つ〳〵擊破《げきは》されて行《ゆ》く。

我《わ》が砲兵陣地《はうへいぢんち》よりは、一分間《ぷんかん》に二百發《ぱつ》を標準《へうじゆん》に打捲《うちま》くつてゐる。

敵《てき》の砲兵陣地《はうへいぢんち》から十六吋《インチ》砲《はう》の巨彈《きよだん》が、私達《わたしたち》の頭上《づじやう》を吼《ほ》へつつ、後方陣地《こうはうぢんち》に飛《と》んで行《ゆ》くのが、特《とく》に凄《すさま》じく眺《なが》められる。

彼我《ひが》の砲兵《はうへい》が射撃《しやげき》する、巨砲《きよはう》の砲口《はうこう》から物凄《ものすご》い火煙《くわえん》を噴《ふ》き出《だ》しつゝ、連發《れんぱつ》する巨彈《きよだん》は味方《みかた》の塹《ざん》壕《がう》に落下《らくか》し、大音響《だいおんきやう》と共《とも》に爆發《ばくはつ》する數《すう》は刻々《こく／＼》に増加《ぞうか》する。私達《わたしたち》のゐる塹壕《ざんがう》の前後左右《ぜんごさいう》に雨《あめ》の如《ごと》くに落下《らくか》し出《だ》した。

頓《やが》て、空《そら》は曇《くも》つて、暗黑《あんこく》の夜《よ》となつた。お星《ほし》さまは、この恐《おそ》ろしい血戰《けつせん》に驚《おどろ》いたか、アノ美《うつく》しい姿《すがた》を隱《かく》して了《しま》つた。只《た》だ物凄《ものすご》い灰色《ばひいろ》の雲《くも》は、我々《われ／＼》の頭上《づじやう》を壓《あつ》してゐる。

彼我《ひが》幾《いく》千門《もん》の砲口《はうこう》より發射《はつしや》する閃光《せんくわう》は、パツパツと電光《でんくわう》の如《ごと》く、この灰色《ばひいろ》の雲《くも》を染《そ》め、幾《いく》十萬《まん》の照明彈《せうめいだん》の光《ひか》りは、花火《はなび》のやうに輝《かゞや》き亘《わた》り、分時《ぷんじ》も休《やす》まず兩軍《りやうぐん》の陣地《ぢんち》より打揚《うちあ》げられる。

味方《みかた》の大砲《たいはう》はバン／＼と益々《ます／＼》熾烈《しれつ》に猛撃《まうげき》を加《くは》へ、増派《ぞうは》された幾《いく》百千の機關銃《きくわんじう》は、カタ／＼／＼／＼と射《う》つてゐる。

我《わ》が軍《ぐん》は明日《あす》の黎明《れいめい》を期《き》して、突撃《とつげき》を決行《けつかう》すべく、輕裝《けいさう》せる幾《いく》十萬《まん》の貔貅《ひきう》は、鐵腕《てつわん》を撫《ぶ》し、時《じ》機《き》の至《いた》るを待《ま》つてゐる。

我々《われ〱》は無《む》二無《む》三に突撃《とつげき》して、どうでも、かうでも此《こ》のヴヰミリツチ線《せん》を突破《とつぱ》しなければならない使命《しめい》を帶《お》びてゐる。

後方《こうはう》の我《わ》が砲兵陣地《はうへいぢんち》からは、敵《てき》の砲兵《はうへい》を全滅《ぜんめつ》しやうと、熾《さかん》に射撃《しやげき》してゐる。獨軍《どくぐん》も亦之《またこれ》に應戰《おうせん》して、重砲《ぢうはう》や、野砲《やはう》の巨彈《きよだん》を發射《はつしや》し、死力《しりよく》を盡《つく》して堅砦《けんさい》を守《まも》つてゐる。

塹壕内《ざんがうない》に身《み》を潜《ひそ》めて、思《おも》はず銃《じう》を握《にぎ》りしめ、突撃《とつげき》の號令《がうれい》を待《ま》つ私達《わたしたち》の血汐《ちしほ》は、幾度《いくど》か躍《おど》るを覺《おぼ》えた。

夜《よ》は深沈《しんちん》と更《ふ》けるにつれ、我軍《わがぐん》の砲兵《はうへい》は益々《ます〱》其《そ》の威力《ゐりよく》を發揮《はつき》し、敵《てき》の砲兵《はうへい》は漸《やうや》く衰《おとろ》へ頭上《づじやう》を飛《ひ》來《らい》する敵彈《てきだん》も、其《そ》の數《すう》を減《げん》じて來《き》た。

後方《こうはう》の空《そら》を見上《みあ》げると、味方《みかた》の砲口《はうこう》より煌《きら》めく閃光《せんくわう》は暗黑《あんこく》の空《そら》一面《めん》に輝《かゞや》き、眞《しん》に壯快《さうくわい》を極《きは》めてゐる。頭上《づじやう》には絶《た》えざる砲彈《はうだん》の唸《うな》り聲《ごゑ》が物凄《ものすご》く、我《わ》が砲兵《はうへい》は二千門《もん》の砲口《はうこう》より、玆《こゝ》を先途《せんど》と打捲《うちま》くつてゐる。

私《わたし》は第《だい》三番《ばん》の機關銃《きくわんじう》について居《を》つた。胸墻《パラペット》に圍《かこ》まれて、塹壕《ざんがう》より一段高《だんたか》い所《ところ》に据《す》えられた機關《きくわん》銃《じう》からは、熾《さかん》に銃火《じうくわ》を敵陣《てきぢん》に浴《あ》びせかけてゐる。照明彈《フレーヤー》の光《ひか》りや、彼我《ひが》の砲彈《はうだん》の爆裂《ばくれつ》する光《ひか》りに依《よ》つて、敵兵《てきへい》の退却《たいきやく》する影《かげ》が寫《うつ》るので、機關銃《きくわんじう》手《しゆ》は、第《だい》一番《ばん》より、順々《じゆん〳〵》に猛烈《まうれつ》に射彈《しやだん》を浴《あび》せかけてゐる。聯隊長以下《れんたいちやういか》の幹部《かんぶ》も、司令部《しれいぶ》より命令《めいれい》が下《くだ》るのを、今《いま》か今《いま》かと待《ま》ちつゝ部隊《ぶたい》の間《あひだ》を見巡《みめぐ》つてゐる。

突撃命令《とつげきめいれい》の下《くだ》るも、目睫《もくせふ》の間《あひだ》に迫《せま》つて來《き》た。私達《わたしたち》は今《いま》や興奮《こうふん》と、緊張《きんちやう》との高潮《かうてう》に達《たつ》し、武者振《ぶしやぶる》ひしつゝ、今《いま》やおそしと待《ま》ち構《かま》へてゐる。

機關銃手《きくわんじうしゆ》は、一段高《だんたか》い所《ところ》に、銃把《じうは》を握《にぎ》りつめ、一分間《ぷんかん》七百發《ぱつ》の速度《そくど》で、猛射《まうしや》を續《つゞ》けてゐる。退却《たいきやく》する敵兵《てきへい》を撃滅《げきめつ》せんと、汗《あせ》ダク〳〵一切夢中《さいむちう》で射《う》つてゐる。方《まさ》に緊張其《きんちやうそ》のものだ。

其《そ》の夜《よ》も明《あ》け放《はな》れんとする、四月九日午前五時《ぐわつかごぜんじ》になると、一同《どう》にラム酒《しゆ》一杯宛《ぱいづゝ》を呉《く》れた。

私達日本人兵《わたしたちにつぽんじんへい》は、之《これ》を乾杯《かんぱい》して、

『これが永訣《わかれ》の 杯《さかづき》か？』

と云《い》つて笑《わら》ひ合《あ》つた。

果然《くわぜん》！　午前《ごぜん》五時《じ》半《はん》、司令部《しれいぶ》より、

『前進《ぜんしん》！』

の命令《めいれい》は下《くだ》つた。

聯隊長《れんたいちやう》はステツキを振《ふ》り上《あ》げて、(聯隊長《れんたいちやう》は拳銃《けんじう》とステツキだけしか持《も》つてゐない。塹壕戰《ざんがうせん》には軍刀《ぐんたう》は不必要《ふひつえう》なのだ）發《はつ》した勇壯《ゆうさう》なる號令《がうれい》は今尙《いまな》ほ私《わたし》の耳《みゝ》に殘《のこ》つてゐる。

『キャネデイアン、フヰフテアス、——アドバンス!!』(加奈陀《カナダ》五十聯隊躍進《れんたいやくしん》!!)

と同時《どうじ》に、聯隊全員《れんたいぜんゐん》はヒラリ〳〵と、胸墻《パラペット》の上《うへ》に躍《をど》り上《あが》つた。其《そ》の時聯隊長《ときれんたいちやう》は再《ふたゝ》び、

『フオロー、ミー!!』(我《われ》に續《つゞ》け!!)

と勵聲《れいせい》一番《ばん》、先頭《せんとう》に立《た》つた。

聯隊《れんたい》は大喊聲《たいかんせい》と共《とも》に敵陣《てきぢん》に突入《とつにふ》し、眞先《まつさき》に機關銃隊《きくわんじうたい》及《およ》び私達機關銃護衞兵隊《わたしたちきくわんじうごゑいへいたい》が突進《とつしん》し、機關銃《きくわんじう》を以《もつ》て盛《さか》んに敵陣《てきぢん》を亂射《らんしや》し、恰度《ちやうど》箒《はうき》で掃《は》くやうに、擊破《げきは》しつゝ進《すゝ》んで行《ゆ》く。其《そ》の後《あと》からは左翼《さよく》に展開《てんかい》しつゝ、長蛇《ちやうじや》の如《ごと》く、友軍《いうぐん》が突進《とつしん》して來《く》る。

スルト今迄《いままで》沈默《ちんもく》させられたと思《おも》つた敵《てき》の機關銃《きくわんじう》は俄《にはか》に蹶起《けつき》して、私達《わたしたち》を猛射《まうしや》し始《はじ》めた。其《そ》の後《こう》方《はう》の砲兵陣地《はうへいぢんち》からは、我《わ》が突撃部隊《とつげきぶたい》に向《むか》ひ、俄《には》かに砲彈《はうだん》を浴《あび》せかけて來《き》た。初《はじ》めから命中彈《めいちうだん》である。敵《てき》の砲彈《はうだん》は私達《わたしたち》の前後左右《ぜんごさいう》に爆發《ばくはつ》する。我《わ》が軍《ぐん》は忽《たちま》ち夥《おびたゞ》しい死傷者《ししやうしや》を出《だ》した。敵《てき》の砲兵《はうへい》は、我《わ》が突撃部隊《とつげきぶたい》を阻止《そし》せんものと、益々《ます〳〵》熾烈《しれつ》なる砲撃《はうげき》を加《くは》へ出《だ》した。

其《そ》のとき轟然《がうぜん》たる音響《おんきやう》と共《とも》に、稍《やゝ》左翼《さよく》に展開《てんかい》した日本人兵《につぽんじんへい》のゐる第《だい》十五小隊《せうたい》の頭上《づじやう》に敵《てき》の砲彈《はうだん》が爆發《ばくはつ》した。

『やられた。』

といふ日本語《につぽんご》が聞《きこ》えた。此時《このとき》成田《なりた》義《ぎ》勇兵《ゆうへい》は、砲彈《はうだん》の破片《はかた》の爲《た》めに、頭部《とうぶ》の半分《はんぶん》を粉碎《ふんさい》されて即死《そくし》した。同時《どうじ》に十五小隊長《せうたいちやう》も戰死《せんし》したのであつた。

ヴヰミリツヂの戰線《せんせん》は、既《すで》に地《ち》の利《り》を占《し》め、一帶《たい》の高地《かうち》に塹壕《ざんがう》を深《ふか》くし、敵《てき》は逸《いつ》を以《もつ》て勞《らう》を待《ま》つの優位《いうゐ》にあつた。殊《こと》に塹壕《ざんがう》の前面《ぜんめん》は起伏高底《きふくかうてい》甚《はなは》だしく、前進《ぜんしん》には頗《すこぶ》る困難《こんなん》を極《きは》めた我《わ》が軍《ぐん》は、丘陵《きうりよう》の要害《えうがい》に倚《よ》る敵《てき》の瞰射《かんしや》に殆《ほと》んど混亂《こんらん》に陷《おちい》らんとしたが、漸《やうや》く陣容《ぢんよう》を立《た》て直《なほ》し、敵《てき》の猛射《まうしや》に屈《くつ》せずヒタ〱と堅砦《けんさい》に肉迫《にくはく》して行《ゆ》く。

我《わ》が軍《ぐん》の砲兵《はうへい》は、歩兵《ほへい》が突撃戰《とつげきせん》に移《うつ》つたといふ信號《しんがう》を受《う》けると、一層猛烈《そうまうれつ》に敵《てき》の砲兵陣地《はうへいぢんち》に一大猛射《だいまうしや》を浴《あび》せ敵軍《てきぐん》の潰亂《くわいらん》を來《き》たさしめ、味方《みがた》の突撃《とつげき》を容易《ようい》ならしむる爲《た》めに、堅砦《けんさい》ヴヰミリッヂの丘陵《きうりやう》を焦土《せうと》と化《くわ》し、砲彈《はうだん》の巣窩《さうくわ》となさんとして、幾《いく》百重《へ》となく張《は》廻《まは》りされてゐる鐵條網《てつでうまう》は、殆《ほと》んど影《かげ》も形《かな》もなく飛散《ひさん》し、塹壕《ざんがう》は平地《へいち》と變《かは》り、丘《をか》も谷《たに》も一面《めん》の平地《へいち》となつて了《しま》つた。

突撃部隊《とつげきぶたい》の喊聲《かんせい》は怒濤《どたう》の如《ごと》く、今《いま》や劍尖相交《けんせんあひまじ》ゆる血河屍山《けつかしざん》の激戰《げきせん》は展開《てんかい》されて行《い》つた。堅砦《けんさい》一帶《たい》の高地《かうち》は、爆煙《ばくえん》を以《もつ》て蔽《おほ》はれ、我《わ》が突撃部隊《とつげきぶたい》は、味方《みかた》の屍《かばね》を乘《の》り超《こ》え〳〵敵《てき》の塹壕《ざんがう》間近《まぢか》に突進《とつしん》して行《い》つた。

敵《てき》の砲兵《はうへい》は必死《ひつし》になつて擊《う》つて、擊《う》つて射《う》ち捲《ま》くり、砲彈《はうだん》は殷々《ゐん〳〵》として頭上《づじやう》に吼《ほ》へ、カタ〳〵と機《き》關銃彈《くわんじうだん》は雨霰《あめあられ》と降《ふ》りそそぎ、味方《みかた》の兵《へい》は、バタリ〴〵と相次《あひつ》いで倒《たふ》れこの悲壯《ひさう》な突撃戰《とつげきせん》に、私達《わたしたち》は興奮《こうふん》との絕頂《ぜつちやう》に達《たつ》した。そして一切夢中《さいむちう》である。只聞《たゞき》こゆるものは、

『前《まへ》へ！　前《まへ》へ！　伏《ふ》せ！』

と云《い》ふ上官《じやうくわん》の命令《めいれい》のみだ。

敵砲彈《てきはうだん》は益々《ます〳〵》繁《しげ》く我々《われ〳〵》の頭上《づじやう》に爆裂《ばくれつ》し、前後左右《ぜんこさいう》に落下《らくか》し、死傷算《ししやうさん》なく、見渡《みわた》す限《かぎ》り死屍累々《しがいるゐ〳〵》

として實《じつ》に物凄《ものすご》い。そのうちに聯隊長《れんたいちやう》が、

『突込《つツこ》めツ。』

と一聲高《せいたか》く叫《さけ》ぶや、一團《だん》の貌貅《はうきう》は、砂塵《さぢん》を蹴立《けた》てて、敵《てき》の塹壕《ざんがう》に殺到《さつたう》した。之《これ》を眺《なが》めた敵兵《てきへい》は、それツとばかりに、猛烈《まうれつ》なる機關銃彈《きくわんじうだん》を浴《あび》せかけ　、味方《みかた》の死傷更《ししやうさら》に増加《ぞうか》し、先登部隊《せんとうぶたい》はその大《たい》半《はん》を失《うしな》ふに至《いた》つた。

然《さ》れども勇敢《ゆうかん》なる我《わ》が加奈陀軍《カナダぐん》は、友軍《いうぐん》の死屍《しがい》を乘《の》り超《こ》え〳〵、恰《あたか》も大波《おほなみ》の押《お》し寄《よ》せるやうに、後《あと》から〳〵と、幾《いく》十萬《まん》の歩兵《ほへい》が突撃《とつげき》する、肉彈又肉彈《にくだんまたにくだん》。戰線《せんせん》十五哩《マイル》に亙《わた》る全加奈陀軍《ぜんカナダぐん》、決死《けつし》の奮《ふん》闘凄《とうすさま》じく、眞《しん》に壯絕《さうぜつ》にして又凄慘《またせいさん》、人間興奮《にんげんこうふん》と、感激《かんげき》の渦卷《うづま》きだ。

敵《てき》はこのヴヰミリツヂ堅砦《けんさい》を奪取《だつしゆ》されゝば、レンス戰線《せんせん》の守《まも》りは危《あやふ》くなるので、獨軍《どくぐん》は死力《しりよく》を竭《つく》して防戰《ばうせん》に努《つと》めてゐる。

我軍《わがぐん》は、今《いま》一と押《お》しと、喊聲《かんせい》と共《とも》に、銃劍《じうけん》を揮《ふる》つて、更《さら》に敵《てき》の塹壕《ざんがう》に突入《とつにふ》した。されど新《あらた》に増《ぞう》加《か》した敵《てき》の機關銃隊《きくわんじうたい》の爲《た》めに撃《う》ち捲《ま》くられ、突貫中絕《とつくわんちうぜつ》して空《むな》しく敵《てき》の塹壕《ざんがう》に屍《かばね》の山《やま》を築《きづ》かざるを得《え》なかつた。

我《わ》が砲兵《はうへい》も、熾《さかん》に重砲彈《ぢうはうだん》を敵《てき》の陣地《ぢんち》に向《む》つて射撃《しやげき》した。一發《はつ》又《また》一發《はつ》、一彈《だん》又《また》一彈《だん》、美事《みごと》に敵陣《てきぢん》地《ち》に落下《らくか》し、あらゆる物《もの》を粉碎《ふんさい》し、機關銃《きくわんじう》も、小銃《せうじう》も、土嚢《どなう》も、人間《にんげん》も、鐵條網《てつでうまう》も、一發毎《はつごと》に何《ど》處《こ》にかケシ飛《と》ばして了《しま》ふ。轟然《がうぜん》又《また》轟然《がうぜん》、忽《たちま》ちのうちに前面《ぜんめん》の丘陵《きうりよう》一帶《たい》の敵兵《てきへい》は、バタ〳〵となぎ倒《たふ》される。

もう太陽《たいよう》は東《ひがし》の空《そら》は高《たか》く上《あが》つたのであらうが、空《そら》一面《めん》に密雲《みつうん》深《ふか》く閉《とざ》してゐるので一向《かう》に判《わか》らない。然《しか》し戰《たゝか》ひは方《まさ》に酣《たけなは》だ。

機關銃手《きくわんじうしゆ》は、この寒空《さむぞら》に汗《あせ》ダク〳〵で、外套《ぐわいたう》などはかなぐりすて、カタ〳〵と夢中《むちう》になつて射《う》つてゐる。私《わたし》は其《そ》の側《そば》に伏《ふ》して、隣《とな》りにゐた佐藤義勇兵《さとうぎゆうへい》を顧《かへり》みた。

『オイ！實《じつ》に激戰《げきせん》だなア。日露戰爭《にちろせんさう》の時《とき》と較《くら》べたら如何《どう》かい？何《ど》つちが烈《はげ》しいかい？』

と尋《たづ》ねたら、佐藤君《さとうくん》は言下《げんか》に、

『どうして〳〵日露《にちろ》のときも激《はげ》しかつたが今度《こんど》はまた格別《かくべつ》だ。ナニ奉天《ほうてん》の大會戰《だいくわいせん》あれだつて俺《おれ》達《たち》の正面《しやうめん》は是程《これほど》激《はげ》しくはなかつたよ」

と。同氏《どうし》は日露《にちろ》戰爭《せんさう》に參加《さんか》した勇士《ゆうし》であつた。

一隊《たい》仆《たふ》れて、又《また》一隊《たい》、後《あと》より後《あと》よりと、味方《みかた》の死屍《しし》を躍《をど》り超《こ》えて、潮《うしほ》の寄《よ》するが如《ごと》く、遮《しや》二無《む》に突撃《とつげき》して行《ゆ》く。見《み》る〳〵敵《てき》の第《だい》一線《せん》、第《だい》二線《せん》は我軍《わがぐん》の手《て》に歸《き》した。

敵軍《てきぐん》は第《だい》三防禦陣地《ばうぎよぢんち》たる、丘陵《きうりやう》の頂上《ちやうじやう》に據《よ》つて、機關銃彈《きくわんじうだん》を我々《われ〳〵》の頭上《づじやう》から、熾《さかん》に浴《あび》せかけた。

我《わ》が聯隊《れんたい》の過半《くわはん》は既《すで》に仆《たふ》れた。止《や》むなく、私達《わたしたち》は奪取《だつしゆ》した敵《てき》の塹壕《さんがう》に據《よ》り、後續部隊《こうぞくぶたい》を待《ま》つこととなつた。スタンドツ゚ーである。

空《そら》は黑雲《こくうん》深《ふか》く、一面《めん》に擴《ひろ》がり、硝煙《せうえん》は低《ひく》く戰場《せんぢやう》を這《は》ふてゐる。血《ち》は流《なが》れて冬枯《ふゆがれ》の草《くさ》を染《そ》め、血《けつ》河屍山《かしざん》といふ言葉《ことば》は、よく聞《き》いてゐたが、今始《いまはじ》めて其《そ》の言葉通《ことばどほ》りの光景《くわうけい》に接《せつ》した。空《そら》は今《いま》にも泣《な》き出《だ》しさうな模樣《もやう》だ。今《いま》に何《なに》か降《ふ》り出《だ》すであらう。

我《わ》が十旅團《りよだん》に屬《ぞく》する第《だい》四十四聯隊《れんたい》、第《だい》四十六聯隊《れんたい》、第《だい》四十七聯隊《れんたい》及《およ》び第《だい》五十聯隊《れんたい》は、全軍《ぜんぐん》の左《さ》翼《よく》に展開《てんかい》し、突撃《とつげき》してゐるので、硝煙《せうえん》の晴《は》れ間《ま》より、遙《はる》かに右翼方面《うよくはうめん》を見渡《みわた》せば、幾《いく》十万の精鋭《せいえい》が、ヴヰミリツヂを包圍《はうゐ》し、怒濤《どたう》の岩《いは》を嚙《か》むが如《ごと》く、强襲《きやうしふ》又强襲《またきやうしふ》、五哩《マイル》の戰線《せんせん》に亘《わた》つて、林立《りんりつ》せる銃劍《じうけん》を輝《かゞや》かし、勇敢《ゆうかん》なる突撃戰《とつげきせん》を眺《なが》めて、私達《わたしたち》は自分等《じぶんら》の危險《きけん》も忘《わす》れ、思《おも》はず驚嘆《きやうたん》の眼《め》を見張《みは》るのであつた。

眼《まなこ》を轉《てん》じて四邊《あたり》を見《み》れば、彼我《ひが》の負傷者《ふしやうしや》は、累々《るゐ〱》として、塹壕《ざんがう》の内外《ないぐわい》に滿《み》ちてゐる。彼方《かなた》には重傷《ぢうしやう》に呻《うめ》く者《もの》がある。此方《こなた》には擔架《たんか》を呼《よ》ぶ者《もの》があり、或《あるひ》は瀕死《ひんし》の水《みづ》を呼《よ》ぶ者《もの》、或《あるひ》は自《みづか》ら繃帶《ほうたい》をする者《もの》などがある。其《そ》の間《かん》に戰死者《せんししや》の屍《かばね》が靜《しづ》かに橫《よこた》はり、塹壕《ざんがう》を塞《うづ》めて、足《あし》の踏《ふ》み場《ば》もない。私達《わたしたち》は此《こ》れらの死者《ししや》の骸《むくろ》を踏《ふ》み超《こ》えなければ、一寸《ちよつと》も前進《ぜんしん》することは出來《でき》ないのだ。

實《じつ》に腥風《せいふう》面《おも》てをうつて、見《み》るに堪《た》えない。そこには泥《どろ》と血《ち》に染《そ》まつた一本《ぽん》の腕《うで》が落《お》ちてゐる。かなたには大《おほ》きな足《あし》が一本《ぽん》轉《ころ》がつてゐる。或《あるひ》は土《つち》に塗《まみ》れた顏《かほ》に、脣《くちびる》を嚙《か》みしめた白《しろ》い齒《は》。血《ち》に汚《よご》れて、半眼《はんがん》を見開《みひら》きつつ、死《し》して尙瞑《なほめい》せざる恨《うら》めしさうな眼《め》。半身《はんしん》土中《どちう》に埋《うづ》もれたもの、さては銃《じう》は碎《くだ》け、劍《けん》は折《を》れ、碎《くだ》けたる骨《ほね》と、破《やぶ》れたる肉《にく》と、碎《くだ》けたる骨《ほね》と、破《やぶ》れたる肉《にく》と、流《なが》るる血汐《ちしほ》と相交《あひまじ》りて、數限《かずかぎ》りもなく、散亂《さんらん》してゐる。

折《をり》から暮雪《ぼせつ》霏々《ひゝ》として落《お》ちて來《き》た。この慘憺《さんたん》たる戰場《せんぢやう》は、一層凄慘《そうせいさん》の色《いろ》を濃《こ》くした。

　砲煙彈雨《はうえんだんう》の間《あひだ》に、祖國《そこく》の興廢《こうはい》を双肩《さうけん》に擔《にな》つて、力戰奮闘《りきせんふんとう》する彼我《ひが》の勇士達《ゆうしたち》の上《うへ》に、白雪翩々《はくせつへん〳〵》として、さながら其《そ》の興奮《こうふん》の頂點《ちやうてん》より、醒《さ》めよとばかりに、降《ふ》りに降《ふ》る。敵《てき》の射《う》ち出《だ》す銃彈《じうだん》は、雪《ゆき》の一片《ぺん》を掠《かす》め、鐵兜《てつかぶと》の尖端《せんたん》を、カチンと外《そ》れて、飛《と》び去《さ》る。塹壕深《さんがうふか》く身《み》を沈《しづ》めて、兜《かぶと》を脱《ぬ》げば、熱《ねつ》し切《き》つた頬《ほゝ》を、ヒヤリとさせる。

　雪《ゆき》は益々《ます〳〵》繁《しげ》く、廣々《くわう〳〵》とした戰場《せんぢやう》に隈《くま》なく曝《さら》された。死傷者《ししやうしや》の上《うへ》に降《ふ》りかゝり、其《そ》の戎衣《じうい》の上《うへ》にははや白《しろ》く薄雪《うすゆき》が積《つも》り出《だ》した。傷口《きずぐち》より流《なが》れ出《い》づる血汐《ちしほ》に紅《くれない》の雪《ゆき》と化《くわ》した。

　我軍《われぐん》の擔架卒《たんかりつ》は盛《さか》んに活躍《くわつやく》し出《だ》した。砲火《はうくわ》の雨《あめ》を冒《をか》し、霏々《ひゝ》として降《ふ》りかゝる雪《ゆき》を拂《はら》ひつつ、負傷兵《ふしやうへい》を運《はこ》んでゐる。私《わたし》は突貫中絶《スタンドツー》して、敵《てき》の塹壕《さんがう》に據《よ》り、この崇高《すうかう》な、詩化《しくわ》された戰場《せんぢやう》の光景《くわうけい》を眺《なが》めて、大《だい》なる靈感《インスヒレーション》にうたれ、暫《しば》し我《われ》を忘《わす》れて、此《こ》の一大活畫《だいくわつぐわ》に見惚《みと》れた。

　擔架卒《たんかそつ》の腕章《わんしやう》には、丸《まる》く、白《しろ》い所《ところ》にＳＢと赤《あか》と青《あを》で記《しる》されてある。ＳＢとは Stretcher bearer.（擔架卒《たんかそう》）といふ意《い》である。

　午後《ごご》二時《じ》迄《まで》に、敵軍《てきぐん》の俘虜《ふりよ》は、將校《しやうかう》百十九名《めい》、兵《へい》五千八百十六名《めい》であつた。

それから間《ま》もなく、我軍《わがぐん》の後續部隊《こうぞくぶたい》は、敵《てき》の銃火《じうくわ》を冒《をか》しつつ、後《あと》から〳〵、續々《ぞく〳〵》と押寄《おしよ》せて來《き》た。

私達《わたしたち》は之《これ》に勢《いきほ》ひを得《え》て、再《ふたゝ》び頂上《ちやうじやう》なる敵《てき》の第《だい》三線《せん》防禦陣地《ばうぎよぢんち》に向《むか》つて、喊聲《かんせい》と共《とも》に、銃劍《じうけん》を振《ふ》るつて突入《とつにふ》した。味方《みかた》の軍勢《ぐんぜい》は、一氣《き》に駈《か》け上《あが》らんとして、敵《てき》の機關銃《きくわんじう》の掃射《さうしや》にあひ、輾々《てん〳〵》として傾斜地《けいしやち》をコロガリ落《お》ちる。後《あと》から續《つゞ》く兵《へい》も、亦倒《またたふ》れる。忽《たちま》ち屍《かばね》は山《やま》と積《つ》み、後《あと》から〳〵と押寄《おしよ》せる兵《へい》は、雪《ゆき》と銃火《じうくわ》とを冒《をか》しつつ、進《すゝ》む者《もの》も、進《すゝ》む者《もの》も皆《み》な殪《たほ》される。

されども勇敢《ゆうかん》なるアングロサクソンの一團《だん》は、之《これ》に屈《くつ》せず、屍《かばね》を乘《の》り超《こ》え、躍《おど》り踰《こ》え、銃劍《じうけん》を振《ふ》るつて、遂《つひ》に敵《てき》の塹壕《ざんがう》に突入《とつにふ》した。

茲《こゝ》に壯烈《さうれつ》なる一大白兵戰《だいはくへいせん》が開始《かいし》された。而《しか》も慓悍《へうかん》なる獨軍《どくぐん》は、少《すこ》しも怯《ひる》まず、銃劍《じうけん》を閃《ひらめ》かして突《つ》きかかり、我《わ》が勇敢《ゆうかん》なる日本人組《にほんじんぐみ》と、一騎打《きうち》の勝負《しようぶ》となつた。

打込《うちこ》む銃劍《じうけん》は、亂《みだ》るる葦《あし》の如《ごと》く、降《ふ》りかゝる雪《ゆき》を拂《はら》ひ、敵《てき》の銃劍《じうけん》を打《う》ち拂《はら》ひつゝ、火花《ひばな》を散《ち》らして、奮戰力戰《ふんせんりきせん》する、我《わ》が戰友達《せんいうたち》の勇《いさ》ましさよ。

戰場《せんぢやう》は漸《やうや》く暗黑《あんこく》の夜《よる》となつて來《き》た。さしも頑强《ぐわんきやう》だつた獨軍《どくぐん》も、大半《たいはん》は機關銃枕《きくわんじうまくら》に討死《うちじに》して了《しま》つた。敵《てき》ながら、天晴《あつぱれ》な武者振《むしやぶ》りであつた。

その餘《よ》の獨兵《どくへい》は、闇《やみ》に紛《まぎ》れて、レンス戰線《せんせん》に向《むか》つて敗走《はいそう》した。スルト闇《やみ》にも高《たか》く、英軍《えいぐん》の歡聲《くわんせい》、

『ヒツプ、ヒツプ、フレー!!』

の聲《こゑ》は殷々《ゐん〳〵》たる砲聲《はうせい》に和《わ》して、ヴヰミリツヂに轟《とゞろ》き渡《わた》つた。

ヘーグ元帥《げんすゐ》の公報《こうはう》にもある如《ごと》く、このヴヰミリツヂ堅砦《けんさい》の、北角《ほくかく》に於《お》ける白兵戰《はくへいせん》は、空前無比《くうぜんむひ》の激戰《げきせん》で、大戰勃發以來《たいせんぼつぱついらい》の慘劇《さんげき》と稱《しよう》せられ、又《また》その東方《とうはう》の斜面《しやめん》に於《お》ける敵《てき》の大軍《たいぐん》は、無慘《むざん》にも全滅《ぜんめつ》の悲運《ひうん》にあひ、生《せい》を全《まつた》ふせるものは、僅《わづ》かに俘虜《ふりよ》の一部《ぶ》のみであつた。

一大白兵戰

＝總攻擊の第二日＝敵豫備隊の大逆襲＝一大白兵戰＝塹壕內の一騎打＝逃げ後れた敵兵＝お母さん！　＝戰友の鬪死＝日本武士の襟懷＝

夜《よ》は追々《おひ〳〵》と更《ふけ》て行《ゆ》く。

我《わ》が砲兵《はうへい》は、敵軍《てきぐん》の退却《たいきやく》しつつある頭上《づじやう》に、命中弾《めいちうだん》を浴《あ》びせかけてゐる。機関銃手《きくわんじうしゆ》は、朝《あさ》からの激戦《げきせん》に、疲勞《ひらう》其《そ》の極《きよく》に達《たつ》してゐるのだが、潰亂《くわいらん》する敵兵《てきへい》を見《み》るや、渾身《こんしん》の勇《ゆう》を奮《ふる》つて、敗走《はいそう》する獨軍目《どくぐんめ》がけて猛射《まうしや》してゐる。

野砲《やはう》などは、射《う》つて、射《う》つて、射《う》ちまくつたので、砲身《はうしん》は燒《や》け、腔線《くうせん》は磨滅《まめつ》して、朝《あさ》から夕方《ゆふがた》まで射《う》つと、もう役《やく》に立《た》たない。夕方《ゆふがた》から夜《よ》にかけて射《う》つには、新《あた》らしい砲《はう》と取代《とりか》へなければならない。それ程烈《ほどはげ》しい砲撃《はうげき》であつた。

夜間《やかん》は、味方《みかた》の砲弾《はうだん》が危險《きけん》なので、追撃《ついげき》を中止《ちうし》した。其《そ》の夜《よ》は奪取《だつしゆ》した敵《てき》の塹壕《さんがう》に據《よ》り、夜明《よあ》けを待《ま》つて、追撃《ついげき》に移《うつ》るべく、其《そ》の準備《じゆんび》に夜《よ》を明《あか》した。

午前《ごぜん》四時頃《じごろ》となると、敵《てき》は砲兵《はうへい》の援護射撃《ゑんごしやげき》の下《もと》に、總豫備隊《そうよびたい》を提《ひつさ》げて、全線《ぜんせん》に亘《わた》り必死《ひつし》の大逆襲《だいぎやくしふ》を決行《けつかう》し、喊聲《かんせい》を擧《あ》げて我《わ》が陣地《ぢんち》に肉迫《にくはく》して來《き》た。彼我《ひが》の距離《きより》が數《すう》十歩《ぽ》に迫《せま》るや、手榴弾《しゆりうだん》は闇《やみ》に飛《と》び、パン〳〵と我《わ》が足下《あしもと》に爆裂《ばくれつ》し、大擲弾戰《だいてきだんせん》となつた。

壯烈《さうれつ》なる擲彈戰《てきだんせん》に移《うつ》るや、敵《てき》の砲兵《はうへい》も、味方《みかた》の砲兵《はうへい》も猛烈《まうれつ》に砲擊《はうげき》し出《だ》した。間《ま》もなく鳴《な》りを靜《しづ》めてゐた機關銃隊《きくわんじうたい》は、一齊《せい》に火蓋《ひぶた》を切《き》つた。硝煙天《せうえんてん》を蔽《おほ》ひ、劍尖相擊《けんせんあひう》ち、猛烈《まうれつ》なる白兵戰《はくへいせん》が到《いた》る處《ところ》に展開《てんかい》され、仄暗《ほのくら》き戰線《せんせん》に、再《ふたゝ》び血河屍山《けつかしさん》の大修羅場《だいしゆらぢやう》が演出《えんしゆつ》された。

昨夜來《さくやらい》の雪《ゆき》は、雨《あめ》と變《へん》じ、蕭々《せう〳〵》として降《ふ》り濺《そゝ》ぎ、雨脚《あめあし》漸《やうや》く繁《しば》く、敵兵《てきへい》の物色《ぶつしよく》を困難《こんなん》ならしめた。曉明《げうめい》の頃《ころ》となるや、雨中《うちう》に又《また》も壯烈《さうれつ》なる白兵戰《はくへいせん》が行《おこな》はれ、砲煙《はうえん》は濛々《もう〳〵》たる寒雨《かんう》の中《なか》に漾《たゞよ》ひ、流《りう》血《けつ》は四邊《あたり》を染《そ》め、砲彈《はうだん》の穴《あな》は巣窩《さうくわ》の如《ごと》く、泥土《でいど》に伏《ふ》して射《う》つあり、立《た》つて格鬪《かくとう》するあり、獨軍《どくぐん》は猛虎《まうこ》の如《ごと》く荒《あ》れ廻《まは》り、味方《みかた》は狂《くる》へる獅子《しし》の如《ごと》く、銃劍相擊《じうけんあひう》ち、拳銃閃《けんじうひらめ》き、雨中《うちう》の激戰數刻《げきせんすうこく》、一進《しん》一退《たい》、未《いま》だ勝敗決《しようはいけつ》せず戰《たゝか》ひは闌《たけなは》である。

其《そ》のうちに新《あら》たに增派《ぞうは》された味方《みかた》の機關銃隊《きくわんじうたい》は、後《あと》より〳〵と續々《ぞく〳〵》到着《たうちやく》し、敵兵目《てきへいめ》がけて、一齊《せい》に發射《はつしや》し出《だ》した。精銳《せいえい》なる新手《あらて》の機關銃隊《きくわんじうたい》の爲《た》めに、獨兵《どくへい》は掃《は》くが如《ごと》くに薙倒《なぎたふ》され、見《み》る間《ま》に敵《てき》の突擊部隊《とつげきぶたい》は、折重《をりかさ》なつて殪《たほ》れる。二重《ちう》、三重《ちう》、四重《ちう》、五重《ちう》と積《つ》み重《かさ》なり、忽《たちま》ち敵《てき》の先頭部隊《せんとうぶたい》は全滅《ぜんめつ》して了《しま》つた。

然《しか》しながら勇敢《ゆうかん》にも敵《てき》の突擊縱隊《とつげきじうたい》は、味方《みかた》の屍《かばね》を乘《の》り越《こ》え、踏《ふ》み超《こ》え、我《わ》が占據《せんきよ》せる塹壕《さんがう》に肉《にく》迫《はく》して、喊聲《かんせい》と共《とも》に押寄《おしよ》せる。わが機《き》關銃手《くわんじうしゆ》は、茲《こゝ》を先途《せんと》と撃《う》ち捲《ま》くり、敵兵《てきへい》は又《また》も前面《ぜんめん》一帶《たい》に、雪崩《なだれ》を打《う》つて倒《たふ》される。

今度《こんど》は位置《ゐち》を換《か》へて、獨軍《どくぐん》の屍骸《しがい》は山《やま》と積《つ》み、碧血《へきけつ》は雨《あめ》に漾《たゞよ》ひ、幾萬《いくまん》の貔貅《ひきう》は、悉《ことごと》く我《わ》が機《き》關銃彈《くわんじうだん》の犧牲《ぎせい》となつて了《しま》つた。然《しか》しながら敵《てき》は後《あと》から〳〵と大部隊《だいぶたい》の突撃《とつげき》を敢行《かんかう》し來《きた》り、今《いま》は攻《こう》守《しゆ》其《そ》の位置《ゐち》を換《か》へ、敵軍《てきぐん》は勢《いきほ》ひ鋭《するど》く突込《つゝこ》んで來《く》る。されど我《わ》が後方《こうはう》に陣地《ぢんち》を構《かま》へてゐる幾《いく》百門《もん》の砲口《はうこう》より飛來《ひらい》する巨彈《きよだん》の爲《た》めに、空《むな》しくヴヰミリツヂの露《つゆ》と消《き》えてゆく。我《わ》が砲兵《はうへい》の射《う》ち出《だ》す、其《そ》の命中彈《めいちうだん》は、敵《てき》の頭上《づじやう》に爆發《ばくはつ》し、榴散彈《りうさんだん》の雨《あめ》を降《ふ》らし、見《み》る〳〵敵《てき》の大部隊《だいぶたい》は潰亂《くわいらん》し初《はじ》めた。其《そ》の混亂《こんらん》に乘《じよう》じ味方《みかた》は機關銃《きくわんじう》と、小銃《せうじう》との彈丸《だんぐわん》を雨霰《あめあられ》と浴《あび》せかけ、猛烈《まうれつ》なる接戰《せつせん》を演《えん》じてゐる。

雨《あめ》はまだ盛《さか》んに降《ふ》つてゐる。そして今《いま》は雪《ゆき》にならうとして、風《かぜ》さへ加《か》はり出《だ》した。

此時我軍《このときわがぐん》は敵《てき》の捕虜《ほりよ》九千名《めい》を得《え》、重砲《ちうはう》四十門《もん》を鹵獲《ろくわく》した。そしてルヴアーギユーア及《およ》び、ハーチクール中間《ちうかん》の高地《かうち》を完全《くわんぜん》に占領《せんりやう》した。

愈々《いよ〳〵》敵《てき》は潰走《くわいそう》し始《はじ》めた。再《ふたゝ》び追撃戰《つゐげきせん》の好機《かうき》は來《き》た。我軍《わがぐん》は全線《ぜんせん》に亘《わた》り、大風雪《だいふうせつ》を冒《をか》しつつ、追《つゐ》

撃戰《げきせん》に移《うつ》つた。再《ふたゝ》び聯隊長《れんたいちやう》は、

『聯隊躍進《れんたいやくしん》!!』

と、勇壯《ゆうさう》なる突撃命令《とつげきめいれい》が、吹雪《ふぶき》を衝《つ》いて銳《するど》く響《ひゞ》き渡《わた》つた。我々《われ〳〵》一同《どう》は銃劍《じうけん》を構《かま》へつつ、胸牆《パラペット》を躍《をど》り超《こ》え、吶喊《とつかん》の聲《こゑ》凄《すさま》じく、潰亂《くわいらん》しつつ敗走《はいそう》する敵軍《てきぐん》の中《なか》に突入《とつにふ》した。

此邊《このへん》一帶《たい》は、第《だい》一線《せん》、第《だい》二線《せん》、第《だい》三線《せん》と皆《み》な塹壕《さんがう》は、電光形《でんくわうけい》に曲折《きよくせつ》し、其《そ》れを連《つら》ねる交通壕《かうつうがう》が無數《むすう》にある。

逃《に》げ後《おく》れて、この塹壕內《さんがうない》に踏《ふ》み止《とゞ》まつた獨兵《どくへい》は逃《に》げても死《し》ぬし、進《すゝ》むでも死《し》ぬと云《い》ふ、破目《はめ》に陷《おちい》り、今《いま》は唯《たゞ》死《し》の一途《と》あるのみだ。

敵《てき》の一隊《たい》は、逃《に》げて死《し》せんよりは、むしろ進《すゝ》んで敵《てき》を一人《ひとり》でも多《おほ》く斃《たふ》して死《し》せんものと、殊勝《しゆしよう》にも我軍《わがぐん》に向《むか》つて來《き》た。

私《わたし》は塹壕內《さんがうない》を、勇躍《ゆうやく》しつつ銃劍《じうけん》を打振《うちふ》り、突進《とつしん》して行《ゆ》くと、壕角《がうかく》に倚《よ》つて、銃劍《じうけん》を構《かま》へた一獨《どく》兵《へい》は、突如《とつじよ》として私《わたし》に向《むか》つて突込《つゝこ》んで來《き》た。

私《わたし》は、心得《こゝろえ》たりと一歩《ぽ》退《しりぞ》き、

『何《なに》をッ』

と叫《さけ》ぶや、夢中《むちう》に銃劍《じうけん》を振《ふる》つて、敵《てき》の胸板《むないた》目掛《めが》けて突《つ》き込《こ》んだ、と、狙《ねら》ひは外《はづ》れて、獨兵《どくへい》の右《みぎ》の腕《うで》を突《つ》き刺《さ》した。

私《わたし》は落付《おちつ》いてゐる積《つも》りだが、胸《むね》を狙《ねら》つて、腕《うで》を刺《さ》すやうでは、やはり興奮《こうふん》してゐたものと見《み》える。

スルト其《そ》の時《とき》、獨兵《どくへい》は悲鳴《ひめい》をあげて、

『お母《ムッテル》さん！』

と、叫《さけ》んだ。之《これ》を聞《き》いた私《わたし》は、第《だい》二の突《つ》きを入《い》れやうと身構《みがま》へた瞬間《しゆんかん》、ハッと思《おも》つて、第《だい》二の『突《つ》き』を控《ひか》へた。

私《わたし》は『お母《かあ》さん』といふ聲《こゑ》を聞《き》いて、此《こ》の獨兵《どくへい》を突殺《つきころ》す勇氣《ゆうき》が挫《くじ》けたのであつた。其《そ》の瞬間《しゆんかん》、私《わたし》の胸《むね》には、只一人《たゞひとり》淋《さび》しく日本《につぽん》に殘《のこ》して來《き》た老母《らうぼ》の面影《おもかげ》が浮《うか》んだのである。

今迄《いままで》は懸命《けんめい》の突撃戰《とつげきせん》に、凡《すべ》てを忘《わす》れて、夢中《むちう》であつた私《わたし》も、この『お母《かあ》さん』の一語《ご》で、すつかり我《われ》に返《かへ》つた。

私《わたし》はこの獨兵《どくへい》を捕虜《ほりよ》とした。恰度其處《ちやうどそこ》へ通《とほ》りかかつた少尉《せうゐ》に、

『この獨兵《どくへい》を何《ど》うしませう。?』

と、訊《たづ》ねた。

『捕虜《ほりよ》として後方《こうはう》に連《つ》れて退《さが》るがよい。』

と命《めい》ぜられたので、私《わたし》はこの獨兵《どくへい》を連《つ》れて、後方《こうはう》に退《さが》つて來《き》た。途中《とちう》でこの獨兵《どくへい》は英語《えいご》を少《すこ》し話《はな》すので、種々《いろ〳〵》と尋《たづ》ねた。ところが彼《かれ》は十八歳《さい》の少年《せうねん》で、まだ中學校《ちうがくかう》の三年生《ねんせい》であつた。そして發《はつ》火演習《くわえんしふ》に行《ゆ》くと云《い》つて戰場《せんぢやう》に連《つ》れて來《こ》られたのだそうだ。何《な》んと來《き》て見《み》ると、トンデもない發火《はつくわ》演習《えんしふ》だつたのだ。

前古未曾有《ぜんこみぞう》のヴヰミリツチ戰《せん》に初陣《うゐぢん》して、憐《あは》れや絶對絶命《ぜつたいぜつめい》、進《すゝ》むも死《し》、退《しりぞ》くも死《し》といふ場合《ばあひ》になつたので、何《ど》うせ死《し》ぬなら敵《てき》と奮鬪《ふんとう》して死《し》なうと覺悟《かくご》したのだそうだ。

實《じつ》に運命《うんめい》の世《よ》なる哉《かな》だ。

私《わたし》が中學校時代《ちうがくかうじだい》に覺《おぼ》えた、五つか六つの獨逸語《ドイツご》、而《しか》も其《そ》の一《ひと》つのムツテルと云《い》ふ言葉《ことば》に打當《ぶつか》つ

たので、彼《か》れの命《いのち》は助《たす》かつたのだ。人《ひと》の運命《うんめい》ほど不思議《ふしぎ》なものはない。彼《か》れが若《も》しも未《ま》だ生《い》きてゐて、この書《しよ》を讀《よ》んだならば、如何《いか》なる感《かん》を抱《いだ》くであらうか？

私《わたし》と同《おな》じ隊《たい》に屬《ぞく》してゐた、大谷義《おほたにぎ》勇兵《ゆうへい》は、身體《からだ》が小作《こづく》りの男《をとこ》なので、頑強《ぐわんきやう》な獨兵《どくへい》に向《むか》つて闘《たゝか》ふときは、正々堂々《せい〳〵だう〳〵》の戰《たゝか》ひでは勝味《かちみ》が無《な》い。緻《かし》こくも彼《か》れは、塹壕《ざんがう》の狹《せま》い曲《まが》り角《かど》に隱《かく》れてゐて、獨《どく》兵《へい》の逃《に》げて來《く》る奴《やつ》を、銃劍《じうけん》にて五人迄《にんまで》刺《さ》し殺《ころ》したが、六人目《にんめ》の獨兵《どくへい》は、彼《か》れよりも腕《うで》の勝《すぐ》れてゐた者《もの》と見《み》え、大谷君《おほたにくん》は其《そ》の獨兵《どくへい》の爲《た》めに討死《うちじに》したのであつた。

それが何《ど》うして判《わか》つたかといふと、其時其《そのときそ》の近《ちか》くに英兵《えいへい》の一人《ひとり》が之《これ》を見《み》てゐたのだ。私《わたし》は其《そ》の英兵《えいへい》に向《むか》つて、

『君《きみ》は、何故《なぜ》其《そ》の時《とき》、大谷君《おほたにくん》を救《たす》けなかつたのか？』

と、訊《たづ》ねると、彼《かれ》は、

『其《そ》れどころではないよ。俺《おれ》の身《み》が危《あぶ》なかつたのだから………。』

と答《こた》へて平氣《へいき》でゐた。

又《また》、磯村義勇兵《いそむらぎゆうへい》は、よき敵《てき》もがなと、塹壕《ざんがう》を突進《とつしん》して行《ゆ》くと、獨兵《どくへい》の一人《ひとり》は、前後左右《ぜんごさいう》に横《よこ》たはる死骸《しがい》の間《あひだ》にあつて、瀕死《ひんし》の重傷《ぢうしやう》を負《お》ひ、夢中《むちう》になつて、

『水《みづ》！　水《みづ》！』

と叫《さけ》んでゐた。

其處《そこ》へ通《とほ》りかかつた磯村君《いそむらくん》は、手眞似《てまね》で水《みづ》ツ〳〵と叫《さけ》んでゐる憐《あは》れな姿《すがた》を見《み》ると、ツと其《そ》の傍《そば》に走《はし》り寄《よ》つて、自分《じぶん》が命《いのち》と頼《たの》む水筒《すゐとう》の水《みづ》を傾《かた》けて、これを其《そ》の瀕死《ひんし》の獨兵《どくへい》に飮《の》ませてやつた。恰《あたか》度其處《どそこ》へ又《ま》た一人《ひとり》の英兵《えいへい》が突進《とつしん》して來《き》た。英兵《えいへい》は之《これ》を見《み》るや、ツカ〳〵と其《そ》の獨兵《どくへい》の傍《かたは》に寄《よ》つて來《き》て、銃劍《じうけん》を取《と》り直《なほ》すや、グザとばかりに獨兵《どくへい》の胸《むね》を突《つ》き刺《さ》した。スルト磯村君《いそむらくん》は烈火《れつくわ》の如《ごと》く怒《おこ》り出《だ》した。

『何《なに》を餘計《よけい》なことをする？　貴樣《きさま》が殺《ころ》さなくとも、この獨兵《どくへい》は數分《すうふん》の間《あひだ》には死《し》んで了《しま》ふのだ。實《じつ》に貴樣《きさま》は慘忍《さんにん》な奴《やつ》だナ。』

と叫《さけ》んだ。英兵《えいへい》は冷《ひや》やかに、

『君《きみ》は、何故《なぜ》敵兵《てきへい》に水《みづ》など飲《の》ませるのだ？　サッさとやつ付《つ》けて了《しま》つたがよいではないか！

貴様《きさま》はおかしな奴《やつ》だナ。』

と言《い》ふた。カン〳〵に怒《おこ》つた磯村君《いそむらくん》は、

『何《なに》をッ、生意氣《なまいき》なッ。』

と叫《さけ》ぶや、銃劍《じうけん》を取直《とりなほ》して、あはや二人《ふたり》は格鬪《かくとう》を演《えん》じやうとした。折《をり》よく其處《そこ》へ私達數人《わたしたちすうにん》が突進《とつしん》して來《き》たのだ。私達《わたしたち》は二人《ふたり》の間《あひだ》に割《わ》つて入《い》り、「まあ〳〵」と言《い》ふことになり、幸《さいは》ひに事無《ことな》きを得《え》た。

彼等《かれら》には、敵《てき》をも愛《あい》するといふ、日本武士《につぽんぶし》の宏量《くわうりやう》も、大和魂《やまとだましひ》も解《わか》らないらしい。外國兵《ぐわいこくへい》の間《あひだ》にあると、この宏量《くわうりやう》は大和民族《やまとみんぞく》の誇《ほこ》りであるとつく〴〵思《おも》ふた。極度《きよくど》に獨兵《どくへい》を憎《にく》む英兵《えいへい》としては無理《むり》もあるまいが、さりとて、今《いま》や瀕死《ひんし》の獨兵《どくへい》に向《むか》つて行《や》るべきことではあるまい。

然《しか》し英兵《えいへい》の中《なか》にも、勇敢《ゆうかん》な行動《かうどう》を爲《な》した者《もの》も尠《すくな》くなかつた。

或《あ》る英兵《えいへい》は、敵《てき》の第《だい》三線《せん》の塹壕内《ざんがうない》に躍《をど》り込《こ》むや、機關銃《きくわんじう》附きの獨兵《どくへい》十一人《にん》を、只《た》だ一人《ひとり》で撃《う》ち斃《たふ》して了《しま》つた。彼《か》れは最初《さいしよ》に手榴彈《しゆりうだん》を投《な》げ付《つ》けて、數人《すうにん》を斃《たふ》し、次《つ》ぎに小銃《せうじう》にて數人《すうにん》を射撃《しやげき》し、最《さい》後《ご》に銃劍突撃《じうけんとつげき》にて、大亂鬪《だいらんとう》の後《のち》、全部《ぜんぶ》を討斃《うちたふ》して了《しま》つた。そして機關銃《きくわんじう》を分捕《ぶんど》つたのだ。

彼《か》れは其《そ》の功《こう》に依《よ》り、名譽《めいよ》あるヴヰクトリア、クロッス勳章《くんしやう》（我國《わがくに》の金鵄勳章《きんしくんしやう》に相當《さうたう》するもの）を授《さづ》けられた。彼《か》れの名《な》は、マクフワステー（愛蘭人《アイリッシュ》）といふて、歌《うた》にまで作《つく》られた程《ほど》、有名《いうめい》となつた人《ひと》である。

或《あ》る英兵《えいへい》は、逃《に》げ遅《おく》れた獨兵《どくへい》七十二人《にん》を、一人《ひとり》で捕虜《ほりよ》にした。それは手榴彈《しゆりうだん》を以《もつ》て之《これ》を威嚇《ゐくわく》したもので、この英兵《えいへい》はＤＣＭ《デーシーイム》勳章《くんしやう》を授《さづ》けられた。

斯《こ》うした勇壯《ゆうさう》な事實《じじつ》は、十五哩《マイル》の全戰線《ぜんせんせん》に亘《わた》つて滿《み》ち滿《み》ちてゐた。

之《これ》は一部《ぶ》の觀察《くわんさつ》であらうが、獨兵《どくへい》は、防禦陣地《ばうぎよぢんち》に就《つ》いて、奮戰力鬪《ふんせんりきとう》するときは、實《じつ》に頑强《ぐわんきやう》であるが、一旦陣地《たんぢんち》に敵兵《てきへい》がヒタ〳〵と押寄《おしよ》せ、又《また》は堡壘《ほるゐ》などの前《まへ》に肉迫《にくはく》されると、タワイもなく弱《よわ》くなり、すぐ手《て》を擧《あ》げて降參《かうさん》し、捕虜《ほりよ》となつて了《しま》ふ。

然《しか》し他《た》の歐洲《おうしう》の兵士達《へいしたち》は、も少《すこ》し前《まへ》に降參《かうさん》して了《しま》ふのだから世話《せわ》はない。

白兵戰《はくへいせん》となると、日本人《につぽんじん》は世界中《せかいぢう》で一番《ばん》勇敢《ゆうかん》な兵士《へいし》であることを實驗《じつけん》した。慓悍決死《へうかんけつし》と言《い》ふ言《こと》葉《は》は、我々《われ〳〵》日本人組《につぽんじんぐみ》の頭上《づじやう》に輝《かゞや》く榮冠《えいくわん》だつた。然《しか》し之《これ》を慘忍《さんにん》と誤解《ごかい》し、好戰國民《かうせんこくみん》などと誤解《ごかい》されては困《こま》る。前《まへ》の例《れい》を見《み》ても判《わか》ることであらうが、あながち手前味噌《てまへみそ》ばかりではないと思《おも》ふ。

此《こ》の戰《たゝか》ひに於《おい》て、敵《てき》の俘虜《ふりよ》一萬《まん》一千人《にん》。將校《しやうかう》二百三十五名《めい》であつた。又《また》捕獲品《ほくわくひん》は重砲《ぢうはう》百門《もん》、機《き》關銃《くわんじう》二百六十三、迫擊砲《トレンチモーター》約《やく》六十であつた。

此時《このとき》の白兵戰《はくへいせん》は、最《もつと》も慘烈《さんれつ》を極《きは》めたもので、死傷者《ししやうしや》の大部分《だいぶぶん》は、銃劍《じうけん》に依《よ》つて倒《たふ》されてゐるのであつた。

ヴヰミリツチ要砦の陷落

＝最後の五分間＝敵軍の大潰走＝堅砦我手に歸す＝死屍累々凄又慘＝追擊又追擊＝長驅レンスに迫る＝追擊の第三日＝我砲兵の活躍＝步兵の追擊中止＝夜半の塹壕戰＝ビーフテイー＝

敵《てき》は最後《さいご》の五分間《ぶんかん》を堪《こら》え得《え》ずして、獨軍《どくぐん》の大部隊《だいぶたい》は漸《やうや》く混亂《こんらん》し初《はじ》めた。夜《よ》もほのぼのと明《あ》け初《そ》める頃《ころ》、敵陣《てきぢん》は亂《みだ》れ、軈《やが》て潰走《くわいそう》し出《だ》した。

我軍《わがぐん》は勝《かち》に乘《じよ》じて、朝霧《あさぎり》動《うご》く陣頭《ぢんとう》に一歩《ぽ》を進《すゝ》め、愈々《いよいよ》總攻撃戰《そうこうげきせん》に移《うつ》つた。

我《わ》が砲兵隊《はうへいたい》は、敵《てき》の砲兵陣地《はうへいぢんち》及《およ》び、歩兵《ほへい》の後方陣地《こうはうぢんち》に向《むか》つて、更《さら》に猛烈《まうれつ》なる砲撃《はうげき》を開始《かいし》した。

一分間《ぷんかん》に約《やく》二百發《ぱつ》といふ驚《おどろ》くべき連發射撃《れんぱつしやげき》を以《もつ》て、夥《おびたゞ》しき砲彈《はうだん》は、潰亂《くわいらん》する敵軍《てきぐん》の頭上《づじやう》に爆裂《ばくれつ》し、人《ひと》も、馬《うま》も、砲車《はうしや》も、銃《じう》も片《かた》つぱしから紛碎《ふんさい》し、敵兵《てきへい》の心膽《しんたん》を脅《おびや》かし、其《そ》の精魂《せいこん》を全《まつた》く沮喪《そさう》せしめた。實《じつ》に此時《このとき》の砲撃《はうげき》の猛烈《まうれつ》を極《きは》めたことは、前後《ぜんご》を通《つう》じて未《いま》だかつて無《な》かつた。

世《よ》の創造《さうざう》せられて以來《いらい》、斯《か》かる猛烈《まうれつ》なる砲戰《はうせん》は、未《いま》だかつて、無《な》いと稱《しよう》せらるゝ程《ほど》に熾《さかん》であつた。

雲霞《うんか》の如《ごと》く遁走《とんそう》する獨軍《どくぐん》の頭上《づじやう》に、我《わ》が砲兵《はうへい》の發射《はつしや》する重砲彈《ぢうはうだん》が落下《らくか》するや、硝煙《せうえん》が、パツと四散《さん》すると、數十人《すうにん》の獨兵《どくへい》と、土砂《どしや》とがケシ飛《と》ばされるのが、手《て》に取《と》るやうに見《み》える。私達《わたしたち》は安心《あんしん》した、悠《ゆ》つくりした氣持《きも》ちで、小銃《せうじう》を取《と》り上《あ》げて射撃《しやげき》してゐる。一彈一彈命中《だんだんめいちう》するやうだ。實《じつ》に追撃戰程痛快《ついげきせんほどつうくわい》なものはない。之《これ》はほんとに味《あぢ》はつた者《もの》でなければ解《わか》るまい。斷《ことわ》つて置《お》くが、私《わたし》は戰爭《せんさう》は好《この》まない。否大反對《いなだいはんたい》だ。然《しか》し、一度《たび》銃《じう》を乘《と》つて戰場《せんぢやう》に臨《のぞ》むだときは、敵《てき》を殺《ころ》すか、自分《じぶん》が殺《ころ》されるかの二つより無《な》いのだ。敵《てき》に打勝《うちか》つた時程愉快《ときほどゆくわい》なものはない。

遙《はる》かに右方《みぎかた》を見《み》ると、敵《てき》の砲兵陣地《はうへいぢんち》と見《み》え、砲手達《はうしゆたち》は砲車《はうしや》を捨《す》て、我《わ》れ先《さ》きにと馬《うま》に飛《と》び乘《の》り、數頭《すうとう》を連縛《つな》げる革《かは》を軍刀《ぐんたう》で打切《うちぎ》り、人馬空《じんばくう》を往《ゆ》くが如《ごと》く、鐵蹄《てつてい》に泥濘《でいねい》を蹴上《けあ》げて、一頭《とう》、二頭《とう》、三頭《とう》………と逃《に》げ出《だ》すところを砲彈《はうだん》一發《ぱつ》ボコンと爆發《ばくはつ》するや、人《ひと》も馬《うま》も横倒《よこたふ》しに吹飛《ふきと》ばされて了《しま》ふ。

後《あと》から〱と馬《うま》を飛《と》ばして逃《に》げて行《ゆ》く。私達《わたしたち》は小銃《せうじう》を取《と》り、狙《ねら》ひを定《さだ》めてズドンと發射《はつしや》すると、美事命中《みごとめいちう》して獨兵《どくへい》は馬上《ばじやう》に堪《たま》らず、蜻蛉返《とんぼがへ》りを打《う》つて落馬《らくば》する。其《そ》の狼狽《らうばい》する態《さま》の痛快《つうくわい》さよ。追《つゐ》撃戰《げきせん》のときは、よく中《あた》るものだ。

雪《ゆき》が又雨《またあめ》となり、今《いま》は雨《あめ》も稍《やゝ》小降《こぶ》りとなつて來《き》た。戰場《せんぢやう》は血《ち》と泥濘《でいねい》とのドロ〱道《みち》だ。我軍《わがぐん》は潰走《くわいそう》する敵軍《てきぐん》を追《お》ふて、追撃又追撃《つゐげきまたつゐげき》、遂《つひ》に長驅《ちやうく》してレンス市《し》に迫《せま》つた。

レンス戰線《せんせん》の敵砲兵陣地《てきはうへいぢんち》からは、獨軍《どくぐん》の退却《たいきやく》を援護《えんご》すべく、猛然《まうぜん》として一齊《せい》に火蓋《ひぶた》を切《き》り、我《わが》軍《ぐん》の頭上《づじやう》に浴《あび》せかけて來《き》た。敵軍《てきぐん》はこの援護射撃《えんごしやげき》に依《よ》り、混亂其《こんらんそ》の極《きよく》に達《たつ》し、蜘蛛《くも》の子《こ》を散《ち》らしたやうに敗走《はいそう》を續《つゞ》けてゐた大部隊《だいぶたい》を、漸《やうや》く集收《しふしう》することが出來《でき》、多大《ただい》の死傷者《ししやうしや》を遺棄《ゐき》して、纔《わづか》にレンス要塞《えうさい》に逃走《たうそう》し、其《そ》の防禦線内《ばうぎよせんない》に遁《に》げ込《こ》んだ。

レンス市《し》は、所謂《いはゆる》ヒンデンブルグ線《せん》の要所《えうしよ》で、四圍《ゐ》は無數《むすう》の鐵條網《てつでうまう》で張《は》り廻《めぐ》らし、地雷《ちらい》を敷設《ふせつ》し、陷穽《おとしあな》を設《まう》けて、嚴重《げんぢう》に固《かた》められてゐた。どの邊《へん》に地雷《ちらい》が敷設《ふせつ》してあるか判《わか》らない。倘《なほ》かつ長驅《ちやうく》してレンス線《せん》を突《つ》いても、味方《みかた》は疲勞《ひらう》と困憊《こんぱい》と其《そ》の極《きよく》に達《たつ》してゐるから、續《つゞ》いてレンス要塞《えうさい》を攻擊《こうげき》することは、只徒《たゞいたづ》らに兵《へい》を損《そん》するのみであるから、一と先《ま》づ此處《こゝ》に塹壕《さんがう》を築造《ちくざう》して、レンス要塞《えうさい》の敵軍《てきぐん》と對峙《たいじ》することゝなつた。

敵《てき》はこの重要《ぢうえう》なるヴヰミリツヂを奪還《だつくわん》せんとして、屢々《しば〳〵》逆襲《ぎやくしふ》を試《こゝろ》みたが、何時《いつ》も我軍《わがぐん》の爲《た》めに擊退《げきたい》された。

我軍《わがぐん》は二千餘門《よもん》の大砲《たいはう》を以《もつ》て、レンス要塞前面數哩《えうさいぜんめんすうまいる》の間《あひだ》に、放列《はうれつ》を敷《し》き、晝夜間斷《ちうやかんだん》なき砲彈《はうだん》の雨《あめ》を降《ふ》らし、鐵條網《てつでうまう》も、塹壕《さんがう》も爆破《ばくは》して、遂《つひ》に慘憺《さんたん》たる市街戰《しがいせん》が開始《かいし》された。砲彈《はうだん》の爲《た》めに、炎《えん》く々として市街《しがい》の一角《かく》は燃上《もえあが》り、忽《たちま》ち咀咀《にゆそ》の衢《ちまた》と化《くわ》した。火炎《くわえん》の噴《ふ》く窓《まど》より、敵兵《てきへい》は銃火《じうくわ》を我軍《わがぐん》に向《むか》つて浴《あび》せかける。味方《みかた》は道路《だうろ》や、街上《がいじやう》の家《うち》の角《かど》や、街路樹《がいろじゆ》などを楯《たて》として、敵兵《てきへい》を猛射《まうしや》し、勇《ゆう》敢《かん》な突撃《とつげき》に依《よ》つて、漸《やうや》くレンス戰線《せんせん》の三分《ぶん》の一を占據《せんきよ》した。然《しか》し三分《ぶん》の二に頑張《ぐわんば》る敵軍《てきぐん》は、死力《しりよく》を竭《つく》して守《まも》つてゐるので、なか〳〵陷落《かんらく》させることが出來《でき》ない。斯《か》くして對陣《たいぢん》久《ひさ》しきに亘《わた》つた。

西暦《せいれき》千九百十八年《ねん》（大正《たいせい》七年《ねん》）三月《ぐわつ》、敵軍《てきぐん》は決然《けつぜん》進出《しんしゆつ》を企《くわだ》て、獨軍《どくぐん》全線《ぜんせん》の攻撃《こうげき》が開始《かいし》された。敵《てき》は東部《とうぶ》戰場《せんぢやう》より大軍《たいぐん》を移動《いどう》し來《きた》り、今《いま》や新手《あらて》の兵《へい》を加《くは》へ、猛然《まうぜん》として攻撃《こうげき》に轉《てん》じ四十二珊砲《さんちはう》以下《いか》大小《たいせう》各種《かくしゆ》の砲彈《はうだん》を連發《れんぱつ》して、聯合軍《れんがふぐん》を一擧《きよ》に擊滅《げきめつ》せんと殺倒《さつたふ》する。聯合軍《れんがふぐん》は之《これ》を支《さゝ》へるに由《よし》なく退却《たいきやく》又《また》退却《たいきやく》、再《ふたゝ》び巴里《パリー》近《ちか》くまで攻《せ》め寄《よ》せられ、英佛《えいふつ》聯合軍《れんがふぐん》は二分《ぶん》され、全滅《ぜんめつ》の悲運《ひうん》に遇《あ》ふ危《き》機《き》に立《た》つたとき、我《わ》が加奈陀《カナダ》軍《ぐん》は頑强《ぐわんきやう》に抵抗《ていかう》して、一步《ぽ》も其《そ》の陣地《ぢんち》より退《の》かなかつた。

斯《か》くて加奈陀《カナダ》軍《ぐん》の威名《ゐめい》は、全世界《ぜんせかい》に揚《あ》がつた。其《そ》の時《とき》若《も》し我《わ》が加奈陀《カナダ》軍《ぐん》が、この陣地《ぢんち》を支《さゝ》ふることが出來《でき》ず、獨軍《どくぐん》の爲《た》めに擊退《げきたい》せられてゐたならば、英佛軍《えいふつぐん》は中斷《ちうだん》せられ、或《あるひ》は聯合軍《れんがふぐん》の負《ま》けとなつたかも知《し》らぬ。

少《すくな》くとも同年《どうねん》七月《ぐわつ》に至《いた》つて、聯合軍《れんがふぐん》の總攻撃《そうこうげき》を決行《けつかう》することは、不可能《ふかのう》であつたであらう。此《こ》の戰鬪《せんとう》に於《お》ける、加奈陀《カナダ》軍《ぐん》の奮鬪《ふんとう》は、大《だい》なる勳功《くんこう》であり、特筆大書《とくひつだいしよ》すべきであらう。

西曆《せいれき》千九百十七年《ねん》四月《ぐわつ》十一日《にち》の夜《よ》となつた。我《わ》が聯隊《れんたい》は、新塹壕《しんさんがう》に據《よ》り、レンス戰線《せんせん》に於《お》ける敵《てき》の堅牢無比《けんらうむひ》と誇《ほこ》る、ヒンデルブルグ線《せん》の一角《かく》に、獨軍《どくぐん》と對峙《たいじ》しつゝあつた。軈《やが》て味方《みかた》の塹壕内《さんがうない》には、機關銃《きくわんじう》が配列《はいれつ》された。私《わたし》は第《だい》三番《ばん》の機關銃護衛兵《きくわんじうごゑいへい》として、再《ふたゝ》び任務《にんむ》に就《つ》くことゝなつた。

私《わたし》は英兵《えいへい》二名《めい》と共《とも》に、歩哨《ほせう》に立《た》つた。英兵達《えいへいたち》は何處《どこ》からか、雨戸《あまど》二枚位《まいぐらゐ》の大《おほ》きさの、トタン板《いた》を見付《みつ》け出《だ》して來《き》た。私達《わたしたち》は之《これ》を塹壕《さんがう》の上《うへ》に架《か》けて、トタン屋根《やね》を造《つく》り、其《そ》の中《なか》に踞《しやが》んでゐた。塹壕《さんがう》の深《ふか》さが少《すこ》し普通《ふつう》のよりも深《ふか》く掘《ほ》つてあるので、私《わたし》は塹壕《さんがう》の外《そと》を見《み》ることが出來《でき》ない。それ故《ゆゑ》其處《そこ》に落《お》ちてゐた小《ちひ》さな木箱《きばこ》を踏《ふ》み臺《だい》として、敵陣《てきぢん》の動勢《どうせい》を監視《かんし》してゐた。

私《わたし》の左方《ひだりかた》に當《あた》つて、約《やく》十五間《けん》の處《ところ》に、原田《はらだ》義勇兵《ぎゆうへい》が、英兵《えいへい》二名《めい》と共《とも》に歩哨《ほせう》に立《た》つてゐた。（原《はら》田君《だくん》は四ケ月後《げつご》の千九百十八年《ねん》八月名譽《ぐわつめいよ》の戰死《せんし》を遂《と》げた）

又《また》、私《わたし》の右《みぎ》の方《はう》には、同《おな》じく十五間《けん》の處《ところ》に俣野義勇兵《またのぎゆうへい》が、英兵《えいへい》二名《めい》と共《とも》に歩哨《ほせう》に立《た》つてゐた。

夜《よ》に入《い》るとゝもに、戰《たゝか》ひも交綏《かうすゐ》となつた。敵《てき》も疲《つか》れたか一向射擊《かうしやげき》して來《こ》ない。さうなると、極《きよく》度《ど》に緊張《きんちやう》してゐた神經《しんけい》が急《きふ》に弛《ゆる》んで、今迄感《いままでかん》じなかつた寒《さむ》さが、ヒシ〳〵と身《み》に迫《せま》り俄《にはか》に疲勞《ひらう》と饑渇《きかつ》とを覺《おぼ》えて來《き》た。雜囊《ざつなう》の中《なか》には、『携帶口糧《アイヨンラシヨン》』が入《はい》つてゐるが、之《これ》は今喰《いまく》ふことは出來《でき》ない。

味方《みかた》の砲兵《はうへい》は、勢《いきほ》ひに乘《じよう》じて、熾《さかん》にレンス市目《しめ》がけて砲擊《はうげき》してゐる。敵《てき》の砲兵《はうへい》は、時々《ときどき》思《おも》ひ出《だ》したやうに、僅《わづ》かに之《これ》に向《むか》つて應酬《おうしう》してゐるに過《す》ぎない。敵《てき》は大敗軍《だいはいぐん》のあとを受《う》けて、頗《すこぶ》る氣勢《きせい》が上《あが》らない。

我《わ》が第《だい》一線《せん》に對峙《たいじ》する、敵《てき》の歩兵《ほへい》も、今《いま》は沈默《ちんもく》して音《おと》も立《た》てない。

大激戰《だいげきせん》のあとの靜《しづ》けさ。嵐《あらし》の後《あと》の靜《しづ》けさにも增《ま》して、ヒシ〳〵と悲愁《ひしう》の淋《さび》しさが迫《せま》つて來《く》る。

夜《よ》も深《ふか》く、糧食係《りやうしよくがかり》は、私達《わたしたち》に一杯《はい》のビーフテイ(肉《にく》エキス)の溫《あたゝ》いのを運《はこ》んで來《き》て吳《く》れた。私《わたし》は之《これ》に饑渇《きかつ》を醫《い》やしながら、なほも敵兵監視《てきへいかんし》の任務《にんむ》に服《ふく》してゐた。

アラス戰線總攻擊公報

英軍總司令官

サー、ドグラス、ヘーグ元帥

西曆千九百十八年四月九日公報

我軍《わがぐん》は今朝《こんてう》五時《じ》半《はん》より、アラス戰線《せんせん》に向《むか》つて、總攻擊《そうこうげき》を開始《かいし》す。アラスの東南《とうなん》より、レンスの南方《なんぱう》に至《いた》るまで、全線《ぜんせん》に亘《わた》り、一大突擊《だいとつげき》を敢行《かんかう》し、敵陣地《てきぢんち》を擊破《げきは》して、多大《ただい》の成功《せいこう》を收《をさ》めたり。キヤムライ方面《はうめん》に於《おい》て、我軍《わがぐん》はハミース、ボアシース兩村落《りやうそんらく》を奪取《だつしゆ》し、尙《なほ》もハヴリンコール森林《しんりん》を突破《とつぱ》せり。(兩村落《りやうそんらく》はビューメツツの南方《なんぱう》に位《くらゐ》す)

セント、クエンタン(佛名《ふつめい》サン・カンタン)方面《はうめん》に於《おい》ては、我軍《わがぐん》はキヤムライの西方《せいはう》二哩《まいる》の地《ち》點《てん》に在《あ》る、フレスノイ、ルペチイトに突出《とつしゆつ》し、我軍《わがぐん》はフレスノイの西北《せいほく》四哩《まいる》の地《ち》點《てん》に在《あ》る、ルヴアーグアーヤーに向《むか》つて前進《ぜんしん》しつゝあり。

敵《てき》の最強線《さいきやうせん》と目《もく》せらるゝ、ヴヰミリツチ線《せん》は、加奈陀《カナダ》遠征軍《ゑんせいぐん》の強襲《きやうしふ》に依《よ》り、敵《てき》の第《だい》一防禦線《ばうぎよせん》を奪取《だつしゆ》せり。白兵戰《はくへいせん》は各線《かくせん》に演出《えんしゆつ》せらる。午後《ごご》二時《じ》迄《まで》に敵《てき》の降《くだ》る者《もの》、將校《しやうかう》百十九名《めい》、兵《へい》五千八百十六名《めい》を算《さん》す。尙當方面《なほたうはうめん》の敵《てき》は、バヴアリア軍團《ぐんだん》と察《さつ》せらる。我軍《わがぐん》の鹵獲《ろくわく》せる敵《てき》の軍器《ぐんき》は、未《いま》だ精《せい》算《さん》することを得《え》ず。

四月《ぐわつ》十日《か》朝《あさ》　ヘーグ元帥《げんすゐ》公報《こうはう》

加奈陀《カナダ》遠征軍《ゑんせいぐん》決死《けつし》の強襲《きやうしふ》に依《よ》り、ヴヰミリツチ堅塞《けんさい》の第《だい》一防禦線《ばうぎよせん》及《およ》び第《だい》二防禦線《ばうぎよせん》を奪取《だつしゆ》せられし敵軍《てきぐん》は、夜《よる》に入《い》るを待《ま》ちて、大逆襲《だいぎやくしふ》を續行《ぞくかう》し、就中同堅塞北角《なかんづくどうけんさいほくかく》に於《お》ける白兵戰《はくへいせん》は、空前無比《くうぜんむひ》の激戰《げきせん》にして、大戰勃發以來《たいせんぼつぱついらい》の慘憺《さんたん》たる白兵戰《はくへいせん》と稱《しよう》せらる。

同堅塞東方傾斜地《どうけんさいとうはうけいしやち》に於《お》ける敵軍《てきぐん》は全滅《ぜんめつ》し、生《せい》を全《まつた》うし得《え》たる者《もの》は、僅《わづ》かに俘虜《ふりよ》の一部《ぶ》のみなり。

敵軍《てきぐん》の逆襲《ぎやくしふ》は、すべて擊退《げきたい》せられ、加奈陀《カナダ》遠征軍《ゑんせいぐん》は追擊戰《ついげきせん》に移《うつ》れり。

我軍《わがぐん》は、アラスの東方《とうはう》四哩《まいる》の地點《ちてん》に在《あ》る、フアムポー村《そん》に占據《せんきよ》せる敵兵《てきへい》を驅逐《くちく》し、スカープ河《か》畔《はん》の南北兩地點《なんぼくりやうちてん》を占領《せんりやう》す。

捕虜《ほりよ》九千名《めい》、重砲《ぢうはう》四十門《もん》を鹵獲《ろくわく》す。

セント、クヱンタン方面《はうめん》に於《お》ける我軍《わがぐん》は、ルヴアーギユーア及《およ》び、ハーヂクールの中間《ちうかん》に在《あ》る一帶《たい》の高地《かうち》を、完全《くわんぜん》に占領《せんりやう》せり。

我軍《わがぐん》は全線《ぜんせん》に亘《わた》り、大風雪《たいふうせつ》を冐《をか》して、敵軍追撃中《てきぐんついげきちう》。

ヘーグ元帥公報《げんすゐこうはう》

四月《ぐわつ》十日《か》午後《ごご》

本日午後《ほんじつごご》、敵軍《てきぐん》はヴヰミリツヂ堅砦《けんさい》の北角《ほくかく》に逆襲《ぎやくしふ》し來《きた》り、激戰《げきせん》の後《のち》、遂《つひ》に我軍《わがぐん》は之《これ》を撃退《げきたい》し、敵軍《てきぐん》は多數《たすう》の死傷者《ししやうしや》を遺棄《ゐき》して逃走《たうそう》せり。而《しか》して銃劍《じうけん》に依《よ》る死傷者多《ししやうじやおほ》し。鹵獲《ろくわく》せる機關銃《きくわんじう》は無數《むすう》にして、未《いま》だ精算《せいさん》を得《え》ず。

キヤムライ方面《はうめん》に於《お》ける我軍《わがぐん》は、ルーヴアーヴアル村《そん》に向《むか》つて進軍中《しんぐんちう》。

只今迄《たゞいままで》の獨兵俘虜《どくへいふりよ》は、一萬《まん》一千人《にん》、將校《しやかう》二百三十五名《めい》、重砲《ぢうはう》百門《もん》、機關銃《きくわんじう》二百六十三、迫擊砲《トレンチモーター》約《やく》六十を算《さん》す。

險惡《けんあく》なる天候《てんこう》を衝《つ》いて、我《わ》が飛行隊《ひかうたい》は活動《くわつどう》を起《おこ》し、敵《てき》の後方陣地《こうはうぢんち》を襲擊《しふげき》し、敵軍《てきぐん》の混亂《こんらん》せるを認《みと》む。

四月《ぐわつ》十一日《にち》發《はつ》　　ヘーグ元帥公報《げんすゐこうはう》

加奈陀《カナダ》遠征軍《ゑんせいぐん》は本日早朝《ほんじつさうてう》、風雨《ふうう》を冒《をか》してヴヰミリツヂ堅砦《けんさい》の北方《ほくはう》に於《お》ける、重要《ぢうえう》なる二地點《ちてん》を占領《せんりやう》し、スーシエ河《がは》を渡河《とか》して新地點《しんちてん》に據《よ》れり。

四月《ぐわつ》十一日夜發《にちよはつ》　　ヘーグ元帥公報《げんすゐこうはう》

夜半敵軍《やはんてきぐん》は、新地點《しんちてん》に據《よ》る加奈陀遠征軍《カナダゑんせいぐん》に逆襲《ぎやくしふ》を試《こゝろ》み、一大爆彈戰《たいばくだんせん》の後《のち》、敵軍《てきぐん》は擊退《げきたい》せられ、

其《そ》の損害《そんがい》多大《ただい》なり。(著者《ちよしや》は此時《このとき》の爆彈戰《ばくだんせん》に於《おい》て負傷《ふしやう》せり)

敵兵《てきへい》俘虜《ふりよ》の言《げん》に依《よ》れば、總攻撃《そうこうげき》開始《かいし》以來《いらい》本日《ほんじつ》迄《まで》の敵軍《てきぐん》第《だい》七十九豫備《よび》軍團《ぐんだん》、第《だい》一バヴアリア豫備《よび》軍團《ぐんだん》、第《だい》十四バヴアリア軍團《ぐんだん》、第《だい》十一軍團《ぐんだん》、第《だい》十七豫備《よび》軍團《ぐんだん》、第《だい》十八後備《こうび》軍團《ぐんだん》の損害《そんがい》最《もつと》も甚《はなは》だしく、我《わ》が軍《ぐん》の砲火《はうくわ》の爲《た》めに、全滅《ぜんめつ》せる聯隊《れんたい》も多數《たすう》ありと。

負傷

=シツカリせよ=大丈夫だ=二三ヶ月遊びに行つて來い=ぢや後を頼む=

西暦《せいれき》千九百十八年《ねん》四月《ぐわつ》十一日《にちご》午前《ぜん》二時《じ》頃《ころ》、我《わ》が第《だい》一線《せん》を守備《しゆび》する歩兵《ほへい》は、俄《にはか》に敵塹壕《てきさんがう》に向《むか》つて、銃用榴彈《ライフルグリネード》の一齊射撃《せいしやげき》をした。爆彈《ばくだん》は前面《ぜんめん》の敵《てき》の塹壕内《さんがうない》に爆裂《ばくれつ》し、敵《てき》の第《だい》一線《せん》は火事場《くわじば》のやうな混亂《こんらん》を來《き》たし、土嚢《となう》は吹飛《ふきと》び、硝煙《せうえん》は火焔《くわえん》と共《とも》に煽《あが》り、凄壯《せいさう》な光景《くわうけい》を現出《げんしゆつ》した。

敵《てき》の塹壕内《さんがうない》は俄《にはか》に騷然《さうぜん》として活動《くわつどう》し出《だ》した。今迄《いままで》沈默《ちんもく》してゐた敵兵《てきへい》は、直《たゞ》ちに、應《おう》じて、銃用《ライフル》榴彈《グリネード》を、我軍《わがぐん》の塹壕《さんがう》に撃《う》ち込《こ》んで來《き》た。

第《だい》一線《せん》は再《ふたゝ》び活氣《くわつき》を呈《てい》し、我《わ》が機關銃隊《きくわんじうたい》の戰線《せんせん》にも、盛《さか》んに爆彈《ばくだん》が飛《と》んで來《き》た。

我《わ》が機關銃隊《きくわんじうたい》も直《たゞ》ちに之《これ》に應《おう》じ、第《だい》一線《せん》の歩兵《ほへい》を援護《ゑんご》すべく、盛《さか》んに敵陣《てきぢん》を猛射《まうしや》した。

不幸《ふかう》にして第《だい》二番《ばん》の機關銃《きくわんじう》は、敵兵《てきへい》の爲《た》めに其《そ》の位置《ゐち》を發見《はつけん》され。敵《てき》の銃用榴彈《ライフルグリネード》は盛《さか》んに飛《と》んで來《き》た。そして負傷者《ふしやうしや》が續出《ぞくしゆつ》した。原田君《はらだくん》の處《ところ》が第《だい》二番《ばん》で、私《わたし》の處《ところ》が第《だい》三番《ばん》なのだ。原田君《はらだくん》は其《そ》の時顏面《ときがんめん》に負傷《ふしやう》して後方《こうはう》に退《しりぞ》いた。

第《だい》二番《ばん》の機關銃《きくわんじう》は、止《や》むなく其《そ》の位置《ゐち》を轉《てん》ずることゝなつた。第《だい》三番《ばん》も位置《ゐち》を代《か》へるべく機關《きくわん》銃隊付《じうたいつ》きの曹長《さうちやう》は、其《そ》の命令《めいれい》を私達《わたしたち》に傳《つた》へやうとして走《はし》つて來《き》た。

其時《そのとき》私《わたし》は例《れい》の木箱《きばこ》の上《うへ》に上《あが》り、銃《じう》を胸墻《パラペツト》に立《た》て掛《か》け、敵兵《てきへい》を監視《かんし》しながら、此《こ》の壯烈《さうれつ》なる爆彈《ばくだん》戰《せん》に見入《みい》つてゐた。スルト突然《とつぜん》、

『ルツク、アウト!』(氣《き》を付《つ》けよ)

と英兵《えいへい》の一人《り》が叫《さけ》ぶのが耳《みゝ》に入《はい》つた。フト空《そら》を見上《みあ》げると、私《わたし》の頭上《づじやう》二十間許《けんばか》りの處《ところ》に、火焔《くわえん》を引《ひ》いて銃用榴彈《ライフルグリネード》が、唸《うな》りと共《とも》に落下《らくか》するところであつた。

今《いま》や絶對絶命《ぜつたいぜつめい》、右《みぎ》にも、左《ひだり》にも避《さ》ける暇《ひま》がない。私《わたし》は箱《はこ》から飛《と》び下《お》りる途端《とたん》に、爆彈《ばくだん》は私《わたし》の後《こう》

方約《はうやく》三尺《じやく》の處《ところ》で、轟然《がうぜん》と爆發《ばくはつ》した。

私《わたし》は同時《どうじ》に地上《ちじやう》に激《はげ》しく打倒《うちたふ》され、私《わたし》の傍《そば》にあつた立木《たちき》は粉碎《ふんさい》されて了《しま》つた。其時私《そのときわたし》は思《おも》はず

『God《ゴッ》 dame《デム》 !』（畜生《ちくしやう》！）

と叫《さけ》んだ。スルト又《また》一彈《だん》飛《と》び來《きた》つて、私《わたし》の頭上《づじやう》に爆裂《ばくれつ》した。轟然《がうぜん》たる音響《おんきやう》は私《わたし》の耳《みゝ》を聾《ろう》し、左手《ひだりて》に少《すこ》し痛《いた》みを感《かん》じた。

私《わたし》が口惜《くちを》しまぎれに『ガツデム』と叫《さけ》んだ聲《こゑ》を聞《き》き付《つ》けて、戰友《せんいう》なる英兵《えいへい》は走《はし》り寄《よ》つて來《き》て、

『やられたか？』

と云《い》つて私《わたし》を抱《だ》き起《おこ》して吳《く》れたが、此時私《このときわたし》の右足《みぎあし》は烈《はげ》しく痲痺《まひ》して、何《なん》の感覺《かんかく》もない。然《しか》し抱《いだ》き起《おこ》されても坐《すわ》つてゐることが出來《でき》なかつた。止《や》むなく再《ふたゝ》び地上《ちじやう》に橫《よこた》はつた。然《しか》し何處《どこ》を負傷《ふしやう》したのか判《わか》らない。

其處《そこ》へ一人《り》の軍曹《ぐんさう》が走《はし》つて來《き》て、

『やられたか？　傷《きず》は何處《どこ》か？』

『右足《みぎあし》のやうです。痲痺《まひ》してゐるので、何處《どこ》の邊《へん》か一向判明《かうわか》りません。何卒傷口《なにとぞきずぐち》を探《さが》して下《くだ》さい。』

『All right! I'll fix for you!』(よろしい、私《わたし》が手當《てあて》してやる)

と、云《い》つて軍曹《ぐんさう》はヅボンを脫《ぬ》がせやうとするので、私《わたし》は、

『ヅボンを切《き》り裂《さ》いて下《くだ》さい。』

といふと、軍曹《ぐんさう》は氣《き》が付《つ》いて、

『Oh, Yes, Yes, I'd forgot it.』(オヽ、さう、さう、忘《わす》れてゐた。)

と言《い》ふと、ヅボンをジヤツクナイフで切《き》り裂《さ》いて呉《く》れた。

見《み》ると腰部《えうぶ》關節《くわんせつ》と大腿部《だいたいぶ》から、滾滾《こんこん》として血《ち》が迸《ほとばし》つてゐる。然《しか》し自身《じしん》には視《み》えない。軍曹《ぐんさう》は、丁寧《ていねい》に、迅速《じんそく》に繃帶《ほうたい》を卷《ま》き付《つ》けて呉《く》れた。

『先刻《さつき》、擔架卒《たんかそつ》は、原田《はらだ》を借繃帶所《かりほうたいしよ》に運《はこ》んで行《い》つたから、最《も》う來《く》るだらう。辛抱《しんぼう》して待《ま》つて居《ゐ》たまへ!』

と言《い》ふて私《わたし》の認識票《フキールド・デスク》の番號《ばんがう》を聞《き》き、聯隊本部《れんたいほんぶ》に報告《はうこく》する爲《た》めに、軍曹《ぐんさう》は走《はし》せ去《さ》つた。

入《い》れ違《ちが》ひに保野君《またのくん》と、三栗谷君《みくりやくん》とが走《はし》り寄《よ》つて來《き》た。

『確乎《しつかり》せよ! 氣分《きぶん》は何《ど》うか?』

『有難《ありがた》う！ 大丈夫《だいぢやうぶ》だ。』

と答《こた》へながら、フト左《ひだり》の手首《てくび》を見《み》ると、加奈陀《カナダ》を出《で》るとき、大枚《たいまい》三弗《ドル》五十仙《セント》で買《か》つて來《き》た腕時計《うでどけい》が、何處《どこ》かへフツ飛《と》んで了《しま》つてゐる。そして手首《てくび》の處《ところ》が少《すこ》し傷付《きずつ》いてゐた。

思《おも》ふに二度目《どめ》の爆彈《ばくだん》が、私《わたし》の頭上《づじやう》に爆裂《ばくれつ》したとき、其《そ》の破片《はへん》の爲《た》めに粉碎《ふんさい》されたものであらう。

若《も》しこの時計《とけい》が無《な》かつたならば、私《わたし》の手首《てくび》は打碎《うちくだ》かれてゐたであらうが、實《じつ》に幸運《かううん》であつた。

尊《たふと》い哉《かな》！ 三弗《ドル》五十仙《セント》の時計《とけい》の犧牲《ぎせい》よ。運命《うんめい》の遊戲《いうぎ》や、實《じつ》に奇《く》しきものがあるではないか？

軈《やが》て擔架卒《たんかそつ》が來《き》た。私《わたし》は立《た》ち上《あが》つて自分《じぶん》で擔架《たんか》に乘《の》らうとしたが、最早《ちよつと》一寸も身體《からだ》が動《うご》かない。

私《わたし》は再《ふたゝ》び、

『God《ゴツ》 dame《デム》!』

と叫《さけ》ぶと、擔架卒《たんかそつ》は、

『Be quiet ! be quiet ! I'll help for you !』（靜《じつ》かに〳〵。私《わたし》が乘《の》せて上《あ》げます。』

と云《い》ひつゝ、擔架《たんか》に乘《の》せて呉《く》れた。私《わたし》は戰友達《せんいうたち》に向《むか》つて、

『左様《さやう》なら！』

俣野《またの》君《くん》と三栗谷《みくりや》君《くん》とは、

『大切《だいじ》にしろよ。左様《さやう》なら！』

と固《かた》い握手《あくしゆ》を交《かは》した。そして私《わたし》は兩君《りやうくん》に向《むか》つて、

『後《あと》を頼《たの》んだぞツ、左様《さやう》なら。』

といふ言葉《ことば》を殘《のこ》して、私《わたし》は擔架《たんか》に運《はこ》ばれて行《ゆ》く。私《わたし》は擔架《たんか》に搖《ゆ》られながら、耳《みゝ》を澄《す》ますと、爆彈《ばくだん》や、機關銃彈《きくわんじうだん》が頭上《づじやう》を掠《かす》めて飛《と》ひ交《ちが》ひ、第《だい》一線《せん》は戰《たゝか》が闌《たけなは》だ。

スルト塹壕《ざんがう》の一角《かく》が、非常《ひじやう》に狹《せま》い處《ところ》に來《き》た。擔架《たんか》を水平《すゐへい》にしては、其《そ》のまゝ通《とほ》らない。ところが横《よこ》に傾《かたむ》けるわけに行《ゆ》かないものだから、擔架卒《たんかそつ》は、其《そ》のまゝ私《わたし》を頭上《づじやう》高《たか》く差上《さしあ》げて、通《とほ》つた。私《わたし》は塹壕《ざんがう》の上《うへ》に、身體《からだ》がまる出《だ》しになつた。スルト敵《てき》の機關銃彈《きくわんじうだん》は、私《わたし》の身邊《しんぺん》をピユン〱と掠《かす》めて行《い》つた。いや驚《おどろ》いたのなんのつて、無茶《むちや》も此位《このくらゐ》無茶《むちや》だと徹底《てつてい》してゐる。然《しか》し幸《さいは》ひに私《わたし》の身體《からだ》には彈丸《だんぐわん》が中《あた》らなかつたが、あまり好《い》い氣持《きもち》はしなかつた。

我軍《わがぐん》の新《あたら》しい塹壕《ざんがう》に向《むか》つて、逆襲《ぎやくしふ》して來《き》た敵軍《てきぐん》は、激《はげ》しい爆彈戰《ばくだんせん》の後《のち》に擊退《げきたい》せられた。ヘーグ元帥《げんすゐ》は、獨軍《どくぐん》の此逆襲《このぎやくしふ》を、特《とく》に大爆彈戰《だいばくだんせん》によつて悉《ことごと》く擊退《げきたい》したと公報《こうはう》で發表《はつぺう》してゐる。そして敵軍《てきぐん》の損害《そんがい》の程度《ていど》も、實《じつ》に驚《おどろ》くべきものであつた。

假繃帶所

水はいけない＝軍醫の好意＝噫此一言＝

私《わたし》は軈《やが》て假繃帶所《かりほうたいじよ》に擔《かつ》ぎ込《こ》まれた。其處《そこ》には十數名《すうめい》の醫員《いゐん》が、必死《ひつし》となつて負傷者《ふしやうしや》に假繃帶《かりほうたい》をなし、親切《しんせつ》に手當《てあて》をしてゐた。

私《わたし》は擔架《たんか》から下《おろ》されるや否《いな》や、其處《そこ》にゐる看護長《かんごちやう》に、

「原田君《はらたくん》は重傷《ちうしやう》ですか？　生命《せいめい》に別狀《べつじやう》はありませんか？」

と尋《たづ》ねた。

「幸《さいは》ひ傷《きず》は輕傷《けいしやう》だ。勿論《もちろん》生命《せいめい》に別狀《べつじやう》は無《な》い。今《いま》は靜《じつ》かに安眠《あんみん》してゐる。」

と、私《わたし》はこの答《こた》へに満足《まんぞく》して、傍《かたは》らを見《み》ると、満面《まんめん》に繃帶《ほうたい》をほどこされ、原田《はらだ》義勇兵《ぎゆうへい》は、前日來《ぜんじつらい》の突撃戰《とつげきせん》に、綿《わた》の如《ごと》く疲《つか》れた身體《からだ》を、靜《しづ》かに横《よこた》へて、轟々《がうがう》と十五吋《インチ》砲《はう》のやうな大鼾《おほいびき》をかいて寢《ね》てゐる。

私《わたし》は原田《はらだ》義勇兵《ぎゆうへい》の繃帶《ほうたい》と藥品《やくひん》との香《かほ》りで、フト自分《じぶん》も負傷《ふしやう》したのだなと氣《き》が付《つ》くと、急《きふ》に堪《たま》らなく渇《かつ》を覺《おぼ》えて來《き》た。私《わたし》は軍醫《ぐんい》大尉《たいゐ》に向《むか》つて、

『Please《プリース》 give《ギーブ》 me《ミー》 Some《サム》 woter《ウオター》. Capitin《キャプテン》.』(水《みづ》を少《すこ》し飲《の》ませて下《くだ》さい。軍醫殿《ぐんいどの》)

といふと、軍醫《ぐんい》はニコ〳〵して、

『Are《アール》 you《ユー》 dry《ドライ》 eh《エー》? Let《レット》 me《ミー》 see《シー》 your《ユーア》 wound《ウアウンド》 first《ファースト》,』(咽喉《のど》が渇《かは》くのかネ? まあ、先《さ》きに傷《きず》を見《み》やう。)

と云《い》ひながら、馴《な》れた手付《てつ》きで、局部《きよくぶ》を調《しら》べて、血止《ちど》めの方法《はうはふ》を施《ほどこ》し、傍《かたは》らの書記《しよき》に向《むか》ひ、

「Compaund《カンパウンド》 fracture right《フレクチユアーライト》 bateck《バテック》 and hip《エンドヒツプ》 joint《ジヨイント》.」

と、書記《しよき》は、

「Compaund《カンパウンド》 fracture《フレクチユアー》 ?」

と問《と》ひ返《かへ》しながら、今更《いまさら》の如《ごと》く私《わたし》の顏《かほ》を見詰《みつ》めた。

私《わたし》は其《そ》のfracture《フレクチユアー》の意味《いみ》がさつぱり解《わか》らないので、平氣《へいき》な顏《かほ》をしてゐた。

然《しか》し全身《ぜんしん》が燃《も》えるやうで、咽喉《のど》が殆《ほと》んど干上《ひあが》りさうに渇《かは》くので、私《わたし》は再《ふたゝ》び聲《こゑ》を張《は》り上《あ》げて、

『Give《ギーヴ》 me《ミー》 Some《サム》 drink《ドリンク》, Jesus《ジーザス》! I《アイ》 am《アム》 so《ソー》 dry《ドライ》.』(何《なに》か飮《の》ませて下《くだ》さい。チエツ、私《わたし》はヤケに咽《の》喉《ど》が渇《かは》いてゐるんだ。)

と叫《さけ》ぶと、軍醫《ぐんい》は優《やさ》しく、

『負傷後《ふしやうご》、直《す》ぐに水《みづ》を飮《の》むことは、絶對《ぜつたい》に危險《きけん》だ。私《わたし》は君《きみ》の爲《た》めに一杯《はい》のコーコーを與《あた》へるからこれで我慢《がまん》せよ。』

と云《い》ひながら、今度《こんど》は看護長《かんごちやう》に向《むか》つて
『コーコーを溫《あたゝ》めてやれ!』

と命《めい》じた。看護長《かんごちやう》は直《たゞち》に溫《あたゝ》いコーコーを持《も》つて來《き》て呉《く》れた。私《わたし》はその好意《かうい》を謝《しや》しつつ、之《これ》を夢中《むちう》で啜《すゝ》ると、身心《しんしん》が稍《や》しつかりしたやうな氣持《きもち》になつた。

其時《そのとき》、ベツカン軍曹《ぐんさう》は、野中《のなか》義勇兵《ぎゆうへい》と安田《やすだ》義勇兵《ぎゆうへい》を引卒《いんそつ》して入《はい》つて來《き》た。軍曹《ぐんさう》は相變《あひかは》らず夜間《やかん》

巡察《じゆんさつ》の途中《とちう》であつた。

私《わたし》は四月《ぐわつ》九日以來《かいらい》の戰鬪《せんとう》に、野中君《のなかくん》の消息《せうそく》を耳《みゝ》にしなかつたので、今《いま》この不意《ふい》の再會《さいくわい》に嬉《うれ》しさのあまり、思《おも》はず大聲《おほごゑ》で、

『ハロー、野中《のなか》、無事《ぶじ》か？』

と叫《さけ》ぶと、野中君《のなかくん》は驚《おどろ》いて、

『ヤー、諸岡《もろをか》ではないか？　やられたか？　確乎《しつかり》せい。仇《あだ》は俺《おれ》が討《う》つてやる。心配《しんぱい》するな。』

といふて元氣《げんき》を付《つ》けて呉《く》れた。私《わたし》はこの言葉《ことば》に滿身《まんしん》の勇氣《ゆうき》が回復《くわいふく》し、小聲《こごゑ》で野中《のなか》に、

『オイ、煙草《たばこ》を一本《ぽん》呉《く》れ、そして内密《ないしよ》で水《みづ》を少《すこ》し飲《の》ませて呉《く》れ！』

と云《い》ふた。スルト傍《かたは》らにゐた安田君《やすだくん》は、私《わたし》の言葉《ことば》を聞《き》くと、心得《こゝろえ》たもので、軍醫《ぐんい》と私《わたし》との間《あひだ》に安《やす》田君《だくん》の身體《からだ》を入《い》れるやうに寄《よ》つて來《き》て、軍醫《ぐんい》から見《み》えないやうにして、野中君《のなかくん》が早速《さうそく》安田君《やすだくん》の蔭《かげ》で、水筒《すゐとう》の水《みづ》を一口《くち》飲《の》ませて呉《く》れた。「甘露《かんろ》、甘露《かんろ》」實《じつ》に甘露《かんろ》とは此《こ》の時《とき》の水《みづ》の味《あぢ》を云《い》ふたのだらう。甘《うま》いの何《な》んのつてお話《はなし》にならない。私《わたし》はベツカン軍曹《ぐんさう》に向《むか》つて、

『What《ホワツト》 hell《ヘル》 means《ミーン》 "Compaund《コパウンド》 fracture《アレクチユア》"!』（カンパウンド、フレクチユアといふのは、何《ど》う

云《い》ふ意《い》味《み》ですか？）

と尋《たづ》ねた。スルト軍曹《ぐんさう》は、一寸驚《ちよつとおどろ》いたやうな顔付《かほつ》きをしたが、ハット氣《き》付《つ》いたやうにして、何氣《なにげ》ない様子《やうす》で、

『Oh《オー》, that's《ザッツ》 nothing《ナッシング》. thats nothing. nevermind《ネヴァマインド》! You《ユー》 can《キャン》 have《ハヴ》 good《グッド》 times for《タイムスフォーア》 2, 3 months《モンス》 in《イン》 London《ロンドン》. thats《ザッツ》 good《グッド》 for you《フォアユー》.』（オー、何《なん》でもない。なんでもない。心配《しんぱい》するな。ロンドンに行《い》つて二、三ケ月遊《げつあそ》んで來《き》たまへ。それが一番好《ばんよ》い。』

と云《い》つて、更《さら》に軍醫《ぐんい》に向《むか》ひ、

『Isn't《イズント》 it《イット》 Copitain《キャプテン》 !』（さうぢやないですか？　ネ、軍醫殿《ぐんいどの》）

と云《い》つた。軍醫《ぐんい》は微笑《ほゝえみ》ながら、

『Oh《オー》, sure《シユーア》.』（オー、さうだ。）

と言《い》つたので、私《わたし》も思《おも》はず釣込《つりこ》まれて、

『I'll《アイル》 see《シー》 you《ユー》 again《アゲン》. Good《グット》 luck《ラック》 to《ツー》 you《ユー》 Searge《サージ》 !』（又《また》お目《め》に掛《か》かりませう！　お幸福《かうふく》を祈《いの》ります。）

『Thanks《サンクス》 man《マン》. Come《カム》 back《バック》 again《アゲン》! Good《グツト》 bye《バイ》 dear《デーヤ》.』(有難《ありがた》う! 又來《またき》たまへ。左様《さやう》なら。)

と云《い》つて、ベツカン軍曹《ぐんさう》は、野中《のなか》、安田《やすだ》の兩義勇兵《りやうぎゆうへい》を引率《いんそつ》して立上《たちあが》つた。野中君《のなかくん》と安田君《やすだくん》は後《うしろ》を振《ふ》り返《かへ》つて、

『早《はや》く全快《ぜんくわい》して歸《かへ》つて來《こ》いよ。』

と云《い》つた。三人《にん》の姿《すがた》は第《だい》一線《せん》の闇《やみ》に消《き》えた。

私《わたし》は野中君《のなかくん》の呉《く》れた煙草《たばこ》を喫《す》ふて見《み》たが、どうしたものか煙《けむり》は咽喉《のど》を通《とほ》らない。多分《たぶん》熱《ねつ》が出《で》たためだらうと思《おも》つて捨《す》てた。

それから暫《しばら》くすると、四邊《あたり》が仄白《ほのじろ》くなつて來《き》た。夜《よ》が明《あ》けたのだらう。十五分許《ふんばか》り經過《けいくわ》すると擔架卒《たんかそつ》は再《ふたゝ》び私《わたし》を擔《かつ》いで、假繃帯所《かりほうたいじよ》を出《で》た。約《やく》一哩半《マイルはん》も來《き》たかと思《おも》ふ時《とき》、突然天地《とつぜんてんち》も裂《さ》けんばかりの爆音《ばくおん》が、私《わたし》の近《ちか》くで鳴《な》り響《ひゞ》いた。續《つゞ》いて又《また》一彈《だん》。爆音《ばくおん》。爆音《ばくおん》。私《わたし》の身邊《しんぺん》に土砂《どしや》をハネ上《あ》げつつ、盛《さか》んに爆裂《ばくれつ》する。之《これ》は敵《てき》の砲兵陣地《はうへいぢんち》から射《う》ち出《だ》す、其《そ》の日《ひ》の朝《あさ》の挨拶《あいさつ》であつた。

私《わたし》は夢《ゆめ》の如《ごと》くフラ〳〵として、擔架《たんか》に搖《ゆ》られながら、幻《まぼろし》の裡《うち》に、修羅《しゆら》の巷《ちまた》を後《あと》にして、現實《げんじつ》の世界《せかい》に出《で》て行《ゆ》くのだ。

然《しか》し私《わたし》の今《いま》の境地《きやうち》は、身《み》も魂《たましひ》も、頗《すこぶ》る現實的《げんじつてき》でないらしい。傷《きず》は非常《ひじやう》に痛《いた》み出《だ》して來《き》た。右《う》足《そく》一面《めん》に生《なま》ぬるいものが流《なが》れ出《で》るやうで、甚《はなは》だ氣色《きしよく》が惡《わる》い。多分《たぶん》出血《しゆつけつ》してゐるのであらう。そしてベラボーに眠《ねむ》くなつて來《き》た。睡魔《すゐま》は盛《さか》んに襲《おそ》ふて來《く》る欲《よく》も得《とく》もない程《ほど》眠《ねむ》い。

軈《やが》て、擔架卒《たんかそつ》が、

『Good《グツト》 bye《バイ》! Good《グツト》 luck《ラツク》 to《ツー》 you《ユー》!』（左樣《さやう》なら！　お健勝《たつしや》で！）

と云《い》つて別《わか》れの言葉《ことば》を告《つ》げて吳《く》れたが、私《わたし》は最《も》う其《そ》れに返事《へんじ》するだけの氣力《きりよく》も失《う》せて、只《た》だ夢心《ゆめごこ》地《ち》であつた。

私《わたし》はこの親切《しんせつ》な言葉《ことば》に對《たい》して、僅《わづ》かに手《て》を擧《あ》げて、その好意《かうい》を謝《しや》したのみであつた。

私《わたし》は夢幻《むげん》の境《きやう》を徘徊《はいくわい》してゐた。

救護用自動車《モーター・アムバランス》

＝硝煙彈雨を冒して＝勇敢なる婦人運轉手＝「Soldiers Chorus」を歌ひつゝ＝負傷兵救護＝

私《わたし》は此處《ここ》で救護用自動車《モーター・アムバランス》に、移乘《いじよう》せしめられたらしい。軈《やが》て自動車《じどうしや》はブーブーと動《うご》き出《だ》した。自動車内《じどうしやない》には他《た》に兩三名《りやうさんめい》の負傷兵《ふしやうへい》が乘《の》つてゐるらしい、が私《わたし》にはもう見《み》えなくなつた。漸《やうや》く意識《いしき》が不明《ふめい》になつて來《き》た。眼《め》を開《ひら》くのさへ、面倒臭《めんだうくさ》くて大儀《たいぎ》なのだ。然《しか》し左右《さいう》から傷《きず》に惱《なや》むらしい、苦痛《くつう》に堪《た》えざる唸《うな》り聲《こゑ》のみが妙《めう》に耳《みゝ》に入《はい》つて來《く》る。

「多分苦《たぶんくる》しいのだらう」と同情《どうじやう》して見《み》る。何故《なぜ》なら私自身《わたしじしん》も非常《ひじやう》に苦《くる》しい氣《き》がするのだ。

スルト別《べつ》な聲《こゑ》が聞《きこ》えて來《き》た。甚《はなは》だ心持《こゝろもち》よい響《ひゞ》きだ。何者《なにもの》かが歌《うた》でも歌《うた》つてゐるらしい。誰《たれ》か解《わか》らぬが美《うつく》しい聲《こゑ》だ。どうも女性《ぢよせい》の聲《こゑ》のやうだ。而《しか》もソールヂヤース、コーラスの一節《せつ》だ。思《おも》はず耳《みゝ》を澄《す》ますと、朗《ほがら》かに歌《うた》つてゐるのが聞《き》こえる。

「Glory and love to the men of old, Their sons may Copy their virtues bold; Courage in heart and sword in hand, Yes, ready to fight or ready to die for Father Land!…」

アノ歌《うた》は私《わたし》の學生時代《がくせいじだい》に、よく歌《うた》つた歌《うた》だ。青山《あをやま》にゐる頃友人達《ころいうじんたち》と一緒《しよ》に、街路樹《がいろじゆ》の下《した》を散歩《さんぽ》しながらSoldiers Chorusを合唱《がつしやう》したものだ。懷《なつか》しい思《おも》ひ出《で》の歌《うた》だ。然《しか》しこんな處《ところ》で、こんな場合《ばあひ》に聞《き》こうとは思《おも》はなかつた。私《わたし》はこの歌《うた》を聞《き》いてゐると益々眠《ますますねむ》くなつて來《く》る。傷口《きずぐち》の痛《いた》さよりも

睡眠欲《すゐみんよく》が勝《まさ》つて來《き》たやうだ。軍醫《ぐんい》は、私《わたし》が假繃帶所《かりほうたいじよ》を出《で》るとき、

「眠《ねむ》ると危險《きけん》であるから、強《し》いて睡眠欲《すゐみんよく》に打勝《うちか》てよ。」

と注意《ちうい》して呉《く》れた。こんなに眠《ねむ》くなるやうでは、俺《おれ》も危篤《きとく》なのかしら。と思《おも》ふとハツトして我《われ》に歸《かへ》り、「何糞《なにくそ》ツ。日本男兒《にっぽんだんじ》は獨逸兵《ドイツへい》の彈丸位《だんぐわんぐらゐ》で死《し》んで堪《た》まるものか、といふ氣《き》になり、強《し》いて勇氣《ゆうき》を取直《とりなほ》すと、再《ふたゝ》び一昨日《をとゝひ》からの戰爭《せんさう》の光景《くわうけい》が眼前《がんぜん》に浮《うか》んで來《く》る。それにつけても第《だい》十五小隊《せうたい》の連《れん》中《ちう》は何《ど》うしたかなアと思《おも》ふと、馬鹿《ばか》に戰友達《せんいうたち》が懷《なつか》しくなつて來《く》る。

と、突然《とつぜん》耳《みゝ》を裂《つんざ》くやうな音響《おんきやう》が、此處彼處《こゝかしこ》に起《おこ》つた。救護自動車《きうごじどうしや》の周圍《しうゐ》に敵彈《てきだん》が落下《らくか》して爆裂《ばくれつ》する音《おと》らしい。

驚《おどろ》いたことには、この砲彈《はうだん》が爆裂《ばくれつ》するのを外《よそ》に、まだ歌《うた》を歌《うた》つてゐる。美《うつく》しい聲《こゑ》だ。一體《たい》この呑氣者《のんきもの》は誰《たれ》だらう。それは車內《しやない》の負傷兵《ふしやうへい》ではないらしい。さうすると運轉手《うんてんしゆ》に相違《さうゐ》ない。然《しか》し歌《うた》ふ聲《こゑ》を聞《き》くと、サプラノだ。男性《メール》の聲《こゑ》ではない。美《うつく》しい、そして快活《くわいくわつ》な調子《てうし》は、砲聲《はうせい》に和《わ》して、伴奏《ばんそう》つきのメロデーは、心持《こゝろもち》よく子守歌《こもりうた》のやうに響《ひゞ》いて來《く》る。

「Who needs bidding to dare by a trumpet blown? who lacks pity to spare when the field is won? who wonld fly from a foe if alone or last? And bost he was true, as coward might do when peril is past? Glory and love to the men of old! their sons may copy their virtues bold, Courage in heart and a sword in hand, all ready to fight for Father laud.

Now to home again we come, the long and fiery strife of battle over; Rest is pleasant after toil as hard as ours beneath a stranger sun…………」

美《うつく》しい聲《こゑ》が此處《ここ》まで歌《うた》つて來《く》ると、パーンと一發《ぱつ》、爆彈《ばくだん》は自《じ》動車《どうしや》の直《す》ぐ近《ちか》くに爆裂《ばくれつ》したと見《み》え車《くるま》は飛《と》び上《あが》りさうに震動《しんどう》し、歌《うた》もハタと止《と》まつた。と又《また》美《うつく》しい聲《こゑ》は續《つゞ》けて歌《うた》ひ出《だ》した。

「Many a maiden fair is wating here to greet her truant soldiers lover, and a many a heart will fail and brow grow pale to hear, the tale of cruel peril he has run, we are at home, we are at home, we are at home, we are at home…………」

聲《こゑ》の主《ぬし》は確《たしか》に女性《ぢよせい》だ。してみると此《こ》の自動車《じどうしや》を運轉《うんてん》してゐるのは婦人《ふじん》であるらしい。而《しか》もアノ美《うつく》しいスキートな音聲《おんせい》から察《さつ》すると、この勇敢《ゆうかん》なる運轉孃《うんてんぢやう》は、まだ妙齢《めうれい》の乙女《をとめ》であるらしい。そして頗《すこぶ》る美人《びじん》でなければならない。などと想像《さうざう》してゐるうちに、睡魔《すゐま》は三度《たび》私《わたし》を襲《おそ》ふて來《き》た。其《そ》の上《うへ》この心持《こゝろもち》よい歌《うた》に、私《わたし》は我慢《がまん》も、意氣地《いきぢ》も無《な》くなつて來《き》たらしい。私《わたし》は敢《あへ》て『らしい』と云《い》ふ。何故《なぜ》ならば其時私《そのときわたし》は、一切《さい》の事《こと》が夢心地《ゆめごこち》であつたからである。スルト又《また》ボコーン、バーンといふ、凄《すさま》じい音響《おんきやう》に、歌《うた》も、私《わたし》の睡魔《すゐま》も消《け》し飛《と》んで了《しま》つた。此處《こゝ》は味方《みかた》の砲兵陣地《はうへいぢんち》であるらしい。自動車《じどうしや》が跳上《はねあが》るやうな發砲《はつぱう》の響《ひゞき》に、私《わたし》は死神《しにがみ》の手《て》より救《すく》はれた。我軍《わがぐん》の砲兵《はうへい》は、何時《いつ》も私達《わたしたち》の救主《すくひぬし》であつた。

美《うつく》しい歌《うた》はまだ續《つゞ》いてゐる。私《わたし》はこの心地《こゝち》よい肉聲《にくせい》を聞《き》いてゐると、ちやうど花咲《はなさ》く野邊《のべ》の霞《かすみ》の中《なか》に遊《あそ》ぶやうな、又小雨《またこさめ》そば降《ふ》る春《はる》の夜《よ》の夢心地《ゆめこゝち》に誘《さそ》はれてゆくやうな氣分《きぶん》に導《みちび》かれる。

何《な》にしろ馬鹿《ばか》に愉快《ゆくわい》になつて來《き》た。傷《きず》の痛《いた》みなどは何處《どこ》かへ飛《と》び去《さ》つて了《しま》つた。此處《こゝ》は一體《たい》何《ど》處《こ》だらう？

一帶《たい》の景色《けしき》はよほど日本《につぽん》に似《に》てゐる。自動車《じどうしや》は四圍《ゐ》を覆《おほ》はれてゐるから、何《なに》も見《み》えない筈《はず》だのに、私《わたし》には不思議《ふしぎ》によく見《み》える。

もう歌《うた》も聞《きこ》えなくなつてきた。砲彈《はうだん》の音《おと》も聞《きこ》えなくなつてきた。
今《いま》は、もう苦《くる》しくも何《なん》ともない。好《い》い氣持《きもち》だ。
私《わたし》は何時《いつ》か深《ふか》い眠《ねむ》りに沈《しづ》んで了《しま》つた。

假野戰病院

＝手術臺＝絶好の記念品＝戰友との會合＝米の飯＝君が代＝

フト眼《め》が覺《さ》めた。私《わたし》は不思議《ふしぎ》さうに四邊《あたり》を見《み》まわした。スルト驚《おどろ》いたことには、私《わたし》はネルの純《じゆん》白《ぱく》の寢衣《ねまき》を着《き》せられて、眞白《まつしろ》なベツトの上《うへ》に、極《きは》めて紳士的《しんしてき》に、フワリと身《み》を横《よこ》たへてゐるのを發見《はつけん》した。

私《わたし》は左《ひだり》の手首《てくび》に繃帶《ほうたい》が卷《ま》かれ、腰《こし》の邊《へん》には、何《なに》か目茶《めちや》〳〵に卷《ま》き付《つ》けてあるらしい。そして素《す》敵《てき》に重《おも》く感《かん》ぜられる。右足《みぎあし》の工合《ぐあひ》が妙《めう》に變《へん》なので、よく氣《き》を付《つ》けて見《み》ると驚《おどろ》いた。右足《みぎあし》には鐵《てつ》のスプリント（添木《そへぎ》）二本《ほん》を當《あ》てられ、尙《な》ほ其《そ》のスプリントは鐵《てつ》の鎖《くさり》に依《よ》つて、天井《てんじやう》から釣《つ》られてゐる。私《わたし》は一寸《ちよつと》身動《みうご》きも出來《でき》ない。

私《わたし》は負傷《ふしやう》したことは知《し》つてゐる。そして擔架《たんか》で運《はこ》ばれ、救護《きうご》自動車《じどうしや》に移《うつ》され、それで運《はこ》ばれて來《く》るところまでは覺《おぼ》えてゐるが、其後《そのご》の事《こと》は何《なに》も知《し》らない。

一體《たい》此《こ》處《こ》は、何處《どこ》の何國《なにぐに》だらう？ 何處《どこ》の病院《びやうゐん》だらう？ 少《すこ》しも解《わか》らない。私《わたし》は眼《め》は覺《さ》めたが頭腦《づなう》は明晰《めいせき》でない。そして頗《すこぶ》る頭《あたま》が重《おも》い。私《わたし》は一つ大《おほ》きな欠伸《あくび》をした。そして思《おも》はず、

『あゝ………。』

と大聲《おほごゑ》を出《だ》した。と、其《そ》の聲《こゑ》を聞《き》き付《つ》けて、看護婦《かんごふ》が飛込《とびこ》んで來《き》た。見《み》ると頭上《づじやう》には純白《じゆんぱく》の布《ぬの》で金髪《きんぱつ》をキリツと卷《ま》いて引包《ひきつゝ》み、眞白《まつしろ》なエプロンをかけ、胸《むね》には愛《あい》のシンボルである赤十字章《せきじゆうじしやう》を附《ふ》した、妙齢《めうれい》の女性《ぢよせい》で、而《しか》も素敵《すてき》な美人《びじん》だ。どうも普通《ふつう》の看護婦《かんごふ》とは異《ちが》ふやうだ。私《わたし》は直《す》ぐ訊《たづ》ねた。

『一體此處《たいこ》は何處《どこ》ですか？ 戰線《せんせん》は何方《どつち》ですか？』

『Oh《オー》! you《ユー》 wake《ウエーク》 up now《アツプナウ》 eh《エー》? That's《ザツツ》 nice《ナイス》!』

（オヽ、お眼覺《めざ》めになりまして？ それは結構《けつこう》でしたわ。）

と、美人《びじん》の看護婦《かんごふ》さんは、私《わたし》が眼覺《めさ》めたことを、非常《ひじやう》に滿足《まんぞく》さうに打眺《うちなが》め、言葉《ことば》を續《つゞ》けた。

『此處《ここ》はネ、英國《えいこく》の野戰《やせん》第《だい》八赤十字《せきじゆうじ》病院《びやうゐん》なのよ。』

と、答《こた》へつゝ私《わたし》の胸《むね》の處《とこ》に、ピンで留《と》めてあつた白布《しろぬの》の、小《ちひ》さい包《つゝ》みを取《と》つて呉《く》れた。そして「お眼覺《めざ》」として、レモン水《すゐ》を一杯《ぱい》持《も》つて來《き》て來《く》れた。

私《わたし》は其《そ》の好意《かうい》を深《ふか》く感謝《かんしや》しつゝ、レモン水《すゐ》を飮《の》みながら、其《そ》の小《ちひ》さな包《つゝ》みを開《ひら》いて見《み》た。スルト中《なか》から砲彈《はうだん》の破片《はへん》が、大小《だいせう》二個《こ》現《あらは》れた。之《これ》は私《わたし》の身體《からだ》から取《と》り出《だ》した、敵《てき》の砲彈《はうだん》の破片《はへん》なのだ
私《わたし》は思《おも》はず、

『オオ、之《これ》は絶好《ぜつかう》の記念品《きねんひん》だ。』

と獨語《ひとりごと》すると、看護婦《かんごふ》は、この樣子《やうす》を見《み》て嬉《うれ》しさうに、ジツと私《わたし》を見詰《みつ》め、

『That's《ザツク》 awfully《オーフルリー》 nice《ナイス》. You《ユー》 are《アル》 alright《オールライト》 now《ナアウ》.』（大變結構《たいへんけつこう》ですわ。貴方《あなた》はもう大丈夫《たいぢやうぶ》よ。）

と言《い》ふて、私《わたし》の眼覺《めざ》めたことを、軍醫《ぐんい》に報告《はうこく》するからとて、部屋《へや》を出《で》て行《い》つた。

直《す》ぐに軍醫《ぐんい》（大尉《たいゐ》相當官《さうたうくわん》）は看護長《かんごちやう》と、先程《さきほど》までゐた看護婦《かんごふ》とを引《ひ》つれて、病室《びやうしつ》に入《はい》つて來《き》た。

そして仔細《しさい》に私《わたし》の傷口《きずぐち》を調《しら》べ、丁寧《ていねい》に手當《てあて》を施《ほどこ》し、私《わたし》の聯隊號《れんたいがう》、中隊號《ちうたいがう》、小隊號《せうたいがう》及《およ》び官姓名《くわんせいめい》を尋《たづ》ねた。尚《なほ》私《わたし》が日本《につぽん》に於《お》ける最近親者《さいきんしんしや》の住所《ぢうしよ》姓名《せいめい》を訊《たづ》ねた。私《わたし》が一々之《これ》に答《こた》へ終《をは》ると、軍醫《ぐんい》は、私《わたし》

の疑問《ぎもん》を全部《ぜんぶ》解《と》いて呉《く》れた。

其《そ》の說明《せつめい》に依《よ》ると、私《わたし》は救護《きうご》自動車《じどうしや》に依《よ》つて假野《かりや》戰病院《せんびやうゐん》に送《おく》られ、其處《そこ》で手術《しゆじゆつ》を受《う》け、それから汽車《きしや》に乘《の》せられ、戰線《せんせん》を遠《とほ》ざかること二百哩《まいる》も運《はこ》ばれ、此《こ》の遣佛英國赤十字病院《けんふつえいこくせきじびやうゐん》に送《おく》られ、此處《こ》で改《あらた》めて、正式《せいしき》の大手術《だいしゆじゆつ》を施《ほどこ》されたのださうだ。

假野戰病院《かりやせんびやうゐん》では、多大《ただい》の出血《しゆつけつ》の爲《た》め、發熱《はつねつ》四十度《ど》を突破《とつぱ》し、今日《こんにち》まで六日間《かかん》は、昏睡狀態《こんすゐじやうたい》に陷《おちい》入《い》つて居《を》つたのださうだ。そして頗《すこぶ》る危險狀態《きけんじやうたい》であつたとのことである。更《さら》に軍醫《ぐんい》は、今日只今《こんにちたゞいま》昏睡狀態《こんすゐじやうたい》から脫《だつ》したから、もう大丈夫《だいじやうぶ》だと云《い》つた。尙言葉《なほことば》を續《つゞ》けた、

『聞《き》くところに依《よ》ると、君《きみ》は老母《らうぼ》を一人《り》故國《ここく》に殘《のこ》し、嗣子《しし》の身《み》を以《もつ》て、而《しか》も他《た》に男子《だんし》の兄弟《きやうだい》が無《な》いにもかゝはらず、遙々《はる〴〵》東洋《とうやう》より出征《しゆつせい》し、彼《か》の惡《にく》むべき獨兵《どくへい》を討伐《たうばつ》せんとして、奮戰力鬪《ふんせんりきとう》、遂《つひ》にこの名譽《めいよ》の負傷《ふしやう》を爲《な》した。我々《われ〳〵》は之《これ》に對《たい》して中心《ちうしん》より感謝《かんしや》してゐる。故國《ここく》に殘《のこ》る御《ご》老母《らうぼ》や、伯父《をぢ》並《ならび》に君《きみ》の姉妹《きやうだい》の方々《かた〴〵》は愁《うれ》ひ深《ふか》いことであらう。

本官《ほんくわん》は早速《さつそく》この事《こと》を君《きみ》の實家《じつか》に報告《はうこく》するに依《よ》り、安心《あんしん》して保養《ほやう》せられよ。』

と親切《しんせつ》に慰《なぐさ》めて呉《く》れた。そして早速《さつそく》日本《にっぽん》に居《ゐ》る母親《はゝおや》の許《もと》に知《し》らせて呉《く》れた。

其《そ》の翌日《よくじつ》私《わたし》は副島家《ふくしまけ》宛《あて》に手紙《てがみ》を書《か》いて出《だ》した。

「前略《ぜんりやく》、ヴヰミリツヂ線《せん》の總攻撃《そうこうげき》に參加《さんか》して、奮闘力戰《ふんとうりきせん》、遂《つひ》に敵《てき》の爆彈《ばくだん》の爲《た》めに、腰部《えうぶ》に傷《きず》を受《う》け、今《いま》は遣佛英國第《けんふつえいこくだい》八赤十《せき》字《じ》病院《びやうゐん》に療養罷在《れうやうまかりあり》候《さふらふ》。其後《そのご》經過良好《けいくわりやうかう》にて、生命《せいめい》には別條無之候《べつでうこれなくさふらふ》間《あひだに》御安堵《あんど》下被度《くだされたく》候《さふらふ》。不日《ふじつ》再《ふたゝ》び戰線《せんせん》に立《た》つ決心《けつしん》に御座《ござ》候《さふらふ》。右不取敢《みぎとりあへず》御報知《ごはうち》申上《まをしあげ》候《さふらふ》敬具《けいぐ》

諸岡幸麿《もろをかさちまろ》

母《はゝ》上《うへ》様《さま》

伯《を》父《ち》上《うへ》様《さま》

外《ほか》皆《みな》々《〳〵》様《さま》

日本《にっぽん》に居《ゐ》る伯父《をぢ》からは、早速返書《さつそくへんしよ》が來《き》た。

『拜復今曉《はいふくこんげう》Canadian war record office より、貴下《きか》が銃創《じうさう》を蒙《かうむ》り、大腿骨粉碎《だいたいこつふんさい》せられたる由《よし》通知《つうち》に接《せつ》したるを以《もつ》て、直《たゞ》に貴下《きか》の母上及《はゝうへおよ》び姉上《あねうへ》に打電《だでん》し、又貴下《またきか》の見舞旁々《みまひかた〴〵》、名譽《めいよ》の負傷《ふしやう》を祝《しゆく》する爲《た》め、打電《だでん》せんとしたるところに、今又貴下《いままたきか》よりの手書落掌《しゆしよらくしやう》、直《たゞ》に披見《ひけん》仕《つかまつり》候處《さふらふところ》、最初《さいしよ》

思《おも》ひしより輕傷《けいしやう》にて、再《ふたゝ》び出陣《しゆつぢん》の決心《けつしん》なる由《よし》を承《うけたま》り、安堵《あんど》致《いた》し候《さふらふ》、僅々《きん〳〵》數《すう》百人《にん》の人員《じんゐん》なれども、日本義《にほんぎ》勇兵《ゆうへい》の出陣《しゆつぢん》は、實《じつ》に國家《こくか》の爲《た》めにして、之《これ》を思《おも》はば寔《まこと》に御苦勞《ごくらう》の段《だん》、感謝《かんしや》せざるを得《え》ず。

貴下《きか》が速《すみや》かに全快《ぜんくわい》せんことを祈《いの》り、且《か》つ平和《へいわ》克復《こくふく》の曉《あかつき》には、凱旋《がいせん》あらんことを切望《せつばう》に堪《た》えず

大正《たいしやう》六年《ねん》五月《ぐわつ》六日《か》

副《そへ》　島《しま》　道《みち》　正《まさ》

諸《もろ》　岡《をか》　幸《さち》　麿《まろ》　殿《どの》

孝《たか》ちやんからの手紙《てがみ》。

『承《うけたま》りますと、幸麿様《さちまろさま》には、今度《こんど》御負傷《ごふしやう》を遊《あそ》ばされたさうで、一同《どう》御《ご》案《あん》じ申上《まをしあ》げて居《を》ります今日《けふ》加奈陀《カナダ》陸軍省《りくぐんしやう》より御知《おし》らせが參《まゐ》りまして、始《はじ》めて承知《しやうち》いたし、皆々《みな〳〵》大變《たいへん》驚《おどろ》きました。けれども間《ま》もなく貴方様《あなたさま》からの御手紙《おてがみ》が參《まゐ》りましたので、いくらか安心《あんしん》いたしました。何卒《なにとぞ》經過《けいくわ》がおよろしいやうにと、皆々《みな〳〵》祈《いの》つて居《を》ります。

私《わたし》ば最早《もはや》十六歳《さい》になりました。そして學習院女學部《がくしふゐんぢよがくぶ》の中學《ちうがく》三年《ねん》に進《すゝ》みました。幸麿様《さちまろさま》が米國《べいこく》にお出《い》でになりましたとき，私《わたし》はまだ小《ちひ》さうございましたの。お顔《かほ》はちつとも覺《おぼ》えて居《を》りません。たゞ御寫眞《ごしやしん》によつて御訣別《おわかれ》した時分《じぶん》の御顔《おかほ》を、想像《さうぞう》して見《み》るばかりでございます。どうぞ充分御養生遊《じうぶんごやうじやうあそ》ばして、一日《にち》も早《はや》く御全快《おぜんくわい》になり、御歸朝遊《ごきてうあそ》ばすのを御待《おま》ち申上《まをしあ》げて居《を》ります。

大正《たいしやう》六年《ねん》五月《ぐわつ》六日《か》　副《そへ》島《しま》孝《たか》子《こ》

諸《もろ》岡《をか》幸《さち》麿《まろ》様《さま》

順《のぶ》ちやんの手紙《てがみ》。

「幸麿様《さちまろさま》。御負傷《ごふしやう》はもうよろしう御座《ござ》いますか。私《わたし》も心配《しんぱい》して居《を》ります。一日《にち》も早《はや》く御退院遊《ごたいゐんあそ》ばすことをお祈《いの》りしてゐます。

私共《わたしども》は、父上様《ちゝうへさま》や、母上様《はゝうへさま》と一緒《しよ》に Ede《イード》 さんの御招待《ごせうたい》で、日光《につくわう》に參《まゐ》つて居《を》ります。何卒御《なにとぞお》身體《からだ》を御《ご》大切《たいせつ》に遊《あそ》ばせ。
祖母様《をばあさま》よりも、くれ〴〵よろしく。

大正《たいしやう》六年《ねん》五月《ぐわつ》六日《か》　　副《そへ》島《しま》順《のぶ》子《こ》

諸《もろ》岡《をか》幸《さち》麿《まろ》様《さま》

といふ、懐《なつか》しい人達《ひとたち》や、日本《につぽん》の友人達《いうじんたち》からの手紙《てがみ》を、遠《とほ》い佛國《ふつこく》の病院《びやうゐん》で讀《よ》んだときは、實《じつ》に涙《なみだ》の出《で》る程《ほど》嬉《うれ》しく感《かん》じた。天涯《てんがい》万里《り》の一孤客《こかく》。殊《こと》に戰傷《せんしやう》に惱《なや》む身《み》には、故郷《こきやう》よりの懐《なつか》しい音信《おとづれ》は、唯《ゆゐ》一の慰籍《なぐさめ》であつた。

其《そ》の翌日《よくじつ》、私《わたし》はベツトに横《よこた》はり、日本《につぽん》の友人宛《いうじんあて》に手紙《てがみ》を書《か》いてゐた。其處《そこ》へ看護婦長《かんごふちやう》のカツクバーン嬢《ぢやう》が、ニコ〳〵しながら入《はい》つて來《き》た。私《わたし》が手紙《てがみ》を書《か》いてゐるのを見《み》て、

『お手紙《てがみ》が書《か》けるやうに、お元氣《げんき》になりましたのね？　それは大變喜《たいへんよろこ》ばしいことですわ。』

といふて、嬉《うれ》しさうに私《わたし》が手紙《てがみ》を書《か》くのを見《み》てゐた。其《そ》の時《とき》私《わたし》は、

『Compound《カンパウンド》 Fracture《フレクチユア》 といふのは、何《ど》う云《い》ふ意味《いみ》ですか？』

と訊《たづ》ねた。カツクバーン嬢《ぢやう》は、

『何《な》に、何《な》んでもないのよ。』

と話《はなし》を外《そら》して、

『下《した》の部屋《へや》に、日本人《につぽんじん》が二人《り》入院《にふゐん》してゐらつしやいますわ。貴下《あなた》が最少《もうすこ》し熱《ねつ》が下《さが》つて、お話《はなし》が樂《らく》に出來《でき》るやうになりましたら、貴方《あなた》も退屈《たいくつ》でせうから、下《した》の部屋《へや》に移《うつ》して上《あ》げますわ。』

と言《い》つた。私《わたし》は之《これ》を聞《き》くと、堪《たま》らなく會《あ》ひ度《た》くなつて、

『何聯隊《なんれんたい》の者《もの》ですか？』

『第《だい》五十聯隊《れんたい》の方々《かた〴〵》ですの。』

第《だい》五十聯隊《れんたい》ならば、私《わたし》の屬《ぞく》する聯隊《れんたい》だ。私《わたし》は堪《たま》らなく戰友《せんいう》に會《あ》ひ度《た》くなつた。それで看護婦長《かんごふちやう》に、熱《ねつ》も何《なに》も無《な》いから、すぐに下《した》の部屋《へや》に移《うつ》して呉《く》れと賴《たの》んだ。

カツクバーン嬢《ぢやう》は、それでは軍醫《ぐんい》に其《そ》の可否《かひ》を訊《たづ》ねて來《く》るといつて出《で》て行《い》つた。

軍醫《ぐんい》は、其位本人《そのくらゐほんにん》が元氣《げんき》なら、下《した》の部屋《へや》に移《うつ》してやつてもよからうと云《い》つたさうで、私《わたし》は早速《さつそく》下《した》の部屋《へや》に移《うつ》されることゝなつた。

下《した》の病室《びやうしつ》には、三月《ぐわつ》に肩《かた》へ負傷《ふしやう》した、坂本義勇兵《さかもとぎゆうへい》と、コビニーで判《わか》れた山本音松義勇兵《やまもとおとまつぎゆうへい》とが居《を》つた。同氏《どうし》は腹部《ふくぶ》の病《やまひ》に罹《かゝ》り、切開手術《せつかいしゆじゆつ》を受《う》けたのであつた。

久《ひさ》し振《ぶ》りに戰友《せんいう》に會《あ》つたのだ。殊《こと》に遠《とほ》い佛國《ふつこく》の病院《びやうゐん》に、共《とも》に激戰《げきせん》の後《あと》に負傷《ふしやう》して、入院《にふゐん》してゐるのだ。懷《なつか》しさは一しほである。殊《こと》に日本語《にほんご》が話《はな》せるので堪《たま》らなく嬉《うれ》しい。話《はなし》はそれから其《そ》れと盡《つ》きないが、私《わたし》は十分位話《ぶんぐらゐはな》すと熱《ねつ》が高《たか》くなるので、直《す》ぐに談話《だんわ》を禁《きん》ぜられた。そして無暗《むやみ》と睡氣《ねむけ》を催《もよほ》して來《き》た。食事《しよくじ》は少《すこ》しも取《と》ることが出來《でき》ない。夜《よる》になると腰《こし》が痛《いた》むで來《き》た。私達《わたしたち》三人《にん》はベツトを並《なら》べて寢《ね》て居《を》つたが、あまり話《はなし》は出來《でき》なかつた。

翌日《よくじつ》、特志看護婦《とくしかんごふ》の貴婦人《きふじん》が、從者《じうしや》や看護婦長《かんごふちやう》を從《したが》へて入《はい》つて來《き》た。私《わたし》は睡氣《ねむけ》を催《もよほ》すことが甚《はなは》だしい、その上《うへ》斯《こ》ういふ人達《ひとたち》と應答《おうたふ》するのは面倒臭《めんだふくさ》いので、其《その》まゝ毛布《まうふ》を頭《あたま》から引被《ひつかぶ》つて、寢《ね》たふりをしてゐた。

軈《やが》て一行《かう》は私《わたし》の傍《そば》に來《き》て立《だ》つた。そして私《わたし》の姓名《せいめい》を讀《よ》むと、

『日本人《にっぽんじん》ですのね。重傷患者《ぢうしやうくわんじや》ですか？』

『Compound《カンパウンド》 Fracture《フレレクチユーア》です。』

『あゝ、左様《さやう》ですか、お氣《き》の毒《どく》ですわね。食事《しよくじ》はどうですか？』

『少《すこ》しも進《すゝ》みません。』

『日本人《にっぽんじん》ならば、日本米《にっぽんまい》のご飯《はん》がよいでせう。米《こめ》はおありですか？』

『ライス、プデイングにする米《こめ》があります。』

『それでは晝食《ちうしよく》に炊《た》いてさし上《あ》げたらよいでせう。』

『ハイ。承知《しようち》いたしました。』

この會話《くわいわ》を聞《き》いたら、私《わたし》の咽喉《のど》はコクリとした。米《こめ》の飯《めし》は、たつた一度《ど》でもよいから、之《これ》を喰《く》ふて死《し》に度《た》いとさへ思《おも》ふ程《ほど》、あこがれてゐたのだつた。晝食《ちうしよく》には、久《ひさ》し振《ぶ》りで米《こめ》の飯《めし》と、柔《やはら》かい牛肉《ぎうにく》とが運《はこ》ばれた。我日本人《わがにっぽんじん》三人《にん》は、舌皷《したつゞみ》を打《う》つて喰《く》つた。

それから毎日米《まいにちこめ》の飯《めし》を喰《く》ふことが出來《でき》た。その爲《た》めか、追々《おひ〱》熱《ねつ》も下《さが》り、氣分《きぶん》もよくなつたので三人《にん》は少《すこ》し宛《づゝ》話《はな》しをした。

或《あ》る日《ひ》、三人《にん》が種々《いろ〳〵》と話《はなし》に夢中《むちう》になつてゐると、突然隣室《とつぜんりんしつ》から、勇壮《ゆうさう》な行進曲《かうしんきよく》が響《ひゞ》いて來《き》た。蓄音機《ちくおんき》から響《ひゞ》いて來《く》るらしい。色々《いろ〳〵》の曲《きよく》が次《つ》ぎ〳〵と響《ひゞ》いて來《き》た。突然《とつぜん》に「君《きみ》が代《よ》」の曲《きよく》が鳴《な》り出《だ》した。スルト坂本君《さかもとくん》はスツクと立上《たちあが》り、不動《ふどう》の姿勢《しせい》で、擧手《きよしゆ》の最敬禮《さいけいれい》を爲《な》しつゝ立《た》つてゐる私《わたし》と山本君《やまもとくん》は起《お》き上《あが》れないので、其《そ》のまゝ擧手《きよしゆ》の最敬禮《さいけいれい》を爲《な》しつゝ、曲《きよく》の終《をは》るまで之《これ》を續《つゞ》けてゐた。

そこへ看護婦長《かんごふちやう》が入《はい》つて來《き》た。之《こ》の敬禮《けいれい》を眺《なが》めると、彼女《かれぢよ》は眼《め》を圓《まる》くして驚《おどろ》いてゐたが、

「皆《みな》さんは病中《びやうちう》であるから、缺禮《けつれい》して其《そ》のまゝお聞《き》きになつたら? アノ蓄音機《ちくおんき》は、隣《となり》の病院《びやういん》にあつたのを、皆《みな》さんの爲《た》めに、特《とく》に私《わたし》が借《かり》て來《き》て上《あ》げたのよ。」

と言《い》ふて、ニツコリした。

私達《わたしたち》三人《にん》は、故國《ここく》を離《はな》れて、遠《とほ》く異郷《いきやう》の病院《びやういん》で、久《ひさ》し振《ぶ》りに懷《なつか》しい、我《わ》が大日本帝國《だいにつぽんていこく》の國歌《こくか》を聞《き》いたとき、思《おも》はず立上《たちあが》り、非常《ひじやう》な感激《かんげき》の嵐《あらし》の中《なか》に、流涕《りうてい》しつゝ、「君《きみ》が代《よ》」を口《くち》の中《なか》で歌《うた》ひ續《つゞ》けたのであつた。之《これ》は一度《ど》日本《につぽん》を離《はな》れて、こんな場合《ばあひ》に出遇《であ》はなければ、ホントの君《きみ》が代《よ》の味《あぢ》は

解《わか》るまいと思《おも》つた。

ブライテー　Brighty

＝いやだッ＝命令だッ＝はッ＝

千九百十八年《ねん》五月《ぐわつ》七日《か》朝《あさ》、回診《くわいしん》して來《き》た軍醫《ぐんい》は、私《わたし》の傷口《きずぐち》を丁寧《ていねい》に診察《しんさつ》し終《をは》ると、至極滿足氣《しごくまんぞくげ》に打頷《うちうなづ》きつゝ、私《わたし》の病床日誌《びやうしやうにつし》に、何《なに》か記入《きにふ》して行《い》つた。日誌《につし》を取上《とりあ》げて見《み》ると、Brighty《ブライテー》と記《しる》してある。看護婦《かんごふ》は之《これ》を見《み》て、ニツコリしながら、

『That's《ザツツ》 good《グツド》! That's《ザツク》 good《グツト》!』（結好《けつかう》です。結好《けつかう》です。）

と云《い》つて祝《しゆく》して呉《く》れた。山本義勇兵《やまもとぎゆうへい》も同様《どうやう》であつた。スルト山本君《やまもとくん》は不審氣《いぶかしげ》に、

『ネ、おい！ Brighty《ブライテー》とは一體《たい》何《な》んだらう。』

『さあ、僕《ぼく》にも解《わか》らないネ。』

と答《こた》へて、私《わたし》は恰度其處《ちやうどそこ》へ入《はい》つて來《き》た看護婦《かんごふ》に尋《たづ》ねた。すると、彼女《かのぢよ》は呆氣《あつけ》に取《と》られたやうな様《やう》

子《す》で、

『Don't《ドント》 you《ユー》 know《ノー》 Brighty《ブライテー》』（まあ、貴方《あなた》ブライテーを御存知《ごぞんぢ》ないの？）と言《い》つた。彼女《かのぢよ》は之《これ》を說明《せつめい》して、ブライテーといふのは、英本國《えいほんごく》に後送《こうそう》されることで、もう戰爭《せんさう》に出《で》なくてもよいのです。お目出度《めでた》うございますわと云《い》つて、喜《よろこ》んでくれた。

山本君《やまもとくん》は之《これ》を聞《き》くと、大《おほい》に憤慨《ふんがい》して、私《わたし》に向《むか》つて云《い》ふには、

『君《きみ》は大戰《たいせん》に參加《さんか》して、既《すで》に名譽《めいよ》の負傷《ふしやう》をしたのだからよいが、俺《おれ》はまだ一度《ど》も戰爭《せんさう》に參加《さんか》せずに、病氣《びやうき》になつて、其《そ》のまま後送《こうそう》されるなどとは、心外千萬《しんぐわいせんばん》だ。僕《ぼく》は死《し》んでも嫌《いや》だ。君《きみ》！何卒《どうぞ》軍醫《ぐんい》に願《ねが》つて、當病院《たうびやうゐん》で治療《ちれう》し、全快次第早速《ぜんくわいしだいさつそく》聯隊《れんたい》に歸還《きくわん》するやうに取計《とりはか》らつて吳《く》れないか？』

と熱心《ねつしん》に私《わたし》に賴《たの》むのだ。又私《またわたし》としても此位《このくらゐ》の負傷《ふしやう》で、後送《こうそう》されるのは、あまり殘念《ざんねん》なので、私《わたし》は之《これ》を諾《だく》して、夕方軍醫《ゆふがたぐんい》が回診《くわいしん》の時《とき》、

『軍醫殿《ぐんいどの》！私《わたし》と山本君《やまもとくん》とのブライテーを取消《とりけ》して下《くだ》さい。そして當病院《たうびやうゐん》で治療《ちれう》し、一刻《こく》も早《はや》く全快次第《ぜんくわいしだい》、聯隊《れんたい》に歸還《きくわん》するやうに御取計《おとりはか》らひ下《くだ》さるやうにお願《ねが》ひ致《いた》します。』

と云《い》ふと、軍醫《ぐんい》は一寸《ちよつと》驚《おどろ》いた顔付《かほつ》きで、

『何故《なぜ》君達《きみたち》は、ブライテーを好《この》まないのかネ。前《まへ》に、坂本義勇兵《さかもとぎゆうへい》も、左樣《さやう》なやうなことを言《い》ふて居《を》つた。英兵達《えいへいたち》は皆本國《みなほんごく》に歸《かへ》つて、保養《ほやう》することを非常《ひじやう》に喜《よろこ》んでゐるが、君達《きみたち》は何故《なぜ》之《これ》を拒《こば》むのか。不思議《ふしぎ》だな。』

と云《い》つたが、更《さら》に感激《かんげき》した面持《おももち》で、嚴然《げんぜん》たる態度《たいど》を以《もつ》て云《い》つた。

『日本人《にほんじん》は斯《か》くも我《わ》が祖國《そこく》の爲《た》めに、强敵獨兵《きやうてきどくへい》と戰《たゝか》つて下《くだ》さるか。坂本義勇兵《さかもとぎゆうへい》は全快《ぜんくわい》して、二週間《しうかん》の休養《きうやう》も待《ま》たないで、歸隊《きたい》した。彼等《かれら》は重傷《ぢうしやう》ではなかつた。然《しか》し君達《きみたち》は重傷《ぢうしやう》なのだ。故《ゆゑ》に英本國《えいほんごく》に歸《かへ》つて、治療《ちれう》しなければダメなのだ。そして之《これ》は「命令《めいれい》」である。君達《きみたち》は悠《ゆ》つくり本國《ほんごく》に行《い》つて、保養《ほやう》して來《き》給《たま》へ。』

と云《い》ひ渡《わた》された。それで私達《わたしたち》は、英本國《えいほんごく》に後送《こうそう》されることとなつた。

五月《ぐわつ》十一日《にち》の朝《あさ》、私達二人《わたしたちふたり》の外《ほか》に、英兵《えいへい》十名《めい》許《ばか》りの重傷患者《ぢうしやうくわんじや》は、この思《おも》ひ出《で》深《ふか》き第《だい》八赤《せき》十字《じ》病院《びやうゐん》を立去《たちさ》るべく、擔架《たんか》に搖《ゆ》られながら、幾《いく》つも〳〵病室《びやうしつ》を通《とほ》り拔《ぬ》けた。そして特別《とくべつ》に患者《くわんじや》の澤山《たくさん》

ゐる大廣間《おほひろま》を通《とほ》るとき、其處《そこ》にゐた多《おほ》くの負傷兵達《ふしやうへいたち》は、私達《わたしたち》の擔架《たんか》を見《み》て、

『ブライテーか？　僕達《ぼくたち》も後《あと》から行《ゆ》くよ。』

『僕《ぼく》も行《ゆ》き度《た》いなア。』

『Good《グツト》 luck《ラツク》 to《ツー》 you《ユー》！』（諸君《しよくん》の幸運《かううん》を祈《いの》る！）

などと云《い》つて、一同《どう》はニコ〳〵して見送《みおく》つて吳《く》れた。

斯《か》くして私達《わたしたち》は、この思《おも》ひ出《で》多《おほ》きパーリーブレーの病院《びやうゐん》を後《あと》にして、擔架《たんか》は靜《しづ》かに〳〵に搖《ゆ》れてゆくのだつた。

病院船

＝潜航艇＝慘忍なる獨兵＝任俠なる英兵＝

五月《ぐわつ》十一日《にち》の午前《ごぜん》十時頃《じごろ》、擔架《たんか》の行列《ぎやうれつ》は、パーリーブーレー停車場《ていしやぢやう》に到着《たうちやく》した。此處《ここ》には軍用《ぐんよう》赤《せき》十字《じ》列車《れつしや》が待《ま》つてゐた。病院長《びやうゐんちやう》（軍醫正《ぐんいせい》）と看護婦長《かんごふちやう》のカツクバーン孃《ぢやう》とが、私《わたし》と山本義勇兵《やまもとぎゆうへい》

とを、同室《どうしつ》の列車《れつしや》で輸送《ゆそう》するやうに、種々《いろ〳〵》と盡力《じんりよく》せられた、輸送係官《ゆそうかゝりくわん》に對《たい》して特別《とくべつ》に取計《とりはか》らはれんことを、依頼《いらい》して下《くだ》さつたが、山本君《やまもとくん》は病兵《びやうへい》で、私《わたし》は戰傷兵《せんしやうへい》だ。殊《こと》に重傷患者《ぢうしやうくわんじや》なので、取扱《とりあつかひ》上《じやう》に非常《ひじやう》な待遇《たいぐう》の相違《さうゐ》があるので、之《これ》を如何《いかん》ともすることが出來《でき》なかつた。そこで二人《ふたり》は止《や》むなく、此處《こゝ》で別《わか》れ〳〵になつて了《しま》つた。

其《そ》の後《ご》私《わたし》は山本君《やまもとくん》に再《ふたゝ》び會《あ》ふ機會《きくわい》を得《え》なかつた。

私《わたし》は、それから天涯《てんがい》の孤客《こかく》、淋《さび》しい獨《ひと》り旅《たび》となつた。

「江戸《えど》ツ兒《こ》の一人《ひとり》旅路《たびち》や春寒《はるさむ》き。」

と駄句《だく》つて見《み》た。が多量《たりやう》の出血《しゆつけつ》の爲《た》めか、此《こ》の句《く》の如《ごと》く、頗《すこぶ》る頭《あたま》が判然《はんぜん》しない。

列車《れつしや》の中《なか》では看護婦《かんごふ》が一人《ひとり》付《つ》きツ切《き》りで、好遇《かうぐう》至《いた》らざるなしだつた。頗《すこぶ》る紳士的《しんしてき》な旅行《りよかう》を續《つゞ》けることが出來《でき》た。

私達《わたしたち》は、軈《やが》て、ハーブ港《かう》(佛名《ふつめい》ル・アーブル)のハーブ停車場《ていしやぢやう》に到着《たうちやく》した。それから列車《れつしや》を下《お》り、直《たゞ》ちに自動車《じどうしや》に乘《の》せられて、棧橋《さんばし》に行《い》つた。此處《こゝ》は出征《しゆつせい》するとき通過《つうくわ》したところで、今更《いまさら》ながら當時《たうじ》の勇躍《ゆうやく》したる氣分《きぶん》が追懷《つゐくわい》される。

棧橋《さんはし》で再《ふたゝ》び擔架《たんか》に乘《の》せられ、船內《せんない》に運《はこ》ばれて行《ゆ》くのだ。其《そ》の途中《とちう》フト傍《そば》を見《み》ると、獨兵《どくへい》の俘虜《ふりよ》が三十人許《にんばか》り、英兵監視《えいへいかんし》の下《もと》に働《はたら》いてゐた。之《これ》を見《み》ると私《わたし》は妙《めう》に興奮《こうふん》して、擔架卒《たんかそつ》に俘虜《ふりよ》の傍《そば》を通過《つうくわ》するやうに賴《たの》んだ。擔架卒《たんかそつ》は笑《わら》ひながら、俘虜《ふりよ》の傍《そば》に運《はこ》んで行《い》つて吳《く》れた。其時《そのとき》私《わたし》は思《おも》はず擔架《たんか》の上《うへ》から、

「Dam《デム》 you《ユー》 hun《ハン》!」（匈奴《きやうど》）

と怒《ど》なりつけた。之《これ》を聞《き》いた監視兵《かんしへい》と擔架卒《たんかそつ》は、笑《わら》ひながら、

「That's《ザッツ》 a《ア》 boy《ボーイ》! That's a boy!」（さうだ〱其《そ》の調子《てうし》!）

と云《い》つて、はては大笑《おほわら》ひとなつた。

私《わたし》は此《こ》の笑《わら》ひ聲《ごゑ》を聞《き》くと、自分《じぶん》ながら大人氣《おとなげ》ないことを云《い》つたなと思《おも》ふて、赤面《せきめん》した。之《これ》も傷《きず》のせいかも知《し》れない。個人《こじん》として何《なん》の恨《うら》みも無《な》いのに、一度《ひとたび》戰場《せんぢやう》に立《た》つて、敵味方《てきみかた》と分《わか》れて、生命《いのち》の取《と》り合《あ》ひの戰《たゝか》ひをすると、斯《こ》うも人間《にんげん》の心《こゝろ》は變《かは》るものかと思《おも》つた。

病院船《びやうゐんせん》は三隻《せき》、棧橋《さんばし》に横付《よこづ》けになつてゐた。私《わたし》は其《そ》の中《なか》のウヱスタン、オーストレリア號《がう》に乘《の》ることとなつた。此處《ここ》でも亦大《またおほ》いに優遇《いうぐう》された。特別室《とくべつしつ》の寢臺《しんだい》に横《よこ》たはり、一名《めい》の看護婦《かんごふ》が附添《つきそ》ひ恰度貴賓《ちやうどきひん》に對《たい》すると同《おな》じ待遇《たいぐう》であつた。

其《そ》の夜《よ》十一時頃《じごろ》、船《ふね》は出帆《しゆつぱん》した。が「敵《てき》の潜航艇見《せんかうていみ》ゆ」といふ信號《しんがう》があつたので、船《ふね》は再《ふたゝ》び元《もと》の港《みなと》に引返《ひつかへ》して、明朝出帆《みやうてうしゆつぱん》することとなつた。

私《わたし》が其《そ》の朝《あさ》、眼《め》を覺《さ》ましたときには、船《ふね》は最早出航《もはやしゆつかう》してゐた。約《やく》二時間《じかん》も走《はし》つたかと思《おも》ふ頃《ころ》、私《わたし》は一大音響《だいおんきやう》を耳《みゝ》にした。そして續《つゞ》け打《う》ちに、バン／＼／＼と云《い》ふ大砲《たいはう》を發射《はつしや》する音《おと》を耳《みゝ》にした其處《そこ》へ看護婦《かんごふ》は走《はし》り込《こ》んで來《き》て、

『今《いま》、先發《せんぱつ》した病院船《びやうゐんせん》が、獨逸《ドイツ》の潜航艇《ユー・ボート》の爲《た》めに撃沈《げきちん》せられたのよ。同船《どうせん》の護衛驅逐艦《ごゑいくちくかん》二隻《せき》は之《これ》と應戰《おうせん》したが、浪《なみ》が高《たか》いので取逃《とりに》がしたらしいのですわ。』

と知《し》らせて呉《く》れた。

元來《ぐわんらい》赤《せき》十字《じ》の章《しるし》のある病院船《びやうゐんせん》には、護衛艦《ごゑいかん》は不必要《ふひつえう》なのであるが、慘忍《ざんにん》なる獨兵《どくへい》は、聯合國側《れんがふこくがは》の船《ふね》であれば、手當《てあた》り次第《しだい》に撃沈《げきちん》するので、止《や》むなく護衛艦《ごゑいかん》を附《つ》けたのであつた。

敵《てき》の潜航艇《せんかうてい》は、U《ユー》何號《なんがう》と云《い》ふて、番號《ばんがう》で區別《くべつ》してあるので、英人《えいじん》は之《これ》をユー・ボートと稱《しよう》してゐた。

撃沈《げきちん》された病院船《びやうゐんせん》から、無線電信《むせんでんしん》があつたので、私達《わたしたち》の乘《の》つてゐる船《ふね》と、他《た》の一隻《せき》及《およ》び、驅逐《くちく》艦《かん》二隻《せき》とで、現場《げんぢやう》に急行《きふかう》して人々《ひとびと》を救助《きうじよ》した。其《そ》の病院船《びやうゐんせん》には幸《さいは》ひに輕傷者《けいしやうしや》が多《おほ》かつたので皆《み》な救助《きうじよ》された。

この船《ふね》には獨逸《ドイツ》の俘虜《ふりよ》が數《すう》十名《めい》乘《の》つてゐたが、船《ふね》が砲撃《はうげき》されたことを知《し》るや、俘虜達《ふりよたち》は我《わ》れ先《さ》きにと、ボートに乘《の》り移《うつ》らんとして相爭《あひあらそ》ひ、遂《つひ》に一大爭闘《だいさうとう》を惹起《ひきおこ》したので、止《や》むなく英兵《えいへい》の爲《た》めに、數人《すうにん》の俘虜《ふりよ》が射殺《しやさつ》され、漸《やう》く事《こと》なきを得《え》たのであつた。

英兵《えいへい》は之等《これら》と異《こと》り、實《じつ》に規律正《きりつたゞ》しく、沈着《ちんちやく》であつた。チユートン民族《みんぞく》と、アングロサクソン民《みん》族《ぞく》との相違點《さうゐてん》が、こんなところにも現《あら》はれて、面白《おもしろ》く思《おも》つた。

ネツトレーに於ける病院生活

＝第三十八號室＝遣英日本救護班＝懇切なる看護＝

私達《わたしたち》の乘《の》つて來《き》た病院船《びやうゐんせん》は、これ等《ら》の騷《さわ》ぎの爲《た》めに大分《だいぶ》時間《じかん》を費《つひ》して、夕方《ゆふがた》、英國《えいこく》のサウサンプトン港《かう》に入港《にふかう》した。

私《わたし》は腰《こし》が立《た》たないので、窓外《そうぐわい》を見《み》ることが出來《でき》ない。只《た》だ出征當時《しゆつせいたうじ》の光景《くわうけい》を想《おも》ひ出《だ》して、靜《しづ》かにベツトに横《よこた》はつてゐた。

私《わたし》は、間《ま》もなく船《ふね》より下《お》ろされ、此度《こんど》は又《また》も列車内《れつしやない》の人《ひと》となつた。そして僅《わづ》か十五分《ふん》ばかり走《はし》ると、一停車場《ていしやぢやう》に着《つ》いた。それから又擔架《またたんか》で運《はこ》ばれることゝなつた。私《わたし》は擔架卒《たんかそつ》に向《むか》つて、

『此處《ここ》は一體何處《たいどこ》ですか？』

と訊《たづ》ねた。

『此處《ここ》はパンプシヤ州《しう》のネツトレーと云《い》ふ處《ところ》です。』

と答《こた》へた。此處《ここ》は一寒村《かんそん》に過《す》ぎないが、海《うみ》に臨《のぞ》んでゐて、頗《すこぶ》る氣候《きこう》の溫和《をんわ》な處《ところ》であつたが、病院《びやうゐん》があるので特《とく》に有名《いうめい》だつた。

此處《ここ》には、ローヤル、ヴヰクトリア陸軍病院《りくぐんびやうゐん》及《およ》び同病院附屬《どうびやうゐんふぞく》の赤十字病院《せきじびやうゐん》があつた。前者《ぜんしや》には

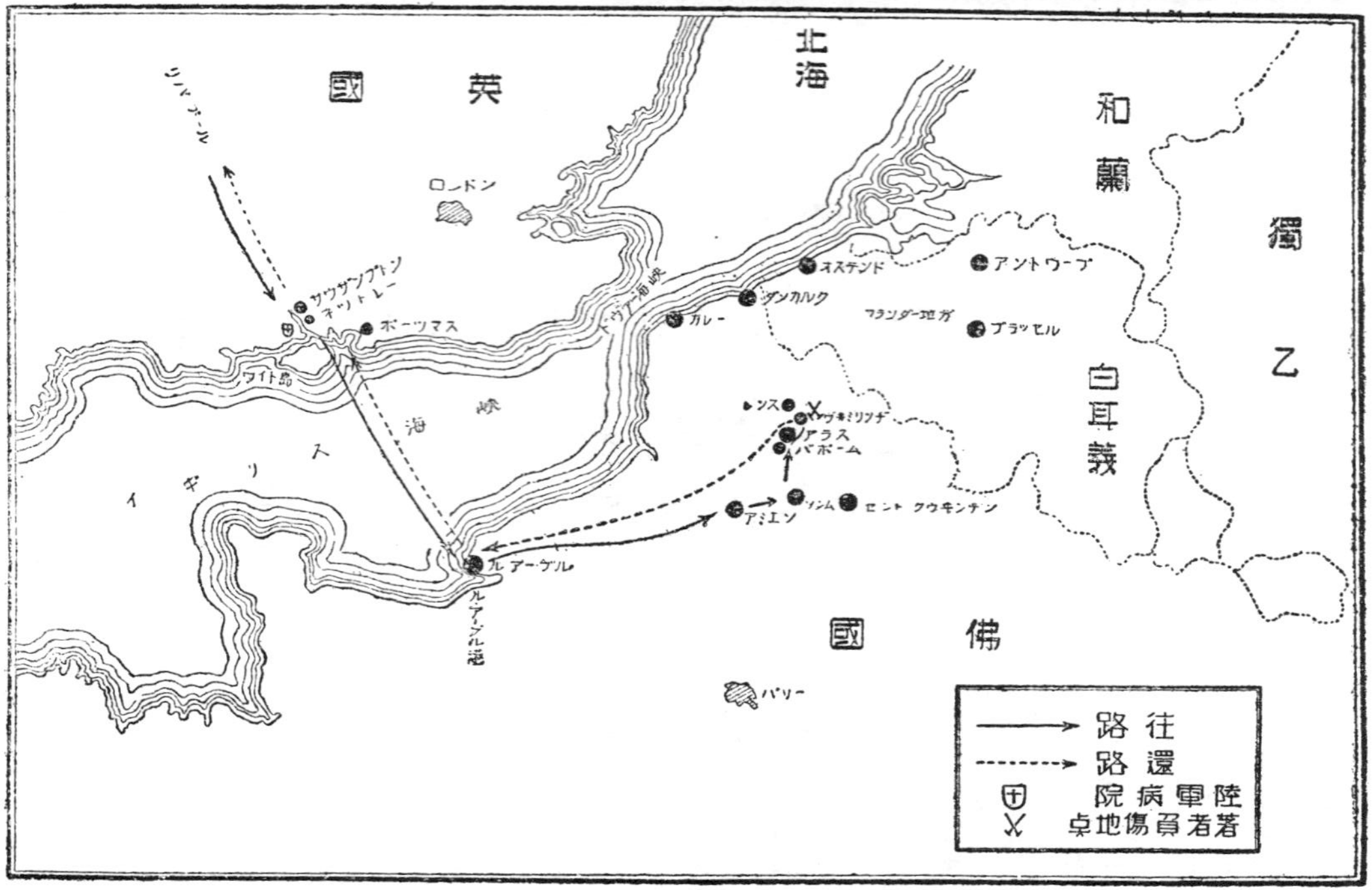
英國
北海
和蘭
獨乙
白耳義
佛國
リバプール
ロンドン
サウサンプトン
ネットレー
ポーツマス
ワイト島
イギリス海峡
ル・アーヴル
ル・アーブル港
カレー
ダンカルク
オステンド
アントワープ
ブラッセル
フランダー地方
レンス
アラス
バポーム
アミエン
ソンム
セント クウキンチン
パリー
往路
還路
陸軍病院
著者負傷地点

約《やく》五千人《にん》、後者《こうしや》には約《やく》二千人《にん》の負傷兵《ふしやうへい》を收容《しうよう》してゐるのであつた。

私《わたし》は其《そ》の附屬病院《ふぞくびやうゐん》の、第《だい》三十八號室《がうしつ》に收容《しうよう》せられたのであつた。此《こ》の室《しつ》には重傷患者《ぢうしやうくわんじや》のみが、三十人許《にんばか》り居《を》つた。私《わたし》は此《こ》の病室《びやうしつ》に到着《たうちやく》するや否《いな》や、直《たゞ》ちに身體《からだ》を洗《あら》はれ、新《あたら》しい病服《びやうふく》と着更《きか》へさせられ、そして白《しろ》きベツトの上《うへ》に、フワリと寢《ね》かされた。

私《わたし》はこの病院《びやうゐん》では、只《た》だ一人《り》の日本人患者《につぽんじんくわんじや》であつた。故《ゆゑ》に非常《ひじやう》に珍《めづ》らしがられて、特《とく》に優遇《いうぐう》されたのであつた。

ところが驚《おどろ》いたことが一つある。此處《こゝ》の看護婦達《かんごふたち》は、皆《み》んなが日本語《につぽんご》で、

『お早《はや》う！』

『今晩《こんばん》は。』

『結好《けつかう》なお天氣《てんき》です。』

『如何《いかゞ》ですか？』

などと交《かは》る〴〵來《き》て話《はな》しかけるのだ。來《く》る看護婦《かんごふ》も、來《く》る看護婦《かんごふ》も、日本語《につぽんご》の簡單《かんたん》なのを話《はな》すの

であつた。

私《わたし》は不思議《ふしぎ》に思《おも》つて、之《これ》を訊《たづ》ねやうと思《おも》つてゐると、最《も》う夜《よ》も更《ふ》けて九時《じ》となり、消燈喇叭《せうとうラッパ》が鳴《な》つたので、電燈《でんとう》が一時《じ》に消《き》えて了《しま》つた。仕方《しかた》が無《な》いので私《わたし》も寢《ね》て了《しま》つた。病院《びやうゐん》が消燈《せうとう》するのは獨逸《ドイツ》の飛行船《ひかうせん》が、襲撃《しふげき》して來《く》るのを防《ふせ》ぐためであつた。

其《そ》の夜《よ》も明《あ》けて、五月《ぐわつ》十三日《にち》の朝《あさ》となつた。ところが同病院《どうびやうゐん》にゐる二百餘人《よにん》の助手《じよしゆ》や、看護婦《かんごふ》達《たち》が、只一人《たゞり》の同盟國《どうめいこく》の珍客《ちんきやく》が來《き》たといふので、朝《あさ》から我《われ》も〳〵と見舞《みま》ひに押《お》しかけて來《き》た。

『お早《はや》う。如何《いかゞ》ですか？』

などゝ一同《どう》は日本語《にっぽんご》で挨拶《あいさつ》するので、私《わたし》はすつかり面喰《めんくら》つて了《しま》つて、之《これ》を主任《しゆにん》のマーガレット、ベントレー孃《ぢやう》に尋《たづ》ねた。

『どうして貴孃達《あなたたち》は、日本語《にっぽんご》を知《し》つてゐるのですか？』

『此《こ》の病院《びやうゐん》には、貴方《あなた》の御國《おこく》の日本政府《にっぽんせいふ》から派遣《はけん》された、日本赤十字《にっぽんせきじ》病院救護班《びやうゐんきうごはん》の人達《ひとたち》が、此《こ》の病院《びやうゐん》に來《き》て居《を》つたのよ。そして我《わ》が負傷兵《ふしやうへい》の爲《た》めに、熱心《ねっしん》に、親切《しんせつ》に、働《はたら》いて下《くだ》さつたのですわ。其《そ》の方々《かた〴〵》は半歳程前《はんとしほどまへ》に御歸國《ごきこく》なさいましたのよ。鈴木醫長《すゞきいちやう》を初《はじ》めとして、通譯《つうやく》の大島《おほしま》さん、看護婦長《かんごふちやう》の清岡《きよをか》さん、山本《やまもと》さん其《そ》の他《た》の看護婦《かんごふ》さん達《たち》が、二十名《めい》ばかりで、一ケ月餘《げつあま》り、病院《びやうゐん》で忠實《ちうじつ》に、其《そ》の職務《しよくむ》を遂行《すゐかう》されましたのよ。そして皆《み》なさんが親切《しんせつ》で、丁寧《ていねい》であつたので多《おほ》くの患者達《くわんじやたち》は、彼《あ》の人達《ひとたち》を兄妹《きやうだい》のやうに懷《なつ》かしがつて、今《いま》に其《そ》のあとを慕《した》ふてゐるのですわ。私達《わたしたち》も別《わか》れを惜《を》しみましたわ。ほんとによい印象《いんしやう》を私達《わたしたち》に與《あた》へて行《ゆ》かれましたの。今《いま》でも私達《わたしたち》は手紙《てがみ》の遣《や》り取《と》りをしてゐますわ。手紙《てがみ》は日本語《にほんご》で書《か》いてあるのよ。又私達《またわたしたち》から差上《さしあ》げるのは英語《えいご》で書《か》いてやるのよ。それですからお互《たがひ》に意味《いみ》は解《わか》らないのですけれど、お互《たがひ》の眞心《まごころ》だけは通《つう》じるのよ。

あゝ、さう〳〵。幸《さいは》ひ貴方《あなた》が來《こ》られたから、何卒《なにとぞ》之《こ》の手紙《てがみ》を譯《やく》して下《くだ》さいましな。お願《ねが》ひしますわ。」

といふて日本語《にほんご》の手紙《てがみ》を數通《すうつう》持《も》つて來《き》た。スルト看護婦達《かんごふたち》は之《これ》を聞《き》いて、四十餘通《よつう》の日本語《にほんご》の手《て》紙《がみ》を持込《もちこ》んできた。之《こ》れには、私《わたし》も驚《おどろ》いた。

私《わたし》は久《ひさ》し振《ぶ》りに、懷《なつ》かしい日本語《にほんご》の手紙《てがみ》に接《せつ》して、之《これ》に興味《きようみ》を覺《おぼ》え、一々丁寧《ていねい》に之《これ》を飜譯《ほんやく》してやつた。

あまり熱心《ねつしん》に話《はな》を續《つゞ》けたので、熱《ねつ》が高《たか》くなり出《だ》したので、ベントレー嬢《ぢやう》に注意《ちうい》された程《ほど》、熱心《ねつしん》に通譯《つうやく》してやつた。

この病院《びやうゐん》に於《お》ける待遇《たいぐう》は、實《じつ》に親切丁寧《しんせつていねい》で、其《そ》の懇切《こんせつ》なる看護振《かんごぶ》りには、私《わたし》は涙《なみだ》の出《で》る程嬉《ほどうれ》しく感《かん》じた。

中《なか》でも主任《しゆにん》の看護婦《かんごふ》マーガレツト、ベントレー嬢《ぢやう》、マツサーヂ主任《しゆにん》のミス、キヤナン嬢姉妹《ぢやうきやうだい》、助手《じよしゆ》のデユーア嬢《ぢやう》、夜勤看護婦《やきんかんごふ》のフランクリン嬢《ぢやう》などと云《い》ふ人達《ひとたち》の、親切《しんせつ》で同情《どうじやう》に富《と》んだ看護振《かんごぶ》りは、今《いま》もなほ思《おも》ひ出《だ》して感謝《かんしや》してゐる。

六月《ぐわつ》二十五日《にち》には、私《わたし》の第《だい》三回目《くわいめ》の手術《しゆじゆつ》を爲《な》すことゝなつた。

私《わたし》はどうも負傷《ふしやう》した局部《きよくぶ》が、痛《いた》んで堪《た》えられないので、その事《こと》を軍醫《ぐんい》に告《つ》げた。軍醫《ぐんい》は直《す》ぐにX《エツキス》光線《くわうせん》にかけて見《み》て呉《く》れた。其《そ》の結果《けつくわ》一つの小《ちひ》さい骨片《こつぺん》を取《と》り出《だ》さねばならぬこととなつた。又《また》も大手術《だいしゆじゆつ》を行《や》らねばならぬのだ。

私《わたし》は手術後《しゆじゆつご》、魔睡藥《ますゐやく》の爲《た》めに、グツスリとベツトの上《うへ》で眠《ねむ》つてゐる間《あひだ》に、私《わたし》は大《おほ》きな聲《こゑ》で何《なに》かか叫《さけ》んださうである。

　私《わたし》が眼《め》を覺《さま》すと、邊《あたり》にゐる負傷兵達《ふしやうへいたち》は、クス〳〵笑《わら》つてゐる。私《わたし》は不審《ふしん》に思《おも》つて、私《わたし》の專任看《せんにんかん》護婦《ごふ》の、ベントレー孃《ぢやう》に何《な》んの爲《た》めに皆《み》んながクス〳〵笑《わら》つてゐるのかを訊《たづ》ねた。

『一體《たい》どうしたといふのですか？』

『ホホヽヽ、貴方《あなた》は睡眠中《すゐみんちう》に、とんでもないことを、大《おほ》きな聲《こゑ》で叫《さけ》んだのよ。』

『とんでもないこととは、何《なん》ですか？』

『ホホヽヽ。だつてね。ホホヽヽ。』

と、笑《わら》つてゐて、なか〳〵話《はな》して呉《く》れないのだ。私《わたし》が再《さい》三訊《たづ》ねると、私《わたし》が叫《さけ》んだのは、

『ジーザス、クライスト。』

と云《い》つたのださうだ。此《こ》の言葉《ことば》は、（エツ。糞《くそ》ツ）とでも云《い》ふやうな意味《いみ》で、最《もつと》も下等社會《かとうしやくわい》で使《つか》ふ言葉《ことば》なのだ。陣中《ぢんちう》では「ジーザス、クライスト」だとか「ゴツデム、ユー、サナバ・ビツチなどと云《い》ふ言葉《ことば》が盛《さか》んに用《もち》へられてゐたので、私達《わたしたち》頗《すこぶ》る馴《な》らされてゐた。

　斯《こ》んな滑稽《こつけい》な事《こと》を繰返《くりかへ》してゐるうちに、私《わたし》の負傷《ふしやう》も、經過良好《けいくわりやうかう》で、今《いま》は松葉杖《まつばづゑ》を突《つ》いて一人《り》で

歩《ある》けるやうになつた。英兵《えいへい》の輕傷患者達《けいしやうくわんじやたち》は私《わたし》を方々《はう〵》に案内《あんない》して、種々《いろ〵》説明《せつめい》して呉《く》れた。そして親《しん》切《せつ》は勞《いたわ》つて呉《く》れた。流石《さすが》に英國人《えいこくじん》は紳士《しんし》だなと思《おも》つた。この紳士《しんし》の國《くに》が、世界的《せかいてき》に發展《はつてん》するのも、無理《むり》はないと思《おも》つた。そして此《こ》の英兵《えいへい》や看護婦達《かんごふたち》の親切《しんせつ》なる行爲《かうゐ》に對《たい》しては、私《わたし》は非常《ひじやう》な感激《かんげき》を覺《おぼ》えた。

英國皇帝兩陛下に拜謁

＝上席を占む＝優渥なる御言葉＝

西暦《せいれき》一千九百十七年《ねん》七月《ぐわつ》三十日《にち》。この日《ひ》は病院《びやうゐん》は朝《あさ》から大《たい》さう忙《せは》しさうに、醫員達《いゐんたち》や看護婦達《かんごふたち》が立《た》ち働《はたら》いてゐる。私《わたし》がベントレー孃《ぢやう》に、何《なに》かあるのかと訊《たづ》ねたら、明日《みやうにち》は英國皇帝陛下《えいこくくわうていへいか》、皇后《くわうごう》陛下《へいか》メリー内親王殿下《ないしんわうでんか》が、此《こ》の病院《びやうゐん》へ御巡幸遊《ごじゆんかうあそ》ばさるゝとのことであつた。

軈《やが》て病院長《びやうゐんちやう》は、私達《わたしたち》の病室《びやうしつ》に入《はい》つて來《き》て、私達《わたしたち》に向《む》ひ、

「今度《こんど》、英國皇帝陛下《えいこくくわうていへいか》には、この病院《びやうゐん》へ御巡幸遊《ごじゆんかうあそ》ばされ、戰傷者《せんしやうしや》に對《たい》して親《した》しく御慰問遊《ごゐもんあそ》ばさ

るゝことゝなつた。明日《みやうにち》は殊《こと》にこの三十七號室《がうしつ》及《およ》び三十八號室《がうしつ》の重傷患者《ぢうしやうくわんじや》には、特《とく》に親《した》しく御《ご》慰問遊《ゐもんあそ》ばさるゝ筈《はず》である。中《なか》でも日本人諸岡君《につぽんじんもろをかくん》に對《たい》しては、特別《とくべつ》なる御言葉《おことば》があると思《おも》ふ故《ゆゑ》、其《そ》の積《つも》りにて、成《な》るべく不敬《ふけい》のないやうに注意《ちうい》せられんことを切望《せつばう》する。』と云《い》ひ渡《わた》された。さあ斯《こ》うなると、私《わたし》の專任看護婦《せんにんかんごふ》のベントレー嬢《ぢやう》と、看護婦長《かんごふちやう》とは大騷《おほさわ》ぎだ。私《わたし》の汚《よご》れたシヤツを、新《あた》らしいシヤツと着更《きか》へさせるやら、靴下《くつした》を更《か》へるやら、靑《あを》い病院服《びやうゐんふく》も、赤《あか》いネクタイも、新《あた》らしいのと取更《とりか》へるやら、種々《いろ〳〵》親切《しんせつ》に面倒《めんだう》を見《み》て呉《く》れた。

明《あ》けて、三十一日《にち》となつた。午前《ごぜん》十時頃《じころ》、英國皇帝陛下《えいこくくわうていへいか》の御召列車《おめしれつしや》は、ネツトレー驛《えき》に到着《たうちやく》した。

この日《ひ》、大英國皇帝大元帥《だいえいこくくわうていだいげんすゐ》ジヨージ五世陛下《せいへいか》は、皇后陛下《くわうごうへいか》並《ならび》にメリー内親王殿下《ないしんのうでんか》を御同伴《ごどうはん》で、最初《さいしよ》にローヤル、ヴヰクトリヤ陸軍病院《りくぐんびやうゐん》を御慰問遊《ごゐもんあそ》ばされた。

其《そ》の間《ま》に私《わたし》はベントレー嬢《ぢやう》とキヤナン嬢《ぢやう》とに依《よ》つて、恰《ちやう》ど一人《り》息子《むすこ》が旅《たび》にでも出《で》るやうな調子《てうし》に、種々《いろ〳〵》と世話《せわ》されて、漸《やうや》く身仕度《みじたく》が出來《でき》た。そして私達《わたしたち》は病室《びやうしつ》を出《で》て、外《そと》に整列《せいれつ》してお待《ま》ちすることゝなつた。

私《わたし》は病院《びやうゐん》の廣場《ひろば》に整列《せいれつ》してゐる加奈陀《カナダ》兵《へい》の最上席《さいじやうせき》に置《お》かれた。病院長《びやうゐんちやう》であつて、男爵《だんしやく》なる軍醫《ぐんい》

正《せい》は、私《わたし》の位置《ゐち》を見《み》て、之《こ》れでも滿足《まんぞく》せず、

『此方《こつち》へ來給《きたま》へ！』

と私《わたし》を招《まね》き、將校室《しやうかうしつ》の隅《すみ》の處《ところ》に、一人《ひとり》離《はな》れて立《た》たせられた。此處《ここ》は一番《ばん》奉迎《ほうげい》には好都合《かうつがふ》の場所《ばしよ》であつた。そして病院長《びやうゐんちやう》は再《ふた》び、本院《ほんゐん》の方《はう》に行《い》つて了《しま》つた。病院《びやうゐん》の幹部達《かんぶたち》は、正門《せいもん》の前《まへ》に打揃《うちそろ》ふて、奉迎《ほうげい》することゝなつた。

軈《やが》て陛下《へいか》の御《ご》一行《かう》は、院長《ゐんちやう》の御《ご》先導《せんだう》にて、將校達《しやうかうたち》の前《まへ》にいらせられた。陛下《へいか》は將校達《しやうかうたち》に向《むか》はせられ、

『傷《きず》は如何《どう》うか？』

と、只《たゞ》一言《ごん》仰《おほ》せられたのみで、一人《ひとり》〳〵握手《あくしゆ》を賜《たま》はるのであつた。それが終《をは》り、陛下《へいか》は玉歩《ぎよくほ》を私《わたし》の前《まへ》に運《はこ》ばせ給《たま》ふや、院長《ゐんちやう》は、

『日本人《につぽんじん》義勇兵《ぎゆうへい》、諸岡幸麿《もろをかさちまろ》』

と奏上《まうしあ》げた。スルト皇帝陛下《くわうていへいか》には、

『ナニ、日本人《につぽんじん》？』

と仰《おほ》せらるゝや、ツカ〳〵と私《わたし》の前《まへ》、一歩《ほ》の處《ところ》まで御近《おんちか》づかせられ、

『汝《なんぢ》は日本人《につぽんじん》なるか？　英語《えいご》は話《はな》せるか？』

『はい。日本人《につぽんじん》であります。英語《えいご》は少々《せう〳〵》話《はな》すことが出來《でき》ます。』

『負傷《ふしやう》の經過《けいくわ》はどうか？』

『經過《けいくわ》は大《たい》そう良《よ》ろしうございます。』

『負傷《ふしやう》の個所《かしよ》は？』

『大腿骨《だいたいこつ》を擊《う》たれたのであります。』

『少《すこ》しは良《よ》いか？』

『今《いま》は松葉杖《まつばづゑ》で歩《ある》けるやうになりました。』

『何年間從軍《なんねんかんじうぐん》せしか？』

『約《やく》三年間《ねんかん》であります。』

との御下問《ごかもん》があつた。私《わたし》は一々直接《ちよくせつ》に英語《えいご》で御答《おこた》へ申上《まうしあ》げた。陛下《へいか》は最後《さいご》に、

『朕《ちん》は、日本人義《につぽんじんぎ》勇兵諸君《ゆうへいしよくん》が、加奈陀《カナダ》兵員《へいゐん》と共《とも》に、佛國戰線《ふつこくせんせん》に立《た》ち、善戰奮鬪《ぜんせんふんとう》しつゝあること

を聞《き》き、欣《よろこ》びに堪《た》えない。汝《なんぢ》は戰友《せんいう》なる、日本人兵員《につぽんじんへいゐん》に之《これ》を傳《つた》へよ。』

と、畏《かしこ》くも尊《たふと》き御《お》言葉《ことば》を賜《たま》はつた。私《わたし》は恐懼《きようく》措《お》く所《ところ》を知《し》らず、

『誓《ちか》つて、御《お》言葉《ことば》を戰友達《せんいうたち》にお傳《つた》へ申《まを》ます。不肖《ふせう》、日本義勇兵《につぽんぎゆうへい》一同《どう》を代表《だいへう》し、聖旨《せいし》に厚《あつ》く御禮《おんれい》を申上《まをしあ》げます。』

と、御奉答《ごほうたふ》申上《まをしあ》げた。

英國《えいこく》の將校《しやうかう》と雖《いへど》も、斯《か》くの如《ごと》き長《なが》い間《あひだ》の會話《くわいわ》は許《ゆる》し給《たま》はぬのに、東洋《とうやう》の一義勇兵《ぎゆうへい》に對《たい》して、かゝる優渥《いうあく》なる御諚《ごぢやう》を賜《たま》はつた上《うへ》に、皇后陛下《くわうごうへいか》には、私《わたし》の敬禮《けいれい》をも待《ま》たせ給《たま》はず、一歩《ぽ》近《ちか》かづかせ給《たま》ひ、玉顔《ぎよくがん》に笑《ゑ》みを含《ふく》ませられ、厚《あつ》き御會釋《ごゑしやく》を賜《たま》はつた。私《わたし》は皇后陛下《くわうごうへいか》の御禮意《おんれいい》を享《う》けて、急《いそ》ぎ御答禮《ごたふれい》申上《まをしあ》げた程《ほど》であつた。

私《わたし》は今此《いまこ》の紙上《しじやう》に於《おい》て、この光榮《くわうえい》ある大英國皇帝陛下《だいえいこくくわうていへいか》の御慰問《ごゐもん》と、優渥《いうあく》なる御《お》言葉《ことば》とを、わが勇敢《ゆうかん》なる戰友諸君《せんいうしよくん》及《およ》び其《そ》の御遺族《ごゐぞく》の方々《かたがた》に頒《わか》たんと欲《ほつ》するものである。

思《おも》ふに、是《こ》れ皆大日本國皇帝陛下《みなだいにつぽんこくくわうていへいか》の御稜威《みいづ》の致《いた》すところと、感激措《かんげきお》く能《あた》はざるものである。

病室《びやうしつ》に歸《かへ》ると、一同《どう》は私《わたし》のことを待《ま》ち受《う》けてゐた。そして今日《こんにち》陛下《へいか》に拜謁《はいえつ》した模様《もやう》を訊《たづ》ねた。そこで私《わたし》は細《くは》しく話《はな》して聞《き》かせると、恰度食後《ちやうどしよくご》の「お茶の時《テー・タイム》」で、皆《み》んなが集《あつ》まつてお茶《ちや》を飲《の》むでゐたので、

『フレー、フレー、諸岡《もろをか》！』

と叫《さけ》び、大《おほい》に祝《いは》つて呉《く》れた。

特《とく》にキヤナン孃《ぢやう》は、あたかも自分《じぶん》の子供《こども》が光榮《くわうえい》に浴《よく》したかのやうに、非常《ひじやう》に喜《よろこ》んで呉《く》れた。

私《わたし》はあまりの興奮《こうふん》に、紅茶《こうちや》も咽喉《のど》に通《とほ》らなかつた。

日本精神の發露

龍岡文雄義勇兵の死

私達《わたしたち》二百の日本人義勇兵《につぽんじんぎゆうへい》の中《なか》には、日露《にちろ》の戰《たゝか》ひに參加《さんか》した勇士《ゆうし》が、陸海軍《りくかいぐん》を通《つう》じ數名《すうめい》あつた。

或者《あるもの》は功《こう》七級金鵄《きふきんし》勳章《くんしやう》を、或者《あるもの》は八等旭日章《とうきよくじつしやう》を胸間《きやうかん》に輝《かゞや》かし、異章《ミニエチユアー》は、彼等《かれら》の堂々《だう〱》たる戰功《せんこう》を物語《ものがた》つてゐた。

日露《にちろ》の戰《たゝか》ひ起《おこ》るや、彼等《かれら》は祖國《そこく》の陸海軍《りくかいぐん》に召《め》され、黒雲暗《こくうんくら》き鷄林《けいりん》の北《きた》、滿洲《まんしう》に南下《なんか》し來《きた》る、露《ろ》軍《ぐん》の物凄《ものすご》き喊聲《かんせい》を、零下《れいか》三十度《ど》の北滿《ほくまん》の曠野《かうや》に迎擊《げいげき》し、奉天戰《ほうてんせん》を最後《さいご》に、荒鷲《あらわし》の猛襲《まうしふ》を一氣《き》に蹴《け》飛《と》ばして、神國陸軍《しんこくりくぐん》の氣《き》を吐《は》いたのだ。

海《うみ》には『皇國《くわうこく》の興廢此《こうはいこの》一戰《せん》に在《あ》り……』の東郷提督《とうがうていとく》の神謀《しんぼう》に、又各員《またかくゐん》の奮鬪《ふんとう》に依《よ》つて、哀《あは》れ露《ろ》國艦隊《こくかんたい》は『ネルソン將軍對無敵艦隊《しやうぐんたいアルマダ》』の慘敗《さんぱい》より以上《いじやう》の大敗《たいはい》を喫《きつ》し、天晴《あつぱ》れ日東帝國男子《につとうていこくだんし》の眞價《しんか》を、全世界《ぜんせかい》に發揚《はつやう》したる、日本海々戰《につぽんかい〱せん》に從事《じうじ》したる猛者《もさ》連《れん》、所謂《いはゆる》『Done《ダーン》 a《ネ》 Bit《ビツト》』(我等《われら》も一部《ぶ》を)を誇《ほこ》る彼等《かれら》だ。

我々《われ〱》俄造《にはかづく》りの軍人《ぐんじん》と異《ちが》つて、戰場《せんぢやう》に在《あ》つての駈引《かけひき》は流石《さすが》に一際《きは》目《め》立《だ》つてゐた。英國人《えいこくじん》の多《おほ》くも俄造《にはかづく》りの軍人《ぐんじん》だ、我々《われ〱》と同《おな》じで、一例《れい》を擧《あ》げると、我々義勇兵《われ〱ぎゆうへい》の新參者《しんざんもの》が、始《はじ》めて戰線《せんせん》に立《た》つたとき、機關銃《きくわんじう》のカタ〱と云《い》ふ音《おと》を聞《き》いて、

『アレは一體何《たいなん》の信號《しんがう》だい？』

と、すまし込《こ》んで訊《たづ》ねたものだ。そして英軍《えいぐん》の下士官《かしくわん》に笑《わら》はれた程《ほど》ノホホンであつたのだ。

或時《あるとき》、塹壕守備交代《ざんがうしゆびかうだい》の時《とき》であつた。薄暮迫《はくぼせま》る頃我等《ころわれら》は第《だい》一線指《せんさ》して急《いそ》ぎつゝあつた。すると空《そら》には二臺《だい》の飛行機《ひかうき》が飛《と》んで來《き》た。そして間《ま》もなく我等《われら》の頭上《づじやう》に來《く》ると、赤《あか》い灯《ひ》と青《あを》い灯《ひ》とが、パツ／＼と輝《かゞや》いた。薄暗《うすくら》いので敵機《てきき》か、又《また》は味方《みかた》の飛行機《ひかうき》か判《わか》らなかつた。私達《わたしたち》は味方《みかた》の飛行機《ひかうき》が戰線《せんせん》より歸《かへ》つて來《き》たのだらう位《くらゐ》に思《おも》つて、

「ありや何《な》んかの信號《しんがう》か？」

『赤《あか》いのは、ポート、ワインさ！』

『それぢや青《あを》いのは、ペツパーミントの信號《しんがう》だらう。』

などと話《はな》し合《あ》つてゐる間《あひだ》に、バーン、バーンと敵《てき》の野砲《やはう》から打出《うちだ》した命中彈《めいちうだん》が、三分間《ぷんかん》と經《た》たないうちに、私達《わたしたち》の頭上《づじやう》に爆裂《ばくれつ》したのであつた。

私達《わたしたち》を初《はじ》め多《おほ》くの英軍《えいぐん》の兵士達《へいしたち》は、斯《こ》んなプーアな智識《ちしき》しか持合《もちあ》はさなかつたのだ。然《しか》るに日《にち》露戰爭《ろせんさう》に參加《さんか》したる吾《わ》が戰友達《せんいうたち》は、そんな呑氣坊《のんきばう》は一人《ひとり》もゐなかつた。斥候《せきこう》に出《で》ても、皆《み》な正確《せいかく》なる報告《はうこく》を爲《な》し、事《こと》に臨《のぞ》んで沈着《ちんちやく》に、默々《もく／＼》として自己《じこ》の持場《もちば》を守《まも》り、一度時機《どじき》を得《う》れば、忽《たちま》ち猛《まう》

然《ぜん》として突込《つきこ》んで行《ゆ》く。而《しか》も其《そ》の時機《じき》を誤《あやま》るやうなことは無《な》かつた。

即《すなは》ち彼等《かれら》は、我《わ》が皇軍《くわうぐん》魂《だましひ》に鍛練《たんれん》され、日本精神《につぽんせいしん》を保持《ほぢ》する爲《た》めであると信《しん》ずる。ただ我等《われら》は日章旗《につしやうき》に對《たい》する渾身的愛敬心《こんしんてきあいけいしん》(right words ?)から發露《はつろ》する信念《しんねん》に依《よ》ることと思《おも》ふ。

龍岡文雄《たつをかふみを》義勇兵《ぎゆうへい》は、其《そ》の中《うち》に在《あ》つても、殊《こと》に光《ひか》つてゐた。といふのは、龍岡君《たつをかくん》は日露戰爭《にちろせんさう》には從軍《じうぐん》しなかつたが、陸軍豫備《りくぐんよび》歩兵少尉《ほへいせうゐ》であつた。彼《か》れは西《にし》九州《しう》に名《な》も高《だか》き薩摩隼人《さつまはやと》である。御國《おくに》風《ふう》に敎育《けういく》せられた文字《もじ》通《どほ》りの不知火《しらぬひ》燃《も》ゆる筑紫《つくし》魂《だましひ》の所有者《しよいうしや》で、九州特有《しうとくいう》の熱血《ねつけつ》を内《うち》に藏《ざう》し、沈《ちん》着《ちやく》にして、喜怒哀樂《きどあいらく》の色《いろ》を示《しめ》さず、常《つね》に微笑《びせう》を以《もつ》て人《ひと》に接《せつ》し、英國軍人《えいこくぐんじん》までが彼《か》れを稀《まれ》に見《み》る紳《しん》士《し》として稱讃《しやうさん》したものであつた。

由來《ゆらい》、英國《えいこく》は紳士國《ゼントルマン》として、全世界《ぜんせかい》に誇《ほこ》つてゐる。彼等《かれら》もさう信《しん》じてゐるのだ、その英兵達《えいへいたち》ですら、彼《か》れ龍岡《たつをか》は、ナイス、ゼントルマンとして、

『タチユオカ！〱』

と云《い》つて慕《した》ひ寄《よ》るのであつた。又上官《またじやうくわん》は

『サージセント、タチユオカ(龍岡《たつをか》)』

といふて、一にも龍岡《たつをか》、二にも龍岡《たつなか》で、龍岡《たつなか》でなければ夜《よ》も日《ひ》も明《あ》けぬといつたやうな有様《ありさま》であつた。

例《たと》へば斥候《せきこう》などに出《だ》すときは、彼《か》れ龍岡君《たつをかくん》を出《だ》せば間違《まちが》ひはなかつた。一々《く》正鵠《せいこう》を穿《うが》つた観察《くわんさつ》を以《もつ》て、其《そ》の報告《はうこく》は英軍《えいぐん》の士官《しくわん》をして舌《した》を捲《ま》かしめたものだ。戦《たゝか》ひに臨《のぞ》んでは、沈着《ちんちやく》にして、機《き》敏《びん》である。白兵戦《はくへいせん》などに於《お》ける勇猛《ゆうまう》なる戦闘振《せんとうぶ》りに至《いた》つては、内外兵《ないぐわいへい》の驚嘆《きやうたん》措《お》く能《あた》はざるところであつた。

そして人間《にんげん》としての龍岡《たつをか》は、凡《すべ》ての兵《へい》に親切《しんせつ》であつた。しかし情熱《じやうねつ》の士《し》で、全諾《ぜんだく》を重《おも》んずることに於《おい》て第《だい》一人者《にんしや》だ。酒《さけ》にいいいおぼれず、女色《ぢよしよく》を漁《あさ》らず、溫容《をんよう》を以《もつ》て人《ひと》に接《せつ》するとき、男《をとこ》も、女《をんな》も、之《これ》を魅了《みれう》せずにはおかなかつた。されば斥候班長《せきこうはんちやう》も、下着《したぎ》交換係長《かうくわんかゝりちやう》も、

『タチユオカ!』

『タチユオカ!』

と慕《した》ひ寄《よ》り、殊《こと》に先任大隊長《せんにんだいたいちやう》モート少佐《せうさ》の惚《ほ》れ込《こ》み方《かた》は一通《とほ》りではなかつた。聯隊長《れんたいちやう》メリツト大《たい》佐《さ》も

『我等《われら》の龍岡《たつをか》！』

として信頼《しんらい》すること一方《かた》でなかつた。

或時《あるとき》、メリット聯隊長《れんたいちやう》は、龍岡義勇兵《たつをかぎゆうへい》に向《むか》つて、

『龍岡君《たつをかくん》！　君《きみ》は實《じつ》に軍人《ぐんじん》として、申分《まをしぶん》ない働《はたら》きを爲《な》しつつあることを感謝《かんしや》する。私《わたし》は君《きみ》を一兵卒《へいそつ》として置《お》くことは惜《を》しい。故《ゆゑ》に一年間《ねんかん》の休暇《きうか》を與《あた》ふるから、英本國《えいほんごく》に行《ゆ》き、英國士官學校《えいこくしくわんがくかう》に入學《にふがく》して、英國式《えいこくしき》の軍隊敎育《ぐんたいけういく》を受《う》けて來《こ》ないか！　そして歸隊《きたい》したならば將校《しやうかう》として、大《おほい》に働《はたら》いて貰《もら》ひ度《た》いと思《おも》ふが、何《ど》うか？』

といつて、實《じつ》に空前《くうぜん》にして絶後《ぜつご》とも云《い》ふべき名譽《めいよ》ある相談《さうだん》を受《う》けたものだ。すると龍岡君《たつをかくん》は、沈《ちん》思《し》すること多時《たじ》、靜《しづ》かに口《くち》を開《ひら》いて、

『聯隊長殿《れんたいちやうどの》！　御厚意《ごこうい》は深《ふか》く感謝《かんしや》いたします。然《しか》し私《わたし》は、私達《わたしたち》二百名《めい》の義勇兵仲間《ぎゆうへいなかま》を捨《す》て、自《じ》分一人《ぶんひとり》が將校《しやうかう》となつて、戰友達《せんいうたち》から敬禮《けいれい》を受《う》くるに忍《しの》びません。又私《またわたし》は豫備《よび》と雖《いへど》も祖國日本《そこくにつぽん》の陸軍將校《りくぐんしやうかう》の一人《ひとり》であります。今回《こんくわい》、世界《せかい》の平和《へいわ》と、正義《せいぎ》と、人道《じんだう》の爲《た》めに、身《み》を挺《てい》して英軍《えいぐん》に參加《さんか》しましたが、祖國日本《そこくにつぽん》の大命《たいめい》に依《よ》らず、戰時拔擢《せんじばつてき》とは云《い》へ、英國陸軍《えいこくりくぐん》の一將校《しやうかう》となるのは

憚《はゞか》りがあります。聯隊長《れんたいちやう》の御好意《ごかうい》は有難《ありがた》うございますが、この御命令《ごめいれい》は御返却申上《ごへんきやくまをしあ》げます。』

と答《こた》へた。之《これ》を聞《き》いたメリット大佐《たいさ》は、兩眼《りやうがん》に涙《なみだ》を浮《うか》べて、

『流石《さすが》に日本《につぽん》の軍人《ぐんじん》は偉大《ゐだい》なる信念《しんねん》の持主《もちぬし》であることを、私《わたし》は今《いま》強《つよ》く感《かん》じさせられた。所謂《いはゆる》、日本精神《につぽんせいしん》なるものを、おぼろげながら、つかみ得《え》たやうに思《おも》ふ。君《きみ》がさう云《い》ふ決心《けつしん》ならば、強《し》いてとは云《い》はぬ。さらば曹長《さうちやう》としてならよいであらう。何《ど》うかね？』

『それならば、私《わたし》も致方《いたしかた》ありません。お言葉《ことば》に從《したが》ひまして、曹長《さうちやう》として働《はたら》きませう。』

と答《こた》へた。今後《こんご》は小隊長代理《せうたいちやうだいり》勤務《きんむ》として軍《ぐん》に從《したが》ふこととなつた。

而《しか》して直《す》ぐに第一線《だいいつせん》に向《むか》つた。彼《か》れ龍岡君《たつをかくん》は勇躍《ゆうやく》して戰線《せんせん》に向《むか》つた折《をり》、不運《ふうん》なるかな、

『パーン！』

と一發《いつぱつ》、彼《か》れの尺前《じやくぜん》に着發彈《ちやくはつだん》が爆發《ばくはつ》し、彼《か》れは双脚《さうきやく》を奪《うば》はれ、名譽《めいよ》の戰死《せんし》を遂《と》げて了《しま》つた。モート少佐《せうさ》の後《あと》を追《お》つて、彼《か》れの英靈《えいれい》は、佛國《ふつこく》の戰場《せんぢやう》に花《はな》と散《ち》つたのである。

メリット大佐《たいさ》の落膽《らくたん》は、人《ひと》の見《み》る眼《め》も氣《き》の毒《どく》な程《ほど》であつた。更《さら》に我々《われ／＼》の悄氣方《しよげかた》は一通《とほ》りではなかつた。

戰士《せんし》として、戰《たゝか》ひ直後《ちよくご》の第一《だいい》感想《かんさう》は、何《な》んと云《い》つても、戰友《せんいう》の戰死《せんし》したことだ。生《い》き殘《のこ》つた兵《へい》士達《したち》は、集《あつ》まりさへすれば、

『死《し》んだ奴等《やつら》はなア！』

と無限《むげん》の感慨《かんがい》に打《う》たれ、在《あ》りし日《ひ》の事《こと》どもを語《かた》り合《あ》ふのが口癖《くちぐせ》のやうになつてゐた。而《しか》も彼《か》れ龍《たつ》岡《をか》の戰死《せんし》のみは、之《これ》を惜《を》しむうちにも、我等《われら》の心中《しんちう》には、何《な》んとなく、

『男《をとこ》の中《なか》の男《をとこ》一匹《ぴき》！ 天晴《あつぱ》れなる龍岡君《たつをかくん》の戰死《せんし》。自慢《じまん》ぢやないが、日東帝國《につとうていこく》の將校《しやうかう》だ！ どんなもんだい！』

と白兵達《はくへいたち》に向《むか》つて、自慢《じまん》の啖呵《たんか》を切《き》り度《た》くなるのだつた。

噫《あゝ》！ 彼《か》れ龍岡君《たつをかくん》の態度《たいど》こそ、實《じつ》に日本精神《につぽんせいしん》を遺憾《ゐかん》なく發揮《はつき》したものと云《い》へやう。

◎病院夜話

ネツトレー病院生活

＝コンサート、ルーム＝放屁合戰と枕合戰＝スキート、ミート＝日本遺英救護班のローマンス＝ソ

病院《びやうゐん》には、コンサート、ルーム(音樂室《おんがくしつ》)、娛樂室《ごらくしつ》、演藝室《えんげいしつ》などがある。コンサート、ルームには、一週間《しうかん》に二度《ど》、ロンドンあたりの名優《めいいう》や、有名《いうめい》な手品師《てじなし》、又《また》は知名《ちめい》の音樂家《おんがくか》を招《まね》いで、それ／＼負傷兵《ふしやうへい》の爲《た》めに演藝會《えんげいくわい》や、音樂會《おんがくくわい》を開催《かいさい》する。私《わたし》が松葉杖《まつはづゑ》に縋《すが》つて最初《さいしよ》に外出《ぐわいしゆつ》を許《ゆる》された時《とき》、キヤナン孃《ぢやう》は、

『今度《こんど》のお芝居《しばゐ》は、素敵《すてき》に面白《おもしろ》いのよ。行《い》つて見《み》ませうよ。』

と私《わたし》を誘《さそ》ふて呉《く》れた。私《わたし》はキヤナン孃《ぢやう》に援《たす》けられつゝ、ルームに入《はい》つて見《み》ると、舞臺《ぶたい》の前面《ぜんめん》は、各國《かくこく》の小《ちひ》さい國旗《こくき》で飾《かざ》られ、中央《ちうあう》には大英國《たいえいこく》の國旗《こくき》と、我大日本帝國海軍旗《わがだいにつぽんていこくかいぐんき》の大旗《おほはた》とが交叉《かうさ》してゐる。之《これ》を見《み》たとき、私《わたし》は涙《なみだ》が出《で》る程《ほど》嬉《うれ》しく感《かん》じた。

私《わたし》が松葉杖《まつはづゑ》をついて入《はい》つて行《ゆ》くと、日本人《につぽんじん》の負傷兵《ふしやうへい》は私《わたし》一人だけなので、英兵達《えいへいたち》は珍《めづ》らしさうに、私《わたし》の周圍《しうゐ》に集《あつ》まつて來《き》て、

『ハロー、ハロー。アノ海軍旗《かいぐんき》は綺麗《きれい》ではないか！』

「如何《いか》がですか？　もう痛《いた》みませんか」

『何處《どこ》で負傷《ふしやう》されました？』

など〻話《はな》しかけ、大《おほ》いに歡迎《くわんげい》してくれた。

或日《あるひ》、負傷兵達《ふしやうへいたち》と看護婦達《かんごふたち》とよりなる、聯合《れんがふ》コンサート（音樂會《おんがくくわい》）が催《もよほ》されることゝなつた。そして私《わたし》にも何《なに》か歌《うた》つてくれと云《い》ふのだ。日本《にっぽん》の歌《うた》でもよいから、何《なに》か一つ是非《ぜひ》歌《うた》つてくれといふのだ。然《しか》し私《わたし》は性來《せいらい》の歩骨者《ぶこつもの》、一向《かう》に其方面《そのはうめん》のことには不得手《ふえて》なので、此《こ》の儀《ぎ》ばかりは、願《ねが》ひ下《さ》げにした。

病院《びやうゐん》では朝《あさ》六時《じ》半《はん》に起床喇叭《きしやうラッパ》が鳴《な》る。輕傷患者《けいしやうくわんじや》は一人《り》で顔《かほ》を洗《あら》ふが、重傷患者《ちうしやうくわんじや》は、看護婦《かんごふ》に洗《あら》つて貰《もら》ふのだ。七時《じ》半《はん》に朝食《てうしよく》が運《はこ》ばれる。そして其《そ》の時《とき》晝間《ちうかん》の勤務看護婦《きんむかんごふ》と、夜間勤務看護婦《やかんきんむかんごふ》とが、更代《かうたい》するのである。

輕傷者《けいしやうしや》は、海岸《かいがん》を散歩《さんぽ》したり、他《た》の病室《びやうしつ》に戰友《せんいう》を訪《たづ》ねて、互《たがひ》に慰《なぐさ》め合《あ》つたりしてゐるが、重傷《ちうしやう》者《しや》は、床《ベット》に横《よこ》たはつたきりで、讀書《どくしよ》したり、倦《あ》きると、歌《うた》など歌《うた》つたりするのみだ。無聊《ぶれう》な日《ひ》が續《つゞ》いた。

夜《よる》も七時《じ》となると、室《へや》の窓毎《まどごと》に、ブラインド（鎧戸《よろひど》）を閉《と》ぢて、燈火《とうくわ》の外射《ぐわいしや》を防《ふせ》いでゐる。之《これ》は飛行船《ひかうせん》の襲撃《しふげき》に備《そな》へる爲《た》めだ。夜《よる》は九時《じ》となると一齊《せい》に消燈《せうとう》して了《しま》ふ。そして消燈後《せうとうご》の喫煙《きつえん》は嚴禁《げんきん》されてゐる。

消燈《せうとう》すると、室内《しつない》は俄《にはか》に活氣《くわつき》を呈《てい》して來《く》る。煙草《たばこ》の火《ひ》は、アチラ、コチラにチラ、チラと螢火のやうに、ピカリ、ピカリと光《ひか》つてゐる。

夜《よる》は一室《しつ》に、看護婦《かんごふ》が一人《り》宛《づゝ》となるので、なか／＼命令《めいれい》が行《おこな》はれない。晝間《ちうかん》は軍醫《ぐんい》の回診《くわいしん》や、繃帶《ほうたい》の卷代《まきか》へなどがあり、殊《こと》に主任看護婦《しゆにんかんごふ》は、大尉《たいゐ》相當官《さうたうくわん》であるから、一同《どう》は靜肅《せいしゆく》にしてゐる。然《しか》し、一と度《たび》夜《よる》の幕《まく》が下《お》りると、負傷兵達《ふしやうへいたち》の樂天地《らくてんち》だ。

私達《わたしたち》の病室《びやうしつ》は、一室《しつ》に重傷者《ちうしやうしや》のみが三十人《にん》ばかりゐた。夜勤《やきん》の看護婦《かんごふ》が、晝勤《ちうきん》の看護婦《かんごふ》と、隣室《りんしつ》で事務《じむ》の引繼《ひきつ》ぎをやつてゐる間《ま》に、鬼《おに》のゐない間《あひだ》の洗濯《せんたく》とばかりに、煙草《たばこ》を喫《ふ》かす者《もの》や、唄《うた》を歌《うた》ふ者《もの》などあつて、一時《じ》に活氣《くわつき》づいてくる。

一人《り》が歌《うた》ひ出《だ》すと、他《た》の一人《り》が之《これ》に和《わ》す。すぐに四部合唱《コーテット》となり、二部合唱《デュエット》となる。そして彼等《かれら》は非常《ひじやう》に美《うつく》しい聲《こゑ》で歌《うた》ふのだ。或夜《あるよ》一人《り》が歌《うた》ひ出《で》したのは、私《わたし》も知《し》つてゐる、オールド、ラブ、ソングで、すぐに男性四部合唱《メール・コワイヤー》となる。

Her brow is like the snow-drift,
Her throst is like the swan,

『Annie Laurie』の一節《せつ》だ。私《わたし》も思《おも》はず釣《つ》り込《こ》まれて歌《うた》ひ出《だ》した。どうせ暗《くら》くて顔《かほ》も何《なに》も判《わか》らないのだから、

Her face it is the fairest,
That e'er the Sun shone on,
That e'er the sun shone on,
And dark blue is her e'e,
And for bonnie Annie Laurie,
I'd lay me doon and dee,

心地《こゝち》よいハーモニーに心酔《しんすゐ》させられてゐると、突然暗中《とつぜんあんちう》にプーと一發《はつ》放《はう》す奴《やつ》がある。スルト彼《あ》方《ちら》でも、此方《こちら》でも、プー、プーとやり出《だ》す。美《うつく》しかりし小夜《さよ》の曲《きよく》も、忽《たちま》ち放屁合戰《はうひかつせん》の爲《た》めに、目

茶苦茶《ちやくちや》となる。

すると今度《こんど》は枕《まくら》を投《な》げ付《つ》ける奴《やつ》がある。暗中《あんちう》に目標《もくへう》なく投《な》げるのだから、何處《どこ》に飛《と》ぶか判《わか》らない。又《また》一人《り》が投《な》げる、投《な》げる、投《な》げる、遂《つひ》に枕合戰《まくらがつせん》となる。

枕《まくら》といふても、日本《につぽん》の枕《まくら》のやうに重《おも》い枕《まくら》でないから、負傷《ふしやう》するやうなことはない。騷《さわ》ぎがあまり烈《はげ》しくなるので、看護婦《かんごふ》は事務引繼《じむひきつ》ぎの手《て》を止《や》めて、懷中電燈《くわいちうでんとう》を照《てら》して、室内《しつない》に入《はい》つて來《く》る。と、煙草《たばこ》の煙《けむり》は濛々《もうもう》として渦卷《うづま》いてゐる。枕《まくら》は床《ゆか》の上《うへ》まで散亂《さんらん》してゐるといふ有様《ありさま》だ懷中電燈《くわいちうでんとう》がピカリと光《ひか》ると、一同《どう》は直《す》ぐに靜《しづ》かになり、毛布《もうふ》を引被《ひつかぶ》つて寢《ね》たふりをしてゐる。日本《につぽん》の病院《びやうゐん》などでは看護婦《かんごふ》が懷中電燈《くわいちうでんとう》をピカリと光《ひか》らせて來《き》ても、頭《あたま》から馬鹿《ばか》にしてゐるであらうが、流石《さすが》に英國《えいこく》は紳士《しんし》の國《くに》だなアと思《おも》つた。

かう云《い》ふやうな騷《さわ》ぎが、毎晩《まいばん》のやうに續《つゞ》くので、遂《つひ》には夜《よる》になると枕《まくら》の下《した》からマッチを取《と》り上《あ》げて、煙草《たばこ》を喫《の》ませないやうにして了《しま》つた。朝《あさ》になつて、マッチを配《くば》られる者《もの》は、注意人物《ちういじんぶつ》なのだ。

又《また》、かういふ滑稽《こつけい》なことがあつた。或《あ》る日《ひ》私《わたし》のところに、日本郵船會社《につぽんいうせんくわいしや》から、小荷物《こにもつ》の送狀《おくりじやう》が届《とゞ》けられた。發送者《はつそうしや》は、東京《とうきやう》の副島伯爵家《そへじまはくしやくけ》よりとしてあつた。その送狀《おくりじやう》にはスヰート、ミートとしてある。私《わたし》はスヰート、ミートなるものは、どんな物《もの》か知《し》らない。隣《となり》に寢《ね》てゐる、英本國《えいほんごく》の負《ふ》傷兵《しやうへい》に、

「スヰート、ミートとは、どんな物《もの》か、御存《ごぞん》じですか？」

「さあ、どんなものですかネ。」

といふて考《かんが》へてゐる。スルト其《そ》の向《むか》ふ側《がは》に寢《ね》てゐるオーストレリア兵《へい》は、口《くち》を出《だ》した。

「それは牛肉《ぎうにく》の砂糖漬《さたうづけ》で、非常《ひじやう》に美味《びみ》なものだよ。」

と說明《せつめい》して吳《く》れた。私《わたし》は思《おも》ふに牛肉《ぎうにく》の砂糖漬《さたうづけ》などでは、病院《びやうゐん》で喰《く》ふわけにもゆかないので、キヤナン孃《ぢやう》に若《も》し小包《こづゝみ》が届《とゞ》いたら、孤兒院《こじゐん》にでも寄附《きふ》して吳《く》れるやうに依賴《いらい》して置《お》いた。

數日後《すうじつご》に、ブリキで包《つゝ》まれた小包《こづゝみ》が私《わたし》の許《もと》へ届《とゞ》けられた。開《あ》けて見《み》ると、中《なか》にはキヤラメルとエヂプト煙草《たばこ》の上等《じやうとう》なのが澤山《たくさん》這入《はい》つてゐた。

私《わたし》はキヤラメルを看護婦達《かんごふたち》に分《わ》けてやり、煙草《たばこ》は負傷兵達《ふしやうへいたち》に分《わ》けてやつたら、一同《どう》は大喜《おほよろこ》びであつた。中《なか》には日本《にほん》の菓子《くわし》は實《じつ》に珍《めづ》らしいと云《い》つて、大切《たいせつ》に藏《しま》つて置《お》き、一日《にち》に一個宛《こづゝ》喰《た》べる者《もの》

もあつた。

その事《こと》あつて以來《いらい》、オーストレリア兵《へい》の綽名《ニックネーム》を「スヰート、ミート」と呼《よ》んだ。

英國《えいこく》の赤十字社《せきじしや》では、本社《ほんしや》より社員《しやゐん》を派《は》して、負傷兵《ふしやうへい》の不自由《ふじいう》のないやうに、種々《いろ〳〵》な品物《しなもの》を送《おく》り届《とゞ》けてくる。そして、

『何《なに》か不自由《ふじいう》なことや、不平《ふへい》はないか？』

と訊《たづ》ねる又加奈陀《またカナダ》赤十字社《せきじしや》からは、毎週本社《まいしうほんしや》より社員《しやゐん》を派遣《はけん》して、ナイフ、楊子《やうじ》、齒磨粉《はみがきこ》、封筒《ふうとう》用箋《ようせん》、鉛筆《えんぴつ》など、日用品《にちようひん》一切《さい》を配附《はいふ》し、常《つね》に不自由《ふじいう》のないやうに注意《ちうい》してゐる。實《じつ》に其《そ》の取扱《とりあつか》ひの親切丁寧《しんせつていねい》なのには、驚《おどろ》かざるを得《え》ない。

看護婦《かんごふ》も皆特志看護婦《みなとくしかんごふ》で、上流社會《じやうりうしやくわい》の婦人達《ふじんたち》と、中流社會《ちうりうしやくわい》の婦人達《ふじんたち》で、大部分《だいぶぶん》を占《し》めてゐる。名流《めいりう》の夫人《ふじん》や、令孃達《れいぢやうたち》が、私達《わたしたち》の大小便《だいせうべん》の世話《せわ》から、便所《べんじよ》の掃除《さうぢ》や、雜巾《ざふきん》がけまでするのだ。殊《こと》に見習中《みならひちう》などは實《じつ》に氣《き》の毒《どく》な程《ほど》、種々《いろ〳〵》の仕事《しごと》をさせられる。

永《なが》き塹壕生活《ざんがうせいくわつ》に、櫛風沐雨《しつぷうもくう》、私達《わたしたち》の身體《からだ》は汚《よご》れ果《は》て、虱《しらみ》は生《わ》き、汚穢《をさい》極《きは》まること夥《おびたゞ》しい。その汚《きたな》い身體《からだ》を彼女達《かのぢよたち》は、玉《たま》の腕《うで》を惜《を》しげもなく現《あら》はして、甲斐《かひ》々〳〵しく之《これ》を洗《あら》ひ落《おと》して呉《く》れる。

尻《じり》の穴《あな》まで洗《あら》つてくれるのだ。

其《そ》れも自國《じこく》の人達《ひとたち》の世話《せわ》ならばまだよいであらうが、其處《そこ》には、日本人《につぽんじん》もゐる。露人《ろじん》もゐる。印度人《いんどじん》もゐる。こんな他國人《たこくじん》の世話《せわ》をするのは、あまりよい氣持《きもち》はせぬであらうが、彼女達《かのぢよたち》は一向平氣《かうへいき》らしく、氣振《けぶ》りにも現《あら》はさない、そして心持《こゝろもち》よく平等《びやうどう》に取扱《とりあつか》つて呉《く》れる。それのみでなく、我々《われ〳〵》日本人《につぽんじん》などは、下《した》へも置《お》かぬやうに優遇《いうぐう》して呉《く》れる。而《しか》も彼女達《かのぢよたち》は無報酬《むはうしう》で、眞《まこと》に獻身的《けんしんてき》の働《はたら》きをしてゐるのだ。

彼女達《かのぢよたち》は高潔《かうけつ》な品性《ひんせい》の持主《もちぬし》だ。その親切《しんせつ》で同情《どうじやう》に富《と》んだ看護振《かんごぶ》りは、眞《まこと》に驚嘆《きやうたん》に價《あたひ》する。病室《びやうしつ》で、下劣《げれつ》な流行唄《りうかううた》などを唄《うた》ふやうな、不心得《ふこゝろえ》の者《もの》は一人《り》もない。流石《さすが》に英國《えいこく》の婦人達《ふじんたち》は異《ちが》つたものだと感心《かんしん》させられた。

然《しか》し彼女達《かのぢよたち》と雖《いへど》も、もと〳〵血《ち》と肉《にく》とから出來《でき》てゐるのだ。美《うつく》しい、優《やさ》しい同情《どうじやう》の心《こゝろ》は、軈《やが》て戀《こひ》となるのは、東西《とうざい》の人情《にんじやう》に變《かは》りはない。そうした美《うつく》しいローマンスも澤山《たくさん》あつた。

玆《こゝ》に哀《あは》れをとどめたのは、大日本帝國赤十字社《だいにつぽんていこくせきじしや》遣英救護班《けんえいきうごはん》の看護婦《かんごふ》と、オーストレリヤ兵《へい》との戀物語《こひものがたり》りだ。

之《これ》は最初《さいしよ》私《わたし》が病院《びやうゐん》に運《はこ》ばれたときに、日本人《につぽんじん》が來《き》たといふので、其《そ》のオーストレリヤ兵《へい》も、私《わたし》の處《ところ》に來《き》て、その看護婦《かんごふ》の手紙《てがみ》を見《み》せそして靜《しづ》かに語《かた》り出《だ》した。

『〇〇看護婦《かんごふ》の親切《しんせつ》さと、同情深《どうじやうぶか》い其《そ》の優《やさ》しい心根《こころね》には、私《わたし》はすつかりチヤームされました。そして彼女《かのぢよ》も私《わたし》を憎《にく》からず思《おも》つてゐたことは、其《そ》の態度《たいど》で解《わか》ります。別《わか》れるときは、私《わたし》は實《じつ》に離別《りべつ》の哀《かな》しみに強《つよ》く〱胸《むね》を打《う》たれました。其《そ》の時《とき》、彼女《かのぢよ》も泣《な》いてゐました。私達《わたしたち》は人種《じんしゆ》と、國《くに》とを異《こと》にしてゐます。又《また》、共々《ともども》に自分達《じぶんたち》の職務《しよくむ》と義務《ぎむ》を考《かんが》へるとき、私達《わたしたち》は手《て》を携《たづさ》へて戀《こひ》の世界《せかい》に走《はし》ることは出來《でき》ませんでした。

今《いま》も彼女《かのぢよ》の姿《すがた》が眼前《がんぜん》に浮《うか》んで來《き》ます。何卒貴方《なにとぞあなた》が日本《につぽん》にお歸《かへ》りになりましたら、此《こ》の切《せつ》なる私《わたし》の胸《むね》の思《おも》ひを、この熱烈《ねつれつ》なる思慕《しぼ》の情《じやう》を、彼女《かのぢよ》にお傳《つた》へ下《くだ》さることを、切《せつ》にお願《ねが》ひいたします。』

と云《い》つて、センチな表情《へうじやう》と共《とも》に、暫《しばら》くは首《くび》をたれて悄然《せうぜん》としてゐた。そして軈《やが》て力無《ちからな》く室《しつ》を出《で》て行《い》つた。

それから時《とき》は流《なが》れて十幾年《いくねん》、燃《も》ゆる思《おも》ひを懷《いだ》きつゝ東西幾千里《とうさいいくせんり》を隔《へだ》てゝ、二人はまた逢《あ》ふ日《ひ》を互《たがひ》に待《ま》ちわびてゐるであらう？

其《そ》の頃《ころ》、獨逸《ドイツ》の飛行船《ひかうせん》や、飛行機《ひかうき》は、英本國《えいほんこく》、殊《こと》にロンドン市街《しがい》を中心《ちうしん》として、月明《げつめい》の夜《よ》には、必《かなら》ず毎晩《まいばん》襲撃《しふげき》して來《き》た。そして飛行船《ひかうせん》から、或《あるひ》は飛行機上《ひかうきじやう》から爆彈《ばくだん》を投下《とうか》して、非戰鬪員《ひせんとうゐん》たる多《おほ》くの住民《ぢうみん》を傷《きず》けたのである。

英國民《えいこくみん》の間《あひだ》には「我《わ》が英國《えいこく》の飛行隊《ひかうたい》は、何故《なにゆゑ》伯林《ベルリン》の上空《じやうくう》に飛翔《ひしやう》して、爆撃《ばくげき》しないのか？」と云《い》ふことが問題《もんだい》となつて、喧《やか》ましく論《ろん》ぜらるゝやうになり、漸《やうや》く英軍《えいぐん》の飛行隊《ひかうたい》に對《たい》する非難《ひなん》の聲《こゑ》が高《たか》くなつて來《き》た。

其《そ》の當時《たうじ》、此處《ここ》の病院長《びやうゐんちやう》は、負傷兵《ふしやうへい》の一人《り》一人《り》に、

『ベルリン市街襲撃《しがいしふげき》の可否如何《かひいかん》。』

と云《い》ふことで、訊《たづ》ねたことがある。其《そ》の時《とき》英本國兵《えいほんこくへい》の全部《ぜんぶ》は、異口同音《いくどうおん》に斯《こ》う答《こた》へるのであつた。

『私達《わたしたち》は、非戰鬪員《ひせんとうゐん》たる、敵國內地《てきこくないち》の、幼《をさな》き者《もの》や、老人《らうじん》や、又《また》はか弱《よわ》き婦人達《ふじんたち》を斃《たふ》す爲《た》めに戰《せん》爭《さう》してゐるのではない。故《ゆゑ》に伯林《ベルリン》の上空《じやうくう》まで飛《と》んで行《い》つて、爆彈《ばくだん》を投下《とうか》する必要《ひつえう》はない。そし

て軍事上《ぐんじじやう》から見《み》ても何等《なんら》の價値《かち》のないことだ。』

といふ紳士的《しんしてき》な態度《たいど》を持《ち》してゐた。

私《わたし》は之《これ》を聞《き》いたとき、英國民《えいこくみん》なるものは、實《じつ》に偉大《ゐだい》なる國民《こくみん》であるなと感心《かんしん》した。

ところが其處《そこ》には三人《にん》の加奈陀《カナダ》兵《へい》がゐた。然《しか》るに三人《にん》とも、

『何故《なにゆゑ》英國《えいこく》の飛行隊《ひかうたい》は、伯林《ベルリン》の上空《じやうくう》に飛行《ひかう》して行《い》つて、爆彈投下《ばくだんとうか》のお禮《れい》を返《かへ》して來《こ》ないのかしら。若《も》し私達《わたしたち》が飛行家《ひかうか》であるならば、直《たゞ》に伯林《ベルリン》の市街《しがい》を襲撃《しふげき》して來《く》るのだが、英國飛行隊《えいこくひかうたい》の意《い》氣地無《くちな》さが癪《しやく》に觸《さは》るのだ。』

と、答《こた》へた。

植民地的《しよくみんちてき》荒《あら》い氣性《きしやう》の持主《もちぬし》たる加奈陀人《カナダじん》と、老大國《らうたいこく》たる英國人《えいこくじん》の紳士的態度《しんしてきたいど》とは、斯《こ》うした場合《ばあひ》にも、よく其《そ》の個性《こせい》が判然《はんぜん》と現《あら》はれて、面白《おもしろ》いことだと思《おも》つた。

此病院《このびやうゐん》には、一人《り》の露西亞《ロシア》兵《へい》の重傷患者《ぢうしやうくわんじや》がゐた。恰度《ちやうど》其頃《そのころ》、露軍《ろぐん》は獨逸《ドイツ》の大軍《たいぐん》に撃破《げきは》されて、深《ふか》く露國《ろこく》の內地《ないち》にまで攻《せ》め入《い》られ、露國《ろこく》は全《まつた》く痲《あさ》の如《ごと》く混亂《こんらん》し、露西亞帝國《ロシアていこく》も遂《つひ》に崩壞《ほうくわい》しつゝあるときであつた。

其《そ》れ故《ゆゑ》英兵《えいへい》達《たち》は、この一人《り》の露西亜兵《ロシアへい》をとらへて、露國民《ろこくみん》の意氣地《いきぢ》なさを、口《くち》を極《きは》めて罵倒《ばたう》したものだ。

『一體《たい》露國《ろこく》がアンな風《ふう》に敗北《はいぼく》さへしなければ、今頃《いまごろ》は獨逸《ドイツ》の奴等《やつら》を叩《たゝ》き潰《つぶ》して了《しま》つてゐたのにお前《まへ》の國《くに》の兵士《へいし》は實際弱虫《じつさいよわむし》だなア。アノ態《ざま》は何《な》んだい。實《じつ》に不都合《ふつがふ》なのは露西亜《ロシア》の國民《こくみん》だよ。』

と盛《さか》んに野次《やじ》るのだ。その露西亜人《ロシアじん》は口惜《くや》しがり、半泣《はんな》きの態《てい》で、之《これ》に抗辯《かうべん》してゐる。決《けつ》して露《ろ》兵《へい》は弱《よわ》いのでない、只運《たゞうん》が惡《わる》いのだといふことを繰《く》り返《かへ》して言《い》つてゐたが、あまり多勢《おほぜい》から野次《やじ》られるので、私《わたし》に向《むか》つて斯《か》う云《い》つた。

『貴方《あなた》は日本人《につぽんじん》であるから、露兵《ろへい》の弱《よわ》くないといふことを御存《ごぞん》じでせう。露西亜《ロシア》は日本《につぽん》には負《ま》けたが、然《しか》し之《これ》は露西亜《ロシア》が弱《よわ》いのではなくて、日本《につぽん》が餘《あま》りに強過《つよす》ぎるのだ。日本《につぽん》には世界中《せかいぢう》の如何《いか》なる國民《こくみん》が向《むか》つても、打破《うちやぶ》ることは出來《でき》まい。英國《えいこく》でも、獨逸《ドイツ》でも、米國《べいこく》でも、アノ場合《ばあひ》露國《ろこく》でなく、他《た》の國《くに》の軍隊《ぐんたい》が日本《につぽん》と戰《たゝか》つたとするならば、やはり同《おな》じ結果《けつくわ》になつたであらう。彼《か》のナポレオンの精兵《せいへい》さへ打破《うちやぶ》つた露軍《ろぐん》だ。露軍《ろぐん》は決《けつ》して弱《よわ》くないのだ。貴方《あなた》は之《これ》を證明《しようめい》して下《くだ》さい。』

と涙《なみだ》を流《なが》して口惜《くや》しがつて賴《たの》むのだ。考《かんが》へると馬鹿《ばか》らしい話《はなし》だが、病院生活《びやうゐんせいくわつ》の退屈《たいくつ》さから持上《もちあが》つた冗談《じやうだん》を、今更《いまさら》大人《おとな》氣《げ》ないが、斯《か》うした渦《うづ》の中《なか》に入《はい》ると、恰度《ちやうど》子供《こども》と同《おな》じだ。私《わたし》はあまり不憫《ふびん》に思《おも》はれたので、この人《ひと》の良《よ》い露人《ろじん》の爲《た》めに應援《おうゑん》してやつた。

『實際《じつさい》露兵《ろへい》は頑强《ぐわんきやう》だ。日露戰爭《にちろせんさう》では流石《さすが》の日本軍《にっぽんぐん》も、露軍《ろぐん》の爲《た》めには尠《すくな》からず參《まゐ》らされたものだ。殊《こと》にコサツク兵《へい》に至《いた》つては、慓悍決死《へうかんけつし》の軍隊《ぐんたい》で、實《じつ》に勇敢《ゆうかん》なものであつた。』

と、其《そ》の强《つよ》かつたことを證明《しようめい》してやると、彼《か》れは涙《なみだ》を流《なが》して喜《よろこ》んでゐた。

實《じつ》に露國民《ろこくみん》は、無邪氣《むじやき》で、可愛《かあい》いところのある國民性《こくみんせい》を有《いう》してゐるなと思《おも》つた。

又《また》、或日《あるひ》私《わたし》に附添《つきそ》ひの看護婦《かんごふ》は、佛國《ふつこく》の一新聞《しんぶん》に掲載《けいさい》せられた、面白《おもしろ》い物語《ものがた》りを讀《よ》んで聞《き》かせてくれた。其《そ》れは佛蘭西《フランス》の一少女《せうぢよ》が、ソンム河畔《かはん》に敵《てき》の大軍《たいぐん》を喰《く》ひ止《と》めたといふ事實談《じじつだん》で、前佛《ぜんふつ》國大藏大臣《こくおほくらだいじん》クロッツ氏《し》に依《よ》つて發表《はつぺう》されたものである。

巴里《パリー》のソルボンヌ大學《だいがく》では、毎日曜日《まいにちえうび》に催《もよほ》される、國民的《こくみんてき》特別晝間興行《マチネー》の集會《しふくわい》が開《ひら》かれた。それは或《あ》る日曜日《にちえうび》であつた。熱心《ねつしん》なる聽衆《ちやうしう》を一堂《だう》に集《あつ》め、盛《さか》んなる其《そ》の集會《しふくわい》が濟《す》むと、街路《がいろ》に待《ま》ち受《う》けてゐた群衆《ぐんしう》は、一人《ひとり》の少女《せうぢよ》に熱狂的《ねつきやうてき》な喝采《かつさい》を浴《あび》せかけてゐた。或《あ》る少女《せうぢよ》は近寄《ちかよ》つて、其《そ》の手《て》に接吻《せつぷん》をしてゐる。多《おほ》くの人々《ひと〴〵》は崇敬《すうけい》の視線《しせん》を集《あつ》めて、之《これ》を眺《なが》めてゐた。

この群衆歡呼《ぐんしうくわんこ》の中心《ちうしん》となつてゐる少女《せうぢよ》は、追々《おひ〳〵》と増大《ぞうだい》して行《ゆ》く讃辭《さんじ》に對《たい》して、顏《かほ》を赤《あか》らめ、臀《しり》込《こ》みして、逃《に》げ隱《かく》れやうとしてゐるが、それは不可能《ふかのう》なことであつた。

斯《か》くの如《ごと》く群衆《ぐんしう》の感謝《かんしや》の的《まと》となり、公衆《こうしう》の崇敬《すうけい》の中心《ちうしん》となつてゐるこの可憐《かれん》な少女《せうぢよ》は、何者《たにもの》であるか？　この少女《せうぢよ》こそはマルセル、センメル孃《ぢやう》と稱《しよう》する、今年《ことし》二十一歳《さい》の女丈夫《ぢよぢやうふ》である。彼《か》の女《ぢよ》の身《み》に著《つ》けてゐる衣服《いふく》は單純《たんじゆん》で、質素《しつそ》なものである、が婦人服《ふじんふく》には稀《まれ》なる金色燦爛《こんじきさんらん》たる佛國勳章並《ふつこくくんしやうならび》に殊功勳章《しゆこうくんしやう》を胸《むね》につけてゐる。

佛國《ふつこく》ソンム縣選出代議士《けんせんしゆつだいぎし》で、豫算委員長《よさんゐゐんちやう》である。前大藏大臣《ぜんおほくらだいじん》クロッツ氏《し》は、巴里《パリー》ソルボンヌ大《だい》學《がく》に於《おい》て、佛國婦人《ふつこくふじん》に讃辭《さんじ》を呈《てい》した序《ついで》に、マルセル、センメル孃《ぢやう》の勇敢《ゆうかん》なる行爲《かうゐ》と、抑《おさ》ゆ可《べ》からざる愛國心《あいこくしん》とを發表《はつぺう》した。私《わたし》は今《いま》クロッツ氏《し》の發表《はつぺう》せる此《こ》の佛蘭西《フランス》乙女《おとめ》の、壯烈《さうれつ》なる物語《ものがた》りをお話《はな》しやうと思《おも》ふ。

此《こ》の勇敢《ゆうかん》なる少女《せうぢよ》、マルセル、センメル孃《ぢやう》の父《ちゝ》は、普佛戰爭《ふふつせんさう》の際《さい》に、獨逸《ドイツ》に併合《へいがふ》されたアルサス州《しう》の人《ひと》である。そして彼《かれ》は獨逸人《ドイツじん》たることを甘《あま》んぜず、佛國《ふつこく》に移住《いちう》した程《ほど》の人物《じんぶつ》である。母《はゝ》はヴアランシエンヌ生《うま》れの婦人《ふじん》であつた。

マルセル、センメル孃《ぢやう》は、早《はや》くから兩親《りやうしん》を失《うしな》ひ、孤兒《こじ》であつた。戰爭《せんさう》が初《はじ》まる少《すこ》し前《まへ》に、フリーズと云《い》ふ村《むら》から、ソンム縣《けん》エクリユージヱと云《い》ふ村《むら》に移《うつ》つた。其處《そこ》には彼女《かのぢよ》の親戚《しんせき》があるので彼女《かのぢよ》は其處《そこ》に居《きよ》を定《さだ》めたのだ。人《ひと》も知《し》る如《ごと》く、このエクリユージヱから、千九百十四年《ねん》七月《ぐわつ》、ソンム河《か》畔《はん》の佛軍大攻擊《ふつぐんだいこうげき》は開始《かいし》せられたのであつた。

西暦《せいれき》千九百十四年《ねん》八月末《ぐわつまつ》、愈々獨軍《いよ〳〵どくぐん》が佛蘭西《フランス》と白耳義《ベルギー》との國境《こくきやう》、シヤールロアを突破《とつぱ》して、佛《ふつ》國內《こくない》に侵入《しんにふ》して來《き》たとき、佛軍《ふつぐん》は之《これ》をソンム河《か》畔《はん》で防《ふせ》ぎ止《と》めやうとした。けれども敵《てき》の大軍《たいぐん》は勝《か》ちに乘《じよう》じて進擊《しんげき》して來《き》た。衆寡《しうくわ》敵《てき》せず佛軍《ふつぐん》はドシ〳〵退却《たいきやく》して來《く》る。そして追迫《ついはく》してくる敵軍《てきぐん》を阻止《そし》しながら、川《かは》や運河《うんが》を渡《わた》つて退却《たいきやく》を續《つゞ》けて來《き》た。村《むら》の住民《ぢうみん》も軍隊《ぐんたい》の後《あと》に從《したが》つて逃《に》げて來《き》た。

が、運河《うんか》を渡《わた》る時《とき》、彼女《かのぢよ》は、急《きふ》に頓智《とんち》を以《もつ》て、佛兵《ぶつへい》が渡《わた》り終《をは》つたのを見《み》るや、水門《すゐもん》の橋《はし》を切《き》り落《おと》した。そして敵《てき》が渡《わた》れないやうにして置《お》いて、其《そ》の橋《はし》の鍵《かぎ》を運河《うんか》の中《なか》に投《な》げ捨《す》てた。敵《てき》が游《およ》いで來《き》ても自分《じぶん》の手《て》から鍵《かぎ》を取《と》り返《かへ》すことが出來《でき》ないやうにして仕舞《しま》つたのだ。

彼女《かのぢよ》が此事《このこと》を爲《な》す時《とき》には、敵《てき》が既《すで》に追《お》ひすがつて來《き》て軍隊《ぐんたい》とセンメル孃《ぢやう》とに向《むか》つて、盛《さか》んに銃《じう》火《くわ》を浴《あび》せかけてゐた。

二人《ふたり》の佛兵《ふつへい》は重傷《ぢうしやう》を負《お》ふてゐた。センメル孃《ぢやう》が橋《はし》を切《き》り落《おと》す前《まへ》に、之《これ》を渡《わた》り切《き》れないで、二人《ふたり》はセンメル孃《じやう》の眼前《がんぜん》で、追撃《ついげき》して來《き》た敵兵《てきへい》の爲《た》めに、ホテルの角《かど》の車除《くるまよ》けの大石《おほいし》で、打《う》ち殺《ころ》されて了《しま》つた。二人《ふたり》は殺《ころ》されるとき、大聲《おほごゑ》で住民達《ぢうみんたち》に向《むか》ひ、

『お前達《まへたち》も、聽《わか》てこのやうにされるぞ。』

と叫《さけ》んで殪《たほ》れた。

かくの如《ごと》くして一軍團《ぐんだん》の敵兵《てきへい》は、翌朝《よくてう》まで進撃《しんげき》することを阻止《そし》されたのである。

夜《よ》が明《あ》けてから漸《やうや》く彼等《かれら》は、ソンム河畔《かはん》に船《ふね》を見《み》つけて、急造《きふざう》の橋《はし》を架《か》け、運河《うんか》を渡《わた》ることが出來《でき》た。

其《そ》れが爲《た》めに佛軍《ふつぐん》は退却《たいきやく》する時間《じかん》を得《え》た。そして或《あ》る地點《ちてん》に再《ふたゝ》び陣地《ぢんち》を占《し》めることが出來《でき》た。

かくて敵《てき》は數日間《すうじつかん》其《そ》の地方《ちはう》に占據《せんきよ》してゐた。彼等《かれら》は住民《ぢうみん》の中《なか》の數人《すうにん》を捕《とら》へて、之《これ》を人質《ひとじち》とした。

そしてセンメル嬢《じやう》は燐素《りんそ》肥料《ひれう》製造《せいざう》の爲《た》めに、造《つく》つた、地下室《ちかしつ》に隱《かく》れてゐた。此《こ》の地下室《ちかしつ》に隱《かく》れてゐる住民《ちうみん》に對《たい》しては、獨逸兵《ドイツへい》は餘《あま》り干渉《かんせふ》しなかつた。其《そ》の時《とき》は誰《たれ》も此《こ》の地下室《ちかしつ》より出《い》づる者《もの》は無《な》かつた。それは獨兵《どくへい》が恐《こわ》いと云《い》ふよりは、間斷《かんだん》なき砲撃《はうげき》の恐《おそ》ろしさの爲《た》めであつた。然《しか》るにセンメル嬢《じやう》だけは、獨《ひと》り地下室《ちかしつ》を出《い》でて、食物《しよくもつ》を運《はこ》び、避難民《ひたんみん》、特《とく》に子供《こども》の死《し》なないやうに働《はたら》いたのである。

それから佛國《ふつこく》の兵士《へいし》が負傷《ふしやう》したり、疲勞《ひらう》したりして、佛軍《ふつぐん》の本隊《ほんたい》に跟《つ》いて行《ゆ》く事《こと》の出來《でき》ない者《もの》を救《すく》つた。其《そ》の中《うち》の十六人《にん》には、平服《へいふく》を着《き》せて逃《に》がしてやつた。次《つ》ぎの十七人目《にんめ》の一佛兵《ふつへい》は、四十八時《じ》間藪《かんやぶ》の中《なか》に屈《こゞ》んでゐて、逃《に》げることの出來《でき》なかつた、これ等《ら》の人《ひと》のために彼女《かのぢよ》は、食物《しよくもつ》を運《はこ》んでやつた。

遂《つひ》に彼女《かのぢよ》と其《そ》の兵士《へいし》とは、獨兵《どくへい》の爲《た》めに發見《はつけん》された。センメル嬢《じやう》は敵《てき》の司令官《しれいくわん》の前《まへ》に引《ひ》き出《だ》されて、死刑《しけい》の宣告《せんこく》を受《う》けた。そして司令官《しれいくわん》の訊問《じんもん》に對《たい》して、彼女《かのぢよ》は斯《か》う答《こた》へた。

『確《たしか》に私《わたし》の逃《に》がしてやつた兵士《へいし》は、一人《ひとり》ではありません。十六人《にん》です。最早《もはや》、あなた方《がた》の手《て》の屆《とゞ》かない所《ところ》に行《い》つてゐます。ですから私《わたし》の身體《からだ》は、御思召《おおぼしめし》の通《とほ》りになすつて下《くだ》さい。私《わたし》は孤兒《こじ》です。私《わたし》には佛蘭西《フランス》といふ一人《ひとり》の母《はゝ》があるのみです。ですから死《し》ぬのに何《な》んの差支《さしつか》へもありません。』

と是《こ》れは古人《こじん》の名言《めいげん》の如《ごと》く、歴史上《れきしじやう》永遠《えいゑん》に保存《ほぞん》すべき美事《みごと》なる詞《ことば》である。

彼女《かのぢよ》が銃殺部隊《じうさつぶたい》の前《まへ》に立《た》つたとき、恰度《ちやうど》、其《そ》の時《とき》佛國《ふつこく》の七十五ミリの大砲《たいはう》が、熾《さかん》に猛火《まうくわ》を此村《このむら》に浴《あび》せかけて來《き》た。前後左右《ぜんごさいう》に砲彈《はうだん》が爆發《ばくはつ》し出《だ》したので、獨兵達《どくへいたち》は此《こ》の死刑人《しけいにん》を見捨《みす》て、狼狽《らうばい》して逃《に》げ去《さ》つて了《しま》つた。そこで彼女《かのぢよ》も再《ふたゝ》び地下室《ちかしつ》指《さ》して遁《のが》れさることが出來《でき》た。

間《ま》もなく佛軍《ふつぐん》はエクリユージヱ村《むら》を取返《とりかへ》すことが出來《でき》た。

フリーズ村《むら》の附近《ふきん》では、ソンム河《かは》が擴《ひろ》がつてゐて、大《おほ》きな池《いけ》を成《な》してゐるので、佛軍《ふつぐん》と獨軍《どくぐん》との戰線《せんせん》には、ハツキリした境界《きやうかい》がなかつた。水《みづ》が其《そ》の戰線《せんせん》を混亂《こんらん》させたのだ。

マルセル、センメル孃《ぢやう》は、或《あ》る日《ひ》塹壕築造地《ざんがうちくざうち》を求《もと》めつゝあつた、佛軍《ふつぐん》の步兵《ほへい》を案内《あんない》して來《き》て、フリーズ村《むら》で獨逸軍《ドイツぐん》の陣地《ぢんち》の眞中《まんなか》に迷《まよ》ひ込《こ》んで了《しま》つた。そして彼女《かのぢよ》は其處《そこ》で捕《とら》へられて、或《あ》る寺《じ》院內《ゐんない》に閉《と》ぢ込《こ》められた。此《こ》の寺院《じゐん》は砲彈《はうだん》の爲《た》めに破壞《はくわい》されて、今《いま》では無《な》くなつて了《しま》つたが、かなり奇麗《きれい》なお寺《てら》であつた。彼女《かのぢよ》は軈《やが》て引出《ひきだ》されて銃殺《じうさつ》される筈《はず》であつた。

ところが或《あ》る驚《おどろ》くべき偶然《ぐうぜん》の出來《でき》が、も一度《ど》彼女《かのぢよ》を保護《ほご》するに至《いた》つたのである。即《すなは》ち佛軍《ふつぐん》の砲《はう》撃《げき》が猛烈《まうれつ》になつて來《き》て、其《そ》の一彈《だん》は、幸運《かううん》にも其《そ》の寺院《じゐん》の壁《かべ》を突《つ》き貫《つらぬ》いて、大穴《おほあな》を開《あ》けた。それが恰度《あたうど》人間《にんげん》の高《たか》さ位《くらゐ》の所《ところ》であつたので、彼女《かのぢよ》は之《こ》れ幸《さいは》ひと勇躍《ゆうやく》して、この穴《あな》より拔《ぬ》け出《だ》し、一番《ばん》間《ま》近《ぢか》の佛軍《ふつぐん》の塹壕內《さんがうない》に逃《に》げ込《こ》んだのである。

佛軍《ふつぐん》の砲兵《はうへい》は、偶然《ぐうぜん》其《そ》の砲擊《はうげき》に依《よ》つて、二度《ど》センメル孃《じやう》を救《すく》つたのである。

此頃《このころ》には、凡《すべ》ての住民《ぢうみん》は、此《こ》の土地《とち》を逃《のが》れ去《さ》つたが、彼女《かのぢよ》は、九十歲《さい》の老婆《らうば》で、もう身體《からだ》の自《じ》由《いう》が利《き》かない者《もの》を世話《せわ》する爲《た》めに、一人《ひとり》踏止《ふみとゞ》まつてゐた。

其《そ》の後《ご》十五ケ月間《げつかん》、彼女《かのぢよ》は佛國兵《ふつこくへい》の爲《た》めに活動《くわつどう》し、之《こ》れに慰安《ゐあん》を與《あた》へ、親切《しんせつ》を盡《つく》し、彼等《かれら》の神《かみ》となり、守袋《まもりぶくろ》となつた。或《あ》るときは一人《ひとり》の兵士《へいし》を救護《きうご》する爲《た》めに、輕傷《けいしやう》を負《お》ふたことさへあつた。

此《こ》の砲擊《はうげき》の最《もつと》も熾《さかん》なる頃《ころ》、即《すなは》ち千九百十四年《ねん》十二月《ぐわつ》十三日《にち》、バレ將軍《しやうぐん》は彼女《かのぢよ》に佛國勳章《ふつこくくんしやう》を與《あた》へた。千九百十五年《ねん》には殊功勳章《しゆこうくんしやう》を與《あた》へられた。かくしてセンメル孃《じやう》は、佛國《ふつこく》の最《もつと》も若《わか》き女兵士《をんなへいし》となつたのである。

一九一五年《ねん》の終《をは》りには、ソンム線《せん》は英軍《えいぐん》の守《まも》る所《ところ》となつたが、女傑《ぢよけつ》エデイツレ、カヴエル孃《じやう》を出《だ》した大英國《だいえいこく》の將軍《しやうぐん》は、其《そ》の軍隊《ぐんたい》に向《むか》つて、センメル孃《じやう》を稱讃《しやうさん》し、彼女《かのぢよ》を尊敬《そんけい》する爲《た》めに、軍隊《ぐんたい》に向《むか》つて、彼女《かのぢよ》に言葉《ことば》をかけることを禁《きん》じた。若《も》し彼女《かのぢよ》の通《とほ》るのを見《み》れば、兵士《へいし》は姿勢《しせい》を正《たゞ》して「捧《さゝ》げ銃《つゝ》」をなさねばならぬことを命《めい》じた。

將軍《しやうぐん》は又彼女《またかのぢよ》の名譽《めいよ》の爲《た》めに、軍樂隊《ぐんがくたい》をして、音樂會《おんがくくわい》を催《もよほ》さしめた。

英國婦人の活動

英國《えいこく》では上《かみ》は内親王殿下《ないしんのうでんか》より、下《しも》は一市民《しみん》の娘《むすめ》に至《いた》るまで、この國家《こくか》の危急存亡《ききふそんばう》の秋《とき》に際《さい》して皆獻身的《みなけんしんてき》の活動《くわつどう》を續《つゞ》けた。

自動車《じどうしや》や電車《でんしや》の運轉手《うんてんしゆ》となり、汽車《きしや》の車掌《しやしやう》となり、又夫《またをつと》の出征後《しゆつせいご》は、夫《をつと》に代《かは》りて畑《はた》を耕《たがや》す者《もの》もある。上流《じやうりう》の婦人《ふじん》で女工《ぢよこう》となり、郵便配達人《いうびんはいたつにん》となり、銀行員《ぎんかうゐん》となり、會社員《くわいしやゐん》となり、特志看護婦《とくしかんごふ》となり、出征《しゆつせい》せる男子《だんし》の後《あと》を受《う》けて、後顧《こうこ》の憂《うれ》ひ無《な》からしめてゐた。

病院《びやうゐん》では、負傷兵《ふしやうへい》の中《なか》で手先《てさき》を動《うご》かすことの出來《でき》る者《もの》には、軍帽《ぐんばう》の徽章《きしやう》などを刺繡《ニード・ウオーク》にして其《そ》の製品《せいひん》は、内親王殿下《ないしんのうでんか》を總裁《そうさい》に戴《いたゞ》く婦人會《ふじんくわい》が、慈善《じぜん》バザーに出《だ》して、高價《かうか》に賣《う》り付《つ》けるのである。
何《な》にしろコンノート殿下《でんか》の御妹君《おんいもうとぎみ》などが、上流《じやうりう》の士女《じぢよ》に頒《わか》つのであるから、一枚《まい》十パウンド二十パウンド位《くらゐ》に賣《う》り付《つ》けるのである。其《そ》の賣上高《うりあげだか》は、負傷兵《ふしやうへい》の家族《かぞく》に贈《おく》るのだ。

このニード、ウオーク（刺繍《ししう》）は、内親王殿下《ないしんのうでんか》が、御自身《ごじしん》に病院《びやうゐん》に御來駕《ごらいが》なされ、兵《へい》に一々御手《て》づからお教授《けうじゆ》なさるのである。然《しか》るに私《わたし》は日本《につぽん》の新聞《しんぶん》を見《み》てつく〴〵考《かんが》へた。日本《につぽん》の上流《じやうりう》の婦《ふ》人達《じんたち》や、富豪《ふがう》の妻女達《さいぢよたち》は、こうした國家《こくか》の危機《きき》に迫《せま》つたとき、果《はた》してどれ程《ほど》の働《はたら》きをするだらうこれら英國婦人達《えいこくふじんたち》の行爲《かうゐ》と比較《ひかく》して遜色《そんしよく》はないであらうか。

私《わたし》は此《こ》の事《こと》に就《つ》いて、英國《えいこく》の婦人達《ふじんたち》から訪《たづ》ねられたときには、聊《いさゝ》か赤面《せきめん》せざるを得《え》なかつた。以《もつ》て他山《たざん》の石《いし》ともならば幸《さいはひ》ひである。

オーピングトン

＝敵機襲來＝ワン、セブンテー、ナイン＝選擧運動＝此の一票＝

西暦《せいれき》千九百十七年《ねん》九月《がつ》七日《か》、此《こ》の思《おも》ひ出深《でふか》きネツトレーを去《さ》り、懐《なつか》しき人々《ひとびと》に見送《みおく》られて、オーピングトンの加奈陀《カナダ》オンタリオ陸軍病院《りくぐんびやうゐん》に向《むか》つて出發《しゆつぱつ》した。

このオーピングトンは、ロンドン市《し》を去《さ》ること二十哩《まいる》の地《ち》にあつて、ドヴアーからは極《きは》めて近《きん》距離《きより》の處《ところ》にある。

此《こ》の病院《びやうゐん》は、ネツトリーの病院《びやうゐん》に於《お》けるよりも、敵機襲撃《てききしふげき》に對《たい》する防禦《ばうぎよ》は、より嚴重《げんぢう》であつた二階《かい》の建物《たてもの》は絶對《ぜつたい》に無《な》い屋根《やね》も塀《へい》もカーキ色《いろ》に塗《ぬ》られてゐる。

夜《よる》、上空《じやうくう》から見《み》ると、地上《ちじやう》の草色《さうしよく》と、少《すこ》しも見分《みわ》けがつかないやうになつてゐる。此《こ》の病院《びやうゐん》の軍醫《ぐんい》や、看護婦《かんごふ》は、皆《みな》加奈陀《カナダ》出身者《しゆつしんしや》である。そして聞《き》き馴《な》れた加奈陀語《カナダご》で話《はな》してゐる。

私達《わたしたち》は言葉《ことば》についての氣遣《きづか》ひは無《な》くなつた。それだから非常《ひじやう》に居心地《ゐごこち》がよくなつた。ネツトリー病院《びやうゐん》では非常《ひじやう》に優遇《いうぐう》されたが、それだけに又氣遣《またきづか》ひも多《おほ》かつた。

そして此處《ここ》では見《み》る物皆《ものみな》メープル（紅葉《メープル》は加奈陀《カナダ》の徽章《きしやう》だ）が付《つ》いてゐる。私《わたし》は第《だい》二の故郷《こきやう》へ歸《かへ》つたやうな氣持《きも》ちだつた。

此處《ここ》に到着《たうちやく》した三日目《かめ》の晩《ばん》、美《うつく》しい月《つき》は、中空高《なかぞらたか》く照《てら》してゐた。夕食後《ゆふしよくご》私達《わたしたち》は庭《には》に出《で》て、加奈《カナ》

陀《ダ》に就《つ》いて、種々《いろ／＼》の憶《おも》ひ出《で》を話《はな》し合《あ》つて居《ゐ》た。スルト英兵《えいへい》の一人《り》は、

『今夜《こんや》あたりは、やつて來《く》るぞ。』

と云《い》つた。

間《ま》もなく私達《わたしたち》は就寢《しうしん》した。軈《やが》て十一時頃《じごろ》になると、突然《とつぜん》起《おこ》る轟然《がうぜん》たる音響《おんきやう》に眼《め》を覺《さま》された。外《そと》に出《で》て見《み》ると、敵《てき》の飛行機《ひかうき》は轟々《がう／＼》と爆音《ばくおん》高《たか》く、我々《われ／＼》の頭上《づじやう》を飛翔《ひしやう》してゐる。

五臺《だい》を一隊《たい》として、三十分《ぷん》或《あるひ》は一時《じ》間《かん》置《お》きに襲撃《しふげき》して來《く》る。

今《いま》、約《やく》二十臺《だい》ばかりの敵機《てきき》が、ドヴアー海峽《かいけふ》からロンドン市《し》に向《むか》つて飛《と》んでゐる。オーピングトンは其《そ》の通《とほ》り路《みち》なので、空《そら》を仰《あふ》げばゴーゴーゴーと、プロペラの音《おと》が響《ひゞ》いて來《く》る。空《そら》には月《つき》が美《うつく》しく柔《やはら》かい光《ひか》りを投《な》げてゐるので、よく見《み》える。

地上《ちじやう》では高射砲《かうしやはう》を、盛《さか》んに射《う》つてゐる。發砲《はつぱう》する處《ところ》が近《ちか》いとみえて、耳《みゝ》をつん裂《さ》くやうに響《ひゞ》いて來《く》る。

再《ふたゝ》び眼《め》を上《あ》ぐれば、飛行機《ひかうき》の周圍《しうゐ》には、榴彈《りうだん》が熾《さかん》に炸裂《さくれつ》してゐる。榴彈《りうだん》の炸裂《さくれつ》とともに、白《しろ》い煙《けむり》が圓《まる》く浮《うか》び、軈《やが》て月光《げつくわう》に棚引《たなび》いて、消《き》える。其《そ》の砲彈《はうだん》のシユラプネル（破片《はへん》）はピユーン／＼と

私達《わたしたち》のゐる附近《ふきん》にまで落下《らくか》してくる。

敵機《てきき》の投下《とうか》する爆彈《ばくだん》は、此處《ここ》彼處《かしこ》に落下《らくか》して爆裂《ばくれつ》する。

負傷兵達《ふしやうへいたち》は、流石《さすが》に落付《おちつ》いたもので、「やつてるな」位《くらゐ》の氣持《きもち》で、平氣《へいき》な顏《かほ》してゐるが、夜勤《やきん》の看護婦達《かんごふたち》は、顏色《かほいろ》を變《か》へて、恐怖《きやうふ》に青《あを》ざめてゐた。それでも勇敢《ゆうかん》に重傷患者《ぢゆうしやうくわんじや》を他《た》の安全《あんぜん》な場所《ばしよ》に移《うつ》す準備《じゆんび》をしてゐた。平常《へいじやう》ならば、斯《こ》んな場合《ばあひ》には氣絶《きぜつ》したかも知《し》れないが、自己《じこ》の職務《しよくむ》に對《たい》する責任觀念《せきにんくわんねん》は偉《えら》いものだと思《おも》つた。

幸《さいは》ひに此《こ》の病院《びやうゐん》には、爆彈《ばくだん》は當《あた》らなかつた。そして病院《びやうゐん》の附近《ふきん》に、敵《てき》の飛行機《ひかうき》が一臺《だい》擊落《げきらく》された。

或《あ》る朝《あさ》、軍醫《ぐんい》が病院《びやうゐん》に來《き》た。そして病床《びやうしやう》に横《よこた》はつて起《た》つことの出來《でき》ない、重傷患者《ぢゆうしやうくわんじや》の他《ほか》は、皆《みな》軍醫總監《ぐんいそうかん》の健康診斷《けんかうしんだん》を受《う》けた。之《これ》は今後《こんご》再《ふたた》び戰鬪《せんとう》に參加《さんか》することが出來《でき》得《う》るや否《いな》やを驗《しら》べたのであつた。

私《わたし》の番《ばん》が來《き》て、軍醫總監《ぐんいそうかん》は仔細《しさい》に傷口《きずぐち》や其他《そのた》身體《からだ》中《ちう》を診斷《しんだん》し終《をは》ると、

『ビー、ワン、セブンテー、ナイン。』

と記號《きがう》が記《しる》された。

病室《びやうしつ》に歸《かへ》つて來《く》ると、私《わたし》に附添《つきそ》ひの看護婦《かんごふ》ウォーレー孃《ぢやう》は、私《わたし》に訊《たづ》ねた。

『何《な》んと記《しる》してありますの？』

『B、ワン、セブンテー、ナインと書《か》いてあるよ。』

『あら、それなら、よろしうございましたわ！』

『B《ビー》、ワン、セブンテイナインとは何《ど》んな意味《いみ》なのですか？』

『それはね、貴方《あなた》は加奈陀《カナダ》に歸《かへ》れるのよ。そして再《ふたゝ》び戰線《せんせん》に立《た》つことが出來《でき》ない、兵役《へいえき》の義務《ぎむ》に服《ふく》することの出來《でき》ない身體《からだ》になつたといふことなのですわ。』

と云《い》つて、彼女《かのぢよ》は我事《わがこと》のやうに喜《よろこ》んでゐた。他《た》の負傷兵《ふしやうへい》も、

『もう君《きみ》は戰場《せんぢやう》の地獄《ぢごく》に行《ゆ》かずとも濟《す》むのだ。實《じつ》に羨《うらや》ましいね。そして君《きみ》の一生《しやう》は英國政府《えいこくせいふ》で安全《あんぜん》に養《やしな》つて吳《く》れるのだ。幸福《かうふく》の身《み》の上《うへ》になつたのだよ。』

と云《い》つて、皆《み》んなが羨《うらや》ましがつてゐる。

私《わたし》としては再《ふたゝ》び戰線《せんせん》に立《た》てぬと云《い》ふことは、內々不平《ないくふへい》で堪《たま》らなかつた。多《おほ》くの戰友《せんいう》が懷《なつか》しくて

堪《たま》らないのだ。此時私《このときわたし》はウオーレー孃《じやう》は訊《たづ》ねた。

『軍醫《ぐんい》は私《わたし》の傷《きず》を、コンパウンド、フレクチユア、と云《い》つたが、それは何《ど》ういふ意味《いみ》なのですか？』

『それは骨《ほね》が粉碎《ふんさい》したことだわ。』

と彼女《かのぢよ》は率直《そつちよく》に說明《せつめい》して呉《く》れた。

噫《あゝ》、萬事《ばんじ》休《きう》す。私《わたし》の腰《こし》の骨《ほね》は三つに粉碎《ふんさい》されたのであつた。

其《そ》の年《とし》も十一月《ぐわつ》となつた。

加奈陀《カナダ》新聞《しんぶん》には、加奈陀《カナダ》內閣《ないかく》の改選期《かいせんき》とて、保守黨《ほしゆたう》と自由黨《じいうたう》との一大競爭《だいきやうさう》となり、其《そ》の選擧運動《せんきようんどう》の目覺《めざま》しき、活躍振《くわつやくぶ》りが仔細《しさい》に報道《はうだう》されてゐる。

此《こ》の病院《びやうゐん》にゐる負傷兵《ふしやうへい》は、全部《ぜんぶ》選擧權《せんきよけん》を有《いう》するので、選擧期日《せんきよきじつ》になると、起《た》てない重傷者《ぢうしやうしや》を除《のぞ》く他《ほか》は一同《いちどう》投票場《とうへうぢやう》に出《で》かけて行《い》つた。

私《わたし》は外國人《ぐわいこくじん》だから、選擧權《せんきよけん》などはないから、我《わ》れ關《くわん》せずで澄《す》まし込《こ》んでゐた。

スルト其時《そのとき》マクベス大尉《たいゐ》は

『プライヴエート、諸岡《もろをか》』

と呼《よ》んだ。私《わたし》は立上《たちあが》つて大慰《たいゐ》の室《しつ》に行《ゆ》くと、

『諸岡《もろをか》！　君《きみ》も一票《ぺうい》入れなければならないのだ。今《いま》から私《わたし》と一緒《しよ》に行《ゆ》き、淸《せい》き一票《ぺう》を投票《とうへう》し給《たま》へ！』

と言渡《いひわた》された。私《わたし》は大尉《たいゐ》に向《むか》つて訊《たつ》ねた。

『多《おほ》くの兵士達《へいしたち》は何黨《なにたう》に投票《とうへう》するのでせうか？』

『選擧《せんきよ》は其《そ》の人《ひと》の自由《じいう》であるが、多《おほ》くの兵士達《へいしたち》は、現政府《げんせいふ》を支持《しち》してゐるところの保守黨《ほしゆたう》に投《とう》票《へう》してゐる。つまり現政府《げんせいふ》を援《たす》けることは、獨逸《ドイツ》を征伐《せいばつ》することだから。』

と大尉《たいゐ》は意見《いけん》を述《の》べた。

私《わたし》も其《そ》れは至當《したう》な意見《いけん》であると思《おも》つたから、大尉《たいゐ》の意見《いけん》に贊成《さんせい》して、保守黨《ほしゆたう》に投票《とうへう》した。

私達《わたしたち》は長《なが》い間《あひだ》この一票《ぺう》を待《ま》ち望《のぞ》むでゐたのだ。日本人《につぽんじん》が投票《とうへう》すること、即《すなは》ち選擧權《せんきよけん》を獲得《くわくとく》せんとして、如何《いか》に永年努力《ながねんどりよく》して來《き》たことか。

然《しか》かに今初《いまはじ》めて私《わたし》は、日本人《にっぽんじん》としての最初《さいしょ》の一票《ぺう》を投票《とうへう》することを得《え》たのだ。思《おも》へば此《こ》の戰《たゝか》ひに義勇兵《ぎゆうへい》として身《み》を死地《しち》に投《とう》じたのは、世界《せかい》の平和《へいわ》と正義人道《せいぎじんだう》の爲《ため》であつて、生《い》きて選擧權《せんきよけん》や市《し》民權《みんけん》を獲得《くわくとく》する爲《ため》てはなかつた。今《いま》、戰《たゝか》ひの最中《さいちう》に、此《こ》の一票《ぺう》を酬《むく》ひられやうとは眞《しん》に夢《ゆめ》にも思《おも》ふてゐなかつた。

私《わたし》は選擧場《せんきよぢやう》への道々《みちみち》此事《このこと》を思《おも》ふと、中心《ちうしん》より喜悦《きえつ》を感《かん》ずるのであつた。

第二回倫敦《ロンドン》赤毛布《あかげつとう》

＝月夜のツエツペリン＝あれは日本人だ＝氣を付けよ＝芝居見物＝戰友との訣別＝別れの日本食＝歸加命令＝

私《わたし》は『B《ビー》、一七九《ワンセブンテーナイン》』となつて、愈々《いよいよ》第二の故鄕《こきやう》たる加奈陀《カナダ》に歸《かへ》ることとなつた。

今日《けふ》は十二月《ぐわつ》十七日《にち》だ（一九一七年《ねん》）私《わたし》は副官室《ふくくわんしつ》に呼《よ》ばれた。副官《ふくくわん》は私《わたし》に向《むか》ひ、

『君《きみ》が今度《いまど》加奈陀《カナダ》に歸《かへ》る前《まへ》に、十日《が》間《かん》の休《やす》みを與《あた》へるから、何處《どこ》へなりと行《い》つて、見物旁々《けんぶつかたがた》保《ほ》

養《やう》して來《き》たまへ！」

と云《い》つて、賜暇章《しかしやう》と、無賃乘車劵《むちんじようしやけん》とを呉《く》れた。

私《わたし》は十日間《かかん》、何處《どこ》へ行《ゆ》かうかと考《かう》へた。今度《こんど》はスコツトランドに行《ゆ》かうかとも思《おも》つた。が松葉《まつは》杖《つゑ》をつく身體《からだ》では、兎角不便勝《とかくふべんが》ちであると思《おも》ひ、再《ふたゝ》び倫敦《ロンドン》に行《い》つて、悠《ゆ》つくり見物《けんぶつ》して來《こ》やうと思《おも》つた。そして直《す》ぐに仕度《したく》して汽車《きしや》に乘《の》つて、倫敦《ロンドン》に向《むか》つた。

私《わたし》は倫敦《ロンドン》に着《つ》くと、私《わたし》に附添《つきそ》ひの看護婦《かんごふ》で、親切《しんせつ》な、優《やさ》しかつたミス、キヤナンの實家《じつか》を訪《たづ》ねた。前々《まへまへ》からキヤナン孃《ぢやう》の案内狀《あんないじやう》があつたこととて、同家《どうけ》では喜《よろこ》んで私《わたし》を歡迎《くわんげい》して呉《く》れた。そして此家《このうち》の主人《しゆじん》は、非常《ひじやう》な日本人贔屓《にっぽんじんひいき》で、純英國式紳士《じゆんえいこくしきしんし》であつた。

私《わたし》はキヤナン家《か》の好意《かうい》を受《う》けて、もう五日間《かかん》も同家《どうけ》に滯在《たいざい》し、諸方《しよはう》を見物《けんぶつ》して歩《ある》いた。今度《こんど》は最初《さいしよ》の倫敦見物《ロンドンけんぶつ》と異《こと》なり、松葉杖《まつはづゑ》こそついてゐるが、私《わたし》の軍帽《ぐんばう》には、オーバー、シー、（遠征軍《ゑんせいぐん》）の徽章《きしやう》が輝《かゞや》いてゐる。袖《そで》には名譽《めいよ》ある負傷《ふしやう》の金線《きんすぢ》が輝《かゞや》いてゐる。片袖《かたそで》には三年間戰場《ねんかんせんぢやう》で戰《たゝか》つた徽《き》章《しやう》の三本《ぼん》の青線《あをすぢ》がある。

青《あを》い病院服《びやうゐんふく》と、純白《じゆんぱく》のシャツに赤《あか》いネクタイ（此《こ》の服装《ふくさう》を見《み》れば、直《す》ぐに負傷兵《ふしやうへい》であることが解《わか》るのだ）といふ服装《ふくさう》で、得意《とくい》の肩《かた》を聳《そび》やかして、松葉杖《まつばつゑ》に縋《すが》りながらも、悠々乎《いう〳〵こ》として倫敦市《ロンドンし》中《ちう》を濶歩《くわつぽ》？　した。

電車《でんしや》の中《なか》でも、汽車《きしや》の中《なか》でも、此《こ》の服装《ふくさう》を見《み》ると、婦人《ふじん》でも、子供《こども》でも、老人《らうじん》でも一齊《せい》に立《た》つて席《せき》を讓《ゆづ》つて吳《く》れる。行《ゆ》く所《ところ》として歡迎《くわんげい》しないものはない。實《じつ》に愉快《ゆくわい》に見物《けんぶつ》することが出來《でき》た。

五日目《かめ》の晩《ばん》、空《そら》には寒月《かんげつ》高《たか》く澄《す》み渡《わた》り、市中《しちう》はなか〳〵賑《にぎは》つてゐた。私《わたし》は一人《ひとり》でロンドンの夜《よる》の街《まち》を見物《けんぶつ》する爲《た》めに、出掛《でか》けやうとすると、キヤナン家《け》の人達《ひとたち》は、

『今夜《こんや》は明月《めいげつ》だから、敵《てき》の飛行船《ひかうせん》の襲撃《しふげき》があるかも知《し》れない。今夜《こんや》は私《わたし》の家《うち》でお話《はな》しになつたら如何《いかゞ》ですか？』

と云《い》つて引留《ひきと》められたが、私《わたし》は

『何《な》あに、そんなことは馴《な》れてゐますから、大丈夫《だいぢやうぶ》です。何卒《どうぞ》御心配《ごしんぱい》なく。』

と云《い》つて外《そと》に出《で》た。

間《ま》もなく私《わたし》は倫敦《ロンドン》の中心《ちうしん》である、チヤーリング、クロッス街頭《かいとう》を、ブラリ〳〵と松葉杖《まつばつゑ》に縋《すが》つ

て歩《ある》いてゐた。或《あ》る活動寫眞館《くわつどうしやしんくわん》の前《まへ》に立《た》つて見《み》ると、面白《おもしろ》さうな寫眞《しやしん》だから、中《なか》に入《はい》つた暫《しば》く見《み》てゐると、突然《とつぜん》一發《はつ》の砲聲《はうせい》が、轟然《がうぜん》として直《す》ぐ間近《まぢか》に響《ひゞ》き渡《わた》つた。

『サテは空中襲撃《くうちうしふげき》かな。』

それとも

『演習《プラクテース》かな』

と思《おも》つて外《そと》に出《で》て見《み》た。

スルト獨逸《ドイツ》のツエッペリン二隻《せき》が、恰《あたか》も銀製《ぎんせい》の飛行船《ひかうせん》の如《ごと》く、月夜《つきよ》の空高《そらたか》く、悠々《いう〳〵》として浮《うか》んでゐる。他《ほか》にもまだゐるやうだが、よく見《み》えない。

地上《ちじやう》からは殷々《ゐん〳〵》たる砲聲《はうせい》と共《とも》に、榴彈《りうだん》を熾《さかん》に打揚《うちあ》げてゐる。榴彈《りうだん》は飛行船《ひかうせん》の近《ちか》くに、白《しろ》い煙《けむ》りを散《ち》らしつつ炸裂《さくれつ》する。探照燈《たんせうとう》の光《ひか》りは無數《むすう》の光線《くわうせん》を空《そら》に投《な》げてゐる。そして月光《げつくわう》と相映《あひえい》じて、アノ銀製《ぎんせい》の置物《おきもの》然《ぜん》たる飛行船《ひかうせん》を照《てら》してゐる。

月夜《つきよ》の空中襲撃《くうちうしふげき》は、實《じつ》に美《うつ》しく詩的《してき》にさへ感《かん》じさせる。戰線《せんせん》に於《お》ける塹壕戰《ざんがうせん》とは、又異《またこと》つた、別種《べつしゆ》の趣《おもむ》きがある。

間《ま》もなく敵《てき》の飛行船《ひかうせん》から投下《とうか》する爆彈《ばくだん》は、市内《しない》の中心地《ちうしんち》に、バン〳〵と落下《らくか》しつつ爆裂《ばくれつ》し出《だ》した。群衆《ぐんしう》は恰《あたか》も蜘蛛《くも》の子《こ》を散《ち》らすやうに、右往左往《うわうさわう》して、狼狽《らうばい》する態《さま》は、さながら狂人《きやうじん》の如《ごと》く、人々《ひと〴〵》は一散《さん》に走《はし》つて、豫《あらかじ》め備《そな》へられてある地下室《ちかしつ》や、地下鐵道《ちかてつだう》の中《なか》に逃《に》げ込《こ》んで行《ゆ》く、街上《がいじやう》の巡査《じゆんさ》は、一々之《これ》を親切《しんせつ》に導《みちび》きつつ、混雜《こんざつ》を防《ふせ》いでゐる。

巡査《じゆんさ》の一人《ひとり》が、私《わたし》がフワりとして松葉杖《まつばづゑ》をついて、この壯快《さうくわい》な空中戰《くうちうせん》に見惚《みと》れてゐるのを見《み》て

『今夜《こんや》の爆彈《ばくだん》は殊《こと》に大《おほ》きいやうだから、危險《きけん》だ。貴方《あなた》も早《はや》く安全地帶《あんぜんちたい》にお逃《に》げなさい。』

と云《い》つて注意《ちうい》して吳《く》れた。私《わたし》は巡査《じゆんさ》に向《むか》つて其《そ》の好意《かうい》を謝《しや》しつつ答《こた》へた。

『ナニ、このやうなことは度々《たび〳〵》接《せつ》してゐますから、爆彈《ばくだん》や、砲聲《はうせい》には、私《わたし》の神經《しんけい》は馴《な》れ切《き》つてゐますので、一向平氣《かうへいき》です。それよりも他《ほか》の人々《ひと〴〵》を、一人《ひとり》でも多《おほ》く收容《しうよう》なさるやうおすすめします。』

と云《い》つて、私《わたし》は、地下鐵道《ちかてつだう》の入口《いりぐち》に立《た》つて、あたりを見物《けんぶつ》してゐた。スルト一軍曹《ぐんさう》は妻君《さいくん》らしい婦人《ふじん》を連《つ》れて逃《に》げて來《き》た。私《わたし》の傍《そば》を通《とほ》るとき、妻君《さいくん》らしき婦人《ふじん》は、軍曹《ぐんさう》に囁《ささや》いた。

『アレは支那人《しなじん》ですか？』

と訊《たづ》ねた、軍曹《ぐんさう》は狼狽《あは》てて、

『馬鹿《ばか》！　今度《こんど》の出征軍人《しゆつせいぐんじん》には、一人《ひとり》も支那人《しなじん》はゐないよ。彼《あ》の人《ひと》は日本人《につぽんじん》だよ。日本人《につぽんじん》は「支《し》那人《なじん》か」などと云《い》はれると、非常《ひじやう》に怒《おこ》るから、以後《いご》注意《ちうい》しなさい。』

と小聲《こごゑ》で話《はな》してゐるのが聞《き》こいてくる。私《わたし》は思《おも》はず軍曹《ぐんさう》を見《み》てニコリとすると、彼《か》れも亦《また》ニコリと目禮《もくれい》して、直《たゞ》ちに其《そ》の女性《ぢよせい》と共《とも》に地下《ちか》鐵道《てつだう》の中《なか》に入《はい》つて行《い》つた。其《そ》の女性《ぢよせい》は私《わたし》の傍《そば》を通《とほ》るとき極《きま》り惡《わ》るさうにして、早足《はやあし》に通《とほ》り拔《ぬ》けて行《い》つた。

この「支那人《しなじん》」かでは、今度《こんど》の日本義勇兵《につぽんぎゆうへい》の人達《ひとたち》の爲《た》めに、汽車《きしや》の中《なか》で一度《ど》、街頭《がいとう》で三度《ど》、英《えい》人等《じんら》は、我《われ》〱の鐵拳《てつけん》で亂打《らんだ》され、得意《とくい》の柔道《じうだう》で投《な》げ飛《と》ばされたので、彼等《かれら》の間《あひだ》には之《これ》が大評判《だいひやうばん》となつて、大《おほい》に英人等《えいじんら》の間《あひだ》に怖《おそ》れられてゐるのだ。

其《そ》の夜《よ》襲撃《しふげき》して來《き》たゼツプは、皆《み》なで五隻《せき》であつた。一隻《せき》はドヴアー海峽《かいけふ》で擊《う》ち落《おと》され、一隻《せき》は歸途《きと》、霧《きり》の爲《た》めに進路《しんろ》を失《うしな》ひ、英國《えいこく》の北《きた》の方《はう》の海《うみ》の空《そら》に、英國《えいこく》の飛行機《ひかうき》の爲《た》めに射落《いおと》され、殘《のこ》りの三隻《せき》は、地上《ちじやう》より射《う》ち揚《あ》げる榴彈《りうだん》の爲《た》めに、其《そ》の目的《もくてき》を達《たつ》し得《え》ず、空《むな》しく船首《せんしゆ》を廻《めぐ》らして遁《のが》れ去《さ》らんとした。之等《これら》の飛行船《ひかうせん》も亦恰《またあたか》も吹《ふ》き寄《よ》せられる霧《きり》の爲《た》めに、周圍《しうゐ》を圍《かこ》まれて遂《つひ》に其《そ》の方向《はうかう》を失《しつ》し、風《かぜ》の爲《た》めに押《お》し流《なが》され、佛國《ふつこく》の上空《じやうくう》に現《あらは》れた。スルト忽《たちま》ち佛國《ふつこく》の高射砲《かうしやはう》の爲《た》めに、三隻《せき》とも擊《う》ち落《おと》されて了《しま》つた。

昔《むかし》、日本《につぽん》に攻《せ》め寄《よ》せた、蒙古《もうこ》の軍勢《ぐんぜい》十萬人《まんにん》は、我《わ》が神風《しんぷう》の爲《た》めに、玄海灘《げんかいなだ》の藻屑《もくづ》と消《き》え、生《い》きて還《かへ》るもの、只《たゞ》三人《にん》であつたさうだ。

今《いま》、英國《えいこく》では、獨逸《ドイツ》の飛行船《ひかうせん》五隻《せき》のうち、生《い》きて還《かへ》るもの三隻《せき》、皆《み》な霧《きり》の爲《た》めに失敗《しつぱい》し、其《そ》の三隻《せき》も歸《かへ》れずに擊《う》ち落《おと》されて了《しま》つた。

日本《につぽん》は神風《しんぷう》の守護《しゆご》する國《くに》で、英吉利《イギリス》は神霧《しんむ》の守護《しゆご》する國《くに》か、何《いづ》れにしても痛快《つうくわい》なことであつた。

その翌日《よくじつ》、キヤナン家《け》の人達《ひとたち》と、芝居見物《しばゐけんぶつ》に出《で》かけた。キヤナン老夫妻《らうふさい》、其《そ》の末女《まつぢよ》、其《そ》の伯父《をぢ》のセピングス、ラスト畫伯《ぐわはく》とであつた。

キヤナン氏《し》は六十餘歳《よさい》で、白髮長身《はくはつちやうしん》の溫厚《をんこう》なる老紳士《らうしんし》だ。妻君《さいくん》は五十五、六歳《さい》で、溫良貞淑《をんりやうていしゆく》な婦人《ふじん》だ。末女《まつぢよ》は十六歳《さい》の可愛《かあい》らしい少女《せうぢよ》で、高等女學校《かうとうぢよがくかう》へ入學《にふがく》したばかりだと聞《き》いた。ライト氏《し》は、嘗《かつ》て日露戰爭《にちろせんさう》の際《さい》、東鄕大將《とうがうたいしやう》の坐乘《ざじやう》してゐた、日本艦隊《につぽんかんたい》の旗艦《きかん》「朝日《あさひ》」に乘艦《じやうかん》することを許《ゆる》され、之《これ》に乘込《のりこ》んでスケッチした。旅順要塞《りよじゆんえうさい》の陷落《かんらく》したときは、外國人《ぐわいこくじん》としての一番乘《ばんのり》で、入城《にふじやう》した人《ひと》である。

日露戰爭《にちろせんさう》の從軍徽章《じうぐんきしやう》を有《も》つてゐる美術家《びじゆつか》で、旗艦《きかん》「朝日《あさひ》」乘込中《のりこみちう》に、東鄕大將《とうがうたいしやう》より祝盃《しゆくはい》として、さされた盃《さかづき》や、島村大將《しまむらたいしやう》からの同《おな》じ盃《さかづき》を所持《しよち》してゐる。そして私《わたし》の伯父《をぢ》の友人《いうじん》であつた。畫室《アトリエ》には、日露戰爭《にちろせんさう》の時《とき》の繪《ゑ》や、今度《こんど》の歐洲大戰《おうしうたいせん》に於《お》けるヴヰミリツヂの激戰《げきせん》の繪《ゑ》など、大作物《だいさくもの》が大分《だいぶ》澤山《たくさん》あつた。

又《また》キヤナン家《け》には、歌麿《うたまろ》の浮世繪《うきよゑ》や、春信《はるのぶ》の浮世繪《うきよゑ》、刀劍《たうけん》、盃《さかづき》、烟管《えんくわん》、陣笠《ぢんがさ》などといふ日本《につぽん》の骨董品《こつとうひん》が澤山《たくさん》陳列《ちんれつ》してあつた。この人達《ひとたち》は大《だい》の日本贔屓《につぽんひいき》であつた。

こんな好都合《かうつがふ》な芝居見物《しばゐけんぶつ》は、あまり經驗《けいけん》が無《な》い。この人達《ひとたち》に取圍《とりかこ》まれて、樂《たの》しい一夜《や》を過《す》ごし其《そ》の翌日《よくじつ》キヤナン孃姉妹《じやうしまい》と訣別《けつべつ》の挨拶《あいさつ》をする爲《た》め、ネツトリーの病院《びやうゐん》を訪問《はうもん》した。スルト院長《ゐんちやう》を初《はじ》め、皆《み》んなで非常《ひじやう》に喜《よろこ》んで、盛《さか》んに歡迎《くわんげい》して吳《く》れた。

私《わたし》の方《はう》で晝食《ちうじき》を御馳《ち》走《そう》するから來《こ》い。とか、私《わたし》の方《はう》には晩餐《ばんさん》に來《き》て下《くだ》さいとか、彼方此方《あちらこちら》から招《まね》かれた。そして知《し》る人《ひと》も、初《はじ》めて會《あ》ふ人《ひと》も、私《わたし》が加奈陀《カナダ》に歸還《きくわん》すると聞《き》いて、其《そ》の航海《かうかい》の無事《ぶじ》なることを祈《いの》つて呉《く》れた。

其《そ》の夜《よ》は病院《びやうゐん》に樂《たの》しく語《かた》り明《あ》かし、翌日《よくじつ》再《ふたゝ》び倫敦《ロンドン》に歸《かへ》つて來《き》た。今度《こんど》はキヤナン家《け》には行《ゆ》かずキングジョージ、エンド、クヰーンメリース、ヴヰクトリア、リーグ倶樂部《くらぶ》へ宿《やど》を定《き》めた。この倶樂部《くらぶ》は、加奈陀《カナダ》遠征軍《ゑんせいぐん》の兵員《へいゐん》に、特《とく》に英政府《えいせいふ》から貸與《たいよ》せられた建物《たてもの》である。

其《そ》の夜《よ》は、ピカデリー街《がい》の方《はう》へ出《で》かけた。その途中《とちう》で英國《えいこく》の一少佐《せうさ》に出會《であ》つた。私《わたし》は少佐《せうさ》に向《むか》つて擧手《きよしゆ》の禮《れい》をすると、少佐《せうさ》は丁寧《ていねい》に答禮《たふれい》しつつ近寄《ちかよ》つて來《き》て、微笑《びせう》しながら、

『君《きみ》は見受《みう》くるところ、重傷兵《ぢうしやうへい》のやうだ。今後《こんご》は皇族以外《くわうぞくいぐわい》には、如何《いか》なる上官《じやうくわん》と雖《いへど》も、只《たゞ》注《ちう》目《もく》のみでよい。擧手《きよしゆ》の禮《れい》には及《およ》ばない。大切《たいせつ》になさい。』

と云《い》つて、ポケツトから葉卷《はまき》の上等《じやうとう》なのを一本取出《ぽんとりだ》して呉《く》れた。そして直《たゞ》ちに群衆《ぐんしう》の中《なか》に姿《すがた》を消《け》して了《しま》つた。

私《わたし》は此《こ》の一少佐《せうさ》の床《ゆか》しい態度《たいど》を思《おも》ふて、暫《しば》し其《そ》の後姿《うしろすがた》を見送《みおく》つて、感慨無量《かんがいむりやう》だつた。

其《そ》れから街《まち》から街《まち》と見物《けんぶつ》して行《い》つた。恰度《ちやうど》レゼイント、ストリートに來《き》た時《とき》、私《わたし》の後方《こはう》から、日本語《につぽんご》で、

『オーイ〳〵。』

と呼《よ》ぶ者《もの》がある。振返《ふりかへ》つて見《み》ると、先發隊《せんぱつたい》の一人《ひとり》で、加奈陀《カナダ》に居《を》つた時《とき》から、永《なが》い間《あひだ》寢食《しんしよく》を共《とも》にしてゐた、親友《しんいう》の一人《ひとり》、清水吉次《しみづきちじ》君《くん》であつた。

『ヤア、何《ど》うだい。』

『オヽ、珍《めづ》らしいなア。實《じつ》に奇遇《きぐう》だなア。』

『實際奇遇《じつさいきぐう》だ。』

『負傷《ふしやう》したのか？　何處《どこ》でやられた？』

『ヴヰミリツヂでやられたよ。ライフルグリネードでだ。』

『清水君《しみづくん》は、賜暇見物《しかけんぶつ》に來《き》たのか。』

『ウム、二週間《しうかん》の賜暇休養《しかきうやう》だ。明日《あす》はもう佛國《ふつこく》の戰場《せんぢやう》に行《ゆ》くのだ。』

『さうか。僕《ぼく》も明日《あす》は加奈陀《カナダ》に歸還《きくわん》することになつてゐる。』

『さうか、まあ兎《と》に角《かく》お茶《ちや》でも飲《の》みながら悠《ゆつ》くり話《はな》さうや。我々《われ〳〵》が倫敦《ロンドン》の街頭《がいとう》に再《ふたゝ》び相見《あひみ》やうとは思《おも》はなかつたなア。』

『實《じつ》に愉快《ゆくわい》だなア。遠《とほ》く日本《につぽん》を去《さ》つて、流離轉々《りうりてん〳〵》、この大戰《たいせん》に參加《さんか》して、僕《ぼく》は大腿骨《だいたいこつ》を粉碎《ふんさい》され、もう再《ふたゝ》び起《た》てないよ。何《な》んと實《じつ》に我々《われ〳〵》は數奇《さくき》の運命《うんめい》に弄《もてゝそ》ばれることか。』

『何《な》に、運命《うんめい》だよ。西洋《せいやう》の奴等《やつら》は、運《うん》を賽《さい》の目《め》のやうに馬鹿《ばか》にするが、東洋人《とうやうじん》は運《うん》といふ奴《やつ》を神《かみ》の意志《いし》のやうに信《しん》じてゐるよ。ナーニ、何《なん》とかなるさ。』

『ウム、どうにかなるよ。』

と、お互《たがひ》に其《そ》の奇遇《きぐう》を喜《よろこ》びつつ、久《ひさ》し振《ぶ》りの日本語《につぽんご》で語《かた》りながら、街上《がいじやう》を歩《ある》いて行《い》つた。

『どうだい、お茶《ちや》などより最後《さいご》のお別《わか》れに、大《おほ》に喰《く》はうではないか？』

『よからう。一杯《ぱい》やらう。そして最後《さいご》の訣《わか》れとしやう。』

其處《そこ》で二人《ふたり》は、「日《ひ》の出屋《でや》」といふ日本人《につぽんじん》の經營《けいえい》する料理店《れうりてん》に行《い》つた。主人《しゆじん》に向《むか》つて、

『僕達《ぼくたち》は、今夜《こんや》はお互《たがひ》に最後《さいご》の會食《くわいしよく》だから、大《おほ》に飲《の》み、大《おほ》に喰《く》ふのだから、日本酒《につぽんしゆ》と、米《こめ》の飯《めし》を喰《く》はせて呉《く》れ！』

と、盛《さか》んに牛飲馬食《ぎういんばしよく》した。

久《ひさ》し振《ぶ》りの日本酒《につぽんしゆ》と日本食《につぽんしよく》だから、甘《うま》いこと夥《おびたゞ》しい。

話《はなし》は後《あと》からと〳〵盡《つ》きないが、日本酒《にっぽんしゅ》はあと上《あ》げられませんと斷《ことわ》られた。此《こ》の料理屋《れうりや》では、日《にっ》本酒《ぽんしゅ》一人《にん》二合宛《がふづゝ》と極《き》められてあるのださうだ。ところが私達《わたしたち》は四合宛《がふづゝの》飲むだから、最《も》う御斷《おこと》りすると云《い》ふのだ。主人《しゅじん》を呼《よ》ぶと、主人公《しゅじんこう》が出《で》て來《き》て、

『あなた方《がた》は、お見《み》受けするところ、國家《こくか》の爲《た》めに、佛國《ふっこく》の戰場《せんぢやう》に御出征《ごしゅっせい》の御樣子《ごやうす》、殊《こと》にお一人《ひとり》は名譽《めいよ》の御負傷《ごふしやう》をなされ、加奈陀《カナダ》に御歸《おかへ》りとのこと、又《また》お一人《ひとり》は再《ふた》び戰場《せんぢやう》に赴《おもむ》かれると云《い》ふお別《わか》れの會食《くわいしよく》だとのことで、私共《わたしども》でも、規定《きてい》を破《やぶ》つて、二合宛《がふづゝ》のところを四合宛差上《がふづゝさしあ》げたやうな次第《しだい》で、他《た》のお客樣《きやくさま》にも出《だ》さねばならず。船《ふね》はなか〳〵當分日本《たうぶんにっぽん》から來《き》さうもありませんから酒《さけ》を運《はこ》んで來《く》る見込《みこ》みもありません。それですから何卒《どうぞ》これで御勘辨《ごかんべん》を願《ねが》ひます。』

と云《い》つて頭《あたま》を下《さ》げだ。

『何《なに》か他《ほか》に飮《の》む物《もの》は無《な》いか？』

『ウヰスキーならばございます。』

『ちやウヰスキーでよいから持《も》つて來《こ》い。』

と、又是《またこ》れから、ウヰスキーを飮《の》みながら話《はな》した。二人《ふたり》は遺憾《ゐかん》なく醉《よ》ふた。其時《そのとき》清水君《しみづくん》は、

『もう僕《ぼく》は、これで滿足《まんぞく》した。死《し》ぬ前《まへ》に一度《ど》喰《く》ひ度《た》いと思《おも》つた、日本食《につぽんしよく》も喰《く》ふたし、又日本《またにつぽん》の酒《さけ》で、君《きみ》と斯《こ》うして倫敦《ロンドン》で祝杯《しゆくはい》を擧《あ》げることが出來《でき》たのは、何《なに》より嬉《うれ》しかつた。もう僕《ぼく》は何時《いつ》死《し》んでもよい。他《ほか》に何《なに》も心殘《こゝろのこ》りが無《な》いよ。』

と云《い》つた。其《そ》の夜《よ》も更《ふ》けてから、私達《わたしたち》は外《そと》に出《で》てから右《みぎ》と左《ひだり》に別《わか》れた。清水君《しみづくん》も其《そ》の後《ご》の戰《たゝか》ひで負《ふ》傷《しやう》したのだつた。

二十六日《にち》の朝《あさ》、私《わたし》はオーピングトンの病院《びやうゐん》に歸《かへ》らうと思《おも》つて、ロンドン、ブリッヂ停車場《ていしやぢやう》に行《ゆ》つた。スルト此處《こゝ》には澤山《たくさん》の將校《しやうかう》が集《あつ》まつてゐた。私《わたし》は傍《そば》の將校《しやうかう》に向《むか》つて、

『何事《なにごと》ですか？』

と訊《たづ》ねた。彼《か》れは親切《しんせつ》に說明《せつめい》して吳《く》れた。

『佛蘭西《フランス》の某中將《ぼうちうじやう》が、軍事上《ぐんじじやう》の打合《うちあは》せの爲《た》めに、我陸軍省《わがりくぐんしやう》を訪問《はうもん》して、今佛國《いまふつこく》に歸《かへ》るところである。そして我々《われ〳〵》は之《これ》を見送《みおく》る爲《た》めに來《き》てゐるのです。』

私《わたし》は松葉杖《まつばづゑ》をついて、プラットホームを歩《ある》いて行《ゆ》くと、其處《そこ》に一人《ひとり》の日本將校《につぽんしやうかう》が立《た》つてゐた。砲兵大尉《はうへいたいゐ》で、參謀《さんぼう》の肩章《けんしやう》と、胸下《きやうか》には陸軍大學出身《りくぐんだいがくしゆつしん》たる、天保錢《てんぽうせん》が輝《かゞや》いてゐた。

私《わたし》は之《これ》を見《み》て何《な》んとなく懷《なつ》かしく思《おも》つた。上官《じやうくわん》からは、聯合國《れんがふこく》の將校《しやうかう》には、擧手《きよしゆ》の禮《れい》をするやうに命《めい》ぜられてゐるので、其《そ》の日本《につぽん》の士官《しくわん》に向《むか》つて擧手《きよしゆ》の禮《れい》をすると、彼《か》れも答禮《たふれい》しながら進《すゝ》み寄《よ》つて來《き》て、傷《きず》の模樣《もやう》や、其他《そのた》種々《いろ〳〵》の事《こと》を訊《たづ》ねた。そして親切《しんせつ》に慰《なぐさ》めて呉《く》れた。

病院《びやうゐん》に歸《かへ》つて見《み》ると、私《わたし》のベッドは、小《ちひ》さい日本《につぽん》の國旗《こくき》で飾《かざ》られ、そしてベッドの上《うへ》に大小《だいせう》二個《こ》の小包《こづつみ》が置《お》いてある。私《わたし》はウォーレー孃《じやう》の訊《たづ》ねた。

『この小包《こづつみ》は何《な》んですか？　何處《どこ》から來《き》たのですか？』

『大《おほ》きい包《つゝ》みの方《はう》は、病院《びやうゐん》からのクリスマスプレセントよ。小《ちひ》さい包《つゝ》みの方《はう》は、キャナン孃《じやう》からの贈物《プレセント》よ。そしてこの小《ちひ》さい國旗《こくき》は、私《わたし》の心《こゝろ》ばかりの御祝《おいは》ひなの！』

と云《い》つて、ウォーレー孃《じやう》はニツコリした。

小《ちひ》さい方《はう》の包《つゝ》みを開《ひら》いて見《み》ると、一個《こ》のゴールド、リングが出《で》て來《き》た。そして此《こ》の指輪《ゆびわ》には、MSと云《い》ふ私《わたし》の頭文字《イニシアル》を組合《くみあは》せ、其《そ》の圍《まは》りにFACと刻《きざ》み込《こ》んであつた。之《これ》はフローレンス、アリソン、キャナンの頭文字《イニシアル》であつた。

一月《くわつ》四日《か》、私《わたし》は愈々《いよ〳〵》リパプールを指《さ》して出發《しゆつぱつ》すべく、命令《めいれい》を受《う》けた。

再びリパブール港

＝何をツ＝さあ参れ！＝銃腕の冴え＝憲兵來る＝軍服侮辱罪＝シンフエン黨の一人＝得意の背負投＝二英人との大格闘＝

西暦《せいれき》一千九百十八年《ねん》（大正《たいしやう》七年《ねん》）一月《ぐわつ》四日《か》

加奈陀《カナダ》に歸還《きくわん》する、名譽《めいよ》の負傷兵《ふしやうへい》六十餘人《よにん》の一行《かう》は、オーピングトン停車場《ていしやぢやう》に向《むか》つて出發《しゆつぱつ》した其《そ》の行列《ぎやうれつ》たるや、頗《すこぶ》る珍妙《ちんめう》を極《きは》めてゐた。或者《あるもの》は義足《ぎそく》を背負《せお》ひ、或者《あるもの》は義手《ぎしゆ》を抱《かゝ》え込《こ》み、或者《あるもの》は松葉杖《まつばづゑ》に倚《よ》り、或者《あるもの》は一眼《がん》を失《うしな》ひ、グル〱捲《ま》きに眼《め》から頭部《とうぶ》にかけて繃帯《ほうたい》する者《もの》、或《あるひ》は乳母車《うばぐるま》に乘《の》る者《もの》など、千姿《し》萬態《はんたい》悲慘《ひさん》なる行列《ぎやうれつ》だ。

オーピングトン停車場《ていしやぢやう》から、軍用列車《ぐんようれつしや》に乘込《のりこ》んだ。間《ま》もなく列車《れつしや》は、ロンドン市中《しちう》にある停車場《ていしやぢやう》で、ウヰルスデン、ジヤンクシヨンに着《つ》いた。列車《れつしや》の窓《まど》から、ロンドン市街《しがい》を眺《なが》めると、キヤナン孃《ぢやう》の家《いへ》が、遙《はる》か向《むか》ふの小高《こだか》い處《ところ》に建《た》つてゐる。懷《なつか》しく思《おも》ひながら窓《まど》に倚《よ》つて、過《す》ぎし日《ひ》の樂《たの》しかつた倫敦《ロンドン》見物《けんぶつ》の赤毛布《あかげつと》振《ぶ》りを思《おも》ひ出《だ》してゐた。

今日《けふ》はミス、キヤナンの誕生日《たんじやうび》であるから、家族《かぞく》の人達《ひとたち》は、定《さだ》めし御馳走《ごちそう》を作《つく》るので忙《せは》しいことであらうなどと思《おも》つてゐると、列車《れつしや》は動《うご》き出《だ》した。

列車《れつしや》は二百餘哩《よまいる》の長《なが》い旅路《たびぢ》を直行《ちよくかう》して、無事《ぶじ》にリパプール港《かう》に着《つ》いた。そして私達《わたしたち》は一と先《ま》づ加奈陀《カナダ》第《だい》五陸軍《りくぐん》病院《びやうゐん》に落付《おちつ》くこととなつた。

此處《ここ》の軍醫《ぐんい》や、看護婦達《かんごふたち》は、喜《よろこ》んで一行《かう》を歡迎《くわんげい》して呉《く》れた。出帆《しゆつぱん》の都合《つがふ》で、一ケ月《げつ》ばかり此《こ》の病院《びやうゐん》に滯在《たいざい》しなければならぬこととなつた。

私達《わたしたち》は何《なん》の用《よう》もないので、毎日《まいにち》公園《こうゑん》に行《い》つたり、市内《しない》を見物《けんぶつ》したり、海岸《かいがん》を散歩《さんぽ》したりしてゐた。

リパプール港《かう》は、英國《えいこく》に於《お》ける有名《いうめい》な港《みなと》で、又英國中《またえいこくちう》でも一番人氣《ばんにんき》の惡《わる》い處《ところ》だ。或《あ》る日曜日《にちえうび》に私《わたし》は、第《だい》十大隊《だいたい》に屬《ぞく》する宮田《みやた》義勇兵《ぎゆうへい》と共《とも》に、散歩《さんぽ》に出《で》かけた。宮田君《みやたくん》は機關銃彈《きくわんじうだん》の爲《た》めに、左《ひだ》の手首《てくび》を撃《う》ち碎《くだ》かれたのであつた。

二人《ふたり》は公園《こうゑん》に行《い》かうと思《おも》つて、益院《えきゐん》の門《もん》を出《で》ると、向《むか》ふから立派《りつぱ》な服装《ふくさう》をした、三人《にん》の英國人《えいこくじん》に出會《であ》つた。妻君《さいくん》と娘《むすめ》とを連《つ》れた紳士《しんし》であつた。スルト通《とほ》りすがりに、其《そ》の令嬢風《れいぢやうふう》の女性《ぢよせい》は、宮《みや》田義勇兵《たぎゆうへい》を見《み》て、父《ちゝ》なる紳士《しんし》に囁《ささや》いた。

『Look that chin !』（之《これ》は頗《すこぶ》る輕蔑《けいべつ》した言葉《ことば》で、我々《われ〳〵》が支那人《しなじん》をチヤンコロと云《い》ふやうな意《い》味《み》なのだ。）

と、之《これ》を聞《き》いた宮田《みやた》は烈火《れつくわ》の如《ごと》く怒《いか》つて、嚇《かつ》となり、今日《けふ》を晴《は》れと着飾《きかざ》つた、花《はな》の如《ごと》き令嬢《れいじやう》にペツとつばきをひつかけた。之《これ》を見《み》るや其《そ》の父親《ちゝおや》は怒《おこ》るの怒《おこ》らないのつて、憤然《ふんぜん》として、

『何《な》んするかツ。』

と怒鳴《どな》つた。そして宮田君《みやたくん》に攫《つか》み掛《か》からうとした。と、宮田君《みやたくん》は、

『何《なに》をツ。』

と叫《さけ》ぶや、持《も》つてゐたステツキを振《ふ》り上《あ》げるや發矢《はつし》とばがり、其《そ》の紳士《しんし》を打《う》たうとした。其《そ》の騷《さわ》ぎを見《み》て、一名《めい》の巡査《じゆんさ》が馳《ち》せ付《つ》けた。

『一體《たい》どうしたのですか？』

と訊《たづ》ねた。宮田君《みやたくん》は巡査《じゆんさ》に向《むか》つて說明《せつめい》した。

『どうも斯《か》うもないよ。此奴《こいつ》は實《じつ》に怪《け》しからん奴《やつ》で、僕《ぼく》のことを、ルック、ザット、チン！ と吐《ぬ》かしやがつた。この軍服《ぐんぷく》を知《し》らんか？ キングス、ユニフォームだぞツ。』

と今度《こんど》は巡査《じゆんさ》にまで喰《く》つて掛《か》かつた。スルト巡査《じゆんさ》は心得顔《こゝろえがほ》に私達《わたしたち》に目顏《めがほ》で知《し》らせるやうにして、

『あなたがたも、病院《びやうゐん》に歸《かへ》る時間《じかん》があるのであらうから、之《これ》に遲《おく》れると惡《わる》からう、早《はや》くお歸《かへ》りなさい。』

と云《い》つたので、これ幸《さいは》ひと私達《わたしたち》は、後《あと》を巡査《じゆんさ》に任《まか》せて、再《ふたゝ》び病院《びやうゐん》の門前《もんぜん》に引返《ひきかへ》して來《き》た。元來《ぐわんらい》ならば婦人《ふじん》に對《たい》して無禮《ぶれい》を働《はたら》いたといふので、侮辱罪《ぶじよくざい》に問《と》はれるのであるが、生憎《あいにく》此方《こちら》がキングス、ユニフォーム（皇帝《くわうてい》の軍服《ぐんぷく》）を着《き》てゐるので、之《これ》は又《また》キングス、ユニフォーム侮辱罪《ぶじよくざい》に問《と》はれるのだ。それで喧嘩《けんくわ》は五分《ぶ》〳〵だつた。

私達《わたしたち》は、一旦《たん》引返《ひきかへ》して見《み》たが、其《そ》れでは面白《おもしろ》くないので、又《また》ノコ〳〵と公園《こうゑん》に向《むか》つて出掛《でか》けて行《い》つた。此處《ここ》でも又《また》一事件《じけん》が起《おこ》つた。一度《ど》あることは二度《ど》あるとか、幸先《さいさき》が惡《わる》かつたのだ。

二人《ふたり》は公園《こうゑん》のベンチに腰《こし》を下《おろ》して休《やす》んでゐた。今日《けふ》は日曜日《にちえうび》なので、多《おほ》くの人《ひと》が出《で》て來《き》て、公《こう》園《ゑん》は賑《にぎ》はつてゐた。私達《わたしたち》のベンチの傍《そば》へ三十三、四歳位《さいぐらゐ》の紳士風《しんしふう》の男《をとこ》がやつて來《き》て、そして私達《わたしたち》

又《また》と地上《ちじやう》に突《つ》きつつ、ステッキをコツ〳〵と地上に突きつつ、

と答《こた》へると、彼《か》れは紳士《しんし》のやるやうに反《そ》つくり返《かへ》り、ステッキをコツ〳〵と地上《ちじやう》に突《つ》きつつ、又《また》

の前《まへ》に突立《つゝた》つて話《はな》しかけた。

『君達《きみたち》は日本人《にっぽんじん》かネ。』

『ウム、さうだよ。』

と答《こた》へると、彼《か》れは紳士《しんし》のやるやうに反《そ》つくり返《かへ》り、ステッキをコツ〳〵と地上《ちじやう》に突《つ》きつつ、又《また》
話《はな》しかけるのだつた。

『戰爭《せんさう》に行《い》つたのかい。御苦勞《ごくらう》なことだねえ。』

と、さも侮辱《ぶじよく》した、皮肉《ひにく》な笑《わら》ひを浮《うか》べながら、凝《じ》つと私達《わたしたち》を見詰《みつ》めた。私《わたし》は彼《か》れに向《むか》つて、

『君《きみ》は何《ど》うして、兵《へい》の志願《しぐわん》をしないのか？』

と訊《たづ》ねた。彼《かれ》は之《これ》を聞《き》くと豪然《がうぜん》として、

『我輩《わがはい》は愛蘭人《アイルランドじん》だ。』

と答《こた》へた。私《わたし》は重《かさ》ねて訊《たづ》ねた。

『ではお前《まへ》はシンフエン黨《たう》か？』

『ホワイ、サアテンリー』『無論《むろん》さ……』

と言《い》つて尙《な》ほも言葉《ことば》を續《つゞ》け、

『一點《てん》君等《きみら》は日本人《にっぽんじん》でありながら、何《な》んで英國兵《えいこくへい》などに志願《しぐわん》したのか？』

『無論《むろん》我々《われ〳〵》は、世界《せかい》の平和《へいわ》と、人道《じんだう》と、正義《せいぎ》との敵《てき》である、獨逸軍《ドイツぐん》を殲滅《せんめつ》させる爲《た》めだ。』

『さうか。然《しか》し何故《なぜ》獨逸《ドイツ》が惡《わる》いのかネ。一體《たい》英國《えいこく》は自分《じぶん》の國《くに》に、何等《なんら》の關係《くわんけい》の無《な》いのに、兵《へい》を動《うご》かし、自國《じこく》の領土《りやうど》を侵害《しんがい》されたわけでもないのに、無意義《むいぎ》の戰爭《せんさう》を起《おこ》してゐるのだ。只《たゞ》獨逸《ドイツ》を惡《にく》むといふ感情《かんじやう》に驅《か》られて、獨逸《ドイツ》を倒《たふ》し、其《そ》の植民地《しよくみんち》を奪《うば》はんとしてゐる。而《しか》して此《こ》の野心《やしん》を遂行《すゐかう》せんが爲《た》めに、我《わ》が愛蘭《アイルランド》にまで、徵兵令《ちやうへいれい》をさへ布《し》かんとしてゐる。……。』

『然《しか》し、君《きみ》は英國《えいこく》の領土《りやうど》が侵害《しんがい》されたわけでもないのにと云《い》つてゐるが、獨逸《ドイツ》が戰爭《せんさう》に勝《か》てば英國《えいこく》は亡《ほろ》ぼされて了《しま》ふではないか。そして全世界《ぜんせかい》はカイゼルの野心《やしん》の爲《た》めに、征服《せいふく》されたなら一體《たい》どうする積《つも》りだ。お前《まへ》の黨《たう》の主張《しゆちやう》も仕事《しごと》も何《なに》も彼《か》も吹《ふ》き飛《と》ばされて了《しま》ふではないか？ 愛蘭《アイルランド》が英國《えいこく》の支配下《しはいか》に在《あ》るより、獨逸《ドイツ》の支配下《しはいか》に屬《ぞく》するとすれば、尙《な》ほ惡《わる》い結果《けつくわ》となるではないか。お前《まへ》は此《こ》のキングス、ユニフオームが眼《め》に入《はい》らないのか。』

『帝王《ていわう》？ キングが何《なん》だ。況《いはん》まキングス、ユニフオームなどは我輩《わがはい》の眼中《がんちう》には無《な》いよ。』

『然《しか》らば、お前《まへ》は獨逸《ドイツ》の行動《かうどう》を是認《ぜにん》するのか！　そして獨逸《ドイツ》の野心《やしん》を受《う》け容《い》れて、其《そ》の足許《あしもと》に平伏《へいふく》する積《つも》りか？』

『いや、我々《われ〳〵》は何《いづ》れの國《くに》へも降服《かうふく》などするものか。アイルランドはアイルランドのアイルランドだ。他國《たこく》の干渉《かんせふ》を受《う》けない自由國《じいうこく》だ。』

『そんなら、今度《こんど》の戰爭《せんさう》に敗《ま》けたら、結局《けつきよく》獨逸軍《ドイツぐん》の爲《た》めに、アイルランドの自由《じいう》も何《なに》も目茶《めちや》々にされて了《しま》ふのだらう。それを我々《われ〳〵》は先見《せんけん》の明《めい》があるから、人類共同《じんるゐきようどう》の敵《てき》である獨逸《ドイツ》を打倒《うちたふ》さうとしてゐるのだ。』

『餘計《よけい》なことだよ。東洋《とうやう》クンだりから、わざ〳〵御苦勞樣《ごくらうさま》な、君等《きみら》が二百や三百參加《さんか》したからつて何《なん》になるもんか……。』

と、言未《げんいま》だ終《をは》らざるに、彼《か》れの身體《からだ》は、二三間《げん》の彼方《かなた》に、モンドリ打《う》つて打倒《うちたふ》された。そして彼《か》れの顏面《がんめん》は、鼻血《はなぢ》で赤《あか》く染《そ》められた。

私《わたし》はなほも右手《めて》のステツキを振《ふ》り上《あ》げて、

『Come on! You blooby lazy dog!』（サア、來《こ》い！　死《し》に損《ぞこな》いの怠《なま》け犬《いぬ》めツ）

と叫《さけ》んで身構《みがま》へた。

公園《こうゑん》に故歩《ゆゑぽ》してゐた多《おほ》くの人々《ひとびと》は、私達《わたしたち》の周圍《しうゐ》を十重《へ》二十重《へ》に取捲《とりま》いて見物《けんぶつ》してゐた。其處《そこ》へ人々《ひとびと》を押分《おしわ》けて憲兵《けんぺい》がやつて來《き》た。

『何事《なにごと》であるか？』

と訊《たづ》ねた。私《わたし》は有《あ》りのまゝのことを話《はな》すと、

『よろしい。』

と云《い》ふが早《はや》いか、憲兵《けんぺい》はシンフヱン黨《たう》の紳士《しんし》を引捕《ひつとら》へて拘引《こういん》して了《しま》つた。彼《か》れは軍服侮辱罪《ぐんぷくぶじよくざい》及《およ》び不敬罪《ふけいざい》に問《と》はれたのであつた。

私《わたし》は其處《そこ》から宮田君《みやたくん》と別《わか》れて、一人《ひとり》ブラ〳〵とステツキを杖《つゑ》について、（此頃《このごろ》は松葉杖《まつばづゑ》をつかないで、ステツキ一本《ぽん》で歩《ある》けるやうになつてゐた。）海岸通《かいがんどほ》りの方《はう》へ歩《ある》いて行《い》つた。スルと今度《こんど》は二人《ふたり》の英國《えいこく》の紳士《しんし》が、酒氣《しゆき》を帯《お》びて、何《なに》か譯《わけ》の解《かい》らぬことを怒鳴《どな》りながら向《むか》ふからやつて來《き》た。彼等《かれら》が私《わたし》の傍《そば》を通《とほ》るとき、丈《せい》の高《たか》い方《はう》の紳士《しんし》が

『ブラツク、ジヤプ！』（日本《につぽん》の黑《くろ》んぼ野郎《やらう》！）

と罵《のゝし》つたものだ。私《わたし》は之《これ》を聞《き》くと一時《じ》にカツとなつて、

『何《なに》をツ。この野《や》郎《らう》。』

と云《い》ふが早《はや》いか、ステッキを振上《ふりあ》げて打《う》ち下《おろ》すと、彼《か》れは早《はや》くも、身《み》を躱《かは》して、私《わたし》に組付《くみつ》いて來《き》た。斯《か》うなると、もう堪《た》まらぬ。傷《きず》の痛《いた》いのなどは忘《わす》れて了《しま》つて、忽《たちま》ち得度《とくど》の背負《せお》ひ投《な》げ見事《みごと》に極《き》まつて、二間許《けんばか》り向《むか》ふに吹飛《ふつと》んで、ゲロ〱とやり出《だ》した。と、も一人《ひとり》が又《また》かかつて來《き》た。此《こ》奴《いつ》は腰投《こしな》げがウマク行《ゆ》かない。何《なん》しろ腰《こし》の骨《ほね》が碎《くだ》けてゐるのだから仕方《しかた》がない、倒《たふ》れかゝつた處《ところ》を、片膝《かたひざ》付《つ》いて、押《おさ》へ込《こ》み、右手《みぎて》の鐵拳《てつけん》をガンと一つ鼻《はな》の先《さ》きへ喰《くら》はし、又《また》も第《だい》二の鐵拳《てつけん》を振《ふ》り上《あ》げたが、どうしたものか一向《かう》に右《みぎ》の手《て》が動《うご》かない。ハテナと思《おも》つて後《うしろ》を振《ふ》り向《む》くと、二人《ふたり》の英《えい》國人《こくじん》が立《た》つてゐて、一人《ひとり》が私《わたし》の右手《みぎて》を、しつかりと握《にぎ》つてゐるのだ。と、彼《か》れが口《くち》を開《ひら》いた。

『もう、君《きみ》、其《そ》れまでやればよいだらう。もう許《ゆる》してやつたらどうかね。
私《わたし》は此處《ここ》の警察署長《けいさつしよちやう》です。前刻《せんこく》から樣子《やうす》は見《み》てゐたから解《わか》つてゐる。此奴《こいつ》らにはなほ私《わたし》からよく言《い》ひ聞《き》かせてやるから、之《こ》れで引取《ひきと》つら何《ど》うですか？』

と言《い》ふのであつた。

『有難《ありがた》う！　ぢやよろしく頼《たの》みます。』

と云《い》つて私《わたし》はあとは何《なん》とも言《い》はずに、立上《たちあが》り、泥《どろ》を拂《はら》つて、署長《しよちやう》の拾《ひろ》つて呉《く》れたステツキをついて、再《ふたゝ》び悠々《いうく》と歩《ある》き出《だ》した。

二度《ど》あることは三度《ど》あると言《い》ふが、何《な》んと怪《おか》しな日《ひ》だ。病院《びやうゐん》に歸《かへ》ると傷《きず》が痛《いた》み出《だ》した。看護婦《かんごふ》は
『何《なに》かなさつたのね？　きつと！』

と云《い》つて、ニヤ〳〵笑《わら》つてゐる。私《わたし》は、

『石《いし》に蹉《つま》づいて轉《ころ》んだのだよ。』

『あーら、ウソ〳〵。軍服《ぐんぷく》のパンツが汚《よご》れて、袖《そで》やなんかに血《ち》が付《つ》いてるわよ。いけないのねえ……。』

と云《い》つてゐるところへ、宮田君《みやたくん》が入《はい》つて來《き》た。

『オイ、あれからどうした。何《なに》か面白《おもしろ》いことでもなかつたか？』

『あつたよ。二度《ど》ある事《こと》は三度《ど》あるで、海岸通《かいがんどほ》りで、二人《ふたり》の英人《えいじん》と喧嘩《けんくわ》して、一人《ひとり》は背負《せおひ》投げ

一人《ひとり》は鐵拳《てつけん》さ。ところが此處《ここ》の警察署長《けいさつしよちやう》が後《うしろ》から僕《ぼく》の右手《みぎて》を握《にぎ》つて動《うご》かさないのさ。之《こ》れには驚《おどろ》いたよ。

傷《きず》か？　傷《きず》の痛《いた》いのなど、すぐ忘《わす》れて了《しま》ふのだよ。ところが今《いま》になつて痛《いた》んで來《き》たよ。今此《いまこ》のレデーに訊《たづ》ねられて困《こま》つてゐるのだよ。』

と話《はな》すと、宮田君《みやたくん》は痛快《つうくわい》がつて、早速看護婦《さうそくかんごふ》に話《はな》したものだ。彼女《かのぢよ》は又軍醫《またぐんい》に報告《はうこく》したので忽《たちま》ちバケの皮《かは》が現《あら》はれて、お目玉《めだま》を頂戴《ちやうだい》した。

永《なが》い間《あひだ》の戰場《せんぢやう》と病院生活《びやうゐんせいくわつ》で、私達《わたしたち》は氣《き》が荒《すさ》んでゆくこと夥《おびただ》しい。人間《にんげん》は流離《りうり》の生活《せいくわつ》は堪《たま》らなく淋《さび》しいものだ。あゝ日本《につぽん》が戀《こひ》しい。

さらば、英國！

二月《ぐわつ》四日《か》、私達《わたしたち》は此《こ》の名殘惜《なごりを》しき英國《えいこく》を後《あと》にして、加奈陀《カナダ》に向《むか》つて出發《しゆつぱつ》することになつた。ネツトリーの病院《びやうゐん》からは、ベントリー孃《じやう》、キヤナン孃《じやう》、フランクリン孃《じやう》、デュア孃《じやう》、連名《れんめい》で電報《でんぱう》が私《わたし》のところに屆《とゞ》いた。

「Bon voyoge,」（無事《ぶじ》なる航海《かうかい》る祈《いの》る）

ボン、ボエージ、唯《たゞ》一語《ご》であるが、之《こ》れには彼女達《かのぢよたち》の眞心《まごゝろ》が籠《こ》められてあるので、私《わたし》はこの電《でん》報《ぽう》を見《み》て非常《ひじやう》に嬉《うれ》しく感《かん》じた。

加奈陀《カナダ》歸還《きくわん》戰傷兵《せんしやうへい》六百名《めい》の一行《かう》は、其《そ》の日《ひ》の夕方《ゆふがた》六時頃《じごろ》、リパプール港《かう》の大棧橋《だいさんばし》に行《い》つた。そこには一萬《まん》五千噸《トン》のアラグノヱ號《がう》が横付《よこつ》けるなつてゐる。一行《かう》六百名《めい》の人々《ひとびと》は何《いづ》れも重傷兵《ぢうしやうへい》なので、看護婦達《かんごふたち》に援《たす》けられつゝ、各自《かくじ》割當《わりあ》てられた船室《せんしつ》に入《はい》つた。

此處《こゝ》でも亦貴族《またきぞく》以上《いじやう》の優遇《いうぐう》を受《う》けた。私《わたし》のアノ喧嘩《けんくわい》以來傷《らいきず》が痛《いた》み出《だ》し、松葉杖《まつばづゑ》に倚《よ》らなければならないやうになつた。私《わたし》は松葉杖《まつばづゑ》をついて甲板《かんぱん》に出《で》て見《み》ると、棧橋《さんばし》の附近《ふきん》には見送《みおく》りの大群衆《だいぐんしう》が、立錐《りつすゐ》の餘地《よち》なきまでに集《あつ》まつてゐる。これらの人達《ひとたち》は、皆《み》な私達《わたしたち》を知《し》らない人達《ひとたち》であるが、或《あるひ》はハンケチを打振《うちふ》り、又《また》は帽子《ばうし》を振《ふ》り、手《て》を振《ふ》りつゝ盛《さか》んに見送《みおく》つてくれる。中《なか》には『無事《ぶじ》なる航海《かうかい》を祈《いの》ります』と大聲《おほごゑ》で叫《さけ》び、一同《いちどう》は歡乎《くわんこ》の聲《こゑ》と共《とも》に盛大《せいだい》に我《わ》が一行《かう》を歡送《くわんそう》してくれる。

私《わたし》は甲板《かんぱん》の上《うへ》から靜《しづ》かに之《これ》を眺《なが》め、今《いま》こそ思《おも》ひ出《で》多《おほ》き英國《えいこく》を去《さ》らんとして、私《わたし》は今迄《いままで》の英國《えいこく》に於《お》ける種々《いろいろ》な出來事《できごと》を、思《おも》ひ出《で》してゐた。

英國皇帝陛下《えいこくくわうていへいか》に拜謁《はいえつ》したこと、ネツトリー病院《びやうゐん》のこと、その樂《たの》しかつた日《ひ》を懷《なつか》しく思《おも》ひ出《だ》された。又《また》はロンドンのキヤナン家《け》のこと、戰友《せんいう》と奇遇《きぐう》や、空中襲擊《くうちうしふげき》や、リバプールの活鬪《くわつとう》など、種《いろ》〱と憶《おも》ひ出《だ》されて、今《いま》この懷《なつか》しき英國《えいこく》を去《さ》れば、再《ふたゝ》び來《こ》られるかどうか判《わか》らない。永久《えいきう》の訣《わか》れかと思《おも》ふと、何《なん》となくセンチになり、果《は》ては暗淚《あんるゐ》を催《もよほ》して來《き》たので、私《わたし》は急《いそ》いで船室《せんしつ》に入《はい》つて了《しま》つた。

眼《め》を覺《さ》ますと、最《も》う夜《よ》は明《あ》け離《はな》れて、船《ふね》は遠《とほ》く大西洋《たいせいやう》に乘《の》り出《だ》してゐた。私《わたし》は甲板《かんぱん》に立《た》つて遙《はる》かに英本國《えいほんこく》の方《はう》を眺《なが》めると、只《たゞ》一羽《は》の鷗《かもめ》が、群青色《ぐんぜういろ》の海上《かいじやう》を、白《しろ》くフワリ〱と飛《と》びながら、何《ど》處《こ》までもと、私達《わたしたち》の乘船《じようせん》アラグノヱ號《がう》に蹤《つ》いて來《く》る。

翌日《よくじつ》になつても、一羽《は》の白《しろ》い鷗《かもめ》は、まだ飛《と》び續《つゞ》け、アラグノヱ號《がう》を追《お》つて、蹤《つ》いてくる或時《あるとき》は檣《ますと》にとまり、又《また》は船《ふね》の周圍《しうゐ》を飛《と》びつゝ蹤《つ》いて來《く》る。

『あゝ、お前《まへ》は可憐《かれん》な鷗《かもめ》だ。お前《まへ》は一體《たい》誰《た》れの使《つか》ひなのか？　C孃《じやう》か？　F孃《じやう》か、D孃《じやう》か、B孃《じやう》か、それとも戰友達《せんいうたち》の英魂《えいこん》の使《つか》ひか？　そしてお前《まへ》は何處《どこ》まで蹤《つ》いてくるのか？　この大洋《たいやう》の中《なか》を、お前《まへ》の翼《つばさ》は疲《つか》れないのか。オ、、優《やさ》しき我《わ》が友《とも》よ！　愛《あい》らしき鷗《かもめ》よ！』

と、獨語《どくご》しながら私《わたし》は暫《しばら》く鷗《かもめ》を見《み》つめて立《た》つてゐた。

鷗《かもめ》は、三晝夜《ちうや》の間《あひだ》、私達《わたしたち》の船《ふね》の後《あと》を慕《した》ふて飛《と》んで來《き》た。そしていつか其《そ》の影《かげ》が消《き》えると、其《そ》の夜《よ》から海《かい》は次第《しだい》に荒《あ》れて來《き》た。漸《やうや》く險惡《けんあく》なる天候《てんこう》となり、頓《やが》て嵐《あらし》と變《かは》つた。大西洋《たいせいやう》の怒濤《どたう》は、山《やま》の如《ごと》く、澎湃《はうはい》として起《おこ》り。船《ふね》は木《こ》の葉《は》の如《ごと》く搖《ゆ》れ出《だ》した。船《ふね》が傾《かたむ》くとガチヤ、ガチヤーンと皿《さら》やビンなどの碎《くだ》ける音《おと》が浪《なみ》の音《おと》に和《わ》して聞《きこ》えて來《く》る。戰場往來《せんぢやうわうらい》の勇敢《ゆうかん》なる鬪士達《とうしたち》も、この海上《かいじやう》の嵐《あらし》には大《おほい》に弱《よわ》らせられた。

嵐《あらし》は一週間《しうかん》も續《つゞ》いた。スルトＳＯＳの無線電信《むせんでんしん》が、此《こ》の嵐《あらし》の中《なか》にかゝつて來《き》た。

『本船《ほんせん》は米國《べいこく》の運送船《うんそうせん》で、米國《べいこく》の陸兵《りくへい》を滿載《まんさい》してゐる。今本船《いまほんせん》は颶風《ぐふう》の中心圏内《ちうしんけんない》に在《あ》り。舵機《だき》を失《うしな》ひ進退《しんたい》の自由《じいう》を失《しつ》す。救助《きうじよ》を求《もと》む。』

と云《い》ふのだ。アラグノヱ號《がう》は之《これ》を救助《きうじよ》すべく、早速進路《さつそくしんろ》を變《か》へて、其《そ》の地點《ちてん》へ二三哩《まいる》と云《い》ふ所《ところ》まで行《ゆ》くと、又無電《またむでん》がかゝつて來《き》た。

『本船《ほんせん》は、今米國軍艦《いまべいこくぐんかん》の救助《きうじよ》を受《う》く。貴船《きせん》の好意《かうい》を謝《しや》す。』

といふのであつた。再《ふたゝ》び進路《しんろ》を加奈陀《カナダ》に向《むか》つて取《と》り、走《はし》り續《つゞ》けて行《ゆ》くと、漸《やうや》く嵐《あらし》も靜《しづ》まりホツと一と安心《あんしん》してところへ、又無電《またむでん》がかゝつて來《き》た。

『加奈陀《カナダ》沿岸《えんがん》に、敵《てき》の一潜航艇《せんかうてい》見ゆ。』

と云《い》ふのだ。

此度《こんど》は嵐《あらし》よりも危險《きけん》なものが飛出《とびだ》して來《き》たのだ。私達《わたしたち》の船《ふね》は俄《にはか》に燈火《とうくわ》を消《け》して、警戒進行《けいかいしんかう》を爲《な》すことゝなつた。そして迂廻航路《うくわいかうろ》を取《と》り、二月《ぐわつ》十六日《にち》に無事《ぶじ》ハリフアツクス港《かう》に着《つ》いた。

アラグノヱ號《がう》は、今靜《いましづ》かに〲入港《にふかう》しつゝある。私《わたし》は甲板《かんぱん》の上《うへ》に立《た》つて眺《なが》めると、驚《おどろ》いたことには、ハリフアツクス港《かう》の市街《しがい》は、影《かげ》も形《かたち》もなく消《き》え失《う》せてゐる。

出征《しゆつせい》するとき此處《ここ》を通過《つうくわ》したのだつた、其《そ》のときは灰色《はいいろ》の軍港《ぐんかう》として、活氣横溢《くわつきわういつ》の港街《みなとまち》であつた。然《しか》るに今《いま》は焦土《せうど》と化《くわ》し、アノ大棧橋《だいさんばし》などは何處《どこ》へ飛《ひ》んで了《しま》つたか、影《かげ》も形《かたち》もない。實《じつ》に不思《ふし》議《ぎ》なことだ。

私《わたし》は夢見《ゆめみ》るやうな心地《ここち》で、ハリフアツクス港《かう》の焦土《せうど》を眺《なが》めてゐたが、傍《かたは》にゐる船員《せんゐん》に其《そ》の理由《りいう》を訊《たづ》ねた。其《そ》の船員《せんゐん》の語《かた》るところに依《よ》ると、

米國《べいこく》の一汽船《きせん》が、爆藥《ばくやく》三千五百噸《トン》、其他《そのた》多數《たすう》の銃砲彈《じうはうだん》を滿載《まんさい》して、佛國《ふつこく》の戰線《せんせん》に輸送《ゆそう》する爲《た》め

このハリフアックス港《かう》を出帆《しゆつぱん》せんとして動《うご》き出《だ》した。恰度《ちやうど》其《そ》の時《とき》、一隻《せき》の汽船《きせん》が入港《にふかう》して來《き》た。その船《ふね》はペリジアン、レリーフ號《がう》であつた。

　このレリーフ號《がう》の一等運轉手《とううんてんしゆ》といふのが、獨探《どくたん》であつたのだ。此時《このとき》彼《か》れは此《こ》の船《ふね》の舵《かぢ》を取《と》つてゐた。彼《か》れは以前《いぜん》から他《た》の獨探《どくたん》から知《し》らせて來《き》た無線電信《むせんでんしん》の暗合《あんがふ》に依《よ》つて、ハリフアックス港《かう》を出帆《しゆつぱん》せんとする米國《べいこく》の汽船《きせん》が、多《おほ》くの爆薬《ばくやく》と、銃砲彈《じうはうだん》とを満載《まんさい》して、今日出帆《こんにちしゆつぱん》することを、豫《あらかじ》め知《し》つてゐたのだ。夫《そ》れ故《ゆゑ》彼《か》れは死《し》を決《けつ》して、米國《べいこく》の汽船《きせん》に向《むか》つて、彼《か》れの乘《の》つてゐるペルジアン、レリーフ號《がう》を衝突《しようとつ》させたのであつた。

　しかして玆《こゝ》に最《もつと》も悲壯《ひさう》なる一大焦熱地獄《だいせうねつぢごく》を現出《げんしゆつ》したのである。それは實《じつ》に驚《おどろ》くべき大爆音《だいばくおん》と共《とも》に、船《ふね》も、人《ひと》も、貨物《くわもつ》も、棧橋《さんばし》も、ハリフアックスの市街《しがい》も、何《なに》も彼《か》も一時《じ》にフツ飛《と》ばして了《しま》つた。續《つゞ》いて市街《しがい》には大火災《だいくわさい》が起《おこ》り、眞《しん》に慘憺《さんたん》たる光景《くわうけい》を呈《てい》するに至《いた》つたのである。

　市民《しみん》は無數《むすう》の死傷者《ししやうしや》を出《だ》し、死者《ししや》のみで三千餘人《よにん》を出《だ》したのだ之《これ》を見《み》ても如何《いか》に凄慘《せいさん》な出來事《できごと》であつたかゞ判《わか》るであらう。私達《わたしたち》が上陸《じやうりく》したとき、焦土《せうど》と化《くわ》した街頭《がいとう》には、片腕《かたうで》の無《な》い子供《こども》や、片脚《かたあし》の無《な》い子供達《こどもたち》が、松葉杖《まつばづゑ》に縋《すが》つて其《そ》の燒跡《やけあと》に遊《あそ》んでゐるのを見《み》た。この驚《おどろ》くべき悲慘事《ひさんじ》に對《たい》して、私《わたし》は涙《なみだ》と共《とも》に驚異《きやうい》の眼《め》を見張《みは》らずにはゐられなかつた。

聞《き》くところに依《よ》れば、全市《ぜんし》より十七、八哩《マイル》も離《はな》れてゐる處《ところ》に居《を》つた電信技師《でんしんぎし》が、其爆音《そのばくおん》の爲《た》めに死《し》んだといふことである。之《これ》を以《もつ》ても如何《いか》に其《そ》の爆音《ばくおん》の激《はげ》しかつたかゞ解《わか》る。

私《わたし》は出征《しゆつせい》の際《さい》立寄《たちよ》つた、例《れい》の場末《ばすゑ》の理髪店《りはつてん》に再《ふたゝ》び寄《よ》つて、種々《いろ〳〵》の話《はなし》を爲《な》さんと樂《たの》しみにして來《き》て見《み》たが、今《いま》は何處《どこ》に行《い》つたか其《そ》の生死《せいし》すらも解《わか》らない。

人生朝露《じんせいてうろ》の如《ごと》しといふが、實《じつ》に人《ひと》の命《いのち》ほど儚《はか》ないものは無《な》い。アノ艶麗花《えんれいはな》の如《ごと》き佳人《かじん》は、今何《いまいづ》處《こ》にゐるであらう？　彼女《かのぢよ》の戀人《こひびと》は今果《いまはた》して生《い》きてゐるであらう乎《か》。

私《わたし》は感慨胸《かんがいむね》に迫《せま》つて、暫《しば》し焦土《せうど》の上《うへ》に立《た》ちつくした。

再び加奈陀へ

＝甘い紅茶＝此處は加奈陀だ＝勇士の如くに＝コンノート殿下に拜謁＝懷かしき日本へ＝

一同は間《ま》もなく、軍用列車《ぐんようれつしや》に乘《の》り込《こ》むことゝなつた。名《な》は軍用列車《ぐんようれつしや》であるが、其《そ》の室内《しつない》の美麗《びれい》なこと、その設備《せつび》の完全《くわんぜん》なことは實《じつ》に驚《おどろ》くべきものがある。一種《しゆ》の貴賓車《きひんしや》だ。貴族《きぞく》や富豪《ふがう》の旅行《りよかう》と同格《どうかく》な待遇《たいぐう》だ。私達《わたしたち》は悠然《いうぜん》として寢臺車《しんだいしや》に横《よこた》はり、上等《じやうとう》の葉卷《はまき》の煙《けむり》を窓外《そうぐわい》に吐《は》き出《だ》すとき、恰《あたか》も凱旋將軍《がいせんしやうぐん》のそれの如《ごと》く感《かん》じた。

二人《り》の負傷兵《ふしやうへい》に、黑人《こくじん》のボーイが一人《り》宛《づゝ》の割合《わりあひ》で附添《つきそ》つてゐる。列車《れつしや》の中《なか》は上等《じやうとう》の煙草《たばこ》の山《やま》だ。金口《きんくち》、シガー、各種《かくしゆ》の煙草《たばこ》が備《そな》へてある。又《ま》た菓子《くわし》の山《やま》、林檎《りんご》の山《やま》だ。其《そ》の接待振《せつたいぶ》りは實《じつ》に盛《さか》んなものであつた。

食堂《しよくだう》に入《はい》ると、給仕《きふじ》や、ボーイは恰《あたか》も貴賓《きひん》に對《たい》するやうに、搦躬如《きつきうじよ》として、侍《かしづ》いてゐる。

私達《わたしたち》は、御馳走《ごちそう》を喰《た》べ終《をは》ると、今度《こんど》は食後《しよくご》のデザートコースに入《はい》る。其《そ》の時《とき》ボーイの持《も》つて來《き》た紅茶《こうちや》は實《じつ》に甘《あま》かつた。私《わたし》は今迄《いままで》にこんな甘《あま》い紅茶《こうちや》は飲《の》むだことが無《な》い。英國《えいこく》でも、佛國《ふつこく》でも私《わたし》は是程甘《これほどあま》いのを飲《の》むだことが無《な》かつた。其《そ》の上《うへ》テーブルには山《やま》の如《ごと》く角砂糖《かくさたう》が盛《も》られてある。

私達《わたしたち》は、ロツキング、チエヤーに身《み》を沈《しづ》め、葉卷《はまき》の煙《けむり》を横《よこ》チヨに吹《ふ》き飛《と》ばす時《とき》、何《な》んとはなしに、愉快《ゆくわい》な氣分《きぶん》となり、今迄《いままで》の地獄《ぢごく》のやうな砲火《はうくわ》の勞苦《らうく》も、一時《じ》にケシ飛《と》んで了《しま》ふやうな氣《き》がした。

私《わたし》はこの盛《さか》んなる歡迎振《くわんげいぶ》りを見《み》て、傍《そば》にゐる英兵《えいへい》に訊《たづ》ねた。

『一體《たい》これは何《ど》うしたといふのだ。』

『君《きみ》！ 此處《ここ》を何處《どこ》だと思《おも》ふ？ 此處《ここ》は加奈陀《カナダ》だよ！ 我々《われわれ》の故郷《こきやう》ぢやないか！』

といふと、もう一人《り》の英兵《えいへい》は、之《これ》を聞《き》くと愉快《ゆくわい》さうにニコ〱して、

『我々《われわれ》は地獄《ぢごく》より、花《はな》の故郷《こきやう》に再《ふたゝ》び歸《かへ》つて來《き》たのさ。』

一同《どう》は之《これ》を聞《き》いて樂《たの》しさうに笑《わら》ひながら、傷《きず》の痛《いた》さも忘《わす》れて、戰場《せんぢやう》に於《お》ける功名手柄話《こうみやうてがらはなし》に、それからそれへと話《はなし》は盡《つ》きない。

列車《れつしや》は此《こ》の樂《たの》しい笑《わら》ひ聲《ごゑ》を乘《の》せて、西《にし》へ、西《にし》へと走《はし》つて行《ゆ》く。

二月《ぐわつ》二十四日《か》午後《ごご》十二時《じ》、列車《れつしや》はキヤルガリー停車場《ていしやぢやう》に着《つ》いた。山東平原《さんとうへいげん》は夜《よ》も早《は》や更《ふ》け過《す》ぐる冬《ふゆ》の眞夜中《まよなか》、寒《さむ》さは一しほ身《み》に沁《しみ》て、只《た》だロツキー颪《おろし》が吹《ふ》き捲《ま》いてゐる。それにも拘《かゝは》らず停車場《ていしやぢやう》は、歡迎《くわんげい》の群衆《ぐんしう》で滿《み》ちてゐた。

列車《れつしや》は此處《ここ》に一時間《じかん》ばかり停車《ていしや》することゝなつた。私《わたし》は少《すこ》し散歩《さんぽ》しやうと思《おも》つて下車《げしや》した。其《そ》の時《とき》三人《にん》の貴婦人《きふじん》が、私《わたし》の傍《そば》に近《ちか》づいて來《き》て、

『此《こ》の列車《れつしや》には、日本人《につぽんじん》の負傷兵《ふしやうへい》で、諸岡《もろをか》さんと言《い》はるゝ方《かた》が居《を》らるゝさうですが、貴方《あなた》は諸《もろ》岡《をか》さんではありませんか？』

と訊《たつ》ねられた。當《たう》の本人《ほんにん》たる私《わたし》は少《すくな》からず驚《おどろ》いて是等《これら》の人々《ひとびと》に訊《たつ》ねた。

『私《わたし》は日本義勇兵《につぽんぎゆうへい》の諸岡幸麿《もろをかさちまろ》と云《い》ふ者《もの》ですが、貴女方《あなたがた》は如何《どう》して私《わたし》が此處《ここ》へ來《く》るといふことを御存《ごぞん》じなのですか？　そして貴女方《あなたがた》は誰人《どなた》ですか？』

『妾達《わたしたち》は今朝《けさ》の新聞《しんぶん》で、貴方《あなた》が此處《ここ》を御通過《おつうくわ》なさるといふことを知《し》つたのです。』

と答《こた》へた。そして此《こ》の貴婦人達《きふじんたち》の一人《り》は、聯隊長《れんたいちやう》スペンサー中佐夫人《ちうさふじん》で、一人《り》は、マクベリー少《せう》佐《さ》の妹《いもうと》さんで、も一人《り》は、デヴヰス大尉夫人《だいゐふじん》であつた。

この三人《にん》の婦人達《ふじんたち》は、名譽《めいよ》ある負傷《ふしやう》を賞揚《しやうやう》し、戰鬪《せんとう》の勞苦《らうく》を犒《ねぎら》ふて呉《く》れた。

私《わたし》は、スペンサー中佐《ちうさ》及《およ》びマクベリー少佐《せうさ》の無事《ぶじ》を告《つ》げることは出來《でき》たが、デヴヰス大尉夫人《たいゐふじん》に對《たい》しては、云《い》ふべき言葉《ことば》を知《し》らなかつた。見《み》ればデブヰス夫人《ふじん》は寂《さび》しく喪服《もふく》を纏《まと》ふてゐられた

デヴヰス大尉《たいゐ》は、飛行機《ひかうき》に乘《の》つて奮戰中《ふんせんちう》、不幸《ふかう》にも敵機《てきき》の爲《た》めに擊《う》ち落《おと》され、華々《はなばな》しき名譽《めいよ》の戰死《せんし》を遂《と》げたのであつた。私《わたし》は無言《むごん》の儘《まゝ》、デヴヰス夫人《ふじん》と固《かた》い握手《あくしゆ》をするより外《ほか》はなかつた。この時《とき》、夫人《ふじん》の双眼《さうがん》からは涙《なみだ》が流《なが》れた。私《わたし》は今迄《いままで》歡迎《くわんげい》々々で醉《よ》はされてゐたが、之《これ》を見《み》て悄然《しやうぜん》として我《われ》に返《かへ》つた。そして我《わ》が戰友達《せんいうたち》の戰死《せんし》を思《おも》ひ、其《そ》の人達《ひとたち》の家族《かぞく》の愁《かな》しみを思《おも》ふとき、私《わたし》は悄然《せうぜん》として、この人々《ひとびと》の不幸《ふかう》を衷心《ちうしん》から悼《いた》み、同時《どうじ》に、自分《じぶん》の不幸中《ふかうちう》の幸《さいは》ひを、感謝《かんしや》する心《こゝろ》が蘇《よみがへ》つて來《き》た。

軈《やが》て午前《ごぜん》一時《じ》に列車《れつしや》はキヤルガリー停車場《ていしやぢやう》を動《うご》き出《だ》した。群衆《ぐんしう》の歡呼《くわんこ》の聲《こゑ》を後《あと》にして、ロッキー山脈《さんみやく》も夢《ゆめ》の間《ま》に越《こ》え、其《そ》の翌々日《よくくじつ》の朝《あさ》、無事《ぶじ》に晩市《ヴアンクーバー》にに到着《たうちやく》した。

私《わたし》が列車《れつしや》から出《で》て、停車場《ていしやぢやう》に下《お》りて行《ゆ》くと忽《たちま》ち新聞記者《しんぶんきしや》の包圍攻擊《はうゐこうげき》を受《う》けた。ポンポンと發火《はつくわ》するマグネシユームの光《ひか》りや、其《そ》の濛々《まうまう》たる煙《けむり》に惱《なや》まされ、如何《いか》に戰場《せんぢやう》は往來《わうらい》しても、此《こ》の不意《ふい》の攻擊《こうげき》には、尠《すくな》からず面喰《めんくら》つた。

其《そ》の日《ひ》の夕刊《ゆふかん》には、

「西部《せいぶ》戰場《せんぢやう》の勇士《ゆうし》、日本人義勇兵《にっぽんじんぎゆうへい》諸岡幸麿氏《もろをかさちまろし》還《かへ》る。」

など大々的《だい〳〵てき》見出《みだ》しと共《とも》に、私《わたし》の寫眞《しやしん》と、私《わたし》の談話《だんわ》とが掲載《けいさい》されてゐた。戰友達《せんいうたち》は夕刊《ゆふかん》を幾枚《いくまい》も〳〵持《も》つて來《き》て、私《わたし》に見《み》せ、我事《わがこと》のやうに喜《よろこ》んでゐた。私《わたし》は之《これ》を見《み》て冷汗《ひやあせ》の出《で》るのを禁《きん》じ得《え》なかつた。

出征《しゆつせい》するときの苦心《くしん》と、アノ迫害《はくがい》と、今日《こんにち》この歡迎《くわんげい》と人氣《にんき》とを思《おも》ふと、人生《じんせい》の事《こと》は實《じつ》に紙《かみ》一重《へ》の間《あひだ》に變《かは》るものだと泌《し》み〴〵感《かん》じた。又人情反覆《またにんじやうはんぷく》の常《つね》なきにも感《かん》ぜざるを得《え》なかつた。

私達《わたしたち》は、ショウネツシー、ミリタリー、コンヴアルセント、ホスピタル（ショウネツシー陸軍《りくぐん》保養病院《ほやうびやうゐん》）に收容《しうよう》せらるゝこととなつた。

千九百十八年《ねん》七月中旬《ぐわつちうじゆん》、コンノート殿下《でんか》が、我《が》が日本《にっぽん》の帝室《ていしつ》を御訪問遊《ごはうもんあそ》ばされ、其《そ》の御歸路《おきろ》を晩市《ヴアンクーバー》に御立寄《おたちよ》りなされた。其《そ》の時殿下《ときでんか》には直《たゞ》に我《われ》〳〵の病院《びやうゐん》を御慰問遊《ごゐもんあそ》ばされた。

私達《わたしたち》は看護婦《かんごふ》に扶《たす》けられて、門前《もんぜん》に御出迎《おでむか》ひ申上《まをあ》げた。其時殿下《そのときでんか》は私《わたし》に近《ちか》づかせられ、

『傷《きず》はどうであるか？　日本《にっぽん》は氣候《きこう》がよいから、卿《おみ》の身體《からだ》にも適《かな》ふであらうし、傷《きず》も亦早《またはや》く全快《ぜんくわい》するであらうから、日本《にっぽん》に歸《かへ》つてはどうか？』

と仰《あふ》せられた。私《わたし》に附添《つきそ》ひの看護婦《かんごふ》ローソン嬢《ぢやう》は私《わたし》の代《かは》りに御禮《おれい》の言葉《ことば》を申上《まをあ》げてくれた。

私《わたし》は殿下《でんか》の御言葉《おことば》に依《よ》り、其後間《そのごま》もなく日本《につぽん》に歸《かへ》ることゝなり、大正《たいしやう》七年《ねん》九月《ぐわつ》六日《か》、十年振《ねんぶ》りに懷《なつか》しい故國《ここく》の土《つち》を踏《ふ》んだ。私《わたし》は故國《ここく》の方々《かたがた》へ御土産《おみやげ》として以上記述《いじやうきじゆつ》した事柄《ことがら》の外《ほか》、次《つぎ》の一事《じ》をつけ加《くは》へたい。

我《わ》が日本人義勇兵《につぽんじんぎゆうへい》二百名《めい》は、數《すう》に於《おい》ては外人側《ぐわいじんがは》に及《およ》ばなかつたが、奮闘力戰《ふんとうりきせん》の功績《はたらき》は、遙《はる》かに彼等《かれら》の上《うへ》にあると確信《かくしん》してゐる。

又私達《またわたしたち》は日本男兒《につぽんだんじ》としての名《な》を汚《けが》すやうなことは斷《だん》じて爲《し》なかつた。

其《そ》の一例《れい》を擧《あ》ぐるならば、

仙臺出身《せんだいしゆつしん》の戰友《せんいう》二階堂榮五郎《かいだうえいごらう》氏《し》は、胸《むね》に重傷《ちうしやう》を負《ふ》ふて假野戰病院《かりやせんびやうゐん》に運《はこ》ばれて來《き》た。其《そ》の時同時《ときどうじ》に獨逸《ドイツ》の將校《しやうかう》が一名負傷《めいふしやう》して運《はこ》ばれて來《き》た。すると看護長《かんごちやう》は何《なん》と思《おも》つたか獨逸《ドイツ》の將校《しやうかう》の方《はう》を先《さ》きに手當《てあて》に取《と》りかゝつたのであつた。

恰《ちやう》ど其時軍醫《そのときぐんい》が見巡《みまは》つて來《き》て、この樣子《やうす》を見《み》るや、看護長《かんごちやう》に向《むか》つて、

『看護長《かんごちやう》！　お前《まへ》は何故獨逸《なにゆゑドイツ》の外道《げだう》から先《さき》に手當《てあて》をするのか？　お前《まへ》は其處《そこ》にゐる勇敢《ゆうかん》なる日《につ》

本義勇兵《ほんぎゆうへい》の負傷者《ふしやうしや》が眼《め》に入《はい》らんのか？ 大馬鹿者奴《おほばかものめ》！』

と烈《はげ》しく叱責《しつせき》された。看護長《かんごちやう》は止《や》むなく獨逸《ドイツ》の將校《しやうかう》をすてゝ、二階堂《かいだう》義勇兵《ぎゆうへい》の手當《てあて》に取《とり》かゝらうとした。

其《その》時《とき》に、二階堂榮五郎君《かいだうえいごらうくん》は軍醫《ぐんい》の聲《こゑ》を聞《き》き、手《て》を擧《あ》げて看護長《かんごちやう》を制止《せいし》した。そして苦痛《くつう》に堪《た》えつゝ話《はな》し出《だ》した。

『マア、待《ま》つて下《くだ》さい。私《わたし》の命《いのち》は最早助《もはやたす》からないと思《おも》ひます。故《ゆゑ》に若《も》し其處《そこ》にゐる獨逸《ドイツ》の將校《しやうかう》の命《いのち》が助《たす》かるならば、何卒《どうぞ》先《さき》に手當《てあて》をしてやつて下《くだ》さい。』

と云《い》つた。軍醫《ぐんい》は之《これ》を聞《き》いて潸然《せんぜん》として泣《な》いた。そして並居《なみゐ》る人々《ひとびと》も、この崇高《すうかう》なる二階堂君《かいだうくん》の武士的態度《ぶしてきたいど》に、感激《かんげき》の涙《なみだ》を流《なが》したのであつた。

そして間《ま》もなく二階堂榮五郎君《かいだうえいごらうくん》は死《し》んで了《しま》つた。

噫《あゝ》、其《その》壯烈《さうれつ》に至《いた》つては、誰《た》れか泣《な》かざるものがあらうか。

仙臺《せんだい》なる二階堂家《かいだうけ》の人々《ひとびと》よ！ 榮五郎君《えいごらうくん》のこの世界的《せかいてき》に發揚《はつやう》した、日本武士的行爲《につぽんぶしてきかうゐ》に、御滿足《ごまんぞく》あらんことを望《のぞ》み、之《こ》の美談《びだん》をお傳《つた》へします。

又《また》、戰友《せんいう》壇上《だんじやう》虎之助《とらのすけ》君《くん》は、負傷《ふしやう》後《ご》幾度《いくど》も手術《しゆじゆつ》をしたが、どうも結果《けつくわ》が面白《おもしろ》く行《ゆ》かなかつた。それで又々《また〳〵》手術《しゆじゆつ》をすることゝなつた。

スルト壇上君《だんじやうくん》は魔睡藥《ますゐやく》を用《もち》ゆることを斷《ことわ》つた。

『魔睡藥《ますゐやく》など用《もち》ゆる必要《ひつえう》はないよ。面倒臭《めんだうくさ》いから早《はや》くさつ〳〵と行《や》つて呉《く》れ給《たま》へ！　魔睡藥《ますゐやく》など用《もち》ゆると後《あと》で氣持《きもち》が惡《わる》くなるから止《や》めて貰《もら》はう。其《そ》の代《かは》り、日本男兒《につぽんだんじ》だ。少《すこ》しでも痛《いた》いなどゝ云《い》つたら、私《わたし》の首《くび》を上《あ》げるよ。』

と云《い》つて、どうしても魔睡藥《ますゐやく》を用《もち》ゆることを承知《しようち》しなかつた。それで止《や》むなく軍醫《ぐんい》は魔睡藥無《ますゐやくな》しで手術《しゆじゆつ》を爲《な》した。然《しか》るに彼《か》れは如何程《いかほど》痛《いた》くとも、齒《は》を喰《く》ひしばつて、遂《つひ》に最後《さいご》まで「痛《いた》い」と云ふことを一言《こと》も言《い》はずに堪《こら》え通《とほ》したのであつた。其《そ》の强情我慢《がうじやうがまん》の强《つよ》いのには英人等《えいじんら》も舌《した》を捲《ま》いて驚嘆《きやうたん》したといふことである。

私達《わたしたち》は、出征《しゆつせい》する時《とき》に、お互《たがひ》に申合《まをしあは》せた、

『如何《いか》なることがあつても、外人《ぐわいじん》の前《まへ》では痛《いた》いなどといふ弱音《よわね》は吐《は》かないこと』

といふことを一同約束《どうやくそく》したのであつた。

そして私達《わたしたち》は如何《いか》なる場合《ばあひ》にも此約束《このやくそく》を守《まも》りつゞけ、日本男児《につぽんだんじ》であるといふことを常《つね》に頭《あたま》から離《はな》したことがなかつた。

加奈陀《カナダ》軍《ぐん》は、イープル戰《せん》、ソンム戰《せん》、メッシン戰《せん》、ヴヰミリッヂ戰《せん》、パッシヱンデール戰《せん》、ゴペンシイ戰《せん》 レンス戰《せん》、セントアローイ戰等《せんとう》、有名《いうめい》なる大激戰《だいげきせん》に參加《さんか》して、其《そ》の勇名《ゆうめい》を轟《とゞろ》かした殊《こと》に第《だい》五十聯隊《れんたい》、第《だい》十聯隊《れんたい》、第《だい》七十二聯隊《れんたい》、及《およ》びプリンセスパトリシヤ輕歩兵《けいほへい》聯隊《れんたい》の四ケ聯隊《れんたい》は、西部《せいぶ》加奈陀《カナダ》の諸聯隊《しよれんたい》の中心《ちうしん》で、最《もつと》も勇敢《ゆうかん》なりし聯隊《れんたい》として、其《そ》の勇名《ゆうめい》を謳《うた》はれてゐる。そして第《だい》五十聯隊《れんたい》と第《だい》十聯隊《れんたい》とに、日本人義勇兵《につぽんじんぎゆうへい》が屬《ぞく》してゐたのであつた。

又先發隊《またせんぱつたい》の四十三名《めい》は、最初第《さいしよだい》十三騎《き》歩兵聯隊《ほへいれんたい》に屬《ぞく》してゐたが、後《のち》に解隊《かいたい》して、東部《とうぶ》加奈陀《カナダ》第《だい》五十二聯隊《れんたい》に屬《ぞく》することゝなつた。そしてこの聯隊《れんたい》も東部《とうぶ》加奈陀《カナダ》に於《おい》ては、勇名《ゆうめい》を謳《うた》はるゝ聯隊《れんたい》となつた。

戰場《せんぢやう》では常《つね》に外人《ぐわいじん》より眞先《まつさき》に突撃《とつげき》した。その爲《ため》であらう、二百人《にん》の義勇兵《ぎゆうへい》のうち、戰死者《せんししや》が五十五人《にん》、戰傷者《せんしやうしや》が百二十九人《にん》、死《し》傷合計《しやうがふけい》百八十四人《にん》であつて、無事《ぶじ》なものは僅《わづ》かに十六人《にん》、全員《ぜんゐん》から見《み》て僅《わづか》に八分《ぶ》だけであつた。

當時《たうじ》聯合軍《れんがふぐん》の將帥《しやうすゐ》であつた英國《えいこく》のヘーグ元帥《げんすゐ》、佛國《ふつこく》のジョッフル元帥《げんすゐ》、伊國《いこく》のディアズ元帥《げんすゐ》や又《ま》た敵《てき》の將帥《しやうすゐ》マッケンゼン將軍《しやうぐん》、ルーデンドルフ將軍《しやうぐん》など有名《いうめい》な將軍達《しやうぐんたち》も逝《ゆ》いた。そして今又《いまま》たヒンデンブルグ元帥《げんすゐ》を失《うしな》ふ。此時《このとき》に當《あた》つて、和蘭《オランダ》のドールンに空《むな》しく老《お》ひつゝ、過去《くわこ》を偲《しの》ぶカイゼルの胸中《きようちう》や如何《いか》に！私《わたし》は今感慨無量《いまかんがいむりやう》だ。

世界《せかい》の平和《へいわ》と、祖國《そこく》の名《な》の爲《た》めに、私等《わたしら》の捧《さゝ》げた犧牲《ぎせい》は、卷末記名《くわんまつきめい》の面々《めんめん》である。役《えき》を去《さ》つて既《すで》に十數年《すうねん》、當年戰死《たうねんせんし》せる戰友《せんいう》の後《あと》を追《お》ひ、鬼籍《きせき》に入《はい》た者《もの》も少《すくな》くないであらう。私《わたし》は茲《こゝ》に更《あらた》めて長逝《ちやうせい》した戰友《せんいう》の冥福《めいふく》と、生存戰友《せいぞんせんいう》の幸運《かううん》とを祈《いの》ると共《とも》に、聯合軍並《れんがふぐんならび》に獨墺軍《どくおうぐん》の戰死者《せんししや》の靈《れい》を弔《とむら》ひ、其《そ》の冥福《めいふく》を祈《いの》るものである。（了）

日本人義勇兵（順序不同）

（戰死者五十五人）

西岡貞治　志賀貞吉　德永竹彥　竹內八百藏　林元吉　白砂武藏　坂市次郎　松井豐次郎　藤田主稅　大西晉吉

德永喜次郎　澁田卯作　杉本吉松　山崎常松　土屋節次郎　多田幸平　本橋惣太郎　二階堂榮五郎　大谷政吉　佐藤德次

柴田吾八　淺田昇　須田貞治　原田一男　羽島智機男　井上彥五郎　石井龍吉　秋山吉三郎　杉谷平吉　大政千次郎

熊川郁　行德友記　鎌倉與市　石原壽公　成田彥次郎　小柳彥太郎　龍岡文雄　松村寅記　小島岩吉　尾浦熊吉

松林佐次郎　福井多賀吉　田中與惣次郎　濱口長太郎　片山勝熊　中村長市　四宮兵吉　原新吉　內梨藤作　山田政次

右田喜代治　岩本德太郎　栗生清兵衛　高柳豐太郎

（戰傷者百二十九人）

輿武朝實　村上昇　磯貝勇　永尾兼藏　清水治平
中島勝治　吉澤一翁　清水吉次　木下清市　井上喜之助
池田二一　杉本潔　井上勘太夫　村田作太郎　大林良太郎
原田三郎　近藤繁　永井榮次　松本金吾　藤井太一
加藤堅正　難波堯　松田延雄　蒲地音次　林茂三郎
庄司安藏　玉城益郎　山形良一　星崎武二　久保田方之助
宮原助太郎　前唯二郎　岩崎金之助　佐藤三郎　磯村廣吉
祖父江玄碩　田尾六四郎　山本音松　濱出文吉　荒木大太郎
飯塚喜代治　坂本彌七　俣野光掌　三栗谷保　澤田敬勝
武藤三郎　齋藤彌七　松田粂次郎　田地野勇作　中村萬一
平井常之亟　山本乙十郎　岩崎茂助　安田寅吉　栗須菊楠

黒田米三郎
竹内芳藏
久保寺榮作
中村友義
黒田常次郎
宮川留次郎
北川常喜
中内正次
片岡孫次
戸鼻寛一
崎山茂吉
伊豆川作太郎
齋藤由平

野中常造
矢野廣馬
千葉開治
宍戸政次郎
大川縫之助
佐藤傳
塘口喜代藏
中川佐助
渡邊信平
中條忠太良
福島藤四郎
龜井鶴吉
神田宗一

猪原友三郎
加地隆吉
田中泰助
西村良延
鳴瀬谷藏
牛島新平
小林亮一
千葉清次郎
中田繁次
高橋金衞
穗井田陸造
丹地富之助
二井藤一

廣田武二
後藤新次郎
上田信市
西島勝
川瀬久次郎
上田政太郎
三井眞春美
猪原政吉
大友年光
坪田實衞
久保安吉
古川文四郎
木元喜市

友田
山崎愛德
窪田善之亟
壇上虎之助
吉川又吉
深江由松
宮田榮五郎
尾本千太郎
奥津東三郎
岩下繁
濱松定三
松本善吉
嘉手納龜次

新橋善吉　大壺友一　吉原加成　和田　山崎茜吉

大橋久吉　高島安雄　岩間藤一　徳村總須朗　諸岡幸麿

昭和九年十二月廿七日印刷
昭和十年一月四日發行

不許複製

「アラス戰線へ」
〔定價金壹圓五十錢〕

著作者　諸岡幸麿
同　石井鐵郎
發行者　東京市麴町區九段一丁目五番地　小原正忠
印刷者　東京市麴町區九段一丁目五番地　横山才四郎
印刷所　東京市麴町區九段一丁目五番地　財團法人軍人會館印刷所

發行所　東京市麴町區九段一丁目五番地
財團法人軍人會館事業部
電話九段　自四一〇一番　至四一〇八番
振替口座東京二〇〇七番

『アラス戦線へ』解説

大橋尚泰

概要

本書は、カナダ在住時に第一次世界大戦が勃発し、志願兵（義勇兵）としてカナダ軍に加わった二百名前後の日本人のうち、フランス北部アラス戦線で戦った諸岡幸麿《もろおかさちまろ》の回想録である。第一次世界大戦の終結から十六年以上が経過し、今度は第二次世界大戦に突入しようとしていた昭和十年（一九三五年）一月、軍人会館事業部から刊行された。ただし、回想録とはいいながら一番肝心なところで創作の要素が混じっているので、これについては詳しく後述する。

本書は、第二次世界大戦後、失われつつあった日本人の美徳を伝えようとした長谷川伸《しん》が『日本捕虜志』（一九五五）の末尾付近と『生きている小説』（一九五八）の「日本人義勇兵」の章で紹介し、少し知られるようになった。さらに、後者を通じてカナダ移民史の新保満が『石をもて追わるるごとく』（一九七五）で本書のエピソードを孫引きし、工藤美代子が『黄色い兵士達』（一九八三）で大きく扱った。しかし、本書自体は長らく絶版となり、入手困難な稀覯本となっていた。筆者は第一次世界大戦について調べる過程で本書を読み、感銘を受けた一人にすぎないが、いささか調べたところがあるので、以下に解説を試みてみたい。

カナダの移民と日本人義勇兵

今でこそ日本は移民を受け入れる立場となったが、貧しかった明治時代の日本では、必ずしも国内では満足する職が得られず、急激な社会構造の変化によって土地に縛られなくなった層を中心に、福沢諭吉などに触発されて海外雄飛を志し、海外で一旗揚げようと新天地を求める人々が相次いだ。渡航先は最初はハワイが多かったが、一九〇五年（明治三十八年）に日露戦争が終わった頃からアメリカ本土やカナダに移住する人々が増加していった。日露戦争では日本はなんとか勝利したものの賠償金は得ることができず、日本は景気がよくなったわけではなかったので、日本政府も積極的に海外に働きに出ることを奨励した。あとで触れるように、諸岡幸麿も日露戦争終結の翌年にカナダに渡った。

日本から太平洋を渡ると、ハワイに寄港した船は、北米大陸の西海岸（アメリカ合衆国ならサンフランシスコやシアトルなど、カナダならヴァンクーヴァー近辺）に到着する。カナダに移住した日本人は、おもに漁業、鉱山、製材所、鉄道工事、農業、あるいは日本人相手の商店などで働いた。帰化してカナダ市民となる者もいたが、日本人の多くは単に出稼ぎにきただけで、あくまで日本人だという意識を持っていた。そもそも当時はカナダは「大英帝国」に属する自治領であり、独立国家ではなかったから、白人のカナダ永住者の間でも自分たちが「カナダ人」であるという帰属意識は希薄だった。だから、「日系カナダ人」や「日系人」という呼び方は必ずしも妥当とはいえず、法的な身分（国籍）にかかわらず、カナダ在住の日本人と呼ぶべきかもしれない（「日系一世」と呼ぶこともできるが、これは後世から見ての呼称

1907 年（明治 40 年）、ヴァンクーヴァーの日本人街で排日運動が暴徒化し、目抜き通りだったパウエル街では日本人の経営する 50 店以上の窓ガラスが割られた。そのうちの一つの食料品店〔LAC〕。

である）。大戦当時は約一万人の日本人がカナダで生活し、そのうちの約三分の一が帰化していたが、たとえ帰化したとしても、日本人は黄色人種として露骨に差別され、あくまで「日本人」または東洋人としか見られず、白人と同じ権利（選挙権など）は与えられなかった。日本人移住者の側でも、永住したり現地に溶け込もうと努力する者は少なく、満足に英語も話せない者が多かったので、自然と日本人街（「リトル・トーキョー」）が形成された。それに伴い、仕事を奪われたと感じる現地の人々による排斥運動や白人からの人種差別も激しさを増していった。見知らぬ人に「日本人は帰れ」と罵声を浴びせられて石を投げられたり、「日本人お断り」として入店を拒否されるなどの差別や嫌がらせは日常茶飯事で、こうした差別行為が法律によって取り締まられることもなかった。

日露戦争の約十年後の一九一四年（大正三年）に第一次世界大戦が勃発すると、イギリスはドイツに宣戦布告し、ベルギーやフランスの側に立って戦った。イギリスやカナダでは当初は徴兵制が敷かれていなかったので、職業軍人だけでは足りず、民間から志願兵を募ることになった。

ヴァンクーヴァー日本人街のコードヴァ・ホールの玄関前に並ぶ義勇兵団員。軍服は支給されておらず、日本人は背広姿で写っている。最前列で杖を突いている2人のうち向かって右側がコーフーン大尉。その右側が山崎寧。玄関の右にはイギリス国旗、玄関の上には「CANADIAN JAPANESE VOLUNTEER CORPS」（カナダ日本人義勇兵団）の幕、玄関の左には「日本人義勇兵練兵場」の看板が掲げられている。どこかに諸岡が写っているはずである〔NNM〕。

ヴァンクーヴァーで日本語新聞『大陸日報』を発行しながら日本人会を設立して会長となっていた山崎寧《やすし》は、この志願兵募集の動きをチャンスと捉え、カナダ在住の日本人にカナダ軍への志願を呼びかけた。日本人でも、兵隊となって血と汗の代償を払えば、白人に認められ、人種差別も解消され、選挙権も獲得できるのではないかという期待によるものだった（山崎については本文二頁注を参照）。

山崎は、カナダ政府や日本政府との連絡や交渉に当たったのち、一九一五年十二月二十一日から新聞紙上で義勇兵の募集を開始した。この呼びかけに応じて、諸岡を含む約二百人の日本人が名乗り出た。正式にカナダ軍に採用されるのを待たずに義勇兵団が結成され、一九一六年一月から、カナダの予備将校ロバート・コーフーン大尉の指導のもとで英語による自主的な基本教練が始まった（本書五頁）。しかし、排日運動の盛んだったヴァンクーヴァー（ブリティッシュ・コロンビア州）では、選挙権獲得や社会的地位の向上が目当てであることが見抜かれ、反日政治家が激しい妨害活動を展開したので、なかなか日本人の正式な軍への入隊が認められず、山崎の奔走もむなしく、同年五月十一日に義勇兵団は一旦解散となった（本書一一頁）。

しかし、東隣のアルバータ州では、もともと日本人が少なく排日運動も盛んではなかったので、比較的あっさりと入隊の許可が下りることが明らかとなった。こうして、最初の数十人は自費により、残りの者は旅費がカナダ軍持ちと決まってから、隣のアルバータ州まで汽車で移動し、同州の部隊に入隊することになった。第一次世界大戦が進むにつれ、とくに一九一六年七月一日に始まった大規模なソンムの戦いではイギリス軍やカナダ軍に膨大な死傷者が出て兵員不足が顕著になっていたから、ヴァンクーヴァーの排日運動家の思惑を別にすれば、軍としては志願兵は大歓迎だったはずである。なお、カナダが独立国家ではなかった以上、「カナダ軍」と呼ぶのは適当ではなく、「イギリス軍のカナダ兵部隊」等と呼ぶべきかもしれないが、以下では便宜上「カナダ軍」と呼ぶことにする。

西部戦線でのイギリス軍とカナダ軍

ここで、ざっと第一次世界大戦の経緯を西部戦線に絞って振り返っておく。周知のように、この大戦は一九一四年六月二十八日にバルカン半島を訪問中だったオーストリア＝ハンガリー帝国の皇太子夫妻が暗殺されるという「サラエヴォ事件」が引き金となり、その一か月後の七月末以降、それまで二陣営に分か

破壊されたアラス中心部の街並み（1917年5月撮影）〔LAC〕

れて対立していたヨーロッパ列強間で宣戦布告や総動員が交互に連発されて始まった。八月上旬、ドイツがフランスの首都パリを目指して中立国ベルギーを侵犯すると、イギリスもドイツに宣戦布告し、英仏海峡を渡ってフランス北部に上陸した。イギリス軍は、陸路南から攻め上っていたフランス軍と連携してドイツ軍を迎え撃とうとしたが、八月下旬、巨大な大砲を擁するドイツ軍を前にしてベルギーのモンスで敗退してしまう。破竹の勢いを見せるドイツ軍は、パリのすぐ手前まで進撃するが、ようやく九月上旬のマルヌ会戦で仏英軍がドイツ軍に勝利した。しかし、ドイツ軍を完全に追い払うには至らず、やがてベルギー西部からフランス北部・北東部にかけて戦線が膠着し、両軍は塹壕を隔ててにらみ合い、局地な攻撃や戦闘が繰り返されることになった。本書でおもな戦闘の舞台となる北仏アラス近辺も、大戦初期にドイツ軍が短期間占領し、マルヌ会戦後に連合軍が奪還した地域にあたる。

イギリス軍の兵力は、当初は約十二万人のみで、すべて職業軍人の精鋭だったが、人数はフランス軍に比べれば微々たるものだった。しかし、民間から志願兵を募り、職業軍人の将校の指導のもとでキャンプで訓練を施したうえで戦地に送り込むことで、イギリス軍は次第に兵力と存在感を増していった。こうして、イギリス軍は英仏海峡に近いベルギー西部（イープルなど）と北仏付近（ソンムやアラスなど）、フ

ベルギーのパッシェンデールの戦いで負傷兵を運ぶカナダ軍の担架兵（1917年11月撮影）〔LAC〕

ランス軍はおもにフランス北東部（ヴェルダン、ランスReimsなど）で戦うという地理的な役割分担ができてくる。大戦も後半にさしかかった一九一六年七月に北仏ソンム川流域付近でおこなわれたソンムの戦いでは、フランス軍よりもイギリス軍が主力となった。イギリス本国だけでなく、植民地だったインドや大英帝国傘下の自治領オーストラリア、ニュージーランド、カナダなどからも部隊がやって来て、イギリス軍の指揮下で戦った。

カナダ軍の第一陣は、イギリスのキャンプでの訓練を経て、一九一五年三月に北仏アルマンチエール近郊の塹壕に到着した。ここからベルギー西部に移動して、同年四月の「第二次イープルの戦い」に参加し、ドイツ軍から西部戦線で初となる毒ガス攻撃を受けている。翌一九一六年後半のソンムの戦いでは、合計二万四千人以上のカナダ兵が死傷した。しかし、この過程で、当初は規律に欠けた烏合の衆と見られがちだったカナダ兵たちは、実戦では勇敢に戦う精鋭であることが明らかとなった。その結果、一九一七年四月の北仏アラス戦線の総攻撃では、難所として名高いヴィミリッジの攻撃を任されることになった。

ヴィミリッジの攻撃では、カナダ軍はイギリス人貴族ジュリアン・ビング将軍の指揮のもとで多数の死傷者を出しながらも目覚ましい活躍を見せ、ドイツ軍の塹壕を奪取した。さらに、追撃の形でランス（フランス北東部の大聖堂のあるランスReimsではなく、ヴィミリッジの北東にある北仏ランスLens）方面に迫る過程で、七〇高地（ヒル・セブンティー）などで戦闘を繰り返した。一九一七年後半には再びベルギーに移動し、イープル郊外のパッシェンデールで戦った。大戦末期の一九一八年三月下旬、ドイツ軍が最後の攻勢を仕掛け、アラスの南側の広い地域でイギリス軍のラインを突破したが、同年七月頃には連合国側が反撃に転じ、ドイツの敗北を決定づける「暗黒の日」となった同年八月八日には、カナダ軍もアミアンの東側で奮闘した。

大戦全体では、約四十万人のカナダ兵が西部戦線に送り込まれ、そのうち約六万人が戦死または行方不明となった。しかし、この大戦でもっともカナダ兵の名を高からしめ、カナダにとってこの大戦の象徴ともなったのは、なんといってもヴィミリッジの攻撃だった。

ヴィミリッジについて

「ヴィミリッジ」Vimy Ridgeという地名はフランス語ではない。「リッジ」ridgeは英語で「尾根」、「稜線」または切り立った「急峻な丘」を指す。一般に、フランスにやってきたイギリス人たちは、少しでも親しみが持てるよう、丘には「ヒル」や「リッジ」、森には「ウッド」、川には「リバー」をつけてフランスの地名を英語風にして呼んだ。北仏アラスの北約八キロの地点（ヴィミーVimy村の西側）には、地層の隆起と風化によって片側が急斜面になった石灰岩の丘があり、フランス語でクレート・ド・ヴィミー

crête de Vimy（ヴィミーの急峻な丘、ないし尾根状になった丘）と呼ばれる。「ヴィミリッジ」はこれを英訳したものである。ただし、急峻なのは丘の東側だけで、両軍がにらみ合っていた西側の斜面は緩やかだった。ヴィミリッジの戦い（フランスではおもに「ヴィミーの戦い」と呼ばれる）初日の突撃も、カナダ軍がこの緩やかな上り坂を前進する形でおこなわれたので、単に「ヴィミーの丘」と呼ぶべきかもしれない。最高地点は一四五高地（標高一四五メートル）で、丘の麓からの高低差は六十メートルにすぎないが、日露戦争時の二〇三高地と同様、大砲が重要な役割を担っていた当時は、一般に見晴らしのきく小高い丘が戦略的に重要視され、戦闘では争奪戦が繰り広げられた。ヴィミリッジを占領していたドイツ軍も、丘の上から俯瞰しながらイギリス軍に砲撃を加えることができた。ヴィミーの丘はけっして天然の要塞というほどの土地ではなく、ここが本書で「堅砦《けんさい》」と呼ばれているのは、大戦初期からこの地を占領していたドイツ軍が柔らかい石灰岩を掘って、塹壕や地下道などを縦横に張りめぐらせ、コンクリートで固め、機関銃や迫撃砲などを配備していたことによる。

カナダ軍は一九一六年十二月にヴィミリッジの麓近くに到着し、塹壕から少し離れた後方にテントを張って露営しながら、交替で第一線の塹壕の守備に就き、ときどき危険を冒して偵察に出たり、局地的な襲撃を仕掛けたりしていた。

当時、飛行機はあまり高くは飛べず、地上から撃ち落とされてしまうことも多く、重い爆弾は積めなかったので、おもに偵察に使われた。戦車も未熟で、ヴィミリッジでは泥や溝にはまって身動きがとれず、まったく役に立たなかった。その代わりに、大砲が大活躍した。ただし、カナダ軍の砲兵隊は装備が貧弱だったので、イギリス軍の巨砲を含む大小さまざまな大砲が前線に沿って約二十メートル間隔で並び、カナダの歩兵隊を掩護することになった。イギリスでの産業的努力の結果、アラス戦線に集められたイギリス軍の大砲は合計二千八百門以上に達し、ドイツ軍の合計約千門を大きく上回った。

一九一七年の四月の総攻撃を前に、イギリス軍の大砲の一部は三月下旬から火を吹き始め、四月に入るとさらに激しさを増し、ドイツ軍の塹壕の鉄条網を破壊して突撃時の障害を取り除くとともに、とくに陣地の背後を狙い撃ちすることで補給を寸断し、食糧と睡眠を奪ってドイツ兵の士気を挫いた。大砲の数が以前よりも格段に増えたこともあって、ヴィミリッジの戦いはソンムの戦い以上の激戦とも評された。総攻撃の瞬間は、人生で聞いた中でもっとも大きな雷の音を倍にしたくらいの轟音が鳴りっぱなしだったと、ある兵士は証言している。

カナダ軍の陣地の後方からドイツ軍の陣取るヴィミリッジに向けて火を吹くイギリス軍の6インチ砲（口径約15 cm）。もともと海軍の軍艦の甲板上に据えつけるために開発され、陸上に転用された〔LAC〕。

一九一七年の復活祭となった四月八日（日曜）の翌日、すなわち四月九日（月曜）の早朝五時半、アラス戦線の広い範囲でダグラス・ヘイグ元帥率いるイギリス軍が総攻撃を仕掛けた。なかでも要所となったヴィミリッジの西側の麓には、六㎞にわたってカナダ軍の四個師団（南から順にカナダ軍の第一、第二、第三、第四師団）が配置されていた。諸岡の属する第五十大隊は第四師団に属

1917年4月に奪取したヴィミリッジの頂上からヴィミー村を見下ろすカナダ兵〔LAC〕

し、カナダ軍の左翼にあってヴィミリッジの北角にある一四五高地の奪取を命ぜられた。ただし、カナダ軍の全部隊が一斉に突撃したわけではなく、第一線に一万五千人、その後方に予備として同じく一万五千人の兵力が配置された。諸岡の第五十大隊も、初日は突撃には参加せず、後方に待機していた。

四月九日朝に始まった突撃は(注1)、敵の機関銃などによって多数の死傷者が出たものの、大成功を収め、同日の夕方にはヴィミリッジの稜線に立つカナダ兵たちの姿があった。ただし、一四五高地の東側にはまだドイツ軍が残っていたので、これを完全に制圧するために、翌十日の午後にも積雪の中で攻撃がおこなわれ、さらに十二日にもヴィミリッジの丘の北側の英語でピンプル Pimple と呼ばれる丘への突撃がおこなわれた。この四月十日と十二日の攻撃では、諸岡の属する第五十大隊が大いに活躍し、敵の陣地の奪取に成功した。

ヴィミリッジの戦いでは、カナダ軍は初めて四個師団を集結させて総力を挙げて戦い、それまでフランス軍やイギリス軍が成しえなかった華々しい戦果を挙げた。カナダでは「ヴィミリッジ」は第一次世界大戦の象徴ともなり、この戦いこそが、まだ独立していなかったカナダの人々に自分たちはカナダ人であるという意識を植えつけたとさえ言われている。「他のどの日でもなく、ほかならぬ一九一七年四月九日の、この復活祭翌日の月曜にこそ、カナダは一つの国《ネイション》となったのだ」と評する歴史家もいるほどである(Goodspeed, 1987, p.93)。諸岡の回想録でも、この戦いがクライマックスを形成しているのは当然かもしれない。

戦後、ヴィミリッジの一四五高地に建てられた記念塔の東面（東側から見たところ）〔当時の絵葉書〕

2017年にヴィミリッジ百周年を記念してカナダで発行された2ドル記念硬貨

余談ながらフランスではヴィミーの戦いの知名度は低い。フランス軍はこの戦いには関与しなかったからである(注2)。フランスでは、むしろ一九一四〜一五年のヴィミリッジの北西隣にあるノートル=ダム=ド=ロレットの丘をめぐる攻防戦の方がはるかに知られている。それゆえ、この戦いに関してはフランス語文献よりも英語文献の方がはるかに充実している。

大戦後の一九二二年、ヴィミーの丘の最高地点である一四五高地を含む約百ヘクタール（一平方キロメートル）の土地の使用権がフランス政府からカナダ政府に永久的に付与された。難工事の末、この地にカナダの建築家の設計による巨大な石灰岩の記念碑が建てられ、一九三六年に盛大な除幕式がおこなわれた。不動の守りを示す稜堡を模した台座の側面には、戦死しながら遺骸が見つからずに埋葬されなかった一万一千人以上のカナダ兵の名前が延々と刻まれている。この台座の上に、高さ二十七メートルの二本の柱からなる「塔門」（古代ギリシア語でピュロン、英語でパイロン pylon）がそびえている。二本の柱に刻まれたメープルリーフと百合の花は、それぞれカナダとフランスを象徴し、全体として天国への「門」を表現しているという。

もともと、カナダはイギリス領となる前はフランスが入植に努め、現在でも英語と並んでフランス語が公用語となっていることもあって、一般にフランス人はカナダ人に対してある種の親近感を持っているが、それにしてもこのフランス、カナダ両国の結びつきを表現したモニュメントは、周囲の田園風景とは隔絶して途方もなく大きく、場違いな印象さえ受けるほどだ。

日本人義勇兵の動向

カナダ軍に入隊した日本人の正確な人数を特定することは難しい。本書では日本人義勇兵は二〇〇名いたとされているが、『足跡』二二〇頁（およびこれに依拠した工藤、一九八三、一五九頁）では一九六名が出征したと書かれている。人数の把握が困難な要因としては、当時、日本人の多くはブリティッシュ・

コロンビア州ヴァンクーヴァーに住み、前述のように人種差別ゆえに隣のアルバータ州の部隊に入隊したが、少数ながらもともとアルバータ州やその他の州に住んでいて入隊した日本人もいたことが挙げられる。さらに、大戦末期の一九一七年になるとカナダでも徴兵制が採用され、一九一八年にかけて志願ではなく徴兵義務によって軍に加わった（つまり義勇兵ではない）日本人兵士も、少なくとも二十五名いた。大戦後にヴァンクーヴァーのスタンレー公園に建てられた記念塔（後述）には合計二二二名の名が刻まれているが、これ以外にも若干の日本人兵士が大戦中に軍に加わった形跡がある。しかし、カナダ軍の記録では日本人の氏名のローマ字表記が非常に頻繁に間違っており、いるはずの人の記録が見つからないなど、調査は容易ではない。

義勇兵に限っていうと、多くの日本人は、出征した日付順に、次の三つの大隊に入隊した（当時のカナダ軍では連隊ではなく大隊が基本単位となっていた）。

騎歩兵第十三大隊　約四十三名の日本人が入隊　第五十二大隊に転隊
第一七五大隊　約五十七名の日本人が入隊　第五十大隊に転隊
第一九二大隊　約五十名の日本人が入隊　第十大隊に転隊

このうち「騎歩兵《マウンテッド・ライフル》」とは、移動時だけ馬に乗り、戦闘時には馬から降りて戦う歩兵のことで、右に記載したそれ以外の大隊はすべて歩兵隊である。一般に、歩兵隊は砲兵隊その他と違って第一線で戦い、先頭に立って突撃したので、もっとも死亡率が高かった。

1916年、カナダ西部カルガリーのサーシーキャンプで写真におさまる第175大隊の日本人兵士。2列目中央は将校。その隣で背広を着ているのは鈴木市太郎（本書16頁参照）。どこかに諸岡幸麿が写っているはずだが、どれかわからない〔NNM〕。

この三つの大隊のうち、まず騎歩兵第十三大隊は、一九一六年六月二十二日にカナダから出征した（本書一三頁）。イギリスのキャンプでの訓練を経て、同年八月二十七日にフランスに渡り、九月二十一日に北仏の街アルベールに到着、第三師団の第五十二大隊に編入され、一九一六年後半のソンムの戦いに加わった。十月九日には志智貞吉がソンムのクルスレット Courcelette で戦死している。その後、同大隊はヴィミリッジ近くに移動し、突撃には加わらなかったものの、その後進撃したランス Lens の手前のアヴィヨン Avion での突撃では数名の日本人が戦死している。

諸岡を含む第一七五大隊は、約三か月遅れで一九一六年九月二十六日に出征した（本書四七頁）。イギリスのキャンプでの訓練を経て、翌一九一七年一月三十一日に渡仏、第四師団の第五十大隊に編入され、ヴィミリッジの北側で守備に就いた。同大隊は、ヴィミリッジでの総攻撃の二日目となる四月十日、まだ攻略しきれていなかった一四五高地付近の敵陣を制圧するために突撃し、この日だけでも五人の日本人が戦死している。その後も、同大隊はヴィミリッジ付近、ランス付近、大戦末期のアミアン付近で戦い、そのつど数名の日本人戦死者が出ている。ベルギーのパッシェンデールでも日本人が戦死している。

第一九二大隊は、さらに約一か月遅れの一九一六年十一月一日に渡欧し、第一師団の第十大隊に編入されて渡仏した。ヴィミリッジの総攻撃では、一九一七年四月九日早朝の攻撃開始から突撃に参加し、二名の日本人が戦死した。その後、追撃戦の舞台となったアルルー＝アン＝ゴエル Arleux-en-Gohelle では九名の日本人が戦死している。ランスの北隣の七〇高地や、大戦末期のアラスとカンブレの間の戦闘でも日本人戦死者が出ている。一九一八年十一月十一日の休戦後は、ライン河を渡ってケルンに進駐した。のちに九十九歳（数えでは百一歳）まで生きて最後の日本人義勇兵となった三井眞春《ますみ》美軍曹もこの大隊に属していた。

戦死した日本人義勇兵のリスト

大戦後、ヴァンクーヴァーのスタンレー公園の中に日本人兵士の記念塔が建てられ、ヴィミリッジ総攻撃の三周年にあたる一九二〇年（大正九年）四月九日に除幕式がおこなわれた。記念塔の前面にはカナダ軍に加わって死亡した五十四名の日本人兵の名前、背面には生還した一六八名の日本人兵の名前が刻まれたプレートが取りつけられている（前面と背面あわせて二二二名）。背面の帰還兵のリストには、諸岡の名も確認される。

以下に、この大戦で戦死した日本人義勇兵戦死者のリストを掲げておく。一般に、当時のカナダ軍の各兵士についての記録には戦死場所が記載されていないので、このリストを作成するにあたっては、所属する大隊の陣中日誌、当時の邦字新聞に転載された日本人の手紙、大隊の動向を記述した英語文献などを突き合わせ、戦死場所を特定した。これを見ると、いかにヴィミリッジとその周辺で犠牲者が多かったかがよくわかる。なお、戦死者はいずれも義勇兵であり、徴兵されて戦死した日本人はいない。

死亡日	所属大隊	氏名	戦死場所	備考
一九一六年				
六月三日	第五騎歩	**西岡《にしおか》 貞治《ていじ》**	イープル近郊	
十月九日	第五十二	**志智《しち》 貞吉《ていきち》**	ソンム（クルスレット）	
十二月二十七日	第五十二	**行徳《ぎょうとく》 友記《ともき》**	ヌーヴィル=サン=ヴァースト（ヴィミリッジ南）	戦傷死、同月二十五日負傷
一九一七年				
一月六日	第五十二	**熊川《くまがわ》 郁《いく》**	ヴィミリッジ南	
三月三十一日	第五十	**石原《いしはら》 壽公《としたか》**	ヴィミリッジ近辺	戦傷死、同月十一日負傷
四月九日	第十	**小嶋《こじま》 岩吉《いわきち》**	ヴィミリッジ	
四月十日	第五十	**濱口《はまぐち》 長太郎《ちょうたろう》**	ヴィミリッジ	

四月十日	第五十	**本橋《もとはし》 惣太郎《そうたろう》**	ヴィミリッジ	
四月十日	第五十	**成田《なりた》 彦次郎《ひこじろう》**	ヴィミリッジ	
四月十日	第五十	**多田《ただ》 幸平《こうへい》**	ヴィミリッジ	
四月十日	第五十	**竹内《たけうち》 八百蔵**	ヴィミリッジ	カナダ軍資料「ヤオキチ」
四月十一日	第五十	**土屋《つちや》 節次郎《せつじろう》**	ヴィミリッジ	
四月十一日	第十	**右田《みぎた》 喜代治《きよじ》**	ヴィミリッジ	戦傷死、同月九日負傷
四月二十六日	第五十	**山崎《やまさき》 常松《つねまつ》**	ヴィミリッジ付近	
四月二十八日	第十	**秋山《あきやま》 吉三郎《きちさぶろう》**	アルルー=アン=ゴエル（ヴィミリッジ東）	
四月二十八日	第十	**原《はら》 新吉《しんきち》**	アルルー=アン=ゴエル（ヴィミリッジ東）	
四月二十八日	第十	**松井《まつい》 豊次郎《とよじろう》**	アルルー=アン=ゴエル（ヴィミリッジ東）	
四月二十八日	第十	**二階堂《にかいどう》 榮五郎《えいごろう》**	アルルー=アン=ゴエル（ヴィミリッジ東）	
四月二十八日	第十	**大政《おおまさ》 千次郎《せんじろう》**	アルルー=アン=ゴエル（ヴィミリッジ東）	
四月二十八日	第十	**大谷《おおたに》 政吉《まさきち》**	アルルー=アン=ゴエル（ヴィミリッジ東）	
四月二十八日	第十	**佐藤《さとう》 徳次《とくじ》**	アルルー=アン=ゴエル（ヴィミリッジ東）	
四月二十八日	第十	**杉谷《すぎたに》 平吉《へいきち》**	アルルー=アン=ゴエル（ヴィミリッジ東）	
四月二八日	第十	**内梨《うちなし》 藤作《とうさく》**	アルルー=アン=ゴエル（ヴィミリッジ東）	
五月二日	第五十二	**松林《まつばやし》 佐次郎《さじろう》**	アヴィヨン（ランス南）の手前	
五月四日	第五十二	**田中《たなか》 与惣次郎《よそじろう》**	アヴィヨン（ランス南）の手前	

五月七日	第五十	**石井《いしい》 龍吉《りゅうきち》**	リエヴァン（ヴィミリッジ北）	
五月七日	第五十	**片山《かたやま》 勝熊《かつくま》**	リエヴァン（ヴィミリッジ北）	
五月八日	第五十	**林《はやし》 元吉《もときち》**	リエヴァン（ヴィミリッジ北）	戦傷死、同月七日負傷
五月十一日	第五十	**坂《ばん》 市次郎《いちじろう》**	リエヴァン（ヴィミリッジ北）	戦傷死、同月七日負傷
六月二十九日	第五十二	**徳永《とくなが》 喜次郎《きじろう》**	アヴィヨン（ランス南）	
六月三十日	第五十二	**柴田《しばた》 吾八《ごはち》**	アヴィヨン（ランス南）	戦傷死、同月二十九日負傷
七月二日	第五十二	**淺田《あさだ》 昇《のぼる》**	アヴィヨン（ランス南）	
八月十五日	第十	**藤田《ふじた》 主税《ちから》**	七〇高地（ランス北）	
八月十五日	第十	**松村《まつむら》 寅記《とらき》**	七〇高地（ランス北）	
八月十五日	第十	**山田《やまだ》 政次《まさじ》**	七〇高地（ランス北）	行方不明
八月十五日	第十	**大西《おおにし》 音吉《おときち》**	七〇高地（ランス北）	行方不明
八月二十日	第五十	**龍岡《たつおか》 文雄《ふみお》**	ランス西	軍曹、別名「国弼《くにすけ》」
八月二十二日	第五十	**四宮《しのみや》 兵次郎《ひょうじろう》**	ランス西	
八月二十二日	第五十	**白砂《しらさご》 武蔵《たけぞう》**	リエヴァン（ヴィミリッジ北）	五月七日負傷
八月二十四日	第五十二	**杉本《すぎもと》 吉松《きちまつ》**	ランス北西	
八月二十六日	第五十二	**鎌倉《かまくら》 與一《よいち》**	ランス北西	
九月二日	第五十二	**福井《ふくい》 多賀吉《たかきち》**	ランス北西	姓「福居」の表記もあり
九月三日	第五十	**羽嶋《はしま》 智機男《ちきお》**	ヴィミリッジ付近	

十月二十六日	第五十	**小柳《こやなぎ》 彦太郎《ひこたろう》**	パッシェンデール	

一九一八年

四月一日	第五十二	**徳永《とくなが》 竹彦《たけひこ》**	ヴィミリッジ東付近か	戦傷死、負傷日不明
五月十九日	第五十	**井上《いのうえ》 彦五郎《ひこごろう》**	アラス近辺か	
五月二十日	第五十	**高柳《たかやなぎ》 豊太郎《とよたろう》**	アラス近辺か	
八月十日	第五十	**栗生《くりゅう》 清兵衛《せいべえ》**	アミアン	
八月十五日	第五十	**原田《はらだ》 一男《かずお》**	アミアン	同月十日負傷
九月二日	第十	**岩本《いわもと》 徳太郎《とくたろう》**	アラスとカンブレの間	
九月二十八日	第五十	**中村《なかむら》 長市《ちょういち》**	カンブレ西	
九月二十八日	第五十二	**須田《すだ》 貞治《ていじ》**	カンブレ西	
十月六日	第十	**尾浦《おうら》 熊吉《くまきち》**	アラスとカンブレの間	伍長、戦傷死（九月に負傷）
十二月二十六日	第五十二	**澁田《しぶた》 卯作《うさく》**		戦病死（肺炎）

一九一九年

七月十四日	補充第一	**西村《にしむら》 三之助《さんのすけ》**		戦病死（インフルエンザ）

最後の二名は、戦地で病気にかかって後送され、戦後になってから病院で死亡しているので、この二名

を「戦病死」として除外すると、戦死者は合計五十三名となる(注3)。

このリストでわかるように、ヴィミリッジ以外でも、イープル、ソンム、北仏のランス周辺、パッシェンデール、大戦末期のアミアンなど、カナダ軍のおもな戦闘のほぼすべてにおいて日本人戦死者が出ている。しかし、ヴィミリッジでの戦死者が突出して多かったのは、血気にはやる多くの日本人義勇兵が実質的な初戦となったヴィミリッジとそれに続く戦闘において命の危険をかえりみずに突撃して死傷してしまい、残った兵の絶対数が少なくなってしまったからだと考えられる。

第一次世界大戦中にカナダ軍に加わった日本人兵士の名を刻んだヴァンクーヴァーのスタンレー公園に建つ記念塔。1920年の建立直後に撮影されたと思われる。こうした円柱状の記念塔は欧米では珍しくないが、この塔の頂部は、仏塔式の屋根と日本庭園の石灯籠を組み合わせた独特なデザインとなっている。灯籠の火は、戦死者の慰霊の意味と、港を行き交う船の目印になるようにとの意図も込められていたという〔NNM〕。

記念塔下部の前面のプレート。「カナダ遠征軍に加わって死んだ日本人」54名の名が刻まれている〔Linda Kawamoto Reid 氏提供〕。

生還者の名を刻んだ記念塔の背面のプレート。中央の列の上から4番目に「S. MOROOKA」の字が見える〔Linda Kawamoto Reid 氏提供〕。

ここに挙げた戦死者をはじめとする日本人義勇兵たちは、自ら志願したこともあって、全員戦う意欲満々だった。入隊前の職業は、漁師、農民、肉体労働者、鉄道作業夫、大工、料理人、仕立て屋、床屋、商人、運転手、ポーターなどさまざまだったが、苛酷な状況でもほとんど弱音を漏らすことなく、危険な境遇に進んで身を挺し、白人たちの度肝を抜いた。

著者諸岡幸麿について

著者諸岡幸麿《もろおかさちまろ》は、父方も母方も肥前佐賀藩の武士の家系につらなる。佐賀藩は武士道で有名な『葉隠』を生んだ藩であり、同時に幕末以降は「薩長土肥」四藩の最後の「肥」として明治維新の一角を担った。このことは、諸岡幸麿のバックグラウンドの形成に大きな影響を与えたと考えられる

本書では控えめな形でしか触れられていないが、諸岡幸麿の母方の祖父は明治維新の功労者副島種臣《そえしまたねおみ》伯爵であり、またその跡を継いだ副島道正《みちまさ》伯爵は叔父にあたる（本書二七二頁や巻頭のカナダ公使の手紙を参照）。育った環境という点では、諸岡はこの母方の副島家の影響の方が強い。

しかし、まずは一般にはほとんど知られておらず、本書でもまったく触れられていない父方の諸岡家のことについて、佐賀博物館所蔵史料、過去帳、墓碑、戸籍、親戚の子孫にあたる人々からの聞き取り調査を交えて、ざっと振り返っておきたい。

諸岡家の祖先は、戦国武将龍造寺隆信《りゅうぞうじたかのぶ》に仕えた諸岡対馬《つしま》信実にさかのぼる。本能寺の変の二年後にあたる天正十二年（一五八四年）三月二十四日、佐賀の南に広がる有明海を南に渡ったところにある島原半島の沖田畷《おきたなわて》の戦いで、信実は主君とともに討死した。龍造寺家のあとを継いで鍋島家が実権を握り、江戸時代に佐賀藩主となると、諸岡家の人々も代々同藩に仕えた。佐賀には諸岡という苗字が多く、『葉隠』にも諸岡姓の武士が何人か出てくる。文化七年（一八一〇年）頃の「佐賀御城下絵図」を見ると、佐賀城

文化7年（1810年）頃の佐賀城の古地図「文化御城下絵図」。城の南西の濠の外側にある「御茶屋」（画面左下）の北隣に諸岡幸麿の5代前にあたる諸岡弥五兵衛（順之）の名が見える〔鍋島報效会〕。

の南西の濠のすぐ外側に諸岡幸麿の五代前の先祖で鉄砲足軽組頭だった諸岡弥五兵衛（順之）の屋敷が描かれているが、明治になってからも諸岡家の家は同じ場所、すなわち現在の赤松町と鬼丸町の境目あたりに存在した。諸岡家代々の帰依寺《きえでら》は佐賀城の東の巨勢《こせ》にある竈王院《かまおういん》で、同寺にある諸岡家の墓には多数の戒名が刻まれている（注4）。

諸岡幸麿の祖父にあたる諸岡順賢《のぶよし》（彈九郎《だんくろう》）は文政九年（一八二六年）に生まれ、佐賀藩の最後から二番目の藩主となった鍋島直正《なおまさ》（閑叟《かんそう》）に仕えた。佐賀藩は代々幕府から長崎の警備を命じられていたが、嘉永六年（一八五三年）六月にペリーの黒船が浦賀にやってきて日本中を震撼させた翌七月に今度はロシア船が長崎に渡来したときは、順賢は長崎の出島の沖にあった香焼島《こうやぎ》の役人を指揮して事なきを得、特別に褒美を賜っている。ついで、大砲などの火器の開発のために新設されていた火術方《かじゅつかた》に配属された。四十三歳で明治維新を迎え、佐賀藩が新政府軍の一翼を担うようになると、戊辰戦争では順賢も奥羽鎮撫《ちんぶ》に加わって功績を挙げ、十石の賞典を賜った。しかし、逆に明治七年、佐賀の不平士族が江藤新平と島義勇《しまよしたけ》を戴いて佐賀の乱を起こすと、順賢も妻の従兄にあたる島義勇のもとに馳せ参じ、反乱が鎮圧されると除族（士族身分剝奪）の上、懲役二年に処せられた。姫路監獄で服役中、脚気にかかって刑期半ばで佐賀に戻り、ようやく明治二十二年の

諸岡幸麿の父方の祖父順賢と祖母萬壽〔前田肥里氏提供〕

諸岡幸麿の母方の祖父、副島種臣。外務卿だった種臣は、外国人と会うときは侮られないよう、服装には気を配っていた〔当時の絵葉書〕。

明治憲法発布とともに復族（士族身分に復帰）した。翌明治二十三年に息子正順に先立たれている。丸目流（タイ捨流《しゃりゅう》）剣術にも秀でており、最晩年には中学校の撃剣教師に採用されている。明治三十四年に七十六歳（数え年、以下同）で死去した。順賢の墓の所在は不明だが、竈王院と高伝寺の両方の過去帳に名前が記されている。

順賢の妻は、枝吉南濠《えだよしなんごう》の娘で、副島種臣の妹にあたる萬壽《ます》だった。この二人の間に生まれた正順は、自分の従妹にあたる副島種臣の長女貞子《ていこ》（芳千代《よしちよ》）と結婚している。つまり、副島家と諸岡家は二重の姻戚関係にあったことになる。

ここで、有名な母方の副島《そえしま》家の人々について、簡単に触れておく。

副島種臣は、もと枝吉《えだよし》姓で、父枝吉南濠《なんごう》は佐賀藩の藩校弘道館の教授だった。南濠の跡を継いだ枝吉神陽《しんよう》も尊王倒幕を説く勤王思想家で、大隈重信など佐賀藩出身の多くの偉人に影響を与え、長州藩における吉田松陰と似

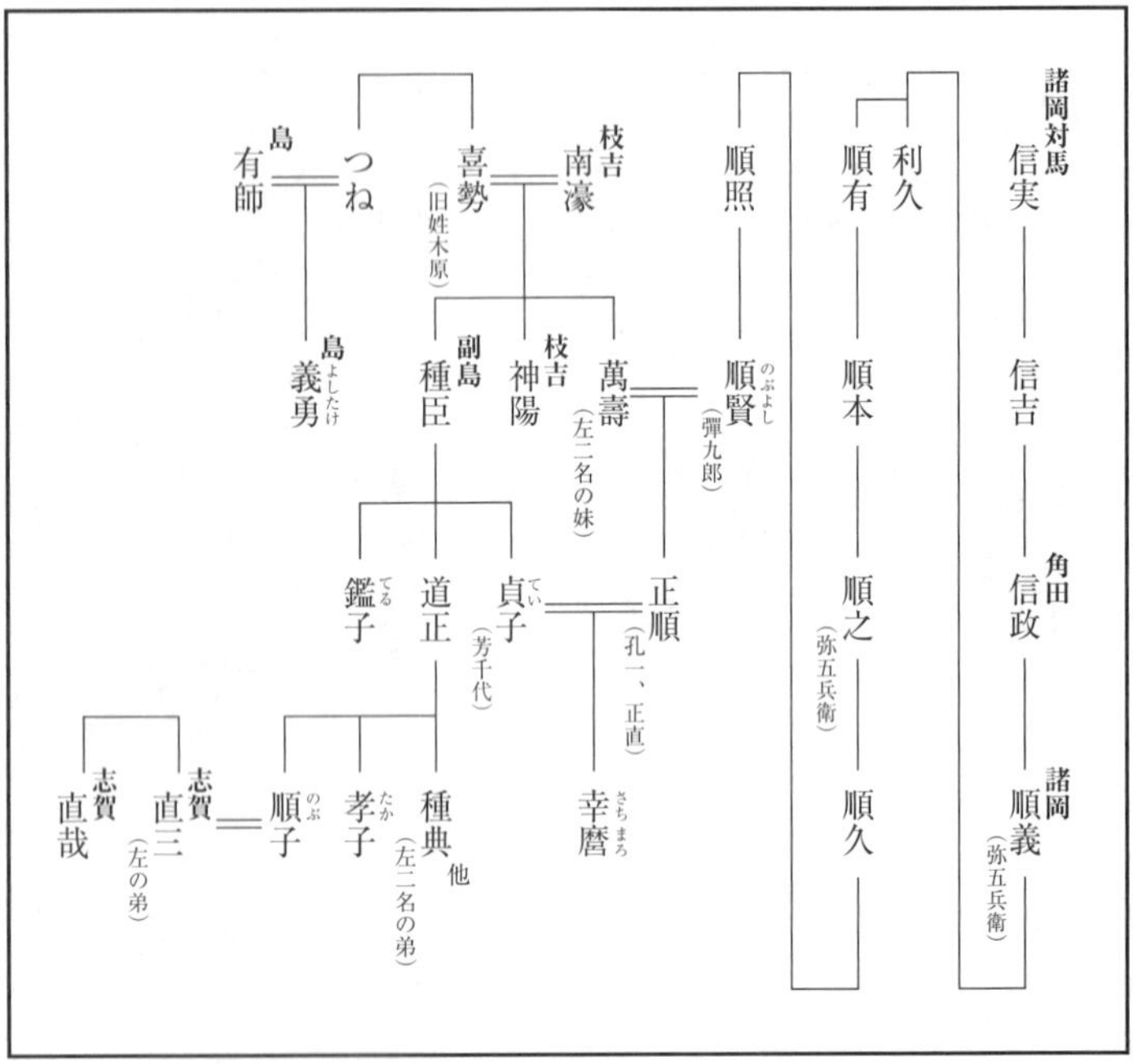

たような役割を果たした。

枝吉南濠の二男だった種臣は、幕末期に副島家の養子となり、米人宣教師フルベッキに英語や米国憲法を学び、大隈重信とともに脱藩した。四十一歳のときに明治維新を迎え、樺太の領土確定に尽力するなど、ロシアや清との交渉に当たり、外務卿（のちの外務大臣）として活躍したが、明治六年に征韓論を唱えた西郷隆盛に同調して下野し、明治七年の佐賀の乱で友人の江藤新平と従兄の島義勇がさらし首になると、以後は政治的に大きな力を振るうことはなかった。当代随一とも評された漢籍の教養を買われて明治天皇の侍講となり、明治十七年には伯爵を授けられたが、晩年は漢詩づくりと書に没頭した。とくに書家として有名で、蒼海《そうかい》と号し、伊豆の名刹修善寺の寺号額も揮毫している。日露戦争中の明治三十八年に死去し、自邸に近い東京の青山墓地に葬られたが、実家枝吉家の菩提寺だった佐賀の高伝寺にも墓がある。

種臣の跡を継いだ副島道正は、イギリスに留学してケンブリッジ大学に入学、卒業した。イギリス仕込みのリベラルな思想を持っていたことから、軍国主義化には反対で、あまり政治の表舞台に立つことはなかったが、昭和十五年の幻の東京オリンピックの招致に尽力したことは比較的よく知られている。道正は多数の男子をもうけたが、そのうちの一人、副島種典《たねのり》はマルクス経済学を専攻して愛知大学名誉教授となっている。この道正が諸岡幸麿の父親代わりとなったことについては後述する。

なお、「副島」という苗字は、のちのカナダ軍の記録では一貫してローマ字でSoyeshimaと書かれているので、少なくとも諸岡幸麿は「そえじま」ではなく濁らず「そえしま」と発音していたはずである（前記カナダ公使の手紙も同様）。

さて、父方の諸岡家に話を戻すと、諸岡正順（またの名を孔一、正直）は、父順賢が香焼島でロシア船の応対に奔走した翌年の嘉永七年（一八五四年）に生まれた。十五歳のときに明治維新を迎え、十八歳となった明治四年、最後の佐賀藩主鍋島直大《なおひろ》の夫人胤子《たねこ》の御供として上京した。東京では、伯父にあたる副島種臣邸に寄寓しながら、英学校と露学校で学んだ。明治十二年、従妹にあたる副島種臣の長女貞子と結婚している（除籍簿による）。結婚後も副島種臣の敷地内に住んでいたから、実質的には種臣の養子に近い形になったといえるかもしれない。当時、一般に東京に住む有力者は、地方から縁故の者を呼び寄せたり、書生や門下生を住まわせて生活の面倒を見てやり、学校に通わせてやることも多かった。明治十三年以来、副島種臣は東京市京橋区越前堀にあった広大な鍋島家の下屋敷を「金十七円の家賃で借りて」（丸山、一九三六、三三六頁）住んでいたが、この副島邸にも多くの門下生などが起居をともにしていた。諸岡正順もそのうちの一人で、副島種臣に心酔していたらしい。

正順の従弟で義弟でもあったケンブリッジ大卒の副島道正は、のちに正順のことを「ただに和漢の学に長ぜしのみならず、英独露仏の四語学に通じ、真の天才でありました」と回顧している（同書、三三七頁）。しかし、正順は官職に就くことはなく、副島種臣の秘書のようなことをしていたらしい。正順が残した書簡（齋藤、二〇〇九）を読むと、政府の方針に不満を抱きながらも国を憂い、同時に我が身の不遇をかこつ熱血漢といった印象を受ける。明治十四年、北海道開拓使の官有物の払下げに関して、藩閥と政商との癒着を佐賀出身の大隈重信が批判し、逆に長州の伊藤博文に追われて下野するという事件が起こると、憤慨した副島種臣の命を帯びて諸岡正順が佐賀に赴き、同志を糾合して上京する動きを見せた（同書、二三七頁）。さらに、翌明治十五年に樽井藤吉《たるいとうきち》が日本初の「社会党」である東洋社会党を結成すると、同党を支持して樽井と親交を結ぶなど、種臣の命を含んで東京と佐賀を往復し、おそらく薩長閥による政治の独

佐賀高伝寺にある「諸岡正順之墓」。その左に「配　副島芳千代」と彫られている〔筆者撮影〕。

占への抗議も込めて、自由民権運動に肩入れした。しかし肺病を患い、明治二十三年七月二十六日、三十七歳の若さで父順賢に先立って副島家の敷地内で没した。正順の墓は、諸岡家先祖代々の帰依寺だった佐賀の竈王院ではなく、副島種臣の実家枝吉家の菩提寺である高伝寺に、妻貞子によって建てられている。死後も種臣の近くにいようとして、遺言でも遺したのだろうか。

以上のように、諸岡幸麿の二人の祖父（諸岡順賢、副島種臣）と父（諸岡正順）は、「元佐賀藩の武士」として明治維新を迎えたことで、追い風にも乗り、また制約も受け、良くも悪くも時代の荒波に翻弄されたといえそうだ。

これに対し、幸麿自身は生まれたときから東京の母方の副島伯爵の屋敷内に住んでいたので、佐賀とのつながりは希薄であり、封建的な家父長制度に縛られていなかった分、移民として飛び出しやすい位置にいたといえるだろう。

諸岡幸麿は、明治十六年（一八八三年）十一月二十四日、諸岡正順と副島種臣の長女貞子の子供として生まれた（注5）。本稿の最後でも少し触れることになる小説家の志賀直哉と同い年である。本籍は佐賀にあったが、前述のようなわけで祖父副島種臣の住む越前堀で生まれたと考えられる。つまり、東京生まれの東京育ちである。本人にも「江戸っ子」という意識があったらしく、本書でも戦地近くのフランス人に記念に何か書いてくれと乞われて「我輩は江戸ッ兒《こ》である」と書き（一一九頁）、また「江戸ッ兒《こ》の一人旅路や春寒き」という「駄句」をひねっている（三四三頁）。

幸麿には男の兄弟はなく、本書にも「老母を一人故國《ここく》に殘《のこ》し、嗣子《しし》の身を以て、而《しか》も他《た》に男子の兄弟が無いにもかゝはらず、遙々《はるばる》東洋より出征し」（三三〇頁）と書かれている。女のきょうだいは、四歳上の姉と四歳下の妹がいたが、このうち姉については本書で触れられている（三三一頁）。

明治二十三年（一八九〇年）、幸麿八歳のときに父正順が死去した。あまり記憶がなかったためか、本書には父の話は一切出てこない。父の死後は、母貞子と母方の祖父副島種臣に育てられる形となった。本書にも「口喧嘩をしたりして、お祖父《じい》さん（種臣）に叱られたことも度々《たびたび》あつた」（二七二頁）と書かれている。

明治二十九年（一八九六年）、祖父副島種臣が越前堀から千駄ケ谷元原宿一七九番地に転居し、このとき十四歳だった幸磨も母貞子とともに一緒に移った。本書には「私達は青山の副島家にゐて」（二七二頁）と書かれているが、この「青山」とは元原宿を指す。

明治三十四年（一九〇一年）、十九歳のときに父方の祖父諸岡順賢が死去し、これに伴って幸磨が諸岡家の家督を相続した。しかし、東京に住んでいた青年幸磨は、佐賀に住んでいた祖父順賢に生涯で何度会ったことがあるのだろうか。父と同様、祖父順賢の話も、本書には一切出てこない。

諸岡幸磨は青山学院中等科で学んだ(注6)。青山学院は諸岡が住んでいた元原宿から歩いてすぐの距離にある。入学した年は不明だが、明治三十九年（一九〇六年）に数えで二十四歳のときに卒業しているから、病弱などの理由によって入学が大幅に遅れたか、途中で休学したのかもしれない。本文中では、青山学院に関しては一箇所、相撲ないし柔道に関して「私は青山學院時代は、校中で強い方であつた」と書かれた箇所がある（九四頁）。また、本書巻頭のカナダ公使の序文は「青山學院英文學部學長」によって和訳されている。青山学院は昔から英語教育で有名で、同校の中等科の教員も半数以上が英語を教えていた。英語を学んだ副島種臣や道正の影響で、諸岡も英語に関心が深かったのかもしれない。ちなみに、道正はケンブリッジ大学卒業後、明治三十二年～三十八年にかけて学習院で英語を教えていたが、これは諸岡の中等科時代とほぼ重なる。

明治三十七年（一九〇四年）二月、日露戦争が始まったが、この年の四月に諸岡は中等科四年に進んだようだ。本書にも「私が中學四年から五年の時代に日露戰爭があつて」という記述がある（一八六頁）。

翌明治三十八年（一九〇五年）一月三十一日、日露戦争の最中に母方の祖父副島種臣が死去した。二月六日に執り行われた葬儀の日には、元原宿の副島邸から墓所となる青山霊園まで長い葬列が続いたが、このとき、死後種臣に下賜されたばかりの勲一等旭日桐花大綬章を捧持する「令孫幸麿氏」の姿も葬列に交じっていたと、同年二月七日付の新聞『日本』や『國民新聞』に記載されている。種臣の死後は、跡を継いだ道正が諸岡幸麿の養父のような存在となったらしく、のちのカナダ軍の記録の「近親者」の欄には、いつも「叔父副島道正」と書かれている。この年の春に中等科五年に進む。

学生時代の教師の中で、本書に唯一名前が出てくるのは、「中學時代に理科を教へられた遠藤吉三郎《きちさぶろう》博士」（二一九頁）である。日本における水産植物学者の草分け的存在となった遠藤吉三郎は、明治三十九年の青山学院の『學則摘要』の「職員氏名資格及分擔《およびぶんたん》學科」によると、たしかに「博物」つまり理科を教えていた。その前年の明治三十八年（一九〇五年）の記録は残っていないが、諸岡の最終学年となったこの年にも、本書の記載からして、遠藤は青山学院で教えていたはずである（ちなみに明治三十七年以前の記録には遠藤の名前はない）。この後、遠藤は明治四十年に札幌農学校に招聘され、のちに北海道帝国大学の教授となるが、歯に衣を着せぬ物言いで「西洋カブレ」の風潮を批判する『西洋中毒』などの随筆も書いている。しばしば海藻の調査で諸外国にも赴き、ヴァンクーヴァーの南隣にあるスティーヴストンでの缶詰加工を日本も見習うべきだと説いている（『日本民族の爲めに』、三九八頁）。諸岡に影響を与えた教師の一人だったといえそうだ。

日露戦争終結の翌年、明治三十九年（一九〇六年）三月二十八日に青山学院の卒業式がおこなわれた。ミッションスクールらしく、午後二時半から講堂で始まった式の冒頭では讃美歌が歌われ、ついで聖書の朗読と祈禱、さらに教育勅語の捧読と君が代の演奏を経て、卒業証書が授与された。『青山學院校友會會報』第八号（同年七月発行）には、神学部二名、高等科十六名、中等科二十六名の卒業生の名前が列挙されているが、この中等科の二十六名の中に「諸岡幸麿（佐賀）」の名も記されている。

もともと青山学院はアメリカのメソジスト派の宣教師が開いた神学校が母体となったが、そういえば、のちのカナダ軍に入隊したときの諸岡の記録の宗教欄にも「メソジスト」と書かれている。ただし、本当に諸岡がメソジスト信者だったのかどうかはわからない。カナダで宗教を問われたら、適当にキリスト教徒だと答えておけという風潮もあったからである。

卒業した年の十二月、二十四歳となっていた諸岡は日本を離れ、単身カナダに渡った。日本の外交史料館には、渡航の直前に交付された旅券記録（外国旅券下付表）が残されており、「諸岡幸麿　士族　戸主〔原籍〕佐賀県佐賀市大字赤松町百二十六番地　明治十六年十一月生〔渡航目的〕修學〔目的地〕加奈陀《カナダ》晩香坡《バンクーバー》〔旅券下付の日付、明治三十九年〕同月〔＝十二月〕二十一日」と書かれている。

外国旅券下付表〔外交史料館〕

カナダ国立図書館・文書館（LAC）所蔵の乗船者リストにも諸岡の名前が記載されており、米国の汽船トレモント Tremont 号に乗って十二月七日に横浜を出港し、同月二十一日にヴァンクーヴァーに到着したことがわかる。この船が実際に十二月七日に横浜を出港したことは、同月十五日付の日本の英字新聞 *The Japan Weekly Mail* によっても確認される。また、のちに同じ義勇兵として戦うことになる三井眞春美《ますみ》が明治四十一年（一九〇八年）にカナダに渡る前にたまたま隣にあった副島家に挨拶に行ったところ、すでに甥の諸岡幸麿がカナダにいると聞かされたという話も残されている（工藤、一九八三、一八五頁）。

諸岡がカナダに渡った理由はわからないが、母の実家に身を寄せて窮屈に感じていたのだろうか。いずれにせよ、さきほどの「外国旅券下付表」には渡航理由として「修学」と書かれているので、英語を学ぶことが表向きの理由となったようだ。

カナダで諸岡は何をしていたのだろうか。のちのカナダ軍の記録の職業欄には「漁師」と書かれているが、これは必ずしも諸岡が漁業一筋で生計を立てていたことを意味するわけではない。たしかに当時ヴァンクーヴァー近辺では多くの日本人移民が漁業に従事していたが、漁期以外は他の仕事に就くことも多かった。本書では、諸岡は自分が漁師だったとは書いておらず、そもそも大戦前の職業については何も触れていない。ただし一箇所、軍に入隊する直前、入隊を受け入れてくれる部隊が置かれていたアルバータ州までの旅費を持っていなかった諸岡を含む多くの日本人たちが、旅費を工面するためにスキーナ河に鮭を獲りに行ったと書かれた個所がある（一二頁）。そして、しばらくして旅費は軍で負担するという方針に変わり、募兵担当のジョーンズ（本書では「ジョンス」）中尉がスキーナ河まで迎えにきたと書かれて

ヴァンクーヴァーよりもだいぶ北で太平洋に合流するスキーナ河の上流で釣をする先住民の少女（1915年撮影）〔LAC〕

いる（一四頁）。つまり、本書によると、この時期に諸岡たちが漁業に従事していたのはあくまで一時的な出稼ぎのような位置づけとなっている。

　これとは別に、ひと足先に軍に入隊してジョーンズ中尉とともに日本人の募兵係となっていた窪田才之助《くぼたさいのすけ》（鹿児島県出身）が後年回想したところによると、ジョーンズと窪田は、日本人の志願兵を集めるために各地をまわり、その一環としてスキーナ河にも足を伸ばし、漁師たちのコミュニティーを訪れ、二十三名を集めたのだという（一九五九年二月十日付『大陸時報』）。その中に諸岡も含まれていたようだ（Ito, 1992, p.35）。しかし、スキーナ河にやってきたジョーンズと窪田が、一時的な出稼ぎだという事情を知らずに、たまたま日本人のグループが鮭を獲っているのを見て「漁師」だと思い込み、それが軍の記録に載ったという可能性もあるかもしれない。いずれにせよ、諸岡と同じ第一七五大隊（のちの第五十大隊）に属した日本人兵士たちは、カナダ軍の記録の職業欄には「漁師」と書かれていることが非常に多い。

　漁業権（ライセンス）を得るには帰化する必要があった（ただし助手の場合は帰化は不要だった）。だから、諸岡が漁師だったとすれば、帰化していた可能性が高い。しかし、帰化していたか否かは単なる形式的な手続きにすぎず、いずれにせよ諸岡が意識の上では純然たる日本人だと思っていたことは、本書の端々に現れている。

「私は日本人として長身の方なので」（一五五頁）
「『汝は日本人なるか？』（……）『はい、日本人であります』」（三五七頁）
「私は外國人だから」（三九二頁）
「『君達は日本人かネ』。『ウム、さうだよ。』」（四一二頁）
「日本男兒《だんじ》であるといふことを常に頭から離したことがなかつた」（四三三頁）

ちなみに、義勇兵の多くは帰化していたようだが、たとえば三井眞春美《ますみ》は第一次世界大戦当時は帰化しておらず、帰化したのは第二次世界大戦後だったという（工藤、一九八三、一九四頁）。

雑誌『話』昭和10年3月号所収「西部戰線に出征した日本人の手記」（後述）に掲載された軍服姿の諸岡幸麿の写真。本書巻頭の1枚目の写真と同じネガを引き伸ばしたものかもしれないが、若干表情が違うようにも見える。

諸岡がカナダに来て約八年が経過した一九一四年（大正三年）、第一次世界大戦が勃発した。日本人がカナダ軍に志願兵として加わった経緯についてはさきに触れたが、諸岡も武士の血が騒いだのか、その呼びかけに応じ、一九一六年八月八日、アルバータ州メディシン・ハットの第一七五大隊に入隊した。三十四歳、独身だった。入隊したばかりの頃の軍服姿

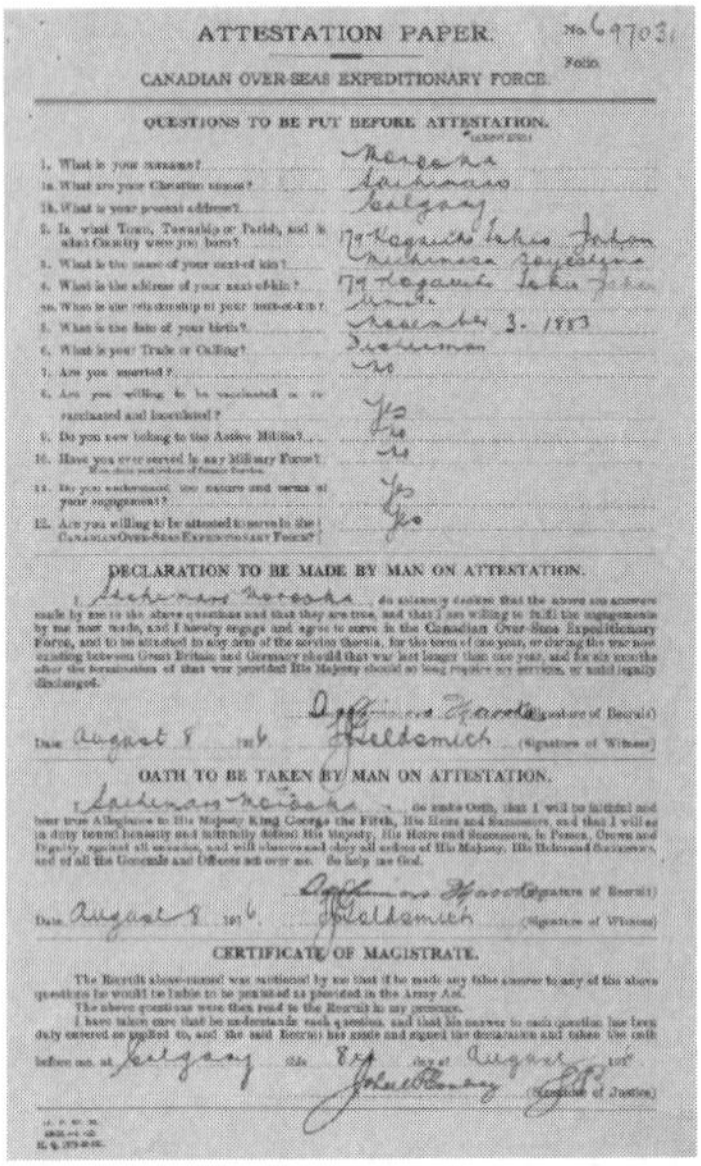
ATTESTATION PAPER.

CANADIAN OVER-SEAS EXPEDITIONARY FORCE.

QUESTIONS TO BE PUT BEFORE ATTESTATION.

DECLARATION TO BE MADE BY MAN ON ATTESTATION.

OATH TO BE TAKEN BY MAN ON ATTESTATION.

CERTIFICATE OF MAGISTRATE.

諸岡幸麿の入隊時の宣誓書〔LAC〕

の諸岡の写真は、本書巻頭の一枚目の写真の右下（楕円形の写真）に掲げられている。

これは想像だが、おそらくカナダでも天職と呼べるものが見つからなかった諸岡は、軍人となってこそ自分の本領が発揮できると直感し、意気込んだにちがいない。さかのぼれば、父方の祖父諸岡順賢は佐賀の乱に加わって処罰された「不平士族」だったし、母方の祖父副島種臣は征韓論を唱えて下野して以来、政府の中枢からは締め出されて薩長の後塵を拝していた。この種臣のもとにいた父諸岡正順も、才能がありながら官職に就くことができずに不遇をかこっていた。こうした肥前佐賀藩の不平士族の遺伝子を、諸岡幸麿も無意識のうちに受け継いでいたのだろう。本書では、最大の不平士族の反乱である西南の役を題材とした『新體詩抄』所収の詩「抜刀隊」に出てくる語句が多用されており（本文四九頁注と一三七頁注を参照）、軍歌としても非常に有名になったこの詩を諸岡はそらんじていたと思われるが、その一節に「維新このかた廢《すた》れたる／日本刀《にっぽんとう》の今更《いまさら》に／又世《またよ》に出《い》づる身《み》の譽《ほまれ》」という一節がある。今まで出番がなかった「日本刀」を手にした諸岡は、ようやく活躍の舞台を与えられ、「世《よ》に出《い》づる」ことができることを「身《み》の譽《ほまれ》」と感じたにちがいない。本書からも、面目躍如といった感が伝わってくる。

イギリス南岸のシーフォードキャンプで教練を受けるカナダ兵〔LAC〕

諸岡の属する第一七五大隊は、一九一六年九月二十六日にカルガリーから出征した（本書四七頁）。汽車でカナダを横断し、東海岸のハリファックス港に到着、ここから船で大西洋を渡り、イギリス中西部リヴァプールに上陸した。さらに、鉄道でロンドンの南西のウィットレー・キャンプに到着、ここから十一月三日にイギリス南岸のシーフォード・キャンプに移動し、実戦に近い訓練を積んだ（七五頁）。この間に一週間の休暇を得てロンドン見物をしている。その後、相次ぐ死傷者による兵員の不足を埋めるために、第五十大隊に転隊となってフランスの戦地に赴くことになった。

一九一七年一月三十一日、諸岡たちの部隊はイギリス南岸サウサンプトン港から英仏海峡を渡り、対岸のル・アーヴル港に上陸してフランスの地を踏んだ（一〇六頁）。ここから汽車に乗り込んで北東方面に向かい、ソンムの主戦場（すなわちソンム川のアミアンよりも上流、サン゠カンタンよりも下流）をはるか右前方に望みながら（一一七頁）、おそらくアラスの手前のどこかで列車を降り、徒歩

ブーヴィニー=ボワイエッフル村の被害を受けた家並みを写した使用済み絵葉書。1915年11月11日にフランス兵が差し出したもので、余白に「現在、この小村にいる。ぼくが住んでいる家に×印をつけておくよ。」と書き込まれている。大戦初期はイギリス軍ではなくフランス軍がこの付近に展開していた。1917年に諸岡たちの部隊がやってきたときは、この写真よりも破壊が進んでいた可能性が高い〔筆者蔵〕。

で第五十大隊の舎営地となっていたヴィミリッジの北西のブーヴィニー Bouvigny 村（現ブーヴィニー=ボワイエッフル Bouvigny-Boyeffles 村）まで移動した（一一九頁）。このとき、日本人の一群がやって来るのを見た第五十大隊の或るカナダ人兵士は、回想録の中で「日系カナダ人の青年たちは、ちょうど必要なときに我々のもとにやって来た」と書いている（この引用箇所の前後は本稿の最後で大きく取り上げる）。

さて、本書の叙述によれば、諸岡は一九一七年四月九日に始まったヴィミリッジの突撃に参加し、その後、敵の陣地を奪って守備に就いていときに爆弾を浴び、重傷を負って病院に後送されたことになっている。しかし、これは事実に反しており、実際にはその約一か月前の三月十一日にヴィミリッジの北側のビュリー・グルネーで負傷して病院に後送された記録があり、こちらが正しいと考えられる。これについて次項で考察したい。

創作されたヴィミリッジの戦いの描写

管見では、これまで諸岡がヴィミリッジの突撃に参加したことに疑義を唱えたものは存在しない。本書を主要なネタ本として『黄色い兵士達』を書いた工藤美代子は、はっきりと「総攻撃三日目の四月十一日、諸岡幸麿は負傷する」（一四〇頁）と書いているし、諸岡は「ヴィミーリッジ要塞の総攻撃で負傷した」（荒木、二〇一三、一一八頁）と書かれた論文もある。長谷川伸も新保満も、とくに諸岡がヴィミリッジの総攻撃に加わったことに疑問を呈していない。英語圏で定評のある Roy Ito の *We Went to War* も同様である。Tennyson, 2013, p.291 でも、諸岡は一九一七年四月にヴィミリッジで負傷したと明記されている。その影響もあって、筆者も最初は諸岡の回想録の内容を額面通りに受け取り、てっきり突撃に参加したものと信じて、そのように書いてしまった（大橋、二〇一八、一一〇三頁）。なにしろ、本書巻頭の三枚目に掲載されたヴィミリッジの稜線に達したカナダ兵を写した写真の説明にも「著者此処《ここ》に傷《きず》つく」と誇らしげに記されているほどなのだから。

しかし、今回この解説を書くにあたって入念に調べ直した結果、実は諸岡はヴィミリッジの攻撃には参加しておらず、本書のこの部分は創作つまりフィクションであることが確実となったので、この事実が判明した経緯について記しておきたい。

本書の記述によれば、一九一七年四月九日、諸岡の属する部隊がヴィミリッジで突撃に参加し（二七九頁）、諸岡は奪取したドイツ軍の陣地で守備に就いていたところ、四月十一日午前二時頃からドイツ軍の攻撃を受けて負傷したと書かれている（三一〇頁）。しかし、カナダ軍の公式記録によると、諸岡はその約一か月前の三月十一日に負傷して、後送され、三月十四日に英仏海峡に面したフランスのル・トゥーケ Le Touquet 村の赤十字病院に入院したことになっている。だとすると、ヴィミリッジの攻撃が始まった四月九日には、諸岡は病院のベットの上にいたことになるのだ。

一般に、第一次世界大戦当時の個々の兵士の戦死や負傷に関する軍の公式記録は、間違っていることが非常に多い。戦闘中は記録どころではなく、混乱にまぎれて誤記や人違いなどが発生しやすいからである。このことは、以前、筆者がフランス軍の公式記録を詳しく調べた際に、いやというほど経験した。今回参照したカナダ軍の日本人兵に関する記録も、英語での受け答えや聞き間違いなどにより、日本人兵の氏名のローマ字表記などは非常に頻繁に間違っている。諸岡の生年月日や日本での住所の番地も、複数のカナダ軍資料の間で数字の食い違いが見られる。だから、最初は諸岡の書いた本書の記述が正しく、軍の資料が間違っているのだと考えていた。

また、その他の当時の記録として、諸岡と同じ第五十大隊に属してヴィミリッジで戦った日本人兵士、祖父江《そぶえ》玄碩《げんせき》や斎藤彌七《やしち》が書いた手紙が『足跡』に収録されており、祖父江や斎藤の手紙ではヴィミリッジの攻撃に参加した日本人や負傷・戦死した日本人が列挙・言及されているが、その中にも諸岡の名前は出てこない。しかし、諸岡や他の数名だけ他の部隊に一時的に編入されるなどして、消息が不明だった可能性もあるかと思い、これもあまり気に留めていなかった。

しかし、ヴィミリッジの戦い自体について調べていく過程で、大きな疑念を抱かされることになった。というのは、本書の中で、諸岡は自分の所属する第五十大隊が四月九日の早朝五時半に突撃したと書いているが、これは事実に反するからだ。ヴィミリッジを含むアラス戦線全域でイギリス軍が総攻撃を開始したのは、たしかに四月九日の朝五時半だったが、カナダ軍第五十大隊は、この日は終日、予備として陣地に留まっており、同大隊が突撃を開始したのは翌十日の午後三時十五分のことだった[注7]。大隊長が「カナダ五十大隊躍進！　我に続け！」（本書二七九頁）と叫んだのだとしたら、それは九日の朝ではなく、十日の午後のことだったのだ（なお、諸岡は一貫して「大隊」のことを「連隊」と呼んでいる）。

もちろん、戦いから十七年も経って書かれた回想録だから、一日ぐらい日付の記憶が違っていてもおかしくない。しかし、そうはいっても、最大の山場となったヴィミリッジの攻撃で、初日は戦闘に参加せず、翌日になってから疲弊した先行部隊に続いて投入されたことくらい、覚えていて当然のはずである。それなのに、本書では諸岡の第五十大隊は先行部隊として初日から突撃に参加したことになっている。突撃に出た時間帯も、実際には早朝ではなく午後だった。当日の天候にしても、「折から暮雪霏々《ぼせつひひ》として落ちてきた」（二八五頁）云々という描写は非常に詩的で美しいが、「十日、夜来《やらい》の吹雪を冒《おか》して前進」（斎藤の手紙）や「當日《とうじつ》は雪が降り、實《じつ》に進軍に困難な事は御話《おはなし》になりません」（祖父江の手紙）といった体験談に比べると、雪が歩行の妨げになるほど積もっていたことによる具体的な大変さが感じられない。そういえば、戦闘の具体的な描写がもっと読めるかと思って期待が高まったところで、突然、イギリス軍の指揮官ダグラス・ヘイグの公報の忠実な訳が数頁（三〇六～三一〇頁）にわたって挟まっているのは、いかにも唐突な感じを受ける。

他に手がかりとなるものがないか、改めて本書を読み返してみると、諸岡が負傷する直前、同じ場所で原田一男が負傷したと書かれており（三一一頁）、負傷後に運ばれた仮繃帯所《かりほうたいじょ》では諸岡の隣で寝ている姿

カナダ軍のライフル・グレネードの発射演習（1917年9月）。銃口に手榴弾を置くためのカップが取り付けられている。手前の兵士は発射したばかりで、手榴弾の軌道を目で追っている。その奥の兵士は右手で手榴弾をカップ内に置こうとしている。他にもいろいろなタイプのライフル・グレネードがあった〔LAC〕。

が描写されている（三一七頁）。この原田一男についてカナダ軍の記録に当たったところ、原田は、ヴィミリッジの戦いの約一か月前の三月十一日、第五十大隊の舎営地があった地点の東寄り（つまり第一線付近）にあるビュリー・グルネー Bully Grenay において、ライフル・グレネード（棒をつけて小銃《ライフル》で飛ばす手榴弾《グレネード》）を顔面に受けて負傷したと記載されている。三月十一日といえば、カナダ軍の記録による諸岡の負傷日と同じ日である。本書のとおり諸岡が原田のすぐあとで負傷したのだとすると、諸岡も三月十一日にビュリー・グルネーで負傷したと考えるのが自然ではないだろうか。もちろん、カナダ軍の記録が二件とも間違っている可能性も否定できないのだが……。

以上のような疑念を抱きながら、今度は、当時カナダのヴァンクーヴァーで日本人向けに発行されていた邦字新聞『大陸日報』のマイクロフィルムを片端から調べたところ、決定的な記事をいくつも見つけてしまった。

まず最初の記事として、一九一七年三月二十二日付の同紙に次のような小さな記事が載っている（以下傍点引用者）。

「諸岡義勇兵負傷
第五十大隊に参加渡佛《とふつ》せる諸岡幸麿氏は、三月十四日、戰地に於《おい》て右太腿《ふともも》に彈創《だんそう》を負ひ、同國《どうこく》ルッウケー〔注記　ル・トゥーケ村〕なる第八赤十字病院に収容されし旨《むね》、昨日加奈陀日會《にっかい》〔注記　カナダ日本人会〕へ宛《あ》てヲタワ當路《とうろ》〔注記　軍当局〕より來電《らいでん》〔注記　電報〕ありたり」。

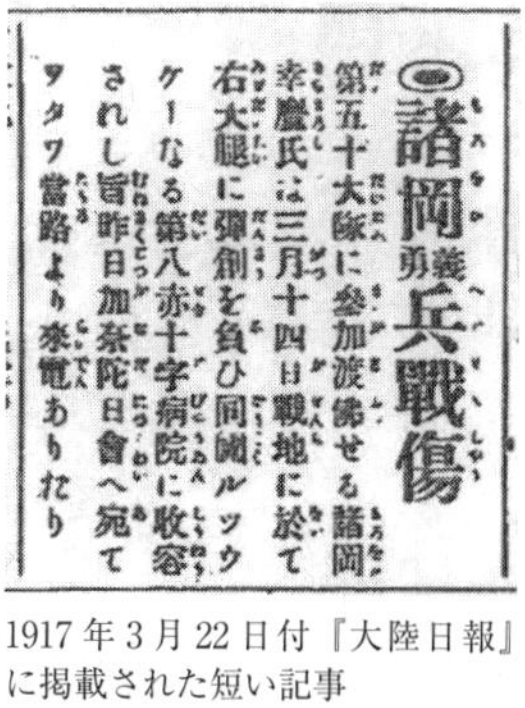
◎諸岡義勇兵戰傷
第五十大隊に參加渡佛せる諸岡幸麿氏は三月十四日戰地に於て右大腿に彈創を負ひ同國ルッウケーなる第八赤十字病院に收容されし旨昨日加奈陀日會へ宛てヲタワ當路より來電ありたり

1917年3月22日付『大陸日報』に掲載された短い記事

また、諸岡の直前に負傷した原田一男が大陸日報社に寄せた三月十七日付の手紙が四月二十一日付の『大陸日報』に掲載されており、これは証言として決定的に重要だと思われるので、長くなるが抜粋して引用しておく。

「三月七日、愈々吾《いよいよわが》第五十大隊は前線に向《むか》ふべき命令の下《もと》に、夕暮《ゆうぐれ》五時より出發《しゅっぱつ》、前線までは八哩《マイル》余《あま》りあり。一同、随分《ずいぶん》疲労し、靴紐を解《と》きて、この夜は塹壕内に休む（……）十日より愈々《いよいよ》他の中隊と交替を爲《な》し、第一線の哨兵《しょうへい》となれり。十日朝、石原壽公《としたか》氏負傷し、野戰病院に送らる。夜十二時頃より、敵彈は我が前後左右に落下し、身動きもならず。彼我《ひが》共《とも》に猛烈なる砲火を浴《あび》せあひ、零時三十分、余《よ》は負傷せり。漸《ようや》く將校《しょうこう》に連れられ假《かり》病院室に急ぐ。砲彈は容赦なく落下して危險《きけん》を極め、余《よ》の仮繃帯所《かりほうたいじょ》に著《つ》けるは一時半頃なりき。此所《ここ》にて看護卒《かんごそつ》の來《きた》るを待ち、二時頃、二名の看護卒は來《きた》り、共《とも》に谷間《たにま》を行く。（……）雨少《すこ》しく降りはじめ、道は悪《わる》く、後方病院五哩《マイル》の所に着きしは四時近くなりき。此所《ここ》にて一泊し、十二日朝に至り、軍醫《ぐんい》より起こされ、野戰病院に急ぐべく言ひ傳《つた》へらる。起床すれば、余の附近《ふきん》に負傷兵多數《たすう》収容され居《い》たるが、何人位《くらい》にや、唯《た》だ其《その》うめき聲《ごえ》を聞くのみ。軍醫《ぐんい》に聞けば、日本人もありと言《い》ふ。能《よ》く能《よ》く見れば、諸岡幸麿君なり。君は余《よ》の次の哨兵《しょうへい》線《せん》を固めをられしものにて、余の負傷後、まもなく負傷され、後送となりしものと考《かんが》ふ。予《よ》、君に問へども返辭《へんじ》なし。予の傷は輕《かる》きも、君のはかなりの重傷と見受けたり。九時頃、赤十字自動車にて、第十八野戰病院に送らる。十三日朝八時、瀛車《きしゃ》にてまた第七野戰病院に向《むか》ひ、十四日朝六時これに到《とう》著《ちゃく》。此所《ここ》にて従來《じゅうらい》の衣服は悉《ことごとく》皆《みな》とりかへ、入浴して全身を潔《きよ》め、ベッドに横たはる。氣《き》にかかるは諸岡君のことにて、之《これ》を尋ねしも判《わか》らず（……）」

この原田一男の手紙を読むと、諸岡が一九一七年三月十一日の午前零時三十分から間もない頃に負傷したことは、ほぼ確実だといえるだろう（一部の当時の日本語資料では三月十四日となっているが、これは負傷した日付ではなく、病院に収容された日付である）。ちなみに、この引用文中に出てくる十日朝に負傷した石原壽公は、この傷が原因で三月三十一日になって死去した（カナダ軍の記録等による）。

さらに、諸岡の動向を伝える三つめの記事として、三月十二日付の佐藤三郎の手紙が四月二十四日付の『大陸日報』に掲載されており、三月七日以降の「僅《わずか》の時日《じじつ》」の間に、坂本彌七《やしち》、石原壽公、諸岡幸麿、原田一男の四名が相次いで負傷したことが記されている。

四つめの記事として、四月二十六日付の同紙には、諸岡自身が大陸日報社に手紙を寄せたことがこう記載されている。

「諸岡氏經過《けいか》良好
第五十大隊員にして、過般《かはん》戰傷し、入院加療《かりょう》中なる諸岡幸麿氏自身手書《しゅしょ》の發信《はっしん》、三月二十七日附にて、本日、加奈陀《カナダ》日本人會《かい》に到達せるが、氏はその後、經過大いに良好なりとありたり」

最後に、同じく諸岡自身がヴァンクーヴァー在住の友人西五辻《にしいつつじ》氏（本文一八頁注参照）に差し出した四月五日付の手紙が『加奈陀之宝庫』に掲載されている。ちなみに、ここにはヴィミリッジで突撃して負傷したとは書かれていない。

「やられたよ、とうとう爆彈の奴《やつ》に。加之《しかのみならず》、ライフル・グレーネードと云《い》ふ大きな方が頭上で爆裂して骨盤に命中、傷の深さ五吋《インチ》半、他の一個所《かしょ》は大腿の後側《うしろ》に命中、深さ三吋《インチ》、此方《こっち》は傷口は大きいが肉部だから最早《もはや》肉も上りかけて來《き》た。五月蠅《うるさ》いのは例の腰骨《こしぼね》の奴《やつ》で、足の運動の總《そう》司令部の骨まで一寸傷《ちょっときずつ》いたと來《き》たから堪《たま》らない。負傷して最早《もはや》一箇月に垂《なんな》んとするが、未《いま》だに五仙《セント》で買って來《き》た馬の如く、但《ただ》しは繪《え》に書いた地震と來《き》て、少しも動かないと來《き》た。（……）原田も僕と同様《どうよう》戰傷して、假《かり》病院で二晩一緒に寝たが、今は何處《どこ》の病院に入ったか、僕には今の處《ところ》不明だ。輕傷《けいしょう》で、左眼の下と思つた。僕は此夜《このよ》、一伍長の引率で、原田と二人、第一線及《および》機關銃線巡視《きかんじゅうせんじゅんし》と云《い》ふ一寸《ちょっと》氣《き》の利《き》いた役をすまして來《き》て、其《そ》の翌夜《あくるよ》、今度は機關銃線歩哨《きかんじゅうせんほしょう》に立つた。味方の撃つ爆彈の美事《みごと》さに氣《き》を取られ、頭上に來《き》た敵の爆彈の唸《うな》りが耳に入らず、氣《き》の付いた時に、頭上約廿間《にじゅっけん》の所に光と唸《うな》りと兩方發《りょうほうはっ》して、非常の速度で落下して來《く》る。ドシーン、コロリさね。」

以上の新聞記事や手紙により、カナダ軍資料が正しいことを認めざるをえない。つまり、諸岡は実際にはヴィミリッジの戦いには参加しておらず、その一か月前、ヴィミリッジの十キロほど北にあるビュリー・グルネーで負傷したのだ。そして、ヴィミリッジの突撃がおこなわれたときは、すでに遠く離れた病院に収容されていたのだ(注8)。

しかし、何よりも戦功を立てたいという思いの強かった諸岡のことである。病院の中でヴィミリッジの突撃でカナダ軍が歴史に残る快挙を成し遂げたことを新聞で知り、その戦闘に参加できなかった無念の思いから、病床で熱に浮かされる中で、突撃に参加している自分の姿を思い浮かべては想像力を膨らませ、妄想はやがて「確信」へと変わったのではないだろうか。負傷から半年あまりが経過した一九一七年十月二十七日に病院関係者が諸岡への問診をもとに記入したと思われる書類には、四月十一日にヴィミリッジで負傷したと書かれているので、もうすでにこの頃には「確信」はできあがっていたのかもしれない。そして、回想録を書く際には、負傷した日付をちょうど一か月遅らせることで、自分も突撃に参加したことにし、公報などの資料を手元に揃え、これを本書のクライマックスとしたと推定されるのだ(注9)。

もし、諸岡がヴィミリッジでの戦いを描写せずに、事実のみを記していたとしたら、ずいぶん地味な内容になっていただろう。のちに諸岡は日本に帰国するが、大戦から十数年が経過しても、カナダの日本人義勇兵が戦ったことを記した本格的な体験記は、いっこうに現れる気配がなかった。とすれば、ここはあえて事実を枉げてでも、ヴィミリッジの戦いに加わったことにしてインパクトを出さないと、実際にそこで戦った戦友たちの記憶は後世に伝わらず、戦地で命を落とした仲間も浮かばれないのではないか。とすれば、多少事実を「整理」してフィクションを交えたとしても、許されるのではないか……。そうした考えが諸岡の頭をよぎったのかもしれない(注10)。

いずれにせよ、実際には名高いヴィミリッジの突撃には参加しなかったとしても、諸岡がその直前の時期にヴィミリッジの北側で戦ったことはまぎれもない事実であり、実際に第一線に立った者でなければ書けない迫真の描写と息をもつかせぬ筆力により、その文学的価値はいささかも減じていない。結果として、本書は櫻井忠溫《さくらいただよし》の実戦記『肉弾《にくだん》』(注11)につらなる戦争文学の傑作となっていると評することができるだろう。『肉弾』には、まだ平家物語のような戦記物の雰囲気も残っているが、本書では、夏目漱石や島崎藤村への言及・引用(六一頁と八九頁を参照)がみられるように、こうした文豪の影響も受け、日本語という点でも洗練され、現代に近づいたものとなっている。もちろん、西部戦線で見聞きしたことを後世に残したという点でも大きな存在価値を持っている。

負傷後の諸岡について

さて、一九一七年三月十一日にヴィミリッジの北側で負傷した諸岡は、仮繃帯所で応急手当てを受けてから後送された。この間、生死のうつつを彷徨い、「自動車は四圍《しい》を覆《おお》はれてゐるから、何も見えない筈だのに、私には不思議によく見える」（三二六頁）といった幽体離脱のような体験をしてから、三月十四日、英仏海峡に面したフランスのル・トゥーケ村の赤十字病院に運び込まれ、入院の数日後に意識を回復している。ここで約一か月間すごしたのち、四月十三日（本書三四一頁以降では五月十一日となっている）、英仏海峡を渡ってイギリス南岸のハンプシャー州サウサンプトン近郊のネトレーにあるロイヤル・ヴィクトリア陸軍病院付属の赤十字病院に転院した。この病院は、奇しくも一九一五年二月一日から十二月三十一日まで、十一か月間にわたって日本赤十字の英国派遣救護班の看護婦たち二十六人が治療と看護にあたった病院だった。だから、イギリス人看護婦も挨拶程度の日本語なら話すことができ、諸岡を驚かせた（三五〇頁）。

諸岡がこの病院に転院して三か月半が経過した七月三十日、この病院を訪れたイギリス国王ジョージ五世から親しく言葉をかけられるという光栄に浴することになった（本書三五五頁では、諸岡は日付を一日間違え、三十一日と書いている）。この日、国王ジョージ五世とメアリー王妃は、メアリー王女を伴って特別列車でネトレーの複数の病院を訪問し、数時間かけて傷病兵を見舞った。このことは当時のイギリスの新聞各紙で取り上げられたが、管見では、地元サウサンプトンに本社のあった『ハンプシャー・アド

仮繃帯所から後方（つまり西側）に向かうカナダ赤十字の自動車（1917年10月撮影）。見えにくいが、車体の側面に丸に赤十字のマークが描かれている〔LAC〕。

イギリス南岸ネトレーのロイヤル・ヴィクトリア病院の正面を写した絵葉書で、散歩に出た負傷兵の姿も写っている。この絵葉書を使って、ここに入院していたイギリス兵が右端に点線を描き込み、余白に「ぼくはここで寝ている」と書いている。現在はこの病院は取り壊され、跡地は公園となっている。諸岡はこの病院の隣に併設されていたバラック小屋の赤十字病院に収容された〔筆者蔵〕。

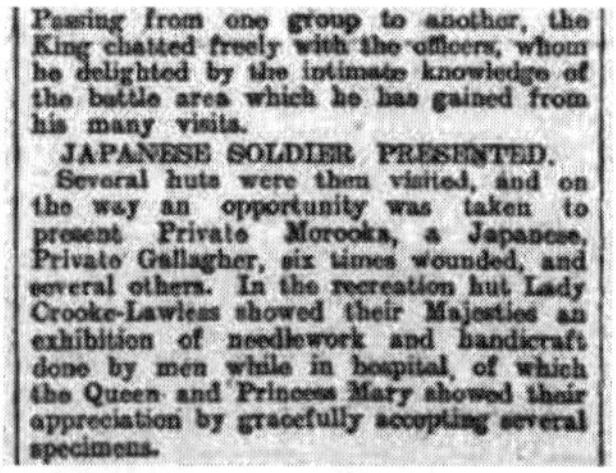
Passing from one group to another, the King chatted freely with the officers, whom he delighted by the intimate knowledge of the battle area which he has gained from his many visits.

JAPANESE SOLDIER PRESENTED.

Several huts were then visited, and on the way an opportunity was taken to present Private Morooka, a Japanese, Private Gallagher, six times wounded, and several others. In the recreation hut Lady Crooke-Lawless showed their Majesties an exhibition of needlework and handicraft done by men while in hospital, of which the Queen and Princess Mary showed their appreciation by gracefully accepting several specimens.

1917年8月4日付のイギリスの*Hampshire Advertiser*紙2面に掲載された記事「王室御一家のネトレー訪問」の一部。「日本人兵士の拝謁」という小見出しに続き、「ついで〔国王は〕いくつかの小屋を訪問された。その途中、日本人兵士Morooka、6度負傷した兵士ガラハー、その他多くの者が拝謁した」云々と書かれている。

ヴァタイザー』*Hampshire Advertiser*紙の一九一七年八月四日付がもっとも詳しく、諸岡が国王に拝謁したことが記されている。本書の巻頭にも、このときのようすを写したという写真が掲載されており、直立不動の諸岡の奥には、よく見ると松葉杖が二本写っている。感激した諸岡は、すぐにヴァンクーヴァーの大陸日報社に手紙を書き、それが同月二十二日付の『大陸日報』に転載されている。内容は本書とほぼ同じで、長いので省略するが、この手紙を紹介する記事の前書きのみ引用しておく。

「日本人義勇兵として出征し、加奈陀第五十大隊に屬《ぞく》して戰線に奮闘し、名譽《めいよ》の戰傷を負ひて英國ネットレーなる英國赤十字病院に収容され、専《もっぱ》ら加療《かりょう》中なる諸岡幸麿氏は、七月三十一日、同病院へ英國兩《りょう》陛下の御親臨《しんりん》に際し、親しく御慰問《いもん》の辭《じ》に接し、感激措《お》く能《あた》はず、直《ただ》ちに筆《ふで》を呵《か》して飛信《ひしん》を寄《よ》せ來《きた》れり」。

この後、諸岡は一九一七年九月七日にネトレーの赤十字病院からロンドンの南西にあるエプソン Epsom の療養病院に転院し、ついで十月十九日にロンドンの十五kmほど南東にあるオーピングトン Orpington の病院に転院している（三八八頁）。ただし、本書では短かったエプソンの病院での滞在の記述は省略されている。ついで、カナダに帰郷して療養に努めることになり、翌一九一八年一月四日にイギリス中西部リヴァプールの病院に転院し（四〇八頁）、二月四日にリヴァプールを出港してカナダに向かった（四一八頁）。同月二十六日付の『大陸日報』には、諸岡の凱旋のようすがこう描かれている。

「邦人兵諸岡幸麿氏は、本日午前二時、シー、ピー列車〔注記　カナダ太平洋鉄道〕にて晩香坡《バンクーバー》着、列車内に就寝して今朝《こんちょう》八時再び晩市《ばんし》の人と爲《な》つた。十日間の休暇を與《あた》へられて居《い》るが、容態《ようだい》は未《いま》だ全癒《ぜんゆ》とは至らず、兩手《りょうて》に杖を必要として居た。」

この後、三月四日にヴァンクーヴァー市内のショーネッシー病院に転院した。

諸岡がカナダの病院に移って数か月が経過し、大戦もいよいよ大詰めを迎えつつあった一九一八年夏、国王ジョージ五世のいとこで過去に二度も来日したことのある親日家のコンノート殿下（本文四二九頁注参照）が日英同盟強化のために三度目の来日を果たし、六月十八日に横浜港に到着、帰途は日本の戦艦「霧島」に乗って太平洋を渡り、七月下旬にカナダに到着して、二十九日朝にヴァンクーヴァーに降り立ち、同日午後に陸軍病院を訪問した。このときの訪問について、三十日付の『大陸日報』にはこう書かれている。

「陸軍病院巡訪中、フエヤモント病院に臺臨《たいりん》ありし際は、同所には、村上、宮田、磯村、磯貝、村田、諸岡、前諸氏《まえしょし》邦人兵在院《ざいいん》し居り、約百名の在院者一同整列して殿下一行を待ちたるが、殿下は特に邦人兵に御目《おんめ》をとめられ、屡々懇篤《しばしばこんとく》なる御言葉あり。」

本書によれば、このときコンノート殿下は治療のために「日本に帰ってはどうか」と諸岡に声をかけたという（四二九頁）。

諸岡は、とくに腰の関節から右脚の付け根あたりに重傷を負ったらしい。本書の負傷直後の描写では、「私の右足は激しく麻痺して、何の感覚《かんかく》もない」（三一二頁）、「腰部關節《ようぶかんせつ》と大腿部から、滾滾《こんこん》として血が迸《ほとばし》つてゐる」（三一三頁）と書かれ、病院で意識を取り戻したときには「右足には鐵《てつ》のスプリント（添木《そえぎ》）二本を當《あ》てられ、尚《な》ほ其《そ》のスプリントは鐵《てつ》の鎖に依《よ》つて、天井から釣られてゐる」（三二七頁）状態だった。本書には「コンパウンド・フラクチャー」という言葉が何度も出てくるが、これは「複雑骨折」を意味する。一九一八年五月十二日にカナダの病院で英語で記入された診断書《カルテ》には、「右脚の機能障害」として、こう書かれている。

「右脚の筋肉に一定量の萎縮がみられ、脚の前部の筋肉が非常に弱っている。関節を動かすと臀部に痛みが感じられ、動かすときは軋轢音が聞こえる。感覚は失われていない。立った状態では、大腿部を腹部の方に（大きく）曲げることができない。歩行時には二本の杖が必要だが、短距離（数ヤード）なら支えなしで歩くことができる」。

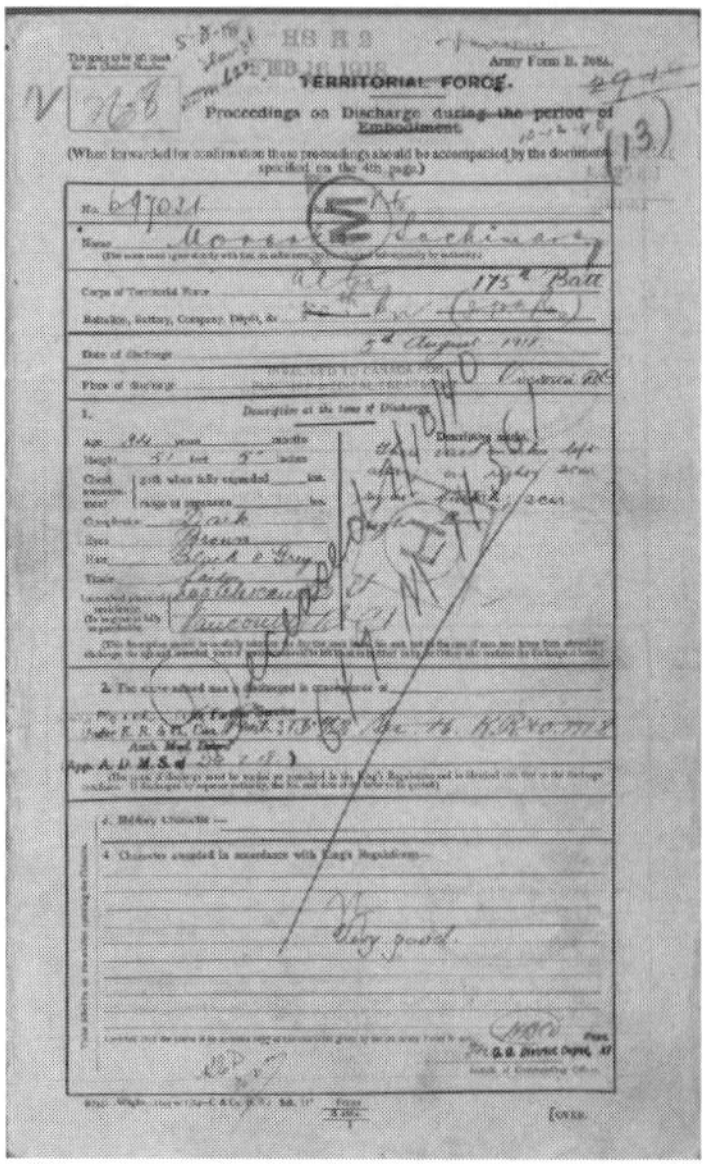
TERRITORIAL FORCE.

Army Form B. 268a.

Proceedings on Discharge during the period of Embodiment.

1918年8月5日付の諸岡幸麿の除隊手続書〔LAC〕

しかし、病状が思わしくなく、復隊の見込みが立たないことから、大戦末期の一九一八年八月五日、軍を除隊になっている。

ここで、諸岡の従軍期間について確認しておこう。入隊したのは一九一六年八月八日、除隊したのは一九一八年八月五日なので、軍への在籍期間は二年間弱（正確には一年三六二日間）だったことになる。ただし、正式に軍に入隊する前に、一九一六年一月から五月まで約四か月間、自主的な「義勇兵団」に加わり、カナダ軍将校のもとで基礎教練を積んでいたから、この期間を含めれば二年四か月程度となる。

諸岡自身は、のちに軍にいた頃を回顧するときは、一九一六年から一九一八年まで足かけ三年と捉えていたようだ（たとえば自序三頁を参照）。これは、軍服に縫いつけられた海外遠征期間を示す小さな徽章の本数にも対応している。大戦中に海外遠征軍に加わったイギリス兵やカナダ兵の軍服の右袖の手首近くには、一年間につき一本、小さな青い逆V字型の徽章が縫いつけられたが、その本数（つまり年数）は「足かけ」方式で決まったようだ[注12]。この期間には戦傷による入院期間も含められた。本書には「三年間戦場で戦《たたか》った徽章《きしょう》の三本の青線《あおすじ》がある」（三九五頁）と書かれているが、諸岡は一九一六年十月にカナダを出国し、一九一八年二月にカナダに帰国しているから、足かけ三年、すなわち三本で間違いない。

この海外遠征期間を示す印は、階級を示す大きなV字型の腕章とは異なる。大きなV字型の腕章は二の腕に縫いつけられ、たとえば三本筋なら軍曹を示した。諸岡は最後まで下士官に昇進することなく、一兵卒のままだった。『足跡』二四一頁には、下士官に昇進した日本人兵のリストに、なぜか諸岡の名前が混じっており、おそらくこれに基づき、長谷川（長谷川、一九五八、七三頁）と工藤（工藤、一九八三、一九〇頁）も諸岡は下士官になったと書いているが、カナダ軍の資料ではこうした事実は確認されない。本書でも諸岡は自分が下士官になったとは一言も書いておらず、本書末尾付近でも、一兵卒の兵士を呼ぶときに姓の前につける敬称をつけて「プライヴエート、諸岡」と呼ばれている場面が描かれている（三九三頁）。

一九一八年（大正七年）九月六日、諸岡は約十二年ぶりに日本に帰国した（本書四三〇頁による）。その約二か月後の十一月十一日、第一次世界大戦が終結する。

大戦終結から約三年半が経過し、アメリカの横槍もあって日英同盟が解消されようとしていた一九二二年（大正十一年）四月十二日、イギリスのエドワード皇太子が来日した。ちょうどヴィミリッジの戦いから丸五年後にあたる。エドワード皇太子は日本で熱烈な歓迎を受け、翌十三日の夕方にはイギリス大使館で歓迎レセプションが開かれたが、このとき、英皇太子に拝謁する人々に混じって、最後に松葉杖をつきながら末席から歩み出る四十歳の諸岡幸麿の姿があった。当時の新聞には次のように書かれている。

「舞踏室に參集《さんしゅう》の奉迎《ほうげい》者は、順次御前《ごぜん》に伺候《しこう》して謁《えつ》を賜ひ、洩《も》れなく握手の光榮《こうえい》に浴したが、目も眩《まば》ゆき大禮服《たいれいふく》や軍人正装の美しい色彩の中に、唯一人、加奈陀《カナダ》一兵卒姿の跛足《びっこ》で杖を突《つい》た四十歳位の一日本人が著《いちじる》しく人目を引いた。副島道正伯《はく》の甥の諸岡幸磨氏で、世界大戰には加奈陀軍の一兵卒として、我が同胞二百人と三個聯隊《れんたい》に分屬《ぶんぞく》出征し、一九一六年より一九一八年まで西部戰場アラス附近のヴィミリッヂで奮鬪し、數度《すうど》の激戰に參加《さんか》して爆彈に傷つけられ、腰部《ようぶ》に重傷を負つた。勇士は直《ただち》に英國ネットトレー病院に収容され療養中、英皇太子殿下は傷病兵御慰問の爲《た》め病院を巡覧され、諸岡氏は御姿を拜《はい》して感激の涙に咽《むせ》んだ。晴れてレセプションで再び英皇太子を拜《はい》した諸岡氏は、當時《とうじ》を回想して感激に堪《た》へず、最末席に控へ最後に御前《ごぜん》に進んだ時、殿下は加奈陀軍服姿に非常に歡《よろこ》ばれ優しげに微笑されつゝ、殊更《ことさら》お親しげに握手を賜はり、諸岡氏の胸に御手を當《あ》て、加奈陀勲章の略綬《りゃくじゅ》を御覧遊ばし、「何聯隊《れんたい》に屬《ぞく》して居たか」「何時《いつ》出征して何處《どこ》の戰場で負傷したか」「豫後《よご》はどうか、その後、傷は痛まぬか」など種々御下問《ごかもん》あり、英國に同盟の誼《よしみ》を捧げた勇士の勞《ろう》を慰められた。諸岡氏は終始氣《き》を附《つ》けの姿勢で感激の涙に兩眼《りょうがん》をしばたゝきつつ奉答した。何たる壯美《そうび》の情景ぞ。」(大正十一年四月十四日付『東京朝日新聞』)

ただし、この新聞記事にはいくつかの事実誤認がある。まず、「英國ネットトレー病院に収容され療養中、英皇太子殿下は傷病兵御慰問の爲《た》め病院を巡覧され」と書かれているが、一九一七年に諸岡の入院していた病院を訪れたのは皇太子ではなく、前述のように国王ジョージ五世だった。諸岡はエドワード皇太子とはこのときが初対面だったはずであり、再会したかのように書かれているのは、記者の混同によるものと思われる。また、「一九一六年より一九一八年まで西部戦場アラス附近のヴィミリッヂで奮闘」したと書かれているが、諸岡がアラス戦線にいたのは一九一七年一月末〜三月中旬の一か月半にすぎず、「一九一六年より一九一八年まで」というのは、前述のカナダ国外遠征期間、もしくは軍務に服していた期間にあたる。さらに、「ヴィミリッヂで奮闘し、数度の激戦に参加して」というと、あたかも諸岡がヴィミリッジの総攻撃とそれに続く追撃戦にも参加したかのような印象を与えるが、これは単なる記者の理解不足によるものなのだろうか、あるいは記者の取材に対して諸岡がこのように語ったのだろうか。

少し前後するが、帰国から二年後の大正九年六月二十九日、三十八歳となっていた諸岡は、十四歳下の千葉県夷隅《いすみ》郡浪花《なみはな》村（外房）出身の（旧姓石井）千代と結婚し、順に長女英子《えい》（大正九年生）、長男香一（大正十三年生）、二女利子（昭和五年生）、二男高明（昭和十一年生）をもうけている。この長女の名前にも表れているように、諸岡はイギリスが好きだったらしい。旗日には自宅でイギリスの国旗を掲げていたという話も伝えられている。

カナダに赴く前は叔父副島道正伯爵邸に住んでいた諸岡だったが、カナダから戻ると、帰国直後から結婚までのいずれかの時点で、池袋近辺に住居を構えるようになっていた。ついで目黒に転居し、死去するまでここに住むことになる（注13）。

カナダ軍に加わって重傷を負った諸岡幸麿には、除隊後は規定によりカナダ政府から毎月恩給が支給され、これは日本に帰国してからもカナダ大使館を通じて継続された。さらに幸麿の死後も、大東亜戦争で一時中断したものの、幸麿の妻で未亡人となった千代が死去するまで律儀に恩給が支給され、幸麿の子供たちが十八歳になるまでは養育費も出ていたという（幸麿の孫の諸岡理《さとる》氏談）。

東京に住んでいた諸岡幸麿は、佐賀の縁故のある人々とはつきあいがなくなっていたらしい。幸麿のいとこの子供にあたる前田肥里氏の話によると、佐賀の人々は幸麿がカナダに渡って義勇兵になったことも知らず、それどころか行方不明になったと思われていたという。佐賀の家は、幸麿の叔父にあたる諸岡三郎（注14）が譲り受けている。さらに、のちの第二次世界大戦後の農地改革によって、東京の諸岡家の人々は佐賀とは完全に縁が切れることになったという。

昭和十年（一九三五年）一月四日、諸岡が五十三歳のときに軍人会館事業部から本書が刊行された。ヴィミリッジ近くで負傷してから実に十八年後のことである。

その直後の一月二十三日発行の『青山學報』第一二八号では、「我《わが》青山學院校友の一人」である諸岡幸麿によるこの新刊が「義勇軍奮戰秘史《ふんせんひし》」と題して紹介されており、本書の出版のいきさつについても少し触れられている。

> 適々《たまたま》滿洲事變突發《まんしゅうじへんとっぱつ》するや、『好戰國民』としての列强《れっきょう》の誹《そし》りを憤慨《ふんがい》して『見《み》よ壯烈《そうれつ》なる日本義勇軍の最後を、我等は正義のためにのみ劍《けん》をとる』の奮戰秘史を世に送ることになつた。陸軍省新聞班の齋藤《さいとう》少佐が此《こ》の擧《きょ》に賛《さん》して、在郷《ざいごう》軍人本部から出版して、正義の日本の赤心《せきしん》を全世界に示すこと、なつた。

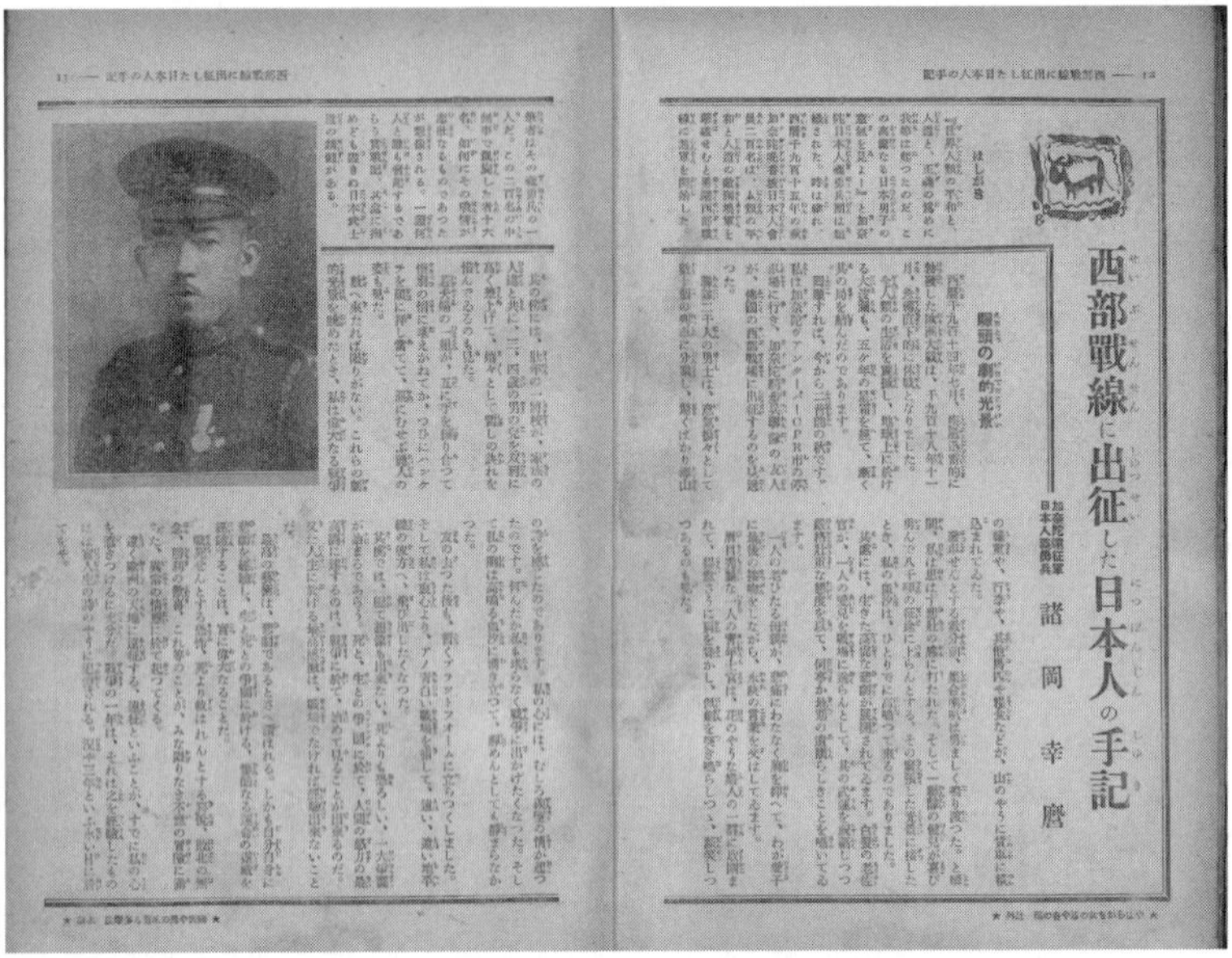
西部戰線《せいぶせんせん》に出征《しゆつせい》した日本人《にっぽんじん》の手記《しゅき》

加奈陀派遣軍日本人義勇兵 諸岡幸麿

『話』昭和10年3月号12～22頁に掲載された「西部戰線に出征した日本人の手記」

つまり、満州事変後の欧米による日本への非難が執筆の動機の一つとなったらしいことがわかる。「日本民族は決して好戦的な国民ではない」という主張は、自序七頁や本文二九九頁にもみられる。なお、この記事の「齋藤少佐」とは、おそらく齋藤壽恵雄《すえお》砲兵少佐を指す。

さらに、菊池寛《かん》の主宰する文藝春秋社の月刊誌『話』の昭和十年三月号にも、巻頭近くに「西部戰線に出征した日本人の手記」と題する諸岡幸麿の文章が十一頁にわたって掲載された。本書のダイジェスト版のようなもので、抜粋して若干手を加えたものだが、本書の書名は記されていない。

それから四年あまりが経過した昭和十四年十二月六日、諸岡幸麿の母貞子《ていこ》が八十歳で死去した。ここで少し貞子のことについて振り返っておくと、副島種臣の長女貞子は、万延元年（一八六〇年）生まれなので、副島道正の十一歳上の姉ということになる(注15)。道正の孫にあたる飯塚寛子氏によると、「貞子」は「さだこ」ではなく「ていこ」と読み、「ていこさん」と呼ばれていた（前記前田氏資料には単に「貞」と書かれたものもある）。明治十二年に二十歳で諸岡正順と結婚し、明治十六年に幸麿を出産、明治二十三年に三十一歳のときに夫正順を亡くしている。後名は芳千代《よしちよ》。大正三年五月、父種臣から譲られた平安時代作の地蔵尊を高野山金剛峯寺に奉納しており、同寺に安置された地蔵尊の脇には「奉納　地蔵大菩薩御木像　伯爵副島家　願主諸岡芳千代」と書かれた木札が立っている（高野山『霊宝館だより』第七十九号）。大正五年の諸岡幸麿のカナダ軍の入隊時の記録をみると、父親はすでに他界していると書かれ、母の名がローマ字で「Morooka Tei」と記されている。本書中では、戦闘中にとどめを刺そうとしたドイツ兵が「お母さん」と叫んだのを聞き、「只一人淋しく日本に残してきた老母の面影が浮んだ」（一九三頁）と書かれている。貞子の弟にあたる副島道正は、本書刊行の翌年にあたる昭和十一年刊の丸山幹治『副島種臣伯』に寄せた文章の中で、「最も長く先考〔注記副島種臣〕の側《そば》に侍《じ》してゐた長姉も老衰の境に入り」（丸山、一九三六、三三五頁）と書いている。この道正の娘で、諸岡幸麿の従妹にあたる順子《のぶこ》（本書二七三頁、三三三頁で言及）は、昭和三年に小説家志賀直哉の弟志賀直三《なおぞう》と結婚しているが、志賀直哉の日記の昭和十四年十二月六日の項を見ると、前後の脈絡なく、ぽつりと「諸岡さん死ぬ」と書かれている（志賀、二〇〇〇、四五頁）。同全集の「日記人名注・索引」には、この「諸岡さん」は「未詳」と書かれているが（志賀、二〇〇一、二五三頁）、これは諸岡幸麿の母貞子（芳千代）のことだったわけだ。高伝寺の過去帳には、このときに諸岡幸麿が喪主になったことが記録されている。

さて、諸岡幸麿は、母貞子の一周忌を待たずして、昭和十五年（一九四〇年）十月七日、東京市目黒区中目黒二丁目一番地において死去した。享年五十八歳。妻千代がこれを届け出ている（諸岡正順の除籍簿による）。カナダ軍の諸岡のファイルにも、

Deceased 7/10/40（一九四〇年十月七日死亡）

と大きく斜めに朱書された頁がある（前掲画像）。恩給を支給する関係上、死亡情報は軍関係者にとって重要だったからである。真珠湾攻撃の約一年前の時期にあたる。

諸岡幸麿の孫にあたる諸岡理氏によると、諸岡幸麿は母方の祖父副島種臣や叔父副島道正の眠る青山墓地に葬られてから、のちに鎌倉の某寺に改葬されたという。

最後に、『アラス戦線へ』が多少なりとも知られるようになったのは、長谷川伸の『日本捕虜志』と『生きている小説』によるところが大きいので、これについて少し触れておきたい。長谷川は、大東亜戦争で日本の敗色が濃くなった頃に『日本捕虜志』に着手し、空襲のサイレンが鳴ると原稿が焼失しないように土に埋めてはまた掘り出して書き続け、戦後も資料収集と原稿執筆にいそしんだ。その情熱の源となったのは、米軍が日本人による捕虜の扱いを激しく非難していたことへの憤慨や、戦前のことはすべて悪であるとして過去を全否定しようとするかのような戦後日本の風潮への危惧、そして昔の日本人の美風を後世に残したいという思いがあったようだ（のちに長谷川は「この本は捕虜のことのみを書いているの

ではない、〝日本人の中の日本人〟を、この中から読みとっていただきたい」と書いている）。しかし、すでに多数の時代小説を書いていた大衆文学の大御所でありながら、占領軍に遠慮したためか、『日本捕虜志』は出版社が見つからず、昭和三十年（一九五五年）に自費出版された。その末尾付近で五、六頁にわたって『アラス戦線へ』が引用・紹介されている。翌昭和三十一年（一九五六年）に同書が菊池寛賞を受賞すると、同年四月号の『文藝春秋』誌には十五頁にわたって「日本捕虜志 ― 菊池寛賞受賞」として同書の抜粋が掲載されたが、そのうちの最後の三頁以上が『アラス戦線へ』の紹介にあてられている。

さらに、二年後の昭和三十三年（一九五八年）刊の随筆集『生きている小説』の中で、長谷川は「日本人義勇兵」という章を設けて再度『アラス戦線へ』を取り上げており、その出版のいきさつについて次のような話を記している。

「諸岡が日本へ帰ってから『アラス戦線へ』を書いたのは、二百人の義勇兵記録を世にのこそうとしたからである。が、この種のものを出版してくれる書房がないことは、二十二年前〔注記　この文章の初出発表は昭和三十二年、つまり『アラス戦線へ』刊行の二十二年後〕も今も変わりなしであった。ところが小原正忠という人が、この本は、われわれ日本人の間で広く読まれ永く記憶さるべきであると確信し、資を投じて出版したが、それ程の反響を受けることなくして終った。私はこのことを小原正忠の子の小原正義さんによって知った。」

「この種のものを出版してくれる書房がない」というのは、自身の『日本捕虜志』が自費出版となった体験を踏まえているのだろう。なお、小原正忠《おはらまさただ》（日露戦争で活躍した小原正恒《まさつね》少将の子息にあたる陸軍大佐、詳しくは本書奥付の注を参照）が「資を投じて出版した」という話は、さきに引用した昭和十年の『青山學報』に書かれている話（「齋藤少佐」が賛同して出版が実現したという話）とどうつながるのか、詳細はわからない。

いずれにせよ、日本人義勇兵たちの戦いが終わってちょうど百年が経過した今日、再び「この種のものを出版してくれる書房」が見つかり、本書が脚光を浴びることになったのは、まことに喜びにたえない。

カナダ兵の目に映った日本人

蛇足ながら、諸岡の伝える日本人義勇兵の勇敢さがけっして誇張ではなかったことを示す記録として、諸岡と同じ第五十大隊に属していたカナダ人の信号兵ヴィクター・ウィーラーが英語で書いた回想録の一節を訳しておく（Wheeler, 2000, p.85-86）。

この時期、ブリティッシュ・コロンビア州から、日系カナダ人の大人数のグループが援軍として第五十大隊にやってきた。白亜立坑《チョーク・ピッツ》にやってきて大隊司令部の前に集まった兵隊たちのことを、そして新しい状況を見つめる彼らの鋭く光る眼差しを、私ははっきりと思い出すことができる。突然、ドイツどもが弾幕射撃の一角を緩め、この無傷の新入りたちをふさわしく歓迎した。彼らはとびうおのように散らばってしまい、我々はまた網に戻すのにえらく時間がかかった。

しかし、彼らはすばらしく優れた戦士だった。「B」中隊に配属されていた二十五名ほどの彼らの数は、残念ながらごく短期間のうちに二、三名に減ってしまった。このように損失が不釣りあいに大きかったのは、おもに彼らの生まれつきとも思える服従嫌いと、砲火のもとでの厳格な規律によるものであり、加えて、彼ら全員を駆り立てていた驚嘆すべき「死ぬまで戦う」という精神によるものだった。彼らの中隊の軍曹はこう評していた。「血に飢えたやつらだ。とくに白兵戦になるとな。困ったのは、退却の時期をまったく無視するか、忘れるかすることだ。あいつらを生きたまま帰すことができぬのだ」。

カジ軍曹〔訳注　加地隆吉《かじたかきち》のことか、ただし軍曹だった記録はなく、負傷はしたが戦死はしていない〕は、自慢そうに私に自分の写真をくれたことがあったが、指揮官のページ大佐の前に進み出ると、一九〇四～五年の日露戦争のときに父親が使用した本物のカタナとワキザシ（カタナとは剣のことで、ワキザシとは切腹のときに用いるスティレット型の短剣のことだ）を戦いに持ち込むことを特別に許可してほしいと要望した。渋々ながら特別許可が与えられた。

この日本人下士官は、それからまもなくノーマンズ・ランド（あの荒涼たる不確実の地帯）と敵の第一線を突く夜襲に加わった。彼の姿を最後に見たのは、胸墻《きょうしょう》に登り、抜き放ったカタナを誇らしく握って明るい半月の光にきらめかせ、布ベルトからワキザシをぶらりと揺らせて、ノーマンズ・ランドに向かったときだった。その後、この日本人軍曹の姿を見た者はいない。彼は死を望んだのだ。

もう一人の日本人軍曹の懇願は、情熱的に恋い焦がれていた可愛らしいベルギーのお嬢さんとの結婚を許可してほしいというものだった。連隊曹長のホレス・L・ブレイクは、恋する軍曹の要求を、当時としては正当にも拒否した。

日系カナダ人の青年たちは、ちょうど必要なときに我々のもとにやって来た。彼らは懸命に戦い、ものすごく勇敢だった。我々が彼らのことをよく知るようになる前に、巧みな敵を前にして、強烈な若い命を犠牲にしてしまった。「つい数日前まで生きていた」のに、早々に討死にしてしまったのだ。ただし、生き残って最後の勝利まで敵と戦った人々もいたかもしれない。我々は彼らへの信義を守った。だが、彼らは安らかに眠る運命にあったのだ。彼らの無私の犠牲を祝福するかのように、フランドルの野の不滅の真紅のポピーは永遠に生え続けていくことだろう〔訳注　赤いポピー（ひな罌粟）は西部戦線で血を流した兵士たちの犠牲の象徴と受け止められ、特にイープルで戦ったイギリス兵がつくった詩「フランドル（フランダース）の野で」で有名となったが、アラス近辺はフランドル地方よりもだいぶ南にある〕。

本解説の執筆にあたっては、諸岡幸麿の孫にあたる画家の諸岡理《さとる》氏、諸岡幸麿の父方のいとこの子供にあたる前田肥里氏、諸岡幸麿の母方のいとこの子供にあたる志賀直邦氏および飯塚寛子氏、義勇兵三井眞春美《ますみ》軍曹の孫にあたる David R. Mitsui 氏、ヴァンクーヴァーの日系文化センター・博物館の Linda Kawamoto Reid 氏、高伝寺住職高閑者《たかがわ》廣憲氏、JICA 横浜海外移住資料館の井上久美子氏、学習院アーカイブズの桑尾光太郎氏、その他の諸氏から貴重な御教示と御協力を得た。深く感謝したい。

（注1）突撃といっても、全速力で走るわけではなく、障害物をよけながら慎重に前進していった。後方に陣取って掩護砲撃をする味方の砲兵隊は、歩兵隊の前進にあわせて着弾点を少しずつ敵陣に近い側に移動させていったので、あまり早く進むと味方の砲弾に当たってしまうことになる。

（注2）山川の『カナダ史』では、このヴィミリッジの戦いについて、「カナダ軍が、英・仏軍とともに総攻撃をかけ、英・仏軍が総崩れになったあとのカナダ軍の奮戦により、山稜の重要地点を奪取したのである。」（木村、一九九九、二四〇頁）と書かれているが、これは事実に反すると言わざるをえない。そもそもフランス軍は一九一七年四月のヴィミリッジの戦いには参加していないし、この戦いで「英・仏軍が総崩れになった」などという事実も存在しない。ちなみに、フランス軍による総攻撃で、ヴィミリッジの戦いに時期的に近いものとしては、一九一七年四月十六日にニヴェル将軍が仕掛けた悪名高い「シュマン・デ・ダムの戦い」がある。

（注3）スタンレー公園の記念塔には澁田卯作の名前はなく、代わりにS. Nishimuraという名前が刻まれている。カナダ軍の資料ではSannosuke Nishimuraとなっており、漢字表記は不明だが、この表では推測で「西村三之助」とした。逆に、『加奈陀之宝庫』（大正十年）、本書（昭和十年）末尾、『足跡』（昭和十七年）とこれを転記した工藤『黄色い兵士達』のリストには、澁田卯作の名前はあるが西村の名前がない。それゆえ、以上の資料ではいずれも戦死者数は合計五十四名となっている。しかし、澁田も西村も似たような経緯で戦病死しているので、狭義では戦死（昔の言葉でいえば「討死」）した者（戦闘で負傷して少し経ってから死亡した「戦傷死」の者を含む）はこの二名を除いて五十三名となる（この二名を含めるなら五十五名となる）。なお、本書巻頭の廣田弘毅と鈴木孝雄の題字の間に挟まれたカナダ公使マーラーの文章では、六十七名が戦死したかのように書かれているが、この数字の根拠は不明で疑わしい。

（注4）ついでながら、詩人高村光太郎の妻智恵子の治療にあたった精神科医で、茶の効用を説いたことで知られる諸岡存《たもつ》も、竈王院の墓に戒名が刻まれているので遠い親戚にあたる可能性があるが、今回は詳しく調べることはできなかった。

（注5）諸岡幸麿が正順と（旧姓副島）貞子の子供であると明記した書物は存在せず、わずかに草森紳一が「諸岡正

順の子息であろうか」（草森、一九九三）と指摘しているだけである。しかし、さまざまなことから幸麿が正順と貞子の子であることは明らかである。まず第一に、正順の妹トラの娘スマ（幸麿の従妹）にその甥が昭和五十四年に聞き取り調査した手書きの系図（前田肥里氏所蔵）に明記されている。第二に、佐賀博物館所蔵の前田氏資料六十七番「忌日控」の「諸岡順賢」の項に「幸麿の祖父」と書き込まれている。第三に、今回、前記トラの孫にあたる前田肥里氏にご足労いただいて佐賀市役所から諸岡正順の除籍簿を取り寄せていただいたところ、幸麿が明治十六年十一月二十四日に諸岡正順と貞子の長男として生まれたことが明記されていることがわかった。カナダ軍の資料では、諸岡幸麿の生年月日は十一月三日と記載されたものが多いが（ただし一部の資料には同月二十四日または二十三日と記載されている）、戸籍に照らせば「十一月三日」説は誤りということになる。

（注6）『加奈陀同胞発展大鑑 附録』の諸岡幸麿の略歴には「夙《つと》に學習院に學《まな》びしが、華冑深窓《かちゅうしんそう》の裡《うち》にありしにも似ず、大志を抱きて渡航す」と書かれているが、明治三十年代の『学習院一覧』や、学習院に残されている卒業生名簿、入学名簿、退学名簿等には諸岡幸麿の名前は見当たらず、学習院に在籍していた形跡はない。ただし、副島伯爵家の華族の人々はもちろん学習院に縁が深く、叔父副島道正は学習院で教鞭をとり、叔母副島鑑子（本書二七二頁）や従妹副島孝子（三三三頁）は学習院女学部で学んだ。

（注7）第五十大隊が四月十日の午後三時十五分に突撃を開始したことは、同大隊の陣中日誌に明記されている（これを踏まえ、Christie, 1996, p.45 ; Cook, 2018, p.126 ; Joost,2017, p.49 でも同時刻とされている）。ちなみに、同大隊に属していた祖父江玄碩の手紙では同日「午後三時」（『足跡』二七一頁所収）、同じく濱出文吉の手紙では「午後四時頃」（同書三二九頁）となっている。

（注8）こうした事実と本書の記述との矛盾を解消するために、工藤美代子は、『足跡』所収の日本人義勇兵のリストを書き写すにあたって、「三月十四日戰傷」と書かれた諸岡の負傷日を断りなく一か月ずらして「四月十四日戰傷」と書き直している（工藤、一九八三、二一一頁）。また、Roy Ito も、帰還兵へのインタビューも交えて日本人義勇兵の戦いをまとめた *We Went to War* の中で、諸岡の『アラス戦線へ』を抜粋引用して英訳しながら、「カナダ五十大隊躍進！ 我に続け！」と叫んだ日時を断りなく一日ずらして四月十日の朝五時半頃のことにしている

(Ito, 1992, p.57)。このRoy Itoによる引用箇所は、オタワのカナダ戦争博物館館長が編纂したSuthren, 1989, p.113でもそのまま孫引きされている。また、Roy Itoは、諸岡とほぼ同時に原田一男が負傷した日時も、三月十一日ではなくあたかも四月十日の夜のことであるかのように記述している（Ito, 1992, p.58）。このRoy Itoの本は英語圏では影響力が強く、最近のTennyson, 2013でも無批判的に踏襲されているから何とも始末に悪い。

（注9） さらに、傍証となるかどうかわからないが、本書（三三一〜三三四頁）には、入院したばかりの諸岡からの手紙に対する返事として、日本の親族副島家の人々が書いた手紙が三通収録されているが、その日付はいずれも五月六日となっており、叔父副島道正の手紙には、この日に諸岡の手紙を受け取ったと書かれている。仮に本書の記述どおり、諸岡が四月十一日に重傷を負い、「六日間は、昏睡状態に陥っていた」（三三〇頁）のち、その翌日に「副島家宛に手紙を書いて出した」（三三一頁）のだとすると、手紙を出したのは四月十八日頃ということになる。しかし、英仏海峡沿いのフランスの村から差し出された手紙が、戦争中の船便で、おそらくイギリス、カナダ、ハワイを経由し、わずか十八日後の五月六日に日本に到着するということがありうるだろうか。参考までに、大戦中にイギリスに派遣された日本赤十字の救護班は、横浜を出港してからハワイ、ニューヨークを経てイギリスに到着するまで三十四日の船旅を経ている（三五〇頁注参照）。郵便に関しては、たとえば大戦中の一九一五年二月十七日に米国オハイオ州で差し出されて三月三日にフランス中部オーブ県に到着した葉書が残っているが（大橋、二〇一八、八五頁）、大西洋を渡るだけで十七日弱かかっている。船の出航のタイミングなどで郵便の配達の時間は大幅に前後することがあるとはいえ、フランスから日本まで十八日間というのは、無理だったのではないだろうか。やはり、諸岡はもっと早い時期に病院で意識を回復し、前掲のヴァンクーヴァー在住の友人宛の手紙を書いた四月五日またはそれよりも早い時期に、日本の副島家にも手紙を書いたのではないだろうか。この副島家からの三通の手紙は、本書を書くにあたって諸岡が手元に置いて書き写したと思われるが、この三通の手紙の日付に関しては、諸岡は一か月遅らせるのを忘れたのではないだろうか……。しかし、このあたりは、あまり周到に細工を凝らしたりするのが得意ではない諸岡の性格が表れているようで、かえって好感が持てる気さえする。

（注10）それとも、諸岡が事実を枉げたのは、たとえば松尾芭蕉の門弟だった江戸の俳人宝井其角《たからいきかく》について福本日南が「江戸の市井文學《しせいぶんがく》にありがちの衒氣《げんき》」と述べたのと共通する心理によるものなのだろうか。諸岡も其角と同様に江戸っ子で、本書でも二句ほど俳句を詠んでいることから（本書二七四頁と三四三頁）、妙に符合する気もするので触れておくと、福本日南は名著『元禄快擧祿《げんろくかいきょろく》』（明治四十二年刊）の中で、赤穂浪士の討入りにまつわる偽説を検証しながら、其角が田舎の俳友に送ったという手紙を取り上げている。この手紙の中で、其角は討入り前日に吉良《きら》邸の隣の土屋邸で句会を催し、たまたま討入りに居あわせて四十七士の一人で俳友だった大高源吾（俳号子葉《しよう》）と塀越しに俳句を詠みあったと書いているが、福本はこの手紙自体は本物であろうと認めつつ、内容を疑問視してこう書いている。「彼は（……）或《あるい》は宵《よい》の間《ま》ぐらゐは俳句して土屋《つちや》邸に居《い》たかも知れぬ。が、討入《うちいり》の際には慥《たし》かに居《い》ない。處《ところ》が子葉《しよう》は日頃の俳友である。其子葉《そのしよう》が一黨中《いっとうちゅう》に交《まじ》つて居ると聞き（……）江戸の市井文學《しせいぶんがく》にありがちの衒氣《げんき》はむらむらと發《はっ》し、聞いた所の事實《じじつ》風説を點綴《てんてつ》し、自身親《じしんした》しく其時《そのとき》に會《かい》し、其場《そのば》に在《あ》つて、唱酬《しょうしゅう》したかの如《ごと》くに書きたて、之《これ》を田舎の俳友に寄せて、一寸嚇《ちょっとおど》かして見たものと思はれる。それで自分は此書《このしょ》を以て本人の僞書と目《もく》するのである。其角《きかく》に對《たい》しては些《ち》と氣《き》の毒であれど、史實《しじつ》の防衛《ぼうえい》には易《か》へられぬから、故人に對《たい》して失敬《しっけい》する。悪《わ》る氣《ぎ》ぢや無《な》いよ」（二百五十一）。筆者も諸岡に対して同じ言葉をかけたい。

（注11）愛媛県松山の中学校で夏目漱石に英語を習い、日露戦争に従軍して右手を失った櫻井忠溫が左手で書いた名作『肉彈』は、乃木希典の題字と大隈重信の序文が付され、千刷を超える大ベストセラーとなり、櫻井は明治天皇に拝謁することになった。また各国語に訳され、米国大統領ルーズベルトに感銘を与え、ドイツ皇帝ヴィルヘルム二世は同書のドイツ語版をドイツ軍全軍に配布したという。同書による影響は、本書一四〇、二二〇、二二一、二二九、二六七、二七六頁などに認めることができる（本文各頁の注を参照）。

（注12）たとえば、三井眞春美《ますみ》軍曹の軍服写真を見ると、手首近くに海外遠征期間を示す小さな逆V字が四本ついている。三井は一九一六年十一月

カナダ軍の軍服姿の三井眞春美軍曹〔孫 David R. Mitsui 氏提供〕

にカナダを出国し、一九一九年四月に帰国しているから、実質は約二年間半だが、足かけだと四年になる。

（注13）帰国後の諸岡幸麿の住所の変遷は以下のとおり（ちなみに、大正十二年に関東大震災が起きている）。

大正九年　東京府北豊島郡高田町大字鶉山一四八九番地（長女英子の出生地、除籍簿による）

大正十三年　東京府北豊島郡西巣鴨町九一三番地（長男香一の出生地、除籍簿による）

昭和四年　市外雑司ケ谷《しがいぞうしがや》水原六二四（『青山學報』第七十号「校友異動及《および》消息」欄による）

昭和五年　東京府荏原《えばら》郡目黒町大字中目黒七六八番地（二女利子の出生地、除籍簿による）

こうして見ると、昭和四年頃までは池袋近辺に住み、翌昭和五年頃に目黒に転居したことがわかる。昭和九年に執筆された本書自序の末尾にも「目黒草居にて」と記されている。ただし、本書巻頭に収められたカナダ公使ハーバート・M・マーラーの手紙の宛先は「東京渋谷区代々木上原一三二一　副島道正伯爵様方　諸岡幸麿様」となっているので、道正の住所も連絡先に使っていたらしい（道正は大正時代の終わり頃に麻布　笄《こうがい》町七九番地から代々木上原一三二一番地に転居した）。

（注14）幸麿の父正順の弟諸岡三郎は、昭和三年から昭和十七年に死去するまで東京外国語学校（東京外国語大学の前身）の支那語部の講師を務めた。死後、漢籍を中心とする膨大な蔵書が遺族から同大学図書館に寄贈され、「諸岡文庫」として現在に至っている。

（注15）諸岡幸麿の母貞子の生まれた年は、齋藤、二〇一〇、系図一では「安政六カ（一八五九カ）?月?日」とされているが、正順の除籍簿によると万延元年（一八六〇年）十一月十八日生まれである。なお、貞子が正順と結婚したのは、同じく除籍簿によると明治十二年（一八七九年）七月十五日である。

主要参考文献・参考資料

荒木映子「欧州に派遣された『女の軍人さん』―日赤救護班と第一次世界大戦」、大阪市立大学大学院文学研究科紀要『人文研究』、第六十四巻、二〇一三年。

伊藤一男『北米百年桜』、一九七三年〈PMC出版、一九八四年復刻〉。

大橋昭夫『副島種臣』、新人物往来社、一九九〇年。

大橋尚泰『フランス人の第一次世界大戦―戦時下の手紙は語る』、えにし書房、二〇一八年。

木村和男編『新版世界各国史23』、山川出版社、一九九九年。

草森紳一「紉蘭　詩人副島種臣の生涯」第二十一回、『すばる』一九九三年三月号、集英社。

工藤美代子『黄色い兵士達　第一次大戦日系カナダ義勇兵の記録』、恒文社、一九八三年。

齋藤洋子「副島種臣の借金問題について」、『ソシオサイエンス』第十三号、二〇〇七年。

――「史料紹介　佐賀県立博物館所蔵「諸岡正順書翰」について」、『伊勢の歴史と文化』、行人社、二〇〇九年所収。

――『副島種臣と明治国家』、慧文社、二〇一〇年。

櫻井忠温『肉彈』、英文新誌社出版部、一九〇六年。

志賀直哉『志賀直哉全集　第十五巻　日記（五）』、岩波書店、二〇〇〇年。

――『志賀直哉全集　第十六巻　日記（六）』、岩波書店、二〇〇一年。

島善高編『副島種臣全集1（著述篇1）』、慧文社、二〇〇四年。

新保満『石をもて追わるるごとく』〈初版一九七五年〉、御茶の水書房、一九九六年。

――『カナダ移民排斥史―日本の漁業移民』、未来社、一九八五年。

趙聖九『朝鮮民族運動と副島道正』、研文出版、一九九八年。

中山訊四郎『加奈陀之宝庫』、一九二一年（大正十年）〔日系移民資料集北米編第十一巻、日本図書センター、一九九四年復刻〕（別題『加奈陀同胞発展大鑑 全』〔カナダ移民史資料第八巻、不二出版、二〇〇〇年復刻〕）。

――『加奈陀同胞発展大鑑 附録』、一九二二年（大正十一年）〔カナダ移民史資料第二巻、不二出版、一九九五年復刻〕。

日本赤十字社編『日本赤十字社史続稿』下巻、日本赤十字社、一九二九年。

長谷川伸『日本捕虜志』、新小説社、一九五五年。

――「日本捕虜志―菊池寛賞受賞」、『文藝春秋』、一九五六年四月号、文藝春秋社。

――『生きている小説』、光文社、一九五八年。

――『長谷川伸全集 第九巻』、朝日新聞社、一九七一年。

――『長谷川伸全集 第十二巻』、朝日新聞社、一九七二年。

丸山幹治『副島種臣伯』、大日社、一九三六年〔みすず書房、一九八七年復刻〕。

諸岡幸麿「西部戰線に出征した日本人の手記」、『話』、一九三五年三月号、文藝春秋社。

山崎寧翁伝記編纂会編『足跡』、一九四二年（昭和十七年）〔カナダ移民史資料第五巻、不二出版、一九九五年復刻〕。

BREWSTER Hugh, *At Vimy Ridge: Canada's Greatest World War I Victory*, Toronto, Scholastic Canada, 2006.
BUFFETAUT Yves, *La bataille d'Arras-Vimy*, Louviers, Ysec, 2018.
CHRISTIE Norm, *For king and empire, II : The Canadians on the Somme September - November 1916*, Ottawa, CEF Books, 1999.
――, *For king and empire, III : The Canadians at Vimy April 1917*, Winnipeg, Bunker to Bunker Books, 1996.
COOK Tim, *Vimy : The Battle and the Legend*, Penguin Canada, 2018.
DANCOCKS Daniel G., *Gallant Canadians : The Story of the Tenth Canadian Infantry Battalion 1914 - 1918*, Calgary, Calgary Highlanders Regimental Funds Foundation, 1990.

GOODSPEED D. J., *The Road Past Vimy : The Canadian Corps 1914 - 1918*, Toronto, General Paperbacks, 1987.

ITO Roy, *We Went to War : The story of the Japanese Canadians who served during the First and Second World Wars*, [1984], Stittsville, Canada's Wings, 2nd ed., 1992.

JOOST Mathias, *Asian- and Black-Canadians at Vimy Ridge*, Canadian Military Journal, Vol. 18, No. 1, Winter 2017.

LABAYLE Éric & DUQUESNE Christian, *Les Canadiens au combat : Vimy, Lens et le bassin minier*, Louviers, Ysec, 2017.

NICHOLSON Colonel G.W.L., *Canadian Expeditionary Force, 1914-1919 : Official History of the Canadian Army in the First World War*, Ottawa, Queen's Printer and Controller of Stationery, 1962.

SUTHREN Victor (ed.), *The Oxford Book of Canadian Military Anecdotes*, Toronto, Oxford University Press, 1989.

TENNYSON Brian Douglas, *The Canadian Experience of the Great War : A Guide to Memoirs*, New York, Scarecrow Press, 2013.

WHEELER Victor W., *The 50th Battalion in No Man's Land*, Ottawa, CEF Books, 2000.

カナダの新聞

『大陸日報』（The University of British Columbia, Open Collections および JICA 横浜海外移住資料館所蔵マイクロフィルム）

『大陸時報』（Simon Fraser University, SFU Digitized Newspapers）

イギリスの新聞

Hampshire Advertiser 他（The British Newspaper Archive）

Library and Archives Canada（カナダ国立図書館・文書館、www.bac-lac.gc.ca で閲覧可能）

Personnel Records of the First World War〔兵士の個人記録〕

War Diaries (10th, 50th and 52nd Canadian Infantry Battalion ; 5th C.M.R.)〔陣中日誌〕

Immigration Records, Passenger Lists〔移民渡航記録〕

諸岡家過去帳（佐賀高伝寺所蔵および佐賀竈王院所蔵）

諸岡家関係史料（佐賀県立博物館所蔵）

「忌日控」（前田氏資料六七番、八三六一）、「略系譜」（同六八番、八三六二）、「藤原姓諸岡氏系図」（同七一番、八三六五）、「履歴」（同八四番、八三七八）他

諸岡正順の除籍簿（再製）（佐賀市役所所蔵）

旧土地台帳（佐賀地方法務局所蔵）

青山学院関係資料（青山学院資料センター所蔵）

『青山學院校友會會報』（明治三十九年）、『青山學院高等科・中等科學則摘要』（同）

『青山學報』（昭和四年、昭和十年他）

写真出典

BnF = Bibliothèque nationale de France

LAC = Library and Archives Canada

NNM = Nikkei National Museum

付録Ⅰ　諸岡幸麿　年譜

一八八三年（明治十六年）　一歳

十一月二十四日　佐賀藩の武士の家柄に生まれる

一九〇五年（明治三十八年）二十三歳

一月三十一日　日露戦争の最中に母方の祖父副島種臣伯爵が死去し、葬列に参加

一九〇六年（明治三十九年）二十四歳

三月二十八日　青山学院中等科を卒業

十二月七日　単身カナダに渡るべく横浜を出港

十二月二十一日　カナダ西海岸ヴァンクーヴァーに到着

一九一四年（大正三年）　三十二歳

八月四日　第一次世界大戦でイギリスがドイツに宣戦布告

十二月二十一日　日本人義勇兵募集の呼びかけが開始され、これに応じる

一九一六年（大正五年）　三十四歳

一月十七日　日本人義勇兵団の教練が始まり、これに参加する

五月十一日　日本人義勇兵団が一旦解散となる

八月八日　アルバータ州メディシン・ハットの第一七五大隊に正式に入隊
九月二十六日　第一七五大隊が出征、鉄道で東に向かう（本書四七頁）
十月四日　カナダを出港（本書六五頁では十月二日）
十月十三日　イギリスに到着、この後キャンプで訓練を受ける

一九一七年（大正六年）　三十五歳
一月三十一日　イギリスからフランスに渡る
二月一日　第五十大隊に転隊（カナダ軍資料による）（本書九六頁）
三月十一日　北仏ヴィミリッジの北のビュリー・グルネーで負傷
（本書三一二頁では四月十一日にヴィミリッジで負傷）
三月十四日　英仏海峡沿いのフランスのル・トゥーケ村の英国第八赤十字病院に入院
四月十三日　フランスからイギリスに戻り（本書三四一頁以降では五月十一日）、
ネトレーのロイヤル・ヴィクトリア陸軍病院付属の赤十字病院に転院
七月三十日　英国王ジョージ五世がネトレーの病院を訪れ、国王から親しく声をかけられる
九月七日　エプソン（ロンドンの南西）の軍事療養病院に転院（本書では省略）
十月十九日　オーピングトン（ロンドンの南東）のカナダ軍病院に転院

一九一八年（大正七年）　三十六歳
一月四日　リヴァプール（英国中西部）の病院に転院
二月四日　イギリスを出港、カナダに向かう（本書四一九頁）
二月二十六日　ヴァンクーヴァーに凱旋

三月四日　ヴァンクーヴァー市内のショーネッシー病院に入院
七月二十九日　英国コンノート殿下の見舞いを受ける（本書四二九頁）
八月五日　カナダ軍を除隊となる
九月六日　約十二年ぶりに日本に帰国（本書四三〇頁）
一九二〇年（大正九年）　三十八歳
六月二十九日　結婚
一九二二年（大正十一年）　四十歳
四月十三日　来日した英国エドワード皇太子の歓迎レセプションに出席
一九三四年（昭和九年）　五十二歳
九月十八日　本書の自序を執筆
一九三五年（昭和十年）　五十三歳
一月四日　本書を刊行
一九三九年（昭和十四年）　五十七歳
十二月六日　母貞子死去
一九四〇年（昭和十五年）　五十八歳
十月七日　死去

付録II　地図

地図1　英領カナダ

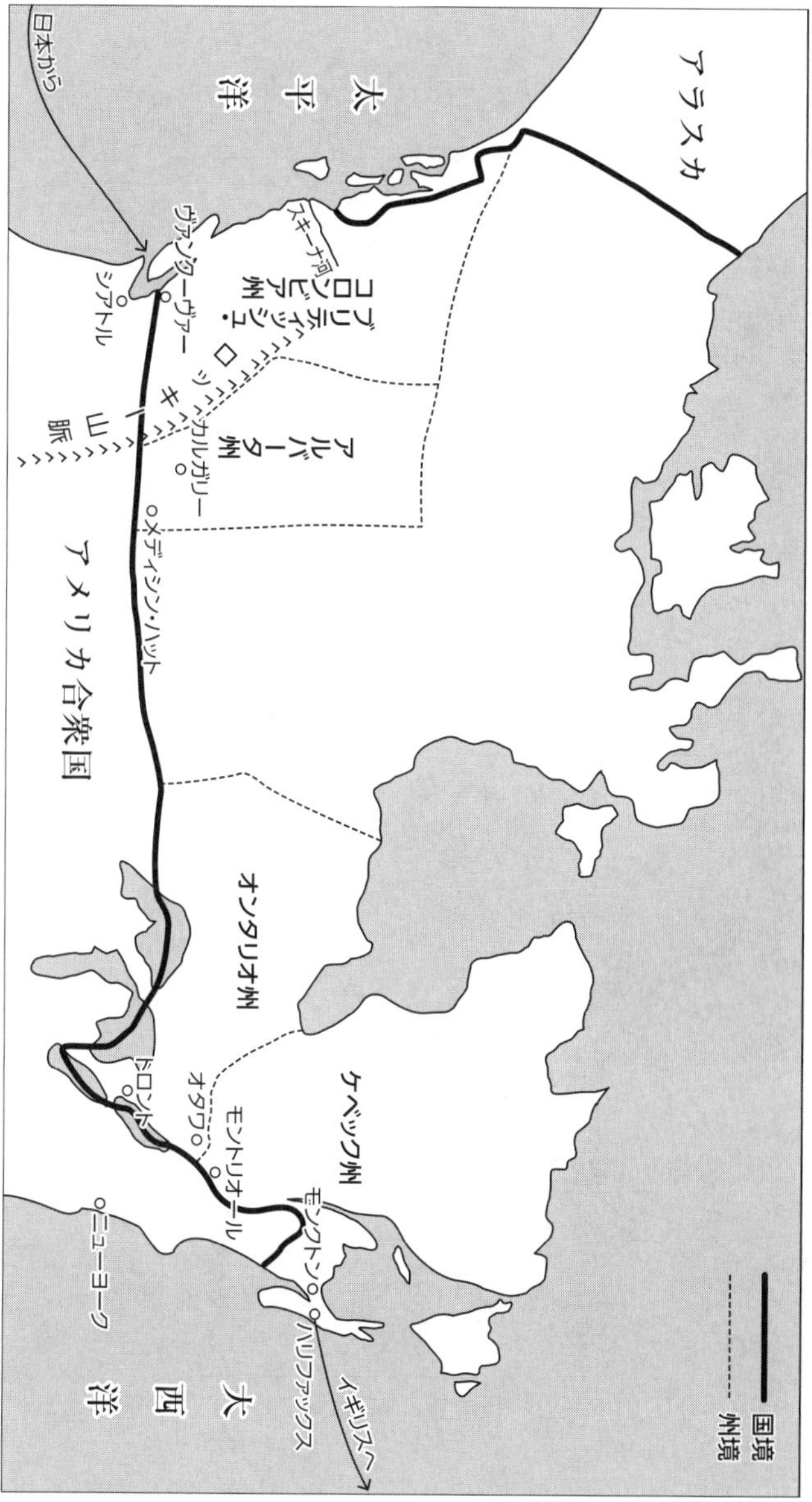
アラスカ
太平洋
日本から
スキーナ河
ヴァンクーヴァー
シアトル
ブリティッシュ・コロンビア州
ロッキー山脈
カルガリー
アルバータ州
メディシン・ハット
アメリカ合衆国
オンタリオ州
ケベック州
トロント
オタワ
モントリオール
モンクトン
ニューヨーク
ハリファックス
イギリスへ
大西洋
国境
州境

北海
オランダ
アントワープ
ベルギー
ブリュッセル
ブトン
ドーヴァー
ダンケルク
ドイツ軍
ベルギー軍
イープル
イギリス軍
リール
ランス
(Lens)
地図 3
ル・トゥーケ
ドイツ軍
アラス
カンブレ
ソンム川
イギリス軍
サン=カンタン
アミアン
アラス戦線へ
ドイツ軍
フランス軍
ソワソン
フランス軍
ドイツ軍
ヴェルダン
ランス
(Reims)
フランス軍
セーヌ河
フランス
マルヌ川
パリ

地図2　イギリスと北フランス

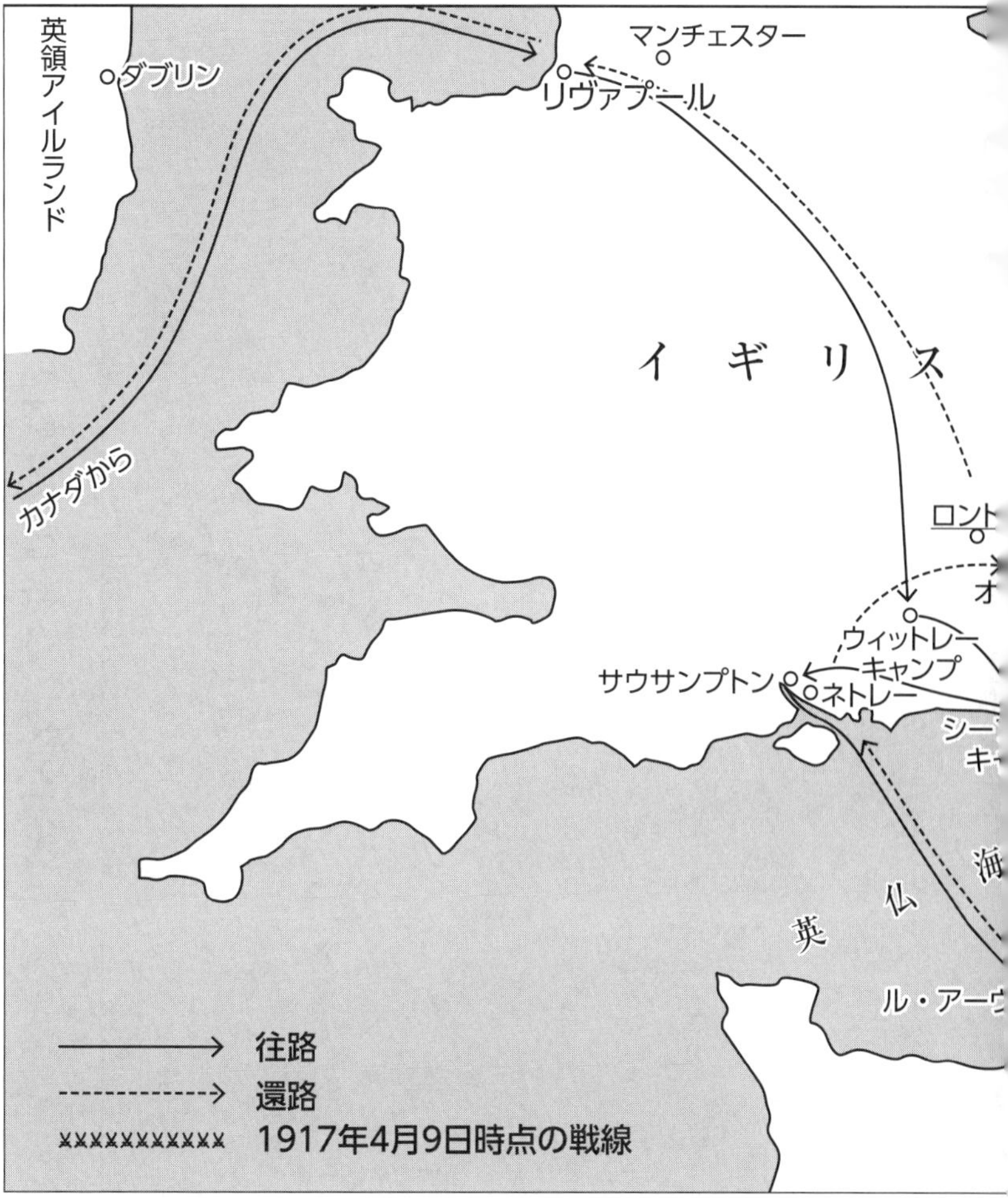

地図3　1917年のアラス戦線

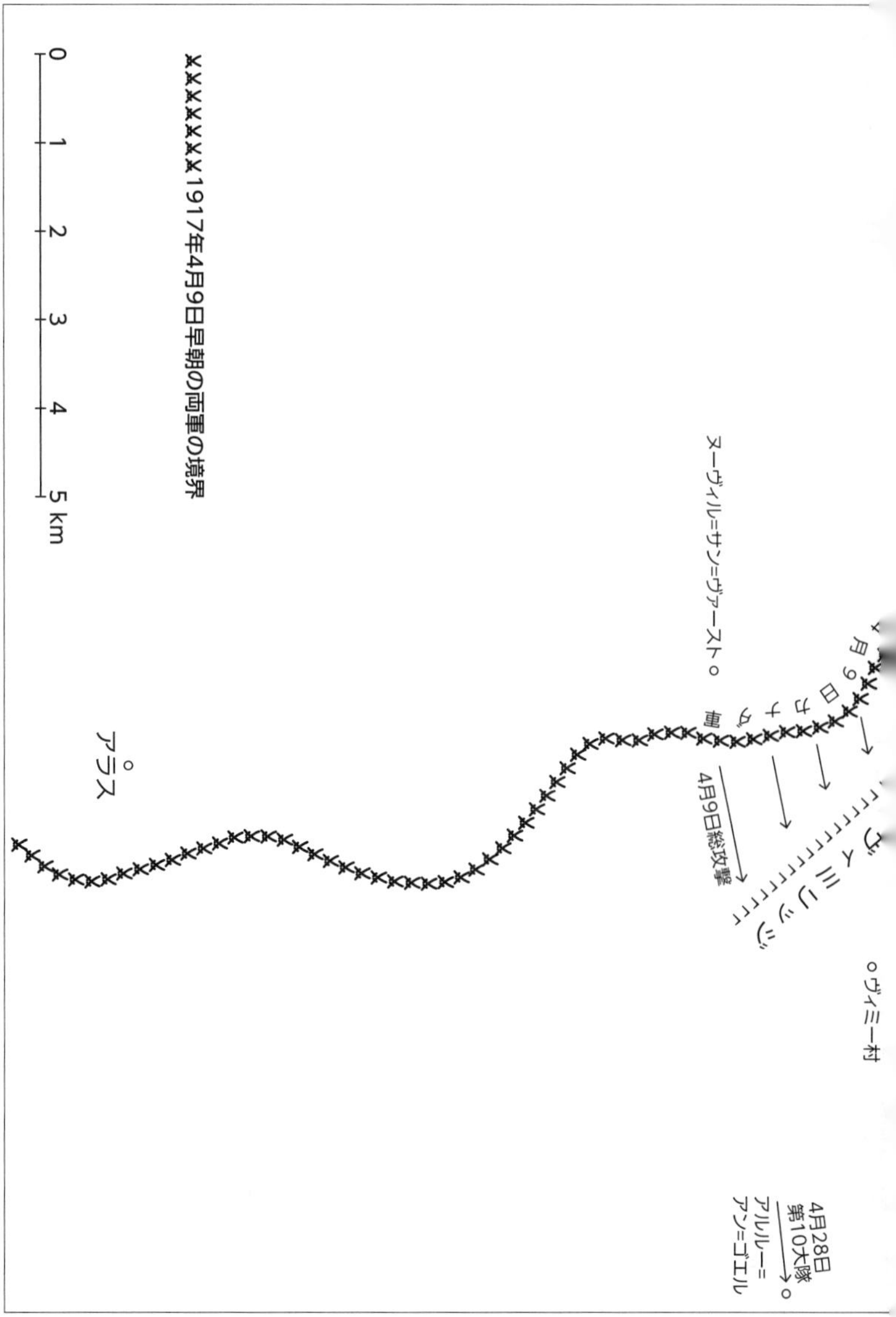
1917年4月9日早朝の両軍の境界
0 1 2 3 4 5 km
スーヴィル＝サン＝ヴァースト
アラス
4月9日総攻撃
ヴィミー村
4月28日
第10大隊
アルルー＝アン＝ゴエル

本文注釈

単位換算表

〔長さ・距離〕
一インチ（吋）　約二・五cm　（日本の一寸は約三cm）
一フィート（呎）　約三〇・五cm　（日本の一尺は約三〇cm）
一ヤード（碼）　約〇・九m
一マイル（哩）　約一・六km

〔重さ〕
一ポンド　約〇・四五kg　（日本の一斤《きん》は〇・六kg）
（听、斤、封度）

一つめの題字　廣田《ひろた》外務大臣閣下　広田弘毅《こうき》（一八七八～一九四八）は本書「自序」執筆時点で五十七歳（数え年、以下同）の外務大臣。一高時代、諸岡の祖父副島種臣に扁額を揮毫してもらったことがある。本書刊行の翌年にあたる昭和十一年（一九三六年）に起きた二・二六事件を受け、内閣総理大臣となるが、外交で解決を図ろうとする持論を貫くことができず、擡頭する軍部の要求に屈することになった。戦後の極東軍事裁判ではあえて罪状を否認せず、文官としてただ一人A級戦犯とされて毅然として絞首刑に処せられ、靖国神社に合祀された。

二つめの題字　鈴木陸軍大將閣下　鈴木孝雄《たかお》（一八六九～一九六四）は大東亜戦争の終戦時に総理大臣を務めることになる鈴木貫太郎の一歳下の弟。日清・日露戦争に従軍し、本書「自序」執筆時点で六十六歳の予備役陸軍大将。この後、一九三八年から靖国神社宮司を務め、戦後は公職追放された。題字は「日本精神之發露《のはつろ》」。この言葉は、忠君《ちゅうくん》愛国や君国のための自己犠牲的な行為を称讃するためによく使用された。たとえば、本書刊行の三年前の昭和七年（一九三二年）の上海事変で、自爆して敵陣に突破口を開いたとして英雄視された三名の工兵（「爆弾三勇士」）についてもこの言葉が使われた（本書刊行の前年に発表された和辻哲郎「日本精神」三による）。「日本精神之発露」は本書三五九頁の章題ともなっている。

三つめの題字　頭山満《とうやまみつる》翁　頭山満（一八五五～一九四四）は政治の表舞台には登場せずに在野を貫き、とらえどころがないので「右翼の巨頭」と表現されることもあるが、政府や軍部とは一定の距離を置き、欧米列強によるアジア侵略に抵抗するために日本の国力を強めながらアジア諸民族の団結を目指そうとする「アジア主義」を唱道し、アジア各国の独立活動家を支援した。諸岡の祖父副島種臣とも親しかった。本書「自序」執筆時点で八十歳。戦争末期に死去したとき、葬儀委員長を務めたのは広田弘毅だった。

一枚目の写真　イギリスの病院に入院していた諸岡のジョージ五世への拝謁については、「解説」の「負傷後の諸岡について」と本文三五四頁以降を参照。右下の楕円形の写真は、カナダ軍の軍服姿の諸岡幸麿。左胸にピンで留められたリボンとメダルは、他の義勇兵の写真でも同じものが認められるので、おそらく義勇兵団解散時に授与された「功労章」（本文一一頁、一八頁、五七頁参照）かと思われる。

四枚目の写真　これに関連して、本文二九四頁には「彼は十八歳の少年で、まだ中學校の三年生であつた。そして發火演習に行くと云つて戰場に連れて來られたのだそうだ」と書かれている。

五枚目の写真　「武士の情《なさけ》」で敵兵に水を与えることについては、本文二九六頁のエピソードを参照。

自序一頁　CPR　CPRはCanadian Pacific Railway（カナディアン・パシフィック・レールウェイ、カナダ太平洋鉄道）の略。一八八五年、カナダの東海岸と西海岸を横断する鉄道が一応完成し、その「終点」となったのが西海岸のヴァンクーヴァーだった。この鉄道の増設・改修・修繕等のために、一九〇六年頃時点で約二千人の日本人労働者が働いていた（新保、一九九六、一〇三頁）。

自序一頁　聯隊《れんたい》　「連隊」は本来なら「大隊」とすべきところ。徴兵制が敷かれていた日本では「連隊《レジメント》」regimentが各地域（軍管区）での徴兵や軍の組織の基本単位となっていたが、志願兵に頼っていた当時のカナダ軍では「連隊」の下に位置づけられる「大隊《バタリオン》」battalion（理論上は千百人）を基本単位として各地で募兵され、部隊が編成された。諸岡はおそらく日本の制度を意識し、battalionを一貫して「連隊」と訳している。

自序四頁　先哲カントは……　カントの『永遠平和のために』については、朝永《ともなが》三十郎が大正十一年（一九二二年）刊の『カントの平和論』の中で論じている。

自序五頁　獨帝《どくてい》カイゼル　「カイゼル」（カイザー）はドイツ語で「皇帝」を意味する普通名詞だが、当時はドイツ帝国皇帝ヴィルヘルム二世（在位一八八八年～一九一八年）を指す固有名詞のように使われ、同帝のぴんと跳ね上げた口ひげは「カ

1895～1900年頃のカナダ太平洋鉄道（CPR）〔LAC〕

ドイツ帝国皇帝ヴィルヘルム二世〔当時の絵葉書〕

イゼル髭」と呼ばれて世界的に流行し、夏目漱石も真似した。

自序六頁　リボウ　リボー Libau（ドイツ語でリーバウ、現ラトビアのリエパーヤ）は、当時ロシア領だったバルト海に面する港街。日露戦争ではここからロシアのバルチック艦隊が日本に攻めてきたことで知られている。第一次世界大戦が始まると、一九一五年にドイツが占領した。この北東側にリガ Riga 湾がある。

自序六頁　未《いま》だ敵兵をして、一歩も國内《こくない》に入らしめなかつた　細かいことを言えば「一歩も」ということはない。西部戦線では、大戦初期の一九一四年八月、フランス軍が当時ドイツ領だったアルザスの南西部に攻め入り、すぐに反撃されたものの、わずかな地域は大戦を通じてフランス軍が支配下に収め続けた。東部戦線では、ロシア軍がドイツ領ポーランドに攻め入ったが、こちらは一九一四年八月下旬のタンネンベルクの戦いで早々に敗退した。

自序七頁　滿洲事變《まんしゅうじへん》　満州事変は昭和六年（一九三一年）九月一八日に勃発した。

一頁　晩市《ヴァンクーバー》　ヴァンクーヴァー Vancouver はカナダの西端、太平洋に面するブリティッシュ・コロンビア州最大の都市。カナダに渡った日本人のほとんどが同州で生活していた。すぐ南側をアメリカとの国境が走り、国境を越えるとシアトル Seattle がある。当時は「晩《ばん》香坡《こうば》」という漢字を当て、「晩市《ばんし》」と略した。

二頁　山崎寧《やまざきねい》　「寧」は「ねい」と読まれることも多いが、本来は「やすし」と読む。山崎寧《やすし》は、明治三年、富山藩の武士の家系に生まれた。福沢諭吉に触発されて海外雄飛を志し、明治二十一年、十九歳で渡米した。以後、米国海軍の水兵、ハワイの砂糖畑労働者、捕

1905年の日露戦争の日本海海戦でバルチック艦隊を破った東郷平八郎がその6年後の1911年にイギリスのジョージ5世の戴冠式に列席し、帰途ヴァンクーヴァーに立ち寄ったときに撮影された写真。前列向かって右から3番目に座っているのが東郷平八郎。その背後（後列右から2番目）に立っているのが日本人会会長山崎寧〔NNM〕。

鯨船のコック、旅館経営者、汽船の機関士見習い、漁師、炭焼き、大工、砂金取りなど、さまざまな職に就いた。明治三十四年にシアトルで邦字新聞北米時事社を経営し、ついで明治四十一年にヴァンクーヴァーで大陸日報社の経営を引き継ぎ、翌明治四十二年にカナダ日本人会を設立して会長となった。第一次世界大戦が起こると、人種差別に苦しんでいた日本人の社会的地位向上のチャンスと捉え、在留日本人に義勇兵になることを呼びかけ、まとめ役として奔走した。直情径行で親分肌の熱血漢だったらしい。この後、大正六年（一九一七年）に満州に移り、満州とヴァンクーヴァーを往復するようになる。古希を記念し、昭和十七年（一九四二年）に複数の友人の共同執筆によって山崎寧の伝記『足跡』が刊行された。

三頁　壮士一去兮復不還　司馬遷《しばせん》『史記』巻八十六「刺客列伝《しかくれつでん》」の「荊軻伝《けいか》」に見える名文句「風蕭々《かぜしょうしょう》として易水寒《いすいさむ》く、壮士一《そうしひと》たび去《さ》って復《ま》た還《かえ》らず」の後半部分。不退転の悲壮な覚悟を示す言葉として広く知られていた。この引用の直後の「で。何《いつ》れも」の句点（。）は誤植で、読点（、）が正しい。この六行後で、前半部分の語句が引用されている。

四頁　コーフン大尉　ロバート・コーフーン Robert Colquhoun 大尉。予備将校で、日本人街とも取引関係のあるビジネスマンでもあったという（Ito, 1984, p.18）。

四頁　キッチナー元帥　キッチナー Kitchener 元帥は、早い段階で第一次世界大戦が長びくことを予想し、イギリスの陸軍大臣として募兵に尽力した。本文中で描かれている出来事から約一か月後の一九一六年六月五日、イギリスの北の沿岸で乗っていた戦艦が触雷して沈没し、死亡した。

五頁　松飾りの取れるのを待つて　義勇兵希望者に対する教練が開始されたのは、一九一六年（大正五年）一月十七日だった（『加奈陀之宝庫』、一一四七頁）。

五頁　オツタワ　カナダの首都オタワ Ottawa のこと。当時は、外国語の単語で同じ子音字が二つ続く場合、その直前に「ツ」（現代仮名遣いの小さな「ッ」）を入れることが多かった。ただし、本書八頁以降では「オタワ」と書かれている。

五頁　フオール、イン。（集れ！）……　英語では順に Fall in（フォール・イン）、Attention（アテンション、ただし軍隊の号令では「ション」にアクセントを置き、「アテン」はほとんど聞こえない）、Right-dress（ライト・ドレス）、Number

（ナンバー）、Right turn（ライト・ターン）、About turn（アバウト・ターン）、Stand at ease（スタンド・アット・イーズ）、Double march（ダブル・マーチ）、Quick march（クイック・マーチ）。

六頁　兵語《へいご》　軍事用語。

一一頁　カードヴア、ホール　ヴァンクーヴァーの日本人街にあったコードヴァ・ホール Cordova Hall のこと。

一一頁　アルバタ州　アルバータ Alberta 州は、ヴァンクーヴァーのあるブリティッシュ・コロンビア州の東隣にある。アルバータ州はブリティッシュ・コロンビア州のように多くの日本人移民が住んではおらず、排日運動も盛んではなく、日本人が公平に扱われていた。

一一頁　クルツクシヤンク少将　アーネスト・アレクサンダー・クルックシャンク Ernest Alexander Cruikshank（一八五三～一九三九）。

一二頁　スキーナ河　スキーナ Skeena 河は、ヴァンクーヴァーの北西約六百キロの地点で太平洋に流れ込んでいる。少なからぬ日本人がここで鮭《さけ》漁に従事していた。

一三頁　在留一萬の同胞　当時、カナダ（おもにヴァンクーヴァー周辺）には約一万人の日本人が住んでいた。

一四頁　抃舞雀躍《べんぶじゃくやく》　「抃《べん》」は「（喜んで）手を打つ」の意味。

一四頁　プリンス・ルパート港　プリンス・ルパート Prince Rupert はスキーナ河の河口付近にある太平洋に面する港街。

一六頁　鈴木市太郎《いちたろう》　鈴木市太郎（和歌山県出身）は、明治二十四年に米国に渡り、すぐにカナダに移って漁業に従事し、漁者団体の団体長を務め、またヴァンクーヴァーの日本人街で旅館や料理店などを営んだ。日露戦争後に東洋人排斥運動が激しさを増して日本人の経営する店が破壊されるようになると、自警団を組織して指揮に当たった。大戦中は義勇兵部長として、日本人兵の慰問や戦死者の追善供養などに奔走した（以上『加奈陀同胞発展大鑑 附録』三九四頁による）。

一八頁　鹽噴面　「塩噴」（塩吹、潮吹）と書いて「ひょっとこ」と読む。「塩噴面」で「ひょっとこづら」となるが、原文のルビが乱れている。

一八頁　西五辻《にしいつつじ》　漢字三文字の姓で「にし・いつつじ」と読む（本書は総ルビだが、漢数字はルビが振られていない）。諸岡がフランスの戦地で負傷して収容された病院からも、同じ姓の友人に手紙を書いている（「解説」の「創作されたヴィミリッジの戦いの描写」を参照）。おそらく西五辻章仲のことか。同氏は西五辻男爵家の出で、ヴァンクーヴァーに住み、日本に帰ってからは映画用の映写機の輸入事業を興し、昭和十七年刊の山崎寧の伝記『足跡』の編纂会の代表者となった。

一九頁　キャルガリー　カルガリー Calgary はアルバータ州最大の街。

二〇頁　サー・シー・キャムプ　「サーシー・キャンプ」Sarcee Camp はアルバータ州カルガリーの南西の外れにあった訓練キャンプ。

二三頁　ボレージ　borage（ボーレッジ）だとすれば、南欧原産のハーブ「瑠璃萵苣《るりちしゃ》」のことで、サラダや付け合わせに用いられ、食べると勇気が湧くとされている。しかし、ここは porridge（ポーリッジ）すなわちオートミールを水や牛乳で煮た「粥」のことか。

二四頁　スペンサー中佐　ネルソン・スペンサー Nelson Spencer（一八七六〜一九四三）。大戦が始まると第一七五大隊の指揮官となった。

二四頁　マクーベリー少佐　マコーブリー McCoubrey 少佐。

二四頁　デヴヰス大尉　デイヴィス Davies 大尉。のちに戦死する。本書末尾付近で、未亡人に会う場面が描かれている（四二七頁）。

二九頁　十二哩《まいる》　約一九・二km。

三〇頁　獨探《どくたん》　ドイツのスパイのこと。大戦中の日本ではこの言葉が流行した。谷崎潤一郎は大正四年（一九一五年）に「獨探」、岩野泡鳴は大正六年（一九一七年）に「獨探嫌疑者と二人の女」という短編小説を発表している。

三一頁　晩翠の「星落秋風五丈原」　土井晩翠《どいばんすい》の詩「星落秋風五丈原《ほしおつしゅうふうごじょうげん》」は、明治三十一年に発表され、翌年刊行の詩集『天《てん》地有情《ちうじょう》』に収められた。三国時代、北にある魏《ぎ》を攻めるべく五丈原に陣を構えていた蜀《しょく》の諸葛孔明を描いた七つの章からなる長い詩。ここに記されているのは第五章からの抜萃で、夜中に諸葛孔明が病をおして自陣を巡察しながら感慨にふけるようすが描かれている。

三一頁　ＹＭＣＡ　アメリカのプロテスタント系の組織ＹＭＣＡ（キリスト教青年会 Young Men's Christian Association）は、慈善活動の一環として、大戦中は連合国側の兵士たちに安らぎと憩いの場を提供した。下向きの（「倒立した」）赤い三角形はＹＭＣＡのマーク。二六二頁にも出てくる。

三四頁　Confined Barrack　直訳すると「閉じこめられた小屋」つまり営倉《えいそう》（懲罰房）のこと。

三四頁　チャップレーン　「チャップレン」chaplain は「従軍牧師」の意味。

三四頁　舟を漕いで、鬼が島へ遠征を試むる　座りながら居眠りをする比喩として「舟を漕ぐ」という表現は一般的だが、ここではさらに少しひねり、昔話の桃太郎が鬼が島に渡ったことを踏まえ、居眠りが昂じてその場に倒れ込む、といったような意味か。

三五頁　酒保《しゅほ》　兵営や宿営地などで、兵隊が酒や日用品などを比較的安価に購入し、その場で飲食もできるような売店兼簡易食堂。

戦地に設けられたYMCAの小屋。軒先の看板には、通常のYMCAの逆三角形のマークにカナダのメイプルリーフの模様が組み合わされている〔LAC〕。

四〇頁　解語《かいご》の花《はな》　言葉を理解する花。「美人」のたとえ。

四〇頁　花柳病《かりゅうびょう》　性病。大戦当時、フランスでは梅毒が大流行しており、このために多くの兵士が死亡していた。

四一頁　ヴィクトリア・クロス　ヴィクトリア・クロス Victoria Cross は戦場で抜群の武勇を示したイギリス軍または大

英帝国軍の将兵に授与される名誉ある十字型の勲章。

四七頁　山東平原　ロッキー山脈の東側に広がる平原。アルバータ州にあたる。

四七頁　ロングサイン　ロングサイン（オールド・ラング・ザイン Auld Lang Syne）は日本の「螢の光」のもとになったスコットランド発祥の曲。

四九頁　剽悍決死《ひょうかんけっし》　「剽《ひょう》」はすばしこい。「悍《かん》」は気が強く荒い。この四文字熟語は軍歌「抜刀隊」（「解説」の「著者諸岡幸麿について」を参照）に出てくる。その冒頭は次のとおり。「我《われ》は官軍《かんぐん》　我敵《わがてき》は／天地《てんち》容れざる朝敵《ちょうてき》ぞ／敵《てき》の大将《たいしょう》たる者《もの》は／古今無雙《ここんむそう》の英雄《えいゆう》で／之《これ》に従《したが》ふ兵《つわもの》は／共《とも》に慓悍決死の士《し》」。

五〇頁　タドン屋　タドン（炭団）とは、高価だった木炭の代用品で、木炭の屑や粉を練り、こぶし大に固めて乾燥させたもの。火鉢などで使われた。

五三頁　メディシンハット　メディシン・ハット Medicine Hat はアルバータ州の都市。「呪医《メディシン》の帽子《ハット》」という変わった名前の街。

五四頁　ハリファックス港　ハリファックス Halifax はカナダ東海岸の港街。帰路でも出てくる（四二二頁）。

五六頁　モンクトン　モンクトン Moncton はカナダ東海岸、ハリファックス港のすぐ手前にある。

六一頁　漱石の小説『草枕』を思ひ出して　明治三十九年に発表された夏目漱石『草枕』の第五章に、主人公が理髪店で凸凹した鏡に向かっているようすを描いた次のような一節がある。「既《すで》に髪結床《かみゆいどこ》である以上は、御客《おきゃく》の権利《けんり》として、余《よ》は鏡に向はなければならん。（……）鏡と云ふ道具は平らに出來《でき》て、なだらかに人のを寫《うつ》さなくては義理が立たぬ。（……）今余が辛抱して向き合ふべく餘儀《よぎ》なくされて居る鏡は慥《たし》かに最前《さいぜん》から余を侮辱《ぶじょく》して居る。右を向くと顔中鼻《かおじゅうはな》になる。左を出すと口が耳元迄《みみもとまで》裂《さ》ける。仰向《あおむ》くと蟇蛙《ひきがえる》を前から見た様《よう》に眞平《まったいら》に壓《お》し潰《つぶ》され、少しこごむと福祿壽《ふくろくじゅ》の祈誓兒《もうしご》の様《よう》に頭がせり出してくる。苟《いやし》もこの鏡に對《たい》する間《あいだ》は一人で色々な化物《ばけもの》を兼勤《けんきん》しなくてはならぬ」。ちなみに、夏目漱石は日露戦争中の明治三十八年（一九〇五年）に処女作『吾輩は猫である』を発表し、第一次世界大戦中の大正五年（一九一六年）に没した。

六四頁　アッヂユウ　フランス語で「さらば」を意味するAdieu（アディユー）。

六五頁　「サキソニヤ」號　サクソニアSaxonia号はイギリスの民間の客船。大戦が勃発すると軍に徴用され、兵員輸送船として活躍した。諸岡の属する第一七五大隊もこの船でカナダからイギリスに渡った。

六五頁　HMSカムパランド號　HMSはHer (His) Majesty's Ship（英国海軍艦艇）の略。イギリス海軍の軍艦を呼ぶときは最初にこの三文字をつけるのが通例。カンバランドCumberlandは二十世紀初頭に建造された装甲巡洋艦で、大戦中は護送船団の護衛などに当たった。

六八頁　潜航艇《せんこうてい》　「潜水艦」のことを当時は「潜航艇」と呼ぶことが多かった。

六八頁　『ラボード・ワッチ』（重楫《おもかじ》を見よ）　「ラーボード・ウォッチ」（Larboard watch）は夜の嵐の中で船を操る船乗りを歌った歌。通常は男性二重唱で歌われる。

六九頁　牀前看月光……　「牀前月光《しょうぜんげっこう》を看《み》る／疑《うたご》ふらくは是《こ》れ地上《ちじょう》の霜《しも》かと／頭《こうべ》を挙《あ》げて山月《さんげつ》を望《のぞ》み／頭《こうべ》を低《た》れて故郷《こきょう》を思《おも》ふ」。『唐詩選』にも収められている有名な李白の五言絶句「静夜思《せいやし》」。

七〇頁　リヴアプール　リヴァプールLiverpoolはイギリス中部の西側にある港街。奴隷貿易で栄えた。東隣には工業都市マンチェスターがあり、対岸にはアイルランドがある。

七一頁　北米の天地に漲《みなぎ》つてゐる、『ジヤプ』　当時カナダやアメリカに住む日本人は白人から「ジャップ」と呼ばれて露骨な人種差別を受けていた。

七三頁　ミルフォード驛《えき》　ここではロンドンの南西にあるサリーSurrey州の小さなミルフォードMilford駅を指す。この駅のすぐ南側にウィットレー・キャンプがある。

七五頁　幕營《ばくえい》地　キャンプ。こうしたキャンプで、武器の取扱いなどの軍事訓練（教練）がおこなわれた。

七五頁　ウヰツトレー・キヤムプ　ウィットレー・キャンプはロンドンの南西の町ウィットレーWitleyの近くにあった訓練キャンプ。カナダ軍もここを利用した。

七五頁　シーフオード・キヤムプ　シーフォード・キャンプはロンドンのほぼ真南の英仏海峡に面した街シーフォード

Seaford の近くに置かれていた訓練キャンプ。カナダ軍もここを利用していた。本文中には「英蘭《イングランド》の西南に当《あた》る」と書かれているが、むしろ東南にあたる。

七七頁　監的手《かんてきしゅ》　射撃のときに的《まと》の近くにいて、当たり外れを報告する人。

八〇頁　ミーズル　measles（ミーズルズ）は「麻疹《はしか》」。

八三頁　フォーム、フォース、ライト。　Form fours, right（フォーム・フォーズ、ライト）。次行の前半は By the left（バイ・ザ・レフト）。それ以外は五頁で既出。

八四頁　アイス、ライト！　Eyes right（アイズ・ライト）。パレードなどで行列を組んで高位高官などの前を通りすぎるときに、頭を右四十五度に向け、敬礼の代わりとすること。

八四頁　一名　別名。

八五頁　ヴヰクトリヤ大停車場　ロンドンのヴィクトリア駅は、バッキンガム宮殿の南側、ウエストミンスター寺院の西隣にあるロンドン屈指の終着駅。

八六頁　英蘭《えいらん》銀行　イングランド銀行。「英蘭」は「イングランド」の当て字。

八六頁　東道《とうどう》の主人公《しゅじんこう》　「東方に赴く旅人をもてなす主人」の意味で、世話役・案内役のこと。東道の主人、東道の主《しゅ》、または単に東道ともいう。

八八頁　ピカデリー街　バッキンガム宮殿の北側を走る繁華街。

ピカデリー街の東端にあるピカデリーサーカス（1917年頃撮影）〔LAC〕

八九頁　マチネエ　「マチネ」（仏語 matinée）は催し物の昼の部（昼興行）のこと。

八九頁　銀梨地《ぎんなしぢ》　蒔絵などの技法の一つで、銀粉を散りばめた梨地《なしじ》（梨の表皮のようにざらっとした感触の細かい粒状の突起のある仕上げ）。

八九頁　藤村がいふたやうに……　第一次世界大戦が始まる前年の大正二年（一九一三年）に渡仏していた島崎藤村は、パリで開戦に立ち会い、大正五年（一九一六年）に日本に帰国した。滞仏中に東京朝日新聞に紀行文を連載し、これは単行本『平和の巴里』『戦争と巴里』（ともに大正四年刊）、『エトランゼエ』（大正十一年刊）、『佛蘭西だより』上下巻（大正十一年と十三年刊）に収録された。この中に次のような一節がある（ここでは『エトランゼエ』九十四から引くが、この一節に関しては『戦争と巴里』と『佛蘭西だより』下巻の「春を待ちつつ」九もほぼ同文）。「巴里《パリ》の町《まち》には響《ひびき》がある。東京《とうきょう》の町《まち》には聲《こえ》がある。巴里《パリ》の町《まち》にも聲《こえ》は無《な》いではないが、あの東京《とうきょう》の方《ほう》で聞《き》く勇《いさ》ましい鰯賣《いわしうり》の聲《こえ》や、花賣《はなうり》、辻占賣《つじうらうり》の聲《こえ》や、四季《しき》折々の物賣《ものうり》の聲《こえ》にかぎらず、車夫《しゃふ》は聲《こえ》を掛け、按摩《あんま》は呼んで通《とお》り、押《お》して行く荷車《にぐるま》の前後《ぜんご》にまで聲《こえ》があつて、下町《したまち》の空氣《くうき》の濃《こ》いところになると流行唄《はやりうた》、假白《こわいろ》づかひ、廣告《こうこく》の口上《こうじょう》、飴屋《あめや》の歌《うた》、其《その》他數《かぞ》へ切《き》れないやうなあの朝晩《あさばん》の賑《にぎや》かさに比《くら》べると、ここにはあれほどの聲《こえ》はない。全《まった》く東京《とうきょう》の町は聲《こえ》で滿《み》たされて居《い》るやうな氣《き》がする。そのかはり巴里《パリ》は響《ひびき》だ。人《ひと》の代《かわ》りに器械《きかい》や馬《うま》の働《はたら》く響《ひびき》が石《いし》づくめの町《まち》の空《そら》に搖《ゆ》れて來《く》る」。東京朝日新聞への連載中は諸岡はまだカナダにいたので、大正七年（一九一八年）に日本に帰国してから、前記のいずれかの本で藤村の文章を読んだものと思われる。

九〇頁　巡的《じゅんてき》　「巡査」を軽んじて呼ぶ言葉。「おまわり」。

九二頁　闘《たたか》はん哉《かな》、時機到《じきいた》る　日露戦争の開戦を受けてつくられた軍歌「征露《せいろ》の歌（ウラルの彼方《かなた》）」は「金色《きんしょく》の民《たみ》いざやいざ、大和民族《やまとみんぞく》いざやいざ、戦《たたか》はんかな時機至《じきいた》る、戦《たたか》はんかな時機至《じきいた》る」という歌詞で終わっている。

九二頁　赤毛布《あかげっと》　明治時代の俗語で、都会見物にきた田舎者（おのぼりさん）のこと。「げっと」は「毛布」を意味する英語 blanket（ブランケット）の転じた言葉。幕末から明治にかけて、田舎者は寒さをしのぐために外套代わりに毛布を身にまとって外出する風習があり、その格好で都会見物に来たことによる。本書では「田舎者の都会見物」のような意味で使われており、三九四頁にも出てくる。

九二頁　クリスマス　一九一六年十二月二十五日。五頁の時点では同年正月すぎだった。

九六頁　習日　誤植で、正しくは「翌日」。本書の総ルビは、おそらく一部（英語のカタカナ読みをルビとする場合）を除き諸岡ではなく編集者が振ったものであり、このように誤りと思われるものも若干存在する。また、本書には相当数の誤字・誤植が含まれているが、類推しやすいものについては一々注記しなかった。

九九頁　日東《にっとう》　「日本」の同義語として当時はよく使われた。

一〇三頁　サウサンプトン港　サウサンプトン **Southampton** はイギリスの南端、ロンドンから見て南西にあたる英仏海峡に面する港街。

一〇六頁　ハーブ港（佛名ルアーブル港）　ル・アーヴル **Le Havre** は英仏海峡に面するフランスの港街。セーヌ河の河口に位置し、イギリスのサウサンプトン港の対岸にあたる。諸岡の所属する第一七五大隊がイギリスからフランスに渡ったのは、カナダ加軍資料によると一九一七年一月三十一日のことだった。

一〇八頁　鐵兜《てつかぶと》　「鉄兜《てつかぶと》」はヘルメットのこと（一五八頁では「スチールヘルメット」とルビが振られている）。

一〇八頁　毒瓦斯防止器《どくがすぼうしき》　防毒マスクのこと（一二五頁や一九一頁では「防毒面《ぼうどくめん》」となっている）。

一〇八頁　まるで鍋のやうだナ　イギリス軍やカナダ軍のヘルメットは、浅い鍋ないしサラダボールを裏返したような形をしていた（本書の表紙の絵に描かれている）。

一〇九頁　坂本《さかもと》義勇兵　坂本彌七《さかもとやしち》（山口県出身）は、多くの日本人が漁師として働くスキーナ河の河口の港町プリンスルパート（一四頁参照）の理髪店で働いていたが、三十六歳独身で入隊し、諸岡と同じ第五十大隊に属した。負傷し、のちに一時期、諸岡と同じ病院に入院する（三三六頁注参照）。

一〇九頁　戈《ほこ》取りて月見る度《たび》に思ふかな　何時《いつ》か我身《わがみ》の上に照るやと　幕末の勤皇志士の歌を集めた明治七年（一八七四年）刊の『義烈回天《ぎれつかいてん》百首』に、安政七年（一八六〇年）の桜田門外の変で井伊直弼を襲った水戸藩浪人、森五六郎《もりごろくろう》が詠んだ

戈《ほこ》取りて月みるたびに思ふかな　いつかかばねのうへに照るやと

という歌が収録されているが、四句目が若干異なる。同書には、文久三年（一八六三年）に戦死した天誅組の吉村寅太郎が詠んだ

　曇りなき月を見るにも思ふかな　あすはわが身の上に照るやと

という歌も収録されており、こちらと混同されているのかもしれない。また、霊山《りょうぜん》歴史館の木村幸比古氏によれば、明治二年（一八六九年）に箱館の五稜郭で戦死した土方歳三《ひじかたとしぞう》は、辞世として

　鉾《ほこ》とりて月見るごとにおもふ哉　あすはかばねの上に照《て》るかと

と詠んだという。原作者の詮議は措くとして、当時は愛吟された歌だったらしい。

一〇九頁　ミーズル・ケース　measles case（ミーズルズ・ケース）は「麻疹《はしか》の症状」。「ミーズル（ズ）」（麻疹）は八十頁にも出てきた。

一一〇頁　成田《なりた》義勇兵　成田彦次郎《なりたひこじろう》（兵庫県出身）は、カナダでは漁師をしていたが、二十九歳独身で入隊し、諸岡と同じ第五十大隊に属した。一九一七年四月十日の突撃で腹部に砲弾を受けて戦死することになる。ヴィミーの西、スーシェ村の南の外れにある「キャバレー・ルージュ英国墓地」に墓が現存する。成田は二七二頁と二八〇頁にも出てくる。

一一〇頁　濱口《はまぐち》義勇兵　濱口長太郎《はまぐちちょうたろう》（三重県出身）はカナダでは漁師をしていたが、三十八歳既婚で入隊し、やはり諸岡と同じ第五十大隊に属し、一九一七年四月十日のヴィミリッジの突撃で戦死する。

一一四頁　アラス戦線（佛名アラー）　アラスArrasは北フランスの街。大戦初期の数日間のみドイツ軍に占領された以外は、終始英仏軍の支配下にあったが、第一線から約二㎞しか離れておらず、街は砲撃によって大きく破壊されていた。なお、工藤美代子は「諸岡の著書に出てくる地名はすべて英語読みである。例えば題

カナダ軍の軍服姿の
成田彦次郎〔NNM〕

カナダ軍の軍服姿の
濱口長太郎〔NNM〕

名の『アラス戦線へ』にしても、フランス語読みならアラ戦線となる」と書いているが（工藤、一九八三、一二九頁）、これは誤りで、実際には英語と同様、フランス語でも「アラス」と発音する（フランス語の語末のsは発音する場合としない場合がある）。おそらく英語で「パリス」と発音するParisがフランス語では「パリ」と発音することからの類推で、諸岡の周囲にいたイギリス兵やカナダ兵は（そして諸岡も工藤も）「アラス」をフランス語では「アラ」と発音すると思い込んでいたらしい。

一一五頁　國亡《くにほろ》びて山河在り　唐の詩人杜甫の有名な五言律詩「春望」の一節「國破《くにやぶ》れて山河在《さんがあ》り」に基づく。

一一七頁　約十七哩《まいる》　約十七哩《マイル》は約二十七km。

一一七頁　私達は今ソンム戦線に向つて進みつ、あることを知つた　当時、部隊がどこに向かうのかは軍事機密とされ、司令部付きのごく限られた将校しか知らなかった。諸岡たちを乗せた汽車は、実際には「ソンム戦線」（ソンム川のアミアンよりも上流、サン=カンタンよりも下流の一帯）ではなく、ソンム戦線をはるか右前方に望みながら、それよりも北にあるアラス方面に向かっていた。

一一七頁　携帯口糧《アイヨン・ラシヨン》　携帯口糧《けいたいこうりょう》（アイアン・レーション iron ration）とは、兵士用の非常食のこと。

一一八頁　戎衣《じゅうい》　軍服。

一一九頁　キングスクロッス壕《ごう》　キングス・クロス Kings Cross はロンドンの中心部の北側にある地区名。イギリス兵やカナダ兵は、親しみが湧くようにフランスの土地に勝手に英語の名前をつけていたが、この「キングス・クロス壕《ごう》」と名づけられた塹壕は、スーシェ Souchez 村の東側にあった（Christie, 1996, p.34）。

一一九頁　ボビニー村　カナダ軍の拠点の一つとなったブーヴィニー Bouvigny 村のこと（現在は隣村と合併してブーヴィニー=ボワイエッフル Bouvigny - Boyeffles 村となっている）。同村はアラスの北北西十六キロの地点にあり、一五三頁には「第一線より六哩《マイル》後方にある」と書かれている。この「ボビニー村」の北西隣に「コピニー」村（一三九頁）がある。

一二〇頁　砲彈の爲《た》めた　誤植で、正しくは「砲彈の爲《た》めに」。

一二〇頁　**千九百十七年正月上旬、北佛蘭西《フランス》の嚴冬**　一九一六～一九一七年にかけてのフランスの冬は、第一次世界大戦中の四度の冬の中でももっとも寒く、マイナス二十度以下になることも珍しくなかった（大橋、二〇一八、一九八頁）。

一二〇頁　**ササラ**　細い木や竹を櫛《くし》状に束ねた道具または楽器のこと。先端が細かく割れてささくれている物の比喩としても使われる。

一二一頁　**震災前の一高《いちこう》の時計臺《だい》**　東京の本郷にあった一高の時計台は、大正十二年（一九二三年）九月一日の関東大震災で被害を受け、解体された。

一二三頁　**月が鏡になればよい**　当時有名だった都々逸《どどいつ》（江戸末期から明治にかけて流行した七七七五の俗謡）、「遠く離れて　会いたいときは　月が鏡に　なればよい」の下二句。ちなみに、本書刊行の翌年にあたる昭和十一年（一九三六年）、二・二六事件の翌月に出て大ヒットした渡邊はま子の歌謡曲「忘れちゃいやョ」は、この都々逸を踏まえた「月が鏡であったなら　恋しあなたの面影《おもかげ》を　夜毎《よごと》うつしてみようもの」という歌詞で始まる。

一二四頁　**壁に注意せよ**　諺「壁に耳あり」と同じ意味。第一次世界大戦中、フランスでは敵のスパイに注意をうながすために、「黙れ！用心しろ！敵の耳が聞いている！」と書かれたポスターがいたるところに掲示されていた。

一二六頁　**３０３**《スリーオースリー》　直径〇・三〇三インチ（七・七㎜）の銃弾のこと。

一三三頁　**十哩**《マイル》　約一六㎞。

一三五頁　**約五尺、直徑**《ちょっけい》**十吋**《インチ》**位**　「約五尺」は約一五〇㎝、「十吋《インチ》位」は二十五㎝位。

一三五頁　**身長五呎**《フィート》**六吋**《インチ》**三分ノ一で、我が五尺五寸三分だ**　英米の「五フィート六インチ三分ノ一」は約一七一・六㎝にあたるが、日本の「五尺五寸三分」は約一六七・六㎝なので、換算が少しずれているが、おそらく後者が実際に近い。カナダ軍公式資料では、諸岡の身長は「五フィート四・五インチ」（約一六六㎝）または「五フィート五インチ」（約一六七・五㎝）となっているからである。結局、諸岡の身長は一六七㎝前後だったと思われる。一五五頁には「私は日本人として長身の方」と書かれている。本書巻頭の一枚目の写真には、ジョージ五世と向き合って直立している諸岡の姿が写っており、だいたいの身長がわかる（ジョージ五世はイギリス人としては身長が低かった）。

一三七頁　彈丸雨飛《だんがんうひ》　弾丸が雨のように無数に飛んでくること。四九頁注で「剽悍決死《ひょうかんけっし》」という語に関して取り上げた軍歌「抜刀隊」の第五番は「彈丸雨飛《だんがんうひ》の間《あいだ》にも／二《ふた》つなき身《み》を惜《お》まずに」という言葉で始まっている。

一三九頁　捨つべきものは弓矢なりけり　『太平記』によると、高師直《こうのもろなお》の家臣だった薬師寺公義《きんよし》は、最後の一戦を主張したが聞き容れられず、「取れば憂《う》し取らねば人の数ならず　捨つべきものは弓矢なりけり」（弓矢を取れば憂鬱だが、取らなければ一人前とは見なされない。いっそのこと武士をやめてしまえばよいのだ）という歌を残して出家し、高野山に入った。要するに「武士はつらいよ」のような意味。

一三九頁　コピニー　クーピニー Coupigny（エルサン＝クーピニー Hersin-Coupigny）村のこと。「ボビニー村」（一一九頁）の北西隣にあり、カナダ軍第五十大隊はここで露営していた。二六九頁には「第一線を去る五哩《マイル》ばかり」のところにあると書かれている。

一四〇頁　銃劍《じゅうけん》突撃に移る前に、先《ま》づ砲火《ほうか》の威力《いりょく》に依《よ》つて、敵陣《てきじん》を壓倒《あっとう》せねばならない　次頁の「歩兵《ほへい》の活躍《かつやく》は最後《さいご》であつて、砲火《ほうか》は戰鬪經過《せんとうけいか》の大部分《だいぶぶん》なのだ。」と併せ、櫻井忠溫《さくらいただよし》『肉彈《にくだん》』に似たような記述があるので引用しておく。「先《ま》づ火力《かりょく》を以《もっ》て制壓《せいあつ》を加《くわ》へなければならぬ。銃劍《じゅうけん》は最後《さいご》で、火兵《かへい》は戰鬪經過《せんとうけいか》の大部分《だいぶぶん》を占《し》めてゐる。」（『肉彈』第十一、「歪《ワイ》頭山《トウザン》の初陣《ういじん》」）。ただし、たとえば「貧乏國《びんぼうこく》では斯《か》かる大戰爭《だいせんそう》には絶對《ぜったい》に勝味《かちみ》が無《な》い」といった、諸岡なりの知見も追加されている。

一四二頁　咫尺《しせき》を辨《べん》じ得ない　すぐ近くの距離も見わけがつかない、視野がきかない。「咫《し》」は昔の八寸、「尺《せき》」は一尺《しゃく》。

一四四頁　十六吋《インチ》砲、十五吋砲、十二吋砲、十吋砲、八吋砲、六吋砲、十八斤《きん》砲　「十五インチ砲」は三十八cm、「十二インチ砲」は三十・五cm、「十インチ砲」は二十五cm、「十六インチ砲」は口径約四十cm、「八インチ砲」は二十一cm、「六インチ砲」は十五cmの大砲（英米ではインチ単位、独仏ではmmまたはcm単位で表記する）。このうち、大型の大砲はもともと海軍の戦艦に据え付けるために開発され、陸上に運び込まれて使用された。最後の「十八斤《きん》」砲は、砲弾の重量が十八ポンド（約八kg）だったイギリス軍の八十四mm野戦砲のことで、フランス軍の七十五mm砲と同様、手軽で小まわりがきき、重宝された。

一四六頁　胸牆《きょうしょう》　胸牆（パラペットparapet）については本文一七九頁で説明されている。

一四六頁　キングス、クロッツ市　「キングスクロッツ壕《ごう》」（一一九頁）と同じ。一八〇頁、二五二頁にも出てくる。

一四七頁　突貫中絶《とっかんちゅうぜつ》　「突貫」とは当時の言葉で「突撃」の意味。「突貫中絶」とは「突撃中断」のこと。

一四七頁　散兵線《さんぺいせん》　隊伍を組んで密集して移動していた部隊が、敵に近くに来て横に散らばって間隔をあけて配置に就くことを「散兵」と呼ぶ。そのようにして横に広がった隊形を「散兵線」と呼ぶ。また、そのための第一線の塹壕のことを「散兵壕《さんぺいごう》」と呼ぶ。

一五〇頁　レンス　「レンス」は英語読みで、北仏ヴィミリッジの北北東にあるランスLensのこと。大戦初期以来ドイツ軍が占領していた。なお、大聖堂で有名なフランス北東部のランスReimsもカタカナにすると同じになり、まぎらわしいが、本書に出てくる「レンス」はすべてヴィミリッジの北のランスLensを指す。

一五〇頁　ヒンデンブルグ線　ドイツ参謀総長ヒンデンブルク率いるドイツ軍は、一九一七年二～三月、それまで円弧上に張り出していた戦線から最大で四〇kmほど退却し、あらかじめ入念に構築していた堅固な塹壕にこもってコンパクトに守りを固めた。こうして北はアラスから南はソワソンまで、新しく「ヒンデンブルク線」（ドイツ側の呼称は「ジークフリート線」）が直線状に引かれることになった。このヒンデンブルク線の北端のアラスの北側にヴィミリッジがある。イギリス軍がヴィミリッジを含むアラス戦線で総攻撃をおこなったのは、ドイツ軍によるヒンデンブルク線への撤退完了の翌月のことだった。

1918年当時のランスLensの街並み〔BnF/Gallica〕

一五四頁　スターシエル（照明弾）　「スター・シェル」star shell は逐語訳では「星の砲弾」。一五八頁では「星弾」とも書かれている。本文一八九頁に説明がある。

一五九頁　わが紀元節の夜であつた。　つまり一九一七年二月十一日の夜。

一六〇頁　迫撃砲《トレンチ・モーター》　迫撃砲《はくげきほう》とは、砲弾を直線状に飛ばすのではなく、高く角度をつけて打ち上げ、放物線の軌道を描いて敵陣に落下させる小型の大砲（臼砲《きゅうほう》）のこと。塹壕《トレンチ》に据えつける迫撃砲《モーター》は「トレンチ・モーター」と呼ばれた（本文一八八頁に説明がある）。その代表的なものが「ストークス・モーター」（一九六頁）。

一六七頁　夜間が一番よい　誤植で、この後ろに句点（。）が抜けている。

一六八頁　グラン、プレー　フランス北東部アルデンヌ県のグランプレ Grandpré 村（ヴェルダンとランスの中間よりも北東寄りにある）のことか。当時、アルデンヌ県は全域がドイツ軍の支配下にあったので、このように空からの散発的な攻撃しかできなかった。

一七三頁　ボール大尉　似た名前のイギリス軍のエース飛行士としては、アルバート・ボール Albert Ball 大尉がいる。ただし、本章末尾（一七八頁）では「ボール大尉も、それから四日目の空中戰には、名もなき獨軍の飛行機に、惜しくも撃ち落とされてしまつた」と書かれているが、同大尉が戦死したのは一九一七年五月七日のことであり、本文中の出来事は同年二月頃のことと思われるから、「それから四日目」という記述と矛盾する。

一七三頁　インメルマン大尉　似た名前のドイツ軍のエース飛行士としては、マックス・インメルマン Max Immelmann 中尉（一九一六年六月十八日戦死、通称「リールの鷹」）やハンス・イメルマン Hans Imelmann 中尉（一九一七年一月二

トレンチ・モーターによって破壊される鉄条網（1917年5月撮影）〔LAC〕

十三日戦死）がいるが、どちらも諸岡がフランスに来た一九一七年一月三十一日よりも前に戦死しているので、詳細不明。いずれにせよ、両軍のパイロットがこうした騎士道のような一対一の決闘を空中で繰り広げ、それを地上にいる両軍の兵士が戦闘をやめて見守るという光景は、この大戦では実際によく見られた。

一七三頁　白旗《はくき》を掲げ　白旗は「降伏」の意思表示とは別に、軍使の目印としても使われた。

一七五頁　レコード、ホールダー　記録保持者。

一七五頁　ラップランド　ラップランドLaplandはノルウェーやスウェーデンの北部にまたがる地域。この地域ではトナカイに橇《そり》をひかせることが多く、サンタクロースの故郷だと想像されている。

一七六頁　「人無き荒野《ノーマンスランド》」　ノーマンズ・ランドno man's landとは、両軍の第一線の塹壕の間に広がる幅数十メートルまたはそれ以上の中間地帯のこと。片づけられない死骸などが放置されていた。この言葉は第一次世界大戦中に生まれた。

一七六頁　聯合《れんごう》軍のマーク　軍用機の機体に描くマークとして、フランス軍では国旗をアレンジした三重丸のマーク（内側から青・白・赤）が採用された。イギリス軍では、最初はイギリス国旗《ユニオン・ジャック》（こちらも赤白青の三色からなる）が描かれていたが、遠くから見ると四角張った形がドイツの黒十字に似てまぎらわしかったので、フランス軍とは逆に、内側から赤・白・青の三重丸のマークが採用されるようになった。つまり、連合国軍のマークというものが存在するのではなく、たまたま英仏軍が似たようなマークを使っていたわけである。なお、「聯合軍のマークとなつてゐる。」の句点（。）は誤植で、読点（、）が正しい。

一八〇頁　コンクリートや、ペトン　「ぺ」は誤植で、正しくは「べ」。「ベトン」

イギリス軍の戦闘機ソッピース・キャメル（1918年撮影）。機体側面や主翼に内側から赤・白・青の三重丸のマーク（いわゆる蛇の目）が描かれている〔LAC〕。

はフランス語で「コンクリート」の意味。

一八〇頁　**電光**《でんこう》**型**　稲妻のようなジグザグ型。

一八三頁　**一丈**《じょう》　約三m。

一八五頁　**ミシンガン**（**機關銃**）　「マシンガン」のことを当時は「ミシンガン」と書いた。洋裁の「ミシン」もmachine（機械《マシン》）から来ている。「マシンガン」machine gunは逐語訳すると「機械銃《マシン・ガン》」。

一八六頁　**七貫目**　七貫の目方。約二十六kg。

一八八頁　**重さ六十五斤**《きん》**位の砲弾に、三尺ばかりの柄**　「斤《きん》」は「ポンド」の訳としても使われる（一四四頁参照）。日本の「一斤《きん》」は〇・六kgで、一ポンドは約〇・四五kgだが、ここは六十五「ポンド」のことだとすると三十kg弱となる。「三尺」は九十cm少々。

一八八頁　**ライフルグリネード**　ライフル・グレネード rifle grenadeとは、手榴弾《グレネード》に棒をつけたものを小銃《ライフル》に差し込み、遠くに飛ばす武器。手で投げるよりも遠くに飛ぶ。のちに諸岡はこれをドイツ軍に投げられて負傷する。

一八八頁　**手榴弾**《しゅりゅうだん》　手榴弾にはいろいろな形状のものがあり、ここでは片手に収まる大きさの「松かさ」状のもの（紡錘形で縦横に溝が刻まれているタイプ）が言及されている。本書の表紙に描かれている兵士が右手に持っているのは、それとは異なる棒のついたタイプ。この頁の最後から二行目のルビ「ハンドボンム」はhand bomb（ハンド・ボム）による。

一八九頁　**フレーヤー**　「フレア」flare（炎）には「照明弾《スターシェル》」の意味もある（スター・シェルは、この頁の三行目の他、一五四頁や一五八頁でも出てきた）。

一九四頁　**ペレスコープ**（**望遠鏡**）　ペリスコープ（潜望鏡）は、垂直に立てた筒の内部の上部と下部に鏡を置いたもので、おもに潜水艦で水中に潜りなが

ペリスコープを使って物陰から敵のようすを窺うイギリス兵〔BnF/Gallica〕

ら海上を観察するのに使われたが、大戦中は塹壕などに身を隠したまま敵を観察するのにも用いられた。

一九六頁　三十七ミリメートル……速射砲　フランス軍の三十七㎜速射砲（モデル一九一六）は、敵陣の機関銃を破壊するために開発された小型の大砲（歩兵砲）で、砲の重量は約「二百五十ポンド」（約百十kg）。この速射砲は、のちにルノー製戦車にも装備された。

一九六頁　ストークス、モーター　ストークス・モーター Stokes Mortar は、イギリス人ウィルフレッド・ストークス Wilfred Stokes が塹壕で使用するために開発した小型の迫撃砲《トレンチモーター》（一六〇頁注参照）の一種。ストークス・モーター本体の重量は約「百五ポンド」（約四十七kg）。

一九七頁　タンク　戦車《タンク》は、膠着した戦線を突破するためにイギリス軍が開発し、一九一六年九月十五日にソンムの戦いで史上初めて実戦に投入された。一九一七年前半のアラス戦線に配備されたのは「マークⅠ」（改良型）または「マークⅡ」と呼ばれる初期の戦車で、とくにヴィミリッジの戦いでは地形の起伏（砲弾によってできた穴や塹壕など）と泥に阻まれて前進できず、まったく活躍できなかった。この後、同年十一月のカンブレの戦いではイギリス軍が戦車による敵陣突破に成功するようになる。翌一九一八年になると、性能が格段に進歩したイギリス軍のホイペットやフランス軍のルノー（本文中では英語読みで「レナールト」と書かれている）社製の小回りのきく戦車が登場し、大きな威力を発揮するようになる。

一九八頁　ウキングビー　おそらくwing（羽）とbee（蜂）をくっつけた言葉。

二〇一頁　一間《けん》　一間は約一・八m。

二〇一頁　磯節《いそぶし》　もともと茨城県の太平洋沿岸で歌われていた舟唄で、明治になって三味線を伴奏とする民謡（座敷歌）として全国に広まった。

二〇三頁　齋藤《さいとう》義勇兵　齋藤彌七《さいとうやしち》（千葉県銚子市出身）はカナダでは商人をしていたが、

1917年4月のヴィミリッジの戦いで歩兵とともに前進する戦車〔LAC〕

妻と死別していた三十七歳のときに入隊し、諸岡と同じ第五十大隊に属した。一九一七年四月十日のヴィミリッジの突撃では無事だったが、同年六月三日から四日にかけての戦闘で負傷し、病院に後送された。

二〇三頁　斥候　現在では「せっこう」と読むが、昔は「せきこう」とも読んだ。

二〇三頁　張目飛耳《ちょうもくひじ》　目を光らせ、耳を澄ますの意。吉田松陰は情報収集の重要性を説いて「飛耳長目《ひじちょうもく》」という言葉をよく用いた。

二〇四頁　藍《らん》靛のような　「藍靛」は普通は「らんてん」と読む。染料のインディゴ（青の一種）。「青みがかった」と同じような意味。自序二頁にも「青白い戦場」という言葉が出てくる。

二〇六頁　或夜《あるよ》、英軍の一少佐《いちしょうさ》が……　以下のエピソード（危険な斥候に出る者を募ると日本人ばかりが争うように手を挙げたという話）は、長谷川伸《しん》『日本捕虜志』の末尾付近で取り上げられている。

二〇九頁　原田《はらだ》義勇兵　原田一男《はらだかずお》（福岡県出身）はカナダでは漁師をしていたが、二十七歳独身で入隊し、諸岡と同じ第五十大隊に属した。二一八頁にも出てくる。三一一頁以降では諸岡の直前に負傷するようすが描かれている（「解説」の「創作されたヴィミリッジの戦いの描写」の項も参照）。

二一〇頁　石原《いしはら》義勇兵　石原壽公《いしはらとしたか》（山梨県出身）はカナダでは漁師をしていたが、三十三歳独身で入隊し、諸岡と同じ第五十大隊に属した。一九一七年三月十日に負傷し、同月三十一日になって死亡した（「解説」の「創作されたヴィミリッジの戦いの描写」の項を参照）。

二一九頁　中學時代に理科を教へられた遠藤吉三郎博士《えんどうきちさぶろう》　遠藤吉三郎については「解

カナダ軍の軍服姿の
石原壽公〔NNM〕

カナダ軍の軍服姿の
原田一男〔NNM〕

カナダ軍の軍服姿の齋藤
彌七〔『加奈陀之宝庫』〕

説」の「著者諸岡幸麿について」を参照。一九二一年（大正十年）、四十八歳で病死した。

二二〇頁　チャンス　チャンス chance はここでは「運、めぐりあわせ、偶然」などの意味。

二二〇頁　ナポレオンは部下に向《むか》ひ……　櫻井忠溫『肉彈』に同じナポレオンの話が記されているので引用しておく。「ナポレオンは『彈丸《だんがん》は汝《なんぢ》を狙《ねら》ひ、汝《なんぢ》を追《お》ふものでは無《な》い。若《も》し汝《なんぢ》を追《お》つて來《く》るものとすれば、地下千丈《ちかせんじょう》の底《そこ》へ避《さ》けても、矢張命中《やはりめいちゅう》するぞ』と云《い》つた。」（『肉彈』第二十五「總攻擊《そうこうげき》の端緒《たんしょ》」）。

二二一頁　『敵の彈丸《たま》に、敬禮《けいれい》する奴があるか。』　やはり『肉彈』に似たような記述がある。「『誰《たれ》か？　敵《てき》の彈丸《たま》に敬禮《けいれい》するのは？』と怒鳴《どな》る御當人《ごとうにん》も、同《おな》じくヒヨイと敬禮《けいれい》してゐるのであつた。（……）段々《だんだん》に度胸《どきょう》が据《すわ》り、先《さき》に恭《うやうや》しく敬禮《けいれい》をしてゐた者《もの》も、今《いま》は胸牆《きょうしょう》の上《うえ》に立《た》つて、握飯《にぎりめし》を喰《く》ふやうな呑氣沙汰《のんきさた》をやり出《だ》す。而《しか》して彈丸《たま》は割合《わりあい》に斯《かか》る横着者《おうちゃくもの》を避《さ》けて通《とお》るものなのである。」（『肉彈』第二十五「總攻擊《そうこうげき》の端緒《たんしょ》」）。

二二一頁　戰死者が五十五人　日本人の戦死者数については、「解説」の「戦死した日本人義勇兵のリスト」と四三五頁の注を参照。

二二三頁　ヴヰミリツヂ堅砦《けんさい》の秋色《しゅうしょく》……佛蘭西の秋　諸岡がフランスに来たのは一九一七年二月であり、翌三月（本書では四月）に負傷しているので、フランスでは秋は経験していない。「月の光りが皓々として隈なく戰場を照してゐる」のを見たのは冬だったはずである。ただし、一九一六年の秋にはイギリスのキャンプで実戦訓練を受けていた。あるいは「星落秋風五丈原《ほしおつしゅうふうごじょうげん》」（三二一頁）などの影響によって記憶が変化したものか。

二二五頁　有刺鐵線《バアブワイヤー》　ルビの英語は barb wire（バーブ・ワイヤー）。barb（バーブ）は「刺《とげ》」。なお、同じ行の後方の「陥穿」のルビは「おとしあな」の「し」が抜けている。

英仏海峡に面するフランスのル・トゥーケ村の北隣にあるエタープル Étaples 軍事墓地に建つ石原壽公の墓〔NNM〕

二二六頁　**擲彈《てきだん》**　手榴弾またはライフル・グレネード（一八八頁注）のこと。

二二八頁　**楔状突貫《じょうとっかん》**　「楔」は本来は「けつ」と読む。楔状突貫《けつじょうとっかん》とは、広がった敵陣の一点に兵力を集中し、楔《くさび》を入れるようにして無理やりに突破を図り、敵を二分して左右の連絡を絶つこと（『大日本兵語辞典』、成武堂、一九一八年刊）。いわゆる「浸透戦術」に通じる。

二二九頁　**肉彈又肉彈《にくだんまたにくだん》**　「肉弾」は、櫻井忠溫が他に適当な語が見つからないために考え出した造語で、肉体を弾丸と化して敵陣に突撃することを指す。この言葉を題名とした実戦記『肉彈』の「第二十六」は「肉彈又肉彈」と題されている。

二三二頁　**短檠《たんけい》の光《ひか》り薄きに**　「短檠《たんけい》」とは、背の低い燭台。「星落秋風五丈原」（三二一頁注参照）の第一章の詩句「短檠《たんけい》光《ひかり》　薄《うす》ければ」を踏まえている。

二三三頁　**原《はら》義勇兵**　原新吉《はらしんきち》（和歌山県出身）はカナダでは理髪店で働いていたが、三十二歳独身で入隊し、諸岡とは異なる第十大隊に属した。一九一七年四月二十八日にヴィミリッジの東のアルルー=アン=ゴエルで戦死した。享年三十三歳。このときのようすを、同じ隊の尾浦熊吉はこう書いている。「原新吉氏は突進中《とっしんちゅう》第七大隊に迷ひ込み、砲彈の爲《ため》肉一片となりて誰《たれ》とも知《し》れざりしが、ポケットの中に手紙あり、初めて日本人なる事《こと》知れて本隊に通知ありました」（一九一七年五月九日付の手紙、『足跡』二九五頁所収）。息子の戦死の報に接した母親の原ヤスは、日本人会長に宛てこう書いている。「ふと今回悲《こんかいかな》しき新吉戰死《しんきちせんし》の御通報《ごつうほう》に接《せっ》し、夢《ゆめ》かと計《ばか》りに驚《おどろ》き入《い》り候《そうろう》、今《いま》や過《す》ぎ行《ゆ》く日《ひ》は夢見《ゆめみ》る心地致《ここちいた》し、何《な》んとも心許《こころもと》なう過《すご》し居《お》り候《そうろう》、御承知《ごしょうち》の通《とお》り、親一人子一人《おやひとりこひとり》の事《こと》とて、其《そ》の上老《うえお》ひぼれたる私《わたし》、何《な》んとも思《おも》ひわけも致《いた》し難《がた》き程《ほど》かなしく候《そうら》へど、生《い》きし者《もの》死《し》を免《まぬが》れず候《そうら》へば、此《ここ》に幸《さいわ》ひに名譽《めいよ》の戰死《せんし》をなしたるは男子《だんし》の本懐面目《ほんかいめんぼく》として決《けっ》して悔《くや》しき事《こと》には無之《これなき》ものに候《そうろう》」（『加奈陀之宝庫』一二六一頁）。

カナダ軍の軍服姿の
原新吉〔NNM〕

二三七頁　**野人禮《やじんれい》にならはず**　「（私は）野蛮人なので礼をわきまえません」という意味の慣用表現で、あえて無礼なことをするときの弁明の言葉としてよく使われた。

二三七頁　東京の叔父様　副島道正《そえしまみちまさ》伯爵のこと。道正の父の副島種臣《たねおみ》は、明治維新後、樺太の領土確定のためにロシアとの交渉に当たって外務卿（のちの外務大臣）を務め、甥にあたる諸岡正順（幸麿の父）など近親者数名にロシア語を学ばせていた。その跡を継いだ副島道正がロシアの貴重品を入手できたとしても不思議ではない。

二四〇頁　プレブー、ドネモー　フランス語 S'il vous plaît, donnez-moi...（スィルヴープレ、ドネモワ……）（すみません、私に……をください）が訛った形。

二四一頁　アウヰー　フランス語 Ah, oui（アー、ウイ）（ああ、はいはい）。

二四二頁　「Napoo」（ナプー）　フランス語 Il n'y en a plus.（イルニヤンナプリュ、「ナプリュ」を強めに発音する）（もうありません、もうないよ）から生まれた言葉。

二四五頁　アンペラを敷いて　アンペラは藺草《いぐさ》の一種。また、これを編んで作ったゴザ、むしろ。

二四六頁　日本の犬の忠實《ちゅうじつ》なる話は澤山《たくさん》に聞いてゐる　たとえば忠犬ハチ公の話は本書刊行の数年前から新聞に取り上げられて有名になり、本書の自序が書かれた五か月前にあたる昭和九年（一九三四年）四月に渋谷駅前に銅像が設置された。

二四六頁　トルストイの『復活』　トルストイの長編小説『復活』は、明治時代に内田魯庵による翻訳が出ており、その冒頭付近に次のような一節がある。「這般《こん》な鹽梅《あんばい》に木《き》や鳥《とり》や兒供《こども》や萬物《ばんぶつ》が皆嬉々《みなきき》として樂《たのし》んでる中《なか》に、人間《にんげん》と云《い》ふ奴《やつ》だけは互《たが》ひに痛《いた》い目《め》に會《あ》はしたり會《あ》はされたり騙《だま》したり騙《だま》されたりするのを止《や》めないのだ。元來人間《いったいにんげん》といふ奴《やつ》は、神《かみ》が萬物《ばんぶつ》を和《やわ》らぐる爲《た》め平和歡樂《へいわかんらく》を與《あた》へる此美《このうる》はしい春《はる》の季節《ようき》を有難《ありがた》いとも嬉《うれ》しいとも思《おも》はないで、終始中他《しょっちゅうひと》を壓制《おさえつ》けては虐使《こきつか》はうとばかり企畫《たくら》んでをる。」

二四七頁　松林《まつばやし》義勇兵　松林佐次郎《まつばやしさじろう》（愛知県出身）はカナダでは鉄道関係の仕事に従事していたが、十九歳独身で「先発隊」となった騎歩兵第十三大隊に入隊し、第五十二大隊に転隊となった。一九一七年五月二日、ランスの南隣アヴィヨン Avion の手前で砲弾を浴びて戦死した。なお、姓は「松林」が正しく、『足跡』二三一頁（およびそれを写した工藤、一九八三、二〇八頁）で「松村」となって

カナダ軍の軍服姿の
松林佐次郎〔NNM〕

いるのは誤り。

二四七頁　熊川《くまがわ》　熊川郁《くまがわいく》（長崎県出身）はカナダでは農業に従事していたが、三十五歳独身で「先発隊」に入隊し、第五十二大隊に転隊となった。『加奈陀之宝庫』では「伍長」、『足跡』では「軍曹」と呼ばれているが、スタンレー公園の記念碑では「上等兵《ランス・コーポラル》」となっている（カナダ軍の記録では正式に下士官になった事実は確認されない）。日本人兵士たちを代表する形で数通の手紙を『大陸日報』紙に書き送っている。ソンムの戦いを経て、一九一七年一月六日、ヴィミリッジの南隣で戦死した。同じ隊の庄司安蔵《しょうじやすぞう》は日本人会宛にこう書き送っている。「嗚呼《ああ》勇敢なりし熊川伍長、氏は上官の信用厚く果斷《かだん》にして勇敢、最初の戰闘に立つて以來《いらい》一日として缺務《けつむ》されし事なく、加奈陀《かなだ》兵として日本人として其《その》責務を盡《つく》され居《お》りしが（……）名譽《めいよ》の戰死とは申《もう》し乍《なが》ら餘《あま》りに惜《お》しき次第に候（……）熊川氏の遺髪は村上昇《むらかみのぼる》氏より貴會《きかい》に宛《あ》て郵送せられたる事と存じ候」。

二四七頁　志智《しち》　志智貞吉《しちていきち》（岐阜県出身）はカナダでは肉体労働に従事していたが、二十八歳独身で「先発隊」に入隊し、第五十二大隊に転隊となった。一九一六年十月九日にソンムの戦いで戦死し、同大隊で一人目の日本人戦死者となった。熊川郁の手紙にはソンムの「カルクレット」で戦死したと書かれているが（『足跡』二五六頁）、これはクルスレット Courcelette 村を指す。戦死時のようすを熊川はこう描写している。「九日に至り敵前百五十呎《フィート》の處《ところ》に接近、任務を終へ引上げんとする途端、敵の彈丸飛び來《きた》つて志智貞吉君に命中し、其場《そのば》に悲痛なる戰死を遂げ申候《もうしそうろう》」（『加奈陀之宝庫』一二〇一頁）。

二四七頁　行徳《ぎょうとく》　行徳友記《ぎょうとくともき》（福岡県出身）はカナダでは農業に従事していたが、二十

カナダ軍の軍服姿の
熊川郁〔NNM〕

カナダ軍の軍服姿の
志智貞吉〔NNM〕

カナダ軍の軍服姿の
行徳友記〔NNM〕

五歳独身で「先発隊」に入隊、第五十二大隊に転隊となり、一九一六年十二月二十七日に戦死した。熊川の手紙には「ニビルセントパース」で負った重傷により死去したと書かれているが（『足跡』二六三頁）、これはヴィミリッジの南の「ヌーヴィル＝サン＝ヴァースト」Neuville-Saint-Vaast 村を指す。

二五〇頁　デモクラテツク　民主的。

二五二頁　サツポート塹壕　サポート・トレンチ support trench は、次頁では「救援隊用塹壕」、一七九頁では「救援用塹壕」という字が当てられている。第一線よりも少し後方に掘られた。

二五三頁　ウヱスタンダンプ　ウエスタン western は「西の」、ダンプ dump は「（弾薬・軍用品の）臨時集積所」。ヴィミリッジ近辺では、東側でドイツ軍と対峙していたから、「西」というと後方にあたる。

二五七頁　トレンチ、フート　「トレンチ・フット」trench foot は直訳すると「塹壕足」。

二五九頁　之《これ》が世界的流行性感冒《りゅうこうせいかんぼう》の源で　ここで「流行性感冒」と呼ばれているスペイン風邪は、大戦末期の一九一八年頃に大流行し、死者数は全世界で合計一億人に達したとも試算されている。これが「塹壕内から広まった」という説は現在はおこなわれていないが、不衛生な塹壕が感染拡大のきっかけの一つとなったことは否定できない。

二五九頁　シエル、シヨツク　シェル・ショック shell shock（砲弾ショック）とは、間近で砲弾が炸裂することによる脳震盪に伴う心的外傷後ストレス障害（ＰＴＳＤ）のこと（大橋、二〇一八、二三八頁参照）。日本人はこの病気にかからなかったと書かれているが、あるいは三栗谷保《みくりやたもつ》のかかった病気はこれに近かったかとも思われる（三一三頁注参照）。

二六三頁　アラス（aras）（佛名アラー）　アラスについては一一四頁を参照。ここは誤植でrが一つ足りない（二六五頁も

ヴィミリッジ近くの宿営地で食糧や弾薬を運ぶイギリス軍の軽便鉄道（1917 年撮影）〔BnF/Gallica〕

同様。本書の表紙や巻頭の目次では正しくrが二つになっている）。

二六四頁　**成敗遂《せいはいつい》に天の命《めい》。事《こと》あらかじめ計《はか》られず。**　「成敗遂《せいはいつい》に天の命《めい》／事あらかじめ圖《はか》られず」は、三一頁で出てきた土井晩翠「星落秋風五丈原《ほしおつしゅうふうごじょうげん》」第五章の引用箇所に続く第六章冒頭の語句。

二六五頁　**吊**　誤植。正しくは「弔《とむらい》」。

二六五頁　**百四十五高地《こうち》**　一四五高地はヴィミリッジの最高地点。諸岡の属する第五十大隊が奪取を命ぜられた（「解説」の「ヴィミリッジについて」を参照）。

二六五頁　**バヴァリア**　バヴァリアBavariaは英語読みで、ドイツ語ではバイエルンBayern。現在のドイツの南東部にあたる、ミュンヘンを中心とする地域。

二六五頁　**山雨《さんう》将《まさ》に至《いた》らんとして、風樓《かぜろう》に滿《み》つ**　唐の詩人許渾《きょこん》の七言律詩「咸陽城東楼《かんようじょうのとうろう》」の一節「山雨《さんう》來《き》たらんと欲《ほっ》して風楼《かぜろう》に滿《み》つ」（山雨欲來風滿楼）の変形。今にも嵐が来そうな前触れが感じられる、などの意味。ここでは武者ぶるいしている感じが伝わってくる。

二六六頁　**四月九日午前六時半**　総攻撃が開始されたのは、本文二七八頁や三〇六頁に書かれているように、実際には「五時半」が正しい。

二六七頁　**塹壕守備《ざんごうしゅび》ほど厭《いや》なものはない。英氣胸《えいきむね》に滿《み》ち、双腕《そうわん》の筋骨《きんこつ》、力既《ちからすで》に足《た》ると雖《いえど》も……**　このあたりは櫻井忠溫『肉彈』の一節に酷似しているので引用しておく。「實《じつ》に髀肉《ひにく》の嘆《たん》である！　守備《しゅび》ほど厭《いや》なものは無《な》い。氣既《きすで》に滿《み》ち、力既《ちからすで》に足《た》ると雖《いへど》も、進軍《しんぐん》の機《き》に遭遇《そうぐう》し無《な》ければ是非《ぜひ》が無《な》い。腰間《ようかん》の軍刀《ぐんとう》は無聊《ぶりょう》を喞《かこ》ち、双腕《そうわん》の筋骨《きんこつ》は無事《ぶじ》を嘆《たん》ずるかなれど如何《いかん》せんや。されど守備《しゅび》は乃《すなわ》ち進軍發展《しんぐんはってん》の糸口《いとぐち》で、嚴密《げんみつ》なる守備線《しゅびせん》に於《おい》て、有《あ》らゆる手段《しゅだん》を講《こう》じて、精細確實《せいさいかくじつ》に敵情《てきじょう》を偵察《ていさつ》し、彼《か》れの配備《はいび》の如何《いかん》を知《し》るに依《よ》つて、我《われ》の作戰計畫《さくせんけいかく》が一々定《さだ》まり、それで愈《いよい》よ前進攻撃《ぜんしんこうげき》となるのである。」（第十四「防禦工事」）。

二七一頁　**佐藤義勇兵**　佐藤三郎（宮城県出身）は諸岡と同じ明治十六年（一八八三年）生まれで、日露戦争にも従軍している。カナダでは漁師をしていたが、三十四歳独身で入隊し、諸岡と同じ第五十大隊に属した。一九一七年四月十二日にヴィミリッジで負傷して病院に送られ、治癒して再び同大隊に復帰、上等兵となるが、大戦末期の戦いで再び負傷する。二八三頁にも出てくる。

二七二頁　成田君と、多田《ただ》君　成田彦次郎については一一〇頁注を参照。多田幸平《ただこうへい》（宮城県出身）はカナダでは漁師をしていたが、三十歳独身で入隊し、諸岡と同じ第五十大隊に属した。成田と同様、一九一七年四月十日のヴィミリッジの突撃で戦死する。

二七二頁　叔母の鑑《てる》さん……鑑子《てるこ》さんは、今は男爵夫人……其《そ》の頃は十八歳　副島《そえしま》種臣の娘鑑子《てるこ》（明治二十二年生まれ）は、諸岡の母貞子《ていこ》（万延元年生まれ）の二十九歳も年下の妹なので、「叔母」とはいっても諸岡（明治十六年生まれ）よりも六歳年下にあたる。鑑子が数え年で十八歳だったのは明治三十九年、すなわち諸岡が単身カナダに渡航した年にあたるので、ここで話題になっている写真は、おそらく渡航直前に撮影して一緒に住んでいた諸岡に贈られたのではないかと考えられる。鑑子は周布兼道《すふかねみち》男爵と結婚した。

二七三頁　私が日本を立つてカナダに来《く》るとき、姉の孝《たか》ちゃんが五歳で、妹の順《のぶ》ちゃんが四歳であつた　副島道正の二女孝子《たかこ》は明治三十五年八月生まれ、三女順子《のぶこ》は一歳下の明治三十六年十一月生まれ。二人とも諸岡の従妹にあたる。諸岡がカナダに渡った明治三十九年当時、たしかに数えで孝子は五歳、順子は四歳だった。ただし、次の行で「今は十八歳と十七歳のレデイーとなつてゐる」と書かれているのは諸岡の計算違いで、大正六年当時は「十六歳と十五歳」が正しい（三三三頁に掲載されている孝子からの手紙でも「私は最早十六歳になりました」と書かれている）。なお、順子は昭和三年に小説家志賀直哉の弟の志賀直三《なおぞう》と結婚する。

二七四頁　ラインの河　ライン河は大戦当時は完全にドイツ領の中を流れていたが、普仏戦争前はこの河がドイツとフランスの国境になっていた。ライン河を越えて「本来の」ドイツ領に攻めていくことがフランス兵たちの目標となっていた（大橋、二〇一八、二九八頁）。諸岡はここでドイツ領まで攻め入っている姿を夢想しているわけである。

二七五頁　チユートン　チュートン（英語 Teuton）はゲルマン民族の一種で、ドイツ人の別称。イギリスのアングロサクソ

カナダ軍の軍服姿の多田幸平〔NNM〕

ンと対比される（三四六頁参照）。

二七六頁　幾十萬《いくじゅうまん》の貔貅《ひきゅう》は　「貔貅《ひきゅう》」は想像上の猛獣で、勇猛な兵士の比喩。日露戦争当時の軍歌「征露の歌」（九二頁注参照）にも「貔貅《ひきゅう》忽《たちま》ち海《うみ》を越え」という歌詞が出てくるが、櫻井忠温『肉彈』にも何度か出てくる。とくに、クライマックスとなった太白山の激戦の直前、これから攻撃に移るときの描写で「幾千《いくせん》の貔貅《ひきゅう》は闇に紛《まぎ》れて、長蛇《ちょうだ》の如く徐々に動き出した。」という一節がある（第十七「太白山《タイハクザン》の激戰（其一）苦戰」）。

二八〇頁　成田義勇兵　成田彦次郎については一一〇頁の注を参照。

二八三頁　佐藤義勇兵　佐藤三郎については二七一頁の注を参照。

二八四頁　スタンドヅー　「スタンド・トゥー」**stand-to**とは「警戒態勢」の意味。第一次世界大戦では、とくに敵の襲撃を受けやすい夜明け前や夕暮れ後の塹壕内で、銃に弾を込め、銃剣をつけてすぐに応戦できる態勢を取ることを指すが、本書では突撃を中断して警戒態勢を取るという意味で使われている。二八六頁では「突貫中絶《とっかんちゅうぜつ》」（突撃中断）のルビに振られている。

二八六頁　擔架率《たんかりつ》　誤植で、正しくは「擔架卒《たんかそつ》」（後出）。担架兵と同じ意味。

二八八頁　ヒツプ、ヒツプ、フレー　「ヒップ、ヒップ、フレー」**Hip Hip Hurrah**は「万歳、万歳、万歳」の意味。

二九一頁　ルヴアーギユーア及び、ハーヂクール　三〇六頁注を参照。

二九三頁　『お母さん《ムッテル》！』　以下のエピソード（諸岡がとどめを刺そうとした若いドイツ兵がドイツ語で「お母さん」を意味する「ムッテル」という声を発するのを聞いて思いとどまり、捕虜にした話）は、長谷川伸の『日本捕虜志』と『生きている小説』で取り上げられている。

二九三頁　只《ただ》一人淋しく日本に残《のこ》してきた老母　諸岡の母貞子は万延元年（一八六〇年）生まれなので、一九一七年当時は五十八歳だったことになる。詳しくは「解説」の「負傷後の諸岡について」を参照。

二九五頁　大谷《おおたに》義勇兵　大谷政吉《おおたにまさきち》（和歌山県出身）はカナダでは理髪店で働いていたが、三十八歳独身で入隊した。本文には「私と同じ隊に属してゐた」と書かれているが、実際には諸岡とは異なる第十大隊に属し、諸岡の負傷後一か月半が経過した一九一七年四月二十八日にヴィミリッジの追撃戦の舞台となったアルルー＝アン＝ゴエルで戦死している。このとき諸岡はすでにイギリスの病院に収容されていたので、大谷を助けなかったイギリス兵と会話を交わしたのだとしたら、そのイギリス兵も負傷して諸岡と同じ病院に運ばれてきたときの会話ではないかと推測される。

二九六頁　又、磯村《いそむら》義勇兵は……　以下のエピソード（磯村義勇兵が瀕死のドイツ兵に水を飲ませてやり、イギリス兵と喧嘩になる話）は、長谷川伸『日本捕虜志』の末尾付近で取り上げられている（本書冒頭の四枚目の写真も参照）。磯村《いそむら》廣吉《ひろきち》（愛知県出身）はカナダでは農業に従事していたが、三十三歳独身で入隊し、諸岡と同じ第五十大隊に属した。一九一七年八月二十一日にランス付近で砲弾により負傷し、病院に後送され、イギリスを経てカナダに帰国した。

二九八頁　DCM勲章　DCM（Distinguished Conduct Medal）は戦場で武勇を示した下士官と兵卒に与えられる勲章で、ヴィクトリア・クロス（四十一頁参照）に次ぐものと位置づけられていた。

三〇三頁　西暦千九百十八年（大正七年）三月……　大戦末期、一九一八年春のルーデンドルフ率いるドイツ軍による西部戦線での最後の攻勢のときのことが書かれている。次頁三行目からまたヴィミリッジ戦直後の話に戻っている。

三〇四頁　原田君は四ケ月後の……　原田一男（二〇九頁で既出）は一九一八年八月十五日に戦死しているので、本文の日付（一九一七年四月十一日）からすると「一年四ケ月後」が正しい。

三〇五頁　保野《またの》義勇兵　保野光掌《またのこうしょう》（兵庫県出身）はカナダでは漁師をしていたが、

カナダ軍の軍服姿の大谷政吉〔NNM〕

カナダ軍の軍服姿の磯村廣吉〔『加奈陀之宝庫』〕

カナダ軍の軍服姿の保野光掌〔『加奈陀之宝庫』〕

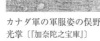

三十歳独身で入隊し、諸岡と同じ第五十大隊に属した。一九一七年三月十四日（記録によっては三月二十四日）に負傷したが、このときは軽傷だったらしく、すぐに部隊に復帰している。

三〇五頁　交綏　読みは「こうすい」。両軍ともに退くこと。

三〇五頁　ビーフテイ　ビーフ・ティー beef tea は牛肉のスープのこと。

三〇六頁　アラス戦線總攻撃《そうこうげき》公報《こうほう》　以下、イギリス軍総司令官ダグラス・ヘイグの名による公報がほぼ当時発表されたままの形で四頁余りにわたって訳され、挟まっている（西暦は三〇四頁に記されているように正しくは一九一「七」年）。カナダ軍が優れた働きをしたことがわかる。フランスの村の地名が英語読みに基づいてカタカナ化されていてわかりにくいので、以下にもとの綴りとフランス語の実際の発音に近い表記を掲げておく。以下に出てくる地名は、アラス近辺にとどまらず、もう少し広い範囲にわたっている。

本文中の表記	フランス語	フランス語の発音に基づく表記
レンス	Lens	ランス
キヤムライ	Cambrai	カンブレ
ハミース	Hermies	エルミー
ボアシース	Boursies	ブルシー
ハヴリンコール	Havrincourt	アヴランクール
ビユーメツツ	Beaumetz	ボーメス
セント、クエンタン	Saint-Quentin	サン＝カンタン
フレスノイ、ルペチイト	Fresnoy-le Petit	フレノワ＝ル＝プティ
フレスノイ	Fresnoy	フレノワ
ルヴアーグアーヤー	Le Verguier	ル・ヴェルギエ
フアムポー	Fampoux	ファンプー

スカープ	Scarpe	スカルプ
ルヴァーギユーア	Le Verguier	ル・ヴェルギエ
ハーヂクール	Hargicourt	アルジクール
ルーヴァーヴアル	Louverval	ルーヴェルヴァル
スーシヱ	Souchez	スーシェ

三一〇頁　西暦千九百十八年　正しくは千九百十「七」年。途中でダグラス・ヘイグの公報が挟まったが、三〇五頁からの続きの話である。

三一三頁　三栗谷《みくりや》君　三栗谷《みくりや》保《たもつ》（三重県出身）はカナダでは漁師をしていたが、二十三歳独身で入隊し、諸岡と同じ第五十大隊に属した。一九一七年八月にヴィミリッジ付近で負傷したのち、後送された病院で精神錯乱や妄想・幻覚の症状が出るようになり、治療の見込みがなく除隊となった。俣野義勇兵は既出（三〇五頁）。

三一七頁　bateck　誤植。正しくはback（背中）か。とすると、「複雑骨折、右の背中と股関節」の意味になる。コンパウンド・フラクチャー compound fracture は「複雑骨折」の意味。

三一八頁　コーコー　ココア cocoa のこと。

三一八頁　野中《のなか》義勇兵　野中常造《のなかつねぞう》（東京府出身）はカナダでは漁師をしていたが、三十一歳独身で入隊し、諸岡と同じ第五十大隊に属した。特に負傷することもなく、戦後一九一九年にカナダに凱旋している。

三一八頁　安田《やすだ》義勇兵　安田寅吉《やすだとらきち》（滋賀県出身）はカナダでは漁師をしていたが、三十九歳既婚で入隊し、やはり諸岡と同じ第五十大隊に属した。病気になった記録はあるが、無事に生還している。

カナダ軍の軍服姿の三栗谷保〔『加奈陀之宝庫』〕

カナダ軍の軍服姿の野中常造〔『加奈陀之宝庫』〕

カナダ軍の軍服姿の安田寅吉〔『加奈陀之宝庫』〕

三一三頁　ソールギャース、コーラス　「兵士の合唱」（ソルジャース・コーラス）は、ドイツの文豪ゲーテの『ファウスト』に基づいて十九世紀フランスのシャルル・グノーが作曲した全五幕のオペラ『ファウスト』の第四幕に出てくる歌。通常は男声合唱で歌われる。「勇敢な先祖にならって、祖国のために武器を取り、死を恐れずに戦おう」といった内容の歌詞。以下では英語版の歌詞がほぼ全文そのまま書かれている。

三一九頁　此處《ここ》はネ、英國の野戰第八赤十字病院なのよ　第八赤十字病院は、アラスやヴィミリッジから見て西の果てにある英仏海峡に面したフランスの海水浴場ル・トゥーケ=パリ=プラージュ Le Touquet-Paris-Plage（「ル・トゥーケ」が古来の地名で、「パリ=プラージュ」は十九世紀後半につけられた呼び名）に置かれていた。一般に、避暑地のホテルなどの大型施設は、大戦中は臨時病院として使われることが多かった。

三二六頁　坂本《さかもと》義勇兵　坂本彌七《さかもとやしち》は一〇九頁で既出。諸岡と同じ第五十大隊に属し、諸岡の負傷する二日前の一九一七年三月九日に負傷し、諸岡と同じ三月十四日にル・トゥーケの第八赤十字病院に収容された。軽傷だったらしく、同月二十日には補充部隊に移っている記録があるので、諸岡と坂本がル・トゥーケの病院で一緒にいた期間は三月十四日〜二十日の一週間だったことになる。

三二六頁　山本音松《やまもとおとまつ》義勇兵　山本音松（和歌山県出身、名前は『加奈陀之宝庫』一一九五頁と『足跡』二三四頁では「音松」ではなく「乙松《おとまつ》」と表記）はカナダでは肉体労働に従事していたが、三十四歳既婚で入隊し、諸岡と同じ第五十大隊に属した。病気にかかり、諸岡と同じ三月十四日にル・トゥーケの第八赤十字病院に収容された。のちに部隊に復帰している。

三三六頁　特志《とくし》　ボランティア volunteer のこと。現在では「篤《あつ》い志《こころざし》」の意味で「篤志」と書くが、昔は「特別志願」の略で「特志」とも書いた。

三三八頁　勇壮な行進曲　フランス国歌「ラ・マルセイエーズ」のことか。当時は連合国側の国歌を集めたレコードが多数出回っていた。

カナダ軍の軍服姿の山本音松（乙松）〔『加奈陀之宝庫』〕

三三九頁　ブライティー　「ブライティー」blighty とは、イギリス軍の俗語で「祖国イギリス」を意味し、転じて「イギリス本国への送還に値するほどの負傷」の意味。本文中ではl（エル）がr（アール）で綴られている。

三三九頁　西暦千九百十八年　正しくは千九百十「七」年。

三四二頁　パーリープ（l）レー　第八赤十字病院が置かれていたル・トゥーケ＝パリ＝プラージュ（三二九頁注参照）の「パリ＝プラージュ」を指す。

三四四頁　hun《ハン》（匈奴《きょうど》）　hun はフン族。古代ローマ帝国に侵入してきた「蛮族」の一つ。ドイツ軍はベルギーやフランスの街や村を故意に破壊し、略奪を重ねながら侵入してきたので、連合国側からはこうした「蛮族」に喩えられることが多かった。

三四六頁　ネットレー　ネトレー Netley は英国南部サウサンプトン港の東隣にあるハンプシャー Hampshire 州の街。カナダ軍の資料によると、諸岡がネトレーのロイヤル・ヴィクトリア病院（の付属の赤十字病院）に移ったのは一九一七年四月一三日のことだった。

三四八頁　（地図）　地図中の地名で、フランス語の発音に基づく表記と異なるものは以下のとおり。

本文中の表記	フランス語	フランス語の発音に基づく表記
ダンカルク	Dunkerque	ダンケルク
レンス	Lens	ランス
アミエン	Amiens	アミアン
セント、クウヰンチン	Saint-Quentin	サン＝カンタン
ブラツセル	Bruxelles	ブリュッセル
フランダー地方	Flandre	フランドル地方

三五〇頁　日本赤十字病院救護班　大戦中、日本赤十字からロシアには二〇人、フランスには三〇人、イギリスには二十六人からなる救護班が派遣された。このうち、英国派遣救護班は一九一四年（大正三年）十二月十九日に横浜港を出港し、

ハワイ、米国西海岸サンフランシスコ、東海岸ニューヨークに寄港したのち、一九一五年（大正四年）一月二十二日にイギリスのリヴァプールに到着、ロンドンで歓迎を受け、同年一月三十一日にネトレーの赤十字病院に到着、ここで二月一日から十二月三十一日まで、十一か月にわたりイギリス軍兵士たちの治療と看護にあたった。救護班の医長は海軍軍医大監だった鈴木次郎。本文中では、その他に救護医員の大島恒義、救護看護婦長の清岡繁、同職の山本ヤヲの名が挙げられている。

三五四頁　此《こ》の病院へ御巡幸《ごじゅんこう》　一九一七年七月三十日の国王ジョージ五世とメアリー王妃、およびメアリー王女によるネトレーの病院の訪問については「解説」の「負傷後の諸岡について」の項を参照。ちなみに、この一か月半前の同年五月十五日、諸岡と同じ第五十大隊に属する祖父江玄碩《そぶえげんせき》も、イギリス中西部リヴァプールの北の郊外にあるフェザクリーFazakerley 病院に入院中にジョージ五世とメアリー王妃の慰問を受け、言葉をかけられたという（同年六月二日付『大陸日報』）。

三五七頁『約三年間であります。』「三年間」という軍への在籍期間については、「解説」の「負傷後の諸岡について」の項を参照。ただし、ジョージ五世と言葉を交わした一九一七年時点では、いずれにせよ三年は経っていない。これは事後的に記憶を整理した結果か、またはコンノート殿下への拝謁（四二九頁）ないしエドワード皇太子への拝謁（同じく「負傷後の諸岡について」を参照）の際の受け答えと混同した結果かと思われる。

三六〇頁　荒鷲《あらわし》　ここではロシア軍のこと。ロシア帝国の軍旗には、黄の地に黒い双頭の鷲が描かれていた。このあたり、軍歌「征露の歌」（九二頁注参照）の次の一節を踏まえて書かれているように思われる。「明治三十七《めいじさんじゅうしち》の歳《とし》／黒雲乱《こくうんみだ》れ月《つき》暗《くら》き／鶏林《けいりん》の北満洲《きたまんしゅう》に／聲《こえ》物凄《ものすご》く叫《さけ》ぶなり（……）荒鷲今《あらわしいま》や南下《なんか》しつ」。

三六〇頁　ネルソン将軍對《たい》無敵艦隊《アルマダ》　ナポレオンがヨーロッパの覇権を握ろうとしていた一八〇五年、イギリス海軍提督ネルソンはトラファルガーの海戦でフランス海軍とスペイン無敵艦隊との連合艦隊に勝利し、ナポレオンの野望を挫いてイギリスの英雄となった。日露戦争の日本海海戦を描いた明治四十四年（一九一一年）刊の水野廣徳《ひろのり》『此一戰《このいっせん》』でも何度か言及されており、たとえば「世人《せじん》は海戰《かいせん》といへばトラファルガーを聯想《れんそう》し、海将《かいしょう》と云《い》へばネルソンを想起する」

（三一三頁）と書かれている。

三六〇頁　皇國《こうこく》の興廢此一戰《こうはいこのいっせん》に在《あ》り　日本海海戦で、東郷平八郎は「皇国《こうこく》ノ興廃此一戦《こうはいこのいっせん》ニ在《あ》リ、各員一層奮励努力《かくいんいっそうふんれいどりょく》セヨ」と各艦艇に打電した。

三六〇頁　『Done a bit』（我等も一部を）　おそらくI have done a bit.（我々も少しはやったぞ）の略か。

三六二頁　龍岡文雄《たつおかふみお》義勇兵は……　以下のエピソード（部隊の誰からも敬愛されていた龍岡文雄がイギリス軍の将校になってほしいという申し出を辞退した話）は、長谷川伸の『日本捕虜志』と『生きている小説』で取り上げられ、新保（一九七五）や加来耕三『感動する日本史』（ナツメ社、二〇一一年）でも孫引きされている。龍岡文雄（鹿児島県出身）、別名「国弼《くにすけ》」は早稲田大学中退で、陸軍少尉に任ぜられて鹿児島連隊に在隊していたことがある（一九五九年二月二十日付『大陸時報』）。カナダでは商店の店員をしていたが、二十九歳独身で入隊し、諸岡と同じ第五十大隊に属した。一九一七年二月三日に上等兵《ランス・コーポラル》、四月十二日に伍長《コーポラル》、五月十七日に軍曹《サージェント》に昇進した。カナダ軍の資料では曹長になった（本文三六五頁）という事実は確認されないが、同年八月二十日に戦死しているので、推挙されながら戦死によって話が立ち消えになった可能性は考えられる。いずれにせよ、諸岡は同年三月に負傷して病院に入院しているので、この話は後日、同じ大隊の戦友から聞いたものか。

カナダ軍の軍服姿の龍岡文雄〔NNM〕

三七〇頁　『Annie Laurie』の一節だ　スコットランド民謡「アニー・ローリー」Annie Laurieの二番の歌詞。訳すと以下のとおり。「彼女の眉は雪の吹きだまりのよう／彼女の喉は白鳥のよう／彼女の顔はもっとも美しいものだ／これまでに太陽が輝かせたものの中でも／これまでに太陽が輝かせたものの中でも／彼女の瞳は深い青／うるわしきアニー・ローリーのためなら／ぼくは身を投げ出して死ぬこともできる」。

三七七頁　露西亞帝國《ろしあていこく》も遂《つい》に崩壊　一九一七年の二月革命と十月革命で帝政ロシアは崩壊し、のちのソ連の誕生につながった。諸岡は同年四月から九月までこのネトレーの病院に入院していた。

三七九頁　佛國の一新聞に掲載された……　実際、このエピソードは一九一七年一月二十二日付の仏『ル・マタン』紙などの新聞各紙に掲載された。「クロッツ氏」はフランスの財務大臣などを務めた政治家ルイ＝リュシアン・クロ Louis-Lucien Klotz のこと。

三八〇頁　マルセル、センメル孃《じょう》　マルセル・スメール Marcelle Semmer。

三八〇頁　豫算《よさん》委員長である。　この句点（。）は誤植で、読点（、）が正しい。「クロッツ氏」は「予算委員長」をしていた。

三八一頁　佛國に移住した　一八七〇年の普仏戦争でフランスが負けてアルザス地方がドイツ領となることが決まった段階で、アルザス住民はアルザスにとどまって「ドイツ人」となるか、フランス領内に移住してフランス人のままであり続けるかを「選択」する自由が与えられた。これに伴い、数万人のアルザス住民がフランスに移住した（大橋、二〇一八、二九五頁）。

三八一頁　エクリユージエ村　エクリュジエ Éclusier 村。ソンム川流域のアミアンとサン＝カンタンの中間あたりにある。この東隣にフリーズ Frise 村がある。

三八一頁　千九百十四年七月、ソンム河畔の……　ソンムの戦いが始まったのは、正しくは一九一「六」年七月。次の段落以降では、さかのぼって大戦初期の一九一四年八月下旬のドイツ軍の快進撃のことが記されている。

三八一頁　シャールロア　ベルギー西部のシャルルロワ Charleroi のこと。大戦初期、ここでフランス軍がドイツ軍に敗れた。

三八五頁　エデイツレ、カヴエル　イーディス・カヴェル Edith Cavell。イギリス人看護婦。占領下のベルギーで連合国兵士の逃亡を手伝い、ドイツ軍に捕らえられて一九一五年十月十二日に銃殺され、国際世論の同情を集めた。

三八七頁　ニード、ウオーク　ニードルワーク needlework（針仕事、刺繍）。

三八七頁　オーピングトン　オーピングトン Orpington はロンドンの南東約十五㎞にある街で、ロンドンからドーヴァー（ドーヴァー海峡の港街）に向かう鉄道の途中にある。大戦が始まると、既存の病院では急増する負傷者に対応できず、急遽オーピングトンにも広大な敷地にカナダ軍向けの軍事病院がつくられた。

三八八頁　二階の建物は絶對《ぜったい》に無《な》い　誤植で、この文の直前と直後に句点（。）が抜けている。オーピングトンの病院は急造のバラック小屋で、平屋建てだった。

三八九頁　『今夜あたりは、やつて來るぞ。』　ドイツ軍の飛行船ツェッペリンは、おもに晴れた日の夜に襲来した。強風などの悪天候だと、墜落する危険が高く、昼間は高射砲の餌食になりやすかったからである。

三九一頁　君の一生は英國政府で安全に養つて呉《く》れる　軍務中に負傷または病気により体が不自由になった者には、生活費として毎月恩給が支給された。

三九三頁　プライヴエート、諸岡　「プライヴェート」private は「一兵卒」の意味（本文二九頁参照）。一兵卒の兵士を呼ぶときは、この言葉を敬称として姓の前につけた。

三九五頁　袖《そで》には名譽《めいよ》ある負傷の金線《すぢ》が輝いている　イギリス軍やカナダ軍の負傷兵は、真鍮製の小さめの線を左袖の手首近くに縦に縫いつけた。カナダ軍の記録でも、一九一七年三月十二日（負傷の翌日）に諸岡が「One gold casualty stripe」を得たことが記されている。

三九五頁　片袖《かたそで》には三年間戰場《せんじょう》で戰《たたか》つた徽章《きしょう》の三本の青線《あおすぢ》がある　軍服の右袖の手首付近に縫いつけられた海外遠征期間を示す小さな青い逆V字型の徽章については、「解説」の「負傷後の諸岡について」を参照。

三九六頁　チヤーリング、クロツス　チャーリング・クロス Charing Cross はバッキンガム宮殿の正面の道を進んだところにあるロンドン中心部の一角で、西隣にはネルソン提督（三六〇頁注参照）の記念塔が立つトラファルガー広場がある。ここから北にチャーリング・クロス通りが走っている。

三九八頁　地下鐵道《ちかてつどう》　地下鉄のこと。

1917年当時のチャーリング・クロス〔LAC〕

三九九頁　ゼップ　「ゼップ」とは、ドイツの飛行船ツェッペリン zeppelin の英語読み「ゼップリン」の略。

四〇二頁　レゼイント、ストリート　リージェント・ストリート Regent Street はロンドンのピカデリーの北側にある通り。

四〇三頁　清水《しみず》吉次《きちじ》君　清水吉次（愛媛県出身）はカナダでは漁師をしていたが、三十歳独身で「先発隊」である騎歩兵第十三大隊に入隊し、第五十二大隊に転隊となり、ソンムの戦いにも参加した。一九一七年十二月十五日に十四日間の休暇を得たことがカナダ軍の記録に残っているので、このときにイギリスに休養に来ていたことがわかる。何度か負傷しながらも部隊に復帰して大戦終結まで従軍し、一九一九年にカナダに凱旋している。

四〇六頁　天保銭《てんぽうせん》　陸軍大学校を卒業した日本軍の将校は、江戸時代の天保通宝に似た楕円形の徽章を右胸に佩用した。

四〇九頁　人氣《にんき》　地域特有の人々の気風・気性。この意味では「じんき」と読むことが多い。

四〇九頁　宮田《みやた》義勇兵　宮田《みやた》榮五郎《えいごろう》（熊本県出身）はカナダでは肉体労働に従事していたが、二十四歳独身で入隊し、諸岡とは異なる第十大隊に属した。一九一七年八月十六日にランスの北隣の七〇高地での攻撃で左手首に重傷を負い、諸岡と同じ一九一八年一月四日にリヴァプールの病院に転院していた。この後、諸岡の直後にカナダの病院に移った。

四一二頁　シンフヱン党　シンフェイン党は、当時イギリス領だったアイルランドで、イギリスからの独立を目指して一九〇五年に設立された政党。第一次世界大戦後、アイルランド独立戦争が勃発し、さらに内戦を経て、アイルランドはイギリスから独立することになる。

四一九頁　ボン、ボエージ　「ボン・ヴォワイヤージュ」Bon voyage. は「よい旅を」という意味のフランス語（aが誤植でoになっている）。

四一九頁　アラグノヱ號《ごう》　アラグアヤ Araguaya 号はイギリスの客船で、第一次世界大戦中はイギリスとカナダを結ぶ病院船となった。カナダ軍の公式記録でも、諸岡はこの船に乗って一九一八年二月四日にイギリスを出港した記録が残って

カナダ軍の軍服姿の宮田榮五郎〔『加奈陀之宝庫』〕

いる。

四二一頁　米國の陸兵を満載　一九一七年四月六日にドイツに宣戦布告したアメリカは、すぐには大量の兵を集めることはできなかったが、一九一八年になると続々とアメリカ兵が大西洋を渡ってフランスの地に送り込まれるようになっていた。

四二三頁　ペリジアン、レリーフ号　「ペ」は誤植。「ベルジアン・レリーフ」Belgian Reliefは「ベルギー救援」という意味で、ドイツ占領下のベルギーに救援物資を運ぶための船舶を指す（つまり船名ではなく、諸岡は「船員」の語った代名詞的な表現をそのまま記憶していたものと思われる）。諸岡がハリファックス港に戻ってくる約二か月前の一九一七年十二月六日、「ベルギー救援」のための貨物船イモ Imo 号と火薬を積んでいたモン・ブラン Mont Blanc 号とが衝突して大爆発を起こし、陸上の建物の多くが灰燼に帰して約二千人が死亡するという大惨事が起きた。のちに事故であることが判明するが、当時はドイツのスパイ（「獨探」）の仕業だと考えられていた。

四二七頁　デキビス夫人は寂しく喪服を纏《まと》ふてゐられた　ここで句点（。）が抜けている。デキビス大尉は、諸岡の属する部隊が五十大隊に転隊になるのと同時期に、航空隊に異動になっていた（一〇〇頁）。

四二九頁　シヨウネツシー、ミリタリー、コンヴアルセント、ホスピタル　ショーネッシー陸軍保養病院 Shaughnessy Military Convalescent Hospital はヴァンクーヴァー市内にあった。

四二九頁　コンノート殿下　アーサー・オブ・コンノート（コノート）公（一八八三〜一九三八年）のこと。ヴィクトリア女王（在位一八三七〜一九〇一年）の孫にあたり、親日家で日本には三度来日した。一度目の来日は一九〇六年で、日英同盟に基づき、エドワード七世（在位一九〇一〜一九一〇年）の名代として明治天皇にガーター勲章を捧呈した（このとき、明治天皇の脚にガーターを留めようとして誤って自分の指をピンで刺して出

1917年12月6日の大爆発で灰燼と帰したハリファックスの街〔LAC〕

血し、天皇も気づかぬふりをしていたという逸話が有名）。二度目の来日は一九一二年で、いとこの国王ジョージ五世（在位一九一〇～一九三六年）の名代として明治天皇の御大葬に参列した（このときにコンノート殿下の接伴役を務めた乃木希典は、その数日後に殉死した）。本書で述べられている三度目の来日については「解説」の「負傷後の諸岡について」の項を参照。

四三〇頁　仙臺《せんだい》出身の戰友二階堂榮五郎《にかいどうえいごろう》氏は……　以下のエピソード（瀕死の重傷兵が助かる見込みのある負傷兵に治療の順番を譲る話）は長谷川伸『日本捕虜志』の末尾付近で他の事例とともに紹介されている。二階堂榮五郎（宮城県出身）はカナダでは肉体労働に従事していたが、四十歳既婚で入隊、諸岡とは異なる第十大隊に属し、一九一七年四月二十八日にアルルー＝アン＝ゴエルで戦死した。戦死当時、諸岡は病院に入院していたので、このエピソードは後日誰かから伝え聞いたものか。なお、似たような話は日露戦争中にもみられたことが長谷川伸の同書に記されているが、櫻井忠温『肉彈』にも類似の話が出てくるので引用しておく。「又《ま》た息《いき》の將《まさ》に絶《た》えなんとした者《もの》で、自分《じぶん》はマア宜《よ》いから、戰友《せんゆう》の手當《てあて》をして下《くだ》さいと賴《たの》んだのも少《すくな》く無《な》い。其美《そのうるわ》しき心根《こころね》は何《なに》を以《もっ》て譬《たと》ふべきであるか？　彼等勇士《かれらゆうし》は氣息奄々《きそくえんえん》として顏色蒼白《がんしょくそうはく》に變《へん》じ、血《ち》に塗《まみ》れ砂《すな》に蔽《おお》はれてはゐたが、其《そ》の確乎《かっこ》たる武士的精神《ぶしてきせいしん》は、決《けっ》して流血《りゅうけつ》と共《とも》に逸《いっ》し去《さ》るもので無《な》かつた。」（第四十二章「繃帯所《ほうたいじょ》」）。

四三二頁　壇上虎之助《だんじょうとらのすけ》　壇上虎之助（広島県出身）はカナダでは石鹸製造業に従事していたが、三十四歳独身で入隊し、諸岡とは異なる第十大隊に属した。一九一七年四月九日のヴィミリッジ攻撃初日に負傷して後送された。諸岡とほぼ同時期に、諸岡と同じエプソン、オーピングトン、ショーネッシーなどの病院に移っている。

四三三頁　メッシン戰　メッシン（仏語Messines、オランダ語Mesen）はベルギー西端のイープルの南の郊外にある。ここで一九一七年におこなわれた激しい戦闘ではカ

カナダ軍の軍服姿の
二階堂榮五郎〔NNM〕

カナダ軍の軍服姿の壇上
虎之助〔『加奈陀之宝庫』〕

ナダ軍も活躍した。

四三三頁　ゴベンシイ戰　「ゴベンシイ」は不明。スーシェ村の東隣にあるジヴァンシー＝アン＝ゴエル Givenchy - en - Gohelle 村のことか。

四三四頁　八分　八パーセント。

四三四頁　和蘭《オランダ》のドールンに空《むな》しく老ひつゝ　ドイツ帝国皇帝ヴィルヘルム二世（カイゼル、自序五頁注参照）は、一九一八年十一月十一日の休戦協定の直前に中立国オランダに逃がれ、第二次世界大戦中の一九四一年（諸岡の死の翌年）に死去するまでオランダのドールンで余生を送っていた。ちなみに、櫻井忠温は昭和三年（一九二八年）にアメリカ経由でヨーロッパに渡り、かつて『肉彈』のドイツ語版をドイツ軍全軍に配布してくれたことに感謝の意を表すべく、ドールンで隠棲していたヴィルヘルム二世に会いに行ったが、「例のピンとはねた髭も見られず、どこにでもいるようなお爺さんであった」と自伝『哀しきものの記録』の中で書いている。

四三五頁　（戰死者五十五人）　実際に数えると、このリストには五十四人の名が記されている。この名はスタンレー公園の記念塔（「解説」参照）のリストとは異なり、『加奈陀之宝庫』（大正十年）に掲載のリストと同じである。諸岡は同書のリストを参照したのかもしれない。

四三六頁　（戰傷者百二十九人）　実際に数えると、このリストには百三十人の名が記されている。末尾に諸岡自身の名が記されている。

奥付　石井鐵郎　詳細不明だが、昭和四年発行の『青山学報』第十七号の「校友異動」欄に名前が見えるので、諸岡と同じ青山学院の出身だったらしい。この奥付では共著のような格好になっているが、おそらく編集・校正作業などで協力した程度ではないかと想像される。

奥付　小原正忠　正忠の父である小原正恒《おはらまさつね》は、嘉永五年（一八五二年）、加賀藩に仕える武士の家に生まれた。十七歳で明治維新を迎え、西南の役、日清戦争に従軍し、とりわけ歩兵第一連隊を率いる連隊長（大佐）として迎えた日露戦争では、明治三十七年五月二十六日の「南山の戦い」で正面攻撃に参加して負傷した。このとき、部下だった乃木勝典《のぎかつすけ》少尉

（乃木希典《まれすけ》の長男）が戦死している。日露戦争後に少将となった。この正恒の長男である小原正忠は、明治十二年生まれ。やはり軍人としての道を歩み、第一次世界大戦終結の翌大正八年にはシベリア出兵に加わり、陸軍中佐としてウラジオストクの「日本浦潮《うらじお》停車場司令官」となっている。ついで大佐となるが、大正十二年に陸軍を離れて体操学校の講師に転じている。大正十四年に出した『新体育家の思潮』は随所に卓見の光る随筆集。昭和四年に父正恒が死去すると、その翌年に『小原正恒自叙傳』を刊行した。昭和九年頃に本書の刊行に尽力したことが長谷川伸『生きている小説』に記されている（「解説」の「負傷後の諸岡について」を参照）。この後、小原正忠は『入営読本』（昭和十五年）、『われ等の日本陸軍』（昭和十七年）などを著している。

《解説者紹介》
大橋 尚泰（おおはし なおやす）
1967 年生まれ。早稲田大学仏文科卒。東京都立大学大学院仏文研究科修士課程中退。現フランス語翻訳者。著書『ミニマムで学ぶフランス語のことわざ』（2017 年、クレス出版）、『フランス人の第一次世界大戦』（2018 年、えにし書房）。

復刻版　アラス戦線へ
第一次世界大戦の日本人カナダ義勇兵

2018 年 12 月 20 日 初版第 1 刷発行

■著　者　諸岡幸麿
■発行者　塚田敬幸
■発行所　えにし書房株式会社
〒 102-0074 東京都千代田区九段南 2-2-7 北の丸ビル 3F
TEL 03-6261-4369　FAX 03-6261-4379
ウェブサイト　http://www.enishishobo.co.jp
E-mail　info@enishishobo.co.jp

■印刷／製本　モリモト印刷株式会社

ISBN978-4-908073-62-5 C0022

えにし書房　好評既刊本

ISBN978-4-908073-55-7 C0022
定価：4,000 円＋税／ B5 判／並製

フランス人の第一次世界大戦

戦時下の手紙は語る

大橋尚泰 著

フランス人にとっての第一次世界大戦の全体像を浮かび上がらせる渾身の力作！
終結 100 年を迎える第一次世界大戦に従軍した兵士たちやその家族などによる、フランス語の肉筆で書かれた大戦中の葉書や手紙の原物に当たり、4 年の歳月を費やして丁寧に判読し、全訳と戦況や背景も具体的に理解できるよう詳細な注、解説、描き下ろした地図、年表等を付す。約 200 点の葉書・手紙の画像を収録した史料的価値も高い異色の 1 冊。

目 次